Katherine Pancol, 1954 in Casablanca geboren, arbeitete nach ihrem Literaturstudium als Lehrerin, Journalistin und Autorin. Ihr beispielloser Aufstieg zum »Phänomen Pancol« begann 2006 mit dem Erscheinen des ersten Bandes der Joséphine-Trilogie »Die gelben Augen der Krokodile«. Auch ihre »Muchachas«-Romane stürmten die Bestsellerlisten in Frankreich. Katherine Pancol lebt in Paris.

Außerdem von Katherine Pancol lieferbar:

Die gelben Augen der Krokodile, *Roman*
Der langsame Walzer der Schildkröten, *Roman*
Montags sind Eichhörnchen traurig, *Roman*
Tanz in den Tag – Band 1 der Muchachas-Trilogie, *Roman*
Kopfüber ins Leben – Band 2 der Muchachas-Trilogie, *Roman*

Katherine Pancol

Nur ein Schritt zum Glück

ROMAN

Aus dem Französischen
von Nathalie Lemmens

PENGUIN VERLAG

Die französische Originalausgabe erschien 2014 unter dem Titel
»Muchachas 3« bei Éditions Albin Michel, Paris.

FSC
www.fsc.org
MIX
Papier aus verantwortungsvollen Quellen
FSC® C014496

Verlagsgruppe Random House FSC® N001967

PENGUIN VERLAG

1. Auflage 2018

Umschlag: www.buerosued.de
Umschlagmotiv: © www.buerosued.de
Satz: Uhl + Massopust, Aalen
Druck und Bindung: GGP Media GmbH, Pößneck
Printed in Germany
ISBN 978-3-328-10128-4
www.penguin-verlag.de

Dieses Buch ist auch als E-Book erhältlich.

Für Octavie und Chacha,
meine beiden aufmerksamen Leserinnen,
Nadine, Dominique, Sarah,
Corinne, Sophie, Gloria,
Pascale, Béatrice, Melissa,
Nathalie, Sylvie, Marina,
Virginie, Carole, Magda,
Lilo, Lise, Marie,
zwei chicas *an der Bratsche!*
Muchas gracias, muchachas!

»Jeder Mensch in seiner Nacht
geht entgegen seinem Licht.«

VICTOR HUGO

Sie sitzt am Steuer des roten Kangoo und sieht zu, wie die Hügel, die Brücken und die Dörfer des Burgund an ihr vorbeigleiten. Sie erkennt einen Bauernhof wieder, einen Weiher, ein weißes Gatter, das im Wind hin und her schlägt. Eine getigerte Katze liegt zusammengerollt auf einem Pfeiler der Firma Moret.

Sie könnte mit geschlossenen Augen fahren. Sie kennt die Strecke auswendig. Sie fährt regelmäßig nach Lyon. Sie hat Georges gebeten, ihr seinen Wagen zu leihen. Und Julie um freie Tage. Ohne ihnen einen Grund dafür zu nennen.

»Zieh sie mir von meinem Urlaub ab.«

»Mach dir keine Gedanken«, hat Julie geantwortet. Und Georges hat ihr den Autoschlüssel hingehalten. Als wüssten sie, dass sie noch etwas zu klären hat. Während sie die vorbeifliegende Landschaft betrachtet, fragt sie sich, wie sie mit Lucien Plissonnier umgehen soll.

»Lucien Plissonnier«, sagt sie mit lauter Stimme. »Mein Vater … Lucien Plissonnier.«

Irgendwo muss es eine Madame Plissonnier geben, Luciens Witwe. Lebt sie noch? Hat sie gewusst, dass ihr Mann sie betrog?

Wenn Adrian mich betrügen würde …

Sie will nicht daran denken.

Sie weiß nicht, wo er wohnt, wovon er lebt, ob er überhaupt arbeitet. Er bringt ihr Geld mit, Scheine, die er in die Seifendose unter dem Badezimmerwaschbecken legt. Immer unterschiedliche Beträge. Er behauptet, es sei besser, wenn sie nicht wisse, woher es stammt. Und dann fügt er hinzu, dass sie eines Tages wieder zusammen sein würden. Auch Léonie dachte, dass sie und Lucien eines Tages wieder zusammen sein würden.

Stella hält an einem Stoppschild. Das ist die neue Manie der Départementverwaltung. Überall Stoppschilder aufzustellen. Die Leute ignorieren sie, fahren fröhlich weiter, und es kommt zu Unfällen mit Todesopfern.

Sie lässt ein Mofa vorbei und fährt wieder los. Es fühlt sich komisch an, plötzlich zu einer Familie zu gehören, in der sie niemanden kennt. Sie mustert ihr Gesicht im Rückspiegel. Ihr blondes Haar steht zu Berge. Fast wie der Federschmuck eines Sioux. Eine vom Himmel gefallene Kriegerin. Adrian sagt, sie sehe aus wie diese Schauspielerin Tilda Swinton. Er hat ihr ein Foto in einer Zeitschrift gezeigt. Joséphine sieht nicht aus wie Tilda Swinton. Sie strahlt einen subtilen, zarten, eleganten Charme aus, der ihr Gegenüber in Watte hüllt. Ist sie verheiratet? Sie trägt keinen Ehering.

Stella hupt, damit der Traktor vor ihr an die Seite fährt und sie vorbeilässt. Sie hat es eilig, Tom wartet auf sie. Seit Schnuffels Tod bekommt er wegen jeder Kleinigkeit eine Stinklaune, verbringt Stunden allein im Wald, redet beim Essen kein Wort und geht gleich anschließend mit seiner Mundharmonika ins Bett.

Nadine, die Direktorin seiner Schule, behauptet, er habe wieder angefangen, sich zu prügeln.

»Dein Sohn ist ständig wütend, Stella, weißt du, woran das liegt?«

»Jemand hat seinen Hund umgebracht.«

»Du solltest ihn zu einem Psychologen schicken.«

»Als ob er mit einem Seelenklempner reden würde! Da kennst du ihn aber schlecht.«

Tom ist genau wie sie. Er spricht nicht. Er klärt seine Angelegenheiten allein.

»Musst du so oft wegfahren?«, hat Suzon sie gefragt. »Und

was treibst du da überhaupt? Seit der Sache mit Schnuffel mache ich mir immer Sorgen, dir könnte was passieren. Ich habe keine ruhige Minute mehr.«

»Unsinn, Nannie. Da, wo ich hinfahre, ist es nicht gefährlich.«

»Aber was genau machst du denn da?«

»Etwas auskundschaften.«

»Das soll eine Beschäftigung sein?«

Stella ist wie ein Tier, sie will Joséphine erst eine Weile beobachten, bevor sie sie anspricht. Sie hat gelernt, die Menschen zu entschlüsseln. Ihre Gesten und Blicke zu deuten, so wie sie von ihren Lippen ablesen kann. Im Zittern einer Stimme hört sie die unterdrückte Anklage, die Feigheit, die Lüge. Sie spürt den Schlag, ehe er kommt, ahnt den bevorstehenden Verrat.

Mehrere Stunden Hinfahrt, mehrere Stunden Rückfahrt, Zeit, in der sie darüber nachdenkt, ob sie Joséphine Cortès ihr Vertrauen schenken soll oder nicht.

Auch Léonie will es wissen. Was wissen? Das weiß sie selbst nicht genau.

»Seltsam«, sagt sie, »es fühlt sich an, als fände ich endlich meinen rechtmäßigen Platz. Dieses jahrelange Nichtwissen … das hat mich verrückt gemacht. Am Ende habe ich mich sogar gefragt, ob ich Lucien nicht bloß erfunden hatte und du doch Rays Tochter bist.«

»Aber er ist zeugungsunfähig, Maman! Erinnere dich! Der Hohlsack!«

»Ich hatte keine Gewissheiten mehr. Ich verlor all meine Erinnerungen.«

»Das liegt an den Schlägen, die haben dein Gedächtnis getrübt.«

»Endlich werde ich es wissen …«

»Mach dir nicht zu viele Hoffnungen, Maman, vielleicht sind diese Leute ja Ratten.«

»Wirkt Joséphine Plissonnier denn wie eine Ratte?«

»Nein. Und die Studenten scheinen sie sehr zu mögen.«

»Siehst du!«, erwidert Léonie, stolz darauf, diesen Punkt verbucht zu haben.

Sie fordert Details: Ist sie groß, ist sie schlank, ist sie hübsch? Trägt sie eine Brille? Wie zieht sie sich an? Hebt sie beim Sprechen die Stimme? Sie muss intelligent sein, wenn sie diesen Beruf hat! Lucien sagte immer, er könne ihretwegen nicht weg, er müsse bleiben, um sie zu beschützen. Es musste etwas Schlimmes vorgefallen sein.

Und was ist mit mir?, hätte Stella am liebsten geschrien. Hast du mich etwa beschützt? Aber sie fragt nur: »Hat er dir jemals Näheres dazu gesagt?«

»Nein, er wirkte bedrückt.« Léonie entfährt ein Seufzen, dann sagt sie leise: »Du hast eine Schwester, Stella. Ist das nicht wundervoll?«

Ich brauche keine Schwester!, murrt Stella, während sie an einem weiteren Stoppschild anhält. Ich brauche niemanden.

Vom hinteren Teil des Hörsaals aus wirkt Joséphine Cortès sanft und bescheiden. Sie hebt nie die Stimme. Es heißt, sie habe einen unglaublich hässlichen Hund namens Du Guesclin.

Heute hat sie ihr eine Nachricht unter den Scheibenwischer geklemmt. Vielleicht hätte ich etwas anderes schreiben sollen? Deutlicher werden? Ich heiße Stella, ich bin Ihre Halbschwester, Ihr Vater war der Liebhaber meiner Mutter, na ja … nicht lange, aber lange genug, um mich zu zeugen. Ich wüsste gerne … was für ein Mensch er war. Haben Sie ein Foto von ihm? Woran ist er an jenem dreizehnten Juli gestorben? Er war noch nicht alt. Anfang vierzig? Als er sich zwei Wochen zuvor von Léonie verabschiedet hatte, war er noch bei bester Gesundheit. Finden Sie das etwa normal?

Denn irgendwann ist ihr vor lauter Grübeln dieser Gedanke gekommen: Mit vierzig Jahren zu sterben ist nicht normal. Was, wenn Ray dahintersteckt? Es ist idiotisch, das weiß sie selbst, aber alles ist möglich. Turquet, Gerson und Lancenny hätten lediglich zu beschließen brauchen, die Ehre ihres Anführers zu rächen. Solche männlichen Floskeln verwenden sie nämlich, eine Hand an der Brust, den Ellbogen auf die Theke gelehnt. »Seine Ehre rächen«, »ihn fertigmachen«, »dem Arschloch geben, was es verdient«. Sie trinken ihr Bier aus und ziehen in den Krieg.

Sie kennt sie in- und auswendig.

Die Vergangenheit, denkt sie, als sie das spitze Dach des Pappelhofs vor sich auftauchen sieht, die Vergangenheit... Man glaubt, sie hinter sich zu haben, und dann kommt sie doch wieder angerast und stellt sich einem in den Weg. Sie zieht einen zur Rechenschaft, stellt Fragen. Spielt den edlen Rächer. Die Vergangenheit vergisst nie. Sie kommt immer wieder. Und verlangt, dass die Schulden beglichen werden. Sie mag keine offenen Rechnungen.

Violette zum Beispiel. Warum ist sie zurück in Saint-Chaland? Als ihre Eltern vor drei Monaten gestorben sind, konnte sie gar nicht schnell genug wieder verschwinden. Einmal kurz den Weihwasserwedel über ihrem Grab geschwenkt, dann ist sie in das Taxi gesprungen, das mit laufendem Motor auf sie wartete. Sehr schick sah sie aus in ihrem modischen rosa-weiß karierten Mantel. Sie müsse zurück zu einem Dreh, keine Zeit, keine Zeit. Die Leute waren empört, was ist das für eine aufgetakelte Tussi, die sich nach der letzten Schaufel gleich wieder davonmacht?

Violette. Seit sie wieder da ist, kann Stella sie in aller Ruhe beobachten. In ihrer Jugend verschlug ihr Violette mit ihrem Selbstbewusstsein, ihrer Dreistigkeit und ihren kleinen Brüsten, die alle Jungs aus dem Viertel verrückt machten, die Sprache. Es war immer klar, dass sie erfolgreich sein würde. Sie brauchte nur mit den Fingern zu schnippen, und schon würde ihr Name ganz oben auf einem Filmplakat stehen.

Stella trifft sich gelegentlich mit Violette auf einen Kaffee und lässt dabei Augen, Nase und Ohren arbeiten. All ihre Sinne sind in Alarmbereitschaft.

Violette erzählt so wenig wie möglich. Sie hat begriffen, dass sie sich bedeckt halten muss. Je weniger die Leute wissen, desto höher ist ihr Ansehen in dieser Stadt, in der das geringste Flüstern zum Gerücht wird. Warum ist sie nach Saint-Chaland zurückgekommen? Hat sie vor, ihre Schauspielkarriere fortzusetzen? Warum haben wir hier nie einen Film mit ihr gesehen? Hat sie schon genug Geld verdient, um nicht mehr arbeiten zu müssen? Muss sie nicht zurück nach Paris? Sie kennt doch bestimmt irgendwelche Stars? Véronique Genest, Alain Delon, Victor Lanoux, Mimi Mathy, Sophie Marceau? Wie sind die so? Hast du ihre Handynummer?

Violette setzt ein geheimnisvolles Lächeln auf, um anzudeuten, dass sie darauf nicht antworten könne, dass es zu lange dauern würde, alles zu erklären, dass ihre Rückkehr nach Saint-Chaland nur vorübergehend sei. Sie muss sich um den Nachlass ihrer Eltern kümmern, die bei einem Unfall auf der D81 gestorben sind. Ein Lkw hatte ein Stoppschild überfahren und ihren Wagen gerammt. So gute, anständige Leute! Sie senkt den Kopf und unterdrückt ein Schluchzen, das allen Fragen Einhalt gebietet und die Neugierigen beschämt verstummen lässt.

Das funktioniert wunderbar. Man bedauert sie, man schätzt sie, man entdeckt, dass sie ja doch ein Herz hat, man macht sich Vorwürfe, weil man an ihr gezweifelt hat. »Sie ist nicht nur äußerlich schön«, behauptet die Bäckerin, während sie ihre Münzen einsortiert, »sondern hat auch ein schönes Inneres. Sie ist so rein wie Quellwasser!«

Violette ist eine sehr attraktive Frau, keine Frage. Groß, schlank, volles blondes Haar, haselnussbraune Augen und jenes Auftreten, das man sich nur in Großstädten aneignet, wenn man lange genug in Zeitschriften blättert und die hübschen Mädchen auf den

Caféterrassen beobachtet. Man muss schon sehr genau hinsehen, um die ersten Fältchen in ihren Augenwinkeln und das leichte Erschlaffen der Haut um ihren Mund zu erkennen, das ihrer Miene etwas Desillusioniertes verleiht. Den Ausdruck eines Menschen, der viel erwartet, viel erhofft hat und enttäuscht wurde. Nur Stellas geübter Blick hat diese Ernüchterung erkannt.

Wie sehr sich Violette auch aufspielt, große Reden schwingt und mit Namen, Zahlen und sagenhaften Angeboten um sich wirft, Stella hat erfasst, dass das alles nur heiße Luft ist. Der reinste Fön. »Ich habe etwas ganz Großes in Aussicht… mein Agent prüft den Vertrag… eine internationale Produktion.« Stella nickt. Sie interessiert nur eines. Sie will wissen, ob das, was man sich in der Stadt erzählt, wahr ist: Violette und Ray sollen ein Paar sein. Oder ist es bloß ein Gerücht? Und hat der Mann sich tatsächlich verliebt, oder gönnt er sich nur ein bisschen Spaß? Denn wenn ihn die Gefühle gepackt hätten, würde das alles verändern! Gefühle machen einen Mann angreifbar. Durch sie wird er zu einer leichten Beute. Wenn Ray verliebt ist, kann Stella schon mal die Nägel rausholen, um seinen Sarg zuzunageln.

Und sie will wissen, auf welcher Seite Violette steht. Denn wenn sie es mit fünfunddreißig noch immer nicht geschafft hat, die Leinwand zu erobern, warum sollte sie da nicht auf die Idee kommen, sich mit Ray zusammenzutun? Er ist fünfundzwanzig Jahre älter als sie, aber das hat noch nie jemanden gestört. Er hat Beziehungen, verkehrt in den besten Kreisen, ist auf Du und Du mit dem Präfekten, dem Unterpräfekten, dem Bürgermeister und seinen Stellvertretern, den Bullen und allen hohen Tieren des Départements. Er hat Geld, auch wenn er immer noch in der Rue des Éperviers wohnt. Aus Bequemlichkeit. Weil seine Mutter sich weigert umzuziehen. Weil er ein Geizhals ist und dort keine Miete zahlt. Eine Dienstwohnung, obwohl er längst nicht mehr im Dienst ist! Noch so ein Betrug! Er macht einen wohlhabenden Eindruck: dickes Auto, teure Restaurants, technischer

Schnickschnack, Handys, Rolex und Tablets. Ein flotter Typ in schicken Klamotten. Der macht sich nie die Hände schmutzig. Die Drecksarbeit überlässt er seinen Kumpanen Gerson, Turquet und Lancenny. Sein Hauptquartier befindet sich im Hinterzimmer von Lancennys Kneipe. Dort kassiert er seine Provisionen, sein Schmiergeld, seine Umschläge, das ganze Geld, das ihm seine krummen Geschäfte einbringen. Er besticht jeden, und jeder besticht ihn. Es ist ein gegenseitiges Geben und Nehmen. All das muss auf Violette sehr verlockend wirken.

Und auch wenn es Stella schwerfällt, das zuzugeben: Ray ist trotz seines Alters immer noch ein attraktiver Mann. Er hält sich gerade, hat einen flachen Bauch, stets gebräunte Haut, ein strahlendes Lächeln und dieses arrogante Gutsherrengehabe, das den Frauen selbst jetzt noch Schauer über den Rücken jagt.

All das liest Stella in Violettes Blick. Aber sie sieht darin auch ein Zögern.

Noch ist nichts entschieden.

Violette erzählt von ihren Plänen, hört sich »New York« sagen, »Los Angeles«, »Paris«, wundert sich einen Moment, doch es klingt so aufregend, und sie wiederholt die Worte.

Und noch einmal.

Je öfter sie darüber spricht, desto mehr glaubt sie es selbst. Sie prüft ihren Vertrag, wird ihn demnächst mit ihrem Agenten besprechen. Morgen fliegt sie nach L.A., sucht einen Designer, der sie einkleidet, eine Friseurin, die sie begleitet. Das Leben ist schön. Es tut so gut, endlich ein Star zu sein … Sie blickt von hoch oben auf die Welt herab. Die Menschen um sie herum sind nur Assistenten, die ihr zuhören sollen, ihr Stichworte geben, sie ins rechte Licht rücken. Sie beginnt ihre Sätze mit »Ich erklär's dir …«, und sieht den anderen dabei an, als wäre er bescheuert. Sie ist der Mittelpunkt der Welt, die Hauptdarstellerin in einem Drehbuch, das sie Stück für Stück weiterschreibt. Wer soll ihr in Saint-Chaland schon auf die Schliche kommen?

Dabei vertrödelt sie bloß ihre Zeit.

Schläft bis mittags, enthaart sich mit Kaltwachs, mit Heißwachs, lackiert sich die Nägel, einen in Orange, den anderen in Rot, den dritten in Dunkelblau, sieht fern, twittert unter falschem Namen, verbreitet Gemeinheiten, probiert ein Shampoo aus, trägt eine Maske für empfindliche Haut auf, liest ihr Horoskop, ruft ihre Hellseherin an, blättert *Voici*, *Closer* und *Public* durch und starrt auf ihr Handy, das einfach nicht klingelt.

Zündet sich ihre dreißigste Zigarette an. Morgen hört sie damit auf, versprochen.

Stella erkennt die Lücken in Violettes manchmal verstörtem, manchmal verletztem Blick. Sie belauert sie wie eine Katze die Maus. Wartet. Freundlich, schweigend. Sie weiß nicht, worauf sie wartet, aber irgendwann wird Violette eine Information entschlüpfen.

Und an diesem Tag hat sie Ray Valenti in der Hand.

Violette hat angefangen, ihre eigenen Lügen zu glauben.

Sie schaut auf ihr Handy. Sie ruft ihren Agenten an, er antwortet: »Ich habe gerade ein Gespräch auf der anderen Leitung, Violette, ich rufe dich in zwei Minuten zurück.« Sie legt auf, erregt, den Tränen nahe. Er hat sie nicht vergessen, er hat gesagt, er ruft zurück! Er hat ein Projekt für sie, ganz bestimmt! Egal, was, Hauptsache, sie steht vor der Kamera. Meine Güte, sie war kurz davor, die Hoffnung aufzugeben! Warum hat sie so wenig Vertrauen zu sich selbst?

Sie beschließt, nichts mehr zu essen, zupft sich die Augenbrauen, lackiert ihre Fingernägel neu, Orange wirkt vulgär! Sie überlegt, unter die Dusche zu gehen, verwirft den Gedanken jedoch wieder. Was, wenn das Telefon klingelt, und sie es nicht hört?

Als Ray sie abends um acht zum Essen abholen will, sitzt sie im Schneidersitz neben ihrem Handy.

»Machst du Yoga?«, fragt er lächelnd, gerührt von ihrer Schönheit.

»Ja, klar«, antwortet sie mit bitterbösem Blick.

»Bist du so weit? Wir haben eine Verabredung mit dem Präfekten.«

»Nicht heute Abend«, entgegnet sie.

»Er wollte wegen eines Jobs mit dir reden!«

»Nicht heute Abend!«, wiederholt sie lauter.

»Der Gerichtspräsident und seine Frau kommen auch.«

»Hör auf!«, schreit sie. »Hast du's nicht kapiert?«

Und sie versetzt dem auf dem Boden liegenden Handy einen Tritt. Ray sieht sie überrascht an.

»Soll ich uns eine Pizza holen, und wir essen sie vor dem Fernseher? Ich sage ab, ich denke mir irgendwas aus. Ich sage, meiner Mutter geht's nicht gut. Das wird er schon verstehen.«

»Pizza«, »Fernseher«, »essen«, »meine Mutter«, die Worte zucken wie wütende Blitze durch ihren Kopf.

»Verschwinde, Ray, raus hier!«

Verwirrt zieht er wieder ab. Dieses Mädchen ist total durchgeknallt. Sie sollte ihn nicht zu oft so behandeln. Sonst wird er noch wütend. Bestraft sie. Aber vielleicht wartet sie ja nur darauf? Er tritt gegen den Vorderreifen seines Maserati. Scheiße! Dabei war er heute Abend echt scharf auf sie! Sie hat etwas an sich, was ihn verrückt macht. Diese Art, ihm die kalte Schulter zu zeigen und ihn dann wieder zu locken. Sie macht einen Schritt vor, einen zurück, dann wieder einen vor, einen zurück. Er weiß nicht mehr, wo ihm der Kopf steht. Sie hat ihn am Haken. Man müsste ihm schon den Schwanz abschneiden, damit er von ihr loskommt. Bevor er an ihrer Tür klingelt, spielt sein Herzschlag verrückt. Um sich Mut zu machen, denkt er daran, wie er sie vögeln wird. Denn das … also das ist der Himmel auf Erden! Wenn er behutsam zwischen ihre Schenkel dringt, überschwemmt ihn die Lust, raubt ihm den Atem, er ertrinkt, er sagt Ja, er betet zu Gott und allen Heiligen, er würde alles unterschreiben. Dieses Mädchen hat eine Vagina wie eine Boa constrictor. Ihr Geschlecht ist mit weichen, warmen, kuscheligen Wänden ausgekleidet, die seinen Schwanz umfangen, ihn massieren, ihn walken, ihn kneten. Er windet sich, entbrennt lichterloh wie eine Fackel, wimmert wie ein verletztes Tier, beißt sich in die Fäuste, presst seine Nase in die Kissen, ihm schwinden die Sinne. Er ist erschöpft, zerschlagen, den Tränen nah. Es fühlt sich so gut an, ganz tief drin in ihr zu sein, er möchte »Mama« rufen, am liebsten für immer in ihr bleiben.

Er kann nicht mehr ohne sie leben. Wenn er das gewusst hätte, hätte er sie niemals angerührt. Hochentzündliches Material. Abstand halten. Er zwingt sich zur Enthaltsamkeit, doch solche Phasen dauern nie länger als achtundvierzig Stunden. Und er ist in einem erbärmlichen Zustand, wenn er wieder angekrochen kommt und um seine Ration bettelt!

Er hat schon zwei Zentimeter Halsumfang verloren, bald kann er seine ganzen Hemden wegschmeißen.

Am nächsten Morgen ruft sie ihn an.

Nicht aus Sehnsucht nach ihm, sondern weil sie Angst hat, ihr könne das Geld ausgehen. Ihre Eltern haben ihr das kleine Einfamilienhaus und ein mageres Sparbuch hinterlassen. Sie hat neue Fotos machen lassen, um ihre Karriere wieder anzukurbeln. Hat mit dem Fotografen geschlafen, damit er ihr einen Sonderpreis macht. Und die Visagistin wollte dreihundertvierzig Euro die Stunde. Es ist dieselbe, die auch Angelina Jolie bucht, wenn sie in Paris ist. Bald hat sie keinen Cent mehr. Ray ist ihre letzte Hoffnung. Er hat Geld. Sie hat sich erkundigt, bevor sie ihn rangelassen hat. Eine Freundin von ihr arbeitet bei der Banque de France und versorgt sie jedes Mal mit Informationen, wenn ein interessanter Mann in Sicht kommt. Rays Konto ist prall gefüllt. Warum sollte sie darauf verzichten? Um sich tugendhafter zu geben als andere? Sie hat schon vor langer Zeit begriffen, dass Tugend einem keinen Cent einbringt.

»Geld« ist das einzige Wort, das sie in die Realität zurückholt. Der Nebel löst sich auf. Eine entsetzliche Angst ergreift von ihr Besitz, sie sieht weißes Haar.

Sie schiebt die fälligen Rechnungen von sich, ihr Blick fällt auf die sich ablösende Tapete, auf den Rostfleck an dem Rohr, das sich an der Wand entlangzieht, auf den tropfenden Wasserhahn, Hollywood rückt in weite Ferne, die Kakerlaken krabbeln näher, sie fühlt sich bedroht. Erschöpft. Ein nasser Lappen. Sie könnte genauso gut den Kopf in den Ofen stecken!

Und dann ruft sie Ray zurück.

Wirft sich ihm in die Arme, du liebst mich doch, oder? Liebst du mich? Er sieht sie verständnislos an, wo ist die Frau geblieben, die ihn tags zuvor laut zeternd vor die Tür gesetzt hat? Er drückt sie an sich, erstaunt, sie so verletzlich zu sehen. Und er ist entschlossener denn je, ihr zu helfen, sie zu beschützen, ihr ihre Würde zurückzugeben.

»Du bist mein Star, weißt du das? Alle meine Freunde beneiden mich …«

»Ja, ja«, schluchzt sie, schüttelt ihr langes Haar und legt den Kopf an seine Schulter. »Es ist mein Agent …«, sagt sie mit der Stimme eines kleinen, verirrten Mädchens. »Er will, dass ich nach L.A. fliege, um einen Film mit DiCaprio zu drehen. Oh, nicht die Hauptrolle, auch keine große Nebenrolle, aber immerhin … mehrere Szenen. Er sagt, das sei eine unglaubliche Chance, aber ich will nicht weg von dir, ich bin so unglücklich.«

Er verstärkt seine Umarmung, wiegt sie, tröstet sie.

»Beim nächsten von der Region finanzierten Film verschafft dir der Präfekt eine Rolle, das verspreche ich dir. Und dann zeigst du es diesen ganzen Idioten!«

»Du bist so lieb zu mir. Ich habe dich gar nicht verdient.«

»Red keinen Unsinn. Wir sind doch ein tolles Team. Zusammen werden wir Großes erreichen, wart's nur ab.«

Violette erzählt Stella nicht alles, sie gibt nur Häppchen preis. Keine wichtigen Informationen, aber Stella ist geduldig. Wie schafft es Ray, sich um zwei Frauen gleichzeitig zu kümmern?, fragt sie sich, während sie das Radio einschaltet. Seiner Mutter den Hintern abzuwischen und seine Geliebte zu verhätscheln. Violette gibt sich nicht mit Versprechungen zufrieden. Die verlangt garantiert was Handfestes.

Stella drückt die Knöpfe des Autoradios und bleibt beim Sender Nostalgie hängen. Hugues Aufray singt »Céline«. Sie denkt an Léonie. Hoffentlich ist ihr nichts passiert, während ich weg war! Sie lässt ihre Mutter nicht gern allein zurück, auch wenn Edmond Courtois Männer ins Krankenhaus schickt, um sie zu bewachen. Er bezahlt ihnen den doppelten Stundenlohn. Jeden Abend, wenn sie nach Hause fährt, kommen Boubou, Houcine oder Maurice und setzen sich in den Sessel neben Léonies Bett. Solange Courtois ist stocksauer, seit sie davon erfahren hat. Was mischst du dich da ein, Edmond? Ganz Saint-Chaland zerreißt sich darüber das Maul! Die Leute behaupten, du wärst in Léonie verliebt. Ray wird toben vor Wut. Suchst du unbedingt Streit?

»Haben Sie deswegen wirklich Ärger zu Hause?«, hat Stella ihn gefragt.

»Mach dir keine Sorgen. Das bin ich gewohnt. Das geht zum einen Ohr rein und zum anderen wieder raus!«

Der Krieg zwischen Edmond und Ray ist wieder aufgeflammt. Die beiden Protagonisten sind älter geworden, das ist der einzige Unterschied. Aber es geht immer noch um Léonie. Edmond will sie beschützen, Ray braucht ein Dienstmädchen.

Hat Edmond Courtois Lucien Plissonnier gekannt? Eher nicht, Léonie muss ihre Romanze geheim gehalten haben. Sonst hätte Fernande zugeschlagen … Arme Maman! Neulich hat sie ihr mit einem verschmitzten Lächeln erzählt, wie sie Fernande immer Schlafmittel gab, um sich mit Lucien treffen zu können. Sie mischte es in ihren Kräutertee oder in ihr Glas Wein. Aber vorher musste sie sich die Tabletten erst einmal besorgen! Für

Léonie war alles kompliziert. Sie hatte kein Geld. Sie durfte die Wohnung nicht verlassen. Wenn Fernande sie zum Einkaufen schickte, musste sie ihr das Wechselgeld genau abgezählt zurückgeben.

Es ist nicht mehr weit bis zum Bauernhof.

Sie setzt den Blinker, biegt rechts auf die Landstraße ab, sieht das Feld, das ihr Nachbar vergeblich zu verkaufen versucht. Er verlangt achtundvierzigtausend Euro dafür! Zu dem Preis wird er es nie los. Es ist höchstens fünfzehntausend wert. Ihr gefällt die Vorstellung nicht, einen Nachbarn zu bekommen. Jemanden, der seine Nase in ihre Angelegenheiten stecken könnte. Womöglich würde er eines Tages Adrian sehen und ihn bei Ray verpfeifen. Der will Adrian immer noch an den Kragen. Er ist besessen von dem Gedanken. »Ich krieg ihn noch, wart's nur ab!«, hat er beim letzten Mal, als sie ihm begegnet ist, mit zusammengebissenen Zähnen gedroht. »Früher oder später seid ihr geliefert.« Sie hat ihn ignoriert. Er will was von mir? Soll er nur kommen, ich erwarte ihn mit Georges' Gewehr in der Hand. Georges hat mir gezeigt, wie man damit umgeht. Das war nach Schnuffels Tod. Du bist die Nächste auf der Liste, hat er gesagt, nimm dich in Acht, die sind zu allem bereit. Sie war froh darüber, dass Georges sich zu ihr bekannt hat. Denn sie hatte an ihm gezweifelt. Sie wusste nicht mehr, auf wessen Seite er stand. Das ist ihr Problem: Sie vertraut niemandem mehr.

Er ist mit ihr in den Wald gegangen und hat ihr Schießunterricht gegeben. Das Gewehr versteckt er im abgeschlossenen Kangoo, damit Tom es nicht in die Finger bekommt. Sie haben beide einen Heidenschreck gekriegt, als er neulich nachts mit dem Gewehr im Anschlag in den Hof gestürmt kam. Er suchte Ray. Um die Ratte wäre es nicht schade gewesen, sagt sie sich, aber es wäre mir lieber, wenn nicht gerade mein Sohn die Erde von diesem Ungeziefer befreien würde.

Tom lehnt am Hoftor und wartet auf sie. Es ist halb neun und noch immer taghell. Er spielt auf seiner Mundharmonika. Ein neues Lied. Adrian hat ihm »Heart of Gold« von Neil Young beigebracht, *»keep me searching for a heart of gold…«* Vater und Sohn grölen den Text im Chor und stampfen dazu mit dem Fuß auf. Adrian hat angefangen, Gitarre zu spielen. Die beiden proben abends zusammen, während sie an ihrer Patchworkdecke arbeitet. Aus Stoffresten setzt sie die Geschichte ihres Lebens zusammen. Konzentriert schiebt sie die Zunge zwischen den Lippen vor und misst, schneidet und näht. Für Ray wählt sie tiefschwarzen Wollfilz. Es wird ein mehrere Meter langer Bildteppich. Die Geschichte ihres Krieges gegen Ray Valenti.

Gestern Abend saßen sie zu dritt im Wohnzimmer. Die Fenster standen offen, hin und wieder wehte der Duft von Weißdorn herein, die Stare badeten in ihrem Becken, Tom hatte seine Mundharmonika zwischen den Lippen, und Adrian begleitete ihn auf der Gitarre. Sie nähte, hörte ihnen zu und schloss die Augen, um dieses Glück in sich zu speichern.

»Ich höre dich«, hatte Adrian gesagt, ohne sich umzudrehen, »du bist glücklich.«

»Stimmt«, hatte sie lächelnd geantwortet.

Wenn Adrian wieder geht, lässt er seine Gitarre in Toms Zimmer. Und Tom schläft zwischen der Mundharmonika und der Gitarre. Wenn das so weitergeht, hat er bald ein ganzes Orchester in seinem Bett.

Als sie Tom erreicht, bremst sie ab.

»Alles klar?«

»Es gibt ein Problem.«

Stella spürt, wie sich ihr Herzschlag beschleunigt.

»Was?«

»Hat dein Handy nicht geklingelt?«

Sie hat es ausgeschaltet, als sie den Hörsaal betreten hat, und später vergessen, es wieder einzuschalten.

»Ich hatte es ausgeschaltet.«

»Clever.«

»Jetzt red schon, Tom, was ist los?«

Stella schlägt mit der linken Hand außen gegen die Wagentür.

»Suzon wollte es mir nicht sagen. Sie sitzt seit einer Stunde in der Küche und heult.«

Als sie in den ersten Gang schaltet, um wieder loszufahren, hört sie, wie Tom in Richtung des Kangoo brüllt: »Ich hab die Schnauze voll! So was von voll! Tut doch endlich was, verdammt!«

»Alles klar, Mann?«

»Ja. Und bei dir?«

»Alles klar.«

Milan lässt einen Moment verstreichen. Er zieht an der Zigarette, die er sich gerade gedreht hat. Er hat dicke Wurstfinger mit abgeflachten Enden, als hätte sie jemand mit einem großen Hammer bearbeitet. Er hat keine Fingernägel mehr, nur fleischige Wülste, die vor Dreck, Erde und den Feilspänen der Eisenträger auf den Baustellen starren. Sein Blick wandert hinauf zum Dachfenster. Er und Adrian teilen sich ein Zimmer im sechsten Stock eines Gebäudes in der Rue Caulaincourt. Ohne Aufzug, aber direkt über der Métrostation Lamarck, das ist das Gute daran. Sie wohnen sehr beengt, wägen jede Bewegung ab. Ein zehn Quadratmeter großer Raum, zwei Matratzen auf dem Boden, eine Kochplatte, ein kleiner Kühlschrank, eine Dusche. Die Toilette ist auf dem Flur.

»Wir müssen putzen. Das Fenster ist dreckig. Das mag ich nicht. Davon werd ich depressiv.«

Adrian stellt die Tasche ab und lässt sich auf seine Matratze fallen. Mit Reißzwecken hat er Fotos von Stella an die Wand gepinnt, er behauptet, das sei Tilda Swinton, er sei verrückt nach dieser Schauspielerin. Milan steht eher auf Monica Bellucci, ich mag Frauen mit ordentlichen Kurven, bei deiner Tilda, fügt er hinzu, hat man ja gar nichts in der Hand.

»Willst du einen Kaffee?«, fragt er.

»Ja, gern«, antwortet Adrian.

Milan steht nicht sofort auf. Es scheint, als gehe er sparsam mit seinen Gesten um. Er arbeitet auf dem Bau. Den ganzen Tag lang bücken, zupacken, sich wieder aufrichten und den Stein setzen. Ein Viervierteltakt, der einem den Rücken ruiniert. Wenn er frei hat, macht er Dehnungsübungen, hängt sich an eine Stange im Türrahmen oder legt sich, Wirbel für Wirbel, flach auf den Boden und starrt mit weit offenen Augen an die Decke.

»Und, war's schön?«

»Zu kurz.«

Milan weiß nicht, wo Adrian hinfährt. Er ahnt, dass er eine Frau besucht. Einmal hat er ein blondes Haar von Adrians Jacke gezupft und es ins Licht gehalten. Er hat keine Fragen gestellt, sondern darauf gewartet, dass Adrian von sich aus etwas sagte.

Doch Adrian blieb stumm.

»Vanessa war da, sie hat dich gesucht.«

Adrian antwortet nicht.

»Du solltest ihr sagen, dass du vergeben bist. Sonst lässt sie dich nie in Ruhe.«

»Irgendwann wird sie es schon kapieren.«

»Verlass dich lieber nicht darauf! Sie hat es auf dich abgesehen.«

»Du kannst dich ja um sie kümmern.«

Milan steht auf und füllt den Wasserkocher, um Kaffee zu machen. Wischt mit dem Handrücken über die Fensterscheibe.

»Ich bin für sie genauso unsichtbar wie diese Scheibe!«, sagt er lachend. »Sie lebt in einem Märchen, und du bist ihr Prinz.«

Das Wasser beginnt zu kochen, Milan schraubt ein Glas Nescafé auf, gibt zwei Löffel in jede Tasse, gießt ein wenig heißes Wasser dazu, rührt um und reicht Adrian eine Tasse.

»Warum machst du überhaupt so ein Geheimnis daraus?«

»Ich mache kein Geheimnis daraus, ich bin nur diskret«, antwortet Adrian. »Ich rede nicht gern über mein Privatleben.«

»Nicht mal mit mir?«

Adrian antwortet nicht, er nippt an seinem Kaffee, schreckt zurück und verzieht das Gesicht. Es ist glühend heiß.

»Traust du mir nicht?«

Er hat die leise Anspannung in Milans Stimme gehört. Den leichten Vorwurf. Er weiß, dass es ihn verletzt, wenn er nicht mit ihm redet, aber er kann nicht aus seiner Haut, er vertraut niemandem. Edmond Courtois ist der Einzige, der seine Pariser Adresse kennt.

»Bist du verrückt?«

»Dann ist es also einfach Gewohnheit…«, sagt Milan.

»Ja, könnte man so sagen. Gewohnheit.«

»Das ist traurig.«

Er muss diesen beginnenden Streit sofort unterbinden.

»Wir wohnen zusammen, wir kommen doch gut miteinander aus«, sagt er.

»Aber nicht so gut, dass du mit mir reden würdest…«

»Ich behalte so was eben lieber für mich. Es gefällt mir, wenn alles geheim bleibt.«

»Ist sie verheiratet?«

»Ja, genau.«

Sie ist mit dem Unglück verheiratet, denkt Adrian. Und ich will sie da rausholen. Milan hat seine Papiere. Er hat nichts zu befürchten. Er bleibt in diesem winzigen Zimmer, weil er sich nichts anderes leisten kann. Er will nicht in einen der Außenbezirke ziehen. Ich will den Eiffelturm sehen, sagt er immer, davon habe ich schon als Kind in Perm geträumt, das bedeutete für mich Freiheit. Perm liegt vierhundert Kilometer nördlich von Aramil. Sie stammen aus der gleichen Region in Russland.

»Hat ihr der Song von Neil Young gefallen?«

Adrian lächelt erleichtert, weil Milan das Thema wechselt.

»Ja.«

»Soll ich dir noch einen anderen beibringen?«

»Gerne.«

»Dann kannst du beim nächsten Mal wieder den Charmeur spielen! Eine verheiratete Frau!«

Er schüttelt den Kopf, das ist seine Art, ihm sein Unverständnis auszudrücken. Es gibt so viele ungebundene Frauen in den Straßen von Paris! Wie kommt man bloß darauf, sich mit einer verheirateten einzulassen!

Adrian schließt die Augen.

Er denkt an den Abend zurück, den er dort verbracht hat. So fern, so nah. Saint-Chaland ist nirgendwo. Ab dem Bahnhof von Sens orientiert er sich an den Bahngleisen und biegt dann nach links ab. Er versteckt das Auto in einem Wäldchen, kriecht durch das hohe Gras und betritt den unterirdischen Gang. Wenn er auf dem Hof wieder herauskommt, muss er sich immer noch in Acht nehmen. Man kann nie wissen, flüstert Stella, es könnte gerade ein Nachbar da sein, um Eier zu holen, und dann sieht er dich. Er geht mit hochgezogenen Schultern, krümmt den Rücken, hält den Kopf gesenkt. Wie ein Verbrecher. Monsieur Courtois hat ihm versprochen, dass er seine Papiere bekommt. Aber wann? Er hat ihm den Job auf dem Bau verschafft. Er kennt den Trick, hat ihn oft benutzt, um Ausländern zu helfen, die in Saint-Chaland zu sehr auffallen würden. Es ist ihm lieber, dass sie im anonymen Paris untertauchen. Einer seiner Freunde hat die Firma gegründet. Er renoviert Wohnungen, Büros und Häuser, alles schwarz. Über einen Kontaktmann in der Präfektur beschafft er den Leuten Ausweispapiere. Er besticht ihn, und jeder kommt auf seine Kosten. Die Männer verkaufen ihre Arbeitskraft, während sie darauf warten, endlich legal in Frankreich leben zu können. Manche von ihnen verschwinden, und man sieht sie nie wieder. Oder sie suchen sich einen anderen Job. Es dauert immer länger, seine Papiere zu bekommen. Man braucht Geduld. Oder muss sein Kind in einer Schule anmelden. Es als Tauschobjekt einsetzen. Aber das will Adrian nicht. Er wartet. Geduld und Vorsicht. Eng an den Mauern entlangstreichen. Kein Geräusch verursachen. Kein Aufsehen erregen.

»Sollen wir uns einen Dylan-Song vornehmen?«, fragt Milan.

»Wenn du magst.«

»Dann spricht sie also Englisch?«

»Guter Versuch!«, entgegnet Adrian lächelnd.

»Keine Sorge, früher oder später kriege ich es raus. Ich gebe nicht so schnell auf. ›I shall be released‹, ist das okay?«

Adrian wirft Milan einen argwöhnischen Blick zu.

»Warum sagst du das?«, will er wissen.

»Ich sage überhaupt nichts, so heißt das Lied«, antwortet Milan.

»Ach so …«

»Du bist ziemlich nervös, mein Freund!«

»Ich bin müde, das ist alles.«

»Wenn du meinst …«

Wenn Adrian es leid ist, allein zu sein, allein zu schlafen, sich morgens mit den anderen Arbeitern in den Lieferwagen zu quetschen, sich den Rücken krumm zu schuften und Milans Fragen zu beantworten, dann schlägt er die Tür hinter sich zu und spaziert hinauf nach Montmartre. Er läuft ein Rennen gegen die Seilbahn. Er gewinnt oft, und das verleiht ihm neues Selbstbewusstsein. Er ist nicht nur der Kerl, der an den Mauern entlangschleichen muss. Er rennt schneller als die Seilbahn.

Und dann setzt er sich auf eine Bank, umgeben von etwas Grün, unter einer Trauerweide oder einer Zitterpappel, schließt die Augen und schläft im Sitzen ein.

Er erinnert sich an einen Abend, kurz nachdem Schnuffel umgebracht worden war …

Er war auf dem Hof angekommen und hatte sie zu einer Kugel zusammengerollt in ihrem Bett vorgefunden, von einem Schluchzen geschüttelt, das sie im Kopfkissen erstickte.

Er hatte sich über sie gebeugt, ihre Schulter gestreichelt und gefragt: »Verrätst du mir, was los ist?«

»Fass mich nicht an.«

»Stella!«

»Fass mich nicht an, hab ich gesagt!«

»Jetzt red schon, verdammt! Du erzählst mir nie etwas. Was bin ich denn für dich? Ein Typ der mitten in der Nacht hereinschneit und dich durchvögelt? Ja? Der sich am nächsten Morgen hastig aus dem Staub macht, damit ihn nur ja keiner sieht? Denn so kommt mir das mit uns beiden allmählich vor! Also entweder erklärst du mir jetzt, was los ist, oder ich verschwinde wieder.«

Sie hatte das Kopfkissen an sich gedrückt und noch heftiger geweint.

»Lass mich in Ruhe, ich hab keine Lust zu reden«, hatte sie schluchzend hervorgepresst.

»Aber ich will, dass du mit mir redest. Kapier das doch endlich! Sonst haben wir beide nichts mehr miteinander zu tun …«

Sie hatte einen Moment verstreichen lassen, dann hatte sie das Kopfkissen losgelassen, hatte sich umgedreht und gefragt: »Was willst du, Adrian? Willst du dir heulend anhören, wie ich von meiner Kindheit erzähle, von meiner Mutter, die regelmäßig grün und blau geschlagen wird, und zu guter Letzt noch, dass jemand meinem Hund die Kehle durchgeschnitten hat?«

»Das weiß ich doch alles! Und noch viel mehr.«

»Du weißt überhaupt nichts! Ich habe dir nie etwas erzählt!«

»Ich habe es erraten, Stella. Ich sehe, wie sich dein Mund verzerrt, wie mir dein Blick ausweicht, ich höre, wie du im Schlaf redest und wie du hemmungslos weinst, wenn wir miteinander schlafen … Irgendwann wirst du mit mir reden müssen. Denn was wäre ich sonst? Ein Deckhengst? Und das ist doch nichts, oder?«

Sie hatte schniefend gelächelt.

»Ich weiß«, hatte sie gewispert, und ihre Stimme klang wie die eines unendlich traurigen, unendlich hilflosen kleinen Mädchens.

Sie hatte die Arme nach ihm ausgestreckt, und er hatte sich zu ihr gelegt.

Als sie kurz darauf eng aneinandergeschmiegt ausruhten, hatte sie lediglich gesagt: »Es war wegen Schnuffel, verstehst du … Ich habe ihn geliebt, und sie haben ihn einfach abgestochen. Ich habe ihn geliebt.«

Das war ihre Grabrede für ihren Hund.

Suzon sitzt in der Küche. Sie wischt sich mit einem Schürzenzipfel über die Augen.

»Nannie … Was ist passiert? Ist was mit Georges?«

Suzon schüttelt den Kopf.

»Es geht um deine Mutter«, stammelt sie zwischen Schluchzern.

»Maman! Was ist passiert?«

»Amina hat angerufen. Er hat versucht, sie mit Gewalt zurückzuholen.«

»Wer? Ray?«

»Ich weiß es nicht.«

»War denn keiner da, um auf sie aufzupassen?«

Suzon schüttelt den Kopf, sie weiß es nicht.

»Sie hat gesagt, du sollst so schnell wie möglich zurückrufen. Léonie sei noch im Krankenhaus, aber es sei ernst, sehr ernst. Sie konnte dich nicht erreichen, sie hat mindestens sechsmal bei dir angerufen. Sie war völlig aufgelöst.«

»Ich hatte vergessen, mein Handy wieder einzuschalten.«

Suzon knüllt ihr Taschentuch zwischen den Fingern zusammen und zieht es dann wieder auseinander wie einen Hefeteig.

»Und ich hatte keine Ahnung, wo du bist!«, ereifert sie sich. »Wo fährst du denn bloß immer hin? Was, wenn dir was passiert? Ich kann nicht mehr, Stella, ich kann nicht mehr, das ist doch kein Leben.« Sie hebt den Blick und fügt flehend hinzu: »Wir müssen etwas tun, Kind, sonst ist das Léonies Ende, und das würde ich nicht überleben. Können wir sie nicht zu uns holen? Ich würde mich auch gut um sie kümmern.«

»Red keinen Unsinn, Nannie. Sie würden sofort hier aufkreuzen. Und das gäbe ein Blutbad.« Ein Gedanke lässt ihr keine Ruhe. »Glaubst du denn …«, fragt sie leise. »Glaubst du, Georges wäre überhaupt damit einverstanden?«

»Natürlich wäre er damit einverstanden! Was denkst du denn?«

»Ich bin mir nicht so sicher, Nannie. Er hat auch Angst. Er würde nicht für sie kämpfen.«

Suzon antwortet nicht. Sie senkt den Kopf und putzt sich die Nase. So enden diese Diskussionen jedes Mal.

»Hat Tom schon etwas gegessen?«, fragt Stella mit leerem Blick. Sie spürt, wie Zorn in ihr aufbrandet.

»Ja. Und sich die Zähne geputzt. Er hat auf dich gewartet, er wollte nicht ins Bett, bevor er dich gesehen hat.«

»Er soll heute Abend bei euch schlafen, ich fahre gleich ins Krankenhaus.«

»Ruf erst Amina an.«

Stella nickt. Sie nimmt Suzon fest in die Arme, murmelt beruhigende Worte, doch in Gedanken ist sie nicht bei der Sache. Sie muss einen Plan schmieden, sie muss Léonie verstecken. Aber als Erstes muss sie zu ihr. Womöglich haben sie ihr alle Knochen gebrochen. Warum hat niemand vor ihrer Tür Wache gehalten? Edmond Courtois hatte doch versprochen, dass immer jemand da sein würde, notfalls würde er das selbst übernehmen.

»Los, fahr schon, Kind. Sie braucht dich nötiger als ich.«

»Hast du dich um die Tiere gekümmert? Ich weiß, es ist viel verlangt, aber … Ich wollte es heute Abend machen. Ich weiß nicht, ob Merlin noch genug Wasser hat, und ich muss Grizzlys Verband wechseln, Toto hat ihn schon wieder gebissen.«

»Ist alles erledigt. Tom hat mir dabei geholfen. Er weiß, was zu tun ist.«

»Er verändert sich gerade so wahnsinnig schnell. Aber du lässt ihn nicht aus den Augen, ja?«

»Versprochen.«

»Und du holst die Hunde rein?«

»Ja.«

»Er könnte herkommen«, spricht sie ihren Gedanken laut aus, ohne es zu bemerken.

»Glaubst du, das war wieder Ray?«

»Wer sollte es sonst sein, Nannie?«

Sie greift nach dem Schlüssel des Kangoo, ihrem Hut, ihrem Mantel. Nimmt ein Stück Brot und etwas Käse vom Tisch.

»Sagst du Georges, dass ich noch mal sein Auto nehme?«

»Ruf mich an, sobald du etwas weißt. Ich kann sowieso nicht schlafen.«

»Versprochen.«

Als Stella gerade die Haustür hinter sich zufallen lassen will, ruft Suzon sie noch einmal zurück.

»Georges hat mit dieser Sache nichts zu tun, Kind. Glaub ja nicht, er würde …«

Stella sieht sie verblüfft an. Warum sagt Suzon das? Um ihren Bruder zu schützen, oder weil es die Wahrheit ist? Die Wahrheit ist, dass sie niemals wissen wird, auf wen sie sich verlassen kann. Die Wahrheit ist, dass sie jeden verdächtigt. Die Wahrheit ist, dass das Alleinsein ihre Nerven blank liegen lässt. Und so erscheint ihr Georges manchmal so undurchsichtig wie ein Scheuertuch.

Sie geht nach draußen in den Hof, wo Tom mit den Hunden spielt. Sky apportiert einen Stock und legt sich flach vor ihm auf den Bauch, zum Zeichen der Unterwerfung und dass er weiterspielen möchte. Tom streichelt seinen Hals, sehr gut, Sky, braver Hund, braver Hund. Er bemerkt sie, nimmt Sky den Stock ab und kommt auf sie zu.

»Ist etwas mit Léonie?«

»Ja.«

»Ist es schlimm?«

»Das weiß ich noch nicht, ich muss erst Amina anrufen.«

»War das wieder Ray?«

Stella schaut ihn an und zuckt mit den Schultern. Wer sonst?, scheint sie zu sagen, aber die Worte kommen nicht über ihre Lippen.

»Du schläfst heute Nacht bei Georges und Suzon, okay? Und ich will kein Theater.«

»Schon kapiert«, sagt er und schlägt mit seinem Stock auf den Boden. »Ich bin ja kein Baby mehr.«

Tom geht die Treppe zu seinem Zimmer hoch und schleift dabei seine Schuhe gegen die Stufen. Er muss mit Jimmy reden. Jimmy Gun weiß immer einen Rat. Durch die Gespräche mit Jimmy hat er etwas sehr Wichtiges gelernt: Nein zu sagen. NEIN zu Menschen und Dingen, die er nicht in seinem Leben haben will. Nicht mehr immer Ja zu sagen, um seine Ruhe zu haben oder den Erwachsenen eine Freude zu machen. Er will, dass endlich Schluss ist mit diesen ewigen dröhnenden Lügen. Seit seiner frühesten Kindheit fühlt er sich von Unheil umgeben. Er verspürt ständig den Drang, gegen etwas anzukämpfen.

Einmal hat er mit Stella darüber gesprochen. Als er eines Tages so stolz war, weil er Hörnchennudeln für sie gekocht hatte und sie ihm perfekt *al dente* gelungen waren. Sie saßen beim Essen, er legte seine Gabel hin, schluckte ein paar Klumpen geschmolzenen Gruyère hinunter und wagte es.

»Du musst es mir erzählen.«

»Was muss ich dir erzählen?«, fragte Stella und schenkte sich ein Glas Wein ein, um die kompakte Käsemasse hinunterzuspülen.

»Was los ist. Denn ich weiß es, aber ich weiß es auch nicht, und das macht mich wahnsinnig.«

»Ich verstehe dich nicht, Tom. Was meinst du? Du drückst dich nicht sehr klar aus. Sag mal, kann es sein, dass du ein bisschen zu viel Käse reingemacht hast?«

»Na ja … ich merke, dass hier irgendwas nicht stimmt, aber ich weiß nicht, was, und das macht mir Angst. Wenn ich es wüsste, dann könnte ich mich vorbereiten.«

»Worauf würdest du dich vorbereiten?«

»Auf das Unheil. Und wenn es dann kommt, hätte ich keine Angst mehr.«

Stella strich ihm mit einer Hand durch das Haar und sagte noch einmal, dass er ein wenig wirr rede. Sie entkreuzte die übereinandergeschlagenen Beine, schob sie zur Seite und betrachtete eine ganze Weile ihre Schuhe, als wären sie das achte Weltwunder. Er wünschte, sie würde andere Schuhe tragen, irgendwann müsste er ihr das einmal sagen. Aber nicht heute.

Er wartete. Das Reden musste ihr schwerfallen, wenn sie so lange schwieg. Schließlich hob sie den Kopf und fragte: »Findest du, ich lüge dich oft an?«

Er sah ihr direkt in die Augen und sagte Ja. Er hätte auch Nein sagen können, um sie zu schonen und ihr eine Freude zu machen, aber das war nicht die Wahrheit. Und es hätte ihn wieder auf diese feindselige, bedrohliche Brache geführt, wo er immer festsaß. Aber indem er Ja sagte, ließ er diese Brache weit hinter sich und stellte das Problem klar: Du lügst mich an, ich spüre das, und ich halte es nicht mehr länger aus.

»Es gibt Dinge, die kann ich dir nicht sagen«, fuhr Stella fort. »Dafür bist du noch zu klein. Kinder sind Kinder, und Eltern sind Erwachsene. Jeder hat seinen Bereich.«

»Ich will doch nur, dass du mich nicht anlügst, wenn das geht.«

»Und was hättest du davon?« Sie hielt kurz inne, dann fügte sie hinzu: »Ich will nicht, dass du auch leidest.«

»Aber so ist es noch schlimmer, Stella. Ich merke doch, dass etwas nicht in Ordnung ist, aber ich weiß nicht, wieso. Das macht mich fertig.«

Sie zupfte an den Ärmeln ihres Pullovers und schlang die Arme um ihren Oberkörper.

»Ich merke doch, dass ich anders bin als die Kinder in der

Schule. Warum darf ich nicht über Papa reden? Warum besucht er uns nur heimlich? Warum sehe ich Ray nie, obwohl er mein Großvater ist? Und schlimmer noch: Warum haben alle Leute Angst vor ihm? Und du am allermeisten?«

Sie antwortete nicht sofort. Es musste eine schwierige Entscheidung sein.

»Und inwiefern würde es dir helfen, wenn ich dir die Wahrheit sagte?«

»Dann wüsste ich, dass du mich nicht für ein kleines Kind hältst. Und das ist wichtig für mich.«

Sie lächelte, doch in ihrem Lächeln zitterten Tränen. Er wusste nicht, wo diese Tränen herkamen. Aus ihrem eigenen Reservoir alter Tränen, die sie nicht hatte vergießen können, oder waren es Tränen der Liebe, die sie für ihn empfand und die nun überquoll?

»Ich werde es versuchen«, sagte Stella seufzend, »aber ich verspreche dir nicht, es immer zu tun.«

Am liebsten hätte er sich zum Dank an sie gekuschelt. Doch er zögerte. Er wollte ein Mann werden. Und ein Mann kuschelt sich nicht an seine Mutter.

Trotzdem hatte er an jenem Abend gewonnen. Und das hatte er Jimmy Gun zu verdanken. Jimmy Gun hatte ihm beigebracht, nicht mehr alle naselang Ja zu sagen, um anderen eine Freude zu machen. Seiner Mutter, seinem Vater, Georges oder Suzon.

Und so hatte er als Zeichen der Dankbarkeit für ihre Offenheit eingeräumt, dass er tatsächlich zu viel geriebenen Käse unter die Hörnchennudeln gemischt hatte und man diese dicken Gruyèreklumpen nur schwer herunterbekam.

Er schaltet seine Nachttischlampe ein und stellt sich zwischen sie und die weiße Wand. Es ist eine kleine Lampe, die Stella bei Ikea gekauft hat. Sie hat gleich zwei davon genommen. Eine für sein Schlafzimmer und eine für sein Zimmer bei Georges und Suzon, damit er sich nicht fremd fühlt, wenn er bei ihnen übernachtet.

An solche Dinge denkt Stella, und ihre kleinen Aufmerksamkeiten rühren ihn. Und außerdem ist es eine hübsche Lampe, eine türkisblaue Glaskugel auf einem Metallfuß, der an einen Duschschlauch erinnert. Man kann ihn verbiegen und das Licht in jede beliebige Richtung drehen. Beim Spielen mit diesem biegsamen Lampenfuß hatte er herausgefunden, wie er Schattenspiele machen konnte. Sein Vater hatte ihm ein paar Figuren gezeigt: den Hund, die Ente, das Kamel, die Fledermaus, die Schnecke und den Vogel. Als er eines Abends übte, sie nachzumachen, war er aufgesprungen, um einen Bleistift aufzufangen, und in den Lichtstrahl geraten. So hatte er Jimmy Gun kennengelernt.

Ein Junge wie er, nur sehr viel größer, als Schattenriss an die Wand geworfen. Mit dem gleichen zerzausten Haar auf dem Kopf und einer kleinen Stupsnase.

»Hallo«, hatte er gesagt, »wie heißt du?«

Jimmy hatte ihm seinen Namen genannt. Oder besser gesagt, es war Tom, der ihm einen Namen gegeben hatte. Und weil der Junge an der weißen Wand echt rebellisch aussah, hatte er verkündet: »Gun. Jimmy Gun, der schneller schießt als sein Schatten.«

Und sie hatten angefangen, sich zu unterhalten.

Er wusste natürlich, dass er selbst es war, der da redete, aber nach einer Weile vergaß er das, und Jimmy begann wirklich zu existieren. Mit Jimmy zu reden tat ihm gut. Endlich hatte er einen Freund gefunden. Einen besten Freund. Ihm konnte er von seinem Vater erzählen, von seinem Weg durch den unterirdischen Gang, von Schnuffel, von Georges' Jagdgewehr, von Léonie und von diesem Blödmann Ray. Er erzählte ihm, wie er Kirschtupfer unter dem Spülbecken herausgeholt, sich sogar noch weiter in die Wohnung vorgewagt und einen Blick in das Zimmer der Alten geworfen hatte. Er hatte Fernande gesehen, die schnarchend im Bett lag, den Kopf tief in den Kissen und ihren Beinstumpf flach auf dem Laken. So ein Beinstumpf ist nicht schön, hatte er ihm erklärt, er ist komplett mit weißen Binden umwickelt wie ein

Baby, und am Ende ist ein Verband mit gelben und roten Flecken, und das ist wirklich eklig. Womöglich schneiden sie ihr das andere Bein auch noch ab, und dann die Arme, und dann ist sie nur noch ein Rumpf! Und außerdem hat es gestunken, sie muss in die Hose gemacht haben, und ich habe mir die Nase zugehalten! Ich glaube, wenn ich Georges' Jagdgewehr dabeigehabt hätte, dann hätte ich sie abgeknallt – peng! Denn sie ist eine böse alte Hexe. Sie und ihr Sohn Ray, die beiden schenken sich nichts. Zuerst erledige ich sie, zur Übung, und danach ist Ray an der Reihe.

»Aber dieser Ray ist dein Großvater«, hatte Jimmy gesagt.

»Ja, schon, aber vor allem ist er ein Scheißkerl. Ich weiß nicht, was er meiner Mutter angetan hat, aber ihre Lippen werden ganz weiß, wenn sie über ihn spricht.«

Bei Jimmy nahm er kein Blatt vor den Mund. Jimmy verstand alles. Aber damals hatte Jimmy gesagt, dass das nicht clever gewesen sei, dass man in solchen Fällen alles gut planen müsse. Stell dir nur mal vor, die Alte wäre aufgewacht. Sie hätte geschrien, die Nachbarn wären gekommen, und sie hätten dich erwischt! Bevor man so etwas macht, muss man erst einmal gründlich nachdenken!

»Ja, du hast recht«, hatte er zugegeben.

Heute Abend wird er Jimmy Gun erzählen, dass es schon wieder eine Katastrophe gegeben hat. Dass er es nicht mehr aushält, Suzon weinen zu sehen. Stella weint nicht, aber es läuft auf dasselbe hinaus. Die Tränen sammeln sich in ihrem Inneren, und darum ist sie so blass, und ihre Augen sind rot gerändert. Aber Suzon, in ihrem Alter! Sie zittert die ganze Zeit und kann kaum noch atmen. Irgendwann überkommt es sie noch, und dann setzt sie sich auf einen Stuhl und stirbt, weil ihr einfach die Luft wegbleibt.

»Uns fällt schon etwas ein«, antwortet Jimmy. »Wir schmieden einen Plan und räuchern dieses Ungeziefer ein für alle Mal aus.«

Manchmal spricht Jimmy Gun wie in den amerikanischen Serien, die auf TF1 laufen.

Wie eine Schlafwandlerin fährt Stella durch die hereinbrechende Dunkelheit. Sie folgt der gewundenen Straße, ihr Blick gleitet von Feld zu Feld, von einem Bauernhof zum nächsten, als suche sie Halt in der vertrauten Landschaft, als seien die Bäume und Wiesen die einzigen Freunde, die ihr noch blieben. Dieser Scheißkerl, formen ihre Lippen, dieser Scheißkerl, dieser Scheißkerl! Sie dreht die Scheibe herunter und atmet den Duft des Waldes ein, die Aromen von Weihrauch, totem Laub und feuchtem Moos, von Krokus, Veilchen und Buchenknospen. Der Geruch der Nacht, die Geräusche der Nacht, die Reinheit und Unschuld, die die Luft erfüllen. Sie hört das dumpfe Knirschen der sich wiegenden Stämme, die Rufe der Vögel, das Gurren einer Taube, sie atmet tief ein. Léonie, meine Mutter, du arme gequälte Kreatur, hört das denn nie auf? Und die Verzweiflung droht sie zu überwältigen, sie hat keine Kraft mehr, am liebsten würde sie einfach anhalten und auf dem Steuer des Kangoo einschlafen. Es ist immer die gleiche Geschichte, ihre Mutter, die geschlagen, vergewaltigt und misshandelt wird, ihre Mutter, die sich nicht einmal wehren kann, weil die Gesetze von Männern gemacht wurden und die Männer sie anwenden, wie es ihnen passt. Ein Satz hatte sie beeindruckt, als sie in der zehnten Klasse war: »Die Frauen tun recht daran, sich gegen die Gesetze aufzulehnen, denn wir haben sie ohne sie geschaffen.« Ein Mann hatte das geschrieben, er hieß Montaigne. Und seine Worte waren nicht auf taube Ohren gestoßen.

Es wird zu viel für sie. Die Erinnerungen an die Nächte ihrer Kindheit kommen wieder hoch: das blutverklebte Haar ihrer Mutter, das Geräusch ihres Kopfs, der auf den Boden schlägt, die Beschimpfungen, die Schreie, ihre Mutter, die um Verzeihung bittet, ihre Beteuerungen: Ich mache es nie wieder. Es ist einfach zu viel. Sie bekommt keine Luft mehr und hält an. Sie presst die Fäuste gegen ihre Augen, doch die Tränen rinnen zwischen ihren Fingern hindurch und laufen ihr über die Wangen.

Als sie keine Tränen mehr zu vergießen hat, als ihr ganzer

Schmerz aufgebraucht ist, da kehrt der Zorn zurück, sie richtet sich wieder auf, trocknet sich die Nase am Ärmel ihres Mantels, schiebt ihren Hut zurück, reibt sich mit beiden Händen den Kopf, beißt in die Scheibe Brot und das Stück Käse und wählt Aminas Nummer.

Eine Fledermaus huscht schräg durch die blaugraue Nacht, und ihr fällt Toms Witz wieder ein: »Was sagt ein Mäusejunge zu seiner Mutter, wenn sie eine Fledermaus sehen?«

»Keine Ahnung, Tom, du weißt doch, dass ich auf so etwas nie komme!«

»Wenn ich groß bin, will ich auch Pilot werden.«

Sie hatte laut aufgelacht, und das hatte ihn gefreut.

»Amina, ich bin's. Wo bist du?«, fragt Stella, denn Amina hat sich so leise gemeldet, dass sie sie kaum versteht.

»Im Zimmer deiner Mutter. Ich wollte sie nicht allein lassen. Ich habe auf deinen Anruf gewartet.«

»Ich bin gleich da.«

»Sie schläft. Ich habe ihr etwas gegeben.«

»Ist es schlimm?«

»Sie schläft«, wiederholt Amina leise.

Amina erwartet sie vor der Tür von Zimmer 144 und winkt ihr, sich zu beeilen. Sie sieht sich verstohlen um. Dann schließt sie die Tür hinter ihnen und blockiert die Klinke mit der Rückenlehne eines Stuhls.

»Glaubst du, das funktioniert?«, fragt Stella.

»Keine Ahnung, aber es beruhigt mich. Ich hatte die schlimmste Angst meines Lebens, das kannst du mir glauben! Sprich leise. Ich sollte eigentlich gar nicht hier sein, ich habe heute Nacht keinen Dienst.«

»Sind Boubou, Houcine oder Maurice nicht gekommen? Wer von ihnen war denn an der Reihe? Ich hatte Courtois doch extra Bescheid gesagt, dass ich heute nicht da sein würde.«

»Nein. Ich habe niemanden gesehen. Ich habe auf sie gewartet, um nach Hause gehen zu können.«

»Und sie haben dich auch nicht angerufen?«

»Nein, ich sagte doch, nichts.«

»Das ist nicht normal …«

Es ist halb elf. Sonst treffen sie immer gegen acht Uhr ein, um sie abzulösen. Mit einem breiten Lächeln im Gesicht. Stets gerne bereit, ihr diesen Gefallen zu tun. Normalerweise kommen Boubou und Houcine zusammen, bringen ihr Kartenspiel und Bier mit, ziehen den kleinen Tisch unter dem Fernseher vor und spielen Gin Rommé. Sie sehen lächelnd zu Léonie hinüber und sagen: Schlafen Sie ruhig, wir sind da. Sie lächelt zurück und dankt ihnen. Maurice schüchtert sie ein wenig ein. Er ist Junggeselle. Liest Bücher über Napoleon und studiert die Strategien der großen Schlachten, die Bewegungen der Armeen, die ihren Gegner in die Zange nehmen. Oder auch nicht. Er rekonstruiert Eylau und Waterloo. Er liebt das Militärleben, die Uniformen und die Parade am 14. Juli. Er sieht sie sich immer im Fernsehen an. Einmal war er auch in Paris, um sie »live« zu sehen. Er war schon am Vortag hingefahren, hatte die Place de l'Étoile umrundet und sich die Vorbereitungen angesehen, hatte in seinem Auto geschlafen und sich am nächsten Morgen einen Platz in der ersten Reihe gesichert, um nichts zu verpassen. Aber er war enttäuscht zurückgekommen. »Im Fernsehen sieht man es besser. Außerdem mag ich dieses Gedränge nicht. In Paris gibt es einfach zu viele Leute. Und es stinkt, man kann gar nicht richtig atmen.«

Stella beugt sich über ihre Mutter. Sie schläft friedlich. Ein leises Schnarchen dringt über ihre leicht geöffneten Lippen.

»Sie sieht aus, als wäre alles in Ordnung …«

»Weil das Licht aus ist. Sieh genauer hin …«

Stella beugt sich erneut vor und bemerkt einen Verband über Léonies linkem Auge. Sie schreit leise auf, und Amina bedeutet ihr, still zu sein.

Sie lehnen sich an die Fensterbank und unterhalten sich flüsternd.

»Es muss gegen sieben Uhr gewesen sein, ich war gerade auf der Toilette, als jemand reinkam. Ich bin mir sicher, es war Turquet, ich habe seine Stimme erkannt. Ich weiß nicht, wieso, aber jemand hat den Schlüssel draußen stecken lassen. Oder ihn womöglich absichtlich draußen ins Schloss gesteckt, damit Turquet mich einsperren konnte.«

»Das würde ja bedeuten, dass er hier drin einen Komplizen hätte …«

»Wir können von Glück reden, wenn es nur einer ist!«, entgegnet Amina seufzend. »Jedenfalls hat er den Schlüssel umgedreht und mich eingeschlossen. ›So kommt mir die verdammte Schwester nicht in die Quere‹, hat er ganz laut gesagt, damit ich ihn höre. Ich habe mit aller Kraft gegen die Tür gehämmert, aber das hat ihn nicht davon abgehalten, zum Bett deiner Mutter zu gehen. ›Los, steh auf‹, hörte ich ihn sagen, ›du gehst jetzt nach Hause!‹ ›Tu mir nichts!‹, flehte sie, aber er erwiderte nur höhnisch: ›Glaub ja nicht, dass ich mir den Spaß entgehen lasse, du Miststück! Steh auf, oder ich prügle dich windelweich.‹ Sie muss ihm ihren Gips gezeigt haben, denn er sagte: ›Den kriegen wir schon weg, das ist schnell erledigt!‹ Ich hörte Schläge, Stöhnen, ich habe um Hilfe geschrien, ich habe die Zimmernummer gebrüllt, bis ich keine Stimme mehr hatte! Schließlich ertönte Lärm im Flur, und er machte sich aus dem Staub. Serge, ein Krankenpfleger, kam rein und sagte, er habe ihn weglaufen sehen, aber er sei sich nicht sicher, ob es wirklich Turquet gewesen sei – noch so ein Feigling! Nachdem er mich rausgelassen hatte, sah ich Léonie auf dem Boden liegen. Es war kein schöner Anblick.«

»Was hat sie?«

»Die vierte, fünfte und sechste Rippe auf der rechten Seite sind gebrochen. Sie muss sich nach links gedreht und den Arm gehoben haben, um sich zu schützen, und er hat auf sie eingeprügelt. Sie hat überall blaue Flecken, auf dem Oberkörper, im

Gesicht, am rechten Arm. Serge und ich haben sie hochgehoben, und während ich mich allmählich wieder beruhigt habe, hat er sich vergewissert, dass außer den Rippen nichts weiter gebrochen war. Er hat ihr ein Beruhigungsmittel und etwas gegen die Schmerzen gegeben und ist wieder gegangen. Wir müssen morgen unbedingt Doktor Duré davon erzählen.«

»Arme Maman«, sagt Stella seufzend und greift nach der Hand ihrer Mutter. »Sie werden dich nie in Frieden lassen!«

Sie pustet ihrer Mutter sacht ins Gesicht und streicht vorsichtig mit einem Finger über ihre Wange.

»Sie schläft ganz ruhig«, bemerkt sie verwundert.

»Als ich sie aufgehoben habe, hat sie sich entschuldigt. Stell dir das mal vor! Sie hat mich um Verzeihung gebeten für den Ärger, den sie mir bereitet. Das waren ihre Worte. Sie ist so süß, Stella! Wie kann man ihr nur so etwas antun?«

»Ich weiß, Amina.«

»Sie wird über einen Monat Schmerzen haben. Sie wird sich kaum rühren können, kaum Luft bekommen, wir werden ganz behutsam mit ihr umgehen müssen. Sie darf nicht husten, nicht lachen, keine abrupten Bewegungen machen, da hilft nichts außer Warten, bis die Brüche wieder heilen.«

»Ich bleibe hier. Suzon kümmert sich um Tom, und Georges fährt ihn morgen früh zur Schule. Ich rufe sie an.«

Gerade als sie ihr Handy aus der Handtasche holen will, beginnt es zu klingeln. Sie liest »unbekannte Nummer« und geht nicht ran.

»Vielleicht sind es ja Boubou oder Houcine«, vermutet Amina.

»Oder dieses durchgeknallte Arschloch will mir wieder drohen. ›Ich fick dich durch, du blöde Fotze.‹ Die glauben, damit würden sie mich mürbe machen. Sie versprechen mir die Hölle auf Erden. In mir ist so viel Hass, Amina! Ich ertrage das nicht mehr, es frisst mein ganzes Leben auf.«

Sie betrachtet die auf dem Bett liegende Gestalt, streichelt ihren Arm, und ihr Blick verliert sich wieder in der Ferne.

»Ich frage mich oft, ob ich überhaupt noch weiß, was Liebe ist…« Sie stockt und sucht nach den richtigen Worten. »Manchmal bin ich glücklich. Aber das hält nicht lange an. Meistens kommt der Hass gleich wieder zurück und nimmt den ganzen Platz ein.«

Das Klingeln hat aufgehört. Stella zuckt mit den Schultern.

»Siehst du … Sie hinterlassen nicht einmal eine Nachricht. Sie glauben, schon das Klingeln reicht, um mich in Angst und Schrecken zu versetzen.«

Sie zeigt dem Handy den Mittelfinger.

»Bist du sicher, dass es nicht Houcine oder Boubou waren?«, beharrt Amina. »Normalerweise kommen sie immer pünktlich.«

»Dann wäre ihre Nummer angezeigt worden. Glaub mir doch, das waren die. Hast du's immer noch nicht kapiert?«

Ihre Stimme klingt scharf und gehässig. Aminas Arglosigkeit geht ihr auf die Nerven.

Amina legt ihr begütigend eine Hand auf den Arm. Stella schüttelt sie ab und verfolgt weiter ihre fixe Idee.

»Es war Turquet, das hast du selbst gesagt. Und Turquet bedeutet Ray. Aber diesmal werden sie es bereuen.«

»Was hast du vor?«

»Halt dich da raus. Sie werden dafür bezahlen, das ist alles. Du weißt nichts, und ich habe dir nichts gesagt. Und wenn dich jemand fragt, hältst du einfach die Klappe, kapiert?«

»Stella, du weißt genau, dass ich auf deiner Seite bin.«

Stella schaut auf Aminas angespanntes, besorgtes Gesicht hinab. Sie sieht die Zärtlichkeit, die Sanftheit in ihren Zügen und bereut ihren Ausbruch.

»Tut mir leid. Ich kann nicht mehr. Ich habe es satt, allen etwas vorzuspielen, was ich gar nicht bin: eine starke Frau, die ununterbrochen kämpft. Aber wenn ich aufhöre, diese Frau zu sein, wer bin ich dann noch? Kannst du mir das sagen?«

Amina bleibt stumm. Stella hat recht. Niemand lässt ihr die Wahl, jemand anders zu sein.

»Ich schlafe heute Nacht hier bei deiner Mutter. Wenn sie aufwacht und Pflege braucht, kann ich mich um sie kümmern. Fahr nach Hause und leg dich hin. Wir reden morgen weiter.«

»Danke«, entgegnet Stella leise. »Zum Glück bist du da.«

»Ich mache mir solche Vorwürfe, dass ich mich habe einschließen lassen«, schimpft Amina. »Ich werde nie wieder in einem Krankenzimmer aufs Klo gehen. Eigentlich ist das sowieso streng verboten!«

Stella lächelt.

»Du bist super«, sagt sie leise.

»Du auch. Und das schon viel länger als ich! Ich hatte ein schönes Leben. Meine Eltern haben mich verwöhnt, während du ums Überleben kämpftest.«

»Mir blieb nichts anderes übrig.«

»Sogar in der Schule warst du gut!«

»Weil ich die Lehrer mochte. Sie waren nett zu mir.«

»Das stimmt. Sie ließen dir alles durchgehen. Weißt du noch, wie du so schlecht drauf warst, dass du jeden getreten hast, der in deine Nähe kam?«

Sie lachen, als legte sich die Erwähnung der Vergangenheit wie Balsam über die Gegenwart.

»Am liebsten mochte ich Monsieur Toledo, unseren Spanischlehrer«, sagt Amina. »Den fand ich toll!«

»Wenn wir nachmittags Unterricht hatten und er aus der Kantine zurückkam, war sein Pullover voller Flecken«, erinnert sich Stella mit krausgezogener Nase. »Wir versuchten immer, zu erraten, was er gegessen hatte.«

»Und er knöpfte sein Jackett zu, damit wir sie nicht sahen!«

»Wie sagte er noch immer, wenn man die beste Note hatte?«, fragt Stella.

»Er deutete mit dem Finger auf einen und rief quer durch die Klasse: *Fantástico! Así se hace, muchacha!* Und alle anderen riefen *muchacha, muchacha!* und trommelten dazu auf ihren Tisch. Meine Güte, war das ein Lärm!«

»Bei ihm waren wir alle *muchachas fantásticas*!«

»Aber er hatte trotzdem seine Lieblinge! Weißt du nicht mehr?«, sagt Amina. »Das waren du, ich, Julie und Marie Delmonte. Wir waren die Besten in Spanisch!«

»Und wir haben uns danach nie aus den Augen verloren …«, ergänzt Stella, plötzlich gerührt. »Julie und ich arbeiten zusammen, du bist hier im Krankenhaus, und Marie treffen wir im Patchworkkurs, wenn sie nicht gerade Dienst in der Zeitungsredaktion hat. Denn sie arbeitet nachts. Sie hat sich überhaupt nicht verändert und ist immer noch genauso lieb wie damals. Überhaupt nicht eingebildet.«

»Zu meinem dreißigsten Geburtstag hat sie mir eine selbst gebastelte Titelseite geschenkt. Und als Schlagzeile stand da: ›Amina: die *muchacha fantástica*‹. Ich war unglaublich stolz!«

»So was kann sie?«

»Ja, sie hat es mir gezeigt. Das ist ganz einfach, aber es macht richtig Eindruck! Mein Vater war so begeistert davon, dass ich sie ihm gegeben habe. Er hat sie im Wohnzimmer aufgehängt! Schon damals fand er, dass Monsieur Toledo recht habe und Frauen großartige Menschen seien. Seinetwegen hat er sogar beschlossen, Spanisch zu lernen. Er hat sich einen Assimil-Sprachkurs gekauft und hörte Lambada!«

»Aber Lambada kommt doch aus Brasilien!«

»Ich weiß, aber so ist mein Papa eben! Er hat was gegen Grenzen.«

Unversehens verspürt Stella den Drang, ihr zu sagen: Ich habe einen neuen Vater, weißt du, und ich glaube, den werde ich lieben, auch wenn er schon tot ist. Ich bin mir sicher, dass er ein guter Mensch war. Ich bin die Tochter eines guten Menschen.

Aber sie schweigt.

Sie kann keinen klaren Gedanken mehr fassen und merkt, wie ihre Gefühle sie zu überwältigen drohen. Sie umarmt Amina und vergräbt den Kopf in ihrer braunen Lockenmähne, um das Schluchzen zu unterdrücken, das in ihrer Nase kribbelt.

»Du bist nicht allein, Stella. Ich lasse dich nicht im Stich. Ich habe keine Angst.«

»*Claro que sí, muchacha*«, entgegnet Stella leise.

In dem Moment hören sie eilige Schritte im Flur. Sie stellen sich vor das Bett, um Léonie zu schützen, und fassen einander bei der Hand.

Die Klinke senkt sich herab, aber die von der Stuhllehne blockierte Tür geht nicht auf.

Überrascht sehen sie sich an.

»Der Trick mit dem Stuhl funktioniert ja tatsächlich«, flüstert Amina.

Da ertönt eine Stimme: »Wir sind's, können wir reinkommen?«

»Wer ist wir?«, fragt Stella.

»Houcine und Boubou. Wir haben uns verspätet. Wir wurden aufgehalten.«

Amina wirft Stella einen fragenden Blick zu, dann nimmt sie den Stuhl weg und öffnet. Sie bedeutet den beiden Männern, leise zu reden.

»Verdammt, wo wart ihr?«, zischt Stella wütend. »Euretwegen …«

Sie verstummt abrupt, als sie im Halbdunkel Boubous Gesicht sieht. Er senkt den Kopf und versucht, einen großen Schnitt auf seiner linken Wange zu verstecken, indem er eine Hand schützend über die Wunde legt. Mit den Fingern zupft er an seiner Oberlippe, es scheint, als hätte er Blut im Mund. Houcine sieht auch nicht besser aus. Er zischt beim Reden und hält sich mit schmerzverzerrtem Gesicht den linken Arm.

»Was ist passiert?«

»Wir wollten uns gerade ins Auto setzen, um herzukommen«, erklärt Boubou, »da sind Lancenny und Gerson plötzlich aufgetaucht. ›Hey, Jungs, bleibt mal hier‹, haben sie gesagt, ›wir müssen mit euch reden.‹ Wir haben geantwortet, dass das gerade ganz schlecht passt und sie morgen wiederkommen sollen. Und da haben sie gesagt, im Gegenteil, genau jetzt ist perfekt! Es gibt gar keinen passenderen Zeitpunkt! Und dabei haben sie gelacht.«

»Es sah aus, als führten sie etwas im Schilde«, fügt Houcine zischelnd hinzu.

Er sagt nicht »Schilde«, sondern »Ssilde«.

»Und dann«, fährt Boubou fort, »haben sie angefangen, uns etwas von alten Landmaschinen zu erzählen, die bei Larmoyer abgeholt werden sollten, und wie viel es uns einbringen würde, wenn wir gleich mit ihnen ins Geschäft kommen würden, ohne Julie da mit reinzuziehen. Dass Julie es gar nicht zu erfahren brauchte, wir würden halbe-halbe machen. Ray hätte die Nase voll davon, dass Julie sich das ganze Alteisen der Gegend unter den Nagel reißt, da würde eine Menge Geld drinstecken, und wir wären doch bescheuert, wenn wir nicht einen Teil davon für uns abzweigen würden …«

»Wir haben gesagt, dass wir keine Sseit hätten, uns das anssuhören«, ergänzt Houcine, »und an ihren blöden Mausseleien wären wir sowieso nicht interessiert.«

»Wir haben auf die Uhr geguckt, weil wir nicht zu spät kommen wollten«, übernimmt Boubou erneut, »und da haben sie uns gefragt, was wir denn so Wichtiges zu erledigen hätten, ob jemand auf uns wartet, eine Frau oder zwei vielleicht, und ob wir nicht mit ihnen teilen wollten und so weiter. Wir sind überhaupt nicht misstrauisch geworden, und ab da ist alles in die Hose gegangen.«

»Sie haben sich hinter mich gesstellt«, fährt Houcine fort, »und mir den Autosslüssel geklaut. Ich hatte ihn in der Hand …«

»Sie haben ihn in den Haufen mit den Schredderabfällen geworfen, das Ding ist den ganzen Tag gelaufen, es war ein ziemlicher Berg!«

»Da haben wir rotgesehen und sind auf sie losgegangen. Wir haben uns geprügelt, aber es war ein unfairer Kampf. Sie hatten Eisensstangen und haben damit auf uns eingeprügelt. Wir haben ziemlich was abgekriegt, das war eine blutige Angelegenheit … Ich glaube, ich habe sogar einen SSahn verloren!«

»Also haben wir uns aus dem Staub gemacht und uns in der Halle eingeschlossen. Und sie haben sich unter wüsten Beschimpfungen verzogen!«

»›Arsslöcher, Wichser, Pisser!‹ Die haben ja eine Ausdrucksweise! Wir sind dann wieder rausgekommen und haben in den Ssredderresten nach dem Sslüssel gesucht. Was für eine Heidenarbeit! Wir konnten nichts sehen. Wir haben mit Händen und Füßen gesucht, wir haben Eisenspäne gessluckt, wir hatten das Zeug in den Augen, in den Nasenlöchern, es hat mindestens eine Sstunde gedauert, bis wir das Ding endlich hatten!«

»Und darum sind wir zu spät. Sei nicht sauer auf uns, Stella, wir können nichts dafür«, sagt Boubou.

»Ich bin nicht sauer.«

»Doch. Du solltest mal dein Gesicht sehen.«

»Aber nicht auf euch.«

»Auf wen denn sonst? Auf die? Das sind doch Idioten. Jedes Stück Schrott hat einen höheren IQ als die.«

»Ich bin es so leid. Am liebsten würde ich alles hinschmeißen. Mich einfach hinlegen und nie wieder aufstehen.«

»Das sieht dir gar nicht ähnlich.«

»Ich weiß. Mir gefällt auch nicht, wozu ich mich entwickle.«

Sie seufzt. Zuckt mit den Schultern. Ihr Blick fällt auf Léonie.

»Wir stehen direkt neben ihr und reden, und sie hört nichts? Ist das normal?«

»Sie ist erschöpft«, sagt Amina. »Und du auch. Fahr nach Hause. Ich bleibe mit den beiden hier.«

Stella schaut sie an. Sie drängen sich um sie, als fühlten sie ihren Puls.

»Sehe ich so erledigt aus?«, fragt sie.

»Amina hat recht«, sagt Boubou. »Fahr nach Hause und leg dich hin. So etwas kommt nicht wieder vor, versprochen. Wir werden die Sache erörtern.«

Stella lächelt. Boubou redet wie ein Wörterbuch, er »erörtert«.

»Danke. Dann werde ich ein bisschen schlafen.«

»Das scheint mir zweckdienlich«, schließt Boubou mit einem traurigen Lächeln, das seine Oberlippe aufplatzen lässt.

Joséphine steht in der Hotelbibliothek des Mykonos Grand. Es ist ein schöner Raum mit hoher Decke, halb geschlossenen Fensterläden, gekalkten Wänden und langen, hellen Eichenregalen voller Bücher, die die Gäste zurückgelassen haben. Die Leute lesen ja doch noch!, sagt sie sich und denkt an den Anruf ihres Verlegers zurück, der sie im Morgengrauen aus dem Schlaf gerissen hat. Er möchte, dass sie sich wieder ans Schreiben macht, worauf wartet sie denn noch? Ihr letztes Buch ist vor zwei Jahren erschienen. Sie hat ihm geantwortet, dass man nicht schreiben könne, wenn man glücklich sei. Dann werde ich mit Philippe reden, hat er erwidert, er soll dich leiden lassen! Nein, danke, hat sie gemurmelt und sich an die kummervolle Zeit erinnert, die hinter ihr liegt, das tut zu weh.

Versonnen sucht sie nach einem Buch für Philippe. Sie trägt eine taillierte weiße Bluse, eine rote Caprihose und Sandalen von Avarcas by Castell, die Philippe ihr aus London mitgebracht hat. Er behauptet, in Notting Hill seien sie der letzte Schrei.

Zuerst sind sie ihm in einer Zeitschrift aufgefallen, dann hat er sie an Passantinnen gesehen, hat sich vorgestellt, wie sie ihr wohl stehen würden, ist in einen Laden gegangen, hat sie von allen Seiten betrachtet und sich schließlich für ein Modell entschieden, das vorn aus einem breiten schwarz-weiß gestreiften Band besteht und hinten aus einem schmalen, rosafarbenen Riemchen. Nur für sie!

Philippe ist vor ihr auf die Knie gegangen. Hat ihr die Sandalen übergestreift, hat die Schnallen geschlossen und hat ihre Beine gestreichelt.

Glücklich zieht sie die Nase kraus.

Wenn ich mir vorstelle, dass ich noch vor Kurzem mit Du Guesclin in meinem kleinen Hotelzimmer in Lyon saß und Trübsal blies.

Sie hat sechs Kilo abgenommen, trägt das Haar jetzt kürzer und hat sich einen Pony schneiden lassen, mit dem sie wie ein junges Mädchen wirkt. Sie mag ihr neues Äußeres, sie mag ihren neuen Körper, sie mag es, ihr Bild in einem Spiegel zu sehen und sich zu fragen: Bin ich wirklich diese Frau da? Morgens im Bad wirft sie sich Kusshände zu. Als sie glaubte, Philippe zu verlieren, war sie so traurig, dass ihr Körper einfach verkümmerte. Sie ist schlanker geworden. Das steht ihr gut.

Sie mag Hotelbibliotheken, wo jeder die Bücher ablegt, die er gelesen hat. Sie mag die Vorstellung, dass die Leute nur solche Bücher dalassen, die ihnen gefallen haben, aber Philippe versichert ihr, dass es ihnen bloß darum gehe, keinen Platz in ihrem Koffer zu verschwenden.

Es ist Mitte Mai, ein warmer, windiger Tag. Der Himmel ist blau, durchzogen von weißen Wölkchen und kreuz und quer verlaufenden Stromleitungen. Man könnte fast meinen, auf Mykonos würden Stromleitungen an Betonmasten gezüchtet. Überall wachsen sie in dichten Büscheln. Auf den Dächern, an den Straßenecken und sogar am Strand.

Sie verbringen ihre ganze Zeit am Meer. Die Sonnenschirme flattern im Wind und drohen davonzufliegen, aber sie beachten sie gar nicht. Sie lesen, sie schwimmen, sie küssen sich. Das ist Glück, denkt sie ganz fest, bevor sie sich wieder in ihr Buch vertieft. *Mémoires d'une fripouille* von George Sanders. Sie kichert und liest laut vor: »Meine Boshaftigkeit war von einer neuen Art. Ich war abscheulich, aber niemals vulgär. Eine Art aristokratischer Schurke. Wenn das Drehbuch von mir verlangte, jemanden zu töten oder zu verstümmeln, tat ich dies stets auf wohlerzogene Weise und, wenn ich so sagen darf, äußerst geschmackvoll. Ich trug immer ein makelloses Hemd. Ich war der Typ Verräter, der es verabscheute, seine Kleidung mit Blut zu beflecken, nicht so sehr, weil ich fürchtete, erwischt zu werden, sondern weil ich Wert auf Reinlichkeit legte.«

»Der Mann gefällt mir«, entgegnet Philippe. »Ich wäre gern mit ihm befreundet.«

»Zu spät, er ist schon tot.«

Er hatte sie nach seiner Rückkehr aus Japan angerufen und gesagt: »Du wirst drei Umschläge bekommen, die jeweils eine Nummer tragen. Du darfst nur einen davon öffnen, die beiden anderen musst du mir verschlossen wiedergeben, und dann befolgst du die Anweisungen darin aufs Wort und ohne eine Frage zu stellen.«

Sie hatte den Umschlag mit der Nummer zwei gewählt, weil sie gerade Zahlen mochte, und hatte gelesen: »Treffen in Orly, Gate 13. Badesachen, Sonnencreme, Schwimmflossen und Wörterbücher einpacken.«

Sie verlässt die Bibliothek mit den *Diabolischen Geschichten* von Barbey d'Aurevilly. Das laute Lachen eines zu stark geschminkten Mädchens schallt ihr entgegen und bildet einen unschönen Kontrast zu der sanften Stille des Raums.

Sie haben sich in der Bar verabredet, um von dort aus zum Essen in die Stadt zu fahren. Sie geht auf die Terrasse hinaus und wartet auf den Sonnenuntergang. Philippe ist sicher noch in seinem Zimmer und telefoniert. Einem spontanen Impuls folgend, wählt sie die Nummer, die sie an ihrer Windschutzscheibe gefunden hat. Sie lässt es klingeln und legt auf, als die Mailbox rangeht. Eine Computerstimme verliest eine unpersönliche Ansage. Sie hinterlässt keine Nachricht. Wieder sieht sie die hochgewachsene Gestalt des Fremden im Hörsaal vor sich. Wer ist dieser Mann? Kannte er vielleicht ihren Vater? Wie alt ist er? Papa wäre heute achtundsiebzig.

»Siehst du, er geht nicht ran«, flüstert Philippe neben ihrem Ohr.

»Oh!«, sagt sie zusammenzuckend. »Du bist ja doch da.«

»Und du hinterlässt keine Nachricht?«

»Ich weiß nicht, was ich sagen soll.«

»Ich möchte dich küssen.«

»Dann küss mich doch.«

»Nein. So leicht bin ich nicht zu haben.«

Sie lächelt ihn an, dann senkt sie den Blick erneut auf den Zettel, den sie in Lyon zusammengefaltet und in ihr Portemonnaie gesteckt hat. »Könnten wir uns treffen? Ich möchte mit Ihnen über Lucien Plissonnier reden.« Sie hat Capitaine Garibaldi nicht gebeten, den Besitzer des roten Kangoo zu ermitteln. Das ist eine Sache zwischen ihr und der Vergangenheit. Sie will mit niemandem darüber sprechen. Nur Philippe weiß davon.

»Aber das ist doch wirklich seltsam! Jemand, der nach so langer Zeit mit mir über meinen Vater reden will!«

»Kannst du dich denn noch an deinen Vater erinnern?«

»Ich erinnere mich daran, wie sehr er mich geliebt hat. Er passte auf mich auf, und wenn er bei mir war, hatte ich nie Angst. Ich erinnere mich an seine Theorie über den kleinen Stern, den Bolzen, der die Familie zusammenhielt, und ich erinnere mich an das Lied, das er Iris und mir immer vorsang. Er nahm uns auf den Schoß, ließ uns hüpfen und sang ›Le facteur de Santa Cruz‹.«

»Wie ging das Lied?«

»Henriette verabscheute es. Sie fand es gewöhnlich.«

Philippe verstärkt seine Umarmung, und Joséphine beginnt zu singen:

Le facteur de Santa Cruz
Affalé sur son cheval
Ressemble à ouna méduse
Sous le soleil tropical.

Sie schluckt und singt mit hoher Stimme weiter:

Ohé les muchachas
J'apporte le courrier
Ohé les muchachas
*Voici les PTT.**

»Die *muchachas*, das waren Iris und ich, und wir lachten, wenn er uns hochhüpfen ließ. Er sang so lange weiter, bis wir nicht mehr konnten und ihn anflehten, damit aufzuhören.«

»Ja, ich kann mir vorstellen, dass das Henriette nicht gefallen hat.«

»Sie verstanden sich einfach nicht. Ständig haben sie gestritten. Henriette schimpfte, und Papa ignorierte sie. Er war häufig auf Dienstreisen, und sie hatte sich an das Leben ohne ihn gewöhnt. ›Dieser Mann ist von einer hinreißenden Abwesenheit‹, sagte sie immer und streckte sich genüsslich. Papa las gern, und sie hielt das für Zeitverschwendung. Papa liebte Rilke, und sie behauptete, Rilke sei ein Waschlappen. Papa zitierte für uns ganze Passagen von Rilke. Kennst du die Geschichte von dem Drachen, der sich im allerletzten Moment in eine Prinzessin verwandelt?«

»Nein.«

»Sie ist sehr schön. Er hatte sie mehrmals auf Karteikarten abgeschrieben und verwahrte immer eine davon in seinem Portemonnaie. Auch ich hatte lange eine dieser Karten in meiner Handtasche. Eine weiße Karteikarte, unterschrieben mit ›Lucien Rilke‹. Eines Tages habe ich sie in einen Ordner eingeheftet und nie wieder gelesen.«

»Er arbeitete in der Baubranche, stimmt's?«

»Er war Projektleiter, er beaufsichtigte und betreute die Baustellen. Er war häufig unterwegs. Die beiden letzten Monate sei-

* Der Briefträger von Santa Cruz / sitzt auf seinem Pferd / so schlaff wie eine Qualle / unter der tropischen Sonne. / Hey, *muchachas* / ich bringe eure Briefe / hey, *muchachas*, hier kommt eure Post.

nes Lebens hat er auf einer Baustelle in Sens verbracht. Es muss eine glückliche Zeit gewesen sein, denn wenn er am Wochenende nach Hause kam, pfiff er die ganze Zeit vor sich hin. Er wirkte jünger und sagte mit einem strahlenden Lächeln: ›Ach, das Leben, das Leben, das Leben!‹ Aber als er an diesem dreizehnten Juli zurückkam, da ging es ihm nicht gut … Als hätte er Ärger gehabt.« Joséphine räuspert sich und fährt dann fort: »Henriette fragte: ›Warum kommst du erst so spät nach Hause?‹, und klopfte dabei auf ihre Uhr, und Papa antwortete: ›Ich hatte einen Termin, der etwas länger gedauert hat.‹ ›Mit wem?‹ Und er sagte: ›Du kennst ihn nicht, aber ich kann dich beruhigen, es war ein Mann.‹ Worauf sie erwiderte: ›Als ob ich mir deswegen Sorgen machen würde!‹«

»Dabei hört es sich ganz nach einem Rendezvous an!«

»Ach, hör auf! Papa und eine Geliebte! Unmöglich!«

»Aber es hätte ihm gutgetan. Ein paar glückliche Momente fern der grässlichen Henriette.«

Joséphine lächelt.

»An diesem Abend wirkte er erschöpft. Er ließ sich in einen Sessel fallen und nahm seine Krawatte ab. Ich kletterte auf seinen Schoß, um mit ihm zu kuscheln, und er sagte: ›Ich bin schweißgebadet! Es ist heiß, findest du nicht?‹ Ich fand seinen Blick komisch, irgendwie glasig, und fragte: ›Geht es dir nicht gut, Papa?‹ Er lächelte und antwortete leise: ›Wenn du bei mir bist, geht es mir immer gut.‹ Dann hat er meine Wange gestreichelt und dabei kurz das Gesicht verzogen, als täte die Bewegung ihm weh. Draußen wurden die ersten Feuerwerkskörper gezündet. Ich bin aufgestanden, um ihm ein großes Glas Wasser zu holen, und … und er ist gestorben. Er war sehr wichtig für mich, weißt du. Er fand alles großartig, was ich tat. Er stand immer auf meiner Seite.«

»Hast du Fotos von ihm?«

»Nicht viele, Maman hatte nur sehr wenige behalten. Und als sie dann Marcel geheiratet hat, hat sie sie alle weggeräumt. Es gab kein einziges Foto von Papa mehr in der Wohnung.«

»Und sie hat euch nie von ihm erzählt?«

»Doch, sie sagte, er habe keinen Funken Ehrgeiz im Leib gehabt, und sie hätten niemals heiraten sollen.«

»Warum hat sie ihn dann überhaupt geheiratet?«

»Das war ein Missverständnis. Er war gut erzogen, fuhr einen zitronengelben Panhard, hatte wunderschöne blaue Augen, schönes schwarzes Haar, trug einen gut geschnittenen Anzug, er war galant, höflich, zuvorkommend ...«

»Und das reicht zum Heiraten?«

»Es reicht, um sich in Illusionen zu wiegen. Sie hat sich schon als Frau eines Geschäftsführers gesehen, hat den zitronengelben Panhard in einen schwarzen Cadillac verwandelt, ihn sich in einem großen Büro vorgestellt, mit einer Sekretärin und einem üppigen Gehalt. Sie wünschte sich einen zynischen, reichen, mächtigen Märchenprinzen. Sie liebte Männer, die ihre Sätze mit ›und zwar zackig!‹ enden ließen. Das jagte ihr einen Schauer über den Rücken.«

»Sie muss schnell wieder auf dem Boden der Tatsachen gelandet sein ...«

»Sie erzählte uns immer, dass sie mit den Nerven am Ende gewesen sei, als sie von ihrer Hochzeitsreise zurückkamen. Er hatte alle Fehler, die man sich nur denken konnte: zu gutmütig, zu sanft, zu bescheiden, und zu allem Überfluss spendete er auch noch für die Bedürftigen. Das machte sie wahnsinnig! Er liebte sein Zuhause und seine Töchter, er liebte es, mit mir Lego zu spielen, zuzuhören, wie Iris ihre Gedichte aufsagte, das Fehlersuchbild im *France Soir* zu lösen und am Sonntagnachmittag mit der ganzen Familie ins Kino zu gehen. Alles, was ihn glücklich machte, trieb Henriette zur Weißglut. Du siehst, ich erinnere mich besser an Henriettes Ärger als an das, was Papa wirklich getan hat.«

Sie lässt sich gegen Philippe sinken und seufzt.

»Ich habe noch eine weitere Erinnerung an Papa. Einen Teddybären, den er mir kurz vor seinem Tod geschenkt hat. Er hatte ihn Seine Knoblaucht getauft. Er hat mir erklärt, dass er einen Zwillingsbruder namens Kirschtupfer habe. Der sei rot und lebe bei einer sehr netten Frau in einer kleinen Stadt in der Nähe von Sens. Ich sagte: ›Getrennte Zwillinge, eine SENSation in Sens‹, und er hat gelacht. Das war die Art von Kalauern, wie er sie immer machte! Er fügte hinzu, dass Kirschtupfer und Seine Knoblaucht Figuren aus einem Theaterstück seien, das er sehr gerne möge. Ich habe es nie gesehen. Ich war noch klein, und Henriette ging nicht gern ins Theater.«

»Was ist aus diesem Teddybären geworden?«

»Bis zu meiner Heirat saß er auf meinem Bett. Danach habe ich ihn in den Keller geräumt. Es ist mir schwergefallen, mich von ihm zu trennen!«

Sie lacht und spielt nervös mit ihren Fingern, um nicht in Tränen auszubrechen.

»Darum habe ich auch Angst, dort anzurufen. Es kommen zu viele Emotionen wieder hoch …«

Philippe küsst sie.

»Warum hast du mir nie von dem Mann erzählt, der dich verfolgt?«, fragt er dann.

»Ich weiß es nicht.«

»Hast du noch andere Geheimnisse?«

Sie lächelt ausweichend.

»Nicht mehr als du!«

»Ich habe keine Geheimnisse!«

»Oh, doch.«

»Ach, ja … Verrate mir doch mal, welche!« Doch dann besinnt er sich wieder auf seine ursprüngliche Frage: »Hattest du Angst, ich würde mir Sorgen machen?«

»Du warst in Japan … Ich wollte dich damit nicht behelligen. Ich wollte, dass du deine Reise und die Zeit mit Takeo genießt.«

Sofort verfinstert sich Philippes Miene. Er schaut auf seine Uhr, fährt sich mit einer Hand durchs Haar, sagt, dass er einen

Tisch reserviert habe. »Das Taxi müsste schon da sein, wir sollten es nicht warten lassen, wollen wir gehen?«

Sie haben in einer Taverne zu Abend gegessen. Iannis, der Besitzer, ein düsterer, hagerer, sorgenvoller Mann, ist nach dem Essen auf einen Kaffee zu ihnen an den Tisch gekommen. Er hat ihn im Stehen getrunken und währenddessen mit den Fingern auf die Tischplatte getrommelt, als habe er es eilig. Er besitzt zwei Restaurants auf der Insel, das andere führt seine Frau. Wenn die Rede auf die Situation in seinem Land kommt, sagt er: »Ich liebe Griechenland aus tiefstem Herzen, aber ich hasse die Griechen. Sie sind Lügner, Betrüger und durch und durch korrupt. Und so war es schon immer.« Und dabei wirkt er so traurig, dass Joséphine ihm am liebsten versprechen würde, dass alles schon bald wieder gut wird.

Während der Rückfahrt im Taxi nimmt sie Philippes Hand.

»Es bedrückt dich, nicht wahr?«, sagt sie leise.

»Mit so etwas hatte ich nicht gerechnet. Ich mache mir solche Vorwürfe.«

»Du hast nichts geahnt?«

»Nein. Ich mochte unsere gemeinsamen Essen, die Abende, die wir zusammen verbrachten, unsere Gespräche, unser vertrautes Miteinander, die gemeinsame Arbeit. Dass das alles auf einen Schlag vorbei sein soll … das kann ich noch gar nicht glauben. Ich fühle mich verantwortlich.«

»Du bist nicht dafür verantwortlich«, erwidert Joséphine mit Nachdruck.

»Doch. Ich hätte es wissen müssen. Ich hätte es merken müssen. Freundschaft verlangt genauso viel Aufmerksamkeit dem anderen gegenüber wie Liebe. Und ich war nicht aufmerksam.«

Sie legt den Kopf an seine Schulter und blickt zum Himmel auf. Nachdem sie die Lichter der Stadt hinter sich gelassen haben, wird die Nacht finster und der Mond zu einem schmalen, lächelnden Band. Ein Dunstschleier hängt in der Luft. Nur in der Ferne sind noch ein paar Lampen zu sehen, und das Radio des Taxifahrers spielt einen alten Sirtaki.

»Was war eigentlich in den anderen Umschlägen?«, fragt Joséphine kurz vor dem Einschlafen.

»Das ist ein Geheimnis.«

»Verrate es mir.«

»Nein.«

»Verrate es mir.«

Sie streckt den Arm aus und kratzt Philippe an der Schulter.

»Ich schlafe schon, ich höre dich nicht.«

»Du redest noch, also schläfst du auch nicht.«

»Das bin ich nicht.«

Sie kratzt fester, und er protestiert.

»Ich will es wissen. Die Frage geht mir jetzt im Kopf herum, und ich kann nicht mehr einschlafen. Wenn du nicht redest, foltere ich dich …«

»Okay, okay, ich gestehe!«, sagt er lachend.

Er nimmt ein Kissen, rollt es zur Kugel zusammen und schiebt es sich in den Nacken. Verschränkt die Hände über dem Bauch.

»Also, in Umschlag Nummer eins …«

Joséphine richtet sich auf einen Ellbogen auf und hört gespannt zu.

»… war ein Gutschein für einen Big Mac in einem McDonald's deiner Wahl …«

»Und?«

»Das Zweite musst du selbst erraten!«

»Darauf komme ich doch nie. Wir werden die ganze Nacht nicht schlafen, und morgen liegen wir schnarchend am Strand!«

Im Dunkeln spürt er Joséphines Lächeln, ihren zarten Atem und den sanften Abdruck ihrer Lippen auf seiner Wange.

»Das ist wundervoll! Noch mal!«

»Dann verrate es mir …«

»Ein Paar gefütterte Pantoffel!«

»Nein!«

Er unterdrückt ein Lachen. Alle drei Umschläge enthielten den gleichen Vorschlag: einen Liebesurlaub auf Mykonos im Mai.

»Du hast die anderen Umschläge doch hoffentlich nicht geöffnet?«, fragt er stirnrunzelnd.

»Natürlich nicht… Du hattest doch gesagt, das solle ich nicht!«

»Und genau dafür liebe ich dich, Joséphine, du bist so ehrlich!«

»Klingt das nicht eher wie naiv?«

»Nein, auf keinen Fall«, widerspricht er. Dann verändert sich sein Tonfall, und er flüstert: »Ich werde dich verschlingen.«

Sie lacht und rückt von ihm ab. Er breitet die Arme aus wie ein menschenfressender Riese und stürzt sich auf sie. Sie versteckt sich unter der Decke. Seine Hand schießt vor, um sie darunter aufzustöbern, doch sie weicht dem Angriff aus.

»Daneben!«

Es ist so schön, denkt sie, sich wegen eines Mannes, der neben einem hergeht, der einen bei der Hand nimmt, der einem gefällt und gut zu einem passt, sich wegen eines solchen Mannes ein bisschen albern, grundlos fröhlich, ja kindisch zu fühlen. Plötzlich einfach ausgelassen zu sein und alles geben zu wollen.

Sie atmet die feuchte Nachtluft ein, beäugt den Mond, riecht den Duft der Blumen im Garten und der Muscheln am Strand.

Sie hat ihm keine Fragen gestellt.

Das war nicht nötig.

Eines Abends hat sie eine Mail von Shirley bekommen.

»Jo…

Ich weiß. Ich hätte es tun sollen, aber ich habe es nicht getan.

Ich hätte Dir sagen sollen, in welchen Irrsinn ich mich stürzte.

Du hast es erraten, weil Dein Herz so groß ist, dass es auch sieht, wie es um das Deines Nächsten bestellt ist.

Ich habe mich in Philippe verliebt, aber jetzt weiß ich, dass gar nicht er es war, in den ich mich verliebt habe. Sondern die Situation: Philippe ist für mich tabu. Wenn er frei gewesen wäre, hätte ich ihn nicht haben wollen. Mich locken nur mit Stacheldraht versperrte Sackgassen.

Ich bin nach New York geflogen. Gary ist dort vor einem Publikum aus Profimusikern aufgetreten. Im Konzertsaal seiner Schule habe ich gehört, wie das Klavier ausdrückte, was Gary selbst mir nie gesagt hatte. Und ich habe mich geschämt, Jo, ich habe mich so sehr geschämt.

Ich habe den Schrei meines Kindes gehört. Meines Sohnes, den ich als kleines Kind einfach in Hotellobbys zurückließ, weil in einem der Zimmer ein Mann auf mich wartete. Ein Mann, der mich für jede Minute, die ich zu spät kam, bezahlen ließ. Ich rannte die Stockwerke hoch, ich warf mich gegen die verschlossene Tür, ich klopfte an, ich bat um die Erlaubnis einzutreten.

Um die Erlaubnis, mich misshandeln zu lassen.

Und er ließ sich nicht lange bitten.

Ich habe Dir das schon einmal erzählt. Aber ich könnte es Dir hundertmal, tausendmal erzählen. Denn es hört nie auf. Ich und die Männer, das ist immer wieder die gleiche Geschichte. Ich werfe mich gegen verschlossene Türen.

Offene Türen interessieren mich nicht.

Liebe soll doch glücklich machen, oder nicht? Dich zu lieben macht mich glücklich. Warum gelingt mir das denn nie, wenn ich einen Mann liebe?

Bei dem Mann in Schwarz fühlte ich mich beschmutzt, wenn alles vorbei war. Ich schämte mich, ging zurück zu meinem Jungen in die Lobby, kniete neben ihm nieder und bat ihn um Verzeihung.

Und heute Abend bist Du diejenige, die ich um Verzeihung bitte.

Während des Konzerts habe ich mir gesagt, dass ich ein Monster sei. Dass die anderen nicht den Preis für meinen Irrsinn zahlen sollten. Die Klage meines Sohnes ist in mein Herz gedrungen. Ich will mich seiner würdig erweisen, ich will nicht wieder die gleichen Fehler machen, ich will den Menschen, die ich liebe, nicht länger wehtun. Ich fliege nach Mustique, um dort nachzudenken. Allein. Das mache ich immer, wenn es mir schlecht geht. Es ist nicht das erste Mal.

Gary und Du, Ihr seid das Beste, was mir in meinem Leben passiert ist. Ich will Euch nicht zerstören. Lieber würde ich sterben. Ich küsse und umarme Dich, Jo. Ich liebe Dich so sehr. Und das ist keine Lüge.

Shirley

PS: Philippe hat nie etwas davon gewusst. Er glaubt, wir seien nur sehr gute Freunde. Ich werde mir eine Ausrede einfallen lassen, um mein Fernbleiben vom Murray Grove zu erklären. Und wenn ich wieder zurückkomme, falls ich irgendwann zurückkomme, dann bin ich hoffentlich geheilt.«

Joséphine hat Shirleys Mail wieder und wieder gelesen. Und hat ihr mit einem schlichten Satz geantwortet: »Ich liebe Dich.« Mehr hat sie nicht geschrieben. Es ist an Shirley, ihr Glück zu finden. Das Glück ist eine innere Angelegenheit. Etwas, was jeder Mensch mit sich selbst ausmacht. Takeo hatte dieses Glück nicht finden können. Er war eines Morgens nach der Zeitungslektüre gestorben.

Er hatte eine kurze Nachricht hinterlassen: »Ich verlasse den Weg.«

Und hatte sich in eine Schlucht gestürzt.

Am nächsten Morgen trinkt Philippe beim Frühstück schweigend seinen Kaffee, isst schweigend ein Spiegelei, Käse und Wurst, stellt seine Tasse ab, und die schwarze Wolke kehrt in seine Augen zurück. Joséphine tut, als bemerke sie sie nicht, reißt ihren gebutterten Toast in Stücke und blickt verstohlen zur Seite. Sie beobachtet Alexia, die den Hotelgästen jeden Morgen einen Platz im Speisesaal zuweist. Sie trägt ein sehr kurzes weißes Kleid über stämmigen, gebräunten Beinen und sehr hohe Absätze. Sie hat ein strahlendes Lächeln, das niemals verlischt, und ihre Augen lachen pausenlos. Sie hat ein Gedächtnis wie ein altes Grab: Sie merkt sich die Namen aller Gäste und spricht ihre Sprache. Vielleicht gewährt sie ihnen am Ende ihres Aufenthalts zum Abschied einen Kuss?

Vielleicht verschwindet die schwarze Wolke irgendwann für immer?

»Eines Abends«, sagt Philippe, den Blick in der Ferne verloren, »haben wir uns mit zwei seiner Kundinnen zum Abendessen getroffen. Auf dem Heimweg haben wir über dich gesprochen. Ich glaube, das war das einzige Mal während der ganzen Reise, dass wir über wirklich private Dinge geredet haben. Wir konnten uns über Liebe und Freundschaft unterhalten, aber nicht über die Menschen, die uns nahestehen. Ich hatte den Eindruck, dass er seit dem Tod seines Sohnes kein Interesse mehr an Intimität hatte. Er hatte seinen zerfetzten Körper im Leichenschauhaus identifizieren müssen. Welcher Vater überlebt so etwas?«

»Weißt du, warum Takeos Sohn sich umgebracht hat?«

»Er ertrug die Welt nicht mehr. Er schloss sich in seinem Zimmer ein. Er war weder Autist noch körperlich krank oder geistig zurückgeblieben. Das Essen, das Hiromi ihm vor die Tür stellte, rührte er kaum an. In Japan gibt es viele Jugendliche wie ihn. Es gibt sogar einen eigenen Namen für sie, man nennt sie die *hikikomori*. Das Leben in der Gesellschaft ist für sie eine Last. Sie wollen das Spiel nicht mitspielen, wollen kein Teil davon sein. Allein im Jahr 2011 hat man zweihundertvierundsechzigtausend von ihnen gezählt. Zum übergroßen Teil Jungen.«

»Ist das eine Art Sozialphobie?«

»Ja.«

Er macht eine Pause und trinkt einen Schluck Kaffee.

»Unsere moderne Gesellschaft flößte Takeo Abscheu ein. Die Richtung, in die sich die Welt entwickelt, bekümmerte ihn, und er fühlte sich machtlos. Während du gestern ein Buch für mich gesucht hast, habe ich mit Ted telefoniert. Er kannte Takeo gut. Er hat mir erzählt, dass er sich umgebracht hat, nachdem er in der Zeitung gelesen hatte, dass man inzwischen Sumoringer in der Türkei und in Bulgarien rekrutiert. Die Japaner wollen nicht mehr kämpfen, sie finden das Training zu hart und die Sache an sich überholt. Er hat die Zeitung zugeklappt und seinen Autoschlüssel genommen. Seine Welt existierte nicht mehr. Also hat er es vorgezogen zu gehen.«

»Ah …«, sagt Joséphine.

Sie müsste einen Satz finden, der die Wunde zu schließen vermag. Aber sie findet ihn nicht.

Stella ist um halb sechs aufgestanden. Der Boden war eisig, ihre Latzhose kalt. Sie ist nach draußen gegangen und barfuß durch den Tau gelaufen, um ihre Gedanken zu ordnen, hat den Sonnenaufgang beobachtet, die Tiere gefüttert und den vor Freude quiekenden Merlin gebürstet. Man hatte ihr versichert, er sei ein Zwergschwein, als er damals, in einen Kartoffelsack gewickelt, bei ihr abgegeben wurde. Mittlerweile wiegt er zweihundert Kilo und bewegt sich keinen Schritt mehr aus seinem Pferch heraus. Sie hat sich einen Kaffee eingeschenkt und ist unter die Dusche gegangen. Hat sich vor dem Spiegel das Haar zerzaust. »Nur Mut«, hat sie leise zu ihrem Spiegelbild gesagt, »du schaffst das. Und du hast keine Angst, okay? Das ist das Allerwichtigste.« Sie hat sich im Spiegel betrachtet und angelegt wie ein Jäger, peng, peng!

Sie hat die Gitarre und die Mundharmonika zur Seite geschoben und Tom geweckt. Hat an einer Haarsträhne gezupft, an seinem Ohr geknabbert und den Träger seines ärmellosen T-Shirts auf der noch warmen Haut hochgeschoben. Hat an einer anderen Stelle in sein Ohr gebissen, um zu verhindern, dass er wieder einschläft.

»Ich hab's kapiert«, hat er gebrummt und sich das Kissen über die Augen gezogen. »Ich steh ja schon auf.«

»Ich warte in der Küche auf dich. Aber erst gieße ich noch meinen Salat und die Radieschen.«

Ihr Estragon ist gut angewachsen. Der Schnittlauch und der Koriander auch. Der Duft glücklicher Erde steigt vom Boden auf, ein Aroma von frischem Salat und Pfefferminze, dazu ein Hauch von Lilie. Die Blumen gehören Suzon. Sie hütet sie wie den Heiligen Gral. Der Wasserschlauch bildet rätselhafte Zeichen auf dem Boden. Unheilvolle Zeichen. Stella versetzt ihm einen Tritt mit der Ferse. Das muss endlich aufhören, so geht es nicht weiter. Sie hat die ganze Nacht nicht geschlafen. Gestern ist das Schlimmste verhindert worden, aber sie können heute Abend schon wiederkommen. Oder morgen.

Sie wird zur Polizei gehen und Anzeige erstatten. Einen Brief an den Staatsanwalt schreiben. Nicht mehr länger allein kämpfen.

Sie richtet den Wasserstrahl auf ihr Gemüsebeet. Nähert sich den Salatpflanzen, beugt sich über die erste Reihe, die noch gestern hübsch aufrecht dastand. Die Schnecken haben sich darüber hergemacht, und jetzt sind nur noch kahle Stümpfe übrig. Sie wirft den Schlauch auf den Boden, bückt sich und untersucht die Pflanzen. Tagsüber verstecken sich diese elenden Biester. Sie verrichten ihre Untaten im Schutz der Nacht. Dabei hatte sie doch Asche ausgestreut, um ihren unaufhaltsamen Vormarsch zu stoppen. Aber letzte Nacht hat es geregnet, die Asche hat sich aufgelöst, und sie haben zum Angriff geblasen. Sie hat alles versucht: Eierschalen, Schneckengift, nichts hat geholfen. Georges hat ihr zu Bier geraten. Schnecken lieben Bier, sie kriechen in den Behälter und ertrinken. Das wird sie in den nächsten Tagen ausprobieren. Und wenn das auch nicht funktioniert, dann lege ich mich mit Georges' Gewehr auf die Lauer und erledige sie mit Schrotkugeln. Das ist der einzige Weg, sich dieses Ungeziefer vom Hals zu schaffen. Wenn sie Zeit hat, sammelt sie sie ein, steckt sie in eine Plastikflasche und wirft sie in den Fluss, das ist die sanfte Methode.

Sie setzt sich auf die Steinbank. Streuner und Sky kommen angelaufen und legen sich vor ihre Füße. Sie gähnen, strecken sich und wedeln mit dem Schwanz, glücklich über diesen neuen beginnenden Tag.

Sie ruft Amina an und erkundigt sich nach Léonie.

»Sie ist heute Morgen früh aufgewacht. Ich habe ihr Paracetamol und noch etwas Stärkeres gegen die Schmerzen gegeben. Sie hat nach ihrem Metronom gefragt, und jetzt passt Micheline auf sie auf. Das ist eine Kollegin, die sie sehr gerne mag. Ich kann nicht länger mit dir reden, ich muss in den OP.«

»Ich komme kurz vorbei, nachdem ich Tom an der Schule abgesetzt habe. Bist du lange beschäftigt?«

»Nein. Eine Stunde. Duré hat heute Morgen gleich ihre Verletzungen dokumentiert. Man weiß ja nie, vielleicht kann das irgendwann noch mal nützlich sein …«

»Ich gehe zur Polizei.«

»Eben, und da könnte sein Protokoll helfen.«

»Bevor es zu spät ist, meinst du?«

»Red keinen Quatsch. Konntest du schlafen?«

Stella seufzt.

»Ich habe die ganze Nacht kein Auge zugetan.«

Sie bemerkt, dass jemand hinter ihr steht. Spürt einen Blick im Nacken. Tom lehnt an der Mauer, er hat alles gehört.

»Hast du gefrühstückt?«, fragt sie.

»Mit wem hast du gesprochen?«

»Mit Amina.«

»Über Großmutter?«

»Ja.«

»Was hast du vor?«

»Ich weiß es nicht. Und mit dir werde ich ganz bestimmt nicht darüber reden.«

»Mit wem denn sonst?«

»Jedenfalls nicht mit dir. Punkt. Geh und putz dir die Zähne, dann können wir los.«

»Wie du willst.«

Seine Stimme klingt kühl, frech, beinahe arrogant.

Wie um ihre absolute Hilflosigkeit zu betonen, ihr zu zeigen, dass sie nur eine schwache Frau ist.

»Red nicht in diesem Ton mit mir«, schimpft sie empört.

»Wie soll ich denn sonst mit dir reden?«

»Wie es sich für einen Jungen deines Alters gehört.«

»Und was heißt das?«

»Respektvoll. Ich will, dass man mich mit Respekt behandelt.«

»Respektiert Turquet dich etwa?«

Stella weiß nicht, was sie darauf erwidern soll. Sie stößt einen tiefen Seufzer aus, tritt einen Schuh gegen den anderen und vergräbt die Fäuste in ihren Taschen.

»Bist du sauer?«, fragt Tom.

»Ja. Ich bin sehr sauer.«

»Weil du nichts machen kannst?«

»Mir fällt schon noch etwas ein. Lass mir Zeit, darüber nachzudenken.«

Stella fährt schweigend, während Tom mit gesenktem Blick neben ihr sitzt und mit seiner Mundharmonika spielt. Grübelnd lässt er sie von einer Hand in die andere hüpfen.

»Sollen wir die Multiplikationstabellen noch einmal durchgehen?«, schlägt Stella vor.

Er antwortet nicht, aber seine Augen werden grau, als hätte sie etwas Dummes gesagt.

»Denkst du an deine Großmutter?«

Er zieht den Hals tiefer in seine Jacke und lässt die Mundharmonika weiter von einer Hand in die andere hüpfen.

»Okay«, kapituliert sie. »Ich sag ja schon nichts mehr.«

Sie setzt den Blinker, biegt rechts in die Straße ein, die zur

Schule führt, sieht in der Ferne das große Gebäude und bemerkt am Straßenrand ein paar Jungen aus Toms Klasse, die, als Astronauten verkleidet, in Richtung Schule gehen. Alle tragen eine große Salatschüssel unter dem Arm.

»Was ist denn mit denen los? Es ist doch nicht Halloween!«

»Die Lehrerin hat gesagt, dass wir so kommen sollen. Wir studieren für die Abschlussfeier am Ende des Schuljahres ein Stück mit Astronauten ein. Jeder soll einen weißen Anzug und eine große Schüssel als Helm mitbringen.«

»Davon hast du mir ja gar nichts gesagt!«

»Doch. Zweimal. Aber du hast nicht zugehört«, brummt er vor sich hin.

»Das stimmt nicht, Tom, du hast mir nichts davon gesagt. Ich hätte dich doch gehört!«

»Du bist ja sowieso nie zu Hause!«

Er steigt aus und schlägt die Tür des Lasters zu, ohne sich von ihr zu verabschieden.

Stella rennt hinter ihm her. Sie packt ihn am Arm und zwingt ihn, ihr ins Gesicht zu sehen.

»Erstens sagst du gefälligst ›Auf Wiedersehen‹ und ›Danke, dass du mich zur Schule gefahren hast‹. Ich bin weder dein Dienstmädchen noch dein Privatchauffeur. Und zweitens …«

Sein kalter, strenger Blick lässt sie zusammenfahren.

»Verdammt, Tom! Ich habe es nicht gehört, das ist doch keine Katastrophe!«

»Aber die anderen Mütter haben es gehört. Die anderen Jungen haben einen Computer in ihrem Zimmer, sie haben ein Handy und spielen Spiele. Ich spiele ganz allein oder mit zwei alten Leuten!«

»Ich habe kein Geld für so was, Tom. Ich sitze komplett auf dem Trockenen.«

»Ich weiß.«

Er zuckt mit den Schultern, als hätte er dieses Argument schon zu oft gehört.

»Ist es denn jetzt zu spät für dieses Astronautenkostüm?«, fragt Stella.

Brüsk macht er sich von ihr los.

»Die blöde Schulaufführung ist mir doch so was von egal.«

Mit hängenden Schultern geht er auf den Schulhof, tritt gegen eine auf dem Boden liegende Baseballkappe und lässt sie durch die Luft fliegen.

Stella richtet sich auf und blickt sich suchend nach der Lehrerin um. Sie steht unter dem Vordach und kuschelt sich frierend in die Ärmel einer dunkelblauen Strickjacke, die sie sich um die Schultern gelegt hat. Dieser Frau ist immer kalt. Selbst im Sommer zieht sie sich an wie für einen Marsch über das Packeis.

Stella geht zu ihr hinüber.

»Guten Tag! Wie geht es Ihnen?«, fragt sie.

»Ich bin müde. Ich wünschte, das Schuljahr wäre schon rum. Die Kinder werden von Jahr zu Jahr anstrengender.«

»Sagen Sie … Toms Kostüm, wie lange habe ich dafür noch Zeit?«

»Bis Montag. Heute ist die erste Probe. Sie müssen lernen, mit einer Salatschüssel auf dem Kopf zu laufen, ich weiß nicht, ob das eine so gute Idee war …«

»Doch, natürlich! Das ist sehr originell.«

»Ach … finden Sie? Ich habe mir wirklich den Kopf zerbrochen, um etwas Unterhaltsames und trotzdem Lehrreiches zu finden. Und da bin ich auf dieses Stück von einem amerikanischen Autor gestoßen.«

Sie sieht besorgt zu Stella auf. Diese versucht sie zu beruhigen.

»Machen Sie sich keine Gedanken, Toms Kostüm wird rechtzeitig fertig. Und es wird eine fantastische Aufführung«, sagt sie freundlich.

Als sie an ihrem Sohn vorbeigeht, sagt sie, ohne stehen zu bleiben: »Du bekommst dein Kostüm. Versprochen.«

Er zuckt mit den Schultern und brummt: »Als ob das das Problem wäre!«

Stella parkt den Laster vor dem Kommissariat und weist die Hunde an, auf der Ladefläche zu warten.

»Ihr rührt euch nicht von der Stelle! Wehe, ihr streunt auf der Straße herum, wenn ich gleich wieder rauskomme, verstanden? Ich habe auch so schon genug Ärger am Hals.«

Sky und Streuner ächzen und drehen sich auf der Ladefläche im Kreis, um sich davon abzulenken, dass sie am liebsten vom Lkw springen und hinter ihr herlaufen würden.

Am Giebel des Polizeireviers prangt der Schriftzug MINISTERIUM DES INNEREN, POLIZEIKOMMISSARIAT. REPUBLIK FRANKREICH. FREIHEIT, GLEICHHEIT, BRÜDERLICHKEIT.

»Wenn es doch nur so wäre …«, schimpft Stella, während sie mit ihren langen Beinen die Stufen erklimmt.

Sie öffnet die Tür und betritt einen großen Raum mit schmutzig gelben Wänden. Rechteckige Neonleuchten hängen an der Decke, an einer Wand steht ein grünes Kunstledersofa, dazu zwei Holzbänke. Plakate an den Wänden werben für zwei Hotlines zur Beratung bei Alkohol- und Cannabismissbrauch, »Ihr Sohn nimmt Drogen? Was nun?«, daneben hängen das Leitbild der Polizei- und Gendarmeriedienste: »Ansprechpartner für die Bürger, Hilfe für die Opfer«, die Allgemeine Erklärung der Menschenrechte und eine Art Gedicht, das in Kursivschrift auf einem Hintergrund aus rosa und blauen Blümchen abgedruckt ist:

Was auch immer dein Mann dir verspricht,
wenn er dich schlägt, dann liebt er dich nicht.

Hinter einem langen Tresen sitzt ein Mann zusammengesunken auf einem Stuhl. Stella erkennt ihn. Es ist Sylvain Lampiron, genannt Lampion. Sie ist mit ihm zur Schule gegangen. Er war ein schwächlicher, ständig verschnupfter, etwas krumm gewachsener Junge mit einem Arm, der länger war als der andere. Fettiges Haar, kränklich blasser Teint, eine unvorteilhafte Brille, picklige Stirn. Er trug handgestrickte Pullover, die an den Ärmeln ausfransten, als könnte seine Mutter die Maschen nicht richtig abketten. Seine Mitschüler machten sich einen Spaß daraus, ihn beim Ärmel zu packen, an einem Faden zu ziehen und ihn im Kreis herumzudrehen. Der Ärmel löste sich auf, und alle ringsum applaudierten. Lampion wagte nicht zu protestieren. Das Blut stieg ihm ins Gesicht, und seine Pickel leuchteten feuerrot. Was stets allgemeines Gelächter auslöste. Hey, Lampion, wenn der Strom ausfällt, sorgst du dann für das Licht? Sag mal, Lampion, gehen deine Pickel eigentlich auch beim Scheißen an? Irgendwann begann Sylvain Lampiron seine Pickel unter einer getönten Creme zu verstecken, machte jeden Morgen hundert Liegestützen, wechselte die Brille und wurde zu einem akzeptablen Umgang. Aber seinen Spitznamen wurde er nicht mehr los, der Zug war abgefahren.

Weshalb auch Stella, als sie den uniformierten Sylvain Lampiron hinter dem Tresen erblickt, unwillkürlich ausruft: »Lampion! Was machst du denn hier?«

Brigadier Lampiron, dunkelblaue Uniform, himmelblaues Hemd und Elektroschockpistole am Gürtel, verzieht unwillig das Gesicht.

»Erstens heiße ich nicht Lampion, sondern Sylvain Lampiron, und zweitens bin ich Brigadier und arbeite seit drei Monaten auf diesem Revier.«

Und er reckt brüsk das Kinn, wodurch er offenbar ein paar zusätzliche Zentimeter Körpergröße und erheblich mehr Autorität zu gewinnen glaubt.

»Was willst du?«

»Ich will Anzeige erstatten«, sagt Stella.

»Ach was!«, entgegnet er mit einem herablassenden, boshaften Lachen.

Stella mustert ihn verblüfft.

»Wieso lachst du? Das ist nicht komisch«, fragt sie mit eisiger Stimme.

»Ich lache nicht.«

»Doch.«

Da setzt er erneut eine geschäftsmäßige Miene auf und macht es sich in seinem Lehnstuhl bequem.

»Worum geht es? Ich bin beschäftigt, Stella.«

»Ach, zählst du Fliegenbeine?«

»Wenn du mir so kommst, muss ich dich leider vor die Tür setzen.«

»Es geht um meine Mutter«, zischt Stella wütend. »Léonie Valenti. Sie wurde letzte Nacht in ihrem Krankenhauszimmer überfallen. Ich möchte Anzeige erstatten.«

»Gegen wen?«

»Gegen … Das weiß ich nicht. Ich meine, ich weiß es schon, aber ich habe keine Beweise.«

Er schiebt einige Papiere hin und her, um sich einen bedeutungsvollen Anschein zu geben, legt einen Zeigefinger ans Kinn und verkündet: »In dem Fall ist sie diejenige, die Anzeige erstatten muss. Nicht du.«

»Aber dazu ist sie nicht in der Lage.«

Er vertieft sich wieder in seine Unterlagen und ignoriert sie demonstrativ.

»Und wenn ich dir einen medizinischen Bericht vorlege, in dem ihre Verletzungen dokumentiert sind?«

»Dann gilt das Gleiche: Sie muss ihn mir vorlegen. Nicht du. Sie ist das Opfer.«

»Du weißt ganz genau, dass …«

»So lautet das Gesetz, Stella. Ich kann nichts dafür. Du kannst natürlich dem Staatsanwalt schreiben und ihm die Sachlage schildern.«

»Habe ich da eine Chance?«

Sie weiß nicht, wieso sie die Frage überhaupt stellt, denn sie kennt die Antwort bereits.

»Das kannst du machen, aber … er bekommt Hunderte von Briefen!«

Das Telefon klingelt, Lampiron geht ran, ja, Chef, gut, Chef, und legt wieder auf.

»Jetzt habe ich leider zu tun.«

»Ich soll also klein beigeben, ja?«

Er lächelt wichtigtuerisch. Streichelt seinen Bauch. Sicher fragt er sich, was Madame Lampiron ihm wohl Gutes zum Mittagessen gekocht hat. In der Schulkantine kratzte er immer die Béchamelsoße aus den Schüsseln.

»Gibt es sonst noch was?«, fragt er mit einem Blick auf seine Uhr.

»Leck mich!«, stößt Stella mit zusammengebissenen Zähnen hervor.

Sie nimmt ihre Handtasche vom Tresen, schwingt sie durch die Luft, geht hinaus und lässt die Tür mit einem Knall hinter sich zufallen.

»So ein Arschloch, dieser Lampion!«

Kaum sitzt sie hinter dem Steuer ihres Lasters, da klingelt ihr Handy. Ohne auf die Nummer zu schauen, geht sie ran.

»Ja?«, blafft sie.

Sie hört ein leises, hämisches Lachen und erstarrt. Turquet.

»Na, erkennst du mich?«

»…«

»Ich bin nicht weit weg, Stella. Guck mal nach vorn, ans Ende der Straße, ich wink dir zu.«

Ein weißer Renault parkt auf der rechten Seite. Der linke hintere Kotflügel ist eingedellt, und ein Blinklicht hängt herunter. Das Fenster ist offen, und Turquet schwenkt eine Faust mit aufgerichtetem Mittelfinger.

»Hast du mich gesehen?«, klingt es höhnisch aus dem Handy.

»Arschloch!«

»Von jetzt an kleben wir an dir wie die Fliegen, Baby. Wir lassen dir keine ruhige Minute mehr. Es war keine gute Idee, dich bei den Bullen auszuheulen. Der Kommissar ist ein Kumpel von

Ray, wusstest du das nicht? Erst gestern Abend haben sie zusammen gegessen. Deine Freundin Violette war auch dabei. Das ist mal ein richtiges Weib mit ordentlichen Titten. Ich steh auf Frauen mit dicken Titten.«

»Um deine Dämlichkeit dazwischen zu verstecken? Dann brauchst du tatsächlich ziemlich dicke Exemplare …«

»Pass bloß auf, Stella! Es sieht nicht gut für dich aus. Irgendwann stehst du allein da, mit dem Rücken zur Wand.«

»Und die Vorstellung lässt dich nachts nicht schlafen, Shrimp?«

»Du bist diejenige, die hier bald kein Auge mehr zukriegt, dafür werde ich persönlich sorgen.«

Immer noch höhnisch lachend, atmet er schwer in sein Handy.

»Was willst du, Turquet? Drück dich gefälligst deutlicher aus. In deinem Hirn läuft alles so verquer, dass ich Kopfschmerzen bekomme, wenn ich versuche, dich zu verstehen.«

Seine Faust hämmert jetzt gegen die Tür des Renault.

»Vergiss deine Mutter, Stella. Wir wollen sie, und wir kriegen sie. Ihr Platz ist bei Ray, so ist nun mal das Gesetz. Duré wird das auch noch kapieren. Wir lassen ihm keine andere Wahl. Der Kerl hat nicht viel Mumm in den Knochen.«

Er bricht in Gelächter aus.

»Aber es gehört eine Menge Mumm dazu, sich an einer alten, bettlägerigen Frau zu vergreifen, was?«, versetzt Stella.

»Selbst schuld, wenn sie uns provoziert! Seit Monaten liegt das faule Stück gemütlich im Bett rum!«

»Oh, tolles Argument! Das wird ja immer besser!«

»Weißt du was, du blöde Schlampe? Wir legen dich um. Und deinen Sohn auch! Das wäre für alle das Einfachste. Also schickst du uns Léonie jetzt brav zurück. Ist das klar?«

Stella nimmt ihr Handy in beide Hände.

»NIEMALS!«, brüllt sie. »DU KANNST MICH MAL, TURQUET!«

Sie legt auf und wirft das Handy auf den Beifahrersitz. Greift sich mit beiden Händen ins Haar und reißt so fest daran, als wollte sie sich skalpieren. Angst und Zorn steigen in ihr auf, sie möchte jemanden umbringen, sie weiß nicht mehr, wer sie ist oder was sie will. Sie weiß nur, dass das endlich aufhören muss.

In der Eingangshalle des Krankenhauses sieht sie Amina, die gerade aus dem OP kommt. Sie trägt einen weißen Schutzanzug, der sie von Kopf bis Fuß verhüllt, und ihre Füße stecken in einer Art bauschigen Hausschuhen mit einem Gummizug an den Knöcheln. Sie nimmt die Maske vom Mund und unterhält sich, in einer Akte blätternd, mit einer Kollegin.

Stella klopft ihr sacht auf die Schulter, und Amina dreht sich um.

»Gib mir noch zwei Minuten!«

»Okay, ich warte.«

Stella geht ein Stück zur Seite und beobachtet das Kommen und Gehen des medizinischen Personals. Es ist Morgen, manche haben ihre Schicht im OP-Bereich hinter sich und gehen nach Hause, um sich auszuruhen, während andere, wie Amina, miteinander reden. Sie sieht, wie Doktor Duré die Schwingtür öffnet. Er bedeutet ihr mit einem Wink, dass sie später reden werden. Sie nickt und schaut ihm nach. Er trägt den gleichen weißen Anzug. Und die gleichen Papierhausschuhe. Das verleiht ihm einen schwerfälligen, unbeholfenen Gang. Wie eine Mischung aus Yeti und Astronaut. Astronaut! Das Wort explodiert in ihrem Kopf. Da hat sie Toms Kostüm!

Amina kommt zu ihr herüber und umarmt sie.

»Sie haben mich heute früh zu einer Operation gerufen, nachdem sie gehört hatten, dass ich hier übernachtet habe. Es war nichts allzu Kompliziertes, das geht … Ich habe einen langen Tag vor mir. Willst du einen Kaffee?«

Sie gehen zum Automaten, und Amina steckt zwei Münzen in den Schlitz.

»Wie geht es ihr?«, fragt Stella.

»Gut. Du kannst zu ihr. Sie ist einfach unglaublich. Sie beklagt sich nie. Alle hier bewundern sie.«

Amina schaut auf ihre Uhr.

»Ich muss los.«

Sie spielt mit dem Reißverschluss ihres Anzugs. Zieht ihn auf und wieder zu. Stellas Gedanken kehren zu Toms Verkleidung zurück.

»Hast du vielleicht noch so einen?«, fragt sie.

»Ja. Wieso?«

»Für Tom. Ich brauche ein Astronautenkostüm für ihn, aber ich habe keine Zeit, mich darum zu kümmern.«

»Das sind spezielle Schutzanzüge für den Operationssaal. Um den Patienten nicht zu kontaminieren. Da geht nichts durch. Weder Spucke noch Atem, Haare, Fingernägel oder Schweiß. Und dazu gibt es noch Handschuhe!«

»Weiße Handschuhe?«

»Ja. Manchmal ziehen wir auch zwei Paar übereinander, um jedes Risiko auszuschließen.«

»Könntest du mir das alles für Tom besorgen? Das wäre fantastisch.«

»Kein Problem.«

»Ich muss den Anzug dann bloß noch umnähen. Er wird ihm zu groß sein. Hoffentlich mache ich dabei nichts falsch!«

»Ich kann dir auch zwei davon geben. Dann hast du immer noch einen in Reserve, falls etwas schiefgeht …«

»Super! Da wird er sich freuen!«

»Ich hole sie dir gleich. Willst du auch zwei Paar Handschuhe dazu?«

»Ja. Ich warte in Léonies Zimmer auf dich.«

Léonie liegt reglos in ihrem Bett. Sie atmet kaum. Ein leiser Hauch entweicht aus ihren halb geöffneten, von getrocknetem Speichel verkrusteten Lippen. Mit beiden Händen umklammert sie das Metronom, das auf ihrem Bauch liegt. Das Pendel schwingt langsam von links nach rechts, von rechts nach links. Ein metallisches, gleichmäßiges Geräusch, klong-klong. Sie lächelt. Wie schafft sie das?, fragt sich Stella, während sie sich zu ihr hinunterbeugt. Behutsam streichelt sie die Seite ihres Gesichts, die nicht von dem Verband bedeckt ist. Wagt nicht, ihr das Metronom aus den Händen zu nehmen, aus Angst, sie aufzuwecken. Oder zu verärgern.

Sie zieht den Stuhl heran und setzt sich hin. Betrachtet eine Weile das schlafende Gesicht. Versucht das Geheimnis dieses unveränderlichen Lächelns zu ergründen. Wohin treiben deine Gedanken, liebste Maman? Wen besuchst du in deinem Schlaf? Welche Geschichte erzählst du dir, die dich wieder mit dem Leben versöhnt?

Sie legt eine Wange auf das Kopfkissen, dicht neben Léonies Gesicht.

»Maman«, wispert sie leise, »verrate mir dein Geheimnis, liebste Maman, denn ich verliere gerade den Halt, ich hasse sie, ich werde sie alle umbringen. Und das darf ich doch nicht, oder? Sag mir, dass es verboten ist.«

Léonie rührt sich nicht, ihre Hände umklammern noch immer das Metronom.

Stella trocknet ihr die Stirn, legt ihr dünnes weißes Haar zu einem Kranz, glättet das Laken, zieht die Decke zurecht und geht auf Zehenspitzen wieder hinaus.

Léonie schläft nicht. Sie will nicht mehr weinen. Sie ist glücklich. Endlich!

Er hatte sie nicht vergessen. Er war gestorben.

Am 13. Juli. Zwei Wochen nachdem sie einander versprochen hatten, bis in alle Ewigkeit aufeinander zu warten.

Das Schlimmste, hatte sie sich während all der Jahre gesagt, ist, dass er mich vergessen hat. In der ersten Kurve hinter Saint-Chaland hat er mich über Bord geworfen. Das bedeutet, alles, was er mir erzählt hat, war bloß Schwindel. Das bedeutet, er hat auf jeder Baustelle eine neue Frau, erzählt jeder dieselben Lügenmärchen, schenkt jeder denselben kleinen Stern am Himmel. So sind sie, die Männer, die Sterne verteilen. Wenn sie da sind, ist alles wunderschön, aber es tut so furchtbar weh, wenn sie wieder gehen.

Er hatte sie nicht vergessen! Er hatte aufgehört zu atmen. Und auch ich habe an dem Tag zu atmen aufgehört, als er von hier fortgegangen ist.

Sie ist Turquet nicht böse. Im Gegenteil, sie würde gern einen Schlussstrich unter ihr Leben ziehen, aber die anderen versteifen sich darauf, sie immer wieder zu retten.

Eines Tages hatte sie im Telefonbuch von Paris den Namen Plissonnier gesucht. Es gab keinen Eintrag. Sie wusste nicht, wie die Firma hieß, für die er arbeitete. Dann existiert er ja vielleicht gar nicht, hatte sie sich gesagt. Vielleicht hat sich mein krankes Hirn das alles nur eingebildet. Vielleicht hat Ray ja recht. Und ich bin wirklich plemplem.

Ich war nicht plemplem, ich erinnere mich noch ganz genau.

Ray war nach Spanien gefahren, um die Feuerwehr von Alicante zu unterstützen. Er schickte Fernande Postkarten. »Mir geht es gut, das Essen ist gut, ich schlafe gut, alles ist gut, pass gut auf Dich auf, liebste Maman. Kuss, Ray.« Es war fast immer der gleiche Text auf den gleichen Postkarten, aber Fernande las sie wieder und wieder, bis sie sich beinahe die Augen verdarb.

Und ich war froh darüber.

Ich fand wieder Gefallen am Leben. Ich konnte friedlich schlafen, quer in dem großen Bett liegen, ich konnte mir Parfüm hinters Ohr tupfen, das ich in den Nouvelles Galeries geklaut hatte. Fernande versuchte zwar, mich zu piesacken und zu demütigen, doch ich lief ihr einfach davon. Damals war ich noch kräftig. Ich stieg auf mein Fahrrad und fuhr zu Georges und Suzon, ich fütterte die Esel, ich mistete ihren Unterstand aus, ich spritzte sie mit dem Schlauch ab, in dem Jahr herrschte eine Hitze wie in einem Dampfbad.

Aber ich schweife ab …

Eines Abends stand sie beim Bäcker in der Schlange hinter einem Mann. Sie betrachtete seinen Rücken, seine Schultern, seine etwas zu langen Arme und dachte: Dieser Mann hat garantiert Plattfüße. Sie wusste auch nicht, wie sie darauf kam! Kaum ein Meter trennte sie voneinander. Er trat einen Schritt zur Seite, um Gebäck hinter der Glasscheibe auszusuchen, sie rückte vor und fing seinen Blick auf. Riesige, tiefblaue Augen mit einem gütigen Ausdruck und einem strahlenden Lächeln darin. Sie schauten einander an und spürten, wie sie mit einem Mal glücklich waren. Sie lächelten einander zu. Sie sind das also, hätten sie beinahe zueinander gesagt, Sie sind das. Ich habe schon so lange auf Sie gewartet. Ich wusste nicht, auf wen, und ich wusste auch nicht, wo, aber ich wusste, dass Sie eines Tages kommen würden. Ich habe es mir so sehr gewünscht.

Und so geschehen Dinge manchmal einfach, weil man unerschütterlich daran glaubt und das im Kopf kleine Hoffnungsfeuer entzündet.

Sie wollten sich nicht mehr bewegen, aus Angst, das Licht könne verlöschen. Sie wollten diesen schönen, friedvollen Moment in die Länge ziehen. Sie wünschten, die anderen im Laden würden schweigen, reglos stehen bleiben. Um diesen Augenblick zu feiern.

»Das macht einen Franc zehn, Madame Valenti«, posaunte die Bäckerin.

Madame Valenti.

Sie senkte den Kopf.

Stimmt ja, sie war verheiratet.

Sie hatte ihn ein-, zweimal wiedergesehen, wenn sie für Fernande einkaufen ging. Wenn sie Milch holte. Oder Schnupftabak. Ein dunkles Pulver, das Fernande zwischen Daumen und Zeigefinger klemmte, sich in die Nasenlöcher schob und mit einem Schnauben einsog. Dann schlug sie sich mit dem Daumen einmal kurz rechts und links gegen die Nase, um das überschüssige Pulver abzuklopfen. Sie bekam ganz schwarze Nasenlöcher davon, es war ein widerlicher Anblick.

Lucien stand im Tabakladen und kaufte seine Zeitung. Und die Wirkung war wieder genau die gleiche. Ihre Wangen verfärbten sich rosig, und ihre Knie waren wie blockiert.

»Ach, wie schön, Sie wiederzusehen. So ein glücklicher Zufall«, sagte sie. Dieser Tonfall! Sie hatte ihre Stimme gehört und war zusammengezuckt. Bin ich das, die da redet? Bin ich diese sorglose, beinahe kokette junge Frau? Er wirkte genauso erfreut wie sie. Sie verließen den Laden gemeinsam, er suchte in seinen Taschen nach seinen Schlüsseln und seufzte. »Ein Schlüsselring ist doch eine sehr praktische Erfindung«, sagte er, »das ermöglicht es einem, seine ganzen Schlüssel auf einmal zu verlieren statt einen nach dem anderen.«

Und gleich darauf fügte er leise hinzu: »Ich bin sehr froh darüber, Sie zu sehen.«

Es war ein wundervoller Abend, die Luft roch nach Frühling. An einem solchen Abend konnte alles geschehen.

Sie wusste nicht, wie sie sich verhalten sollte. Sie war solch galantes Benehmen nicht gewohnt. Sie spielte mit dem Kragen ihrer Bluse, verdrehte ihn, strich ihn wieder glatt, drückte ihn nervös zusammen. Sie hatte Angst, nicht hübsch genug zu sein, nicht unterhaltsam genug. Später hatte er ihr erzählt, dass er sie am liebsten in die Arme genommen und einfach entführt hätte. Ihr die Tür seines Wagens geöffnet und gesagt hätte: Kommen Sie, wir fahren los. Doch dann hatte er sich besonnen. Mein Gott! Ich mache mich ja lächerlich, ein Mann meines Alters, verheiratet, Familienvater. Sie ist so jung, so unschuldig, ihr zittern die Beine.

An diesem Tag hatte sie vor Glück gelacht.

Ein anderes Mal war er gerade im Tabakladen und löste ein Kreuzworträtsel, als sie hereinkam.

»Schurkischer Papst mit sechs Buchstaben«, fragte er mit einem zärtlichen Lächeln.

Sie pustete nachdenklich gegen eine Haarsträhne.

»Borgia!«, rief sie dann.

»Sie sind brillant, Mademoiselle«, entgegnete er ernst und ohne den geringsten Spott in der Stimme.

Er hatte sie absichtlich »Mademoiselle« genannt.

Madame Valenti war gestrichen. Er setzte das Begehren zurück auf die Tagesordnung. Leben, Leben und nochmals Leben.

Sie drehte sich um, weil sie sich vergewissern wollte, dass er nicht mit einer anderen sprach, und floh. Sie hatte Angst, vor ihm zusammenzubrechen. Zu viel Begehren, zu viel Leben, daran musste sie sich erst gewöhnen.

Das Schlafmittel bekam sie von Monsieur Settin, dem Apotheker. Unter der Hand und gratis. Ihm war klar, dass es für Fernande bestimmt war und etwas an der Sache faul sein musste. Aber Ray erpresste ihn. Er drohte, Madame Settin zu erzählen, dass ihr Mann mit der schönen Annie rummachte, und zwar nicht erst seit gestern! Er besitze kompromittierende Fotos, versicherte er. Die kann küssen!, sagte Ray. Ein scharfes Weib, das sieht man auf den Bildern ganz deutlich! Doch die Apotheke gehörte Madame Settin. Und Madame Settin war es auch, die Pharmazie studiert hatte. Monsieur Settin war bloß ein Statist, der in seinem weißen Kittel den Apotheker spielte und Aspirin und Mercurochrom verkaufte. Sollte Madame Settin ihn verlassen, hätte er nicht einmal mehr ein Dach über dem Kopf. Also zog er es vor, Ray zu bezahlen. Dreihundert Francs im Monat. Léonie die Schlaftabletten gratis zu überlassen war seine Rache. Sein Gesicht hellte sich auf, sobald sie die Apotheke betrat.

Das wiederum bemerkte Madame Settin, und sie wurde misstrauisch.

In Zukunft würde sie die beiden im Auge behalten!

Léonie ersann tausend Listen, um sich mit Lucien treffen zu können. Sie war mutiger als je zuvor in ihrem Leben. Sie hatte keine Angst mehr. Weder vor Fernande noch davor, ihr das Schlafmittel zu geben oder nachts über den Balkon nach draußen zu klettern, um zu Lucien zu gelangen. Auch nicht davor, dass jemand sie zusammen sehen könne. Beim Abendessen rührte sie das weiße Pulver in Fernandes mit Wasser vermischten Kiravi-Wein, dann servierte sie das Gulasch und wartete hinter dem Stuhl, bis die Alte ihren leeren Teller mit Brot ausgewischt hatte, denn Léonie durfte nicht mit ihr zusammen essen. Sie hörte sie gähnen, seufzen, ich weiß auch nicht, was mit mir los ist, ich bin so müde heute Abend, ich lege mich gleich hin. Strick du noch eine Viertelstunde und geh dann auch ins Bett. Wehe, du lässt das Licht zu lange brennen! Mit schweren Beinen schlurfte sie davon. Léonie räumte den Tisch ab, spülte das Geschirr und räumte die Küche auf. Sie spitzte die Ohren, hörte Fernande in ihrem Zimmer schnarchen, tupfte sich ein bisschen Parfüm hinter die Ohren, legte einen Hauch Lippenstift auf und sprang aus dem Fenster. Ein Glück, dass sie im Hochparterre wohnten! Lucien wartete mit ausgeschalteten Scheinwerfern im Auto auf sie. Sie öffnete die Tür und fiel ihm um den Hals. Eine ganze Nacht für uns, sagte sie und schloss die Tür hinter sich, damit in der Dunkelheit kein Licht aufschien.

Und sie fuhren zur Eselweide. Zu dem kleinen Unterstand bei Georges und Suzon.

Sie trafen sich jeden Tag.

Bis zu jenem grauenvollen Abend.

Aber nein … Aber nein … Das war doch erst später, viel später. Ich muss auf die richtige Reihenfolge achten. Meine Erinnerungen sind zu kostbar, um sie durcheinanderzubringen. Ich muss sorgsam mit ihnen umgehen. Sie sind das Einzige, was mir geblieben ist.

Sie fuhren nach Auxerre ins Kino und sahen sich *Der Mann, der die Frauen liebte* von François Truffaut an. Sie waren weit weg von Sens und brauchten sich nicht zu verstecken. Sie kauften Eis am Stiel, Schokolade und Bonbons, setzten sich auf ihre Plätze, probierten das Eis des anderen, unterdrückten ein Lachen. Ihre Hände, ihre Finger, ihre Münder fanden zueinander, den Film beachteten sie gar nicht. Sie hatten keine Zeit zu verlieren.

Sie gingen mehrmals in die gleiche Vorstellung, ohne auch nur ein einziges Mal zur Leinwand aufzublicken. Sie küssten sich, lösten sich voneinander, rissen sich zusammen, redeten törichte Dinge.

»Vielleicht heißt es ja deshalb, Liebe macht blind«, sagte Lucien, »ich war jetzt schon mindestens dreimal in diesem Film und habe ihn noch immer nicht gesehen!«

Léonie jedoch hatte nur dieses eine Wort gehört: »Liebe.« Sie spürte, wie sie ganz weich wurde. Dahinschmolz. Um ein Haar hätte sie sich aufgelöst.

»Ach«, seufzte sie, »wenn ich doch nur frei wäre …«

Mit beinahe feierlichem Ernst zog er sie an sich. Wie um sie auf das vorzubereiten, was er gleich sagen würde.

»Ich bin auch nicht frei, Léonie. Ich bin verheiratet, und ich habe zwei kleine Töchter. Ich will dich nicht anlügen, ich will, dass zwischen uns alles schön und aufrichtig ist …«

Sie hatte genickt und das Eispapier zusammengeknüllt. Verheiratet. Er war verheiratet. Zwei kleine Töchter.

»Und meine Töchter sind der Grund, warum ich nicht einfach so gehen kann. Ich will es dir jetzt nicht erklären, das wäre eine allzu lange und traurige Geschichte, aber ich verspreche dir, sobald ich meine Frau verlassen kann, komme ich zu dir. Und ich verspreche dir noch etwas: Ich werde dich niemals belügen … Das weißt du doch, oder?«

»Ich weiß, ich weiß«, sagte Léonie, auch wenn sie es nicht wusste. Sie war traurig.

Was hatte sie sich denn gedacht? Dass ein vierzigjähriger

Mann frei sein könnte? Er hat eine Frau, Kinder, er hat schon so viele neue Schuljahre erlebt, so viele Weihnachtsfeste, er hat Dutzende rosa Kerzen auf Geburtstagstorten ausgeblasen. Ich werde nie ein Kind haben. Ray sagt, es sei meine Schuld. Ich bin unfruchtbar.

»Schau mich an, Léonie, schau mich an.«

Sie lächelte in der Dunkelheit. Ein blasses, schiefes Lächeln, das ihr Gesicht verzerrte.

»Ich verlange nichts von dir«, sagte er. »Ich bitte dich nicht, auf mich zu warten, aber ich ... ich werde auf dich warten.«

»Ich werde auch auf dich warten«, antwortete sie. »Und weißt du, wieso? Weil ich keine Angst mehr habe, wenn ich mit dir zusammen bin. Und vorher hatte ich immer Angst.«

Er nahm ihren Kopf in beide Hände.

»Danke«, flüsterte er, »du hast mir gerade das schönste Geschenk der Welt gemacht ... Und jetzt lass uns nie wieder darüber reden«, fügte er hinzu. »Einverstanden?«

»Einverstanden«, antwortete sie im Dunkeln.

Als sie an diesem Abend das Kino verließen, fragte er sie, ob es ihr etwas ausmachen würde, noch ein wenig spazieren zu gehen. Er wolle den Himmel sehen, die Schönheit und Größe des Firmaments in sich aufnehmen, diese Erhabenheit in sein Herz strömen lassen, das hin und her schwang wie ein Lokal voller verliebter Paare. Paare, die eng aneinandergeschmiegt tanzten. Irgendwann würden er und Léonie auch eng aneinandergeschmiegt in einem Lokal miteinander tanzen. Das Leben vollbringe manchmal Wunder, sagte er. Man dürfe nicht nur schwarzsehen, auch wenn einem das immer wieder eingeredet werde, man müsse an die Ausnahmen glauben, und vor allem müsse man ganz fest daran glauben, dass man selbst eine dieser Ausnahmen sei.

Er redete sehr viel an diesem Abend.

Er wollte ihr alles erklären, wie um sich selbst davon zu überzeugen. Er dozierte mit der Leidenschaft eines bedeutenden Professors. Sie setzten sich auf eine Bank im Parc George Sand, und er nahm sie in die Arme.

»Es gibt nichts Schöneres als das, was zwischen einem Mann und einer Frau geschehen kann«, sagte er. »Diese Liebe ist einzigartig und vollkommen, selbst wenn sie nur drei Minuten anhält, verstehst du mich? Drei Minuten vollkommenen Glücks genügen, um ein ganzes Leben auszufüllen. Und mit dir erlebe ich so viele solcher Dreiminutenrationen Glück, dass ich von nun an ein glücklicher Mann sein werde. Ich werde mir sagen, dass das Leben es wert ist, gelebt zu werden, und ich werde es aufrecht und würdevoll weiterleben, bis wir endlich wieder zusammen sein können. So sehe ich die Dinge, Léonie.«

Sein feierlicher Ton gefiel ihr nicht besonders. Er verhieß nichts Gutes, fand sie.

»Und ich will dir noch ein letztes Versprechen geben«, fügte er hinzu. »Ich verspreche dir, dass wir glücklich sein werden. Es wird noch eine Weile dauern, aber irgendwann werden wir glücklich sein …«

Und sie glaubte ihm. Sie glaubte alles, was er sagte.

Eines Tages fiel ihr auf, dass der Saum seines Regenmantels aufgerissen war, und sie nahm sich vor, zu ihrem nächsten Treffen Nadel und Faden mitzubringen und ihn auszubessern.

Und sie hatte ihm einen perfekten Saum genäht. Wie die von Suzon. Sie betrachtete ihn und konnte es gar nicht fassen. Sie strich ihn mit der Handfläche glatt und betastete ihn. Dieser Saum war ihr Triumph. Und jetzt, hatte sie gesagt, stricke ich dir auch noch einen Pullover. Er lächelte. Und was sagst du deiner Schwiegermutter, wenn sie dich einen Männerpullover stricken sieht? Ich behaupte einfach, er sei für Georges, und Suzon hätte mir die Wolle dafür gekauft. Nachdem ihr dieser Saum geglückt war, fühlte sie sich zu allen Kühnheiten imstande.

»Und wenn du ihn trägst, wirst du an mich denken.«

»Ich werde ihn tragen und in den Maschen den Duft deiner Finger riechen.«

Und dann hatte er sie hingelegt. Vielleicht hatten sie an diesem Tag das Baby gezeugt, denn an dem Tag war sie die Königin der Säume gewesen.

Sie legte ihm das Maßband um den Hals und die Brust, ließ ihn die Arme heben und vermaß sich. Sie sah ihn an, wie er mit ausgebreiteten Armen dasaß, als machte er im Sitzen Gymnastik, und brach in Gelächter aus. Sie dachte an ihre erste Begegnung in der Bäckerei zurück und an die Plattfüße. Sie erzählte ihm davon, und er lachte ebenfalls.

Wie lange hatte sie schon nicht mehr so gelacht?

Sie hatte noch nie so gelacht.

Zu zweit lachen ist wie miteinander zu schlafen, es ist unglaublich intim.

Doch gleich darauf brach die Angst über sie herein, und sie flüchtete sich in seine Arme.

»Wir leben auf einem Stern, der nicht existiert«, sagte sie.

»Doch, natürlich! Unser Stern ist real, und heute Abend hängen wir ihn an den Himmel. Wo möchtest du ihn hinhaben?«

»Genau in die Mitte.«

»Und wie sollen wir ihn nennen?«

»Stella. Stella klingt hübsch. Er wird Stella heißen, und wir werden seine einzigen Bewohner sein.«

Sie strahlte unentwegt vor Glück. Manchmal spürte sie Fernandes Blick wie einen Angelhaken in ihrem Rücken. Warum ist sie plötzlich so hübsch, so fröhlich, so entspannt?, fragte sie sich garantiert, während sie ihren Tabak schnupfte. Stellt sie etwa fremden Männern nach? Na warte, ich werde ihr so viel zu tun geben, dass ihr keine Sekunde mehr bleibt, um irgendwelchen Mannsbildern schönzutun.

Sie ließ ihr keine freie Minute mehr. Tu dies, tu das, hast du dies erledigt, hast du das erledigt? Zehnmal am Tag schickte sie sie zu Carrefour zum Einkaufen.

Manchmal begleitete Lucien sie dabei. Er folgte ihr in einigem Abstand, tauchte plötzlich beim Konservenregal auf und küsste sie schmatzend in den Nacken. Oder er reihte sich drei Kundinnen hinter ihr in die Schlange an der Kasse ein.

Die Frau hinter Léonie unterhielt sich mit einer Freundin über die Hitze. Für den nächsten Tag waren vierzig Grad gemeldet.

»Ich weiß nicht mehr, wie ich das Haus ein wenig kühler bekommen soll«, sagte die eine. »Wie machst du das?«

»Ich lasse die Rollläden geschlossen und sorge für Durchzug, aber dann schlagen die Türen zu, und ich habe Angst, dass die Wände Risse bekommen.«

»Übertreibst du nicht ein bisschen?«

»Nein, diese modernen Häuser sind der reinste Mist! Ich muss Hosen für meine Jungs kaufen. Aber hast du die Preise gesehen?«

»Hör bloß auf. Ein Baumwollhemd für Henri kostet neunzig Francs! Glauben die, wir züchten das Geld auf dem Balkon?«

»Meine Güte, ist das heiß! Ich habe letzte Nacht nackt geschlafen.«

»An das Frühjahr siebenundsiebzig werden wir uns noch lange erinnern. Mein Make-up ist völlig zerlaufen.«

»Ich gehe gleich ins Schwimmbad und bleibe den Rest des Tages im Wasser.«

»Wo die ganzen Leute reinpinkeln! Findest du das nicht eklig? Henri sagt, das sei der beste Weg, sich einen Pilz zu holen.«

»Oder ich gehe ins Kino. Da haben sie eine Klimaanlage. Was läuft denn gerade in Sens?«

»Keine Ahnung. Henri geht nicht gern ins Kino. Er sagt, das sei bloß was zum Rumfummeln und über das Alter wären wir hinaus.«

»Ach, du meine Güte, dein Henri ist ja nicht gerade ein Spaßvogel! Da hast du zu Hause sicher auch nicht viel zu lachen.«

Dann mussten sie Léonie erkannt haben, denn sie senkten die Stimme und begannen zu flüstern.

Sie hörte lediglich: »…bekommt ihr gut, dass ihr Mann weg ist! Sie sieht verdammt sexy aus! Glaubst du, sie hat einen Kerl?«

Die beiden Frauen lachten gehässig.

»Hör auf, hör auf, ich mach mir gleich in die Hose«, flehte Henris Frau.

Die andere wurde mutiger und rief: »Wann kommt denn Ihr Mann zurück, Madame Valenti? Wir haben Sehnsucht nach ihm!«

»Stimmt«, pflichtete Henris Frau ihr aufgekratzt bei. »Ray ist unser Maskottchen. So einen Mann wie ihn hätten wir alle gern!« Und sie lachte kurz auf, bevor sie hinzufügte: »Sie können es sicher kaum noch erwarten!«

Léonie antwortete nicht. Sie packte ihre Einkäufe in den Wagen, bezahlte und ging davon.

Bevor sie den Supermarkt verließ, schaute sie sich noch einmal nach Lucien um, doch sie konnte ihn nirgends entdecken. Hatte er womöglich alles mit angehört und war gekränkt gegangen?

Bekümmert hatte sie den Einkaufswagen zu ihrem Auto geschoben. Ihre Arme hatten nicht mehr genug Kraft, um die Milchflaschen, die Bierdosen, die Wasserpakete und die Kanister mit Waschmittel und Haushaltsreiniger anzuheben. Was für ein Unsinn, sie dieses ganze Zeug besorgen zu lassen! Noch am selben Abend würde Fernande sie anweisen, alles wieder zurückzubringen und sich das Geld wiedergeben zu lassen. Sie würde sie anschreien, wie dämlich sie doch sei, schwachsinnig geradezu. Und sie würde »ihren blöden Fehler« in ihrem kleinen Notizbuch vermerken, damit Ray sie nach seiner Rückkehr dafür bestrafte. Sie notierte alles.

Doch Léonie war völlig egal, was passieren würde, wenn Ray zurückkam.

Sie wollte gerade den Kofferraum schließen, als Lucien neben ihr anhielt und die Scheibe herunterkurbelte.

»Das ist vorhin aus Ihrem Einkaufswagen gefallen, Madame«, sagte er. »Das gehört doch Ihnen, nicht wahr?«

Die beiden Klatschbasen standen in Sichtweite und beobachteten sie.

Sie griff nach der Plastiktüte, die Lucien ihr hinhielt und antwortete überlaut: »Oh, ja! Was bin ich doch für ein Schussel! Vielen Dank, Monsieur!«

Es war ein Teddybär. Ein roter Plüschteddybär, den er ganz hinten im Spielzeugregal entdeckt hatte. Auf dem untersten Regalbrett. Niemand wollte ihn. Er war aber auch wirklich sehr rot.

»Wie wollen wir ihn nennen?«, hatte sie ihn abends gefragt, als sie gemeinsam vor dem Holzverschlag standen und zu den Sternen aufschauten.

»Kirschtupfer.«

»Weil er rot ist?«

»Ja, und weil der Name aus einem Theaterstück stammt, das ich sehr gerne mag. Es heißt *Der Sommer*. Darin unterhalten sich zwei Kater, Kirschtupfer und Seine Knoblaucht. Du bist der Kirschtupfer in meinem Leben …«

Sie hatte nichts mehr gesagt. Manchmal braucht es keine weiteren Worte. Im Gegenteil, manchmal ist es sogar besser zu schweigen, denn Worte könnten alles verderben.

Und dann war der »grauenvolle Abend« gekommen.

Das war ihr Name dafür: der grauenvolle Abend.

Fernande hatte sich beklagt, sie fühle sich aufgebläht, sie habe sich den Magen verdorben, ihr sei übel. Sie hielt sich den Bauch, massierte sich das Kreuz, verzog das Gesicht. Sie schob ihren Teller zurück, schob ihr Glas zurück, rülpste. Gib mir die Schüssel, sagte sie, ich will mich übergeben, und sie sah sie mit ihren kleinen, schwarzen Augen an. Ihr Blick grub sich wie Krallen in Léonies Augen. Léonie riet ihr zu einem Grog, einem Kräutertee, einem Glas warmem Wein, ganz gleich was, Hauptsache, sie konnte ihr Pulver hineinschütten. Lucien reist morgen ab, er wartet sicher schon im Auto auf mich, es ist unsere letzte Nacht, unsere letzte Nacht, und diese alte Hexe will einfach nichts essen oder trinken.

Fernande stützte sich auf dem Tisch ab, zog sich hoch und ließ sich gleich wieder zurücksacken.

»Hilf mir gefälligst! Du siehst doch, dass ich keinen Schritt mehr gehen kann!«

Léonie schob die Arme unter Fernandes Oberkörper und wandte den Kopf zur Seite, um ihre schwarzen Nasenlöcher nicht sehen zu müssen.

»Glaubst du, ich wüsste nicht, dass du mich jeden Abend betäubst?«, zischte die Alte.

Léonie hätte sie um ein Haar fallen gelassen, doch sie riss sich zusammen.

»Was meinen Sie?«

»Ich meine, dass du mich unter Drogen setzt.«

Léonie antwortete nicht. Sie durfte Fernande nicht aufregen. Noch bestand Hoffnung, dass sie einschlief.

Sie brachte sie in ihr Schlafzimmer. Schlug die Bettdecke auf, legte die Kopfkissen zurecht, spülte das Glas für ihr Gebiss aus. Zog sie aus, half ihr ins Bett. Stellte sich ans Fußende und wartete ab. Sie wagte kein Wort mehr zu sagen.

»Nimm die Zeitung und lies mir vor.«

Sie nahm die Zeitung vom Nachttisch und machte sich daran, die Neuigkeiten vorzulesen.

Fernande musterte sie mit einem boshaften Lächeln.

»Lies lauter! Ich höre nichts!«

Léonie räusperte sich und las mit zitternder Stimme vor: »Kleinkrieg um die Gottesdienste in Saint-Nicolas-du-Chardonnet…«

»Keine Pfaffengeschichten! Lies etwas anderes!«

Sie überflog die Seite und las weiter: »Thronjubiläum der Königin von England. Fünfundzwanzig Jahre ist es her, seit Prinzessin Elisabeth zur Königin gekrönt wurde, und dieses silberne Jubiläum wurde im Juni in London mit gebührendem Prunk begangen. Fünf Millionen Touristen strömten aus ganz England und den Nachbarländern herbei. Überall in der Stadt wurde gefeiert…«

In diesem Moment begann die Alte mit gleichmütiger, fester Stimme zu sprechen, und ihre Worte klangen wie ein Schlüssel, den sie im Schloss drehte, um sie für alle Zeiten einzusperren: »Lucien Plissonnier. Verheiratet, zwei Kinder, Projektleiter bei Gerüstbau Mielles. Lucien Plissonnier ist dein Liebhaber.«

Léonie rührte sich nicht, zuckte nicht einmal mit der Wimper. Sie hatte keine Angst, sie schämte sich nicht, ihr kamen nicht die Tränen, sie wollte nur so schnell wie möglich zu ihm. Ganz egal, was danach passieren sollte!

Sie stand auf und rannte zur Tür. Doch sie war verschlossen.

»Zu schade«, kommentierte Fernande mit einem hämischen Lachen. »Ich habe sie zugesperrt. Hast du das nicht gemerkt?«

»Woher wissen Sie davon?«, rief Léonie.

»Ich weiß alles, meine Kleine. Ich wache über meinen Sohn. Du hast ihn betrogen. Und das wird dich teuer zu stehen kommen, das kann ich dir versichern.«

»Aber das ist mir egal«, schrie Léonie auf, »es kümmert mich nicht. Ich bin glücklich mit ihm. So unglaublich glücklich! Ich liebe ihn. Ich berühre den Himmel und die Sterne. Er hat mir sogar einen Stern geschenkt, nur für mich allein! Sie haben so etwas nie erlebt. Und darum sind Sie auch hässlich und dreckig und gemein. Schließen Sie mich ruhig ein, ich gehe trotzdem weg. Eines Tages gehe ich zu ihm, und dann werden wir zusammen sein. Das können Sie nicht verhindern. Die Liebe siegt immer!«

»Ach, du armes Ding, in deinem Alter immer noch so dumm! Es ist ein Jammer. Nimm dein Strickzeug und strick ein paar Reihen, das wird dich beruhigen.«

»Ich will nicht stricken.«

»Von mir aus, aber damit machst du deine Situation nur schlimmer!«

Wieder warf sie sich gegen die Tür, rüttelte an der Klinke, trat mit Füßen und Knien dagegen, rief um Hilfe.

Fernande zückte ihr kleines Notizbuch, leckte die Spitze des Bleistifts an und schrieb.

Und so war Lucien nach Paris zurückgekehrt, ohne dass sie ihn noch einmal gesehen hatte.

In dieser Nacht hatten sie alles planen wollen. Wie sie miteinander kommunizieren würden, wie einander aus der Ferne lieben, wie unentdeckt bleiben.

Sie hatten keine Möglichkeit, Kontakt zueinander aufzunehmen.

Er kannte weder Georges' und Suzons Nachnamen, noch wusste er, wie das kleine Dorf bei Saint-Chaland hieß, in dem sie lebten. Sie waren immer nur nachts dort gewesen. Während der Fahrt hatte er sie geküsst, sie an sich gezogen und den kleinen Diamantohrstecker gestreichelt, den er ihr geschenkt hatte und den sie immer herausnahm, bevor sie nach Hause ging. Sie versteckte ihn in einem Kaugummi, den sie unter den Briefkasten klebte. Monate später hatte Ray ihn gefunden und sie gezwungen, ihn hinunterzuschlucken.

Lucien hatte beim Fahren auf alles geachtet, bloß nicht auf die Straße. Pass auf, schrie sie, gleich haben wir noch einen Unfall, ich will nicht sterben!

Wie alle Liebenden im verschlingenden Griff ihrer Leidenschaft hatten sie vergessen, dass man eine Adresse braucht, um Versprechen halten zu können.

Sie fragte sich, wer sie an Fernande verraten hatte.

Turquet war es nicht gewesen. Er hatte es geschafft, Ray nach Spanien zu begleiten, indem er einen Job als Hilfssanitäter ergattert hatte. Und genauso wenig Lancenny oder Gerson. Sie waren in Paris. Der eine half seinem Onkel in dessen Café an der Place

Péreire, und der andere machte ein Praktikum in der Garage Molitor, einer Autowerkstatt im sechzehnten Arrondissement.

Wer also hatte sie verraten?

Schließlich war Ray von seinem Einsatz zurückgekommen.

Er hatte sich in Spanien eine Affäre gegönnt. Das Mädchen hieß Mercedes, er nannte sie Mercé. Eine hübsche dralle, braunhaarige junge Frau mit Sommersprossen, die von einem Foto herablächelte, das er mit Klebstreifen über ihrem Bett befestigt hatte. Er telefonierte ununterbrochen mit ihr. Schwärmte davon, wie schön es sei, verliebt zu sein, und kratzte sich dabei am Gemächt.

Er verprügelte Léonie morgens, und er verprügelte sie abends. Er nahm das Heft wieder in die Hand, wie er sagte. Dich vermöbeln zu können hat mir wirklich gefehlt. Das entspannt, da kann man sagen, was man will. Danach fühlt man sich wie ein Mann. Er rieb sich die Finger und ließ die Gelenke knacken. Fernande schenkte ihm einen weiteren Pastis ein und las ihm Léonies Verfehlungen vor, die sie in ihrem Notizbuch festgehalten hatte. Und er machte sich erneut ans Werk.

Ein wenig Mut war ihr noch geblieben. Sie ging zur Polizei und erstattete Anzeige. Eines ihrer Augen war zugeschwollen, aber sie blutete nicht. Kommen Sie nächstes Mal wieder, beschied man sie spöttisch.

Sie wehrte sich. Doch immer halbherziger.

Eine ölverklebte Möwe.

Er ließ sie endlos büßen.

Wenn er abends zu einem Einsatz fuhr, musste sie vollständig angezogen auf ihn warten. Sie durfte sich nicht hinlegen und schlafen. Durfte nicht lesen. Das könnte ihr bloß Flausen in den Kopf setzen. Sie musste Kleider ausbessern, stricken, Wäsche waschen, das Feuerwehrhandbuch auswendig lernen, seine Schnürsenkel bügeln, die Knöpfe in der Nähschatulle zählen und sie nach Größe, Farbe und Zahl der Löcher sortieren.

Ihm fiel immer etwas Neues ein.

Sie versuchte, der Verzweiflung zu entfliehen, indem sie sich selbst etwas vorlog. Lucien liebte sie. Lucien war etwas dazwischengekommen. Lucien würde kommen und sie erlösen. Es war nur eine Frage der Zeit. Das Leben, das Leben, das Leben, man muss ihm vertrauen.

Ray stieß sie aus dem Bett, trat sie mit dem Absatz, das hinterließ weniger Spuren. Er behauptete, sie sei schmutzig. Sie solle ihm ja nicht zu nahe kommen! Hurenfotze! Dreckstück! Sie glaube doch wohl nicht, er würde essen, was ein anderer übrig gelassen habe. Und dann rief er Mercedes an und holte sich beim Telefonieren einen runter.

Er hatte sich einen Roadster gekauft. In funkelndem Rot. Fernande fotografierte ihren Sohn, der braun gebrannt und mit nacktem Oberkörper hinter dem Steuer saß. Die Bilder schickte er Mercedes.

Jeden Sonntagmorgen wusch sie den Wagen und polierte die Chromteile. Schaum! Mehr Schaum!, brüllte er aus dem Wohnzimmerfenster. Was machst du denn, du faules Stück?

Abends ging er auf Spritztour und kam erst am frühen Morgen wieder. Trank mit seiner Mutter in der Küche Kaffee. Sie steckten die Köpfe zusammen und verstummten, sobald sie in Sicht kam. Sie schnappte nur einzelne Wörter auf: »Anlage«, »Bank«, »Inflation«, »Rendite«, »kein Wundermittel«. Sie musste warten, bis er wieder weg war, ehe sie sich selbst an den Tisch setzen und einen Kaffee trinken durfte. Sie aß nichts mehr. Ihr war ständig übel.

So ging das drei, vier Monate.

Fernande war schließlich aufgefallen, dass sie schwanger war.

»Sie kann nicht schwanger sein, das weißt du doch!«, versetzte Ray.

»Ich sage dir, sie ist schwanger … mach die Augen auf.«

»So ein Quatsch! Du bist verrückt! Sie ist doch nicht die Jungfrau Maria!«

»Sie ist von dem anderen schwanger, Junge.«

Schwanger.

Sie konnte es nicht fassen.

Sie war nicht unfruchtbar. Sie hatte zu Lucien gesagt, dass sie nicht zu verhüten brauchten, sie könne keine Kinder bekommen. Oh, hatte er gesagt, das ist aber schade! Bist du traurig deswegen? Ich weiß es nicht, hatte sie geantwortet. Ich weiß nicht genau, was ich fühle, verstehst du, meine Gefühle sind immer so konfus. Aber wenn ich mit dir zusammen bin, hatte sie hinzugefügt, dann hängt mein ganzer Himmel voller Sterne.

Sie war schwanger.

Anfangs war es eine Katastrophe. Er prügelte sie windelweich.

Dann dachte er nach.

Hinter seinem Rücken nannte man ihn schon wieder Hohlsack. Also erkannte er das Kind als sein eigenes an. Im Austausch gegen Léonies Versprechen, dem Verkauf von Schloss Bourrachard zuzustimmen, den Erlös auf ein gemeinsames Konto einzuzahlen und schließlich den größten Teil des Geldes weiter auf sein eigenes Konto zu überweisen. Durch Vermittlung des Präfekten hatte er einen Käufer für das Schloss gefunden: ein deutsches Unternehmen, das ein Gebäude in Frankreich suchte, um es in ein Ferienheim umzuwandeln. Das Unternehmen hatte Geld, und so wurde das Schloss zu einem sehr guten Preis verkauft.

Léonie unterschrieb alles, was er wollte.

Als sie das Kind zur Welt brachte, stand er auf der Drehleiter.

Und als das Kind angemeldet werden musste und einen Namen bekommen sollte, entschied sie sich für »Stella«. Die Frau, die durch die Zimmer ging und die Anmeldungen registrierte, gratulierte ihr, so ein hübscher, origineller Name.

Sie hörte nie wieder etwas von Lucien Plissonnier und wurde Madame Plemplem.

Sie betrachtet das Metronom. Wie seltsam, sagt sie sich, wenn ich die Nadel beobachte, klack-klack, klack-klack, kommen die Erinnerungen wieder hoch. Als blätterte ich in einem Fotoalbum. Manchmal weint sie, manchmal lacht sie. Sie weint häufig. Und sie lacht. Sie befreit sich von den alten Fotos. Sie räumt auf. Wirft ihren Kummer, ihre Verletzungen, ihre dunklen Wolken ins Feuer.

Etwas regt sich in ihrem Inneren, richtet sich auf, ein Anflug von Euphorie, ein neues Glück, sie hat keine Angst mehr.

Das Leben, das Leben, das Leben.

Als Stella am Schrottplatz eintrifft, sieht sie, wie zwei Gendarmen in ihren Mannschaftswagen steigen, während Edmond Courtois sich seinem Auto zuwendet. Sie geht in seine Richtung, weil sie ihm das von Léonie erzählen will, aber er macht eine abwehrende Geste, und seine flatternden Finger verweisen sie auf später. Er beschleunigt seine Schritte, als wolle er ein Zusammentreffen verhindern.

Stella rennt los.

»Ich muss mit Ihnen reden«, ruft sie. »Nur eine Minute! Wir müssen …«

»Keine Zeit, keine Zeit!«, entgegnet er und öffnet die Autotür. »Ich muss zum Flieger, ich bin schon zu spät.«

»Ach«, sagt Stella verwirrt und bleibt abrupt stehen. »Und die Bullen, weswegen waren die hier?«

»Wegen nichts. Ein Zwischenfall. Ist schon erledigt.«

Er dreht sich zu ihr um. Er hat dunkle Ringe unter den Augen, und seine Lippen zucken nervös, wodurch sich jedes Mal seine Nase runzelt. Fast wie ein lauerndes Tier.

»Ach«, sagt Stella noch einmal. »Ist alles in Ordnung mit Ihnen?«

»Ja, wieso?«

»Ich weiß nicht. Sie sehen ziemlich erledigt aus.«

»Unsinn.«

Er setzt sich hinters Steuer und will schon die Tür zuziehen, doch Stella packt ihn beim Ärmel.

»Was ist los, Monsieur Courtois? Gehen Sie mir aus dem Weg?«

Sie versucht, ihm in die Augen zu sehen, aber er macht sich von ihr los und schließt die Tür.

»Ich habe es eilig, das ist alles. Ich muss arbeiten. Und wo wir gerade von Arbeit reden, dich sieht man hier in letzter Zeit auch nicht gerade oft … Weißt du überhaupt noch, dass du auf dem Schrottplatz arbeitest?«

»Wieso sagen Sie das?«

»Weil ich deinen Lohn bezahle, verdammt! Tu gefälligst was für dein Geld!«

»Drohen Sie mir gerade damit, mich rauszuwerfen? Ist es das?«

»Blödsinn. Das würde mir nicht im Traum einfallen!«

»Es klingt aber ganz danach … Ich habe mit Julie abgesprochen, dass ich die Arbeit nachhole. Sind Sie jetzt zufrieden?«

»Versteh mich nicht falsch, Stella. Aber ich habe eine Firma zu leiten. Und glaub mir, das ist nicht einfach! Mir steht's allmählich bis hier!«

Und er hebt eine Hand über seinen Kopf.

Komisch, denkt Stella, er regt sich künstlich auf, um seine Verlegenheit zu überspielen. Seine Wut klingt falsch. Was verheimlicht er vor mir?

»Das sind ja ganz neue Töne, Monsieur Courtois! So was sieht Ihnen gar nicht ähnlich.«

»Tja, die Zeiten ändern sich eben!«

Sie wendet ihm den Rücken zu und lässt ihn zusammengesunken hinter seinem Steuer sitzen.

Irgendwas ist im Busch, aber sie weiß nicht, was. Wieder dieses Misstrauen, das bei jeder Gelegenheit erwacht. Was führt der alte Courtois im Schilde? An einem Tag beschützt er sie, vertraut sich ihr an und schüttet ihr sein Herz aus, und am nächsten will er sie nicht sehen und beschimpft sie als Drückebergerin. Wie soll man sich denn da zurechtfinden, wenn er ständig die Spielregeln ändert?

Sie geht zu der Treppe, die zu Julies Büro hinaufführt, und lässt ihren schweren Arbeitsschuh auf die unterste Stufe knallen. Ich bin zwar kein Mann, denkt sie wütend, aber wenn ich will, kann ich genau so viel Lärm machen wie sie. Die gehen mir so was von auf die Nerven, diese Kerle!

»Was ist denn mit deinem Vater los?«

Julie sitzt hinter ihrem Schreibtisch und tippt mit dem Ende eines Stifts auf ihren Taschenrechner ein.

»Verdammt! Verdammt«, brummt sie vor sich hin. »Das geht nicht auf! Irgendwas stimmt da nicht!«

Sie hebt den Kopf und starrt Stella an, als erkenne sie sie nicht. Dann schiebt sie hastig mit dem Zeigefinger ihre Brille zurück.

»Ach! Du bist's!«

»Habe ich mich so verändert?«

»Tut mir leid. Was hast du gesagt?«

»Dein Vater … was ist mit ihm?«

»Keine Ahnung, aber es geht ihm nicht gut. Er bastelt jede Nacht an seinen Uhren herum. Legt sich komplett angezogen hin und schläft in seinem Arbeitszimmer! Ich habe den Verdacht, dass er trinkt. Es ist die Hölle bei uns zu Hause. Meine Mutter packt ständig ihre Koffer, und ihn interessiert das nicht die Bohne. Jetzt ist sie gerade in Paris bei einer Freundin.«

»Und was wollten die Bullen hier?«

»Ach, wieder so eine Geschichte mit diesen Roma!«

Beinahe hätte sie »Zigeuner« gesagt, aber sie hat sich im letzten Moment korrigiert.

»Was denn …?«, fragt Stella, damit Julie weiterredet.

»Dieser kleine Junge, der immer mit seinem Vater herkam… Du weißt schon, der kleine Rotzlöffel, der uns jedes Mal etwas geklaut hat, wenn er vom Lkw runterkletterte, während sein Vater die Ware ablieferte…«

»Dragan?«

»Ja. Der ist mittlerweile erwachsen, er muss so um die achtzehn sein. Jedenfalls ist er vorhin hier aufgetaucht und wollte wissen, wie viel wir in den letzten drei Jahren verkauft haben. Garantiert, um einen Anteil einzufordern. Er ist mit Maurice aneinandergeraten, der ihm gesagt hat, dass wir so was nur den Bullen erzählen. Aber er hat nicht lockergelassen, und der Ton ist hitziger geworden. Da bin ich runtergegangen und habe ihm gesagt, er solle sich beruhigen und wenn er nicht gleich aufhört, würde ich ihm eine verpassen. Na ja… er hat nicht aufgehört, stattdessen hat er mich als Hure und Bullenflittchen beschimpft, und da habe ich ihm eine gelangt.«

»Und die Bullen gerufen…«

»Ja. Sie sind gekommen und haben mir recht gegeben, und Dragan ist davongerannt wie ein Wiesel. Ich hoffe, er kommt nicht noch mal zurück. Allein oder mit dem Rest seiner Familie!«

Stella seufzt.

»Sag jetzt nicht, Ray hat ihn hergeschickt!«

»Keine Ahnung, Stella. Im Moment hakt es einfach überall. Außerdem weiß ich vor lauter Arbeit nicht mehr, wo mir der Kopf steht. Und Jérôme, weißt du…«

Sie verstummt abrupt, beugt sich über ihre Zahlen, schaut wieder auf und sagt: »Du müsstest einen Container zu Depelletat bringen. Für Aluminium. Die schmeißen tolle Offsetplatten raus. Wir kaufen pro Tonne. Klär das mit ihnen ab und lass sie den Vertrag unterschreiben. Das muss heute Abend unter Dach und Fach sein.«

»Kein Problem. Gibst du mir die Unterlagen?«

Jemand klopft an die Tür. Es ist Jérôme. Als er Stella sieht, wird er rot und weicht seitlich zurück wie ein Krebs.

»Komm rein …«, sagt Stella. »Ich fress dich schon nicht!«

»Ich will nicht stören …«

»Du störst nicht. Ich muss sowieso los, bin schon weg.«

Julie hat ihren Taschenrechner fallen lassen und sich mit beiden Händen die Locken zerzaust. Sie starrt Jérôme schmachtend an. Stella kommt es so vor, als könnte sie den ganzen Tag nur dasitzen und ihn anschauen, ohne sich zu rühren. Sie zittert vor Aufregung.

»Ich geh dann mal«, sagt Stella, »ihr habt sicher eine Menge zu besprechen.«

»Oh, nein!«, widerspricht Jérôme entsetzt. »Ich komme gleich noch mal wieder. Okay? Bis gleich, Julie …«

Er geht hinaus, und Julie sieht ihm verzweifelt nach.

»Und schon wieder weg!«

»Wieso? Kommt das häufiger vor?«

»Das ist schon das dritte Mal heute Morgen! Er kommt rein, stottert irgendwas und geht wieder raus, kommt wieder rein, stottert irgendwas und geht wieder raus.«

»Also so was … Der hat den Mut auch nicht mit Löffeln gefressen!«

»So wird das nie was mit uns!«, sagt Julie seufzend.

»Doch, doch … bestimmt!«

»Er will mit mir reden, aber irgendjemand oder irgendetwas hält ihn immer davon ab.«

»Tut mir leid«, entschuldigt sich Stella.

»Nein, nein, es ist nur … Gestern habe ich zwischen den Unterlagen, die er mir jeden Abend hochbringt, ein Gedicht gefunden, das er abgeschrieben hatte. Er muss es in dem Stapel vergessen haben. So ein schönes Gedicht, Stella. Wenn du willst, zeige ich es dir, dann kannst du mir sagen, wie du es findest.«

»Oh, mit Gedichten kenne ich mich nicht aus. Lyrik ist nicht so mein Ding, weißt du. Du solltest lieber jemanden fragen, der was davon versteht.«

»Aber ich möchte nicht so gern mit anderen darüber reden …

Stell dir nur mal vor, alle wüssten Bescheid! Dann stünde ich schön blöd da.«

»Das ist doch keine Schande, Julie. Du hast nicht die Krätze, du bist verliebt!«

»Weint man denn, wenn man verliebt ist?«

»Ach, das ist bei jedem anders. Du weinst vor Glück, das ist doch schön.«

»Ich habe Stimmungsschwankungen. Schweißausbrüche, Hitzewallungen, mein Herz krampft sich zusammen, mein Bauch ist ganz löchrig ...«

»Meine Güte ... das klingt ja eher nach einer Krankheit als nach Liebe!«

»Ich bin nervös. Dann möchte ich am liebsten lachen und tanzen. Und dann bin ich wieder nervös. Ich funktioniere mit Wechselstrom!«

»Kein Zweifel, du bist verliebt.«

»Glaubst du wirklich? Glaubst du, ich bin auch endlich mal an der Reihe?«

»Jeder Mensch hat ein Recht darauf. Dein Name steht doch nicht auf einer schwarzen Liste für ›Liebe verboten!‹.«

»Ach, das sagst du nur, um mir eine Freude zu machen.«

»Überhaupt nicht! Schau mich an, ich habe doch auch Adrian gefunden, obwohl ich dachte, dass sich kein Mann je für mich interessieren würde! Und was ist passiert ... Er kam in seinem Lkw angefahren, hat mich entführt, und seitdem gebe ich keinen Mucks mehr von mir.«

Julie prustet los.

»Ich kann mir kaum vorstellen, dass Jérôme mich entführt. Er schafft es ja nicht mal, mit mir zu reden!«

»Wieso denn nicht? Wenn man ihn so sieht, hat er doch durchaus was von einem tapferen Ritter ...«

»Und er schreibt Gedichte ab, die er zwischen den Rechnungen vergisst. Vielleicht lernt er sie auswendig, um sie mir vortragen zu können? Vielleicht macht er sich damit Mut ...«

Stella betrachtete Julie gerührt. Sie hatte vergessen, dass man in der Liebe ständig zweifelt. Wenn man verliebt ist, ergibt nichts einen Sinn, man schwankt wie der Schiefe Turm von Pisa.

»Jedenfalls solltest du die Sache jetzt dringend selbst in die Hand nehmen, sonst drehst du noch durch wie ein kleiner Brummkreisel!«

»Oh! Ich gehe dir auf die Nerven mit meinen Zweifeln.«

»Quatsch … Aber jetzt sollte ich mich wirklich an die Arbeit machen. Dein Vater hat mich vorhin schon darauf angesprochen, dass ich zu oft blaumache.«

»Das ist nicht dein Ernst!«

»Doch.«

»Er ist wirklich total neben der Spur. Das hat er nicht so gemeint, Stella. Er vergöttert dich.«

»Da bin ich mir nicht so sicher, mein kleiner Brummkreisel.«

»Ich mag das, wenn du mich ›mein kleiner Brummkreisel‹ nennst. Das klingt, als hättest du mich lieb.«

»Aber ich habe dich doch lieb, mein kleiner Brummkreisel! Ich liebe dich, und Jérôme liebt dich auch, das sieht ein Blinder mit Krückstock …«

»Wenn er mich doch wirklich lieben würde! Das wäre schön. Vielleicht könnte ich ja sogar noch ein Baby bekommen?«

»Warum nicht? Aber mach lieber erst mal halblang, noch hat er nichts gesagt. Nicht, dass du danach enttäuscht bist und leidest.«

»Ja, ja, ich reiße mich ja schon zusammen …«

Sie schüttelt ihren Lockenkopf, atmet tief durch, streckt sich, reicht ihr einen Lieferschein und ein paar Unterlagen und greift wieder nach ihrem Taschenrechner.

Stella will schon gehen, als ihr etwas einfällt. Sie weiß nicht, warum, aber plötzlich hört sie sich sagen: »Steht eigentlich der alte Peugeot noch in der Halle?«

»Ja.«

»Fährt er noch?«

»Läuft wie geschmiert.«

»Würdest du ihn mir übers Wochenende leihen? Ich möchte mit Tom zum Baden an den Weiher fahren. Und der Peugeot ist diskreter als mein Laster. In Toms Alter will man so sein wie alle anderen und nur ja kein Aufsehen erregen! Aber mit meinem Laster falle ich überall auf.«

Sie hat tatsächlich daran gedacht, mit Tom zum Baden nach Saint-Denis-lès-Sens zu fahren.

Aber seltsamerweise hat sie das Gefühl, als sei das nicht das wahre Motiv für ihre Bitte. Es gibt einen weiteren Grund, den sie noch nicht kennt.

»Du musst nur nachsehen, ob noch genug Benzin im Tank ist. Und ob die Papiere im Handschuhfach liegen.«

»Und du hältst mich auf dem Laufenden, was deinen Liebsten betrifft, okay?«

Julie schaut mit einem hoffnungsvollen Strahlen im Gesicht zu ihr auf.

»Oh, ja …«, seufzt sie. »Hoffentlich … hoffentlich …!«

Als Stella die Treppe hinuntergeht, hört sie ihr Handy klingeln. Sie nimmt es aus der Tasche, doch es rutscht ihr aus der Hand. Sie kann es zwar noch auffangen, aber als sie schließlich rangeht, hat das Klingeln aufgehört. Sie betrachtet die Nummer. Unbekannt. Und wie üblich keine Nachricht.

»Was soll der Mist!«, schimpft sie und trampelt mit ihren schweren Sohlen die Stufen hinab.

Sie steigt in den Laster – den Peugeot wird sie nach ihrer Rückkehr holen –, und schaltet grübelnd in den ersten Gang.

Die Dinge nehmen immer ihren Lauf, ohne dass man begreift, wieso und weshalb.

Irgendetwas wird passieren. Sie spürt, dass es nicht mehr lange dauern kann. Bald wird alles an seinen Platz kommen. Es wird schnell gehen, und es wird gewaltsam sein, das weiß sie.

Sie wartet schon zu lange. Die glauben, sie könnten sich alles erlauben. Er und seine Kumpane nehmen die Leute schamlos aus. Sie stehlen, verhökern, kassieren. Ihre Taschen sind die reinsten Bankfilialen. Rays neueste Marotte? Ein Maserati. Bar bezahlt. Wenn das nicht verdächtig ist. Sie sind auf Du und Du mit dem Bürgermeister, fungieren als Mittelsmänner und streichen Provisionen ein. Bei Baugenehmigungen, Bauprojekten, Sanierungen oder Bauabnahmen. Präfekt, Unterpräfekten, Verwaltungsbeamte, sie haben sie alle am Haken. Sie fordern Schutzgeld von Kneipen, Restaurants, Friseursalons und sonstigen Geschäften. Sogar den Landwirten knöpfen sie Geld ab! Und wenn die sich weigern, zünden sie kurz vor der Ernte ihre Felder an. Was machen sie mit dem ganzen Geld? Ich muss unbedingt Violette fragen, ob sie etwas darüber weiß.

Ganz zu schweigen von der Sozialkasse der Feuerwehr, die Ray gegründet hat. Da hat jeder einzuzahlen. Die Hand aufs Herz gelegt und mit einer Träne im Augenwinkel beim Gedanken an die armen Feuerwehrleute, die von der Drehleiter gestürzt sind und nun ihr Leben im Rollstuhl fristen. Wissen Sie, wie viel so ein Rollstuhl kostet, Mesdames, Messieurs? Ein Skandal. Unvor-stell-bar. Wenn Ray sein Geschwätz absondert, sieht er aus, als könne er kein Wässerchen trüben. Und die Leute öffnen ihr Portemonnaie.

Am liebsten würde sie Turquet zurückrufen und sich mit ihm auf der Lichtung hinter seinem Haus verabreden, um die Sache zu klären. Sie muss ihm Angst machen. Oder wehtun. Er wohnt auf einem abgelegenen Bauernhof. Niemand wird sie sehen.

Doch dann reißt sie sich zusammen. Was willst du ihm denn sagen, du Schaf? Glaubst du etwa, mit dem Kerl könnte man reden? Sie schüttelt den Kopf. Davon hat sie nichts zu erwarten. Sie darf sich nicht verrennen. Die warten ja nur darauf, sie zu einem Fehler zu bewegen. Und dann stoßen sie sie in den Abgrund. Ein Unfall ist so schnell passiert.

Sie denkt an Tom, den Astronauten. Heute Abend wird sie den weißen OP-Anzug für ihn kürzen, und sie werden gemeinsam darüber lachen, wie er als Monddickerchen durch die Gegend stapft.

An der Kreuzung Aux Quatre Fermes springt die Ampel auf Rot, und ihr Laster hält neben einem grauen Mercedes Cabrio mit offenem Verdeck. Sie hat neulich Abend bei Georges und Suzon die Werbung im Fernsehen gesehen. *Reach for the sky, drive an E-Class cabriolet*, hieß es da. Und am unteren Bildrand lief ein Band so schnell, dass man die kursive Schrift kaum lesen konnte: »Ab 60.000 Euro.« Sechzigtausend Euro!, hatte sie gerufen. Von dem Geld kann ich ein paar Jahre leben! Wer kann sich so etwas leisten?

Violette Maupuis.

Hermès-Schal, dunkle Ray-Ban, schwarzer Ledermini, Ringe, Armreifen, eine massive Goldkette und manikürte Fingernägel, die nervös auf das Steuer trommeln. Violette Maupuis, die stocksauer ist, weil sie wie jeder x-beliebige Mensch an einer roten Ampel halten muss.

Stella hupt kurz und kurbelt die Scheibe herunter.

»Die Geschäfte scheinen ja prächtig zu laufen!«

»Hi, Stella! Wie geht's?«

»Hast du dein Erbe verjubelt, oder ist der irgendwo vom Lkw gefallen?«

Violette lacht.

»Ray hat ihn mir gestern Abend geschenkt. Zum Geburtstag. Ist er nicht süß?«

»Ein echtes Schätzchen!«

»Er vergöttert mich.«

»Hast du ein Glück!«

»Sagen wir, ich weiß, wie man mit Männern umgeht! Das ist gar nicht so schwer … Zwei, drei Grundregeln, und die Sache ist geritzt.«

Sie hat es in dem gleichen Ton gesagt wie damals, als sie dreizehn Jahre alt war und ihre kleinen Brüste unter dem T-Shirt wippen ließ.

»Die musst du mir bei Gelegenheit mal verraten!«, antwortet Stella.

»Jederzeit gern … Und das ist noch nicht alles. Er sorgt dafür, dass ich die Hauptrolle im nächsten vom Regionalrat finanzierten Film bekomme. Er macht aus mir einen Star. Davon ist er felsenfest überzeugt. Ich bin total aufgeregt!«

»Sollen wir uns heute Abend auf einen Kaffee treffen, bevor ich Tom abhole? Er ist bis sieben beim Judo.«

»Heute Abend kann ich nicht. Großes Dinner beim Präfekten. Ich muss mich zurechtmachen, damit ich absolut umwerfend aussehe.«

»Das dürfte bei dir doch nicht lange dauern.«

»Du bist süß«, entgegnet sie kokett. »Alle wichtigen Leute der Gegend kommen, da muss ich einen guten Eindruck machen.«

»Leute wie Gerson oder Turquet?«, fragt Stella spöttisch.

»Machst du Witze? Ich meine die echten Bonzen. Gerson und Turquet sind doch bloß zwei Witzfiguren. Und Turquet kann sowieso nicht aus dem Haus. Zum Totlachen. Der Trottel hat versucht, Gewichte zu stemmen, und sich dabei einen Hexenschuss geholt! Was für ein Idiot! Irgendwann jage ich diese ganzen jämmerlichen Gestalten zum Teufel! Ray hat was Besseres verdient als die.«

»Du hast recht. Und vielleicht solltest du ihm auch mal einen neuen Look verpassen. Neben einer so schönen Frau wie dir wirkt er ein bisschen provinziell.«

»Damit habe ich schon angefangen. Echt blöd, dass ihr zwei euch nicht versteht, dann könntest du sehen, wie er sich verändert hat. Ich lese ihm jeden Tag aus der Zeitung vor, und die Informationen nutzt er dann für seine Geschäfte.«

»Ach was, arbeitet er etwa? Das wäre ja was ganz Neues.«

»Jetzt mal im Ernst, Stella, ich fände es wirklich schön, wenn ihr euch wieder versöhnt. Er ist immerhin dein Vater!«

»Sag das nicht!«, knurrt Stella. »Sag das ja nicht!«

Es klingt, als sei sie kurz davor, eine Granate zu entsichern. Violette sieht sie vorwurfsvoll an.

»Aber du verdankst ihm dein Leben! Man muss seine Eltern respektieren. Ich erklär's dir: Ich zum Beispiel bin Künstlerin, und trotzdem habe ich meine Karriere für eine Weile auf Eis gelegt, um hierher zurückzukommen und die Angelegenheiten meiner Eltern zu regeln. Und glaub ja nicht, das mache mir Spaß! Mein Agent bombardiert mich mit Anrufen und fleht mich an, nach Paris zurückzukommen. Aber ich sage immer: Nein, meine Pflichten als Tochter gehen vor!«

»Ich wusste gar nicht, dass deine Eltern so viele Angelegenheiten zu regeln hatten!«

»Sei nicht so sarkastisch! Sei positiv, denk an die Zukunft.«

»Du hast recht. Ich denke an nichts anderes. Tschüss, meine Schöne, bis bald! Wir telefonieren.«

Die Ampel springt auf Grün. Stella hat kaum die Kupplung getreten, da ist das Mercedes Cabrio nur noch als Staubwolke am Horizont zu erkennen. Fluchend schlägt sie mit ihrer Stirn gegen das Steuer. Dann reißt sie sich zusammen.

Ich darf mich nicht aufregen! Ich brauche sie, irgendwann wird sie mir noch von Nutzen sein! Aber sie macht mich wahnsinnig, diese Frau macht mich wahnsinnig!

Die Staubwolke in der Ferne ist verschwunden.

Sie schaltet das Radio ein. Céline Dion singt, sie wolle mit ihrem Vater reden, ihre Wurzeln wiederfinden, wissen, wo ihr Platz sei. *Tagada-tsoing-tsoing.* Vor Stellas innerem Auge taucht ein Bild auf, das Bild von Ray, wie er ihre Schlafzimmertür öffnet. Nein, Papa, hört sie sich schreien, nein!

Was hat Violette am Steuer ihres Mercedes noch gesagt?

»Aber du verdankst ihm dein Leben!«

Und genau das ist es, was sie nie wieder hören will.

»Gefällt es dir so, oder soll ich ihn noch ein bisschen kürzer machen?«, fragt Stella, als sie, den Mund voller Nadeln, vor Tom kniet.

Er steht stocksteif da, die Arme ausgebreitet, das Kinn gereckt, in weißem Anzug, weißen Handschuhen, weißen Schuhen, das Haar unter der weißen Kapuze verborgen. In einer Hand hält er ein Goldfischglas. Mit einer Salatschüssel würde er aussehen wie ein Mädchen, findet er.

»Wow!«, ruft er begeistert nach einem Blick in den Spiegel. »Das ist super! Danke, Maman! Du bist echt klasse!«

Dieses »Maman« trifft Stella mitten ins Herz, und sie gerät aus dem Gleichgewicht. Er hat sie schon so lange nicht mehr so genannt. Sie wusste nicht, dass sie das so vermisst hatte. Sie möchte diesen glücklichen Moment andauern lassen und beharrt: »Ich könnte das rechte Bein noch ein bisschen kürzen.«

»Nein. So ist es toll«, sagt er, während er sich immer noch im Spiegel betrachtet. »Supertoll!«

»Oder vielleicht die Ärmel ein bisschen länger?«

»Nein. Er ist perfekt.«

»Bist du sicher, dass das mit dem Goldfischglas eine gute Idee ist?«

»Ich trage es an der Hüfte. Das machen die Astronauten so. Kurz vor dem Start spazieren sie mit ihrem Helm in der Hand durch die Gegend. Total cool.«

»Ich erinnere mich nicht mehr…«

»Findest du nicht, dass die Maske ein bisschen komisch aussieht?«

»Nein. Der Mund muss vollständig bedeckt sein. Vergiss nicht, der Sinn der Sache ist, dass nichts durchkommt…«

»Aber einem Astronauten ist es doch egal, ob er Spuren hinterlässt. Im Gegenteil, er will, dass die Leute sich an ihn erinnern, dass sie später noch wissen, dass er derjenige war, der auf dem Mond herumgelaufen ist. Er ist stolz. Er versteckt sich nicht. Nicht wie Dexter.«

»Wer ist Dexter?«

»Du weißt schon, der Typ aus dieser Serie, der seine Opfer in blutige Scheibchen schneidet.«

Stella verzieht das Gesicht.

»Ach, ja …«

Doch ihr unbestimmter Tonfall verrät ihm, dass sie keine Ahnung hat, wovon er redet.

»Weißt du nicht mehr, Maman, wir haben das bei Georges und Suzon gesehen. Und Suzon hatte so große Angst, dass sie nur durch die Finger geschaut hat! Der Typ, der Verbrecher umbringt, die der Justiz durch die Lappen gegangen sind. Dexter ist sozusagen der oberste Kämpfer für die Gerechtigkeit. Weil die Justiz kapituliert hat, erledigt er den Job eben selbst.«

»Ja, jetzt fällt es mir wieder ein …«

Sie hat ein zweites »Maman« eingeheimst. Was muss sie tun, um noch ein drittes zu bekommen? Sie hatte vergessen, wie schön es sich anfühlt, seinen kleinen Sohn festzuhalten, ihm die Welt zu zeigen und von ihm Maman genannt zu werden. Warum hat Tom aufgehört, sie Maman zu nennen? Sie hat nie gewagt, ihn danach zu fragen.

»Aber ich bin nicht Dexter, ich bin ein friedliebender Astronaut. Ich bringe den Fortschritt voran. Du glaubst ja gar nicht, wie viele Erfindungen gemacht wurden, während die Forscher daran arbeiteten, Menschen zum Mond fliegen zu lassen, Stella!«

»Irgendwann habe ich das bestimmt einmal gewusst.«

»Was hast du eigentlich mit dem anderen Anzug vor? Amina hat dir doch zwei gegeben.«

»Ich weiß es nicht.«

»Sonst würde ich ihn nehmen.«

»Für einen Freund, der noch kein Kostüm hat?«

Tom sieht seine Mutter an und wird rot. Er hatte eine Idee: Er könnte mit Jimmy Gun Dexter spielen. Dann würden sie so tun, als schnitten sie Turquet oder Ray in Scheibchen. Genauso sorgfältig und mit dem gleichen Ritual wie Dexter in der Fernsehserie. Aber dazu braucht er einen zweiten Anzug.

Stella hat das Erröten ihres Sohnes gesehen.

»Woran denkst du gerade?«, will sie wissen. »Und lüg mich nicht an! Du weißt, wir haben eine Abmachung …«

»Ich dachte, wenn du ihn nicht brauchst, könnte ich damit Dexter spielen.«

»Du willst einen Killer spielen? Sag mal, geht's noch?«

»Es wäre doch nur ein Spiel.«

»Und wen würdest du aufschlitzen?«

»Turquet zum Beispiel. Der hatte ja auch keine Hemmungen, Schnuffel die Kehle durchzuschneiden.«

»Hör mir mal gut zu, Tom. So etwas tut man nicht. Solche Sachen passieren im Fernsehen, aber nicht in der Realität.«

»Und bei Großmutter tut er sich auch keinen Zwang an! Ich wette, wenn er könnte, würde er sie auch in Scheiben schneiden.«

»Sag das nicht, Tom! Sag so was nicht!«

»Beruhige dich, Stella! Ich wollte dich nicht aufregen!«

»Ich rege mich nicht auf. Ich sage dir, dass man so etwas einfach nicht tut. Man darf sich nicht auf das Niveau dieser Kerle herablassen, man muss sich über sie erheben, edelmütiger und großherziger sein. Stell dir nur mal vor, wie die Welt sonst aussehen würde!«

»Aber das ist es ja gerade, ich finde, die Welt sieht nicht besonders gut aus. Ray und Turquet prügeln immer wieder auf uns ein, und wir lassen uns das einfach gefallen. Da dachte ich …«

»Du dachtest überhaupt nichts! Ich räume den zweiten Anzug weg, und du behältst den deinen, aber als Astronaut und für die Schule, verstanden?«

»Verstanden.«

»Und sieh mich an, wenn du mit mir sprichst. In die Augen«, befiehlt sie mit fester Stimme.

»Okay, Maman.«

Er hebt den Kopf, schiebt die weiße Kapuze zurück, und sein tiefblauer Blick unter dem zu Berge stehenden blonden Haar bohrt sich in einer Mischung aus Arglosigkeit und Enttäuschung in Stellas Augen. Sie will ihn schon in die Arme nehmen und an sich ziehen, als ihr klar wird, dass ein solches Zeichen der Rührung ihre Autorität untergraben würde.

»Gut, mein Schatz. Dann sind wir uns also einig.«

Er nickt.

»Wann kommt Papa zurück?«, fragt er schmollend.

»Ich weiß es nicht. Aber er müsste bald wieder hier sein. Wann haben wir ihn zum letzten Mal gesehen?«

Sie weiß ganz genau, dass es schon zwei Wochen her ist, und sie fragt sich, warum es diesmal so lange dauert. Jedes Mal, wenn er zu lange fortbleibt, macht sie sich Sorgen, er wurde verhaftet, er liegt verletzt in einem Graben. Sie weiß nichts über sein Leben.

»Ich glaube, es sind jetzt sechzehn Tage«, sagt er, nachdem er an seinen Fingern abgezählt hat.

»Ja, das müsste stimmen. Vielleicht kommt er ja schon heute Abend …«

»Und morgen ist Samstag, dann können wir zusammen in den Wald gehen. Er hat mir versprochen, mir beizubringen, wie man Holz hackt, er hat gesagt, davon bekommt man Muskeln in den Beinen, an den Oberschenkeln und am Bauch …«

»Das stimmt. Geh jetzt ins Bett, und ich nehme mir dein Kostüm noch einmal vor, damit es am Montagmorgen fertig ist. Du wirst der schönste Astronaut der ganzen Schule sein!«

»*Yes!* Danke, Maman!«

Und wie der Wind rennt er hoch in sein Zimmer. Er hat Jimmy Gun ja so viel zu erzählen.

Überrascht von seiner prompten Reaktion und erfreut über ihr viertes »Maman«, breitet Stella den Anzug aus und nimmt eine große Schere zur Hand. Entgeistert starrt sie sie an: Sie könnte Dexter gehören.

»Nicht bewegen!«, befiehlt Philippe.

»Na gut, ich bewege mich nicht.«

»Streich deinen Pony zurück und halte ihn fest.«

Joséphine gehorcht lächelnd. Sie sind am Flughafen von Athen, Eleftherios Venizelos, ein Name mit einem Klang, als rollte man Kiesel in seinem Mund! Sie warten auf den Flug nach Paris und trinken einen Kaffee an einem Tisch vor der Hermès-Boutique. Hermès, das reimt sich auf Cortès, denkt Joséphine. Vielleicht gibt es ja eines Tages auch eine Hortense-Cortès-Boutique am Athener Flughafen.

»Und jetzt mach die Augen zu und hör mir zu.«

»Ich mache die Augen zu und höre dir zu.«

»Ich lese, was auf deiner Stirn geschrieben steht… und du neigst ganz leicht den Kopf, um mir zu sagen, ob ich richtig liege.«

»Ich höre.«

Philippe konzentriert sich.

»Da gibt es eine Sorge, eine große Sorge, die sich über die Hälfte deiner Stirn breitet…«

»Das stimmt«, sagt Joséphine und neigt sacht den Kopf.

»Es hat mit einem Telefon zu tun. Einer Telefonnummer. Einem Telefon, bei dem niemand rangeht.«

Joséphine nickt.

»Du rufst an, und wenn die Mailbox anspringt, legst du wieder auf. Ohne eine Nachricht zu hinterlassen! Der Mann weiß also gar nicht, dass du es bist, die anruft…«

»Weil ich nicht weiß, was ich sagen soll…«

»Also ist es auch kein Wunder, dass er nicht rangeht. Er denkt, das ist bloß irgendein Störenfried, wenn es wichtig ist, wird er schon eine Nachricht hinterlassen.«

»Du hast recht. Aber irgendwann muss er doch einmal rangehen, und dann werde ich seine Stimme hören. Ich möchte seine Stimme hören, bevor ich mit ihm rede.«

»Aber das weiß er doch nicht. Er denkt sicher, es sei jemand, der ihm Fenster oder ein neues Konto oder eine Sterbegeldversicherung andrehen will…«

»Steht das alles auf meiner Stirn geschrieben?«

»Ja. Es ist sehr lang und voller Erklärungen, und darum fühlt es sich auch so schwer an.«

»Und du siehst das alles?«

»Ja. Ich bin sehr gut in solchen Dingen.« Philippe macht eine kurze Pause. »Deshalb solltest du beim nächsten Mal eine Nachricht hinterlassen. Dann ruft der Kerl zurück, und du kannst endlich das Rätsel um den Unbekannten im Hörsaal lösen. Einverstanden?«

Joséphine denkt nach.

»Du hast recht.«

»Soll ich ihn für dich anrufen?«

»Nein. Das ist meine Sache.«

»Und du hast keine Angst?«

»Und ich habe keine Angst.«

Sie hat den Drachen besiegt.

Es war nicht leicht.

Sie hat gekämpft. Sie hat geweint. Viel geweint. Aber eines Tages ist sie aufgewacht. Sie hat sich umgesehen und nichts Neues entdeckt.

Also hat sie in sich hineingeblickt.

Und da war Respekt.

Der Respekt von Joséphine Cortès vor Joséphine Cortès.

Zum ersten Mal.

Da hat sie es begriffen. Respekt muss man nicht von anderen einfordern, sondern von sich selbst. Die anderen verneigen sich. Oder auch nicht. Das ist kein Problem.

Der Respekt ist da, und er bleibt.

Komm Dunkel, Stunde eile
Die Tage gehen, ich verweile.

Danach ist alles so einfach. Der Körper wird schlanker, gleitet in die Hosen, die Füße erheben sich auf hohe Absätze, der Pony wird kürzer. Alles kommt wieder ins Lot.

Das Glück ist etwas, was ein Mensch mit sich selbst ausmachen muss. Ich liebe dich, sagt man zu sich selbst. Du bist eine fantastische Frau, sagt man. Und dann fügt man hinzu: Du kannst das.

Was kann ich?

Was immer du willst.

Und ich werde es schaffen?

Natürlich. Hör nicht auf die anderen.

So muss man mit sich selbst reden, wenn man glücklich sein will.

Das war eine wundervolle Erkenntnis.

Apollinaire hatte recht.

Unsre Liebe auch
Ist Erinnern Gewinn
Aus traurigem Sinn wird fröhlicher Sinn.

Ihr Leben war durch einen Zufall wieder fröhlich geworden.

Eines Tages hatte Madame Menesson ihr das Tablett mit ihrem Essen hochgebracht und sie auf dem Bett liegend vorgefunden.

»Sind Sie es nicht allmählich leid, sich unglücklich zu machen?«, hatte sie geschimpft. »Sie reden sich Unglück ein, erfinden Sie doch stattdessen lieber mal Glück! Das ist keine Hexerei! Sie müssen nur eine andere Platte auflegen, singen Sie einen Bossa Nova statt des Miserere … Und sagen Sie mir nachher, wie Sie meine Kürbissuppe fanden«, sagte sie im Davongehen. »Ich habe sie extra für Sie gekocht. Meine Schwiegermutter hat mir die Sahne dafür vom Bauernhof mitgebracht. Die habe ich auch schon zum Bossa Nova bekehrt.«

Joséphine setzte sich auf dem Bett auf.

Apollinaires Gedicht summte in ihrem Kopf herum, *Ist Erinnern Gewinn, Aus traurigem Sinn wird fröhlicher Sinn … aus traurigem Sinn wird fröhlicher Sinn …* Sie nahm das Tablett auf den Schoß. Na gut, ich versuche es. Ich werde Glück erfinden. Wir werden ja sehen, ob es klappt.

Welche Farbe hat das Glück?

Ich habe keinen Hunger, aber ich probiere trotzdem diese Suppe.

Sie fand sie köstlich.

Und so ging sie hinunter zu Madame Menesson, um sich zu bedanken.

»Und dieser Hauch Estragon, hmm.«

»Ach, den Estragon haben Sie rausgeschmeckt! Machen Sie weiter, Sie sind auf dem richtigen Weg. Schreiben Sie solche Dinge auf eine Liste, und Sie finden alles, was Sie brauchen.«

Du Guesclin musterte sie mit hingebungsvollem, besorgtem Blick. Aus der Küchentür drang eine Melodie von Carlos Jobim, und er spitzte die Ohren.

Das kam auf ihre Liste.

Sie las ihre Vorlesung über die Entwicklung des Schreibens und Druckens noch einmal durch. Perfekt. Dem war nichts hinzuzufügen.

Das kam auf ihre Liste.

Sie ging hinaus und schlenderte über die Place Bellecour. Das schräg einfallende Licht war orange und sanft, beinahe wie ein Theaterscheinwerfer. Du Guesclin lief vor ihr her und wandte immer wieder den Kopf, um sich zu vergewissern, dass sie ihm auch folgte. Verliebte küssten sich, ein junger Mann in schwarzem Frack spielte Geige. Sie setzte sich in ein Straßencafé und bestellte einen Kaffee. Und eine Kugel hausgemachtes Schokoladeneis. Mit Sahne und Keksröllchen.

Ein Mann ging vorbei. »Reizend«, sagte er leise, »reizend.« Und sie lächelte ihm zu.

Sie hatte immer mehr kleine Glücksmomente auf ihre Liste gesetzt. Und irgendwann hatte es funktioniert. Lief wie am Schnürchen. Sie war im Training.

Woher will ich überhaupt wissen, dass er mich nicht mehr liebt?, hatte sie sich sagen hören. Dass er mit Shirley geflogen ist? Dass alles vorbei ist und ich mich in einen Sturzbach aus Tränen werfen sollte?

Madame Menesson hat recht.

Und wie um ihr zu dieser glücklichen Schlussfolgerung zu gratulieren, hatte am nächsten Morgen das Telefon geklingelt. »Ich bin wieder da«, hatte Philippe gesagt, »und du hast mir gefehlt, du hast mir ja so gefehlt!«

Und sie hatte vor lauter Glück abgehoben.

Seitdem schwebte sie.

Und sie wollte nie wieder zurück auf die Erde.

Sie hatte den Drachen besiegt.

Den Drachen, der sie an Philippe hatte zweifeln lassen.

Es würden vielleicht noch andere Kämpfe kommen. Das war nur ein erster Sieg.

Aber sie genoss ihn.

Tom ist ins Bett gegangen. Stella hat die Astronautenbeine gekürzt. Hat die Armlänge angepasst. Die Kapuze enger gemacht. Ein kleines Wappen mit dem Schriftzug NASA und der amerikanischen Flagge gebastelt. Sie hat *Go, Major Tom, Go* gestickt und den Anzug anschließend zusammengefaltet und zu ihrem Patchwork in den Schrank gelegt. Am Montag wird Tom ihn mit zur Schule nehmen.

Dann hat sie den zweiten Anzug betrachtet. Hat ihn auseinandergefaltet. Hat sich gesagt, dass man ihn bestimmt irgendwann einmal verwenden könnte.

Dass sie ihn irgendwann verwenden könnte.

Wie den silbernen Peugeot.

Sie war noch unentschlossen.

Sie hat die Ellbogen auf den Tisch gelegt, die Finger verschränkt, die Stirn darauf abgestützt und der leisen Stimme gelauscht.

Sie braucht ein Alibi.

Der Papagei hat sich auf ihrer Schulter niedergelassen und pickt sie in den Hals. Es ist halb zehn, er will fernsehen. Den Wetterbericht. Er ist in die Ansagerin verliebt. Eine hübsche Blondine mit grünem Lidschatten, rotem Lippenstift, dunkelblauem Nagellack und gelben Ohrringen. Und einer Hakennase, genau wie er. »Liebst du sie deswegen?«, fragt sie, als sie den Fernseher einschaltet. Hector macht es sich auf seiner Stange bequem, krallt sich fest, wiegt sich hin und her, reckt den Hals nach der hübschen Blondine und kommentiert mit schriller Stimme: »Krrkk, krrkk, krrkk.« Er möchte, dass sie ihn mit der Frau im Fernsehen allein lässt. *»Two is company, three is a crowd«**, schreit er. Er hat früher einem reichen Amerikaner gehört, der Frankreich wieder verlassen wollte. Stella war ihm an einer Autobahntankstelle begegnet, wo er kurz davor war, Hector einem elfjährigen Jungen zu überlassen, der ihm die Federn ausreißen wollte, um sich daraus einen Indianerschmuck zu basteln! Stattdessen hatte er ihn dann ihr gegeben. Das Tier kennt immer noch ein paar Ausdrücke aus dieser Zeit, alle auf Englisch, darunter auch ein schmerzliches *»Goooood byyye«*, das stets in einem Schluchzen endet.

Stella geht nach draußen und setzt sich auf die steinerne Bank vor der Küche.

Sie ruft Julie an. Sie reden über Edmond, über Jérôme, über die Männer und wieder über die Männer.

»Wenn ich behaupte, ich hätte den Abend heute mit dir verbracht, wirst du das dann bestätigen?«

Julie fragt nicht nach, wieso sie ihr als Alibi dienen soll.

* Drei sind einer zu viel.

»Bis wann?«

»Elf Uhr, Mitternacht.«

»Papa ist in Neu-Delhi, und Maman bei ihrer Freundin in Paris. Jeder weiß, dass ich selten später als elf ins Bett gehe. In solchen Fällen muss man genau sein.«

»Hast du keine Angst vor Konsequenzen?«, will Stella wissen.

»Nein. Geht es um Ray?«

»Um Turquet.«

»Was auch immer du tun wirst, ist richtig. Selbst wenn es gegen das Gesetz sein sollte.«

»Das dürfte höchstwahrscheinlich der Fall sein.«

»Tja, dann ist es eben so!«

»Danke, mein kleiner Brummkreisel«, sagt Stella und legt auf.

Ihr Blick wandert wieder hinauf zu den Sternen.

Der Himmel leuchtet wie eine weiß glühende Metallplatte. Fast wie ein riesiger Schild, der sich über die Erde breitet. Als müsste die Menschheit vor einer drohenden Gefahr beschützt werden.

Sie befragt den Himmel.

»Jetzt oder nie«, sagt sie leise, »ich habe keine andere Wahl.«

Ich lasse mich nicht unterkriegen.

Nicht von diesen Dreckskerlen.

Sie schließt die Augen und stellt sich jede einzelne Geste vor.

Jeden Schritt.

Es ist wichtig, dass sie das, was passieren wird, sorgfältig plant, damit sie nicht überrascht wird.

Sie wird den OP-Anzug anziehen, ihr Haar unter der weißen Haube verstecken, die Maske, die Handschuhe und die Überschuhe anziehen. Die Nummernschilder wird sie unter breitem schwarzem Klebeband verstecken. Sie wird Georges' Jagdgewehr und die Schrotkugeln mitnehmen. Man kann nie wissen. Sie muss auf alles vorbereitet sein. Sich alles vorab genau ausmalen. Sich nicht überraschen lassen. Keine Spuren zurücklassen.

Sie wird langsam fahren, mit ausgeschaltetem Licht, über schmale Feldwege.

Sie wird das Auto in der Nähe von Turquets Haus abstellen. Es in einem Wäldchen verstecken.

Auf dem Weg zum Bauernhof wird sie sorgsam darauf achten, nicht gegen einen Stein zu treten, nicht zu stolpern, ihren Anzug nicht zu zerreißen. Das Wichtigste ist der Überraschungseffekt. Sie wird sich dem Bauernhof nähern, Licht sehen, durch das Fenster schauen, er wird fernsehen, faul auf seinem braunen Sofa lümmeln. Er wird karierte Filzpantoffel tragen. Sie wird an die Tür klopfen. Herrisch. Einmal, zweimal, dreimal. Er wird herauskommen, dabei ein Bein nachziehen und sich das Kreuz halten. Wer ist da?, wird er brüllen. Es wird dunkel sein. Er wird blinzeln, um besser zu sehen.

Wer sind Sie?

Er wird das Licht im Hof anknipsen und ein paar Schritte vortreten, um besser zu sehen.

Ein Marsmensch? Wir haben doch nicht Karneval! Was wollen Sie?

Ich bin's, Stella, wird sie mit fester Stimme sagen.

Stella?, wird er entgegnen. Du hast dich verkleidet? Verdammt, was willst du hier? Soll ich dich mal ordentlich durchficken oder was?

Besser, Shrimp! Ich habe eine Botschaft für dich.

Er wird hämisch lachen.

Hey, du Astronaut! Du hast deine Apollo-Kapsel vergessen! Los, verschwinde, oder ich jag dich vom Hof!

Hör mir gut zu.

Du sollst dich verziehen, hab ich gesagt. Bist du taub?

Sie wird ganz ruhig bleiben. Langsam und deutlich wird sie sagen: Du wirst meiner Mutter kein Haar mehr krümmen, du wirst uns nicht mehr bedrohen, weder meinen Sohn noch mich, und du wirst mich nicht mehr beleidigen, sonst …

Das war der Moment, in dem sie den Fehler gemacht hatte.

Als sie »sonst« gesagt hatte.

Das hätte sie nicht tun dürfen. Denn in diesem Moment war die Situation gekippt. Sie hatte kurz gestockt, und er hatte sich darauf gestürzt. Sie hatte die Kontrolle verloren.

Er stand vor ihr in einem ausgewaschenen, schlabberigen Trainingsanzug, unter dem der Rand einer schwarzen Unterhose hervorschaute. Er hielt eine Bierdose in der Hand und rieb sich den Rücken.

»Sonst was, Stella? Meine Fresse, ich fall gleich tot um vor Lachen! Wie die redet! Glaubst du vielleicht, du machst mir Angst mit deinem Gewehr?«

»Du wirst uns in Ruhe lassen. Du wirst uns verdammt noch mal endlich in Frieden lassen!«

»Red nur weiter, du blöde Schlampe! Glaubst du im Ernst, du könntest es mit uns aufnehmen? Du bist 'ne Frau, Mensch. Ein dämliches Weibsbild! Fehlte gerade noch, dass du uns sagst, was wir zu tun und zu lassen haben!«

»Aber genau so ist es … Und zwar ab heute Abend!«

Er stieß einen lang gezogenen Rülpser aus.

»Du bist ja total durchgeknallt!«, sagte er dann. »Weiber sind zum Vögeln da. Das ist alles. Wir brauchen sie, um mal ordentlich abzuspritzen. Aber die erteilen keine Befehle.«

»Tja … dann wird das ab jetzt eben anders, okay?«

»Du bist irre! Ehrlich, Mann … tickst du noch richtig? Alle wollen dir ans Leder. Du gehst ihnen auf die Nüsse, kapierst du das nicht? Du hast keine Chance! Weißt du, mit wem Ray heute Abend beim Essen sitzt?«

»Mit Violette und dem Präfekten.«

»Nicht nur! Die ganzen hohen Tiere sind da! Sogar dein Kumpel Duré! Und diesmal werden sie ihn erwischen, das garantiere ich dir. Dann haben wir ihn bei den Eiern, und der Typ frisst uns aus der Hand.«

Er ging rückwärts auf die Haustür zu. Streckte den Arm aus. Sie glaubte, den Kolben einer Waffe zu sehen.

Das Gewehr lag an ihrer Hüfte, und sie drückte den Abzug. Leicht, so leicht. Sie zielte nicht, wollte ihm nur Angst machen. Den Rückstoß war sie gewohnt. Georges hatte ihr gezeigt, wie sie den Aufprall abfedern musste, einen Fuß vor, den anderen zurück, der Körper etwas gebeugt, den Atem anhalten. Sie hörte erneut Georges' Worte. Er sah sie an, sein Blick war aufmunternd, die kriegen dich nicht, Kleines, die kriegen dich nicht.

Sie sah, wie er schwankte. Er hielt sich das rechte Knie.

Verblüfft starrte er sie an. Beugte sich über sein Knie, tastete es ab. Er konnte es nicht glauben. Hob wieder den Kopf. Er brach nicht sofort zusammen. Man hätte sogar meinen können, sie hätte gar nicht geschossen, der Knall sei lediglich das Krachen eines verfaulten Baumstamms gewesen, das durch die Dunkelheit hallte. Um sie herum verschwamm alles. Sie stand da, das Gewehr immer noch an der Hüfte und auf Turquet gerichtet.

Er versuchte einen Schritt nach vorn, um sich zu vergewissern, dass er noch gehen konnte.

Da schoss sie ein zweites Mal.

Und diesmal zielte sie auf das andere Knie.

Er brach zusammen.

Sie rührte sich immer noch nicht. Der Gewehrlauf zeigte zu Boden. Zu schade, dass er nur zwei Knie hat, dachte sie. Allmählich kam sie auf den Geschmack.

Er lag am Boden. Kroch auf sie zu. Fluchte mit schmerzverzerrtem Gesicht. Du Schlampe! Du elende Nutte! Du dreckiges Miststück! Ich mach dich fertig, das wirst du bereuen, du verdammtes Drecksweib!

Sie spürte nichts.

Dachte nichts.

Oder doch. Ein Mistkerl weniger, dachte sie.

Und das brachte sie auf eine Idee.

Sie musste mit jemandem reden.

Es war elf Uhr.

Julie war in der Küche und machte sich einen Kräutertee. Der Fernseher lief. Ein überreifer Camembert drohte vom Käsebrett auf die Wachstuchdecke zu laufen.

»Und?«, fragte Julie.

»Ich habe ihm in die Knie geschossen. In beide.«

»Scheiße!«

»Der Schuss ist von ganz allein losgegangen. Der erste zumindest. Beim zweiten …«

»Ist er tot?«

»Ich glaube nicht.«

»Er wird viel Blut verlieren.«

»Er wird sich die Arterien abbinden.«

»Falls er es zurück ins Haus schafft.«

»Stimmt.«

Sie schauten einander an. Keine von beiden zitterte.

»Machst du mir einen Kaffee?«, bat Stella. »Ich habe das Gewehr im Wagen gelassen.«

»Da kann nichts passieren. Willst du den Kaffee schön stark?«

»Ja.«

»Und der Anzug?«, fragte Julie. »Du musst ihn verbrennen.«

»Meinst du?«

»Ja.«

»Dann hole ich ihn.«

»Wir stecken ihn in den Heizkessel. Das ist sicherer.«

Julie sah auf ihre Uhr.

»Jetzt ist es Viertel nach elf, um halb schauen wir die Kurzmeldungen auf LCI, dann können wir sagen, wir hätten die Nachrichten gesehen. Wir behaupten, du hättest den Abend mit mir verbracht und wir hätten zusammen etwas für den Patchworkkurs vorbereitet … Ich lege meine Stoffe, Scheren und Nadeln raus. Und ich zeige dir, was ich als Letztes gemacht habe, dann kannst du davon erzählen. Für alle Fälle …«

»Ja, das sagen wir. Falls uns jemand fragen sollte. Aber womöglich ist das ja gar nicht nötig.«

»Wie fühlst du dich? Ist alles in Ordnung?«, fragte Julie.

Es war merkwürdig, sie fühlte immer noch nichts.

Das Einzige, was sie dachte, war: Ich darf nicht zu spät nach Hause kommen, Tom ist mit den Hunden allein. Ich habe alles abgeschlossen, aber man weiß ja nie.

Kurz darauf saßen sie über Stoffreste, Knöpfe, Wollfäden und Glimmerstückchen gebeugt.

»Ich wette mit dir um alles, was du willst, dass Turquet niemals die Wahrheit sagen wird …«

»Wie meinst du das?«, fragte Stella.

»Er wird nie verraten, dass du auf ihn geschossen hast.«

»Glaubst du?«

»Klar. Denk doch mal nach. Wenn er zugibt, dass ihn eine Frau über den Haufen geschossen hat und auch noch ausgerechnet du … dann steht er doch vor den anderen da wie ein Schlappschwanz und verliert sein gesamtes Ansehen in der Bande. Aber wenn er behauptet, ein Einbrecher oder Landstreicher hätte ihn überfallen und auf ihn geschossen, dann ist er ja quasi ein Held.«

»Das klingt nicht dumm.«

»Und du wirst ganz bestimmt nicht das Gegenteil erzählen?«

»Sicher nicht.«

»Wir brauchen ja nur Violette zu fragen«, schloss Julie. »Ich garantiere dir, das wird seine Version der Geschichte.«

Sie verabschiedeten sich voneinander, und Stella fuhr nach Hause.

Sie entfernte das schwarze Klebeband von den Nummernschildern des Peugeot, legte das Jagdgewehr zurück in den Kangoo und wischte mögliche Spuren mit einem Lappen ab.

Dann ging sie kurz in Toms Zimmer. Seine Wange lag am Hals der Gitarre.

Morgen werden sie zum Schwimmen an den Teich fahren. Sie wird ihren rot-weißen Badeanzug anziehen, sich die Zehennägel fuchsienrot lackieren, sich auf ihrem Handtuch ausstrecken und den Song der Beach Boys vor sich hin trällern, der in Endlosschleife auf Nostalgie läuft.

»*Fun, fun, fun.*«

Am frühen Morgen wird sie vom Tageslicht geweckt.

Sie hat vergessen, die Vorhänge zu schließen.

Sie streckt sich und tastet neben sich nach Adrian. Sie wünschte, er wäre da. Mitten in der Nacht hat sie geglaubt, ein Geräusch zu hören.

Draußen im Hof redet Georges mit Merlin. »Du Schlingel, du hast ja schon wieder deine Streu aufgefressen. Du bist das verfressenste Schwein, das ich kenne. Und ich habe in meinem Leben viele Schweine gekannt!«

Georges und seine Geschichten. Als sie noch klein war, erzählte er ihr immer, wie er den Wilderern in die Beine schoss. Peng! Peng! Und tut das weh?, fragte sie. Ob das wehtut?, wiederholte er mit dröhnender Stimme. Das tut mehr als weh, es ist ein grauenvoller, unerträglicher Schmerz. Jedes Mal, wenn du Atem holst, wenn du pinkelst, wenn du auch nur eine Augenbraue hochziehst, kommen dir die Tränen. Es ist furchtbar! Aber ich versichere dir, die kamen nie wieder!

Sie springt auf und geht in Toms Zimmer. Sein Bett ist leer. Es ist noch früh, er ist nicht von allein aufgestanden. Jemand muss ihn geholt haben. Wer? Sie stürmt die Treppe hinunter und rennt zu Suzon.

»Tom ist nicht in seinem Zimmer, und es ist …« Sie schaut auf die große Küchenuhr. »… sieben Uhr morgens, an einem Samstag!«

Suzon weist mit dem Kinn in Richtung Wald.

»Adrian?«, fragt Stella, und eine aberwitzige Freude durchströmt sie.

»Er kam heute Morgen um sechs. Wir haben zusammen einen Kaffee getrunken. Er hat mich gefragt, wem das silberne Auto gehört, und ich habe gesagt, ich wüsste es nicht.«

»Das habe ich mir ausgeliehen, um mit Tom zum Weiher zu fahren. Es ist nicht so auffällig wie der Laster.«

»Ach so …«

Suzon tut so, als glaubte sie ihr, und fährt fort: »Er wollte dich nicht wecken. Tom kam barfuß in die Küche gerannt, ist ihm um den Hals gefallen, und dann sind sie zusammen in den Wald gegangen. Adrian hatte ihm versprochen, ihm beizubringen, wie man Holz hackt.«

Sie schlüpft in Gummistiefel und zieht einen Parka über ihr Nachthemd. Sie kann nicht warten. Sie will ihre Hände unter Adrians Pullover schieben, seine Haut berühren, den Schraubstock seiner Arme um sich spüren, seine Lippen an ihrem Ohr, meine Prinzessin, meine Schöne. Sie hungert nach ihm, ihr ist schwindelig.

Sie bahnt sich einen Weg durch das hohe Gras. Brennnesseln streifen ihre Schenkel, sie reißt den Saum ihres Nachthemds los, das sich in den Dornranken verfangen hat. Er ist da, er ist da. Heute Abend werden sie zusammen einschlafen, die Zeit anhalten, sie ausfüllen, sie vervielfältigen.

Schon hat sich etwas in ihr verändert, sie wird sanfter, ihr Blick verliert seinen metallischen Glanz, ihre Arme sind nicht mehr angewinkelt. Sie möchte lachen, rennen.

Und dann sieht sie sie. Ihre beiden Männer. Den großen und den kleinen. Beide mit nacktem Oberkörper. Das Hemd um die Hüften gebunden. Echte Holzfäller. Sie versteckt sich hinter einem Busch. Adrian spuckt sich in die Hände, und Tom macht es ihm nach.

Adrian hat ein Holzscheit aufrecht auf den Boden gestellt.

»Als Erstes ziehst du Arbeitshandschuhe an«, erklärt er. »Sag Stella, sie soll dir ein Paar kaufen. Dann nimmst du einen Metallkeil. Oder einen Drehspaltkeil. So wie den da zum Beispiel. Siehst du? Er ist in sich gedreht.«

»Ja.«

»Dann suchst du den Riss im Holz, schiebst den Keil hinein, hebst den Spalthammer und schlägst zu. Einfach, was?«

Adrian lässt seinen Worten Taten folgen. Das Holzscheit spaltet sich, und die beiden Hälften fallen zur Seite.

Tom beobachtet ihn mit offenem Mund.

»Es sieht einfach aus, aber das ist es nicht. Ich zeige es dir noch einmal. Du musst aufpassen, dass keine Metallsplitter von dem Keil abplatzen. Achte immer darauf, dass seine Ränder schön glatt sind, notfalls feilst du sie ab. Verstanden? Weiter?«

»Ja.«

»Geh leicht in die Knie und spreize die Beine, damit du sicher stehst. Achte auf dein Gleichgewicht. Dann platzierst du den Keil, nimmst den Hammer mit beiden Händen und hebst ihn hoch. Du zielst entweder auf die Maserung im Holz oder auf den Riss. Schlag zwei-, dreimal zu, bis der Keil ordentlich festsitzt. Und dann zielst du richtig, schlägst noch einmal mit aller Kraft, und das Scheit spaltet sich.«

»Verstanden.«

»Du hörst, wie es sich öffnet, und riechst den Duft, den es freigibt. Das ist so, als würde der Geist des Waldes zu dir sprechen und sagen: Gut gezielt!«

»Aber er spricht doch nicht!«

»Nein! Natürlich nicht!«

»Was ist der Unterschied zwischen dem Hammer und der Axt?«

»Für die dicken Scheite nimmt man die Seite mit dem Hammer und für die kleineren die Axt. Hast du alles verstanden?«

Tom nickt, und Adrian reicht ihm den Spalthammer.

»Dann bist du jetzt dran!«

»Ohne Handschuhe?«

»Du sollst ja nur ausprobieren, wie es geht. Wenn dir dabei mulmig ist, brauchst du nicht richtig zuzuschlagen.«

Tom nimmt ein Holzscheit und stellt es aufrecht hin.

»Perfekt«, sagt Adrian, »du musst das Scheit immer in Wuchsrichtung des Baums aufstellen. Dazu schaust du, in welche Richtung die Astansätze zeigen. Du hast es instinktiv richtig gemacht, das ist gut.«

Stolz wirft Tom sich in die Brust. Er baut sich vor dem Scheit auf, aber er schwankt ein wenig.

»Die Beine rechts und links des Scheits, Junge! Damit du sicher stehst. Und nicht einen Fuß weiter vor, denn wenn die Axt abrutscht, trifft sie ihn, und das kann böse enden!«

Tom schiebt die Zunge zwischen den Lippen vor und konzentriert sich. Er hat ein kleines Scheit ausgewählt und dreht den Hammer auf die Axtseite. Er hebt die Arme, sie wirken so grazil, sein Blick ist unverwandt auf das Scheit gerichtet, er lässt die Axt heruntersausen, das Scheit spaltet sich, und ihm entströmt ein Duftschwall.

»Hast du das gerochen, Tom?«

»Ist es so weit? Bin ich jetzt ein richtiger Holzfäller?«

»Du bist reichlich ungeduldig! Warte, wir probieren es mal mit einem dickeren Scheit.«

»Stella hat mir ein Astronautenkostüm genäht.«

»Ganz weiß und mit einem Helm?«

»Ja. Und es ist total toll.«

»Du hast ja auch eine total tolle Mutter. Nächster Versuch?«

Stella kostet ihr Glück aus und lässt sich vorsichtig auf den noch von der Nacht feuchten Boden sinken. Ihre Stiefelabsätze gleiten von einer grasbewachsenen Stelle ab, und sie rutscht langsam die Böschung hinab. Zerdrückt Blumen und abgestorbene Zweige, prallt gegen Baumstümpfe und Wurzeln. Ein süßlicher, holziger Modergeruch steigt ihr in die Nase. Sie streckt die Arme aus, streckt die Beine aus. Sie bewegt sich nicht mehr, sie ruht sich aus. Ihr Körper wird Moos, Humus, Lehm, er vermischt sich mit der Erde, zerfällt. In ihrem Haar wächst Unkraut. Sie hört die

Stimmen von Adrian und Tom. Lachen, freudige Rufe. Sie saugt diesen Augenblick in sich ein. Am Himmel ist so viel Licht, dass sie den Beginn einer Geschichte zu erkennen glaubt. Als Kind las sie in den Wolken und den Sternen. Das hatte Léonie ihr beigebracht. Geschichten, die manchmal furchtbar waren, aber immer wahr. Es gibt nichts Grausames am Himmel, sagte Léonie, es gibt Kämpfe, aber sie sind immer fair.

Hatte sie gegen Turquet fair gekämpft?

Sie ist sich nicht sicher.

Bereut sie es?

Nein.

Hat es ihr den Schlaf geraubt?

Nein.

Würde sie es wieder tun?

Ja.

Sie wird niemals zulassen, dass jemand ihr die Flügel bricht. Léonie hat sich als demütige Sklavin in ihr Unglück ergeben. Sie hat es nicht geschafft, den Kopf wieder zu heben. Es ist eine Kunst, den Kopf rechtzeitig wieder zu heben. Man kann eine Weile gebückt dastehen, aber keine Minute länger. Turquet hat bezahlt. Für die eine Minute zu viel.

Alles Leid kann man akzeptieren. Unter der Bedingung, dass es irgendwann ein Ende hat. Ganz gleich, wann! Hauptsache, es gibt ein Ende. Dann kann man geduldig sein und alles ertragen. Aber wenn einem kein Datum genannt wird, wenn immer wieder neues Leid hinzukommt, dann ist es nicht zum Aushalten. Das macht einen verrückt.

Vielleicht schlafe ich einfach noch ein bisschen, denkt sie mit halb geschlossenen Augen. Vielleicht lasse ich die Nacht hier ausklingen. Wie früher, wenn ich in der großen Eiche schlief, um Ray zu entfliehen. Adrian wird mich suchen, er wird durch den Wald streifen und meinen Namen rufen. Stella, wird er rufen, und zwischen seinen Augenbrauen wird ein rotes Dreieck leuchten, und ich werde so tun, als schliefe ich, damit er noch einmal ruft, damit Angst und Verlangen in seiner Brust anschwellen, damit er das Unterholz durchsucht, die verhedderten Dornranken zerreißt, bis er schließlich über mich stolpert und ich in meinem Nachthemd zu seinen Füßen liege. Er wird neben mir niederknien, mich küssen, behutsam in meine Lippen beißen, damit ich mich aufbäume und mich wehre, und wir werden uns unter den ausladenden Ästen lieben.

Ich sehne mich immer nach ihm. Vor Verlangen nach diesem Mann wird mir ganz schwindelig.

Sie schlägt die Augen auf und erkennt am Stand der Sonne, dass es zehn Uhr sein muss.

Die Stimmen ihrer Männer sind verstummt.

Sie müssen zum Hof zurückgegangen sein.

Er ist da, sagt sie sich. Er ist da, und er wartet auf mich. Er schaut auf die Uhr und fragt sich, wo ich bleibe, und auch ihn packt das Verlangen. Er will es sich nicht anmerken lassen, er will bei Tom bleiben, er hört zu, wie er davon erzählt, wie er das Holz gehackt hat. Ja, ja, sagt er, das war gut, ich bin stolz auf dich, mein Sohn, aber sein Blick folgt den Zeigern der Uhr, und sein Knie wippt nervös unter dem Tisch.

Er wartet auf mich.

Jetzt ist es an ihm, auf mich zu warten.

Sie richtet sich auf, zupft die Blätter und kleinen Zweige ab, streicht ihr Nachthemd glatt, schließt ihren Parka wieder, fährt sich mit den Fingern durchs Haar und geht den Weg entlang, der aus dem Wäldchen hinausführt.

Sie wird erst nach den Eseln sehen. Ihn noch ein bisschen zappeln lassen, damit er auf die Uhr schaut und seine Ungeduld wächst. Das Begehren ist flüchtig, man muss es mit allen Mitteln am Leben erhalten, und sei es mit unlauteren.

Ihr Handy klingelt, und sie geht ran. Sie hat einen Grünspecht gesehen, der wütend auf einen trockenen Ast einhämmert. Die kleine rote Mütze auf seinem Kopf zittert, sodass er aussieht wie ein zorniger Punker. *No future*, hämmert er mit seinem Schnabel. Sie schleicht auf Zehenspitzen näher, während sie sich meldet, und bemerkt das schwarze Bärtchen, an dem man ein Weibchen erkennt. Hey, *muchacha*, bist du sauer?, flüstert sie, als sie den Vogel erreicht.

»Hier ist Joséphine Cortès«, sagt eine Stimme. »Die Tochter von Lucien Plissonnier.«

Im ersten Moment hört Stella nur »Lucien Plissonnier«.

Sie lässt sich auf einen toten Baumstamm sinken.

»Ich habe eine Nachricht an der Windschutzscheibe meines Wagens gefunden ...«

Sofort erkennt sie die Stimme der Frau wieder, die vorn im Hörsaal gesprochen hat. Eine wohlklingende, klare Stimme. Eine jener Stimmen, die Probleme anpacken und sich nicht verstellen.

»Eine Nachricht, in der stand, dass jemand mit mir über Lucien Plissonnier reden wolle ...«

Stellas Kehle ist wie zugeschnürt. Es ist schwer, Worte auszusprechen, die sie zu etwas verpflichten werden. Es wird unweigerlich ein Vorher und ein Nachher geben, diese Frau wird in ihren Grundfesten erschüttert werden.

»Hören Sie mich?«, fragt Joséphine. »Ist das die richtige Nummer?«

»Ja.«

»Ah, ich war mir nicht sicher ...«

Stella reißt sich zusammen.

»Es wäre vielleicht besser, wenn wir uns treffen könnten«, sagt sie. »Es wird schwierig, das am Telefon zu besprechen ...«

»Wollen Sie mir nicht wenigstens einen Hinweis geben? Geht es um Ihren Vater?«

»Oh! Sie wussten davon!«, ruft Stella mit tonloser Stimme.

»Wovon wusste ich?«

»Dass er mein Vater war.«

»Wer?«

»Lucien Plissonnier. Wussten Sie das?«

»Ihr Vater? Aber nein … Ich suche einen Mann. Einen Mann, der immer hinten im Hörsaal stand, wenn ich meine Vorlesung hielt, und der mir diese Nachricht hinterlassen hat. Wer sind Sie?«

»Ich bin seine Tochter.«

»Die Tochter dieses Mannes?«

»Nein. Die Tochter von Lucien Plissonnier.«

»Aber das ist unmöglich!«, schreit Joséphine Cortès auf. »Lucien Plissonnier war mein Vater, und er hatte nur zwei Töchter.«

»Aber …«

»Ich würde das gerne verstehen«, sagt Joséphine. »Wer hat diesen Zettel an meine Windschutzscheibe geklemmt?«

»Das war ich.«

»Dann sind Sie ein Mann. Ein großer Mann mit einem dicken Mantel und einem Hut.«

»Nein, ich bin eine Frau, Sie haben mich von Weitem gesehen und gedacht, ich sei ein Mann. Das liegt daran, dass ich so groß bin und mich wie ein Mann kleide. Ich arbeite in einem Männerberuf, verstehen Sie. Ich arbeite mit Containern, Lastern, Alteisen. Aber … Ich heiße Stella, und ich bin die Tochter von Lucien Plissonnier.«

»Das ist unmöglich!«, wiederholt Joséphine.

»Doch, ich fürchte, es ist wahr.«

Seit dem Abend, als er auf dem Krankenhausparkplatz mit Stella geredet hatte, konnte Edmond Courtois nicht mehr schlafen.

Er hatte ihr von jenen grauenvollen Nächten erzählt, in denen Ray Léonie zu ihm gebracht hatte wie eine Stute zum Hengst, und sie hatte ihm gesagt, dass Lucien Plissonnier an einem 13. Juli gestorben war.

Einem 13. Juli.

Dann wäre es meine Schuld?

Er versuchte verzweifelt zu schlafen, ging zur Apotheke und schleppte Pillen, Kräutertees und kleine Fläschchen mit dunklen, bitteren Flüssigkeiten nach Hause, aber nichts half. Seine Augen blieben weit geöffnet, und er hörte den Sturm.

Er sprang von einem Flugzeug ins nächste. Reiste nach Neu-Delhi, nach Bombay, nach Kalkutta, nach Bangalore. Kam nach Hause und flog sofort wieder zurück ans andere Ende der Welt, traf weitere Geschäftspartner in Peking, in Kuala Lumpur, in Hongkong, in Jakarta. Zog seinen Koffer von Stadt zu Stadt, studierte Verträge, korrigierte Zahlen, lud zu Essen ein, zu Meetings, zu persönlichen Begegnungen, aber immer noch verweigerte sich ihm der Schlaf, und sein Kopf wurde immer schwerer unter der Last jenes Abends des 13. Juli.

Vor fünfunddreißig Jahren.

In der Bar des Grands Hommes in der Avenue Hoche. In der Nähe der Place de l'Étoile.

Er sah die Szene immer wieder vor sich.

Wenn es Abend wurde.

Er streckte die Arme aus, um sie abzuwehren, er fluchte, er flehte, lasst mich, lasst mich in Ruhe, er wusste nicht, an wen er sich wandte.

Die Szene war immer noch da. Unentrinnbar spulte sie sich vor seinem geistigen Auge ab und nahm den gesamten Raum ein.

Und er ergriff aufs Neue die Flucht. Seine Miene war düster, seine Nerven lagen blank. Er fuhr wegen jeder Kleinigkeit aus der Haut, sagte das Gegenteil dessen, was er noch kurz zuvor behauptet hatte. Sträubte sich, lockerte seine Krawatte, bekam keine Luft mehr, wischte sich den Schweiß von der Stirn, verdammte Scheiße, gibt es in diesem gottverfluchten Land denn keine Klimaanlagen?

Der 13. Juli 1977 ließ ihn nicht los.

Er war wie ein Feuermal auf seiner Stirn, alle werden es sehen, sagte er sich, alle werden es wissen.

Er wandte sich an imaginäre Richter. Soll ich es Ihnen erzählen? Soll ich gestehen? Ich bin ein erbärmlicher Mann, ich verfüge weder über Mut noch über Schwung oder ein glanzvolles Auftreten. Ray steigt wenigstens auf die Drehleiter, er rettet Menschenleben, er befreit eine Schule, er bringt Frauen zum Träumen! Und ich, ich krieche, tue freundlich, spiele den netten Jungen und begehe meine Missetat im Stillen.

Soll ich es Ihnen erzählen?

Nach meiner Begegnung mit Léonie auf dem Carrefour-Parkplatz vermutete ich, dass ein Mann hinter ihrer neuen Ungezwungenheit stecken müsse, hinter ihrem Lipgloss und dem kleinen Diamantohrstecker.

Also folgte ich ihr, an einem Samstagnachmittag in diesem Monat Juni 1977. Ich sah, wie sie in ein Auto mit Pariser Nummernschild stieg. Ich notierte mir die Nummer.

Und so stieß ich auf den Namen Lucien Plissonnier.

Vierzig Jahre alt. Ingenieur bei Gerüstbau Mielles. Ich war damals siebenundzwanzig, und er erschien mir alt. Sehr alt.

Alles Weitere war leicht. Ich unterhielt mich mit Armand, einem ehemaligen Schulfreund. Er bestätigte mir den Namen des Fremden, gab mir Informationen über die Firma, für die er arbeitete, über seine Position, seinen Ruf. Und über seinen Familienstand: verheiratet, zwei Kinder. Mir blieb beinahe die Luft weg.

Dieser Dreckskerl!, dachte ich.

Plissonnier, ein angesehener, allseits geschätzter Ingenieur. Das, was man vor ein paar Jahren einen »duften Typen« nannte. Solche Begriffe verwendet man heutzutage nicht mehr.

Und so fuhr ich eines Tages nach Paris, ich nahm mir ein Hotelzimmer, ich hatte seine Telefonnummer in der Tasche, und ich rief ihn an.

Das war am 13. Juli 1977.

Am Telefon sage ich ihm, dass Léonie mich geschickt habe. Dass ich ihn treffen wolle. Er willigt ein, er ist gerührt, er stottert, er hat nichts von ihr gehört, er weiß nicht, wie er sie erreichen soll, mein Gott, sagt er, Sie schickt der Himmel! Geht es ihr gut?

Ich beruhige ihn, sage ihm, dass wir uns auf ein Glas zusammensetzen und uns in Ruhe unterhalten sollten, und er ist einverstanden.

Er will mich sofort sehen. Bestürmt mich mit Fragen. Haben Sie mit ihr gesprochen? Hat sie Ihnen einen Brief für mich gegeben? Wie geht es ihr?

Ich antworte nicht. Sein Eifer stößt mich ab.

Ich verabrede mich mit ihm in einem Café in der Nähe der Place de l'Étoile. Er antwortet, dass er kommen werde, natürlich, klar wie Kloßbrühe! Ich lache nicht. Es ist ihm egal. Er redet weiter, immer weiter, er denke ununterbrochen an sie, sie fehle ihm so sehr, er schaue jeden Abend zum Himmel und zu ihrem kleinen Stern auf, sie sei so hübsch, so zart, so klug, so … oh, er vermisse sie so entsetzlich!

Und ich stehe da wie ein Idiot. In meiner Hosentasche stecken noch die Schlüssel zu der Wohnung, die ich für sie in der Rue de l'Assomption gemietet habe. Ich betaste sie und schäume vor Wut. Was hat dieser Kerl, was ich nicht habe? Dieser Charmeur, der in meinem Revier wildert!

Ich wähle eine elegante Bar, um ihm zu zeigen, wie kultiviert ich bin, und da sitze ich nun, am 13. Juli um neunzehn Uhr in der Bar des Grands Hommes in der Avenue Hoche.

Der Mann kommt herein. Er ist kein Herzensbrecher. Keiner von den Typen, die die Frauen verrückt machen. Er ist nicht sehr groß, sein Kopf sitzt zwischen den Schultern, ein bisschen erinnert er an einen verträumten Pierrot. Normale Schuhe, sehr schöne blaue Augen, schwarzes Haar, ein gut geschnittener Anzug. Ein ganz gewöhnlicher Mann, und die Eifersucht packt mich aufs Neue.

Er setzt sich mir gegenüber. Ich reiche ihm die Hand, stehe

aber nicht auf. Es ist zu heiß, um sich ohne triftigen Grund zu bewegen.

Er fragt, ob er sein Jackett ausziehen dürfe, und ich bejahe. Heiß, nicht wahr?, sagt er zweimal hintereinander. Wir bestellen zwei Whisky, aber nicht zu klein, präzisiere ich, und er schaut mich an, als würde ich ihm gleich die Lottozahlen vorab verraten. Er rollt vor Glück mit den Augen, und dieser vertrauensvolle, glückliche Blick bringt mich auf die Palme.

»Wie geht es ihr?«, fragt er.

Er geht mir dermaßen auf die Nerven, dass es einfach aus mir herausplatzt: »Sie müssen diese Sache beenden. Sie dürfen sie nie wiedersehen.«

Verblüfft starrt er mich an. Er ist so weiß wie das Tischtuch, auf dem der Kellner gerade unsere Gläser und die Eiswürfel abgestellt hat. Zwei gut gefüllte Gläser. Der Barkeeper hat nicht am Whisky gespart. Ein Schälchen mit schwarzen und grünen Oliven, Chips und Erdnüssen. Und die Rechnung.

»Die übernehme ich«, sage ich.

»Das kommt nicht infrage.«

»Zu spät!«

Und ich stecke die Rechnung in die Tasche.

Seine Augen blicken verzweifelt, er reckt mir den Kopf entgegen.

»Wieso sagen Sie das?«

»Sie wissen, dass sie verheiratet ist …«

Er nickt.

»Ihr Mann heißt Ray, und er ist gewalttätig. Sehr gewalttätig.«

»Das habe ich mir schon gedacht …«

»Was ich Ihnen jetzt sagen werde, ist ein wenig heikel, aber … er hat von Ihrer kleinen Affäre erfahren …«

Ein missbilligender Ausdruck huscht über seine Züge, als er die Worte »kleine Affäre« hört, aber er protestiert nicht. Ich spüre, dass er Angst vor mir hat, und ich muss gestehen, das gefällt mir.

»Kurzum, nachdem er herausbekommen hatte, dass sie ihn betrogen hatte, ist er durchgedreht. Ich will nicht weiter ins Detail gehen, Sie wären entsetzt.«

»Der Mann ist ein Monster!«, schreit er auf und blickt sich um, als suchte er Hilfe.

»Sie haben vollkommen recht, aber was kann man schon dagegen tun?«, frage ich, um seine Entschlossenheit zu testen.

»Wir müssen die Polizei hinschicken.«

Ich nehme eine Olive, kaue ausgiebig und denke nach, bevor ich sorgsam den Kern ausspucke. Dieser Mann ist aus keinem harten Holz geschnitzt, ich betrachte ihn prüfend, wäge ab, spiele mit ihm wie eine Katze mit der Maus.

»Ich muss Ihnen da wohl etwas erklären… Sie hat Ihnen offensichtlich nichts gesagt. Ihr Mann ist ein brutaler Schläger. Aber in unserer Kleinstadt gilt er als Held. Er ist Feuerwehrmann, immer als Erster zur Stelle, wenn es gefährlich wird. Er rettet Kinder und alte Leute, befreit Babys aus den Flammen. Niemand wird sich gegen ihn stellen, niemand wird glauben, dass er die Hand gegen seine Frau erheben könnte, alle Frauen träumen von ihm! Niemand wird ihn beschuldigen, es wird heißen, Léonie sei unglücklich gestürzt oder gegen eine Glastür gelaufen. Ich selbst war Zeuge unerträglicher Gewalt zwischen den beiden. Wie es der Zufall will, kenne ich Ray gut, früher war ich sogar sein bester Freund, aber ich bin auf Abstand zu ihm gegangen, und zwar wegen seiner Brutalität!«

»Und trotzdem unternehmen Sie nichts dagegen!«

»Verstehen Sie mich nicht falsch, ich habe es versucht. Ich bin sogar sehr weit gegangen. Léonie ist für mich wie eine Schwester. Wir kennen uns seit unserer Kindheit. Ich habe immer auf sie aufgepasst.« Ich mache eine Pause, damit er begreift, was ich gerade gesagt habe. »Aber sie ist verheiratet, und was noch viel schlimmer ist, sie hat resigniert.«

»Nicht, als wir zusammen waren! Wir haben Zukunftspläne geschmiedet…«

Und das war der Moment, in dem das Drama seinen Anfang nahm.

Ich weiß es noch ganz genau.

Ich hatte ihn in die Zange genommen, und nun würde ich ihm den Todesstoß versetzen.

Er wurde immer blasser, er schwitzte, wischte sich mit der kleinen Papierserviette, die unter seinem Scotch lag, über die Stirn.

»Aber Sie haben ihr doch nichts zu bieten, nicht wahr? Ein neues Leben, meine ich.«

Er senkte den Blick.

»Nein«, gestand er, ein wenig beschämt. »Das stimmt.«

Ich habe ihn nicht sofort erledigt, sondern den entscheidenden Schlag noch etwas hinausgezögert.

»Als Sie nach Saint-Chaland kamen, war das Verhältnis zwischen Léonie und mir ein wenig angespannt. Wegen Ray. Sie hatte noch nicht begriffen, wie gefährlich er war, und fand es nicht richtig, dass ich sie vor ihm warnte.«

»Sie ist jung! Sie hat ihr ganzes Leben noch vor sich! Wir müssen sie da rausholen!«

»Sie sind der Letzte, der ihr helfen könnte!«

»Und wieso?«, begehrte er auf.

»Eine Nachricht, ein Anruf von Ihnen, und sie ist tot! Er ist imstande und bringt sie um.«

Er war leichenblass und bekam kaum noch Luft.

»Was kann ich tun?«

»Nichts. Oder doch: Vergessen Sie sie. Vorläufig jedenfalls.«

Er schüttelte den Kopf wie jemand, von dem man Unmögliches verlangt.

»Haben Sie denn eine andere Wahl?«, fügte ich hinzu. »Denn wenn ich recht verstanden habe, sind Sie auch nicht frei, Sie sind verheiratet, haben Kinder …«

Es war heraus. Ich sah ihn an und brauchte nicht einmal deutlicher zu werden, brauchte nicht den widerlichen Kerl zu markieren, der alles seiner Frau verraten würde. Schweißtropfen begannen über seine Schläfen zu laufen.

»Ich habe sie nie angelogen, wissen Sie. Ich habe ihr gesagt, dass ich verheiratet bin. Das wusste sie von Anfang an.«

Ich riss mich zusammen, um ihn nicht anzuschreien. Er machte mich rasend, am liebsten hätte ich ihn geohrfeigt.

»Und genau deshalb bin ich heute hier. Sie müssen Léonie vergessen.«

Er hob eine Hand an seine Brust.

»Das ist grauenvoll. Ich werde alles tun, was nötig ist, ich will nicht, dass ihr etwas zustößt.«

»Ich wusste, dass ich auf Ihr Verständnis zählen kann.«

Er begann mit den Erdnüssen zu spielen. Ordnete sie zu einem Viereck, einem Kreis, einem Dreieck, als versuchte er, ein Bilderrätsel zu lösen.

»Weiß sie, dass Sie sich mit mir treffen?«

»Nein. Ich habe es vorgezogen, ihr nichts davon zu sagen.«

»Könnte ich Ihnen einen Brief für sie mitgeben?«

»Ja, den kann ich ihr geben.«

»Wir hatten verabredet, dass wir einander schreiben würden. Aber dann … ist sie am letzten Abend nicht gekommen. Wir waren nicht sehr klug, wissen Sie. Ich hätte nie vermutet, dass man uns heimlich beobachten oder verfolgen könnte. Ich dachte, wir wären allein auf der Welt.«

Sein Blick verschwamm, wurde zärtlich. Er steckte zwei Finger in seinen Hemdkragen, um sich etwas Luft zu verschaffen.

»In diesen kleinen Städten weiß jeder über alles Bescheid«, sagte ich. »Die Leute reden, und sie nehmen dabei kein Blatt vor den Mund. Ganz besonders, wenn es um heimliche Beziehungen geht.«

»Es ist einfach so passiert. Wir haben uns Hals über Kopf ineinander verliebt.« Bei diesen Worten errötete er. »Ich bin kein Schürzenjäger. Vor Léonie hatte ich noch nie eine Affäre, und ich kann das, was zwischen uns ist, auch nicht als Affäre bezeichnen, denn wir lieben uns.«

Es fiel mir schwer, nicht die Beherrschung zu verlieren.

»Wir haben uns vor zwei Wochen zum letzten Mal gesehen, und es kommt mir vor wie eine Ewigkeit. Ich weiß so wenig über sie. Dass sie verheiratet ist natürlich. Dass sie keine Kinder hat. Dass sie keine bekommen kann. Wir redeten nicht über andere, wir hatten an uns selbst genug. Bei unserem letzten Abschied habe ich sie gebeten, auf mich zu warten. Meine jüngere Tochter ist zehn Jahre alt. In ein paar Jahren hat sie alles überstanden.« Er stockte, als hätte er das Gefühl, zu viel offenbart zu haben. »Ich meine …«

Er kratzte sich mit der rechten Hand und sah zum Barkeeper hinter dem Tresen hinüber.

»Ist sie krank?«, fragte ich.

»Nein! Zum Glück nicht!«

»Sie haben mir einen Schreck eingejagt!«

»Nein. Das Problem ist ihre Mutter. Sie ist ein kaltherziger Mensch. Sie mag sie nicht besonders. Oh, das klingt jetzt hart, aber im Grunde mag sie niemanden.« Mit einem schüchternen Lächeln fügte er hinzu: »Joséphine geht ihr auf die Nerven, weil sie so sanft ist, so unbeholfen und so wenig Selbstvertrauen hat.« Er lächelte verlegen. Das Lächeln eines Verlierers. »Und darum kann ich sie nicht verlassen …«

»Ihre Frau?«

»Nein, meine Tochter. Ich muss auf sie aufpassen.«

Er begann wirr zu reden. Er sprach mit mir, doch es klang, als führte er ein Selbstgespräch, ich verstand nichts mehr. Ich dachte mir, dass er wohl keinen Alkohol gewohnt war.

»Hören Sie«, sagte ich, um seinem vertraulichen Wortschwall ein Ende zu machen, »schreiben Sie ihr einen Brief, den werde ich ihr geben. Und versuchen Sie eine Zeit lang weder sie zu sehen noch anderweitig mit ihr Kontakt aufzunehmen. Sie möchten doch nicht dafür verantwortlich sein, dass ein Unglück geschieht, oder?«

»Oh, nein!«, schrie er auf.

Ich bedeutete dem Kellner, eine zweite Runde zu bringen, aber Lucien Plissonnier lehnte ab. Er fühlte sich nicht wohl. Nur ein einziger Ventilator drehte sich in der Bar, und er war ein ganzes Stück von uns entfernt. Es war warm und stickig. Die Bar hatte sich gefüllt. Eine Frau neben uns rauchte, lachte und redete sehr laut. Er blinzelte und zog den Kopf zwischen die Schultern, um sie nicht zu hören.

»Es ist heiß, nicht wahr, oder kommt mir das nur so vor?«

»Sie sind sicher müde.«

»Das ist der Lärm! Davon platzt mir der Schädel.«

Er versuchte aufzustehen und sackte zurück auf seinen Stuhl.

»Mein Gott, wie ich schwitze! Ich bin ja völlig durchnässt! Und mein Herz fühlt sich an, als steckte es in einem Schraubstock, ich kann kaum noch atmen. Ich gehe lieber nach Hause.«

»Wollen Sie sich nicht noch die Zeit nehmen, ein paar Worte zu schreiben?« Und als er mich verstört ansah, fügte ich hinzu: »Für Léonie.«

»Ja. Für Léonie«, wiederholte er.

Er nahm einen Block und einen Kuli aus einer kleinen Aktentasche neben seinen Füßen. Er riss ein Blatt Papier ab, beugte sich darüber und schrieb. Ich stand auf und ging auf die Toilette. Als ich zurückkam, hatte er den Brief in einen Umschlag gesteckt und hielt ihn mir hin.

Er hielt sich den Arm, und ein schmerzlicher Ausdruck lag auf seinem Gesicht.

»Mein Arm ist ganz taub, ich gehe nach Hause. Dürfte ich Sie vielleicht anrufen? Wir müssen etwas unternehmen. Wir müssen uns zusammentun, um sie da rauszuholen!«

Ich nickte.

Ich nahm den Brief.

Wieder versuchte er aufzustehen, und wieder sackte er zurück auf seinen Stuhl: Vor seinen Augen drehte sich alles.

»Kommen Sie, ich helfe Ihnen«, sagte ich. »Ich rufe Ihnen ein Taxi.«

»Das ist nicht nötig. Ich muss bloß ein paar Schritte laufen, dann geht es wieder.«

Ich bezahlte, und wir gingen hinaus.

Draußen liefen die Vorbereitungen für die Parade anlässlich des 14. Juli, rings um die Place de l'Étoile standen Tribünen und Absperrgitter. Armeelaster hielten an, und Fallschirmjäger, Infanteristen und Marinesoldaten stiegen aus. Ich winkte ein Taxi heran, der Fahrer war schon auf dem Heimweg, aber er erklärte sich bereit, einen Umweg zu machen.

Ich nahm Lucien Plissonnier beim Arm. Er stützte sich auf mich.

»Sie sind sehr freundlich«, sagte er. »Sie geben ihr den Brief doch, nicht wahr? Sagen Sie ihr, dass ich ständig an sie denke und dass ich sie vermisse.«

Er sprach laut, als ob er sich selbst nicht hörte.

»Ja, ja«, brummte ich.

Ich dachte bei mir, dass wir lächerlich wirken mussten. Dass wir einen peinlichen Anblick boten. Die Leute sahen uns an. Es war mir unangenehm.

»Versprechen Sie mir das?«

»Ja, ich verspreche es Ihnen.«

»Sagen Sie: Ja, Lucien, ich verspreche es Ihnen.«

»Ja, Lucien, ja, Lucien«, wiederholte ich mehrmals. Man hätte meinen können, er sei betrunken. Ich sah genau, dass es ihm nicht gut ging und er nicht in seiner normalen Verfassung war.

Ich öffnete die Tür des Taxis und half ihm, sich auf die Rückbank zu setzen.

»Sind Sie sicher, dass Sie das schaffen?«, fragte ich.

»Ja, ich bin gleich zu Hause. Fahren Sie los!«, sagte er zum Taxifahrer, der im Radio die Nachrichten hörte.

Seltsam, ich erinnere mich an alles. An die feuchte, unerträgliche Hitze, an das blassgelbe, kurzärmelige Hemd des Fahrers, an seine Persol-Sonnenbrille, an den Journalisten, der im Radio über den Besuch von Leonid Breschnew in Frankreich berichtete, an Giscard d'Estaing, der ihn im Élysée-Palast empfangen hatte, daran, dass der Preis für Super auf zwei Francs siebenunddreißig stieg und zum ersten Mal die Zahl von einer Million Arbeitslosen erreicht worden war. Ich beugte mich ins Wageninnere, ich wollte, dass er mir sagte, dass er sie nicht mehr wiedersehen werde, ich wünschte es mir mit aller Macht. Ich berührte die Schlüssel für die Wohnung in der Rue de l'Assomption, sie zerkratzten die Haut an meinen Fingern.

Er sah mich an.

»Wissen Sie, wer uns verraten hat?«, fragte er. »Wie hat ihr Mann von uns erfahren? Sie selbst hat es ihm ja sicher nicht gesagt …«

»Nein, das weiß ich nicht.«

»Ich hole sie da raus, ich miete ihr eine möblierte Wohnung und …«

»Sie wollen, dass sie stirbt, nicht wahr?«, fiel ich ihm ins Wort.

Er sah mich wie benommen an.

»Wenn sie stirbt, ist es Ihre Schuld, ich habe Sie gewarnt.«

Und ich drehte mich auf dem Absatz um.

Ich war außer mir vor Zorn.

Ich ging zurück in mein Hotel.

Ich warf die Schlüssel für die Wohnung in der Rue de l'Assomption auf das Bett.

Ich nahm ein Fläschchen Whisky aus der Minibar.

Ein zweites. Und ein drittes.

Ich habe die ganze Minibar leer getrunken.

Ich war enttäuscht. Dieser Mann war nicht attraktiv, er schwitzte, er lächelte wie ein Schwachkopf. Zu Hause hatte seine Frau die Hosen an.

Ich dachte an Ray. Wenigstens war er ein echter …

Doch gleich darauf machte ich mir Vorwürfe.

War wütend auf mich selbst.

Danach habe ich nie wieder etwas von Lucien Plissonnier gehört. Er hat mich niemals angerufen. Ich habe mir die Hände gerieben. Ich hatte gewonnen. Doch ich musste meine Hoffnungen bald begraben. Léonie war schwanger, Ray triumphierte. Er würde nie wieder Hohlsack sein.

Kurz darauf habe ich mich in Gérards Kneipe mit ihm geprügelt.

Kurz darauf bin ich selbst Vater geworden.

Ich habe Léonie nie wieder unter vier Augen gesehen. Die Schlüssel für die Wohnung habe ich zurückgegeben.

So war das damals.

Meinetwegen ist ein Mann gestorben.

Was ich mit dem Brief von Lucien Plissonnier gemacht habe?

Ich habe ihn in meiner Werkstatt in eine Schublade gelegt. Ich habe nie gewagt, ihn zu lesen. Ich wollte einen Beweis dafür behalten, dass all das tatsächlich passiert war. Denn mit den Jahren war ich mir dessen nicht mehr sicher. Meine Erinnerungen verschwammen. Ich sah die Bar vor mir, die beiden Gläser, die Oliven, die Erdnüsse, die Papierserviette, den Ventilator. Und ich fragte mich, was wohl aus diesem sanftmütigen, unscheinbaren Mann mit den großen blauen Augen geworden war. Ich streichelte die Kanten des Umschlags. Er war vergilbt. Ungleichmäßig. In breiten, lang gezogenen Flecken. Ich betrachtete die hohe, schmale Schrift. »Für Dich, Léonie, von Deinem Lucien«. Ich dachte jedes Mal das Gleiche: eine schöne Schrift, etwas feminin, etwas geziert. Warum hatte sie gerade ihn geliebt? Was hatte er, was ich nicht hatte?

Und dann legte ich den Umschlag zurück in die Schublade und machte mich wieder an die Reparatur meiner alten Uhren. Das war die einzige Tätigkeit, bei der ich zur Ruhe kam.

Stella, Adrian und Tom sitzen an Suzons Küchentisch und putzen Zucchini. Suzon will ein neues Gratinrezept ausprobieren, das sie in der *Rustica* entdeckt hat. Ohne geriebenen Käse und Butter.

Sie hat es sich in den Kopf gesetzt, Georges' Cholesterinspiegel zu senken, und bemüht sich trickreich, den Fettgehalt im Essen zu reduzieren. Aber Georges will davon nichts wissen und schiebt die Gerichte, die sie ihm vorsetzt, zurück, wenn sie nicht in Sahne und Butter schwimmen. Hast du mich schon jemals krank erlebt?, dröhnt er. Nein, nie! Also setz mich auch nicht auf Diät!

Diät nennt er alles, was auch nur im Entferntesten an gesunde Ernährung erinnert.

Die Uhr schlägt gerade elf, als Georges' Auto auf den Hof fährt. Er kommt aus Saint-Chaland zurück. Es ist Samstagmorgen, und er war auf dem Markt. Suzon tritt ans Fenster und sieht zu, wie ihr Bruder die Einkäufe auslädt.

»Der Doktor hat ihm gesagt, er soll nicht zu schwer tragen, aber er hört einfach nicht!«, schimpft sie vor sich hin und streicht sich eine graue Strähne aus der Stirn.

Sie trägt ihre Sommerschürze. Dieselbe wie im letzten Sommer. Und im Sommer davor.

»Reib den Boden der Form mit Knoblauch ein«, weist sie Tom an. »Und die Seiten auch!«

Tom nimmt eine Knoblauchzehe und drückt sie gegen die Wände der Auflaufform.

»Und danach kannst du die Zucchinischeiben reinlegen, mehrere Schichten übereinander und dazwischen etwas fettarme Sahne. Aber nicht zu viel, hörst du? Salz, Pfeffer. Ich habe dich im Auge, vergiss das nicht!«

»Ich weiß, wie das geht!«

»Und ihr schneidet die Scheiben schön dünn!«, befiehlt sie Stella und Adrian.

Georges stößt die Tür mit der Schulter auf und kommt herein. Er stellt eine Lattenkiste voller Lebensmittel mitten auf den Tisch, zwischen die Zucchiniabfälle. Misstrauisch beäugt er die Auflaufform.

»Willst du mich schon wieder abnehmen lassen?«

Suzon zuckt mit den Schultern und antwortet nicht.

»Das wird ja zur Manie bei dir!«, murrt Georges vor sich hin. »Hast du dich eigentlich schon mal angesehen. Du platzt aus allen Nähten!«

»Wie war es auf dem Markt?«, fragt Suzon. »War viel los? Hast du jemanden getroffen? Hast du mir ein Rubbellos mitgebracht? Du hast dich doch hoffentlich nicht wieder mit jemandem gestritten?«

»Ich habe unglaubliche Neuigkeiten!«, ruft Georges. »Das wird euch von den Socken hauen! Da, ich habe dir ein Tac O Tac mitgebracht. Jetzt rubbel schön.«

Suzon steckt das Los ein und erklärt, sie entscheide selbst, wann sie rubbeln wolle.

Stella spitzt gespannt die Ohren.

»War das ein Getratsche heute Morgen bei Lancenny!« Georges' Blick fällt auf seine Zeitschrift. »Aber das ist ja meine *Rustica*!«, braust er auf. »Was macht die da? Wehe, ihr versaut sie mir! Da steckt mein ganzes Leben drin und das meines Gartens auch!«

»Und du tätest gut daran, mal einen Ton leiser zu reden!«, schimpft Suzon. »Wo warst du die ganze Zeit?«

»Ich war bei Lancenny und habe einen Kaffee getrunken, das sagte ich doch gerade.«

»Bei Lancenny?«, ruft Suzon mit wütend funkelnden Augen.

»Ja, ich musste mit Gerson reden. Ich habe einen Benzintankverschluss verloren. Und ich war mir sicher, dass ich ihn samstagmorgens da treffen würde.«

»Und?«, fragt Stella, die sich sagt, dass sie wohl früher als gedacht etwas erfahren wird.

»Da sind ja schöne Sachen passiert, während wir heute Nacht geschlafen haben!«

»Komm schon, raus mit der Sprache«, drängt Stella, die es vor Spannung kaum noch aushält.

»Meine Güte, bist du ungeduldig!«, entgegnet Georges. »Gute Geschichten muss man in Ruhe erzählen. Wenn man alles sofort verrät, geht die ganze Wirkung flöten. So … Ich hätte jetzt nichts gegen einen schönen Kaffee … Alles klar, Adrian? Wann bist du angekommen?«

»Heute Morgen. Tom und ich haben keine Zeit vergeudet, ich habe ihm beigebracht, wie man Holz hackt. Und er hat sich dabei sehr gut angestellt.«

Georges nickt zustimmend und greift nach der Kaffeekanne. Er steckt sich ein Stück Würfelzucker in den Mund und zerbeißt es, bevor er den ersten Schluck trinkt.

»Und die Schnecken, Stella, wie weit bist du mit denen?«

»Ich hatte keine Zeit, mich darum zu kümmern.«

»Ich habe ihr gesagt, sie soll Bier rausstellen«, sagt er an Adrian gewandt. »Eine todsichere Methode. Aber sie hört ja nicht auf mich. Genau wie bei den Hühnern …«

Stella schweigt. Sie bemüht sich, ihre Ungeduld im Zaum zu halten. Georges weiß, dass sie wartet, und je nachdrücklicher sie ihn drängt, desto länger wird er sie zappeln lassen. Er steht gern im Mittelpunkt, plustert sich auf und nimmt den ganzen Platz ein. Er kommt aus der Stadt zurück. Er hat mit Leuten gesprochen, den Tratsch gehört. Sie hatte die Buschtrommeln von Saint-Chaland vergessen. Die ganzen Gerüchte, die die Runde machen. Manche davon wahr, andere nicht.

»Was ist mit den Hühnern?«, fragt sie betont ungezwungen.

»Der Fuchs hat heute Nacht schon wieder versucht, den Zaun durchzubeißen. Hast du nichts gehört?«

»Nein, ich habe geschlafen.«

»Dabei hat er einen Heidenlärm gemacht! Aber du warst gar nicht zu Hause, oder?«

»Warum vergreift er sich nicht einfach an den wilden Hühnern?«, fragt Stella und schaut ihm direkt in die Augen.

»Weil er ganz genau weiß, dass er mit denen seine liebe Not haben würde. Immer der leichteste Gegner. So läuft das bei den Tieren.«

»Nicht nur bei denen!«, entschlüpft es Stella.

»Was ist denn das?«, fragt Suzon und greift mit der Hand in eine rote Plastikwanne, in der eine weiße Bluse eingeweicht wird.

»Ich habe dir ein bisschen Bleichmittel geklaut. Ich hatte keins mehr im Haus.«

»Und du hast warmes Wasser dazugeschüttet?«, ruft Suzon.

»Ja, klar. Damit die Flecken besser rausgehen!«

»Bleichmittel muss man immer kalt verwenden«, schimpft Suzon. »Das habe ich dir schon hundertmal gesagt! Sonst gehen die Flecken nicht raus.«

»Stimmt, das vergesse ich immer.«

»Genau wie bei den Schnecken«, ergänzt Georges. »Sie merkt sich nur, was sie interessiert.«

Stella seufzt.

»Bei euch beiden habe ich manchmal das Gefühl, ich wäre immer noch zehn Jahre alt!«

»Tom kennt sich oft besser aus als du!«, versetzt Suzon.

Adrian streichelt unter dem Tisch ihr Bein und rückt näher an sie heran.

Da klingelt Stellas Handy in ihrer Tasche. Sie legt das Messer hin und trocknet ihre Hände am Spültuch.

»Das ist Julie«, verkündet sie in die Runde. »Ich rede draußen mit ihr. Bin gleich wieder da.«

»So kann man sich auch vor dem Gemüseschneiden drücken!«, sagt Georges lächelnd. »Dann willst du also nicht wissen, wie meine Geschichte weitergeht?«

»Ich bin gleich wieder zurück, warte auf mich.«

Und sie lächelt ihn strahlend an.

Geschieht ihm recht. Jetzt ist er derjenige, der warten muss.

Stella geht hinaus in den Hof. Streuner und Sky kommen sofort angelaufen und drängen sich an ihre Beine, und Merlin stößt mit der Schnauze gegen das Gitter seines Pferchs.

»So! Jetzt bin ich draußen, wir können reden. Wo bist du?«

»Zu Hause. Ich komme gerade vom Markt. Meine Güte, da stehen die Mäuler nicht still!«

»Ja, ich weiß. Georges ist auch gerade zurückgekommen, und …«

»Ach, dann weißt du also schon Bescheid?«

»Nein, weiß ich nicht! Er lässt sich bitten, und ich will ihn nicht zu sehr drängen, damit er nicht misstrauisch wird.«

»Okay, dann erzähle ich es dir: In der Stadt gibt es heute nur ein Thema.«

»Nämlich?«

»Turquet!«

»Turquet! Das ging aber schnell!«

»Anscheinend ist er heute Nacht in seinem Haus von einem riesigen Kerl überfallen worden, einem regelrechten Kleiderschrank. Der Typ war bis an die Zähne bewaffnet und trug eine Skimaske. Sie haben gekämpft, und irgendwann hat sein Angreifer ein Gewehr rausgezogen und ihm in die Knie geschossen! In beide! Turquet hat es noch geschafft, die Bullen zu rufen. Jetzt liegt er im Krankenhaus. Er hat viel Blut verloren, aber er lebt.«

»Du hattest recht! Er hat eine Geschichte erfunden.«

»Aber die Prognose ist übel: Er wird wahrscheinlich für den Rest seines Lebens im Rollstuhl sitzen. Jedenfalls erzählt man sich das auf dem Markt. Die Leute reden über nichts anderes mehr. Aber das ist noch nicht alles, jetzt wird's erst richtig kompliziert für ihn!«

»Wieso?«

»Michael, du weißt schon, der Ire, der neben der Markthalle diesen Pub eröffnet hat … Der erklärt jedem, der es hören will, dass die Mitglieder der IRA während des irischen Bürgerkriegs auf diese Weise Verräter bestraften: Sie schossen ihnen in beide

Knie. Das war ihre Unterschrift, und der Verräter war gebrandmarkt! Die Leute haben sich natürlich nur die Kurzfassung gemerkt und behaupten jetzt, Turquet hätte jemanden verraten. Wen? Das weiß keiner. Du solltest sie mal hören, es klingt, als hätten sie alle in der ersten Reihe gesessen, als es passiert ist!«

»So ein Unsinn!«

»Aber es gibt noch etwas! Ehrlich, du wirst es nicht glauben!«

Stella hört ihren Namen rufen.

Adrian steht auf der Türschwelle. Er hat eine Wurst in der Hand und beißt hinein.

»Warte kurz!«, sagt sie zu Julie. »Ich bin sofort wieder da!«

Adrian bedeutet ihr wieder reinzukommen.

»Gleich«, sagt sie. »Gib mir noch zwei Minuten.«

Er kommt heran, legt einen Arm um ihre Schultern und zieht sie an sich.

»Zwei Minuten sind zu viel!«, sagt er.

»Du riechst nach Knoblauchwurst.«

Lächelnd streichelt sie seine Wange.

Glücklich?, fragen ihre Lippen stumm. Und er antwortet, indem er erneut in seine Wurst beißt. Komm, fleht das Leuchten in seinen Augen, komm, ich kann keine Sekunde ohne dich sein.

Sie nickt und wendet sich wieder Julie zu.

»Was gibt es denn noch? Los, erzähl.«

»Duré.«

»Was ist mit Duré?«

»Er wurde heute Morgen um zwei verhaftet. Wegen Trunkenheit am Steuer. Die Bullen haben ihn gleich mitgenommen und in eine Ausnüchterungszelle gesteckt. Er wird womöglich für sechs Monate seinen Führerschein verlieren. Schlimmstenfalls sogar für immer. Es ist nicht das erste Mal, dass so etwas vorgekommen ist. Ray hat bisher immer dafür gesorgt, dass sie ihn wieder laufen lassen. Aber diesmal hat er keinen Finger gerührt.«

»Aber das ist doch nicht möglich! Duré war bei einem Abendessen beim Präfekten, seine Frau sollte ihn begleiten, sie trinkt keinen Tropfen, und wenn sie ausgehen, fährt sie nach Hause!«

»Sie war nicht da. Stella, hör mir gut zu: Sie war in Paris. Bei einer Filmpremiere. Einem Film mit Sophie Marceau. Sie ist ein Riesenfan von ihr. Sie hat ihre Töchter mitgenommen. Anscheinend konnte sie Ray gar nicht genug dafür danken.«

»Ray?«

»Ja. Er hat ihr die Karten besorgt.«

»Dieser Scheißkerl!«

»Ich sagte doch, er hat Beziehungen!«

Stella überlegt einen Moment.

»Ich habe nachgedacht«, sagt Julie, »genau wie du. Und ...«

»Er hat alles organisiert. Er schickt Madame Duré nach Paris, überredet den Präfekten dazu, Duré einzuladen, sorgt dafür, dass er trinkt, setzt ihn sturzbetrunken ins Auto und informiert seine Freunde bei den Bullen, die ihn auf dem Heimweg anhalten. Sie stecken ihn in die Ausnüchterungszelle. Der Typ ist geliefert. Er wird Ray erlauben, Léonie zurückzuholen.«

»Du hast es erfasst!«

»Ich höre ihn schon: ›Entweder du schickst Léonie nach Hause, oder ich lasse die Bullen ihre Arbeit machen und du verlierst deine Zulassung.‹«

»Genau.«

»Scheiße! Scheiße! Scheiße! Ich muss Maman da rausholen, und zwar schnell!« Nach diesem Aufschrei hält sie kurz inne und fährt leiser fort: »Aber wo soll ich sie denn unterbringen?«

In Stellas Stimme liegt so viel Angst, dass Georges aufmerksam wird und den Kopf zum Küchenfenster heraussteckt.

Stella bemerkt ihn nicht. Sie steht mit dem Rücken zu ihm und beißt sich nervös in die Finger.

»Uns fällt schon etwas ein, Stella, ganz sicher.«

»Wenn ich sie zu uns hole, kreuzt er früher oder später hier auf und trifft auf Adrian. Auf Tom.«

»Wir finden eine Lösung. Versprochen. Wir haben es doch bis

jetzt immer geschafft. Sag Amina Bescheid. Sie soll das Zimmer deiner Mutter abschließen. Wir telefonieren nachher noch mal, okay?«

»Okay«, antwortet Stella leise. »Und danke, dass du immer für mich da bist«, fügt sie hinzu.

Sie weiß nicht, ob Julie sie noch gehört hat. Sie hat bereits aufgelegt.

Die Zeit vergeht zu schnell, sagt sie sich. Ich bin mir nicht sicher, ob ich sie wieder einholen kann. Und wie lange laufe ich überhaupt schon dieses Rennen gegen die Zeit?

Sie geht zurück in die Küche. Tritt ihre schweren Schuhe am Türpfosten ab.

Adrian und Tom üben sich im Armdrücken. Adrian tut so, als verliere er. Toms Gesicht ist rot und angespannt. Die Adern auf seiner Stirn sehen aus, als würden sie gleich platzen. Sein blondes Haar zittert, und sein Bizeps schwillt an.

Georges mustert Stella. Sie ist blass, hat die Arme vor der Brust verschränkt und runzelt die Stirn.

»Ist alles in Ordnung?«, fragt er.

»Ja.«

»Sollte man aber nicht meinen!«

»Es ist wegen Julie. Es gibt Probleme auf dem Schrottplatz.«

Georges' Blick wird eindringlich, forschend.

»Der Schrottplatz ist nicht der einzige Ort, wo es Probleme gibt!«, sagt er.

»Kann sein, aber das sind die einzigen Probleme, die mich interessieren …«

»Wirklich, Stella?«

Sie wird kurz unsicher, dann reißt sie sich zusammen und blickt Georges direkt in die Augen.

»Was sollte denn sonst sein, Georges?«

»Oh, Sie wussten davon! Sie wussten, dass Lucien Plissonnier mein Vater war!« Dieser Satz verfolgt sie unablässig. Wenn sie morgens die Augen aufschlägt, wenn sie sich die Zähne putzt, sich Wasser ins Gesicht spritzt, ihr Frühstück macht, den Kleiderschrank öffnet, sich anzieht, die Wohnung verlässt, am Bahnsteig auf die Métro wartet, ihre Vorlesung hält, ihre Hefte wieder zuklappt, ihre Kleider in der Reinigung abholt, bei Carrefour City einkauft, eine SMS von Philippe liest, »Heute Nacht warst du bei mir, ich habe zwischen deinen Beinen geschlafen«, wenn sie errötet, wenn sie, noch immer errötend, an der Kasse bezahlt, wenn sie nach Hause kommt, sich in ihr Zimmer zurückzieht, um zu arbeiten, wenn sie für Gaëtan und Zoé kocht, ihnen beim Abendessen zusieht, ich habe keinen Hunger, esst ruhig alles auf! Wenn sie den Tisch abwischt, sich abschminkt, sich Wasser ins Gesicht spritzt, sich die Zähne putzt, die Zahnpastatube wieder verschließt, sich im Spiegel betrachtet.

Hast du eine Schwester, Joséphine?, fragt sie die Frau im Spiegel.

Eine halbe Schwester.

Die Frau im Spiegel verzieht keine Miene.

Was hältst du davon?

Die Frau im Spiegel antwortet nicht.

»Oh, Sie wussten davon! Sie wussten, dass Lucien Plissonnier mein Vater war!«

Wieder und wieder explodiert dieser Satz. Brennende Trümmer fliegen ihr ins Gesicht, in die Augen, gegen die Beine. Die Wörter springen wie lodernde Kugeln auseinander. Lucien. Plissonnier. War. Mein. Vater. Wussten. Sie. Davon?

Lucien Plissonnier, MEIN Vater.

Sie schläft nicht mehr. Wie oft sie auch die Augen schließt, langsam atmet, ganze Passagen von Chrétien de Troyes oder aus dem Hohelied der Liebe rezitiert, sich auf die einzelnen Worte konzentriert, damit sie sie in den Schlaf wiegen, tief Luft holt, jeden Muskel entspannt … der Satz kehrt immer wieder.

Was, wenn es stimmt?

Wer ist diese Frau?

Papa hatte eine Geliebte.

Unmöglich!

Und sofort scheint das andere Bild wieder auf. Das Bild des kleinen Mädchens, das sich an den Hals seines Vaters klammert, an die Liebe seines Vaters. Er liebte nur mich. Er war MEIN Papa. Diese Frau lügt!

Ja, aber …

Sie schlägt die Decke zurück und setzt sich in ihrem Bett auf.

Die Wörter passen nicht zueinander. Was wissen wir schon über das Leben unserer Eltern? Sie sind Papa und Maman, nicht Mann und Frau. Sie sind geschlechtslos, kennen keine leidenschaftlichen Begierden, keine schlaflosen Nächte.

Und doch …

Diese Frau schien sich ihrer Sache sicher zu sein. Sie hat nicht darauf beharrt. Sie hat lediglich ausgesprochen, was für sie eine Tatsache ist.

Was, wenn es stimmt?

Sie erinnert sich an die Wörter aus dem Buch im Garten des Palazzo Ravizza in Siena. »Hälfte«, »Schwester«, »Familie«. Eine Halbschwester? Eine neue Familie? Wäre das möglich?

»Doch, ich fürchte, es ist wahr«, hat der Mann gesagt, der in Wahrheit eine Frau ist.

Joséphine hat noch kurz geantwortet.

Sie weiß nicht mehr genau, was sie gesagt hat. Doch. Sie hat Beweise gefordert.

Ja, Beweise.

Immerhin könnte das ja auch bloß ein Scherz sein. Ein grausamer Scherz.

Und sie hat die Nummer der unerwünschten Fremden gelöscht.

Sie will nie wieder etwas von ihr hören.

Und dann eines Morgens steht sie auf.

Geht in die Küche. Das Sonnenlicht fällt in den Raum. Fällt

auf den Toaster, fällt auf die Ecke des Tischs, fällt auf den Brotkorb, auf den Feuerwehrkalender. Und alles wird wahr.

Sie steckt zwei Brotscheiben in den Toaster, nimmt die Butter aus dem Kühlschrank, ein Glas Brombeermarmelade.

Er war auch ein Mann …

Ein Mann, der die Liebe einer Frau brauchte. Und das erscheint ihr ausreichend, um den zweiten Scheinwerfer zu akzeptieren und zu betrachten, worauf sein Licht fällt. Lucien Plissonnier, ein Mann, der an Henriettes Seite verdorrte …

Sie schenkt sich eine Tasse Tee ein und trinkt einen Schluck. Man ist nicht nur Vater oder Mutter, Liebender oder Liebende, man kann beides zugleich sein. Das eine schließt das andere nicht aus. Warum sollte ihr Vater nicht auch ein Recht auf ein anderes Leben gehabt haben?

Sie geht ins Bad. Spricht mit ihrem Spiegelbild, seufzt. Und ich habe die Nummer gelöscht! Jetzt bleibt mir nichts anderes übrig, als zu warten, bis mich diese Frau, die sich wie ein Mann kleidet, zurückruft.

Meine halbe Schwester.

Wieder betrachtet sie ihr Spiegelbild.

»Sollen wir ihn bitten, dass er sie zurückrufen lässt?«, flüstert sie. »Er lässt Sterne blinken, dann kann er doch wohl auch ein Handy klingeln lassen!«

Sie lächelt schwach, und die Frau im Spiegel lächelt ebenfalls.

Sie geht zurück in die Küche, wo Zoé und Gaëtan am Tisch sitzen und ein Brot essen.

Zoé liest in ihrem Philosophiebuch. Ihr Gesicht ist gerötet, sie sieht erschöpft aus. Joséphine fragt sich, ob sie geweint hat.

Hortense öffnet die Tür des Schönheitssalons, und die anwesenden Frauen heben die Köpfe. Sie ignoriert sie und geht geradewegs zu Meme. Sie trägt einen dünnen blau-weiß gestreiften Pullover, eine weit geschnittene khakifarbene Hüfthose, einen breiten braunen Ledergürtel, flache Sandalen und eine riesige

Shopping Bag. Sie hat ihre Haare zu einem hochmütigen Federbusch geschlungen und einen Hauch Lipgloss aufgetragen.

»*So sexy!*«, seufzt eine der Frauen entmutigt.

»Einmal die Rundumbehandlung, bitte!«, sagt Hortense, als sie sich Meme gegenübersetzt. »Maniküre, Pediküre, heute zahle ich!«

»Hast du Geld?«, fragt Meme stirnrunzelnd.

»Ich bin reich. Ich habe mich bereit erklärt, einer dicken, unansehnlichen Frau einen neuen Look zu verpassen, und das habe ich mir teuer bezahlen lassen. Sehr teuer.«

»Wie teuer?«, fragt Meme, während sie ihre Utensilien bereitlegt.

»Fünfzehnhundert Dollar die Stunde! Und es gab eine Menge zu tun!«

»Fünfzehnhundert Dollar?«

Hortense nickt und krempelt die Ärmel ihres Pullovers hoch.

»Und das hat sie dir gegeben?«

»Bar auf die Hand! Sie war begeistert. Die ruft mich garantiert wieder an. Ich habe ihr Leben verändert. Sie wird sich nie wieder für ihre dicken Oberschenkel, ihre dicken Brüste oder ihren dicken Bauch schämen, das habe ich alles verschwinden lassen! Ich habe ihr einen eigenen Stil verpasst. Ich bin ein Genie.«

»Wie bist du denn an diese fette Schnepfe geraten?«

»Über Antoinette, die Schwester von Astrid.« Sie hält kurz inne, weil sie glaubt, sie hätte ihr Handy klingeln hören. Holt es aus der Tasche und legt es auf den Tisch. »Sie liebt meinen Blog und die Art und Weise, wie ich die Mädchen verwandle …«

»Da ist sie nicht die Einzige! Wo wir gerade davon sprechen, ich wollte dich fragen …«

»Als Antoinette sie getroffen hat, raufte sich die gute Frau gerade vor Verzweiflung die Haare. Sie ist morgen Abend zum Dinner im Weißen Haus eingeladen und hatte keine Ahnung, was sie anziehen soll.«

»Für das Geld male ich ihr auch gern die Mona Lisa auf alle Fingernägel!«

»Zehn Stunden bin ich mit ihr durch Barneys, Bergdorf und J. Crew gelaufen. Und das Ende vom Lied: Ich habe zwölftausendfünfhundert Dollar in der Tasche.«

»Nein, fünfzehntausend!«

»Eigentlich schon, aber Antoinette hat eine Provision verlangt. Was auch in Ordnung ist, sie hat sie mir ja schließlich vermittelt.«

»Wow, die weiß auch, wie sie auf ihre Kosten kommt!«

»Sie ist knallhart. Sie hat eine Sanduhr in der Handtasche, und sobald du anfängst, mit ihr zu reden, dreht sie sie um. Wenn sie sich nach drei Minuten langweilt, ist sie weg. Unglaublich! Ich sollte das auch mal versuchen …«

»Dann hättest du bald keine einzige Freundin mehr.«

»Ich brauche keine Freundinnen. Ich bin meine eigene beste Freundin. Ich verstehe mich sehr gut mit mir. Dieses Mädchen interessiert mich. Sie stimuliert mich, sie inspiriert mich. Ich will sie beeindrucken. Wenn ich ein Mann wäre …«

»DU BIST KEIN MANN.«

»Ich weiß. Zu schade, wir wären ein fantastisches Paar.«

»Wird sie für dich arbeiten?«

»Sie wird meine Muse sein. Aber nur unter einer Bedingung: Ich muss ihr etwas beibringen.«

»Weiß Elena davon?«

»Ich habe sie gerade getroffen. Sie hat mir ein Buch über die Anfänge der Mode unter Ludwig XIV. gegeben. Er und Colbert haben den französischen Stil erfunden, sie haben ihn inszeniert und vermarktet und so Unmengen von Devisen in die Kassen des Königreichs fließen lassen. Sie haben sogar die Werbung erfunden!«

»Das wusste ich gar nicht.«

»Und genau das ist der Grund, warum du hier sitzt und dich ausbeuten lässt. Keine Neugier! Kein Lerneifer, kein Ehrgeiz.«

»Vielen Dank auch!«

»Ich werde das Buch lesen und Antoinette mit meinem Wissen beeindrucken. Sie wird begeistert sein. Sie liebt alles, was mit Geschichte, Wirtschaft und Philosophie zu tun hat.«

»Die Hände ins Wasser«, befiehlt Meme gekränkt.

Hortense gehorcht und spinnt ihren Gedanken weiter.

»Das einzige Problem ist, dass ich danach etwas anderes finden muss ... Sie steht auf Schopenhauer, Spinoza und Konsorten. Aber mich hat Philosophie noch nie interessiert! Diese Leute zermartern sich das Hirn über den Sinn des Lebens, Gott und die Liebe! Im Leben trifft man die richtigen Entscheidungen, in der Liebe die richtige Wahl, und über Gott macht man sich Gedanken, kurz bevor man stirbt, das reicht vollkommen.«

»Was ist da drin?«, will Meme wissen und deutet mit der Schuhspitze auf eine Tragetasche, die Hortense neben ihre Füße gestellt hat.

»Eine weiße Hermès-Bluse. Die habe ich in einem gemeinnützigen Secondhandladen in der 27th Street gefunden ... für zweihundert Dollar.«

»Zweihundert Dollar!« Meme bleibt die Luft weg. »Für eine weiße Bluse? Ich mag keine weißen Blusen.«

»Du hast das einzig wichtige Wort daran vergessen: HERMÈS. Neu hat diese Bluse garantiert zwölfhundert Dollar gekostet!«

»Du bist irre, komplett irre!«

»Nein. Ich habe einen Blick für so etwas. Ich habe sie in einem ganzen Wust von minderwertigen Klamotten entdeckt. Eigentlich wollte ich sie dir schenken. Aber egal, dann gebe ich dir das Geld eben so!«

Und sie legt zwei Hundertdollarscheine auf den Tisch.

»Wow! Hortense!«

»Ich gebe dir nie Trinkgeld. Das hole ich hiermit nur nach, mehr nicht.«

»Aber das ist zu viel!«

»Wusstest du, dass ein Hundertdollarschein eine Lebensdauer

von ungefähr siebeneinhalb Jahren hat? Danach ist er abgenutzt. Reif für den Müll.«

»Das ist viel zu viel, aber ich danke dir.«

»Warum sind auf den Geldscheinen eigentlich nie Frauen abgebildet? Das sähe doch besser aus als die unschöne Visage von dem Kerl da.«

»Das ist Benjamin Franklin«, entgegnet Meme. »Einer der Gründerväter der Vereinigten Staaten. Und er hat den Blitzableiter erfunden.«

»Der bräuchte auch dringend mal einen neuen Look. Eine ordentliche Frisur und ein bisschen Fettabsaugen am Kinn!«

»Hör mal, ich wollte dich um einen Gefallen bitten, nur eine Kleinigkeit ...«

»Aber nicht jetzt, okay? Erst entspanne ich mich, und danach können wir reden. Versprochen. Ich habe die ganze Nacht gearbeitet. Ich hatte so viele Ideen, dass es für zwei Kollektionen reicht! Wintermäntel und Sommerkleider. *I'm ready!*«

»Bravo!«

»Ich weiß nicht, wann ich wirklich loslegen werde. Denn ich will ein richtiges Debüt. Mit Modenschau, Presse, dem vollen Programm. Alles hängt von diesem Jean-Jacques Picart ab. Er trifft die Entscheidungen. Also muss ich fix und fertig sein. Elena hat mir alles erklärt. Beim ersten Termin sieht er sich meine Entwürfe an. Und sagt, ich rufe Sie zurück. Oder auch nicht. Und er denkt darüber nach. Wenn er dann nachgedacht hat, vereinbaren wir einen zweiten Termin, und er kommt mich besuchen.«

»Dich?«

»Ja. Zu Hause. Denn ich werde noch kein eigenes Atelier haben. Er schaut sich an, wie ich lebe, wie ich mich verhalte. Er stellt mir Fragen. Ich habe eine kurze Rede vorbereitet. Und sie ist perfekt.« Sie setzt sich gerade hin, macht ein ernstes Gesicht und beginnt: »Ich möchte Kleider für starke, mächtige Frauen entwerfen. Frauen voller Inspiration, die mit der Mode gehen und denen die Mode vollkommen gleichgültig ist.«

»Gib mir die andere Hand und hör auf, so rumzuzappeln«, sagt Meme.

»Ich werde nicht nur Mode entwickeln, sondern die Philosophie einer Frau, die niemandem Rechenschaft schuldig ist außer sich selbst.«

Meme stößt einen spöttischen Pfiff aus.

»*Boring!*«*

»Findest du?«

»Unbedingt. Denk dir was anderes aus, das ist nicht sexy!«

»Du verstehst nichts davon. Ich muss mich von den anderen abheben, etwas Besonderes sein. Ein weißer Rabe.«

»Dann endest du in einem Käfig!«

»Da kennst du mich aber schlecht! Mir stutzt niemand die Flügel. Ich habe mich ohnehin gefragt, ob ich mich nicht noch nach anderen Partnern umschauen sollte …«

»Reicht Elena dir nicht?«

»Ich bin nicht gern von einer einzigen Person abhängig. Was, wenn wir uns zerstreiten? Dann scheitert mein ganzes Projekt.«

»Sie baut fest auf dich. Das hat sie mir selbst gesagt.«

Meme legt ihre kleine Nagelschere hin und mustert Hortense forschend.

»Du hast doch nicht etwa versucht, noch anderswo Kapital aufzutreiben?«

»Nein«, erwidert Hortense. »Bist du verrückt?«

Doch. Sie hat versucht, anderswo Kapital aufzutreiben. Rosie hatte sie auf diese Möglichkeit aufmerksam gemacht. Der Investmentfonds Legman & Co. suchte Projekte, in die er Millionen von Dollar investieren würde. Die Bewerber sollten um zehn Uhr dreißig im achtunddreißigsten Stock der Avenue of the Americas 1336 vorstellig werden, im Gepäck einen vorbereiteten *Elevator Pitch.* Eine zweiminütige Ansprache, um sich überzeugend

* Langweilig!

zu präsentieren, deutlich zu machen, warum man der oder die Beste ist, und sein Gegenüber zu beeindrucken. Und zum Schluss sollte man noch ein Wort mit sechs Buchstaben nennen, welches das Projekt auf den Punkt bringt. Sechs Buchstaben. Nicht einer mehr. Rosie hatte sie gewarnt: »Sie bekommen dreitausend Bewerbungen pro Jahr und berücksichtigen zwanzig davon. Aber wenn du in diese Auswahl kommst, hast du den Jackpot gewonnen! Freie Bahn, roter Teppich, Dollarregen, Las Vegas.«

Sie war um zehn Uhr dort gewesen, und in den Büroräumen von Legman & Co. hatte bereits reges Gedränge geherrscht. Sie hatte sich am Empfang eine Bewerbungsmappe abgeholt.

»Wir sind nicht hier, um Sie zu verhätscheln«, hatte die Frau hinter dem Tresen ihr zu verstehen gegeben, »wir sind hier, um Ihre Träume zu vernichten.«

»Vielen Dank!«, hatte sie auf Französisch geantwortet.

»Der Nächste!«, hatte die Frau gerufen.

Sie hatte die Unterlagen ausgefüllt, sich in die Schlange eingereiht und ihre Ansprache geübt. Rosie hatte sie ermahnt, auf keinen Fall abstrakte Begriffe wie »revolutionär«, »außergewöhnlich«, »wunderbar« oder »großartig« zu verwenden.

»Dann bist du mit einem Schlag un-glaub-wür-dig.«

»Bist du sicher?«, hatte Hortense gefragt.

»Ja. Weil sie nichts aussagen und jeder sie benutzt. Versuch, dein Thema menschlich rüberzubringen, mit Details, Farben, Emotionen.«

Sie hatte den Raum betreten. An einem ovalen Tisch saßen fünf Männer in dunklem Anzug und weißem Hemd und eine Frau in marineblauem Kostüm, die Haare straff nach hinten gebunden. Sie hatten Hortense kaum eines Blickes gewürdigt. In ihren Augen hatte sie die Stoppuhr loslaufen sehen, und sie hatte ihren *Elevator Pitch* abgespult. Die Leute klopften mit ihrem Stift auf die Tischplatte und schielten auf das Display ihres Handys. Ihre Worte schienen sie nicht zu begeistern. Mode? Der sicherste Weg, sein Geld zu verlieren, hatte die Frau gezischt.

Hortense hatte weitergeredet.
Und das Wort ausgesprochen, das alles zusammenfasste:
»*Winner.*« Sechs Buchstaben.
»Gut«, hatte die Frau gesagt. »Der Nächste, bitte!«
Loser, hatte es in ihrem Kopf geklungen. *You're a total loser.*

»Das würde Elena nämlich ganz und gar nicht gefallen«, beharrt Meme. »Sie verlässt sich auf dich.«

»Bist du verrückt? Das würde ich niemals tun! Und was ist mit deinen Bulgarinnen, hätten die vielleicht Interesse?«

Meme lacht schallend auf.

»Hast du das noch nicht gehört?«

Hortense schüttelt den Kopf.

»Da bist du garantiert die Einzige in New York! Siehst du denn nie fern?«

»Nein. Da läuft nichts Interessantes.«

»Kannst du auf deinem Handy fernsehen?«

»Ja.«

»Dann tipp *The Siamese Sisters Show* ein. Los, mach schon.«

Hortense gehorcht. Auf dem Bildschirm erscheinen die beiden Schwestern Svetlana und Yvana. Und da fällt es ihr wieder ein. Jemand hat ihr von dieser Reality-Show erzählt, die fantastische Einschaltquoten erzielt. Die Preise für eine Minute Werbung schlagen alle Rekorde. Die Sendung begleitet den Alltag zweier siamesischer Schwestern, die von der Schulter bis zur Hüfte miteinander verbunden sind. Sie teilen sich einen Pullover, eine Hose, ein Bett, gehen watschelnd wie eine fette Ente gemeinsam aufs Klo, essen gemeinsam, schminken sich gemeinsam, kratzen sich an der Nase, die eine mit der rechten Hand und die andere mit der linken. Sie warten auf den Mann ihres Lebens, und erst wenn sie ihn gefunden haben, werden sie in einer fingierten Operation wieder voneinander getrennt.

»Das ist doch alles bloß Fake«, sagt Hortense.

»Ja. Aber es ist ein Riesenerfolg, weil sie tatsächlich Ernst gemacht haben. Sie haben sich mit richtigem Leim aneinandergeklebt. Die muss man mit kochendem Wasser überbrühen, um sie wieder zu trennen! Kennst du das Motto der Sendung?«

Hortense schüttelt den Kopf.

»*Love hurts!*«

»O nein!«

»Das war die Idee ihres Vaters. Er produziert die Show, hat das Drehbuch geschrieben und den Sendeplatz bei WWBO gekauft. Die Sendung ist der absolute Renner. Also verdient er noch mehr Geld, und seine Töchter werden noch durchgeknallter, als sie es vorher schon waren. Und was kommt dann als nächste Reality-Show? Kannst du mir das mal verraten?«

»Die Liebe zweier Toter. Nur ein Kuss kann sie wieder zum Leben erwecken. Wer wird sie so sehr lieben, dass er die eiskalten, widerlich stinkenden Lippen einer in Formalin konservierten Leiche küsst?«

Meme schneidet eine abscheuliche Grimasse.

»Also kommt man an die Bulgarinnen nicht mehr ran«, konstatiert Hortense.

»Sie werden Tag und Nacht von Bodyguards bewacht.«

»Dann habe ich nur noch Elena, und mir bleibt gar nichts anderes übrig, als ihr zu vertrauen.«

»Aber Elena ist perfekt!«

»Ich hätte bloß lieber mehrere Pfeile in meinem Köcher.«

»In deinem was?«

»Köcher. Du hattest offensichtlich keine Mittelalterspezialistin als Mutter!«

»Was für eine Spezialistin?«

»Vergiss es. Was wolltest du mich eigentlich fragen?«

»Ich habe eine Nichte, Kyung Soon, und sie ist ganz verrückt nach deinem Blog.«

»Sie hat einen guten Geschmack.«

»Sie kleidet sich sehr schlecht, und sie ist auch nicht besonders hübsch …«

»Dann bete oder fahr mit ihr nach Lourdes. Ich sehe für sie nur eine Lösung: ein Wunder.«

»Mach keine Witze darüber. Es kann nicht jeder so aussehen wie du.«

»Das war kein Witz! Ich finde es furchtbar, hässlich zu sein. Was soll ich denn für dich tun?«

»Sie möchte gern in deinem Blog erscheinen. Sie möchte von dir fotografiert und verwandelt werden. Ich habe ihr gesagt, dass ich dich kenne.«

»Unmöglich.«

»Wieso denn?«

»Weil ich glaubwürdig bleiben will. Glaub-wür-dig-keit. Das ist mein einziges Kapital. Und das werde ich nicht für deine Nichte verschleudern.«

»Aber niemand wird erfahren, dass ich dich darum gebeten habe!«

»Doch. Früher oder später wird sie es jemandem erzählen, und dann bin ich erledigt. Ich würde meinen guten Ruf verlieren. Und mein Ruf ist mein ganzer Reichtum. Ich lehne alles ab, Meme. Werbung, Sponsoring, Partnerschaften. Ich lehne es ab, um glaubwürdig zu bleiben. Also nein.«

»Das ist aber nicht nett von dir.«

»Du hast recht, ich bin nicht nett, und das ist auch gut so! Denn sonst wäre ich schon längst erledigt! Nette Menschen sind Loser. Oder, andere Theorie, sie sind nett, weil sie keinerlei Talent haben und das ihre einzige Möglichkeit ist, von den anderen akzeptiert zu werden.«

Meme bedeutet ihrer Chefin hinter der Kasse, dass sie fertig sei und eine neue Kundin übernehmen könne.

»Bist du beleidigt?«, fragt Hortense, während sie ihre Hände bewundert.

Meme antwortet nicht. Sie reinigt ihre Utensilien und ignoriert Hortense dabei demonstrativ.

»Wenn du willst«, zeigt sich Hortense versöhnlich, »können

wir uns treffen, und ich gebe ihr ein paar Tipps. Gratis, weil sie deine Nichte ist. Aber sie wird niemals in meinem Blog auftauchen.«

»Sie wollte bloß ihre fünfzehn Minuten Ruhm. Wie jeder andere auch. Was ist denn schon dabei? Du bist überhaupt nicht nett«, wiederholt Meme traurig.

»Wenn du das so siehst, ist es dein Problem, nicht meins. Machst du mir nicht die Füße?«

»*I hate you!*«, murmelt Meme.

»*No problem.* Soll ich dir was sagen, Meme? Es ist nicht dein Job, mich zu mögen, sondern meiner. Und außerdem fände ich es gar nicht gut, wenn mich alle mögen würden! Das würde nämlich bedeuten, dass ich total langweilig geworden wäre. Dass ich gewöhnlich wäre, ganz schrecklich gewöhnlich.«

Sie zieht ihre Sandalen wieder an und betrachtet ihre Füße. Dann geht sie eben zu einer anderen Meme. Denn das gibt es in Manhattan an jeder Straßenecke: Schönheitssalons, in denen nette, gewöhnliche Mädchen arbeiten.

Und sich ausbeuten lassen.

Sie geht hinaus und atmet tief durch. Ihre Lungen füllen sich mit grenzenloser Lebensfreude. Wie schön das Leben in New York doch ist! Wie blau und schillernd der Himmel! Man bekommt Lust, seine Träume darauf zu projizieren.

Diese Stadt passt so gut zu ihr!

Es ist warm, die Bürgersteige beben. Sie braucht nur noch die Finger in die Luft zu stecken wie in eine Steckdose, und die Ideen strömen auf sie ein.

Da bleibt sie abrupt stehen. Ihr Blick wird zu einer Teleskopantenne und bleibt an einem Mädchen hängen, das an einer Straßenecke einen Hotdog isst. Die sieht ja aus wie eine Wurst! Sie hat strohgelbes Haar, trägt eine unförmige braune Hose und einen viel zu engen gelben Pullover und hat rote, fettige Soße am Kinn. Hortense zückt ihr Handy und fotografiert sie. Mit einem

Fingerschnippen wird sie ein Mädchen glücklich machen. Die Ideen kommen so schnell, dass sie stehen bleiben muss, um sie aufzuschreiben.

Sie frohlockt. Es tut so gut, man selbst zu sein. In sich zu ruhen wie in einem bequemen Sessel. Die Menschen wollen stets lieber anderen gefallen als sich selbst. Und damit geht der ganze Ärger los. Denn man weiß nicht, was man tun soll, um den anderen zu gefallen. Man reißt sich ein Bein aus, man krümmt und windet sich, und sie verpassen einem trotzdem schlechte Noten.

Während es so leicht ist, einfach man selbst zu sein.

Piff, paff, puff, und die Sache ist gelaufen!

Sie geht am Central Park entlang in Richtung Madison Avenue. Die Parkbäume werfen unruhige Schatten auf den Bürgersteig, sie riecht die Pferdeäpfel der Touristenkutschen, beobachtet die Bagel- und Hotdogverkäufer, die Baldachine vor den Gebäudeeingängen, die *doormen*, die ein Taxi heranpfeifen und rasch die Hand ausstrecken, um verstohlen das Trinkgeld entgegenzunehmen. Sie geht nicht durch New York, sie ernährt sich von New York. Diese Stadt ist eine Ölquelle. Sie bohrt, gräbt, fördert, lässt Geysire von Ideen hervorsprudeln. Das Leben springt ihr in die Augen, und manchmal muss sie sie schließen, um sich Notizen zu machen und nichts zu vergessen.

Es ist Montag. Sie ist mit ihren Mädels verabredet.

In einem Monat um diese Zeit sitzt sie im Flugzeug nach Paris. Sie und Gary fliegen nach Europa. Nach London. Nach Schottland. Und nach Paris. Sie muss ja schließlich auch arbeiten. Sobald Junior einen Hersteller aufgetrieben hat, der ihren Stoff nachweben kann, wird sie mit der Produktion ihrer ersten Kollektion beginnen. Und deshalb ist sie nicht gerade wild darauf, in diesem Schloss rumzugammeln, aber Gary besteht darauf: »Großmutter hat es instand setzen lassen, das ist eine Frage des Respekts. Und außerdem finde ich dieses Schloss schön, faszinierend und romantisch. Ich bin sicher, dass es mich inspirieren wird.«

Aber mich inspiriert es bestimmt nicht!, murrt sie, als sie auf Höhe des Apple Store die Fifth Avenue überquert.

»Er hat ein Schloss?«, ruft Rosie. »Der ist ja ein richtiger Märchenprinz.«

»Dazu braucht Gary kein Schloss!«, entgegnet Jessica.

»Und wer kümmert sich um das Schloss, wenn er in New York ist?«, will Astrid wissen.

»Seine Großmutter«, antwortet Hortense. »Aus der Ferne, aber sie kümmert sich.«

»Das klingt schon weniger glamourös«, bemerkt Astrid mit einem spöttischen Lachen. »Dann muss er sie garantiert besuchen ...«

»Ganz sicher«, sagt Hortense. »Er mag sie sehr.«

»Wie alt ist sie?«

»Achtundachtzig.«

»O je!«, ruft Astrid. »Dann ist sie sicher total senil, verlegt ständig ihr Gebiss, trägt Windeln, sabbert beim Teetrinken, häkelt und vegetiert in einem Altersheim dahin!«

»Äh ... nicht ganz!«, antwortet Hortense belustigt.

»Alt werden ist furchtbar! Man sieht zu, wie die Stunden verstreichen, schlurft von einem Sessel zum nächsten und geht abends um sechs ins Bett, nachdem man ein Stück staubtrockenen Kuchen zerpflückt hat. Hoffentlich werde ich niemals alt ...«

»Sollen wir nicht lieber das Thema wechseln«, protestiert Jessica, »das deprimiert mich! Was ist mit deinen Projekten, Hortense? Wie weit bist du?«

»Alles fertig. Ich habe zwei Kollektionen in meinen Mappen. Bald erobere ich Paris und danach die ganze Welt!«

»Und wir sehen dich nie wieder ...«

»Quatsch. Ich komme zurück nach New York. Ich muss mir nur erst einen Namen machen.«

»Antoinette scheint begeistert zu sein. Sie hat viel Spaß mit dir.«

»Ich gebe mir ja auch wahnsinnig viel Mühe! Die Geschichte mit ihrer Sanduhr hat mich traumatisiert. Wir haben morgen einen Termin wegen einer Anprobe, und ich muss heute Abend noch ein komplettes Buch lesen, um sie abzulenken, damit sie ruhig stehen bleibt. Deine Schwester für sich arbeiten zu lassen ist ein Knochenjob!«

»Zu Hause macht sie uns auch fertig. Sie hat immer ein Buch in der Hand und verbietet uns, beim Essen zu reden, weil sie sich sonst nicht konzentrieren kann. Sie war bei ihren ersten Fotoshootings und findet es sterbenslangweilig.«

»Ich garantiere dir, bei mir wird sie sich nicht langweilen!«

»Und was ist mit Gary? Kommt der nach eurem Urlaub zurück nach New York?«

»Ja. Er muss sein Studium abschließen und hat eine Menge Projekte, genau wie ich. Sein Konzert war ein voller Erfolg. Er hat Angebote für Festivals und was weiß ich noch alles …«

»Es ist riskant, ihn hier allein zu lassen«, sagt Jessica. »Die Jagd auf Männer ist gnadenlos. Neulich Abend war ich mit David essen, und ein Mädchen, das ich nur flüchtig kenne, hat mir eine SMS geschickt: ›Der ist ja süß. Überlässt du ihn mir, wenn du mit ihm durch bist?‹ Also bitte!«

»Mach dir keine Gedanken. Ich habe nichts zu befürchten. Er ist verrückt nach mir, und ich bin verrückt nach ihm. Bei uns wird es nie langweilig, und wir sind noch immer ganz wild aufeinander.«

In dem Moment fängt Hortense Rosies Blick auf.

»Wie geht es eigentlich Scott dem Zauderer?«, fragt sie hinterhältig. »Habt ihr es mittlerweile getan?«

»Immer noch nicht!«, brummt Rosie. »Ich verstehe das nicht. Vielleicht steht er gar nicht auf Frauen …«

»Dann fall doch einfach über ihn her«, schlägt Astrid vor.

»Ich habe Angst, dass er dann vor Schreck komplett gelähmt ist!«

»Du musst schon wissen, was du willst!«

»Das ist es ja das Problem. Ich weiß es nicht mehr.«

Sie sehen sich an und brechen in Gelächter aus.

Sie werden mir fehlen, denkt Hortense. Kaum hat sie diesen Gedanken formuliert, da hört sie sich sagen: »Okay, Mädels! Sehen wir uns in Paris zu meiner ersten Modenschau?«

»Zahlst du uns das Flugticket?«

»Ich bezahle euer Ticket, und ihr übernachtet bei mir zu Hause!«

Astrid, Jessica und Rosie kreischen vor Freude und schlagen in Hortenses ausgestreckte Hand ein.

»Versprochen?«, fragen sie ungläubig.

»Versprochen«, sagt Hortense und schimpft gleich darauf in sich hinein. Oh, nein, oh, nein, was mache ich denn da? Ich werde gefühlsduselig!

In einem Probenraum der Juilliard School studieren Gary, Calypso und Rico, ein aus Kolumbien stammender Cellist, den dritten Satz des Trios Nr. 7 für Klavier, Geige und Cello in B-Dur von Beethoven ein. Das Klavier und die Geige spielen eine muntere Serenade, während das Cello ihrem Enthusiasmus ein Fundament bietet, von dem aus sie sich immer wieder aufs Neue aufschwingen können.

»Calypso und ich weiten das Stück, und du hältst alles zusammen«, sagt Gary zu Rico, der ihn hinter seinem Bogen hervor anschaut.

Bei jeder Unterbrechung verharrt er noch eine Weile reglos, den Blick in der Ferne verloren. Rico lässt sich mit zwei Worten zusammenfassen: Konzentration und Kontemplation.

»Das Außergewöhnliche an Beethoven ist«, sagt Calypso nachdenklich, »dass man keine einzige Note wegnehmen oder hinzufügen kann. Jede ist an ihrem Platz. Wenn du nur eine einzige davon herausnimmst, bricht die ganze Melodie zusammen.«

»Ich bin mir sicher, dass du schon spielen konntest, bevor du überhaupt geboren warst«, sagt Rico. »Es ist unglaublich, wie du in die Musik eintauchst, wie du sie lebst, ohne sie vorher einstudiert zu haben. Jemand sagt Brahms, und du wirst Brahms, jemand sagt Dvořák, und du wirst Dvořák und so weiter!«

»Mein Großvater hat mir beigebracht, mich zu konzentrieren. Aufmerksam sein nennt er das. Er sagt, das gelte sowohl für das alltägliche Leben als auch für die Musik.«

»Und was sagt er sonst noch?«

Rico wartet so gespannt auf die Antwort, als wäre sie entscheidend für den weiteren Verlauf seines Lebens, als sollte sie ihm endlich das enthüllen, wonach er schon so lange sucht.

»Man muss sich auf jede noch so kleine Geste konzentrieren ...«

Rico sitzt abwartend da, ohne sich zu rühren.

»... auf jedes noch so kleine Detail. Und dann gewinnt alles ein Relief. Alles wird Reichtum. Es füllt einen aus, man kommt voran. Wohingegen Leute, die alles sehr schnell erledigen, es auch genauso schnell wieder vergessen. Sie werden morgen wieder das Gleiche tun, was sie heute getan haben, sie lernen nie dazu.«

»Das ist so wahr!«

»Wenn du zum Beispiel jemandem Guten Tag sagst, dann sag es mit Bedacht und wünsche ihm aufrichtig einen guten Tag.«

»Guten Tag, Calypso!«

»Und lächele ihn dabei an, das verändert alles. Dann existiert das ›Guten Tag‹, es wird erkennbar, es füllt den Raum mit einem Gefühl, mit Wärme und Zuneigung, und das kann den Tag desjenigen, den du begrüßt, verändern. Und den deinen auch!«

Rico betrachtet sie bewundernd, während sie spricht. Dieses Mädchen, das seine Mitstudenten so unansehnlich finden, ist einfach wundervoll. Sie lädt einen unversehens ein in die kostbarste Vertrautheit, sie öffnet unzählige Truhen voller Geschmeide und Gold.

»Guten Tag«, wiederholt er, »ich wünsche dir einen guten Tag, Calypso.« Er macht eine kurze Pause, bevor er ausruft: »Du hast recht! Das verändert alles! Sogar dein Vorname klingt dadurch anders! Ich sehe dich, du existierst, du bist endgültig da. Es ist, als wäre ich blind gewesen und könnte plötzlich wieder sehen!«

Gerührt blickt er sie an. Streckt seinen Bogen aus und berührt damit Calypsos Fingerspitzen, um sich zu vergewissern, dass sie auch tatsächlich existiert und das Glück, das ihn durchströmt, nicht bloß ein Traum ist. Und was für ein eigenartiges Glück! Solch eine ätherische, überwältigende Freude hat er noch niemals empfunden. Sie lässt einen Ozean aus Licht aufscheinen. Sie ist eine Hexe! Er fürchtet, davonzufliegen und sie aus den Augen zu verlieren. Also streckt er seinen Bogen aus, und seine Seele klammert sich an Calypsos glänzenden, fiebrigen Blick, der ihn gefangen nimmt und zu ihr hinzieht. Und er lässt sich ziehen, am liebsten würde er zu Luft werden und sich in ihre Handfläche schmiegen, in die Kuhle an ihrer Schulter, an den kleinen roten Fleck an ihrem Halsansatz.

Gary beobachtet Ricos Geste, und Gary sieht. Und die Eifersucht versetzt Gary einen Stich. Er fühlt sich von der Bewegung des Bogens ausgeschlossen. Etwas hat ihn tief in seinem Inneren getroffen. Es hat beinahe wehgetan. Um ein Haar hätte er einen leisen Schrei ausgestoßen: Fass sie nicht an! FASS SIE NICHT AN! Ich bin eifersüchtig, denkt er verdutzt. Eifersüchtig. Dieser Junge, den er noch wenige Sekunden zuvor so sympathisch fand, mit dem er gerne zusammenspielte, den er in diese perfekte Blase hineingebeten hatte, die er und Calypso geschaffen hatten … dieser Junge hat die Blase zum Platzen gebracht, indem er seine Klauen in sein Herz geschlagen hat.

Er legt die Hände auf seine Oberschenkel und zuckt auf dem Klavierhocker zurück, als hätte er sich verbrannt.

»Und weißt du, wer ihm das beigebracht hat?«, fährt die Zauberin Calypso fort.

Rico schüttelt den Kopf.

»Nadia Boulanger persönlich!«

»Nadia Boulanger!«, wiederholt Rico. »Er hat sie gekannt?«

»Ja.«

»Wow! Dein Großvater muss ja ein außergewöhnlicher Mann sein!«

»Ja. Das ist er«, entgegnet Calypso stolz.

Gary hört ihnen zu, und ihm ist, als risse ihn eine Welle mit sich fort und gäbe ihn erst weit, weit entfernt wieder frei. Er richtet den Blick auf Rico und sieht ihn plötzlich mit anderen Augen. Rico ist charmant, hat ein engelsgleiches Lächeln, buschiges braunes Haar und glühend schwarze Augen, und er entlockt seinem Instrument die melodischsten Klänge, die Gary je bei einem Cello gehört hat.

Er räuspert sich.

»Sollen wir einen Kaffee trinken gehen?«, schlägt er vor.

Rico und Calypso drehen sich verwundert zu ihm um.

»Machen wir schon Schluss für heute?«, fragt Rico.

»Ihr könnt ja weitermachen, wenn ihr wollt, aber ich möchte raus an die frische Luft.«

»Wie du magst«, sagt Rico. »Treffen wir uns morgen wieder nach dem Unterricht?«

Er verstaut sein Instrument und steht auf.

»Das war gut heute«, sagt er vor dem Hinausgehen. »Wir haben gut gearbeitet. Auf Wiedersehen.«

Und als er den Raum verlässt, scheint es, als ginge er auf einer Wolke.

»Tut mir leid«, entschuldigt sich Gary, »ich weiß auch nicht, was in mich gefahren ist … Weißt du was? Zur Wiedergutmachung begleite ich dich nach Hause.«

»In die 110th Street?«, ruft Calypso. »Du bist verrückt!«

»Und warum nicht? Ich laufe gerne durch New York. Wir gehen durch den Park. Es ist fast Sommer, das müssen wir feiern!«

Er will sie Ricos Blick vergessen lassen, Ricos Worte, die Klammer, die Rico geöffnet hat, um sich mit ihr darin einzuschließen.

Er will zu Fuß gehen, damit dieses Unbehagen verfliegt, das ihn erfasst hat.

Er will zu Fuß gehen, um seinen Weg wiederzufinden.

Auf Höhe der 89th Street bleiben sie stehen. Die Fußgängerampel ist rot, und die Busse fahren haarscharf an ihnen vorbei. Es ist sieben Uhr abends, die Leute haben es eilig, nach Hause zu kommen, oder öffnen die Tür zu einem Restaurant. Sie drängeln, laufen im Zickzack über die Straße, ignorieren das Hupen, rufen einander etwas zu, lachen. Ein Hund hebt an einem Hydranten das Bein, und seine Besitzerin wartet, bis er fertig ist. In der Hand hält sie eine schwarze Plastiktüte, für alle Fälle … Aber der Hund läuft weiter, die Tüte wird erst später zum Einsatz kommen.

Gary verzieht das Gesicht. Er denkt an die Probe zurück, und dabei stört ihn der Anblick des pinkelnden Hundes. Ihre Probe war so schön. So schön und so erhaben. Wieder einmal haben sie sich in den Himmel aufgeschwungen.

Calypso hat den pinkelnden Hund nicht gesehen.

Er legt schützend einen Arm um sie.

Tritt einen Schritt auf dem Bürgersteig zurück, um sie beide in Sicherheit zu bringen. Sein Arm gibt sich selbstsicher und behütend. Sie lässt sich von ihm mitziehen. Senkt den Kopf. Beobachtet verstohlen Garys Hand auf ihrer Schulter. Ihr wird schummerig vor Augen, und sie kann sich gerade noch an seinem Arm festhalten.

»Siehst du! Zum Glück bin ich da!«, sagt er, um ihr einzureden, seine Geste sei rein ritterlicher Natur und sie solle sich nur ja nichts dabei denken.

Sie lässt ihre Hand auf seinem Arm liegen, spürt die Wärme seiner Haut unter dem Hemd, drückt ein wenig, um sich zu vergewissern, und wartet mit angehaltenem Atem. Presst die Geige an sich. Genießt diesen Augenblick. Die Ampel springt auf Grün.

Garys Arm gleitet herunter, und seine Hand ergreift die von

Calypso. Ihre Finger verschränken sich. Sie blicken zur Seite und gehen wortlos über die Straße.

Vor Calypsos Haus verstärkt er den Druck seiner Finger und zieht sie an sich.

Die Geige rutscht zwischen sie.

So stehen sie da, unbeholfen, eingehüllt in die Wärme des anderen. Er riecht nach Lavendelseife, denkt sie bei sich. Sie ist so leicht, ich könnte sie zerbrechen, wundert er sich. Sie wagen nicht, einander anzusehen. Sie kommt sich ein bisschen einfältig vor, sie weiß nicht, wie man sich in solchen Situationen verhält, aber sie weiß, dass etwas passieren wird.

»Diese Guarneri ist eine fantastische Anstandsdame!«, sagt Gary und schiebt die Geige zur Seite. »Immer zwischen uns!«

Sie errötet und hält den Blick gesenkt. Sie will sich an jedes einzelne seiner Worte erinnern, an den Tonfall, in dem er sie ausgesprochen hat. Sie werden zu einer Melodie in ihrem Kopf. »Diese Guarneri ist eine fantastische Anstandsdame«, die Silben klingen wie die Noten einer Beethoven-Partitur.

Und dann beugt er sich vor und betrachtet sie wortlos. Er betrachtet sie, als hätte er sie nie zuvor gesehen.

Selbst die Pausen muss sie notieren, sagt sie sich, in der Musik ist eine Pause genauso wichtig wie eine Note.

Und seine Haut ist so warm, so zart, sie duftet so gut nach Lavendel. Und da, an meiner Wange, da kratzt sein Bart ein wenig, er hat vergessen, diesen Quadratzentimeter zu rasieren, meine Haut wird sich entzünden, ich habe solche Angst davor, rot zu werden oder unschöne Flecken zu bekommen. Ich wünschte, ich hätte eine reine, weiße Haut und weiche, volle Lippen, die gut küssen können. Er wird merken, dass ich nicht gut küssen kann, und dann stehe ich da wie eine dumme Gans.

Und er küsst sie.

Und die Musik trägt sie mit sich fort. Sie öffnet die Lippen und trinkt seinen Kuss. Behutsam drückt sie ihre Lippen gegen die von Gary und empfängt verwundert diesen ersten Kuss. Diesen perfekten ersten Kuss! Ihr wird schwindelig, die Straße beginnt sich um sie zu drehen, die Bäume stehen kopf, die Autos fahren durch die Luft, sie lässt sich gegen die rote Backsteinmauer sinken, kommt wieder zu Atem und löst sich benommen von ihm.

»Du darfst … du darfst mich nicht küssen.«

»Wieso nicht?«, fragt er, ohne die Lippen von den ihren zu nehmen, und verstärkt den Druck seines Arms in ihrem Rücken.

»Weil das für mich etwas Bedeutsames ist.«

»Du meinst, ein bedeutsames Detail?«, flüstert er, immer noch dicht an ihrem Mund, als wollte er nicht den Eindruck erwecken, er ziehe sich zurück.

»Oh!«, seufzt sie. »Es ist bedeutsam, sehr bedeutsam.«

Sie flüstern, Mund an Mund. Sie sind miteinander im Einklang, sie reden, und es ist so überwältigend. Und sie hat keine Angst mehr, sie hat keine Angst mehr, offen zu ihm zu sein.

»Ich nehme das sehr ernst.«

»Es ist wie Guten Tag sagen«, murmelt er. »Du legst deine ganze Seele hinein, dein ganzes Herz.«

»Ja. Meine ganze Seele und mein ganzes Herz.«

»Und du hast Angst?«

»Nein, ich habe keine Angst. Überhaupt keine Angst. Ich sage, was ich fühle. Das ist wie ein Schwur. Ich nehme alles ernst. Oder gar nichts ist von Bedeutung. Ich kenne keinen Mittelweg. Ich kann nichts vortäuschen.«

Er legt seine Hand in ihren Nacken und streichelt sie. Macht sich zu ihrem Besitzer.

»›Mittelweg‹, das ist so ein hässliches Wort, ein lauwarmes, feiges, leeres, sinnloses Wort«, sagt sie verstockt.

»Und du magst nichts Lauwarmes, Feiges, Leeres und Sinnloses«, sagt Gary.

»Überhaupt nicht.«

Ihre Miene ist bitter, und ihre Worte rühren ihn.

»Du küsst nicht leichtfertig…«

»Oh, nein!«

»Dann werde ich dich jetzt sehr ernsthaft küssen, Calypso.« Und er sieht ihr tief in die Augen, als er mit Nachdruck wiederholt: »Wir werden uns jetzt sehr ernsthaft küssen. Und das wird unser erster sehr ernsthafter, sehr bedeutungsvoller, sehr mutiger Kuss.«

Sie kreuzt ihre Finger und schiebt sie in die Taschen seiner alten Leinenhose von Brooks Brothers, die er immer im Frühling und Sommer trägt, sie weiß, dass er sie gerne trägt, weil er sich darin wohlfühlt, weil sie ihm wie angegossen passt, sie kreuzt ihre Finger und lässt sich küssen, erfüllt von einem köstlichen Schauer, der ihr alle Kraft raubt und sie trotzdem noch aufrecht stehen lässt, an ihn geklammert, an diesen ersten Kuss geklammert, 110th Street, Ecke Madison, direkt vor ihrem Haus, ein Ort, der in ihrer Vorstellung erhaben sein wird, ein Ort, an dem sie bald eine Statue errichten wird. Oh, sie kennt sich so gut! Das ist der Beginn eines wundervollen Glücks und gleichzeitig der Beginn entsetzlichen Kummers, aber sie nimmt alles an. Oh, wie sie alles annimmt! Wie sie alles vergisst, wenn ihre Münder einander finden…

Und danach?

Danach ist er zurück in Richtung Madison gegangen, hat sich noch einmal umgedreht, hat lächelnd die Arme ausgebreitet, als wollte er sagen, so ist es nun mal, wir können nichts dafür, und sie hat ihm reglos nachgesehen, sie konnte sich nicht rühren, er nahm ihre ganze Kraft mit, sie musste sich erst wieder sammeln.

Ein paar Minuten wartet sie, an die rote Backsteinmauer gelehnt, und lauscht ihrem rasenden Herzen.

In der Küche brennt Licht, sie hört Stimmen. Die Stimme eines Mannes und die Stimme einer Frau. Die flehende Stimme einer Frau und Mister G.s schneidenden Tonfall, der wie ein Peitschenknall die Luft zerreißt. Die eine Stimme knallt, und die andere fleht, bettelt, schleppt sich dahin. Sie hört den Schmerz in dieser Frauenstimme. Und Mister G. steht abrupt auf und wirft einen Stuhl um.

»Ich sagte NEIN!«, brüllt er. »NEIN, NEIN UND NOCHMALS NEIN! Das ist doch nicht misszuverstehen, oder?«

Lautlos geht Calypso durch den Flur zu ihrem Zimmer. Öffnet behutsam die Tür. Schließt sie hinter sich. Streift die Haltung einer an den Wänden entlanghuschenden Maus ab, oh, nein, ich bin keine Maus mehr, ich bin eine Königin!

Gary Ward hat mich geküsst.

Ge-küsst.

Sie schreitet dahin wie eine Königin. Siegreich, beinahe arrogant. Ich bin schön, sagt sie sich, ich bin schön, er hat mich geküsst, er hat mich lange geküsst, und das bedeutet etwas, denn ich hatte ihn gewarnt, ich hatte ihn gewarnt, und er ist nicht davor zurückgeschreckt. Ach, das Leben strömt und fließt, und ich würde es am liebsten ganz austrinken!

Sie legt die Geige an ihren Platz. Schiebt das Fenster hoch. Setzt sich auf die Feuerleiter. Die völlig verrostete Leiter, die einen schrägen Strich vor dem Fenster bildet. Über Manhattan geht die Sonne unter, und ihr roter Schein lässt orangefarbene Irrlichter im Geäst der Bäume aufleuchten. Fast so, als würde es irgendwo brennen. Sie spitzt die Ohren, aber sie hört keine Feuerwehrsirenen.

Sie reibt sich die Nase, als kribbelten darin eine Million Ameisen.

Ich glaube, ich stehe völlig kopf. Ich glaube, ich weiß nicht mehr, was ich denken soll …

Gary Ward hat mich geküsst.

Von der verrosteten Leiter aus schaut sie in den verwilderten kleinen Garten nebenan hinab und bemerkt dort eine Marienstatue aus Gips. Eine mit einer blinkenden Lichterkette geschmückte Jungfrau Maria, und aus einem frommen Impuls heraus macht sie ein Kreuzzeichen. Gary Ward hat mich geküsst,

Gary Ward hat mich geküsst. Ich muss meine Gedanken bremsen, mein wild klopfendes Herz beruhigen. Irgendwann, vielleicht schon bald, werde ich einfach nur noch Gary sagen, und dann … und dann …

Und dann weiß ich nicht. Ich weiß nicht viel von der Liebe. Ich bin eine Anfängerin.

Was wird passieren?

Sie betrachtet den Blumentopf, in dem das Duftveilchen einst frisch und farbenfroh blühte. Doch irgendwann hat es sich zusammengekrümmt, und seine Blätter sind braun und faulig geworden. Sie hat es nicht übers Herz gebracht, es wegzuwerfen. Sie hat es angehaucht, hat es mit Wassertröpfchen besprengt, sie hat ihm von dem Konzert und dem Applaus erzählt, aber das Veilchen hat sie nicht mehr gehört. Es verkümmerte und ließ den Kopf hängen. Sie hat geweint, als sie es so gesehen hat, und dann hat sie sich zusammengerissen, das ist eine Pflanze, Calypso, und Pflanzen sterben nun mal, ich weiß, ich weiß, hat sie gesagt und sich die Nase gerieben, aber sie war meine Vertraute.

Sie seufzt und wünscht sich, jemand würde das Glück von ihrer plötzlich weiß gewordenen Haut und ihren vollen, mit einem Kuss gesegneten Lippen ablesen.

Die Stimmen in der Küche werden lauter, werden zu Klagen und Schreien. Und immer noch übertönt Mister G.s Stimme die der Frau.

»Das kommt überhaupt nicht infrage!«, brüllt er. »Auf keinen Fall! Verstehst du das nicht?«

Und dann klingt es wie ein Weinen.

Calypso hält sich die Ohren zu, sie will nichts hören.

Sie will noch länger in ihrer Melodie verweilen, Gary Ward hat mich geküsst, *C, D, E, F, G, D,* und seine Lippen waren weich und warm. Das war kein zerstreuter Kuss, das war ein richtiger Kuss, Gary Ward hat seine Hände um mein Gesicht gelegt und meinen Mund zu seinem Mund angehoben. Das war ein richtiger Kuss, ein richtiger Kuss …

»Kommt nicht infrage! Hast du gehört? Das kommt nicht infrage!«

Jetzt ist es Mister G., der erschüttert klingt. Verzweiflung schwingt in seiner Stimme mit und ein schmerzliches Verbot. Als versuche er, eine Gefahr abzuwenden. Als sei er der letzte Verteidigungswall, der sich dieser Gefahr entgegenstemmt, und als spanne er seine Muskeln an, um nicht zu Boden geworfen zu werden. Sie hört diese Gefahr in den lauten Stimmenfetzen, die aus der Küche herüberschallen und bis an die Feuerleiter dringen.

Sie schiebt das Fenster wieder herunter.

Schleicht auf Zehenspitzen durch den Flur. Öffnet die Küchentür einen Spalt.

Eine elegante blonde Frau sitzt am Tisch. Sie wendet sich Mister G. zu, während dieser wütend zwischen dem Tisch und dem alten Herd auf und ab läuft. Eine hübsche, blonde Frau. Tränen laufen ihr über die Wangen.

Sie kommt ihr bekannt vor. Vielleicht eine Schauspielerin? Die Frau dreht sich zur Tür und bemerkt sie.

Mit dem Handrücken wischt sie sich über die Augen. Sie trägt zwei schöne Ringe an der rechten Hand.

»Was willst du hier?«, schreit Mister G., als er Calypso entdeckt. »Geh in dein Zimmer!«

Sie kann sich nicht rühren. Der ganze Raum knistert von dem Drama, das sich vor ihren Augen abspielt. Mister G. stützt sich wie ein angeschlagener Boxer auf die Rückenlehne eines Stuhls. Er schüttelt den Kopf und atmet schwer.

»Bist du Calypso?«, fragt die Frau.

Sie wirkt wie ausgehungert. Ihr Körper spannt sich, als wollte sie sie anspringen.

Calypso nickt.

»Verdammt noch mal!«, brüllt Mister G. »Verschwinde endlich in dein Zimmer! Du hast hier nichts zu suchen!«

Calypso zuckt zusammen und macht einen Satz nach hinten.

Die blonde Frau ist aufgestanden und versucht sie zurückzuhalten.

»Calypso! Calypso!«

»Emily! Setz dich wieder hin! Lass sie in Ruhe, hast du verstanden! Lass sie in Ruhe, oder ich mach dich fertig!«

Die blonde Frau lässt sich zurück auf den Stuhl sinken und vergräbt das Gesicht in ihren Händen.

»Dazu hast du kein Recht«, sagt sie schluchzend, »dazu hast du kein Recht.«

Und ihr gesenkter Nacken verrät die Gefügigkeit einer Frau, die es gewohnt ist zu gehorchen.

Mit einer Handbewegung scheucht Mister G. Calypso hinaus.

»Du sollst verschwinden, hab ich gesagt! Na los, raus hier!«

Als sie am nächsten Morgen aufwacht, tobt das Glück in ihr, sie ist ein Strohhalm in einem Wirbelsturm aus Glück! Sie möchte sich strecken, fliegen, ein Stück vom Himmel erhaschen und es verschlingen wie eine Wassermelone. Das Glück trieft von ihrem Mund, läuft über ihre Finger, macht sie klebrig, überzieht sie mit seinem Duft, hüllt sie ein, verleibt sie sich ein, webt ihr ein Feenkleid, das sie um sich herumwirbeln lässt, das sie ausbreitet und wieder zusammenzieht, in dem sie aussieht wie eine Königin. Gestern ist etwas Bedeutsames passiert, und dieses Etwas hat ihr Leben verändert, hat ihre Haut verändert, lässt ihren Teint strahlen, ihre Haare und ihre Fingernägel glänzen, macht ihre Handgelenke samtweich. Sie liegt im Bett und wartet darauf, dass dieser diffuse Glückszustand konkreter wird, dass er Gestalt annimmt und zu einem noch größeren Glück wird. Sie lauert, sie bebt, sie zögert, sie denkt nach, sie kichert, sie lacht auf, sie will es noch nicht wissen, noch nicht sofort! Nicht sofort! Dieser erwartungsvolle Moment soll noch ein wenig andauern, dieser köstliche Zweifel ewig währen! Sie fährt sich mit den Fingern über die Lippen und bricht in ein fröhliches Lachen aus, sie erinnert sich wieder! Sie erinnert sich! Er hat mich geküsst, er hat mich geküsst! Sie drückt die Lippen auf ihre Hand, sie imitiert einen Kuss, sie wälzt sich in ihrem Bett hin und her, wickelt sich in das Laken, er hat mich geküsst, er hat mich geküsst, sie tanzt Walzer, eins, zwei, drei, eins, zwei, drei, er hat mich geküsst, sie wiederholt die Worte, die Sätze, die sie gestern Abend Mund an Mund gesprochen haben, gegeneinandergelehnt, bereit, miteinander zu verschmelzen, eng umschlungen, gefangen, sie reibt sich die Nase, die Ameisen sind wieder da, in langsamen Kolonnen sind sie zurückgekehrt. Das ist neu, sagt sie sich, es ist der Kuss, der in mir kribbelt, oh, der Kuss, der Kuss! Und Gary Ward ist noch größer, sie reicht nicht an ihn heran, sie wünscht, er wäre da, nein, sie will nicht, dass er sie so sieht, das wäre zu einfach, fast wie eine Beute, er muss sich weiter vorbeugen, muss ihren Duft einatmen, o ja, dieser Lavendelduft, der Kopf schwirrt ihr von Worten und Gefühlen, es ist so überwältigend, und sie bittet die Gipsmadonna im Garten, sich für sie zu verwenden und ihr ein wenig Würde und Selbstbeherrschung zu schicken, ein bisschen Haltung, bitte! O ja, Selbstbeherrschung, damit er mich erobern muss, damit er sich seiner Sache nicht zu sicher ist, damit ich ihm nicht wie ein reifer Apfel in den Schoß falle! Jungfrau Maria, ich bitte dich, ich möchte ein loderndes Feuer entfachen!

Sie wartet, zieht die Nase kraus, hört ihre Worte wie Noten, horcht weiter, eine Note, noch eine Note, es klingt wie das Kyrie aus der *Petite Messe solennelle* von Rossini! Das Klavier setzt ein, schneller, immer schneller, und die Emotionen schwellen an, gewinnen an Intensität, gleich wird sie explodieren!

Da wird die *Petite Messe solennelle* abrupt durch das Klingeln ihres Handys unterbrochen. Calypso verzieht das Gesicht, sie will nicht rangehen, aber das Klingeln lässt nicht locker, sie streckt den Arm aus, sagt Hallo, Hallo, um den Eindringling auf Distanz zu halten, richtet sich auf, *abuelo, abuelo*, bist du das? Er hat erstaunliche Fortschritte gemacht, er spricht wieder, nicht schnell zwar, er stockt gelegentlich, aber er kann sich ausdrücken, und sie versteht ihn. Ihm wird sie es sagen, ihm wird sie von all dem

Licht und der frischen Luft und der Sonne und dieser wundervollen neuen Inbrunst erzählen, er hat mich geküsst, *abuelo*, er hat mich geküsst, Gary, Gary Ward, ach, ich habe Gary gesagt, ich nähere mich ihm an, er nähert sich mir an, und ich habe ihn gewarnt, dass es von Bedeutung sei, dass es für mich so unglaublich bedeutsam sei! Und sie erzählt, denn wenn sie es nicht erzählt, dann wird es verblassen, es wird verschwinden, und es könnte ja sein, dass sie alles nur geträumt hat, o nein, sie hat nicht geträumt!

»Er hat dich nach Hause begleitet? Den ganzen Weg bis zu Mister G.s Wohnung?«

Ulises wirkt beeindruckt.

»Wir sind zu Fuß die Madison hochgegangen, er, die Geige und ich. Wir gingen, und wir hielten einander bei der Hand, mit verschränkten Fingern wie zwei Verliebte, bloß dass wir es noch gar nicht wussten … Wir beide zusammen, ich überwältigt, er gewarnt, ich so streng, er so achtsam auf alles, was ich sagte, und es war Liebe, *abuelo*, es war Liebe, die erwachte, und ich habe die Vögel singen hören! Ist das Liebe, *abuelo*? Ist es das? Wenn du keine Bewegung mehr machen kannst, ohne an ihn zu denken, ohne dich zu fragen, was er jetzt gerade macht, und sein Lachen, seine Haut, sein Mund? Wenn du ihn immer bei dir trägst, sogar im Schlaf, sogar wenn du einfach nur den Arm ausstreckst? Kennst du das?«

»Ich habe es gekannt, *amorcito*. Früher einmal.«

»Hast du das erlebt, dass dein Kopf, deine Beine und deine Arme wie gelähmt sind?«

»Einmal habe ich das erlebt.«

»Und da hast du den Himmel berührt?«

»Und da habe ich den Himmel berührt.«

»Dann kennst du das ja … du kennst es, wenn deine ganzen Gefühle durcheinanderwirbeln und in deiner Nase kribbeln.«

»Ja«, sagt Ulises und räuspert sich. Er verstummt. Sie hört, wie er am anderen Ende der Leitung heftiger atmet. Sie hört, wie er schluckt. »Hat Mister G. ihn gesehen?«, fragt er, als wollte er die Emotionen unterdrücken, die ihm den Atem zu rauben drohen.

»Nein. Er ist nicht mit raufgekommen.«

»Schade! Dann hätte er mir Bericht erstatten können!«

Ulises stottert noch, gerät ins Stolpern, und die Wörter zerbrechen. Und wenn er einmal loslegt, redet er so schnell wie ein Maschinengewehr, aus Angst, zu stocken und nicht mehr weiterzukönnen.

»Bericht erstatten!«, ruft Calypso empört. »Du brauchst keinen Bericht.«

»Doch. Er hätte mir sagen können, wie er dich angesehen hat, ob er dich mit Blicken verschlang oder ob er ein Stück von dir entfernt stand wie ein Kerl, der bekommen hat, was er wollte, und seine Hände in Unschuld wäscht.«

»Glaubst du mir nicht, *abuelo*? Ich erzähle dir das, weil ich es weiß, weil meine Haut und meine Seele es wissen, du kennst mich, ich habe so etwas noch nie erlebt, ich wartete auf etwas, ich wusste selbst nicht, worauf. Aber ich wusste, dass es groß und geheimnisvoll sein würde! Oder gar nicht.«

»Du weißt überhaupt nichts! Du bist noch zu jung!«, ereifert sich Ulises.

»Das sind doch idiotische Worte! So etwas passt nicht zu dir! Warum bist du wütend?«

»Ich bin nicht wütend.«

»Doch. Männer sind immer wütend. Sie schreien, sie schlagen, sie wollen einem Angst machen. Sie glauben, so könnten sie die anderen beeindrucken, aber sie sind bloß Schwindler. Sie beeindrucken niemanden. Und Mister G. hätte gestern Abend sowieso nichts sehen können, seine Augen waren voller Zorn und Verzweiflung, er litt und schimpfte, ich habe ihn bis in mein Zimmer gehört. Er brüllte so laut, dass er kaum noch Luft bekam!«

»Ganz allein? In seiner Küche?«

»Nein, er war nicht allein. Eine Frau war bei ihm. Eine blonde Frau, eine Amerikanerin, sie sah reich und verlebt aus, wie eine verlassene Frau. Sie hatte schöne Ringe und lange, schlanke, gepflegte Finger, aber sie tat mir leid. Sie weinte. Ich bin nicht lange bei ihnen geblieben, mehr konnte ich nicht erfahren.«

»Dann gibt es also eine Frau in seinem Leben! Das ist neu.«

»Glaubst du, das ist es?«

»Wenn sie sich gestritten haben, müssen sie sich gut kennen!«

»Er schäumte vor Wut! Die Augen sprangen ihm fast aus dem Kopf, er deutete mit dem Finger auf sie und befahl ihr, den Mund zu halten und sitzen zu bleiben.«

»Das beweist, dass sie sehr vertraut miteinander sind, *amorcito*! Das war ein Beziehungskrach. Liebe, das bedeutet auch manchmal Schreie und Streit.«

»Niemals!«

»Doch. Aber das ist nicht schlimm. Sie werden sich wieder versöhnen und sich lieben, und irgendwann wird sie dir lächelnd die Tür öffnen.«

»Aber Mister G. schien wirklich sehr wütend zu sein. Irgendwann ist sie aufgestanden, als wollte sie mich packen, als wollte sie mich auffordern, mich neben sie zu setzen, damit wir beide uns unterhalten, und da hat er es ihr verboten. Er hat ihr verboten, hörst du, verboten, mir zu nahe zu kommen. ›Lass sie in Ruhe, Emily!‹, hat er gebrüllt.«

»WAS hat er gesagt?«, fragt Ulises und presst dieses WAS mit aller Kraft aus sich heraus.

»›Lass sie in Ruhe, Emily!‹ Und er hat so laut geschrien, dass sie sich sofort wieder hingesetzt hat. Mit hängenden Armen. Es schien fast so, als wollte er nicht, dass ich sie sehe. *Abuelo? Abuelo?* Hörst du mich?«

Er antwortet nicht. Sie gerät in Panik, glaubt, er habe einen Schwächeanfall erlitten, sei hingefallen und habe sich verletzt.

»*Abuelo*«, wiederholt sie, »bist du da, hörst du mich? *Abuelo*?«

Sie schlägt auf das Handy ein, schreit.

»Ich bin noch da«, antwortet Ulises mit Grabesstimme.

»Deine Stimme klingt verändert. Was ist los? Ich höre alles, das weißt du doch!«

Er schweigt lange.

»Wie sieht diese Frau aus?«, fragt er dann.

»Sie ist blond und dünn, sie wirkt reich, sie wirkt, als wüsste sie, wie man sich kleidet, und sie wirkt traurig, ich glaube, sie ist so um die fünfundvierzig, und sie wirkt irgendwie zurechtgeschustert, weißt du, wie die Frauen hier sind, so künstlich und gleichzeitig so verloren und unsicher, ständig schauen sie in den Spiegel, um ihre Falten zu glätten.«

»Sie wirkt nur so, diese Frau!«, sagt er traurig. »Bist du sicher, dass sie tatsächlich existiert?«

»Ganz sicher, *abuelo*.«

»Sie ist ein Geist«, sagt er, als rede er mit sich selbst. »Sie ist ein Geist.«

Sie ist kein Gespenst. Sie kommt häufig wieder, und Mister G. lässt sie herein. Er ist zornig, aber er lässt sie herein. Als könnte er nicht anders. Hat diese blonde Frau also Macht über ihn? Sie setzt sich an den Tisch, sie faltet die Hände, und sie reden. Worüber? Das weiß Calypso nicht, aber die blonde Frau beharrt auf etwas, sie lässt nicht locker. Mister G. scheint mit seinen Argumenten und seiner Geduld am Ende zu sein. Sie streiten sich, sie diskutieren, sie kämpfen um jeden Fußbreit Boden, doch sobald Calypso die Tür öffnet, verstummen sie.

Calypso beobachtet sie. Sie wüsste gern, was zwischen den beiden vorgeht.

Aber eigentlich hat sie ganz andere Dinge im Kopf.

Gary begleitet sie jeden Abend nach Hause. Sie spazieren durch die Straßen von Manhattan und gehen Hand in Hand die Madison hoch. Sie sieht die Busse vorbeifahren, in die sie nicht mehr einsteigt. Den M1 und den M2. Er kauft ein Eis, einen Apfel beim Lebensmittelhändler an der Ecke, er sagt, dass er die Dinge gerne einzeln kauft, nur dann kann er sie richtig auskosten und genießen. Wenn du zu viele Dinge hast, genießt du sie nicht. Und dann essen sie den Apfel oder das Eis, langsam, ganz langsam. Sie haben es nicht eilig. Und unten vor dem roten Backsteingebäude küssen sie sich. Sie lehnen sich gegen die Mauer, schieben die Geige zur Seite, sie schmecken noch nach Apfel oder Schokoladeneis und kosten die letzten Aromen auf den Lippen des anderen. Sie gehen nicht weiter, lassen sich ganz bewusst Zeit, viel Zeit, um jeden einzelnen Moment zu genießen.

In ihrem Kopf dreht sich alles. Und die Bäume stehen kopf…

Wenn Calypso nach Hause kommt, sitzt die blonde Frau oft in der Küche. Sie diskutieren erbittert, doch sobald sie die Tür öffnet, hören sie auf zu reden. Jedes Mal. Die Frau dreht sich zu ihr um. Calypso, sagt sie, Calypso. Doch Mister G. geht dazwischen. Genug jetzt, das reicht! Und du, geh in dein Zimmer!

Emily, denn so heißt die Frau, beugt sich zu ihr vor, und wenn sie »Calypso« sagt, dann wird ihr Hals immer länger, und ihre Augen werden sehr groß, sehr tief, füllen sich mit vielen Fragen. Und sie verströmt den Duft eines Parfüms, das Calypso kennt. Ein zartes Parfüm, keines dieser amerikanischen Parfüms, die sich rücksichtslos in die Nase drängen, nein, ein subtiler Duft. Mit echten ätherischen Ölen. Calypso fängt einzelne Duftnoten auf. Einen Hauch Mandarine, Orange, ein zerdrücktes Veilchenblatt, eine Spur Ylang-Ylang, Rose, Vanille. Sie konzentriert sich auf diese Aromen, sie weiß, dass sie sie kennt, sie hat sie bereits an einem Kleid, einem Schal, einem Stoff gerochen. Ein Duft aus der Vergangenheit, sagt sie sich.

Das ist nicht das Einzige, was sie neugierig macht. Emily kommt ihr immer noch bekannt vor. Eine Schauspielerin? Nein, das glaubt sie mittlerweile nicht mehr. Ganz beiläufig hat sie Mister G. danach gefragt. »Sag mal, ist deine Freundin eigentlich berühmt? Ist sie ein Star?« Da ist er an die Decke gegangen. »Ein Star! Weil sie im Fernsehen auftritt? Ein Nichts ist sie, die können ihre Sendung von heute auf morgen absetzen! Ein armes Ding ist sie, Calypso, ein armes Ding, das alles tun würde, um die Leere in seinem Leben auszufüllen. Denn das Fernsehen füllt ein Leben nicht aus, im Gegenteil, es macht es öde und leer! Das Fernsehen ist wie eine auslaufende Badewanne!«

Emily arbeitet also beim Fernsehen, deshalb glaubt sie, ihr schon einmal begegnet zu sein.

»Erkennen die Leute sie draußen auf der Straße?«, fragt sie weiter.

»Woher soll ich das wissen?«, brüllt er.

»Na … du bist doch ihr Freund.«

»Ich bin nicht ihr Freund. Sie ist eine alte Bekannte, die mich wiedergefunden hat und mir seitdem keine Ruhe mehr lässt. Sie möchte, dass ich in ihrer Sendung auftrete, aber ich will nicht!«

»Sie möchte, dass du in ihrer Sendung auftrittst?«

»Ja. Überrascht dich das? Ich war früher mal ein berühmter Musiker, musst du wissen, und als ich sie kennenlernte, war sie ein Niemand. Bloß ein junges Mädchen, das in Jazzclubs rumhing. Und jetzt hängt sie an mir wie eine Klette!«

»Du solltest dich geschmeichelt fühlen, von einem Fernsehstar verfolgt zu werden! Das bedeutet doch, dass sie dich bewundert, dass sie dich wieder zurück ins Rampenlicht holen will …«

»Ach, sei still, davon verstehst du nichts.«

Mister G.s Zorn verraucht nicht.

Und Emily kommt immer wieder.

Sie klopft an seine Tür oder lauert ihm unten auf der Straße auf.

Und jedes Mal ist er gezwungen, sie mit hochzunehmen, denn eines Tages wird sie vor dem Haus noch Calypso über den Weg laufen, und dann hat er nichts mehr im Griff. Das wäre die absolute Katastrophe! Eine Katastrophe mit Leichen, Tränen und Zähneknirschen. Das muss er unbedingt verhindern. Er hat keine andere Wahl.

»Wie hast du mich überhaupt gefunden?«, hat er sie gefragt.

»Ich kenne die Produzenten von *60 Minutes*. Also habe ich sie nach Calypsos Adresse gefragt. Und sie haben sie mir gegeben. Ich wusste nicht, dass sie bei dir wohnt.«

»Sie haben sie dir einfach so gegeben? Ohne Gegenleistung? Oder hast du für die auch die Beine breitgemacht?«

»Was für ein billiges Argument. Fällt dir nichts Besseres ein? Früher warst du geistreicher.«

»Das ist doch alles, was du kannst, die Beine breitmachen und in die Kamera lächeln!«

»Glaubst du, wenn du mich beleidigst, gebe ich irgendwann auf?«

»Was willst du denn überhaupt?«

»Sie ist meine Tochter!«

»Seit wann ist sie deine Tochter? Seit du sie im Fernsehen gesehen hast? Aber als sie damals in ihrer Wiege lag, als sie gerade einmal einen Tag alt war, was hast du da gemacht? Soll ich deiner Erinnerung auf die Sprünge helfen? Du bist weggegangen. WEGGEGANGEN.«

Das ist immer der Moment, in dem er die Beherrschung verliert, in dem er zu schreien beginnt, denn in diesem Moment kehren die Erinnerungen zurück und überwältigen ihn.

»Du hast sie im Stich gelassen. Du hast dich für deine reichen weißen Eltern entschieden, für die große Wohnung an der Park Avenue und für deine selbstgefälligen, parfümierten Lover. Gegen das kleine Mädchen in der Wiege! Und fünfundzwanzig Jahre später wagst du es, zu behaupten, sie sei deine Tochter. Aber ›meine Tochter‹ bedeutet, nachts aufzustehen, wenn sie weint, ›meine Tochter‹ bedeutet, Fieber zu haben, wenn sie krank ist, ›meine Tochter‹ bedeutet, Höllenqualen zu leiden, wenn sie operiert wird, ›meine Tochter‹ bedeutet, mit ihr Schreiben und Rechnen zu üben, ihr Vitamine zu geben, ihr das Geigespielen beizubringen, es bedeutet nicht, sich irgendwann ein fix und fertiges junges Mädchen abzuholen, das von anderen ernährt, gehätschelt, erzogen und geliebt worden ist. Als du damals weggegangen bist, bist du für immer gegangen.«

»Das darfst du nicht sagen, Mister G.! Du weißt ja nicht, was ich durchgemacht habe.«

»Die Leiden eines reichen Görs! Leiden, die du nachäffst, weil du sie im Fernsehen siehst! Aber wir sind hier nicht im Fernsehen, das ist das Leben! DAS LEBEN!«

»Und im Leben gehört eine Mutter zu ihrer Tochter!«

»Aber eine Mutter, eine echte Mutter, lässt ihr Kind nicht im Stich! Eine echte Mutter nimmt ihre Tochter mit, wenn sie geht, sie sagt sich, dass sie das schon irgendwie schaffen wird, dass sie sie großziehen, sich für sie die Finger wund arbeiten wird, dass sie Ohrfeigen und Schläge einstecken wird, aber dafür kann sie sie jeden Abend in den Schlaf wiegen!«

»Sie ist meine Tochter!«

Mister G. beißt sich in die Fäuste und fegt mit einer Hand die Zeitung, die Konservenbüchsen, die Bierdosen, ein Paket Reis und seine Brille vom Tisch.

»Wenn du sie tatsächlich so sehr liebst, wie du behauptest, dann erspare ihr das. Erspare ihr die Qual, alles neu überdenken zu müssen: dass Oscar nicht ihr Vater ist und Ulises nicht ihr Großvater. Und Rosita? Hast du auch mal an Rosita gedacht? Nein, du denkst immer nur an dich. Dich. Dich. Dich.«

»Sie ist meine Tochter. Dagegen kannst du nichts machen. Du musst mich zu ihr lassen. Sonst gehe ich auf eigene Faust zu ihr und erzähle ihr alles.«

Mister G. stürzt sich auf sie.

»Wenn du das tust, prügle ich dich windelweich!«, brüllt er. »Und das weißt du auch ganz genau. Darum kommst du immer wieder angekrochen und bettelst mich an, du hast Angst, dass sie dich mit deiner ramponierten Visage nie wieder ins Fernsehen lassen!«

»Ich bitte dich doch nur, mich mit ihr reden zu lassen ...«, sagt Emily leise.

»Ach, sei doch still. Hab wenigstens genug Anstand, die Klappe zu halten! Glaubst du nicht, du hättest nicht schon genug Unheil angerichtet? Du hast diesem Idioten Oscar versprochen, ihn zu heiraten, du bist einen Abend mit ihm ins Bett gestiegen, damit er glaubt, das Kind sei von ihm, du hast ihm die Greencard vorgegaukelt, die Einbürgerung, die Legitimität, und dann bist du einfach abgehauen! Ich mag Oscar nicht, aber da kann man sich schon ein bisschen gedemütigt fühlen, findest du nicht?«

»Er hatte es nicht besser verdient!«

»Mag sein, aber trotzdem … Denk an Calypso. Lass sie ihren Weg gehen, lass sie wachsen, lieben, lernen, wirf ihr nicht mit einem Schlag die ganze Tragödie ihrer Familie vor die Füße. Sie hat auch so schon genug durchgemacht. Sie wurde geschlagen, beleidigt, misshandelt. Jedes Mal ist sie wieder aufgestanden, und sie ist zu einem wundervollen Menschen herangewachsen. Geh zurück in dein eigenes Leben und lass sie in Ruhe. Sie ist glücklich. Und was du ihr sagen willst, wird sie nicht glücklich machen. Im Gegenteil, es wird ihr furchtbaren Kummer bereiten. Manchmal bleibt die Wahrheit besser ungesagt. Hattest du etwa Lust, deinen Eltern die Wahrheit zu sagen, als du im Krankenhaus vor der Wiege deiner Tochter standst? Nein. Und als du klammheimlich in den Flieger zurück nach New York gestiegen bist, mit flachem Bauch und erlöst von der schändlichen Last, hattest du da vielleicht Lust, der Stewardess zu sagen, bitte, warten Sie einen Moment, ich hole noch schnell meine Tochter? Nein. Du hast dich angeschnallt und bist verschwunden. Ohne dich noch einmal umzudrehen. Ohne einen Hauch von Bedauern.«

»Ich war noch so jung!«, wispert Emily.

»Du hast sie einfach zurückgelassen. Du hast sie diesem hirnlosen Schläger ausgeliefert, der mit einem Schraubenschlüssel auf sie losgegangen ist! Weil er kapiert hatte, dass er der Dumme in dieser Geschichte war.«

»Ich habe Oscar glauben lassen, dass er der Vater sei, weil Ulises mich nicht wollte. Nur deswegen habe ich mit ihm geschlafen. Und auch nur zwei-, dreimal, mehr nicht! Um Ulises eifersüchtig zu machen. Ich war noch ein Kind!«

»Nein. Du warst egoistisch, feige und selbstsüchtig. Du hast die Menschen benutzt. Du hast Ulises benutzt, ich will gar nicht wissen, wieso! Du hast Oscar benutzt. Du hast Männer benutzt, um Karriere zu machen! Und wen benutzt du jetzt? Ein fünfundzwanzigjähriges Mädchen, weil du plötzlich Mama spielen willst? Das ist erbärmlich!«

»Ach, du hast in deinem Leben wohl immer alles richtig gemacht, was?«, begehrt Emily auf.

»Nein, aber ich war wenigstens mutig genug, zu dem Mist zu stehen, den ich gebaut habe. Du nicht.«

»Du stellst es aber auch immer so dar, dass du gut wegkommst«, brummt Emily.

»Calypso brachte dich nicht weiter, also hast du sie einfach zurückgelassen. Wie konntest du ein Baby zurücklassen!« Er hebt die Fäuste zum Himmel. »Wenn du nicht den Mut hattest, zu ihr zu stehen, als sie noch ein Baby war, warum solltest du jetzt mutig genug dazu sein? Du hast mir erzählt, dass du einen Liebhaber hast, der dich vielleicht bald heiraten will. Hast du dem gesagt, dass du eine Tochter hast?«

»Nein.«

»Und warum nicht?«

»Er mag keine Kinder. Er will keine.«

Sie lässt den Kopf hängen.

»Sieh mal an, wenn du nicht lügst, gefällst du mir schon besser. Und du wärst mutig genug, plötzlich eine fünfundzwanzigjährige Tochter aus dem Ärmel zu zaubern?«

»Ich glaube schon.«

»Du glaubst! Aber glauben allein reicht nicht!«

»Ich werde ihn ganz langsam darauf vorbereiten.«

»Weißt du, was du tun wirst? Du wirst sie nehmen und dann wieder wegwerfen. Du wirst sie unglücklich machen. Du wirst sie ein zweites Mal im Stich lassen.«

»Vielleicht nicht …«

Wütend schlägt Mister G. mit beiden Händen auf den Tisch.

»STOPP! Das reicht! Ich will nichts mehr davon hören. Du warst zwanzig Jahre alt, Ulises fünfzig, ihr hattet eine schöne Zeit miteinander, und das war's. Ende der Geschichte. Er hat an Rosita gedacht und wollte nicht zu seiner Tochter stehen, du hast an deine Eltern gedacht und warst auch nicht bereit, zu ihr zu stehen.«

»Ich wusste es nicht, Mister G., ich wusste nicht, was ich tat.«

»Soll ich dir was sagen?«

Stumm schaut sie ihn an.

»Du weißt es heute immer noch nicht!«

»Und was bringst du mir heute bei?«

Antoinette hat ihre Sanduhr auf Hortenses langen Tisch gestellt und steht in BH und Höschen vor ihr, bereit für eine weitere Anprobe.

»Geht es nicht auch ohne die Sanduhr?«, fragt Hortense, die dieser Anblick irritiert.

»Das Leben ist zu kurz, um sich länger als drei Minuten zu langweilen!«, erwidert Antoinette und zieht ihr Haar zwischen den Fingern glatt. »Ich stelle dir meinen Körper zur Verfügung, und im Gegenzug füllst du meinen Kopf. Das ist der Deal. Versuch ja nicht, mich auszutricksen!«

»Das würde ich nie wagen!«, sagt Hortense seufzend. »Aber es stresst mich, dieses Ding immer vor Augen zu haben. Ich komme mir vor wie bei einer Prüfung.«

»Vergiss sie. Sei stärker als sie. Nur wer Hindernisse überwindet, leistet gute Arbeit.«

Hortense zuckt mit den Schultern und greift nach einem Stoffballen, sie hatte letzte Nacht eine Idee, die sie an Antoinette ausprobieren möchte.

»Ist es dir so recht?«, fragt Antoinette, legt die Hände an die Hüften und hebt das Kinn.

»Ja. Und schieb mal die Haare von deinen Schultern …«

Hortense umkreist sie nachdenklich. Sie hat das Buch, das Elena ihr geliehen hat, in einem Zug ausgelesen. *Über den Stil oder Wie die Franzosen die Haute Couture, die erlesene Küche, die vornehmen Cafés, die verfeinerte Lebensart und die Eleganz erfanden* von Joan DeJean. Sie muss zugeben, dass sie sich dabei nicht gelangweilt hat. Und es hat ihr genug Material geliefert, um der Sanduhr Einhalt zu gebieten.

»Es war einmal ein guter französischer König …«, beginnt sie, wobei sie sich bemüht, nicht die Nadeln zu verschlucken, die sie zwischen den Zähnen hält.

»Unmöglich«, fällt ihr Antoinette ins Wort. »Könige sind nicht gut, sie sind Tyrannen.«

»Nicht alle.«

»Unmöglich.«

»Meinetwegen … Es war einmal ein großer französischer König …«

»Unmöglich. Zu der Zeit waren die Männer sehr klein.«

»Ludwig XIV. war groß. Mindestens einen Meter fünfundachtzig.«

»Sicher?«

»Sicher.«

»Wie viel ist das in englischen Maßen?«, unterbricht Antoinette sie erneut.

»Meine Güte, bist du immer so nervig?«, schimpft Hortense.

»Ja, immer. Ich mag Präzision. Wenn etwas präzise ist, dann speichere ich es ab, wenn nicht, dann nicht.«

»Und bei Spinoza bist du auch so nervig?«

»Nein, der beeindruckt mich. Dein Ludwig XIV. lässt mich im Moment noch ziemlich kalt.«

»Er war ein Genie.«

Antoinette zuckt mit den Schultern, und Hortense ruft sie zur Ordnung.

»Ich sagte, nicht bewegen. Also, Ludwig XIV. war ein charismatischer König mit einem ausgeprägten Sinn für Stil, Geschichte und das Regieren seines Landes. Zu Beginn seiner Herrschaft war Frankreich nicht gerade ein Synonym für Eleganz oder Luxus. Andere Länder wie England, Italien und sogar Holland liefen ihm auf diesem Gebiet den Rang ab. Doch am Ende seiner Regierungszeit, also zweiundsiebzig Jahre später, verneigte sich die ganze Welt vor den Franzosen und akzeptierte sie als unangefochtene Experten in Sachen Stil und Geschmack. Frankreich hatte den Luxus erfunden und war zu einer wirtschaftlichen Supermacht geworden, die alle anderen in den Schatten stellte.«

»Was ja auch immer noch so ist«, räumt Antoinette, neugierig geworden, ein.

»Die Kassen des Königreichs waren leer, sie mussten wieder aufgefüllt werden. Und dazu brauchte man ein Konzept. Ludwig XIV. beschloss, auf Luxus, Mode und eine kultivierte Lebensweise zu setzen, kurzum auf Eleganz à la française. Alles musste perfekt sein. Von den Gärten in Versailles über die Tischkultur, die Roben der Frauen und Röcke der Herren bis hin zu den Perücken der Hofdamen. Die Verwandlung der Franzosen in Gourmets und Königinnen der Mode wurde zur Staatsangelegenheit. Und bei diesem Unterfangen hatte der König einen bemerkenswerten Mann an seiner Seite, den Generalkontrolleur der Finanzen Jean-Baptiste Colbert.«

»Wie der Typ im Fernsehen?«

»Genau. Aber hör auf, mich ständig zu unterbrechen, sonst vergesse ich noch alles.«

Hortense drapiert eine Stoffbahn um Antoinettes Hüfte und fährt fort: »Diese außergewöhnlichste Blütezeit von Kreativität und Schaffenskraft in der gesamten französischen Geschichte wurde also gewissermaßen aus der Not heraus geboren, und als der König Anfang des achtzehnten Jahrhunderts starb, waren die beiden Grundlagen für den Ruf des Landes und seine positive Handelsbilanz endgültig etabliert: die Haute Cuisine und die Haute Couture.«

Antoinette sagt kein Wort mehr. Sie saugt das neue Wissen, das Hortense ihr vermittelt, gierig auf und lässt sie widerspruchslos an sich herumfuhrwerken.

»Der König überwachte jedes Detail. Sein oberstes Ziel war Vollkommenheit, und zwar in allen Bereichen: sei es bei den Schwänen im Park von Versailles, bei der Herstellung einer Crème brûlée, bei den Kleidern der Hofdamen, den Straßenlaternen der Hauptstadt oder auch den Absätzen der Männerschuhe. Alles musste vorzüglich sein. Und der gewissenhafte Colbert stellte sicher, dass alle Produkte, die der Fantasie des Monarchen entsprangen, ausschließlich in Frankreich und von französischen Handwerkern gefertigt wurden, sodass Ströme von Devisen ins Land flossen. Colbert sorgte auch dafür, dass diese Waren nach ganz Europa, in die Türkei und nach Russland exportiert wurden und so überall die Vorstellung prägten, alles ›Schöne‹ komme aus Paris und ohne das Siegel ›Fabriqué à Paris‹ sei das herrlichste Kleid bloß ein unförmiger Lumpen. Der König und sein Minister bildeten ein perfektes Team. Der König verfügte über Bildung und Instinkt, und sein Finanzier sorgte für volle Kassen. Und angesteckt von der Begeisterung des König folgten ihnen Künstler, Handwerker, Schneider, Juweliere, Friseure, Köche, Tänzer und Bühnenmaler …«

So nimmt die Anprobe ihren Lauf, ohne dass Antoinette ihrer überdrüssig wird. Hortense steckt ihre Nadeln, zieht ihren Stoff zurecht, umkreist Antoinettes regungslosen Körper, beugt einen Arm, hebt eine Schulter und gibt den Inhalt des Buches wieder, ohne auch nur darüber nachdenken zu müssen.

Die Sanduhr steht vergessen auf dem Tisch und wurde nicht ein einziges Mal umgedreht.

An diesem Abend ist in der Rue des Éperviers ein seltsames Schauspiel zu beobachten. Ein großer, schlanker Mann geht auf ein Haus zu und trägt etwas in seinen Armen, das wie die Hälfte einer Frau anmutet. Wie ein entzweigeschnittener Körper. Auf der einen Seite struppiges Haar und zwei Arme, die aus einer schwarzen Bluse herausschauen, und auf der anderen Seite …

Auf der anderen Seite ist nichts.

Keine Schuhe, keine Beine. Als hätte ein schalkhafter Zeichner die Füße, die Waden, die Knie und die Oberschenkel weggelassen, um einen komischen Effekt zu erzielen. Ein Rumpf mit zwei Armen. Mehr hat er nicht gemalt. Und es soll eine alte Frau darstellen, denn sie hat weißes Haar, tiefe Falten und schwarze, tief in den Höhlen liegende, boshaft funkelnde Augen.

Der Mann hat sein Auto, einen schönen Maserati, auf dem Parkplatz des Gebäudes abgestellt und bewegt sich nun mit gleichmäßigem Schritt auf die Tür zu.

Von hinten betrachtet, marschiert er beherzt, aufrecht und ungebeugt unter seiner Last, doch von vorn sieht man die verkrampften Kiefer, den verstörten Blick und zwei Tränen, die über seine Wangen laufen.

»Nicht weinen, mein Kleiner«, sagt die halbe Frau. »Noch bin ich nicht tot. Das letzte Wort ist noch nicht gesprochen.«

»Ich weine nicht, Maman, das ist nur der Wind, der in meinen Augen brennt.«

Die Frau öffnet die alte Kunstlederhandtasche, die sie umklammert hält, und nimmt einen Schlüsselbund heraus.

Sie kommen aus der Montretot-Klinik in Paris, wo der halben Frau das Bein amputiert wurde, das ihr noch geblieben war. Der Präfekt hat ihnen diese Klinik empfohlen. Er selbst hatte sich dort letztes Jahr die Krampfadern operieren lassen.

Sie betreten das Gebäude, und der Mann macht sich forschen Schrittes an den Aufstieg ins Hochparterre.

»Wir hätten auch den Aufzug nehmen können, das ist doch unvernünftig«, sagt die halbe Frau und drückt den Schlüsselbund an ihre Brust.

»Über die Treppe geht es genauso schnell.«

Und außerdem laufen wir so niemandem über den Weg, denkt er. Er sagt es nicht laut, doch wie ein Echo auf seine Gedanken antwortet die halbe Frau: »Du hast recht, mein Kleiner, es ist nicht nötig, dass mich jemand in diesem Zustand sieht. Man darf niemals Mitleid erregen. Das ist der Anfang vom Ende.«

Und sie umklammert den Nacken des Mannes mit ihren kräftigen Armen.

Dieser Mann und diese halbe Frau gehören zusammen. Sie brauchen keine Worte, um einander zu verstehen, und wenn der Mann lügt, indem er behauptet, er weine nicht, dann nur aus Respekt vor dem Mut und der Selbstbeherrschung der Frau.

Sie betreten die Wohnung, und der Mann legt die Frau behutsam auf das Bett in ihrem Zimmer. Schamvoll breitet er eine Decke über sie und lässt sich neben sie sinken.

Wortlos blickt er ins Leere. Hin und wieder streckt er die Hand aus, um das Bein der Frau zu streicheln, bevor er sich wieder besinnt.

»Sei stark, mein Sohn.«

»Was hast du dem Himmel angetan, dass er dich so straft?«

»Ich habe zu viel gearbeitet und den Bogen überspannt, das ist alles. Von morgens bis abends auf den Beinen, immer geschuftet wie ein Gaul. Aber es steckt trotzdem noch Kraft in mir.« Sie schlägt sich gegen die Brust. »Und weißt du, warum?«

Mit Tränen in den Augen schüttelt Ray den Kopf, und seine Hand tastet erneut nach den fehlenden Beinen.

»Wegen dir, mein Kleiner. Du bist mein Leben, und das war schon immer so. Solange wir beide zusammen sind, werde ich niemals unglücklich sein, hörst du? Niemals. Man kann mir alles nehmen, mich in Stücke schneiden, solange du bei mir bist, bleibe ich stark und lebendig.«

Ray drängt seine Tränen zurück und nickt.

»Ich liebe dich auch, Maman.«

»Siehst du … diese Worte sind mehr wert als alle Beine der Welt!«

»Oh, Maman!«, schluchzt er auf. »Sag das nicht!«

Verzückt betrachtet sie ihren Sohn und hebt die gefalteten

Hände wie eine dankbare Bäuerin vor einem Votivbild in einer dunklen Kapelle. Wie schön er ist! Wie wunderschön! Sie kennt keinen, der so groß und voller Lebenskraft ist. Der Blick stolz und schwarz, der Oberkörper gerade und breitschultrig. Ein wahres Kunstwerk.

»Wir müssen dafür sorgen, dass sie zurückkommt«, sagt sie in verändertem Ton. »Worauf wartest du noch, um sie mit Gewalt aus dem Krankenhaus zu holen?«

»Ich habe alles versucht, Maman. Wirklich alles. Ich habe Turquet hingeschickt, ich habe Duré unter Druck gesetzt. Ich habe ihn sogar betrunken gemacht und von den Bullen einkassieren lassen. Sie haben ihn in eine Ausnüchterungszelle gesteckt. Ich war bei ihm und habe ihm erklärt, dass ich ihm nicht helfen werde, wenn er sie mir nicht zurückgibt, und er dann womöglich seine Zulassung verliert.«

»Und?«, fragt die unerbittliche Fernande mit gerecktem Hals.

»Er hat sich geweigert. Rechne nicht mit mir, hat er gesagt. Von mir aus steck mich ins Kittchen, das ist mir scheißegal!«

»Das hat er gesagt?«

Fernande ist verblüfft. Sie rutscht unruhig hin und her und schlägt mit der Faust auf ihre Decke.

»Reg dich nicht so auf, Maman, das ist nicht gut für dich.«

»Ich dachte immer, dieser Duré wäre so ein Waschlappen!«

»Ich auch. Und bis jetzt hatte ich ihn ja auch immer im Griff. Wenn ich etwas sagte, dann spurte er. Aber ... jetzt will er plötzlich nichts mehr davon wissen. Er sagt, das sei ihm egal, ihm blieben sowieso nur noch zwei Jahre bis zur Rente. Ich habe kein Druckmittel mehr gegen ihn. Was sollen wir machen? Wie regeln wir das hier? Du musst endlich vernünftig sein und akzeptieren, dass jemand ins Haus kommt. Ich kann nicht immer da sein.«

»Niemals!«, protestiert Fernande mit zusammengebissenen Zähnen. »Damit ganz Saint-Chaland erfährt, was bei mir los ist? Auf keinen Fall.«

»Aber hier ist doch nichts los! Es gibt nichts zu erzählen!«

»Ich kenne die Leute. Sie sind niederträchtig, alle miteinander. Sie lieben es, Lügen und Gerüchte zu verbreiten. Ich habe zu sehr gelitten, als du auf die Welt gekommen bist. Die Leute zeigten mit dem Finger auf mich, sie tratschten hinter meinem Rücken. Ich war eine ledige Mutter, so eine Schande. Nie wieder! Ich will niemanden in meinem Haus.«

»Aber wie sollen wir das denn schaffen?«

»Hol sie zurück!«

»Aber ich …«

»Hol sie zurück, sage ich! Sie ist deine Frau, sie wird nicht gefragt. Wie lange macht sie sich jetzt schon im Krankenhaus einen faulen Lenz? Na? Findest du das etwa normal? Und während der ganzen Zeit mache ich unter mich und liege in meinem eigenen Urin. Sie hat mich gefälligst zu versorgen!«

»Aber wenn Duré doch nicht will … Er ist der Einzige, der sie entlassen kann.«

»Duré wird gefeuert. Er verliert seine Zulassung.«

»Aber nicht sofort, Maman. Das dauert noch eine Weile. Ich muss erst an die Ärztekammer schreiben und ihn anschwärzen, dann wird er vorgeladen, und irgendwann ist die Verhandlung, so was geht nicht von heute auf morgen!«

Fernande schüttelt den Kopf, verschränkt wütend die Arme vor der Brust und mustert ihren Sohn, der niedergeschlagen neben ihr hockt. Er wirkt so hilflos, so unglücklich. Wie damals an jenem Weihnachtsabend, als sie ihm den Feuerwehrwagen nicht schenken konnte, den er sich gewünscht hatte! Es zerreißt ihr das Herz.

»Wir zwei schaffen das schon, mein Sohn.«

Ray seufzt. Ihm wäre es lieber, wenn das auch ohne sein Zutun geschafft werden könnte.

»Zusammen sind wir doch am stärksten, hab ich recht? Wir beide waren schon immer ein fantastisches Team.«

Sie nimmt seine Hand, drückt sie und lächelt ihn zärtlich, beinahe kokett an.

»Haben wir es nicht gut zusammen?«

Er deutet ein blasses Lächeln an und bleibt stumm. Violette wartet heute Abend auf ihn. Und er wird schon wieder mitten in der Nacht aufstehen müssen, um zu seiner Mutter zu fahren, ihren Verband zu erneuern, ihr die Medikamente zu geben und ihre Windeln zu wechseln. Sie aufs stille Örtchen zu tragen. Ihr den Hintern abzuwischen, sie zu versorgen, ihre Hand zu halten, ihr zuzuhören. Er hält das nicht mehr aus. Er wird dieses faule Weibsstück zu Klump schlagen. Die bleibt doch garantiert mit Absicht im Krankenhaus.

»Mach dir keine Gedanken, wir kriegen das schon hin«, fährt Fernande fort. »Du kümmerst dich weiter um deine Geschäfte, und ich sehe zu, dass ich allein zurechtkomme. Als ich noch klein war, kam eines Sommers ein Zirkus nach Saint-Chaland. Bei ihnen gab es eine Artistin ohne Beine, die sich Miss Nikita nannte. Eine sehr hübsch proportionierte Liliputanerin mit einem entzückenden Gesicht, aber eben ohne Beine. Sie bewegte sich so schnell wie eine Gazelle, und weißt du, wie sie das machte?«

Er verneint, Miss Nikita geht ihm ziemlich am Arsch vorbei.

»Sie lief auf den Händen, Raymond, auf den Händen! Stell dir das mal vor!«

Sie ist dazu imstande, sagt er sich, sie ist imstande und lernt, auf den Händen zu laufen. Für mich.

»Ich finde eine Lösung, ich werde keine Belastung für dich sein. Maman ist ja da. Maman war immer für dich da. Maman ist stark.«

Sie hat recht, denkt Ray. Sie findet immer eine Lösung. Sie war es, die auf die Idee gekommen war, dass er Léonie heiraten solle, sie hatte den Ehevertrag aufgesetzt, sie hatte entschieden, dass sie alle drei zusammen in der kleinen Wohnung leben würden, um nicht unnötig Geld auszugeben. Léonie war ihre Haushälterin. Zu etwas anderem taugt sie sowieso nicht, sagte sie immer. Und sie war es auch, die sein Geld anlegte, in den Zeitungen die Berichte über die interessantesten Sparpläne las, mit den Banken telefonierte, diskutierte, argumentierte. Ohne sie ist er nichts, diese grauenvolle Krankheit darf sie nicht ganz auffressen, und doch sieht er, wie sie in seinen Armen immer mehr zusammenschrumpft.

Er steht auf, geht in die Küche und schenkt sich ein Glas Wein ein.

»Willst du ein Glas Wasser, Maman?«

»Mach mir lieber einen Kaffee, ja?«

Ray macht Wasser heiß. Er lauscht dem Blubbern des Wasserkochers. Am liebsten würde er jemanden schlagen. Wütend schreit er auf und beißt sich in die Finger. Und dieser Dreckskerl Duré gibt einfach nicht nach! Er war bei ihm in der Zelle und hat ihn vor die Wahl gestellt.

»Lass Léonie gehen, dann vergessen die Bullen deinen Strafzettel wegen Trunkenheit am Steuer. Hast du eine Ahnung, was für dich auf dem Spiel steht?«

»Ja«, hat Duré geantwortet und ihm direkt ins Gesicht gesehen. »Na los, Ray, tu, was du nicht lassen kannst, ich bin es leid, ich ekele mich vor mir selbst, ich werde mich nie wieder an deinen Machenschaften beteiligen.«

All seine Drohungen blieben wirkungslos, Duré knickte nicht ein.

»Du kannst dir nicht vorstellen, wie viel besser ich mich fühle, seit ich beschlossen habe, dass es vorbei ist. Du hast mein Leben vergiftet, Ray, aber damit ist jetzt Schluss. Ich fange noch einmal ganz von vorn an.«

»In deinem Alter«, versetzte Ray mit einem schallenden Lachen, »das ist doch lächerlich!«

»Nein, das ist erfrischend.«

Da war nichts zu machen gewesen.

Die Bullen hatten ihn schließlich gehen lassen. Der Kerl hat Eier in der Hose!, hatte sogar einer von ihnen gemurmelt. Er bewunderte ihn! Das ist ja wohl die Höhe, hatte Ray gedacht. In was für einer Welt leben wir eigentlich? Keine Werte mehr!

Der Wasserkocher ist verstummt. Er macht den Kaffee. Bringt ihn seiner Mutter.

Sein Blick fällt auf Fernandes Stümpfe. Zwei jämmerliche Stümpfe, die ihr für den Rest ihres Lebens Schmerzen bereiten werden.

Er erkennt die Brillantbrosche wieder, die er ihr zu Weihnachten geschenkt hat, und der schwarze, entschlossene Blick seiner Mutter trifft ihn wie eine Herausforderung. Ich bin noch nicht am Ende, scheint sie zu sagen, während sie sich auf ihre Arme aufstützt, sieh nur her! Ich fange mit meinem Muskeltraining an.

»Geht das, Maman? Bist du sicher?«, fragt er mit zitternder Stimme.

»Mach dir keine Gedanken, mein Sohn. Geh und kümmere dich um deine Geschäfte. Bring mir noch die Bettpfanne, dann komme ich allein zurecht, bis du wieder da bist.«

Er holt die Pfanne, reicht sie ihr und verspricht ihr beim Abschied, so schnell wie möglich zurückzukommen.

Diese Léonie mache ich fertig! Ich hole sie da raus, und wenn ich auf den Händen laufen muss, um sie zurückzukriegen, grübelt Fernande in ihrem Bett. Wir beide sind noch nicht fertig miteinander. Ha, sie ließen mich komplett ausgesaugte Artischockenblätter essen! Wenn die glaubt, dass sie so billig davonkommt, hat sie sich getäuscht! Dieses Unschuldslamm! Ihr Vater und ihr Bruder sind tot. Dann wird sie eben für sie bezahlen. Und die Schulden sind noch lange nicht beglichen. Ich habe ihre Romanze mit diesem feinen Pinkel aus Paris beendet. Das war ein toller Coup. Sie fragt sich heute noch, wie ich ihnen auf die Schliche gekommen bin. All die Jahre habe ich es in ihren Augen gelesen: »Wie hat sie es herausgefunden?« Na ja, zumindest so lange, wie sie meinem Blick noch standhalten konnte! Denn nach einer Weile fragte sie sich nicht mal mehr das, sie redete ungereimtes Zeug, war völlig weggetreten. Komplett abgestumpft! Aber sie hat meinem Sohn ein Kind geschenkt. Nicht mit Absicht natürlich, aber das war trotzdem gut. Ich kann diese Stella nicht leiden, aber sie hat die Ehre meines Jungen gerettet. Das hat die Lästermäuler zum Schweigen gebracht. Denn ein unfruchtbarer Mann, das ist ja kein richtiger Mann. Wie hat sie es herausgefunden? Wer hat es ihr verraten? Das hat Léonie sich immer gefragt. Und ich jubilierte innerlich. Als ob man mich reinlegen könnte, mich, Fernande Valenti! Ich weiß alles. Immer. Das Glück hat mich oft im Stich gelassen, aber es hat mir auch gute Dienste erwiesen. Zwangsläufig. Glück und Unglück sind zwei Waagschalen, die durch denselben Balken miteinander verbunden sind.

Selbst das Unglück hat eine gute Seite. Als er mich an jenem Abend im Straßengraben besprungen hat, da hat er mich ins Elend gestürzt, er hat mich zum Gespött von Saint-Chaland gemacht, aber er hat mir auch das schönste Kind der Welt geschenkt. Meinen Sohn.

Dass sie es wagt, ihn zu betrügen, war ein Schlag für mich. Da, schon beim Gedanken daran werde ich wieder wütend!

Sie wird niemals erfahren, wie ich es herausgefunden habe. Das wird sie ihr Leben lang verfolgen.

Und das ist meine Rache.

Montagmorgen. Stella steht auf. Obwohl es schon Juni ist, hat es in der Nacht gefroren. Das Wetter spielt völlig verrückt. Das versteht doch kein Mensch mehr, brummt sie, während sie eine Hand auf die kalten Heizkörper in ihrem Schlafzimmer legt. Sie hat vergessen, Heizöl zu bestellen. Sie muss Delamotte anrufen, damit er ihr so schnell wie möglich welches liefert. Und ich muss daran denken, nachts den Lkw-Motor abzudecken. Wo habe ich die Plane hingetan? Und ich darf die Handbremse nicht anziehen, wenn es anfängt zu frieren.

Sie macht sich an die Montagmorgenroutine, die Routine aller

Tage in der Woche. Sie geht nach draußen und füttert die Tiere. Die Hühner wälzen sich in der Asche, die Georges verstreut hat. Die Asche dient ihnen als Trockenshampoo und Flohmittel. Die winzigen Partikel dringen in ihr Gefieder ein und töten die Parasiten. Auch die Esel wälzen sich gerne in Asche. Und anschließend reiben sie sich an den Baumstämmen.

Gestern Abend hat Julie angerufen. Die Gendarmen waren wieder bei ihr und haben sie über Diebstähle auf den Friedhöfen informiert. Auf Altmetall spezialisierte Diebe stehlen Tafeln, Bronzegegenstände und Statuen. Sie schrecken vor keinem Sakrileg zurück und plündern selbst Kirchen. Wenn Ihnen irgendwelche verdächtige Ware angeboten wird, dann rufen Sie uns an, Mademoiselle Courtois, wir verlassen uns auf Sie.

»Routine«, hat Julie seufzend gesagt.

Hin und wieder fragt sich Stella, ob sie ihre Routine liebt oder ob sie sie nur erträgt, weil ihr nichts anderes übrig bleibt. Sie vermeidet es, über diese Frage nachzudenken, aber manchmal schießt sie ihr durch den Kopf, als hätte jemand unvermittelt einen Vorhang zur Seite gerissen. Das passiert nur, wenn sie im Laster sitzt. Wenn sie stillsteht. Dann betrachtet sie sich im Rückspiegel und fragt sich: Was, wenn ich einfach aus Saint-Chaland wegginge? Wenn ich Tom nähme und mit Adrian mitginge? Und jedes Mal erhält sie die gleiche Antwort: Wie könnte ich mich jemals wieder im Spiegel anschauen, wenn ich meine Mutter im Stich ließe? Denn man kann ja nur leben, wenn man sich dabei noch im Spiegel anschauen kann, oder?

Also lässt sie brüsk die Kupplung kommen und legt knirschend den Gang ein.

Sie schiebt die blonde Strähne zurück, die ihr in die Augen fällt, und setzt Tom an der Schule ab. Adrian ist mitten in der Nacht gegangen. Der Wecker hat geklingelt, er hat seine Jeans und seinen Pullover angezogen. Seinen Parka, seine Stiefel. Er hat sich über sie gebeugt. Hat das nackte Stück Schulter geküsst, das unter der Decke hervorschaute. Hat »Auf Wiedersehen, Prinzessin!« gemurmelt.

Sie hat gehört, wie die Haustür leise geschlossen wurde.

Schritte in der Auffahrt.

Sie hat geseufzt und ist wieder eingeschlafen.

An diesem Morgen macht sie wie an jedem Morgen einen Abstecher zum Krankenhaus.

Sie steckt den Kopf ins Zimmer ihrer Mutter.

Léonie schläft. Alles wirkt friedlich. Eine Krankenschwester nickt ihr zu, wir sind da, Stella, wir passen auf. Sie lächelt zurück.

Sie schließt die Tür wieder. Geht zum Büro von Doktor Duré, klopft an. Niemand antwortet. Sie legt ihm einen gefalteten Zettel auf den Schreibtisch. Darauf hat sie geschrieben: »Halten Sie durch. Stella.«

Das ist alles, was sie ihm sagen kann.

Sie fährt auf das Gelände des Schrottplatzes und stellt den Laster ab.

Sie sieht, wie Julie ihr vom Fenster ihres Büros aus hektisch zuwinkt.

»Komm rauf! Beeil dich! Wir müssen reden!«, sagt sie hinter der großen Glasscheibe.

Stella kann sie nicht hören, aber sie liest die Worte von ihren Lippen ab. Sie geht die Treppe hoch und betritt das Büro.

»Ich war noch kurz im Krankenhaus, um mit Duré zu sprechen. Ich wollte wissen, ob er wieder zurück ist. Ob sie ihn rausgelassen haben …«

»Und hast du ihn gesehen?«

»Nein. Er war nicht da. Ich habe ihm eine Nachricht auf den Schreibtisch gelegt.«

Julie lässt einen dicken Bolzen von einer Hand in die andere hüpfen, und ihre Augen funkeln.

»Die Bullen haben ihn gehen lassen. Er ist wieder zu Hause.

Und er ist fest entschlossen, sich zu wehren. Wir sind gerettet, Stella! Ich glaube, wir haben es bald geschafft.«

»Woher weißt du das?«

»Er hat Papa angerufen.«

»Und …?«

»Er hat ihm gesagt, dass er es leid sei, vor Ray zu zittern, und dass er alles öffentlich machen würde!«

Stella lässt sich auf einen Stuhl gegenüber von Julie fallen und reißt die Augen auf.

»Das ist nicht möglich!«

»Doch, doch! Die ganzen krummen Geschäfte, das abgezweigte Geld, die Kontakte. Er will alles sagen, was er weiß! Und er weiß eine Menge darüber!«

»Wieso denn jetzt so plötzlich?«

»Der eine Tropfen, der das Fass zum Überlaufen bringt. Ray hat ihm gedroht, dass er die ganzen alten Geschichten, die er gegen ihn in der Hand hat, wieder rauskramt, wenn er nicht Léonies Entlassungspapiere unterschreibt. Und da hat Duré geantwortet, dass er auch einiges gegen ihn in der Hand hat.«

»Und du glaubst, das stimmt?«

»Keine Ahnung. Vielleicht blufft er auch nur, aber jedenfalls spielt er nicht länger mit. Das ist der Stand der Dinge. Jeder will dem anderen an den Kragen. Sie haben einander den Krieg erklärt. Von jetzt an kämpfen wir nicht mehr allein …«

»Das klingt zu schön, um wahr zu sein«, sagt Stella seufzend.

»Duré scheint definitiv nicht länger vor Ray kuschen zu wollen. Das sind ganz neue Töne bei ihm, er strotzt nur so vor Tatendrang.«

»Aber wenn er wirklich etwas gegen Ray in der Hand hätte, hätte er sich doch schon früher gewehrt. Das geht ja schon seit Jahren so.«

»Ich sage ja nicht, dass wir schon gewonnen haben, aber es ist doch immerhin ein Anfang, meinst du nicht?«

»Und woher weißt du das alles? Ist dein Vater wieder zurück?«

»Ja, er ist heute Morgen gelandet. Als Duré ihn angerufen hat, wartete er gerade in Roissy auf sein Gepäck. Komm schon, Stella, das ist fantastisch! Das bedeutet, dass er Léonie im Krankenhaus behalten wird und aufpasst, dass ihr niemand etwas zuleide tut.«

»Ich glaube nicht an Märchen.«

»Ich wohl. Ich will daran glauben.«

»Allein wird Duré das nicht schaffen. Er blufft. Er ist froh darüber, dass er seinen Mut wiedergefunden hat, aber er bläst sich nur auf. Da kann die Luft auch genauso schnell wieder raus sein.« Stella denkt einen Moment nach, bevor sie hinzufügt: »Wir brauchen noch jemanden auf unserer Seite. Jemanden, der das System von innen kennt. Der uns Informationen liefert, die wir dann an Duré weiterleiten. Er gehört zu den Honoratioren von Saint-Chaland, auf ihn werden die Leute hören. Aber wir müssen ihm helfen. Sonst hält er nicht durch.«

»Was ist mit Violette?«, schlägt Julie vor. »Können wir sie nicht auf unsere Seite ziehen?«

»Von wegen! Ray hat ihr ein Mercedes Cabrio geschenkt, Ringe für sämtliche Finger und eine Kette von zwanzigtausend Karat! Er hat versprochen, ihr eine Rolle in einem Film zu besorgen und sie zum Star zu machen, und sie liest ihm aus der Zeitung vor, um seine Allgemeinbildung zu steigern! Die beiden sind jetzt ein Team. Sie steht voll und ganz hinter ihm. Er ist ihr Lebensunterhalt. Ihre letzte Hoffnung, es noch mal zu was zu bringen. Die guckt nicht weiter als bis zu ihrer eigenen Nasenspitze, und daran wird sich auch nichts ändern. Sie hat den passenden Dreh gefunden.«

»Du hast recht. Die steigt garantiert nicht umsonst mit ihm ins Bett.«

»Ich dachte, ich könnte ihre Beziehung zu ihm ausnutzen, aber das war unrealistisch.«

»Lass uns das Positive sehen. Deine Mutter bleibt im Krankenhaus, und du brauchst sie nicht irgendwo zu verstecken, damit ihr nichts passiert.«

»Ja. Das ist immerhin etwas. Aber glaub mir: So leicht wird es nicht, Ray von seinem Sockel zu stürzen!«

Julie lässt enttäuscht den Kopf hängen.

»Trotzdem ist es zumindest der Ansatz einer guten Nachricht …«

Stella sieht sie an und lächelt.

»Du hast recht, mein kleiner Brummkreisel. Was steht denn für heute auf dem Programm?«

»Die Aluplatten müssen geschreddert werden … Die, die du neulich abgeholt hast.«

»Okay.«

Stella steht auf und will schon nach unten in die Umkleide gehen, als sie plötzlich innehält und sich wieder umdreht.

»War Jérôme heute Morgen schon da?«

»Ja. Wie üblich.«

»Erzähl!«

»Ich glaube, ich habe mir da etwas eingebildet. Wenn man allein lebt, hat man viel Zeit, sich Dinge zurechtzufantasieren.«

Stella kehrt zu ihrem Schreibtisch zurück und legt beide Hände flach auf die Tischplatte.

»Aber das Gedicht hast du dir doch nicht eingebildet, oder?«

»Vielleicht war es ja gar nicht für mich bestimmt. Vielleicht war es für eine andere.«

»Und wieso sollte er es zwischen die Papiere legen, die er dir jeden Abend raufbringt, wenn es für eine andere bestimmt war?«

»Ich weiß es nicht … Vielleicht ist es ihm versehentlich in den Stapel gerutscht. Vielleicht hat er eine Angebetete, der er imponieren will. Er sucht nach hübschen Formulierungen, um sie zu beeindrucken. Und dazu lässt er sich von Gedichten inspirieren, die er im Internet findet. Er wäre nicht der Erste, der so was macht!«

»Du bist seine Angebetete.«

»Nein. Dafür sehe ich nicht gut genug aus. Ich bin nur eine gute Freundin. Oder eine sympathische Chefin. Mehr nicht.«

Sie lässt den Bolzen über den Schreibtisch rollen. Kurz vor der Kante hält er an und rollt zu ihr zurück.

»Dein Schreibtisch hat Schlagseite«, bemerkt Stella.

»Heute Morgen hat er mich um einen Vorschuss auf seinen Lohn gebeten. Ich habe gesagt, dass ginge in Ordnung, und er hat geantwortet: ›Danke, Julie, du bist ein Supertyp.‹ Sagt man etwa ›Supertyp‹ zu seiner Angebeteten?«

»…«

»Keine Antwort ist auch eine Antwort!«

»Weil ich es nicht weiß.«

»Weil es ein schlechtes Zeichen ist…«

Julie schickt den Bolzen wieder auf Wanderschaft, doch diesmal rollt er über die Schreibtischkante hinaus und fällt zu Boden. Stella bückt sich, hebt ihn auf und legt ihn vor Julie auf den Tisch.

»Zeig mir mal dieses Gedicht«, fordert sie sie auf.

»Das zwischen den Rechnungen lag?«

»Ja. Zeig mal her.«

Julie hebt einen Stapel mit Unterlagen, Zahlentabellen und Broschüren hoch und findet darunter das Blatt mit dem Gedicht.

»Hier«, sagt sie und reicht es Stella. »Es ist von Charles Baudelaire. Das steht drunter.«

Stella nimmt das Blatt und liest.

An eine Passantin
Der Straßenlärm betäubend zu mir drang.
In großer Trauer, schlank, von Schmerz gestrafft,
Schritt eine Frau vorbei, die mit der Hand gerafft
Den Saum des Kleides hob, der glockig schwang;

Anmutig, wie gemeißelt war das Bein.
Und ich, erstarrt, wie außer mich gebracht,
Vom Himmel ihrer Augen, wo ein Sturm erwacht,
Sog Süße, die betört, und Lust, die tötet, ein.

Ein Blitz … dann Nacht! – Du Schöne, mir verloren,
Durch deren Blick ich jählings neu geboren,
Werd in der Ewigkeit ich dich erst wiedersehn?

Woanders, weit von hier! zu spät! soll's nie geschehn?
Dein Ziel ist mir, mein Weg dir unbekannt,
O dich hätt ich geliebt, o du hast es geahnt!

»Das ist das Gedicht?«, ruft Stella verblüfft.

»Ja …«

»Und du erkennst es nicht wieder?«

»Nein. Wieso?«

»Machst du Witze?«

»Nein, bestimmt nicht! Wieso?«

»Weil genau das Gleiche auch in dem Buch steht, das du mir für Maman geliehen hast! *My little boy.*«

»Das ganze Gedicht?«

»Nein. Nur ein Satz daraus. Er war oben an den Seitenrand geschrieben: ›Du Schöne, mir verloren, durch deren Blick ich jählings neu geboren, dein Ziel ist mir, mein Weg dir unbekannt …‹ Hast du das nicht gesehen?«

Julie wird rot. Wendet den Kopf ab. Stella begreift und bricht in schallendes Gelächter aus.

»Weißt du noch, was du gesagt hast, als du mir das Buch ausgeliehen hast?«

Julie zieht den Kopf ein, und es sieht aus, als würde sie am liebsten in einem Mauseloch verschwinden.

»›Das Buch ist super, es liest sich einfach so weg, und man lernt auch noch eine Menge dabei …‹ Das hast du gesagt, und du hast es nicht mal gelesen?«

Julie schüttelt den Kopf, und die Röte in ihrem Gesicht vertieft sich.

»Du hast das Buch gar nicht gelesen! Dabei war es ein Geschenk von Jérôme!«

»Ich habe angefangen, aber es war zu dick, das hat mich abgeschreckt. Ich habe mir nur gedacht, dass er mich tatsächlich lieben muss, um mir so etwas zu schenken. Damit war ich zufrieden, ich brauchte es gar nicht zu lesen. Jedes Mal, wenn ich es ansah, dachte ich an ihn und träumte vor mich hin.«

Sie prusten beide los.

»Bücher sind nicht so mein Ding. Aber ich fand es schön, dass er mir etwas geschenkt hat …«

»Und er hat dir das Buch wahrscheinlich geschenkt, um dich zu beeindrucken! Ihr seid mir ein tolles Paar! Wenn das so weitergeht, wird das nie was mit euch beiden!«

»Ich mache zur Entspannung abends lieber Patchworkarbeiten oder Puzzles …«

»Wenn du das Buch gelesen hättest, so wie ich, dann wäre dir aufgefallen, dass jemand diese Gedichtzeilen an den Rand geschrieben hatte. ›Du Schöne, mir verloren, durch deren Blick ich jählings neu geboren …‹ Und damit meinte er dich!«

»Oh, nein!«, ächzt Julie. »Und ich habe es nicht gesehen!«

»Und seitdem wartet er darauf, dass du ihm ebenfalls ein Zeichen gibst. Kein Wunder, dass er sich nicht traut, dir seine Liebe zu gestehen!«

Stella mustert Julie und schüttelt lächelnd den Kopf.

»Und neulich hat er dann einfach das ganze Gedicht abgeschrieben, damit du endlich reagierst. Und du hast schon wieder nichts gesagt!«

»Das konnte ich doch nicht wissen …«

»Als Nächstes schenkt er dir wahrscheinlich eine Baudelaire-Gesamtausgabe!«

»Oh, mein Gott!«, ruft Julie.

»Und ich habe die ganze Zeit ein Komplott gewittert.«

Stella erklärt Julie, was ihre Mutter ihr erzählt hat, nachdem sie das Zitat in dem Buch entdeckt hatte.

»Deinetwegen habe ich angefangen, Jérôme zu verdächtigen. Ich hielt ihn für gefährlich, dabei war er einfach nur verliebt …«

»Dann glaubst du also wirklich, er …«

»Ich glaube das nicht. Ich bin mir sicher!«

»Warum sagt er es mir dann nicht ins Gesicht?«

»Soll er etwa vor dir auf die Knie fallen und dir seine Liebe gestehen? So was passiert doch nur im Film. Und selbst da nur in den ganz alten. Versetz dich doch mal in seine Lage. Man muss sich immer in die Lage des anderen versetzen.«

»Na los! Dann erklär's mir.«

»Du bist seine Chefin, du zahlst ihm jeden Monat seinen Lohn.«

»Das stimmt.«

»Du kennst seine Vergangenheit: der Lottogewinn, die Palmen, die Sonne, seine Frau verlässt ihn für einen Gigolo, und er kommt ohne einen Cent in der Tasche zurück nach Saint-Chaland! Er steht nicht gerade da wie ein Held!«

»Stimmt ebenfalls.«

»Du stellst ihn wieder ein, du gibst ihm einen Vertrauensposten, er hat jeden Tag mit dir zu tun, er erkennt, was für ein wundervoller, einzigartiger Mensch du bist …«

»Übertreib nicht!«

»Doch. Er verliebt sich.«

»Sag das noch mal!«, seufzt Julie hingerissen.

»Aber er weiß nicht, wie er dir seine Liebe gestehen soll. Er ist nicht gerade der geborene Verführer …«

»Das sagst du!«

»Er denkt sicher, dass er nicht viel hermacht … Er fährt Fahrrad, ist schon halb kahl, und jeder hier kennt seine Geschichte und sieht in ihm den gehörnten Ehemann!«

»Ich finde ihn süß mit seinem Fahrrad. Außerdem bleibt er so schlank.« Sie schweigt kurz und bittet dann: »Gibst du mir mein Buch wieder zurück?«

»Ja. Im Moment will meine Mutter es noch behalten, aber sobald sie es aus den Fingern gibt, bringe ich es dir zurück.«

»Ich würde nämlich gern …«

»Versprochen«, sagt Stella. Sie spielt mit der Schnalle ihrer Latzhose. »Wie alt ist Jérôme eigentlich?«, fragt sie dann.

»Er müsste fünfundvierzig sein.«

»Siehst du, er ist fünfundvierzig, du bist vierunddreißig, er hält sich für zu alt oder zu kahl oder zu … Was weiß ich! Wer verliebt ist, zweifelt doch immer an sich.«

Julie wirft Stella einen beinahe flehenden Blick zu.

»Glaubst du das alles wirklich, was du gerade gesagt hast?«

»Möchtest du es denn gerne glauben?«

»Ja.«

Sie hören Schritte auf der Treppe, und die Tür wird geöffnet.

Es ist Edmond Courtois.

Als er Stella bemerkt, bleibt er wie erstarrt auf der Schwelle stehen. Er trägt einen zerknitterten Regenmantel, dessen Ärmel hochgerutscht sind. Auch seine Hose ist zerknittert und gibt den Blick auf zu kurze Socken frei. Er ist unrasiert und wirkt erschöpft. In der Hand hält er einen Koffer.

»Ist alles in Ordnung, Papa?«, fragt Julie besorgt.

»Ich bin mittlerweile zu alt für solche Reisen«, sagt er, während er sich über die Stirn wischt und seinen Koffer abstellt. »Diese ständigen Zeitverschiebungen machen mich fertig.«

»Setz dich hin«, sagt Julie. »Möchtest du etwas trinken?«

Er nickt, lächelt schwach und lässt sich auf einen Stuhl fallen.

Julie beugt sich zu ihm vor, küsst ihn, legt die Arme um seine Schultern und drückt ihn an sich.

Apathisch lässt er es mit sich geschehen.

»Bist du sicher, dass alles in Ordnung ist?«

»Ja, ja. Machst du mir einen Kaffee?«

Stella scheint er gar nicht zu sehen. Besser gesagt, sein Blick gleitet von ihr ab, als wollte er sie nicht sehen.

»Ich lasse euch dann mal allein«, erklärt sie und drückt sich ihren Hut fester auf den Kopf.

»Nein! Bleib! Wir trinken alle drei zusammen einen Kaffee«, sagt Julie.

»Aber ich habe zu tun«, antwortet Stella, die Edmond Courtois' Vorwürfe noch nicht vergessen hat.

»Das kann warten! Bleib hier!«

Julie bedeutet ihr, sich hinzusetzen. Geh nicht, bittet sie stumm hinter dem Rücken ihres Vaters, ich will wissen, was mit Jérôme ist. Stella lächelt gerührt.

Edmond Courtois glaubt, ihr Lächeln sei für ihn bestimmt, und entspannt sich. Er möchte sich entschuldigen, möchte ihr erklären, dass es ihm gerade nicht gut geht, dass er manchmal einfach Unsinn redet, aber dann wird er plötzlich unsicher, und so sagt er lediglich: »Es tut mir leid. Wegen neulich.«

Er möchte ihr gestehen, was ihn nachts nicht schlafen lässt, was ihn herumlaufen lässt wie ein kopfloses Huhn, weshalb er von einem Flugzeug ins nächste steigt, sich über einen schlecht ausgearbeiteten Vertrag oder ein zu stark gewürztes Gericht aufregt, er möchte ihr von der Begegnung mit Lucien Plissonnier erzählen, von dem schlechten Gewissen, das ihm keine Ruhe mehr lässt. Er ist meinetwegen gestorben, Stella, verstehst du? Meinetwegen. Er versucht all das mit einem Blick zu sagen. Und die Zeit dehnt sich, wird schwer.

Die Sekunden dauern Minuten, die Minuten Stunden.

Julie macht das Wasser für den Kaffee heiß.

»Möchte jemand Zucker?«

Weder Stella noch Edmond antworten.

»Wollt ihr Zucker oder nicht?«, wiederholt sie lauter.

Sie scheinen wieder zu sich zu kommen.

»Nein, nein.«

»Milch?«

»Auch nicht«, antworten sie wie aus einem Mund.

Und dann atmet Edmond Courtois tief ein und bittet leise, beinahe flüsternd: »Können wir beide mal miteinander reden?«

»Ja«, antwortet Stella überrascht. »Wann immer Sie wollen.«

»Ich rufe dich an.«

Sie nickt. Und sieht in Edmond Courtois' Augen einen Schmerz, den sie sich nicht erklären kann. Sie streckt eine Hand aus und legt sie auf seinen Arm.

»Das ist nicht schlimm. Sie sind nur müde«, sagt sie, ohne zu wissen, wieso.

»So, der Kaffee ist fertig!«, posaunt Julie und stellt das Tablett auf ihren Schreibtisch. »Ich habe auch noch ein paar Croissants. Sie sind nicht von heute, aber ich hatte sie in ein Küchentuch eingewickelt, sie sind noch gut …«

»Wissen Sie, was neulich Abend im Krankenhaus passiert ist?«, fragt Stella Edmond.

»Julie hat es mir am Telefon erzählt. Sie haben versucht, sie zu entführen, stimmt's?«

Stella nickt.

»Aber die gute Nachricht ist, dass Duré jetzt auf unserer Seite steht«, wirft Julie ein. »Und zwar endgültig.«

»Ja. Ich hatte den Eindruck, dass er fest entschlossen war. Er klang ganz anders als früher.«

»Ich hoffe nur, dass ihn der Mut nicht wieder verlässt«, brummt Stella.

»Wir lassen sie weiter nachts bewachen«, versichert Edmond. »Du kannst dich auf mich verlassen, Stella. Es tut mir sehr leid, was passiert ist. Glaubst du, ich könnte Léonie besuchen?«

»Das hängt von ihrem Zustand ab.«

»Vielleicht will sie mich ja gar nicht sehen.«

»Das weiß ich nicht. Ich werde sie fragen.«

Und sie trinken schweigend ihren Kaffee, jeder in seine eigenen Gedanken versunken.

Stella zieht ihre Handschuhe an, hebt die schweren Aluminiumplatten auf, legt sie in den Schredder, und während dieser ganzen Zeit macht sie sich Vorwürfe. Ich kann doch auch nicht reden. Die anderen müssen erraten, was ich denke. Ich schleudere die Wörter vollkommen ungeordnet heraus. Wie Steine, die ich ihnen ins Gesicht werfe.

Die Sache mit Joséphine Cortès neulich morgen, da ist sie auch so ungeschickt gewesen. Ohne Vorwarnung ist es aus ihr herausgeplatzt: »Wussten Sie, dass Lucien Plissonnier mein Vater war?« Beinahe geschrien hat sie, als müsste ein Unrecht wiedergutgemacht werden.

»Ich brauche etwas Zeit, um darüber nachzudenken. Das verstehen Sie doch, nicht wahr?«, hat Joséphine Cortès erwidert.

Und dann hat sie hinzugefügt: »Haben Sie Beweise für das, was Sie sagen?«

Nicht aggressiv, nein. Eine einfache Frage. Das war normal. Was hatte ich mir denn vorgestellt? Mein Bedürfnis nach einem Vater ist so groß, dass ich einfach losstürme, ohne Rücksicht auf die Gefühle der anderen.

»Nein«, hat sie geantwortet, »ich habe keine anderen Beweise als das, was meine Mutter mir erzählt hat.«

Sie hat kurz daran gedacht, ihr von Kirschtupfer zu erzählen. Doch dann hat sie es sich anders überlegt. Joséphine Cortès konnte nicht wissen, dass ihr Vater Léonie einen Plüschbären geschenkt hatte. Er war ja garantiert nicht nach Hause gefahren und hatte seiner zehnjährigen Tochter erzählt: »Ich habe eine Geliebte, und der habe ich einen Teddybären geschenkt!«

Sie hatte nur das Wort ihrer Mutter, um Joséphine Cortès zu überzeugen.

»Sie müssen verstehen … Was Sie da sagen, ist ziemlich heftig«, fügte Joséphine Cortès hinzu.

Stella musste ihr recht geben.

»Ich hätte es Ihnen auch lieber schonender beigebracht, aber es ist einfach mit mir durchgegangen …«

»Ich hätte gerne Beweise«, wiederholte Joséphine.

Und Stella hat aufgelegt.

Sie vermisst die Stimme von Joséphine Cortès. Und sie vermisst ihre Vorlesungen. Sie lernte dort Dinge, die ihr gefielen, auch wenn sie sie zu nichts gebrauchen konnte. Dinge, die sie beinahe stolz machten. Meine Schwester ist ein kluger Kopf!

Sie beobachtete die Studenten, die im Hörsaal saßen, und beneidete sie. Sie gehörten einer Gemeinschaft an, von der sie selbst ausgeschlossen war. Der Gemeinschaft des Wissens. Sie finden es ganz normal, in diesem Hörsaal zu sitzen. Während ich immer das Gefühl habe, mich heimlich eingeschlichen zu haben.

Ich bin nirgendwo eingeschrieben.

Sie wäre nie auf den Gedanken gekommen, dass sie studieren könnte.

Diese Frau, Joséphine Cortès, erschien ihr mit einem Mal wie der Königsweg ins Licht. Sie fühlte sich inspiriert durch all das Wissen, das sie auf eine so lebendige, eine so freundschaftliche Weise mit anderen teilte. Denn ja, man verspürte den Wunsch, ihr nahe zu sein, sich mit ihr anzufreunden.

Das war ein Gefühl, das sie bisher nicht gekannt hatte. Abgesehen von Julie hatte sie keine Freundinnen.

Oft verspürte sie nach der Rückkehr aus Lyon den Wunsch, jemandem von diesen Dingen zu erzählen. Aber das konnte sie nicht. Also log sie. Behauptete, sie habe es im Radio gehört.

Die Sache mit der Verneinung zum Beispiel. Das hatte ihren Horizont erweitert, sie war sich mit einem Schlag viel intelligenter vorgekommen.

Das Französisch des Mittelalters nutzte zur Verneinung nur das Wort *ne*. Das genügte. So sagte man zum Beispiel *je ne veux faire à manger ce soir*, ich will heute Abend nicht kochen, oder *je ne veux voir cet homme*, ich will diesen Mann nicht sehen. Das heute übliche *pas* war damals noch nicht nötig.

Wenn man sich präziser ausdrücken wollte, sagte man *je ne marche pas* (Ich gehe keinen Schritt).

Je ne couds point (Ich nähe keinen Stich).

Je ne mange mie (Ich esse keinen Krümel).

Je ne bois goutte (Ich trinke keinen Tropfen).

Je ne souffle mot (Ich sage kein Wort).

Und so weiter.

Und dann, mit der Zeit, hatten die Menschen begonnen, diese zusätzlichen Wörter – *point*, *mie*, *goutte*, *mot* – wahllos mit allen möglichen Verben zu verbinden. Das einzige von ihnen, das bis ins moderne Französisch überdauert hat, ist *pas*. Und so ist die doppelte Verneinung entstanden.

Das hatte ihr gefallen, und sie hatte Adrian, Boubou, Houcine und Maurice davon erzählt.

»Stellt euch das nur mal vor, die Sprachen leben! Sie sind nicht starr!«

»Aha …«, hatten sie erwidert, beinahe verwundert über ihre Begeisterung.

»Und mittlerweile hat *pas* es sogar fast geschafft, das *ne* zu verdrängen. Wir sagen *je mange pas*, *je vois pas*, *je bois pas* und lassen das *ne* einfach unter den Tisch fallen. Ist das nicht witzig?«

Adrian, Boubou, Houcine und Maurice hatten gelächelt und gefragt: »Sag mal, studierst du jetzt Altfranzösisch, oder was?«

»Quatsch, nein … Ich habe das neulich während der Fahrt im Radio gehört. Beim *Jeu des mille euros*. Eine rote Frage.«

»Und bis wir einen Film mit einer schönen Rolle für dich gefunden haben, besorge ich dir erst einmal Arbeit«, hatte Ray eines Nachts erklärt, als er mit Violette im Bett lag. »Gut bezahlt natürlich. Nicht so einen beschissenen Aushilfsjob!«

»Ich will Kinofilme drehen, alles andere interessiert mich nicht!«

»Hör doch erst mal zu, bevor du Nein sagst.«

Er legte einen Arm um ihre Schultern und streichelte sie, höchst zufrieden mit sich selbst, weil er einen Weg gefunden hatte, sie in Saint-Chaland zu halten, sodass sie nicht aus einem Wutanfall heraus wieder nach Paris fahren könnte. Ciao, ich verschwinde hier, das ist mir zu blöd! Denn bei ihr konnte er sich nie sicher sein! An einem Abend schmiegte sie sich stöhnend an ihn und liebkoste ihn, dass ihm beinahe das Herz stehen blieb, und am nächsten Tag jagte sie ihn zum Teufel. Er wusste nie, was ihn erwartete. Ruck, zuck hatte sie schlechte Laune. Und an solchen Abenden blieb die Hose zu. Wenn sie ihn nicht gleich schimpfend aus der Wohnung warf. Ein wahrer Vulkan, diese Frau! Also Temperament hatte sie, keine Frage!

Er brauchte eine Zigarette, um sich Mut zu machen. Mit seiner freien Hand griff er nach dem Päckchen und bat: »Holst du mir einen Aschenbecher, Kätzchen?«

»Hol ihn dir gefälligst selbst! Ich bin doch nicht dein Dienstmädchen. Und hör auf, mich Kätzchen zu nennen! Das klingt bescheuert.«

Er starrte sie verblüfft an. Und zog es vor, nichts darauf zu erwidern. Kein Streit! Auf keinen Fall! Er stand auf, fand einen Aschenbecher, legte sich wieder hin, zündete sich eine Zigarette an und zog einmal daran. Er spürte, wie sich sein Körper entspannte, und ging erneut zum Angriff über.

»Ich habe mit dem Bürgermeister gesprochen. Er will Abgeordneter werden, aber dazu muss er an seinem Äußeren arbeiten.«

»Ich will Filme drehen! Nicht einen alten Hinterwäldler umstylen!«

»Du wirst ja auch Filme drehen, versprochen. Aber jetzt hör mir erst mal zu. In Saint-Chaland kann er ja ruhig wie ein Provinzler rumlaufen, aber wenn er nach Paris will, muss er sich verändern. Da muss er Eindruck schinden. Dabei braucht er Hilfe. Und da habe ich an dich gedacht. Ich habe ein bisschen übertrieben, ich habe behauptet, du hättest Superkontakte in Paris, du würdest Journalisten kennen, Leute aus dem Showbiz, Stars, die ganzen Typen, auf die er neidisch ist, wenn er sie im Fernsehen sieht.«

»Aber das war nicht gelogen!«, empörte sich Violette. »Natürlich kenne ich jede Menge Leute in Paris. Was glaubst du denn?«

»Ich weiß das doch, Kätzchen. Aber er weiß das nicht, verstehst du? Ich musste ihm doch etwas über dich erzählen und ein bisschen die Werbetrommel rühren, damit er sein Portemonnaie öffnet und ein Budget lockermacht.«

»Ist der Bürgermeister ein Freund von dir?«

»Hier sind alle meine Freunde.«

»Wie hast du ihn denn kennengelernt?«

Ray liebte es, von seinen Heldentaten zu berichten, von seinen Orden, seinen Interviews und von all den Gelegenheiten, bei denen er es auf die Titelseiten der Zeitungen geschafft hatte. Und so zog er Violette an jenem Abend an sich, warf sich in die Brust und strich das Laken glatt, als nehme er Hab-Acht-Stellung ein, um seine Geschichte zu erzählen.

»Ich wurde von Präsident Chirac im Élysée-Palast empfangen und habe mehrere Orden bekommen, das weißt du ja. In Anwesenheit des Präfekten, des Unterpräfekten, der gesamten Gendarmerie, der örtlichen Firmenchefs, den Entscheidern, wie sie genannt werden. Durch meine Auszeichnung wurde gewissermaßen die ganze Region geehrt. Man sprach von Saint-Chaland, von Sens, vom Burgund. Alle fühlten sich geschmeichelt. Der Bürgermeister war damals noch nicht Bürgermeister, aber schon Mitglied des Stadtrats. Wir kannten uns, wir schätzten einander, aber als er mich im Blitzlichtgewitter und im Präsidentenpalast sah, da war er vor Begeisterung ganz aus dem Häuschen. Er wollte sich unbedingt mit mir anfreunden. Wenn ich ins Fernsehen kam, drängte er sich an mich, um auch im Bild zu sein. Ich lachte darüber, aber ich machte ihm Platz, weil ich mir dachte, er könnte mir vielleicht irgendwann von Nutzen sein. Und dann ist er nach und nach die Leiter hochgeklettert, bis er schließlich Bürgermeister wurde. Und von da an war er mir wirklich sehr nützlich. Er war damals schon nicht besonders attraktiv, klein, rundlich, mit eng zusammenstehenden Augen, dicken Wangen und einem roten Gesicht.«

»Das stimmt! Brad Pitt ist er nicht gerade!«

»Ich war sein Held. Er lud mich zu sich nach Hause zum Essen ein, bat mich um Rat, begünstigte Freunde von mir, die eine Firma besaßen, es würde zu lange dauern, dir das alles zu erklären, aber kurz gesagt: Wir kamen gut miteinander aus, und, was noch viel wichtiger war, wir hatten gemeinsame Interessen.«

»Was habt ihr denn gemacht? Doch nichts Illegales?«

»Na ja, an der Grenze, würde ich sagen.«

»Inwiefern an der Grenze?«

»Besondere Kulanz bei Bauabnahmen, getürkte Ausschreibungen, Mauscheleien, bei denen ich als Mittelsmann fungierte und so ganz nebenbei eine Provision einstrich. Das war wie ein Sechser im Lotto! Dank ihm habe ich an allem mitverdient. Und zwar nicht zu knapp.«

»Und im Gegenzug?«

Ray zögerte und sah Violette an.

»Du flippst aber nicht gleich aus?«, fragte er.

»Ach was, nein … reine Neugier. Das interessiert mich einfach.«

»Okay. Bist du sicher?«

»Ja doch!«

»Na gut … Ich besorgte ihm Mädchen oder nahm ihn mit zu Sexpartys. Wir haben uns öfter Frauen geteilt, und es war beinahe schon rührend, wie er sich anstellte. Erst beobachtete er mich, und dann machte er mir alles nach! Oder wir trafen uns bei Jagdgesellschaften. Und beim eleganten Festmahl nach der Jagd. Diese Typen hatten alle möglichen Uniabschlüsse und Geld wie Heu, aber keine Ahnung, wie man eine heiße Braut klarmacht, also mussten sie mit zweitklassigen Presswürsten in die Kiste. Sie waren unbeholfen und verklemmt, während ich die Frauen beeindruckte. Ich hatte sie alle, und sie waren alle verrückt nach mir. Ich nutzte das aus und knüpfte mein Netz. Ich, der kleine Bastard aus Saint-Chaland, zeigte ihnen, was Sache ist! Stell dir das nur mal vor!«

Seine Stimme klang, als könnte er es immer noch nicht fassen. Violette hatte sein Entzücken herausgehört und war überrascht.

»Aber ... das ist doch kein Wunder! Du spielst in einer ganz anderen Liga als die Leute hier!«

»Danke, Kätzchen!« Ray plusterte sich vor Stolz auf. »Es ist nur, weil ich von ganz unten komme, weißt du! Es war gar nicht so leicht, die alle unter meine Knute zu bekommen. Aber es hat funktioniert, und es funktioniert immer noch, also hör zu, wir machen jetzt Folgendes ...«

Und so kam Violette Maupuis zu einer Anstellung beim Herrn Bürgermeister. Um das Image des Politikers aufzupolieren. Sie wurde seine Beraterin für Public Relations und Kommunikation. Eine Stelle, die eigens für sie geschaffen worden war, mit hübschen dreieinhalbtausend Euro Monatsgehalt und einem unbegrenzten Budget für Kleidung, Restaurantrechnungen, Zugfahrkarten, Flugtickets und Mietwagen.

Nach ihrem ersten Treffen mit dem Bürgermeister, bei dem sie ihren Vertrag unterschrieben hatte, ging sie zu Lancenny, wo Ray auf sie wartete. Sie schüttelte den Kopf und schnaufte, als sei sie jetzt schon erschöpft von der ganzen Arbeit, die vor ihr lag.

»Aber du hast doch Schauspielunterricht genommen, du kannst Theater spielen, tu doch einfach so, als wäre es eine Rolle.«

»Eine Rolle? Du bist gut! Ich muss ihm einen komplett neuen Look verpassen! Das wird kein Zuckerschlecken!«

»Du hast recht, da gibt's einiges zu tun!«, erwiderte Ray mit einem höhnischen Lachen. »Aber du hast doch unterschrieben, oder?«

»Ja, aber nur um dir einen Gefallen zu tun, Spaß wird mir das bei dem hässlichen Fettsack nämlich nicht machen!«

»Aber du hast unterschrieben? Schwörst du's?«

»Ja! Das habe ich doch schon gesagt!«

Perfekt, dachte er. Dann kann sie hier so schnell nicht mehr weg, und ich habe den Bürgermeister in der Tasche. Sie wird aus dem städtischen Haushalt bezahlt. Das ist Unterschlagung öffentlicher Gelder. Jetzt habe ich sie beide am Wickel.

Dreitausendfünfhundert Euro im Monat, dachte Violette währenddessen, und dazu die Spesen, sie würde Geld zur Seite legen können. Ich werde hier ganz bestimmt nicht versauern. *No way!*

Denn Violette Maupuis sprach auch Englisch.

Sie hatte ihren ersten Termin mit dem Bürgermeister gehabt.

In seinem großen Büro mit dem Porträt des Präsidenten, einigen billigen Drucken und einem ausgestopften Hirschkopf an der Wand.

Er saß hinter seinem Schreibtisch, und sie sah seine kurzen weißen Socken. Unwillig verzog sie das Gesicht. Das fing ja gut an!

Sie begann mit einer Bestandsaufnahme.

»Wir sollten uns erst einmal einen allgemeinen Überblick verschaffen«, hatte sie Hervé Lignon vorgeschlagen. »Erlauben Sie, dass ich Sie Hervé nenne?«

»Ja, ja, nur keine übertriebene Förmlichkeit zwischen uns. Reden Sie frei heraus, Violette. Ich bin bereit!«

»Gut, gut … Der erste wichtige Punkt: Lächeln Sie immer so, als stünden Sie vor einer Kamera.«

Er wandte sich ihr zu, setzte ein süßliches Lächeln auf und wartete gespannt auf ihr Urteil.

»Nein! Nicht so!«

»Ach?«, sagte er und erhob sich von seinem Sessel. »Lächele ich nicht richtig?«

Sie wartete einen Moment, um ihn endgültig zu verunsichern.

»Lächeln Sie breit«, antwortete sie dann, »beruhigend, mit entspannten, aber zurückgenommenen Schultern. Sie haben eine breite Brust, Sie lassen sich nicht unterkriegen. Sie sind der Vater, der Ehemann, der liebende Sohn, Sie wachen über Ihre Mitbürger und sorgen für sie. Na los!«

Wieder lächelte der Bürgermeister. Ein tapferes Lächeln mit schiefen, von Tabak und Kaffee gelb verfärbten Zähnen.

»Okay … aber so wird das nichts!«

»Wieso nicht?«, fragte er überrascht.

»Sie müssen sich die Zähne richten lassen, die sehen grauenvoll aus … Kennen Sie einen guten Zahnarzt?«

»Ja. In Sens.«

»Da müssen Sie schnellstens hin.«

»Verstanden.«

Er griff zum Telefon und bat seine Sekretärin, unverzüglich einen Termin bei Doktor Jacquet für ihn zu vereinbaren.

»Warum das Lächeln?, werden Sie fragen«, fuhr Violette fort.

Er nickte und wartete darauf, dass sie ihn aufklärte.

»Sie lächeln, weil Ihnen das die Möglichkeit gibt, Fragen NICHT zu beantworten. Sie dürfen NIEMALS auf Fragen antworten. Das könnte Ihnen Türen verschließen. Mit einem Lächeln lassen Sie alle Fragen offen. Sie haben etwas äußerst Wichtiges zu sagen, aber Sie sagen es nicht sofort. Sie werden es sagen, wenn der richtige Zeitpunkt dafür gekommen ist. *The right time …*«

Der Bürgermeister versuchte sich an einer willensstarken, entschlossenen Miene.

»Und nun breiten Sie die Arme ein wenig aus. Sie müssen aufmerksam, beschützend und väterlich rüberkommen.«

Als er die Arme ausbreitete, spannte sein Anzug an den Ärmelausschnitten.

Violette schnitt eine Grimasse.

»Sie brauchen einen neuen Anzug. Neues Hemd, neue Krawatte, neue Schuhe, neue Uhr und eine neue Frisur. Sonst ist die komplette Wirkung im Eimer.«

»Das alles?«, fragte der Bürgermeister mit einem entmutigten Seufzen.

»Ja. Das alles. Niemand vertraut einem schlecht geschnittenen Anzug und struppigem Haar. Sie müssen Verlangen wecken. Nicht Mitleid.«

»Aber wie soll ich das denn machen? Ich habe keine Ahnung, das ist alles neu für mich. Normalerweise kauft meine Frau meine Sachen.«

»Wirklich … Das ist ja schlimmer, als ich dachte.«

Sie wandte den Kopf ab, als hätte sie jegliches Interesse verloren.

»Könnten Sie mir nicht dabei helfen? Mich beraten?« Und als sie nicht antwortete, drängte er sie: »Bitte, Violette … Wir würden auch nach Paris fahren. Sie kennen doch sicher die richtigen Adressen. Das ist sehr wichtig für mich, wissen Sie.«

»Darüber muss ich erst nachdenken, das war in meinem Vertrag nicht vorgesehen. Ich dachte, Sie hätten bereits eine passende Garderobe. Bei Ihren Ämtern!«

»Ich zahle Ihnen auch einen kleinen Aufschlag … Sagen Sie Ja. Bitte …«

Sie gab vor zu zögern und willigte schließlich ein.

»Gut. Einverstanden. Ich begleite Sie nach Paris, und wir plündern die Boutiquen. Ein ordentlicher Haarschnitt, eine Maniküre, eine kleine Gesichtspflege – Ihre Mitesser sind ja so groß wie Linsen!«

Er kratzte an der Talgzyste auf seiner Nase und erkannte, dass es da in der Tat ein Problem gab.

»Na gut«, sagte er mit einem kläglichen, demütigen Lächeln. »Aber Sie werden doch ein wenig Geduld mit mir haben? Ich kann mich nicht von heute auf morgen verwandeln …«

»Ja, aber Sie müssen das Ihre dazu beitragen. Und ein bisschen abnehmen. Trinken Sie weniger, Alkohol macht dick und lässt die Äderchen im Gesicht platzen. Treiben Sie Sport?«

Er verzog das Gesicht.

»Das ist unumgänglich. Jeden Morgen eine Stunde Joggen. Das ist gut für die Gesundheit und für das Image. Sogar Obama macht das!«

Ihm klappte der Kiefer herunter. Obama! Joggen!

Violette verlor allmählich die Geduld. So ein Hinterwäldler!

Wenn sie das gewusst hätte, hätte sie ein höheres Gehalt verlangt.

Der Bürgermeister hörte zu und machte sich eifrig Notizen.

Sie verspürte den Drang, ihm wehzutun. Ihn zu zermalmen.

»Und Ihre Frau?«, fragte sie mit schneidender Stimme. »Wie ist die?«

»Sie ist meine Frau«, erwiderte er achselzuckend.

»Das weiß ich, aber wie ist sie?«

Er dachte nach.

Sie beugte sich über seinen Schreibtisch und fragte: »Ist sie das auf dem Foto?«

»Ja. Mit unseren beiden Kindern. Thierry und Sébastien.«

»Die Kinder sind mir egal, aber sie … Da ist auch einiges zu tun!«

Sie seufzte mutlos, und er tappte augenblicklich in die Falle.

»Ich kann Ihnen einen zweiten Vertrag ausstellen. Ich meine, damit Sie sich auch um sie kümmern können …«

»Das war aber nicht so vorgesehen!«, protestierte sie.

»Ich weiß. Aber es führt doch kein Weg daran vorbei, oder?«

»Nein. So würde sie neben Ihnen deplatziert wirken. Nach Ihrer Metamorphose können Sie sich auf keinen Fall mit einem biederen Walross in der Öffentlichkeit zeigen.«

Sie hatte besonderen Nachdruck auf das Wort »Metamorphose« gelegt. Dann schwieg sie. Er wehrte sich nicht. Versicherte mit fester Stimme, dass er einen zweiten Vertrag aufsetzen werde, woraufhin sie großmütig erklärte: »So kann sie nicht bleiben. Sie ist plump, sie macht nichts her, sie schindet keinen Eindruck! Sie muss abnehmen, blonder, luftiger werden. Sie muss wie eine Siegerin auftreten! Wie Michelle Obama. Die hat großen Anteil am Erfolg ihres Mannes. Sie ist beliebter als er selbst … Wäre sie bereit, sich zu verändern?«

»Ich denke schon. Wenn ich sie darum bitte …«

»Ansonsten müssen Sie sie eben für die Dauer Ihres Wahlkampfs in den Schrank sperren …«

»Oh, nein! Sie wird sich daran beteiligen wollen. Und in der Bevölkerung kommt das auch viel besser an. Ein Paar wirkt vertrauenerweckender.«

»Wir werden sehen. Jedenfalls muss sie ein paar Kilo loswerden und dringend zum Friseur. Das ist das Mindeste.«

»Sie sind sehr freundlich«, antwortete er. »Wenn noch etwas sein sollte, zögern Sie nicht, mich darum zu bitten. Sie haben völlig freie Hand.«

»Das hoffe ich doch. Ich mache das, um Ihnen einen Gefallen zu tun und weil Ray mich darum gebeten hat. Er glaubt an Sie.«

»Ist das wahr?«, fragte der Bürgermeister und richtete sich auf. »Er hat recht, und ich werde Sie nicht enttäuschen, warten Sie's nur ab. Ich habe große Pläne für Saint-Chaland, und wenn Sie mir dabei helfen können, sie bei meinen Mitbürgern durchzusetzen, soll es Ihr Schaden nicht sein.«

Mit solchen Versprechungen versuchte er die Oberhand zurückzugewinnen, doch Violette wusste seit Langem, dass Versprechen nur diejenigen binden, die daran glauben.

»Ich werde sehen, was ich tun kann«, schnitt sie ihm das Wort ab, »aber verlangen Sie nicht zu viel von mir. Denn, ganz offen gestanden, ich wusste nicht, dass mich eine solche Großbaustelle erwartet!«

Er zuckte unwillig zusammen, wagte jedoch nicht zu protestieren.

»Ach ja, fast hätte ich es vergessen. Bei Ihrer Frau fange ich erst an, wenn der Vertrag unterschrieben ist.«

»Aber selbstverständlich, Sie haben mein Wort …«

Sie gewährte ihm ein Lächeln, und er seufzte erleichtert auf.

Schnitt!, dachte sie beim Hinausgehen. Beinahe hätte sie sich umgedreht und gefragt: Na, wie war ich?

Seitdem arbeitete sie für ihn und seine trampelige Frau. Sie brachte dem Bürgermeister bei, in ein Mikrofon zu sprechen, deutlich zu reden, keine Fragen zu beantworten, ein paar Zitate und historische Anspielungen einzuflechten, richtig zu atmen, seine Hände ruhig zu halten, zu lächeln. Er war ein fleißiger, gehorsamer Schüler.

»Da haben Sie mir ja wieder ordentlich am Zeug geflickt!«, rief er einmal, als er sie nach einer Sitzung, in der sie nicht gerade zimperlich mit ihm umgesprungen war, zur Tür begleitete.

Dabei schlug er sich auf den Schenkel, dass es knallte. Sie warf ihm einen eisigen Blick zu.

»Tun Sie das nie wieder! Das ist so vulgär!«

Er riss sich sofort zusammen und entschuldigte sich. Wischte die Hand an seinem Oberschenkel ab.

So ein Trottel!, dachte sie.

Aber wenigstens kam Geld herein.

Abends, bei ihr zu Hause, fragte Ray sie aus. »Na, wie ist es gelaufen?«

Sie erzählte ihm davon, während sie sich abschminkte, eine Gesichtsmaske für die Nacht auftrug und sie rings um ihre Augen einmassierte. Die fettige Creme in ihrem Gesicht glänzte, und er lag im Bett und wartete auf sie.

»Du bist unbezahlbar!«, rief er und strich sich über die behaarte Brust. »Du bist eine fantastische Schauspielerin! Die Welt braucht Leute wie uns. Stark und entschlossen. Mit Eiern in der Hose. Im Leben gibt es zwei Sorten von Menschen: die mit Geld und die ohne. Die mit Einfluss und die ohne. Kurzum, die Cleveren und die Idioten. Und du bist keine Idiotin, du bist meine Frau.«

Er bekam einen Steifen, schlug das Laken zurück, zeigte ihr, in welchen Zustand sie ihn versetzte, und flehte sie an, zu ihm zu kommen.

Sie massierte die fettige Creme weiter in ihr Gesicht, ihren Hals und ihr Dekolleté, klopfte, klopfte, um den Zorn zu besänftigen, der in ihr aufstieg. Verdammt! Ich bin Schauspielerin, und jetzt stehe ich hier und mache mich für ein paar Hinterwäldler zum Affen! Durchatmen, Mädel! Sie dachte an ihr Bankkonto, schloss die Augen, um ihre Wut im Zaum zu halten, atmete noch einmal tief durch und ging langsam zum Bett.

»Wischst du dir die Creme nicht ab?«, fragte Ray.

»Bei dem Preis! Bist du wahnsinnig?«

Er stützte sich auf einem Ellbogen ab und verzog das Gesicht.

»Wenn es dir nicht passt, kannst du gerne nach Hause zu deiner Mutter fahren!«

»Nein, Kätzchen, nein!«

Sie legte sich dicht neben ihn, unterdrückte ihren Widerwillen, packte seinen Schwanz und begann ihn zu reiben.

»Du hast recht«, murmelte er, »mit glitschigen Händen ist es noch besser!«

Als sie sich eines Abends mit ihren fettigen Fingern an ihm zu schaffen machte, kam sie auf die Idee, eine neue erotische Spielerei auszuprobieren. Sie packte seine Hoden und streichelte sie, wobei sie fettige Hände und scharfe Nägel abwechselte, himmlisches Vergnügen und zarte Folter. Er wand sich vor Lust.

Bis er es schließlich nicht mehr aushielt, sich auf sie wälzte und mit einem kräftigen Stoß in sie eindringen wollte. Doch sie hielt ihn zurück.

»Gummi!«, seufzte sie.

»Oh, nein«, stöhnte er, »nicht jetzt! Nicht jetzt!«

»Gummi!«, befahl sie mit lauterer Stimme. »Ich habe keine Lust, mit einem Balg im Bauch zu enden! Das weißt du ganz genau, ich werde es nicht jedes Mal wiederholen!«

»Gummis sind doch zum Kotzen, ich will dich spüren, es fühlt sich so gut, an in dir drin zu sein.«

»Ist mir scheißegal! Gummi!«

»Aber es ist total ungefährlich, Kätzchen«, presste er, vor Lust bebend, hervor, »ich bin unfruchtbar.«

»Was?« Abrupt machte sie sich von ihm los. »Was bist du?«

»Unfruchtbar, verdammt! Ich kann gar keine Kinder machen.«

»Wieso das denn?«

»Ich bin als Kind operiert worden, und seitdem …«

Sie ließ sich von ihm bespringen. Ließ ihn in den Genuss ihrer Boa constrictor kommen.

Und während er über ihr keuchte, machte sie sich so ihre Gedanken. Dann stimmte es also, was sie als Kind immer gehört hatte. Die Gerüchte, die hinter den geschlossenen Fensterläden kursierten, die man aufschnappte, wenn die Eltern sich unterhielten, weil sie glaubten, ihre Kinder seien im Bett. Ray Valenti war unfruchtbar, er trug seinen Spitznamen zu Recht.

Aber dann …

Aber dann …

War Stella nicht seine Tochter!

Es war Toms Idee gewesen. Als er eines Morgens seinen warmen Kakao trank und Streuner und Sky mit Butterbrotstücken fütterte.

»Ich könnte doch Léonie mal besuchen«, sagte er. »Morgen ist Mittwoch. Judo fällt aus, der Trainer ist krank.«

Stella lief rein und raus, legte Speckschwarten auf das Fenstersims, füllte den Wassereimer, griff nach Körnerpäckchen. Sie blieb stehen und schaute ihn an.

»Warum nicht?«, antwortete sie. »Sie wird sich sicher freuen, dich zu sehen.«

Sie rief Amina an.

»Warum nicht?«, fand diese ebenfalls. »Das ist eine gute Idee. Alles, wodurch sie wieder Freude am Leben finden kann, tut ihr gut.«

Und so war die Sache abgemacht.

Manchmal stellt man sich die Dinge viel schwieriger vor, als sie sind, dabei genügt es, einfach zu fragen. Er hatte sich gewundert, dass alles so problemlos klappte.

Am Mittwoch zieht er eine saubere Hose und ein weißes Hemd an, bürstet seinen blonden Schopf, versucht, die widerspenstigen Strähnen zu glätten, braucht das ganze restliche Haargel auf, wäscht sich die Hände und verkündet: »Ich bin fertig, wir können los.«

Er nimmt seinen Fußball mit.

Stella setzt ihn vor dem Krankenhaus ab.

»Den Fußball brauchst du nicht, lass ihn im Laster.«

»Nein. Ich will ihn mitnehmen.«

»Aber du wirst mit ihr doch nicht Fußball spielen!«, entgegnet sie lächelnd.

»Ich weiß …«

Er zuckt mit den Schultern. Er drückt eben beim Gehen den Fußball gern an seine Hüfte. Das verleiht ihm ein ganz anderes Auftreten. Er fühlt sich stärker. Und außerdem wüsste er sonst nicht, was er mit seinen Armen machen soll. Er käme sich blöd vor.

Stella beharrt nicht weiter darauf.

»Amina holt dich ab, warte in der Eingangshalle auf sie.«

»Okay. Sie liegt in Zimmer 144, stimmt's? Erster Stock?«

»Ja, aber du wartest, bis Amina dich holen kommt. Versprochen?«

»Versprochen.«

Er kreuzt die Finger hinter seinem Rücken.

Er wird nicht warten.

Er will allein in das Zimmer gehen. Wie ein Erwachsener.

Léonie braucht keinen kleinen Jungen, der an die Hand genommen wird, sie braucht einen Mann. Er hat mit Jimmy darüber gesprochen, und Jimmy ist der gleichen Meinung. Die Erwachsenen haben in dieser Geschichte genug Mist gebaut, jetzt bist du an der Reihe. Jimmy und er sind fast immer einer Meinung. Er hat etwas vor mit seiner Großmutter. Und darüber wird er ganz bestimmt nicht sprechen, wenn Amina dabei ist. Wenn er eines begriffen hat, dann, dass man nicht jedem alles erzählen darf. Er ist auf einer Mission. Mission Léonie.

Heute wird er sie zum ersten Mal richtig sehen. Er ist zwar schon ein paarmal auf ihren Balkon geklettert, um ihr einen Kuss zu geben, aber da war er immer so schnell wieder weg, dass er sich nicht sicher ist, ob er sie gleich wiedererkennen wird. Sie war sehr dünn. Sie konnte sich kaum auf den Beinen halten. Als er die Arme um ihre Taille legte, musste er aufpassen, dass er sie nicht umwarf. Das waren die einzigen Gelegenheiten, bei denen er sich stärker gefühlt hatte als ein Erwachsener. Sie war ihm wie eine sehr alte kleine Schwester vorgekommen.

Wie soll ich sie ansprechen?, fragt er sich, während er auf den Krankenhauseingang zugeht. Jimmy Gun hat »Großmutter« vorgeschlagen, »Oma« oder »Omi«. Aber das passt nicht zu ihr. Sie ist zu zerbrechlich für eine Oma, nein, nein, ich werde sie Léonie nennen. Das gefällt mir besser.

Er hält beim Gehen seinen Ball an der Hüfte. Kommt an einem Krankenwagen vorbei, an Krankenträgern, sieht, wie eine schlimm zugerichtete Frau auf einer Bahre vorbeigefahren wird. Sie hat Schläuche in der Nase und stöhnt leise vor Schmerzen.

Er stellt sich auf die Seite, lässt sie vorbei, drückt den Ball fester an seine Hüfte.

Öffnet die Eingangstür. Sieht sich um. Entdeckt eine Treppe und jede Menge Pfeile mit Zimmernummern dahinter. Hält nach Amina Ausschau. Sie ist nirgends zu sehen. Umso besser.

Er nimmt die Treppe. Sein Herz klopft wie wild. Ein komischer Geruch hängt in der Luft. Der Geruch von Suzons Arzneischrank, wenn sie ihn öffnet, um ihm einen Verband zu machen oder eine Wunde zu säubern. Das weckt böse Erinnerungen. Am liebsten würde er sich die Nase zuhalten, aber das wäre unhöflich.

Er schneidet eine Grimasse, geht die Treppe hoch, erreicht die erste Etage.

Liest die Nummern auf den Zimmertüren. Sieht liegende, weiße Gestalten, die ihm stöhnend den Kopf zuwenden. So ein Krankenhaus ist wirklich kein schöner Ort.

Mit gesenktem Kopf geht er weiter. Linst verstohlen zu den

Zimmernummern hoch. Geht dicht an der Wand entlang, um keine Aufmerksamkeit zu erregen, sieht Krankenschwestern, Tabletts und Wagen, die jemand vor sich herschiebt. Er schleicht, schleicht, jemand könnte fragen, warum er allein hier herumläuft, wo seine Mutter denn ist, und dieser Ball, was willst du denn damit?

Er versucht, unbemerkt zu bleiben, hebt ein letztes Mal den Kopf, er hat es fast geschafft. Zimmer 143 …

Das nächste ist es.

Und da sieht er ihn. Er kommt geradewegs auf ihn zu.

Ein rothaariger schwitzender Mann mit krummem Rücken, der schwer atmend die Räder eines Rollstuhls dreht. Seine Beine stecken in gewaltigen Verbänden, und an seiner Nasenspitze hängt ein Tropfen.

Turquet!

Toms Hand krampft sich um seinen Ball.

Er geht ihm entgegen. Baut sich vor dem Rollstuhl auf. Schaut ihm direkt in die Augen.

»Du Hurensohn!«, zischt Turquet.

Tom dreht sich um, vergewissert sich, dass niemand ihn beobachtet, holt Schwung und tritt den Ball mit aller Kraft gegen eines der verbundenen Knie.

Turquet klappt mit einem dumpfen Geräusch zusammen, es hört sich an, als knacke er am ganzen Körper.

Er bleibt zusammengekrümmt sitzen und ringt nach Luft.

»Das war für Léonie«, sagt Tom mit zusammengebissenen Zähnen.

»Du dreckiger Rotzlöffel!«, schreit Turquet mit schmerzverzerrtem Mund.

Tom schaut sich um. Immer noch niemand zu sehen. Wieder nimmt er Anlauf, zielt auf das andere Knie und schwingt den Fuß wie Zlatan, bevor er ein Tor schießt.

»Und das ist für Schnuffel.«

Turquet brüllt auf und sackt in sich zusammen.

Und Tom rennt davon. Vorbei am Zimmer 144.

Aber das ist nicht schlimm, er wird einen Moment warten, sehen, ob jemand kommt, und dann kehrtmachen, als sei nichts geschehen.

Sein erster Eindruck von ihr ist weiß. Weißes Haar, weiße Haut, sogar ihre blauen Augen sind fast weiß. Sie hat die gleiche Farbe wie die T-Shirts, die seine Mutter zu lange in Bleichmittel einweicht. Wie lange war sie schon nicht mehr an der frischen Luft? In ihrem Zimmer riecht es genau wie in seinem, wenn er krank ist und seine Mutter seine Brust mit Wick VapoRub einreibt und ihn zwingt, Hustensaft zu schlucken.

Er steht am Fußende des Bettes.

Sie schaut ihn an. Und ihre Hand sieht aus wie die einer Mumie, als sie ihn näher heranwinkt. Er hat ein bisschen Angst vor dem Geruch. Seine Freunde in der Schule sagen immer, dass ihre Großmütter nicht gut riechen. Er hat keine allzu große Lust, das zu überprüfen.

»Bist du Tom?«, fragt sie. »Tom?«

Er nickt. Setzt sich auf die Bettkante.

»Kann ich mich dahin setzen? Tut dir das nicht weh?«

»Nein. Ich bin nicht aus Zucker, weißt du. Ich kann den Kopf und die Arme bewegen. Und sogar laufen!«

Sie streckt die Hand aus und streichelt seine Haare.

»Ich habe Gel reingemacht«, sagt er, »das klebt ein bisschen.«

»Du hast die gleiche Frisur wie Stella. Das sieht hübsch aus.«

Sie streicht über seine Ohren, die Nase, die Wangen, die Wimpern. Er fragt sich, ob sie vielleicht blind ist, weil sie ihn so abtastet.

»Geht es dir wieder besser?«

»Ja. Ich kann bald entlassen werden.«

Und wo willst du dann hin?, hätte er beinahe gefragt, aber er hat es sich gerade noch rechtzeitig verkniffen. Er lässt den Ball auf seinen Knien hüpfen.

»Gestern bin ich ein paar Schritte durch den Flur gelaufen, und heute Morgen bin ich bis in die Eingangshalle gegangen. Ich hatte mich angezogen. Ich wollte nicht, dass die Leute mich im Morgenmantel sehen!«

Sie ist eitel, das findet er süß. Und sie riecht überhaupt nicht schlecht. Mit etwas mehr Farbe, einem bisschen Rot und Blau, wäre sie vielleicht sogar hübsch. Ein wenig faltig, aber hübsch. Sie scheint groß zu sein. Nur Haut und Knochen. Aber sie hatte ja auch nicht viel Gelegenheit, sich rund zu futtern.

»Du musst aufpassen, sie könnten dich entführen!«

»Ich werde gut bewacht, weißt du. Und seit das mit Turquet passiert ist … Er war der Schlimmste von allen.«

»Ja, schon, aber Ray …«

»Ray? Der kommt nicht hierher. Ray erteilt nur Befehle. So mutig ist er nicht.«

Und sie lächelt spöttisch.

»Komisch«, sagt Tom, »das klingt so, als hättest du keine Angst mehr.«

»Ich habe weniger Angst. Und bald werde ich überhaupt keine Angst mehr haben.«

»Sollen wir ein bisschen spazieren gehen? Ich kann mit dir raus in den Hof gehen, wenn du möchtest.«

In Léonies Augen steht in großen Druckbuchstaben: ABGEMACHT. Sie zögert noch einen Moment, doch das ABGEMACHT gewinnt.

»Unter einer Bedingung …«

»Ja?«

»Du drehst dich um, während ich aufstehe, um ins Bad zu gehen und mich anzuziehen.«

»Ich gucke nicht hin. Versprochen.«

»Und du geduldest dich. Es könnte eine Weile dauern.«

»Kein Problem. Ich habe Zeit.«

Er hört sie im Bad herumkramen. Drückt sein Haar herunter, das sich wieder aufgerichtet hat. Bindet den Schnürsenkel seines

Sportschuhs neu. Wirft seinen Ball in die Luft. Fängt ihn mit dem Knie auf. Wiederholt die Geste.

»Ich bin fertig«, sagt sie.

Sie hat etwas Rosafarbenes angezogen, das steht ihr gut.

Sie verlassen das Zimmer. Sie geht ein wenig zögerlich, er sehr gerade. Er reicht ihr den Arm, damit sie sich darauf abstützen kann, und sie legt ihre Hand darauf wie eine Braut, die zum Altar geführt wird.

»Hattest du bei deiner Hochzeit ein schönes weißes Kleid an?«

»Ja. Und ich war auch beim Friseur.«

»Und dann bist du in die Kirche gegangen?«

»Nein. Nur ins Rathaus.«

»Ah! Dann hattest du ja gar keine Musik ...«

»Nein, aber ich hatte mein schönes weißes Kleid und Plastikblumen im Haar.«

Sie lacht, oder besser gesagt, sie kichert hinter ihren dürren Fingern hervor. Sie ist witzig! Sie hat ein bisschen Lippenstift und Rouge aufgelegt.

»Ich finde es schön, wenn du dich schminkst«, sagt er.

Sie blinzelt. Das ist sicher die Rührung.

Sie gehen den Flur entlang. Er muss zugeben, dass er nicht mehr so recht weiß, was er mit seinem Ball anfangen soll. Er stört ihn.

In der Eingangshalle kommen und gehen die Leute und rennen, ohne hinzuschauen, durch die Türen. Er hat Angst, sie könnte hinfallen.

»Mein Gott!«, sagt sie. »Ich erinnere mich noch an den Tag, als ich hier angekommen bin ...«

»Daran darfst du nicht denken.«

»Du hast recht, Tom. Lass uns ein Stück gehen.«

»Bis zum Parkplatz?«

Sie treten hinaus in den Sonnenschein, sie hebt ihr Gesicht und schließt die Augen.

»Das tut gut…«, sagt sie.

Sie nimmt die Hand von seinem Arm und geht allein weiter. Er wagt nicht, ihr von der Seite zu weichen, um sie auffangen zu können, falls sie hinfallen sollte. Sie dreht sich zu ihm um.

»Wir könnten uns einfach verdrück…«, sagt sie verschmitzt, doch dann bricht sie mitten im Wort ab, als hätte eine böse Erinnerung sie wieder eingeholt. »Aber wohin?«, flüstert sie, und ihre Schultern sinken herab.

Und als hätte sie erst jetzt begriffen, dass es keinen Ort gibt, an den sie gehen kann, möchte Léonie sich kurz auf das Mäuerchen setzen, um sich auszuruhen.

Und da…

Fühlt er sich plötzlich überflüssig.

Er sieht genau, wie sie zu grübeln beginnt und nach einer wundersamen Lösung sucht, um ihr Leben zu ändern.

Er lässt den Ball um sie herum aufprallen.

Dribbelt, übt Stoppbälle, einen schnellen Richtungswechsel, einen Kopfball.

Nach einer Weile erregt er doch noch ihre Aufmerksamkeit.

»Willst du später mal Fußballer werden?«

»Ganz bestimmt nicht. Die sind zu doof.«

»Was willst du denn werden?«

Er setzt sich neben sie.

»Weiß ich nicht.«

»Du hast ja auch noch viel Zeit, um dir darüber Gedanken zu machen!«

»Wusstest du in meinem Alter schon, was du werden wolltest?«

Sie denkt lange nach.

»Ich glaube«, antwortet sie schließlich, »ich habe nie gewusst, was ich mit mir anfangen sollte. Ein bisschen idiotisch, was?«

Und wieder lacht sie dieses leise, spöttische Lachen. Aber diesmal lacht sie über sich selbst. Es klingt liebevoll.

»Ich finde es schön, bei dir zu sein«, sagt er.

Abends erzählt er Jimmy Gun von seinem Besuch im Krankenhaus.

»Sie ist total dünn, weißt du. Man sieht ihre Knochen ganz spitz unter der Haut. Wir haben eine Weile draußen auf dem Parkplatz in der Sonne gesessen, und dann sind wir wieder reingegangen. Beim Abschied habe ich zu ihr gesagt, dass ich sie bald wieder besuchen würde, und dann hätte ich eine Überraschung für sie.«

»Eine Überraschung?«, fragt Jimmy Gun.

»Ja. Papa und ich möchten gerne etwas für sie tun. Wir wissen noch nicht, was, aber wir möchten sie mal da rausholen. Ihr die Welt zeigen. Die kennt sie gar nicht mehr. Dieser Kerl hat sie so lange eingesperrt. Sie war seine Sklavin.«

»War das die Idee deines Vaters?«

»Unsere gemeinsame Idee. Neulich sind wir in das Baumhaus geklettert, das er gebaut hat. Er schaute über den Wald und die Felder und den Fluss in der Ferne, und dann hat er geseufzt und gesagt: Das ist so schön. Man ist nie mehr traurig, wenn man sich die Zeit nimmt, diese Schönheit zu betrachten. Und da habe ich gesagt: Das sollte Léonie alles sehen, das würde ihr Kraft geben. Er hat einen Moment nachgedacht, und dann hat er gesagt: Wir holen sie da raus, Tom, wir holen sie da raus! Und wir haben uns die Hand darauf gegeben. Wir beide da oben im Baumhaus. Das war ein richtiger Schwur.«

»Und wie wollt ihr das anstellen?«

»Das wissen wir noch nicht … Aber wir finden eine Lösung. Wir lassen sie nicht im Stich.«

»Bravo, Alter. Du bist der King! ›Bei großen Seelen harrt Tapferkeit nicht auf der Jahre Zahl.‹«

Manchmal redet Jimmy Gun auch wie Corneille. Ganz unerwartet haut er solche Sätze raus! Er hat sie in Georges' *Rustica* gelesen. Da drin gibt es Sätze für alles. Für die Schnecken, für die Rosenstöcke, für den Salat und sogar für Corneille.

Sie sitzen zu dritt im Hinterzimmer von Lancennys Kneipe. Es ist später Vormittag, kurz vor dem Beginn des mittäglichen Hochbetriebs. Martine Lancenny füllt die Erdnussschälchen, die Wasserkrüge, die Weinkaraffen, schneidet das Brot, faltet die Servietten, verteilt die Salz- und Pfefferstreuer und bedient die an der Theke lehnenden Stammgäste, während ihr Mann sich mit seinen »Partnern« bespricht.

Ray hat die Abrechnung gemacht, die Provisionen aufgeteilt, das Geld in die großen Umschläge gesteckt und sie den anderen ausgehändigt. Er ist die Leute durchgegangen, die ihnen noch Geld schuldeten und die bezahlt haben. Sie sind auf dem neuesten Stand.

»Die Geschäfte laufen wie geschmiert«, bemerkt Ray und richtet sich in seinem Lehnstuhl auf. »Wie schon Al Capone immer sagte: ›Mit Höflichkeit und einer Waffe erreicht man weit mehr als nur mit Höflichkeit allein.‹ Und unsere Waffe ist die Angst. Gibst du uns eine Runde aus, Gégé?«

Lancenny steht auf und steckt seinen Anteil in die Tasche seiner Jeans. Er geht zur Tür des Hinterzimmers und brüllt zu seiner Frau hinaus: »Martine! Einmal das Übliche!«

Dann kehrt er an den Tisch zurück und setzt sich wieder hin.

»Meine Fresse, was sind wir gut!«, ruft Ray.

»Ja«, sagt Lancenny. »Weißt du noch, was Edmond damals gesagt hat: ›Sorg dafür, dass die Leute Angst haben, und sie kriechen vor dir im Staub.‹ Er hatte recht.«

Nach der Erwähnung von Edmonds Namen herrscht für einen Moment Schweigen.

»Der ist mittlerweile ein feiner Pinkel geworden«, sagt Gerson. »Macht einen auf dicke Hose.«

»Bei seiner Firma hätte ich auch gern mitverdient!«, ergänzt Ray. »Aber wir haben es nie geschafft, ihn festzunageln.«

»Dabei haben wir echt alles versucht«, versichert Gerson. »Wir haben Jérôme in die Zange genommen! Wir haben ihm fette Kohle in Aussicht gestellt. Aber nichts. *Nada*. Er hat sich immer geweigert, mit uns gemeinsame Sache zu machen. Dabei wäre es so perfekt gewesen: Er führt das Bestellbuch.«

»Er kann nicht, er ist in die fette Julie verknallt!«, entgegnet Ray. »Das sieht doch jeder Blinde!«

»Weil sie ihm aus der Patsche geholfen hat, das ist alles. Er ist ein Opfer seiner Dankbarkeit.«

»Gefühle und Geschäft sollte man nie vermischen. Das ist die goldene Regel«, sagt Ray. »Selbst schuld! Das wäre leicht verdientes Geld für ihn gewesen.«

»Und für uns auch! Der Schrotthandel brummt. Und es gibt jede Menge Löcher im Netz. Da kannst du in aller Ruhe Kohle abzweigen, ohne dass irgendjemand was davon mitkriegt.«

»Ich weiß«, seufzt Ray, »ich weiß. Streu nicht noch Salz in die Wunde. Aber das letzte Wort ist noch nicht gesprochen. Wir können es immer noch schaffen. Ich habe da so eine Idee. Glaubst du etwa, ich hätte aufgegeben? Vergiss nicht, Rache muss man kalt genießen.«

»Am besten tiefgefroren!«, ergänzt Lancenny höhnisch. Dann dreht er sich zur Tür um und brüllt: »Verdammt, Martine! Wo bleibst du? Wir haben Durst!«

»Ich komme, ich komme«, ertönt Martines Stimme.

»Und bei Turquet weiß man immer noch nichts?«, erkundigt sich Ray.

»Du meinst, wer ihn so zugerichtet hat?«, fragt Gerson.

»Ja. Ich hoffe, sie erwischen den Dreckskerl, der dafür verantwortlich ist. Der soll seine gerechte Strafe bekommen.«

»Der arme Turquet! Für den Rest seines Lebens im Rollstuhl!«

»Die finden nichts. Keine Spuren. Keine Hinweise. Sie fragen sich mittlerweile sogar, ob er die ganze Geschichte nicht einfach erfunden hat.«

»Du meinst, er soll sich selbst aus Spaß zwei Kugeln in die Knie gejagt haben?«, entgegnet Ray lachend. »Wie bescheuert muss man sein, um so was zu glauben?«

»Das behaupten sie nur, weil sie keinen Schritt weiterkommen. Um das Gesicht zu wahren.«

»Womöglich blüht uns genau das Gleiche wie ihm«, wirft Gerson ein.

»Du hast recht!«, ruft Lancenny. »Irgendjemand hat keinen Bock mehr, sich von uns erpressen zu lassen, steht abends vor der Tür und ballert los! Bang, bang! Das bringt die anderen doch auf Ideen.«

»Da kriegt man ja Angst!«

Mit einem Tablett voller Biergläser in den Händen erscheint Martine Lancenny an der Tür. Sie kommt nicht herein. Das darf sie nicht, wenn Ray und Gerson da sind. Sie könnte stören. Etwas aufschnappen, was sie nichts angeht. Gérard Lancenny steht auf, geht zu ihr und nimmt ihr wortlos das Tablett ab.

Rays Handy klingelt. Es ist Violette. Er hat ihr einen eigenen Klingelton zugewiesen. Ein Lied von Brigitte Bardot, »Nue au Soleil«*, davon krieg ich jedes Mal 'nen Ständer, sagt er.

»Verdammt!«, entfährt es Gerson. »Die lässt dich auch nie in Frieden.«

Ray will ihm schon gehörig den Marsch blasen, doch dann zieht er es vor, das Gespräch anzunehmen.

Er steht auf und entfernt sich ein paar Schritte, um in Ruhe zu reden.

Lancenny stellt das Tablett, das seine Frau gebracht hat, auf den Tisch.

»Sie hat noch Wurstscheiben, Toast und Rillettes dazugetan.«

»Die ist wenigstens nett!«, brummt Gerson. »Nicht so 'ne arrogante Ziege wie die da.« Er deutet mit dem Kinn auf Ray. »Hörst du, wie süßlich seine Stimme klingt, wenn er mit der redet! Ich glaub, ich träume! Los, jetzt ist der passende Moment. Wir sind alle gut drauf, jetzt können wir ihn mal darauf ansprechen.«

* Nackt in der Sonne

»Wenn ich du wäre, würde ich das lassen.«

»Du siehst das doch genauso!«

Lancenny zuckt verlegen mit den Schultern.

»Klar geht die Frau mir auf den Senkel, und er hat sich verändert, seit er mit ihr zusammen ist, aber was sollen wir denn machen? Er ist verliebt, Mann, er ist verliebt!«

»Verflucht noch mal! Er hat eine Menge Weiber gevögelt, aber die haben sich nie für was Besseres gehalten. Im Gegenteil! Merkst du nicht, wie die uns behandelt?«

Gerson verstummt, denn Ray kommt zurück an den Tisch.

Er setzt sich nicht sofort hin, sondern bleibt, zu seiner vollen Größe aufgerichtet, stehen und blickt forschend auf sie herab.

»Gibt's ein Problem, Leute?«

»Hör zu, Ray …«, setzt Gerson an. »Wir wollten nur …«

»Nur was?«

»Ist die Schnalle wirklich so wichtig?«

»Du meinst Violette? Sie hat einen Namen. Und du behandelst sie gefälligst mit Respekt!«

Gerson seufzt lautstark und schüttelt angewidert den Kopf.

»Schon kapiert.«

»Bist du eifersüchtig, mein Häschen?«, scherzt Ray.

Er lacht schallend auf und fährt Gerson liebevoll mit einer Hand über den Nacken, als wollte er ihn streicheln.

»Quatsch«, entgegnet Gerson und schüttelt ihn brüsk ab. »Aber wir haben nicht mehr so viel Spaß wie früher. Du kommst höchstens noch auf einen Sprung vorbei, du bist nicht bei der Sache, wir lassen es nicht mehr krachen.«

»Du meinst, wir vögeln uns nicht mehr durch die Gegend? Tja, das hat sich erledigt, Alter. Ich mag das Mädchen.«

»Ja, das haben wir gemerkt«, entgegnet Gerson spöttisch.

»Lass gut sein«, wiegelt Lancenny ab. »Hast du gesehen, Ray? Martine hat uns Rillettes und Wurst gebracht.«

»Violette ist nicht verhandelbar«, verkündet Ray entschieden. »Ende der Diskussion.«

»Scheiße, Mann!«, ruft Gerson. »Eine Mieze! Nicht verhandelbar! Seit wann das denn? Wir hatten immer gesagt ...«

»Nur Idioten ändern nie ihre Meinung.«

»Hör auf«, sagt Lancenny. »Das Wichtigste ist doch, dass unsere Geschäfte weiterlaufen, was, Ray?«

»Und wie sie weiterlaufen! Es sei denn, ihr hättet keine Lust mehr.« Er wendet sich Gerson zu und sieht ihn herausfordernd an. »Leg die Karten auf den Tisch, und du bist raus. Ich zwinge niemanden ...«

»Nein, nein«, murrt Gerson. »Es ist nur ...«

»Ach, komm schon, Herzchen«, sagt Ray und verpasst ihm einen gespielten Kinnhaken, »lach doch mal, du bist viel hübscher, wenn du lächelst. Da könnte man fast Lust bekommen, mit dir 'ne Runde unter die Dusche zu gehen.«

»Scheiße, Mann! Du gehst mir auf 'n Sack!«, brüllt Gerson und schlägt mit der geballten Faust in die Luft.

»So redest du nicht mit mir!«, schreit Ray und deutet mit ausgestrecktem Finger auf ihn.

»Ganz ruhig, Leute!«, mischt sich Lancenny ein. »Wir werden uns doch jetzt nicht wegen einer Frau streiten!«

»Oh, doch, das tun wir«, schimpft Gerson. »Du kannst ja weiter die Klappe halten, wenn du willst, aber mir steht's bis hier, ich verschwinde.«

Er nimmt seinen Umschlag, steckt ihn in seine Jacke und geht, ohne sich zu verabschieden, hinaus.

»Verdammt, Ray! Tu doch was«, fleht Lancenny.

»Lass ihn nur, der regt sich schon wieder ab. Bald kommt er zurück und frisst mir aus der Hand.«

»Da wäre ich mir nicht so sicher, er schien echt genervt zu sein. Willst du noch ein Bier?«

»Ihm bleibt doch gar nichts anderes übrig. Ohne die Kohle, die er von mir kriegt, kommt er nicht mehr über die Runden.«

»Die Kohle, die er verdient! Vergiss das nicht, Ray, er verdient seine Kohle. Die fällt ihm nicht einfach so in den Schoß.«

»Der kommt zurück, sag ich dir.«

»Du hast ihn bitter beleidigt.«

»Ich habe schon Schlimmeres gemacht, und die sind alle mit eingezogenem Schwanz wieder angekrochen gekommen! Willst du mir etwa erklären, wie die Leute ticken? Ich kenne sie in- und auswendig. Geld, Geld und nochmals Geld.«

Er schlägt sich mit geballten Fäusten gegen die Bauchmuskeln.

»Siehst du, wie fit ich bin? Jeden Morgen dreißig Minuten Bauchmuskeltraining! Solltest du auch mal machen.«

Er steht auf und schnippt Lancenny gegen den Kopf. Dann geht er zur Tür, dreht sich noch einmal um und sagt: »Und friss nicht so viel Rillettes!«

Stella räumt die Sachen ihrer Mutter auf. Packt die schmutzige Wäsche ein, legt die saubere in den Kleiderschrank. Füllt die Wasserkaraffe. Reiht die CDs säuberlich auf. Legt Kirschen aus ihrem Garten in eine kleine Schale. Toms Besuch hat Léonie gutgetan. Sie plaudert ununterbrochen, schwärmt davon, wie süß er doch sei, wie lieb, wie aufmerksam.

»So ein hübscher kleiner Junge!«

»Aber er hat nicht auf mich gehört, ich hatte ihm gesagt, er solle unten im Eingang auf Amina warten …«

»Er wollte mit mir allein sein, nur wir beide. Es war das erste Mal, dass wir einander so richtig gesehen haben. Ich verstehe ihn.«

»Jetzt verteidigst du ihn auch noch!«, entgegnet Stella belustigt.

»Ja. Unser kleiner Spaziergang hat mir sehr gut gefallen. Und den hätten wir vielleicht nicht gemacht, wenn Amina dabei gewesen wäre.«

Léonie nimmt eine Kirsche aus der Schale und probiert sie.

»Alles schmeckt gut, wenn das Leben zurückkehrt …«, sagt sie. Dann fügt sie hinzu: »Hat Joséphine Cortès noch einmal angerufen?«

»Nein. Sie muss nachdenken. Sie ist ein sehr bedächtiger Mensch. Sie hat mich um Beweise gebeten, und die haben wir nicht. Abgesehen von Kirschtupfer. Und der ist nicht gerade ein schlagender Beweis.«

Léonie spuckt den Kirschkern in ihre Hand. Gibt ihn Stella, die ihn in den Mülleimer wirft.

»Ich würde sie trotzdem gerne kennenlernen …«, sagt Léonie.

»Wärst du nicht ein bisschen nervös?«

»Nein. In den letzten Monaten hat sich etwas verändert. Ich habe keine Angst mehr, ich meine … nicht mehr die ganze Zeit. Manchmal packt sie mich wieder, ganz ohne Grund. Dann bin ich auf einen Schlag völlig leer und verängstigt. Ich habe etwas falsch gemacht, habe etwas Falsches gesagt, ich bin dumm … ich kauere mich zusammen und warte auf den Schlag. Aber dann klingt sie langsam wieder ab. Und alles in allem geht es mir besser. Ich habe wieder Lust zu leben.«

»Das ist doch fantastisch, Maman!«, ruft Stella.

»Neulich mit Tom, da sind wir rausgegangen, wir sind ein paar Schritte spaziert, und ich habe mich auf das Mäuerchen gesetzt. Alles war gut, doch dann bekam ich plötzlich wegen eines Satzes, eines Gedankens wieder Angst. Ich konnte nicht mehr atmen, es war, als würde ich ertrinken. Und dann hat sich die Welle zurückgezogen. Ich hatte wieder festen Boden unter den Füßen. Ich hatte keine Angst mehr.«

Bei mir ist das anders, denkt Stella. Ich gehe in Kampfhaltung, wenn die Angst kommt.

Es ist seltsam, sagt sich Léonie, ich habe stundenlang auf das Metronom geschaut, und jetzt bin ich wie reingewaschen, völlig neu. Beinahe zumindest.

Nur eine Erinnerung lässt sich nicht wegwaschen. Sie haftet an ihrem Gedächtnis.

Das Inakzeptable.

Sie schämt sich.

Sie wagt Stella nicht anzusehen.

Stella ist eine gute Tochter. Hingebungsvoll, aufmerksam. Stets pflichtbewusst. Sie redet mit den Schwestern und mit dem Arzt, sie kümmert sich um die Wäsche, sie schneidet ihr die Haare, sie massiert ihr die Füße und Hände, sie bringt ihr Fruchtkompott und Möhrenpüree mit, Bücher und CDs.

Sie ist perfekt.

Bis auf…

Bis auf diese Spur von Reserviertheit, die Léonie bei ihr wahrnimmt.

Eine kaum merkliche Distanz, die Stella zwischen sich und ihrer Mutter schafft, als…

Als stünde ein Hindernis zwischen ihnen.

Und als wäre es Léonies Aufgabe, dieses Hindernis aus dem Weg zu räumen.

Allein Léonies Aufgabe.

Und Léonie weiß das.

Ich habe das Abscheuliche geschehen lassen. Das ist es, was ich jeden Tag in Stellas Augen lese. Sie versucht, es zu verbergen, sie macht sich im Zimmer zu schaffen, sie räumt auf, sie schluckt die Frage hinunter, aber ich höre sie. Wie konntest du, Maman? Wie konntest du nur?

Ich habe zugelassen, dass er in das Zimmer meiner kleinen Tochter ging. Ich habe mir die Ohren zugehalten.

Ich wusste es nicht mehr. Ich wusste nichts mehr.

Ich hatte keinen Körper mehr, ich hatte kein Gehirn mehr, ich war Madame Plemplem.

Ray kam nach Hause, als sie gerade versuchte, die Zeitung zu lesen, die Fernande liegen gelassen hatte. Er stürzte sich auf sie, riss an ihren Haaren und brüllte: »Sag mal… was bildest du dir eigentlich ein, du bescheuerte Kuh? Du kannst doch nicht die Zeitung lesen! Glaubst du etwa, du würdest verstehen, was da steht? Glaubst du das im Ernst? Dann werd ich's dir erklären. Du kannst diese Zeitung nicht lesen, weil du nicht einen Funken Verstand hast. Du liest etwas, aber du kapierst es nicht. Die Schlagzeile da zum Beispiel, was bedeutet die?«

Er deutete auf eine Überschrift: »1. November 1993: Mit Inkrafttreten der Maastrichter Verträge wird aus der Europäischen Gemeinschaft die Europäische Union.« Sie las mit lauter Stimme vor.

»Kannst du mir erklären, was du verstanden hast?«

Sie hatte nichts verstanden.

Sie hatte Angst, er würde sie schlagen.

»Siehst du? Nicht einen Funken Verstand. Aber vielleicht weißt du das noch nicht. Willst du noch ein Beispiel? Ich gebe dir eins. Irgendeins. Warte …«

Sein Blick wurde listig, gemein. Er zog sie an den Haaren und zwang sie, ihm in die Augen zu sehen. Und dann sagte er, wobei er jede Silbe einzeln betonte: »Du hast ver-ges-sen, dass du ab-sicht-lich die Finger in die Autotür gesteckt hast, um die Abschlussprüfung an der Uni nicht machen zu müssen. Das hast du ver-ges-sen!«

Entgeistert starrte sie ihn an. Das Blut gefror ihr in den Adern. Das war so lange her. Konnte es wirklich so gewesen sein, wie er sagte?

Im gleichen Tonfall fuhr er fort: »So konntest du behaupten, es sei MEINE Schuld gewesen, die Schuld des bö-sen Ray. Aber ich sage dir, du hast die Finger ABSICHTLICH in die Tür gehalten. Weil du wusstest, dass du es nicht schaf-fen würdest. Weil du dumm bist. Sehr dumm. Regelrecht dämlich. Das nennt man Unterbewusstsein. Wie damals beim Himalaya. Das Dach der Welt. Dein Vater hatte nicht mit allem unrecht.«

Sie begriff nicht, was er ihr sagte, aber mit der Zeit glaubte sie, dass er recht hatte: Sie hatte keinen Funken Verstand.

Sie hörte nicht, was sie hörte, sie sah nicht, was sie sah, sie verstand nicht, was sie verstehen sollte.

Und wenn er nachts aufstand, um in Stellas Zimmer zu gehen …

Vielleicht bildete sie sich das ja einfach nur ein, vielleicht bildete sie es sich nur ein.

Madame Plemplem, Madame Plemplem.

Rays Stimme verstummt.

Das ist die letzte Erinnerung, die sie aus ihrem Gedächtnis löschen möchte.

Das Geräusch der Zimmertür, wenn Ray nachts aufstand, und die Schreie ihrer Tochter. »Nein, Papa, nein! Maman! Maman!«

Léonie biss sich so fest in die Hand, dass sie am nächsten Morgen noch den roten, ovalen Abdruck ihrer Zähne auf der Haut trug.

Es ist Feierabend. Stella geht nach oben in die Umkleide, um ihren Helm, ihre Arbeitshose und ihre Handschuhe wegzulegen. Julie hat hinter einer Sperrholzabtrennung einen eigenen kleinen Bereich für sie eingerichtet. Es gibt zwei Duschen, eine für die Männer, eine für Stella, Spinde und große Körbe, in die sie ihre Arbeitshosen werfen, die einmal pro Woche in die Reinigung gebracht werden. Einen Nebenraum mit einem Fernseher, einer Mikrowelle und einem Feldbett. Wenn Julie etwas macht, dann richtig.

Die Jungs kommen aus der Dusche. Sie haben nasses Haar und rubbeln sich mit Handtüchern trocken. Sie machen Scherze, rempeln sich gegenseitig mit der Schulter an, klauen einander ein T-Shirt, ein Hemd. Boubou hat Lotto gespielt und verloren.

»Genau wie Suzon«, ruft Stella über die Trennwand hinweg, »sie spielt jede Woche und gewinnt nie! Sie versucht, das durch Rubbellose auszugleichen, aber das klappt auch nicht besser.«

»Ich weiß, dass ich irgendwann gewinne, das habe ich im Urin!«

Boubou hat einen Tisch für zwei auf einem Ausflugsboot in Paris reserviert, um seinen dreißigsten Hochzeitstag zu feiern.

»Und davor gehen wir in der schönsten Stadt der Welt spazieren.«

»Ja, Paris ist schön«, stimmt Houcine ihm zu. »Da gibt es eine Menge zu sehen.«

»Da sind mir zu viele Leute, und es stinkt!«, nörgelt Maurice, während er sein Hemd anzieht. »Und Sehenswürdigkeiten sind auch nicht so mein Ding.«

»Dich interessiert ja sowieso nur die Armee. Ich frage mich, warum du dich nicht verpflichtet hast. Du hättest eine tolle Karriere hingelegt.«

»Ich wollte nicht weg aus Saint-Chaland. Es gefällt mir hier. Hat es immer schon. Wenn ich mal raus will, dann lese ich Bücher über Schlachten, das reicht mir. In meinem Kopf reise ich sehr viel weiter als ihr!«

»Ich wette, du warst noch nie in Paris«, sagt Boubou.

Stella mag diese gemeinsamen Tagesausklänge in der Umkleide. Die lärmenden Männerstimmen, dieses unausgesprochene Einvernehmen.

»Doch. Ich war schon mal in Paris!«, protestiert Maurice.

»Ach ja? Haben deine Eltern dich mit Gewalt hingeschleppt?«

»Nein. Ich war einundzwanzig. Das war 1977. Ich wollte mir die Parade zum 14. Juli ansehen.«

»Gibt es dafür einen Zeugen?«

Boubou und Houcine lachen.

»Behaupten kannst du ja viel, aber wie willst du das beweisen?«, neckt ihn Houcine. »Stimmt doch, nicht wahr, Boubou? Hast du dich auf den Champs-Élysées fotografieren lassen oder so etwas?«

»Nein.«

»Hast du ein Souvenir aus Paris mitgebracht?«

»Natürlich nicht … Wieso hätte ich das tun sollen?«

»Also wenn du mich fragst, bist du nie aus Saint-Chaland rausgekommen.«

»Was habt ihr denn bloß?«, mischt sich Stella ein und steckt den Kopf um die Trennwand. »Ich bin mir sicher, dass er in Paris war. Maurice ist doch kein Lügner.«

»Danke, Stella«, sagt Maurice ein wenig aufgemuntert. »Die piesacken mich ständig, weil ich nicht verreise.«

»Und wir haben ja auch recht!«, sagen die beiden Kumpane wie aus einem Mund. »Für dich gibt es nur deine Schlachtenbücher und den Schrottplatz. Was anderes kennst du nicht!«

»Mir reicht das.«

»Weil in deinen kleinen Kopf nicht mehr reinpasst!«

»Mein Kopf ist genauso groß wie eurer! Und jetzt haltet endlich die Klappe!«

»Reg dich nicht auf! Komm, wir gehen was trinken.«

»Ich hab keine Lust. Ihr seid mir schon genug auf die Nerven gegangen.«

»Seht ihr, jetzt habt ihr ihn beleidigt«, sagt Stella. »Sehr gut, Maurice. Lass dir das nicht gefallen.«

»Ja, wenn wir einen Beweis hätten«, sagt Houcine, »dann würden wir auch aufhören, dich zu piesacken.«

»Siehst du, du fängst schon wieder an!«

»Ich weiß auch nicht«, fährt Houcine ausgelassen fort. »Beschreib uns die Place de l'Étoile oder die Bars an den Champs-Élysées. Das muss dich doch beeindruckt haben!«

»Der Platz war für den Verkehr gesperrt, also bin ich einmal außen rum gelaufen.«

»So ein Zufall! Sie hatten den Arc de Triomphe weggebracht, weil er im Weg war!«

Wütend knallt Maurice die Tür des Spinds zu.

»Und als du um den Arc de Triomphe rumgelaufen bist, da hast du nicht zufällig Napoleon getroffen? Das wäre mal ein Beweis!«

Sie brechen in schallendes Gelächter aus.

»Nein, aber den Chef habe ich gesehen«, gibt Maurice zurück.

»Courtois?«, fragen die beiden anderen verblüfft. »Was hatte der denn da zu suchen?«

»Keine Ahnung, aber ich habe ihn gesehen. So! Reicht euch das jetzt?«

»Bist du sicher?«

»Natürlich …«, blafft Maurice gereizt. »Ich bin am 13. Juli angekommen, ich habe mein Auto in der Avenue de la Grande Armée abgestellt, und dann bin ich zu Fuß losgelaufen, um die Gegend zu erkunden und herauszufinden, von wo aus ich den besten Blick haben würde … Und ganz am Ende der Champs-Élysées, in der Avenue Hoche, da habe ich Courtois gesehen. Er hat mich nicht bemerkt. Aber ich habe ihn so deutlich vor mir gesehen wie jetzt euch. Ich stand ganz in seiner Nähe.«

»Aber was hatte Courtois denn an einem 13. Juli in Paris zu suchen? Wollte er bei der Parade mitlaufen?«

Unter spöttischem Gelächter stoßen sie sich gegenseitig mit dem Ellbogen an.

»Er war mit einem armen Kerl zusammen, der sich kaum noch auf den Beinen halten konnte. Als ich dazukam, hat er ihn gerade in ein Taxi gesetzt. Ja, Lucien, ja, Lucien, sagte er die ganze Zeit, und ich kann euch sagen, der Typ war wirklich in einem üblen Zustand, Courtois hat ihn fast getragen. Als er dann dem Taxi nachgeschaut hat, schien er stocksauer zu sein. Darum habe ich mich ja auch nicht blicken lassen. Ich war mir sicher, dass ich störte. Und dass ich etwas gesehen hatte, was nicht für meine Augen bestimmt war …«

Stella, die sich gerade vor dem Spiegel mit beiden Händen das Haar zerzaust hat, dreht sich um.

»Bist du sicher, dass der Mann Lucien hieß?«, will sie wissen.

»Absolut sicher.«

»Und es war der 13. Juli 1977?«

»Wenn ich es doch sage! Er sah so wütend aus, dass ich mich nie getraut habe, ihn darauf anzusprechen. Er ist immerhin mein Chef!«

»Warum interessiert dich das, Stella?«, fragt Houcine erstaunt. »Du warst damals doch noch nicht mal geboren!«

Schwungvoll stößt Stella die Tür zu Julies Büro auf.

»Ist dein Vater da?«

»Ja. Wieso?«

»Ich muss mit ihm reden.«

»Aber er ist nicht allein!«

»Ist mir egal.«

»Warte wenigstens, bis der Typ rauskommt …«

Stella tritt ungeduldig von einem Fuß auf den anderen und steckt wütend die Fäuste in ihre Taschen.

Julie krümmt sich auf ihrem Stuhl zusammen.

»Stella …«, sagt sie kaum hörbar. »Es ist so weit. Er hat mir seine Liebe gestanden. Er hat mir ein Geschenk gemacht.«

»Wer?«

Julie starrt sie mit offenem Mund an.

»Na … Jérôme!«

»Ach so, Jérôme.«

»Was ist denn los mit dir?«

»Nichts. Also?«, fragt sie tonlos, wie aus reiner Höflichkeit, und versetzt dem Schreibtisch einen Tritt.

»Stimmt was nicht?«

»Doch. Alles super. Los, erzähl!«

»Du siehst aber nicht danach aus … Bist du sicher?«

»Verdammt, Julie! Rück schon raus mit der Sprache! Ich muss doch sowieso warten …«

Julie schiebt ihre Brille zurück, zupft an den Ärmeln ihres Pullovers und errötet.

»Er ist hochgekommen …«

»Wer?«

»Jérôme! Ich weiß gar nicht, wieso ich überhaupt mit dir rede, du hörst ja doch nicht zu.«

Sie wendet sich wieder ihren Unterlagen zu und tut, als konzentriere sie sich auf die Zahlen.

»Tut mir leid. Los, erzähl es mir. Du platzt ja beinahe.«

»Ja, stimmt.«

Julie lächelt, und ihre Schultern zucken.

»Er ist reingekommen, hat ein Päckchen auf meinen Schreibtisch gelegt und gesagt: ›Das ist für dich.‹ Dann hat er sich auf dem Absatz umgedreht und ist wieder verschwunden.«

»Und …?«, fragt Stella mit einem ungeduldigen Blick zu Edmonds Bürotür.

»Es war ein Schönheitspflegeset: ›Total Beauty‹. Da ist alles drin, ein Parfüm, Tagespflege, Nachtcreme und die komplette Badeserie. Und sogar ein schönes besticktes Handtuch! Das muss ein Vermögen gekostet haben. Du hattest recht, Stella, ich bin seine Angebetete!«

»Na, umso besser! Ich freue mich so für dich.«

»Das versteckst du aber ganz gut.«

Stella betrachtet Julie. Sie strahlt vor Glück über das ganze Gesicht.

»Ich bin wütend. Ich ertrage diese Lügen nicht mehr, ich ertrage diese Geheimnisse nicht mehr. Die müssen endlich alle aufhören, mich zu belügen!«

»Und deshalb willst du mit meinem Vater sprechen?«

»Ja. Denn er ist der größte Lügner von allen!«

Léonie horcht auf die Schritte im Flur. Sie kennt sie fast alle. Der Sohn der Frau im Zimmer neben ihr, der nach Feierabend vorbeikommt, der Vaters des jungen Mädchens in Zimmer 145, der jeden Morgen frische Croissants für sie holt, die Frau, die ihrem Mann zum Mittagessen einen Tupperbehälter bringt. Sie erkennt das Geräusch der Sohlen und weiß, vor welcher Tür sie stehen bleiben werden.

Manchmal kann sie sie nicht identifizieren, und dann krümmt sie sich ängstlich unter ihrer Decke zusammen.

Was, wenn er es wäre?

An diesem Tag hört sie Schritte, die sie nicht kennt. Ihre Finger verkrampfen sich in das Laken.

Die Schritte kommen näher. Schwere Schritte. Die Sohlen kleben am Boden und quietschen leise. Das müssen dicke Sohlen sein, Arbeitsschuhe.

Sie verkriecht sich unter der Decke.

Die Schritte halten vor ihrer Tür an.

Zögern, treten auf der Stelle.

Er vergewissert sich bestimmt, dass niemand in der Nähe ist. Er will hereinkommen und sie mitnehmen. Sie öffnet den Mund, um zu schreien, aber kein Laut dringt über ihre Lippen. Sie kann nicht mehr schreien.

Es klopft an der Tür. Sie antwortet nicht.

Die Klinke senkt sich herab.

Es ist Edmond Courtois.

»Edmond!«, flüstert sie erleichtert. »Du hast mir Angst gemacht!«

»Tut mir leid. Das wollte ich nicht ... Ich hatte Stella doch Bescheid gesagt, dachte ich?«

»Ja, das hatte ich vergessen ...«

Léonie bedeutet ihm, sich hinzusetzen. Sie richtet sich auf, bauscht ihr Haar ein wenig, schließt den obersten Knopf an ihrem Schlafanzug, beißt sich auf die Lippen und beobachtet ihn.

Er setzt sich auf die Kante des Lehnstuhls neben ihrem Bett. Öffnet das zu enge Jackett. Fährt sich mit einer Hand über den Kopf. Zupft an seiner Krawatte. Spielt nervös mit seinen Fingern, legt die Hände auf seinen Bauch, hebt sie an, lässt sie wieder sinken.

»Ach, Léonie! Es ist so lange her!«

»Ja. Wir haben uns verändert, was?«

Er ist korpulent, gedrungen, sein Gesicht ist mit Sommersprossen übersät, und sein spärliches Haar hat einen etwas schmutzig blonden Farbton angenommen. Er wirkt nicht sehr gepflegt. Dabei wohnt er in einem schönen Haus, er hat eine Frau, eine Tochter. Er scheint sich keine Mühe zu geben, ihnen zu gefallen. Man könnte ihn für einen alten Junggesellen halten. Aber so hat er schon immer ausgesehen, ein bisschen nachlässig, ein bisschen sich selbst im Weg stehend. Aber auch entschlossen. Intelligent, kultiviert. Und unbeholfen. Ein merkwürdiger Mann. Es scheint, als bewegte er sich mit angezogener Handbremse.

Sie sieht sich wieder neben ihm liegen, während Ray im Nebenzimmer Bier trank und seine Fußballmannschaft anfeuerte. Es war das Zimmer eines Junggesellen. Eine Glühbirne hing an der Decke und tauchte den Raum in ein grelles Licht. Sie legte einen Ellbogen über ihre Augen, um nicht geblendet zu werden.

»Ich war schon einmal hier … um auf dich aufzupassen … aber du hast geschlafen.«

»Ach …«, antwortet sie verlegen. »Du hast mich beim Schlafen beobachtet?«

»Ja.«

»Aha …«

Wenn Edmond in seinem kleinen Zimmer auf ihr lag, dann starrte sie immer auf seine weiße, mit roten Härchen bedeckte Schulter. Und obwohl er sie zärtlich und respektvoll behandelte, fragte sie sich unwillkürlich: Wieso haben eigentlich immer die Männer die Oberhand? Liegt es daran, dass sie schwerer sind als wir? Dass sie sich daran gewöhnt haben?

»Du bist hier gut untergebracht«, sagt Edmond.

»Das habe ich Doktor Duré zu verdanken.«

»Dann arbeitet er also wieder?«

»Ja. Wieso sagst du das? Er war doch immer da.«

»Er hatte einen kleinen Unfall. Nichts Schlimmes. Ich bin froh, dass er wieder auf seinem Posten ist.«

»Er kommt nur sehr selten her. Ich sehe ihn nicht oft.«

»Er hat viel zu tun.«

»Genau wie du. Läuft dein Geschäft gut?«

»Es ist schwierig im Moment, aber wir kommen klar. Wir haben die Rohstoffe. Man muss sich gegen die Konkurrenz behaupten. Ich fliege oft ins Ausland.«

»Ja, ich weiß. Stella erzählt mir davon.«

»Sie ist ein gutes Mädchen …«

»Ich wollte dir danken für das, was du für sie tust.«

»Julie mag sie sehr. Und ich auch … Sie ist für mich ein bisschen wie meine eigene Tochter.«

Er wird rot. Die Erinnerung an jene Abende, als Ray Léonie zu ihm brachte, macht ihn verlegen. Er streckt die Beine aus, zieht sie wieder an. Rutscht unruhig auf seinem Stuhl hin und her.

»Das hätte ich nicht sagen sollen!«, entschuldigt er sich.

»Das ist Vergangenheit. Wir waren jung. Jung und unschuldig. Vor allem ich. Das alles erscheint mir jetzt so fern … Wir haben beide einen weiten Weg hinter uns gebracht.«

»Du musst noch ein paar Kilo zulegen«, sagt er lächelnd, um das Thema zu wechseln.

»Ach, ich war noch nie besonders dick!«

»Stimmt. Ich hatte jedes Mal Angst, du könntest davonfliegen, wenn du mit deinem Fahrrad wegfuhrst.«

»Du warst immer sehr nett zu mir.«

»Und ein bisschen gehemmt.«

»Ja. Etwas linkisch. Und das mögen Mädchen nicht. Sie ziehen die Jungs vor, die die Muskeln spielen lassen. Ziemlich dumm von ihnen!«

Sie sieht ihn mit einem derart vertrauensvollen, derart strahlenden Lächeln an, dass er sich plötzlich schämt.

»Léonie«, setzt er an, »ich muss dir etwas sagen …«

»Was denn, Edmond? Das alles liegt hinter uns. Lass uns nicht mehr darüber reden.«

»Stella weiß Bescheid. Ich habe es ihr erzählt.«

»Wieso?«, schreit Léonie auf. »Das hättest du nicht tun dürfen. Was wird sie denn jetzt denken? Ich bin doch ihre Mutter, ist dir das nicht klar?«

Der Boden bricht unter ihren Füßen weg. Sie wird in eine Leere hineingesogen. Lauwarmes Wasser verschlingt sie. Sie ertrinkt. Schlägt um sich.

»Und sie hat kein Wort darüber gesagt! Warum hast du das getan, Edmond? Das brauchte sie nicht zu wissen!«

»Sie weiß alles, Léonie. Sie weiß sogar Dinge, von denen du nichts ahnst …«

»Wovon redest du da? Du verlierst den Verstand!«

»Lass mich ausreden … Ich werde noch verrückt. Du musst es erfahren. Du wirst mich hassen. Ganz sicher. Aber es muss sein …«

Und er erzählt ihr von seiner Begegnung mit Lucien Plissonnier in der Bar des Grands Hommes in der Avenue Hoche am Abend des 13. Juli 1977.

Sie umklammert den Saum des Bettlakens und hört ihm zu. Sie ist leichenblass. Tränen rinnen über ihre Wangen, aber sie blinzelt nicht. Sie hört jedes Wort.

Und sie begreift.

»Er ist deinetwegen gestorben!«

»Bitte, sag das nicht!«

»Doch. Du bist schuld. Du warst schon immer in mich verliebt, du warst eifersüchtig. Du hast mir meine große Liebe geraubt. Oh, ich habe ihn geliebt! Ich habe ihn geliebt! Und deinetwegen ist er gestorben!«

»Léonie …«, fleht er und streckt eine Hand aus, um sich mit ihr zu versöhnen.

Doch sie stößt sie weg.

»Nimmt diese Geschichte denn nie ein Ende? Warum quält ihr mich alle? Was habe ich euch denn getan?«

»Ich wollte doch nicht …«

»Du warst genau wie Ray, du wolltest mich beherrschen, mich besitzen, natürlich schlugst du mich nicht, du hattest ein reines Gewissen, aber du hast einen Mann getötet, Edmond, du hast ihn getötet!«

»Ich mache mir solche Vorwürfe. Du kannst dir nicht vorstellen, wie leid es mir tut. Ich war verrückt nach dir, ich wollte nicht, dass er dich mitnimmt.«

»Aber ich bin doch kein Gegenstand!«, schreit sie mit Tränen in den Augen.

»Ich hatte eine Wohnung für dich gefunden, und ich dachte …«

»Aber hast du dich jemals gefragt, was ich dachte? Was ich wollte?«

Er schüttelt den Kopf und schaut sie niedergeschlagen an.

»Ich hätte für den Rest meines Lebens auf ihn gewartet«, sagt sie. »Hin und wieder ein Brief, ein Anruf, ein liebes Wort, das hätte mir gereicht. Ich wäre wieder zu Kräften gekommen. Und Gott weiß, ich hätte Kraft gebraucht! Stattdessen hast du mich untergehen lassen. Und ich wurde Madame Plemplem. Du hast dein altes Leben wiederaufgenommen. Du hast geheiratet und mich aus deinen Gedanken gestrichen.«

»Ich habe dich niemals aus meinen Gedanken gestrichen, Léonie. Niemals.«

»Aber es lief auf dasselbe hinaus! Ich ging zugrunde, ich litt Höllenqualen, ich dachte, er hätte mich vergessen … Rays Schläge und Fernandes Gemeinheiten waren nichts, verglichen mit dem Schmerz darüber, nie wieder etwas von ihm zu hören.«

»Léonie …«, murmelt er und versucht, ihre Hand zu berühren.

»Ich habe mir alles Mögliche eingeredet, bis ich mir schließlich sagte, dass das doch ganz normal sei, dass ich ein unnützes, dummes Ding sei und dass kein Mann mich wirklich lieben könne. Dass Ray das Recht hatte, mich zu verprügeln, dass er sogar gut daran tat!«

Sie wischt sich über die Augen und starrt ihn an.

»Was du getan hast, ist unverzeihlich, Edmond!«

Er wagt nicht, sie anzusehen, seine Finger zittern.

»Du hattest kein Recht dazu! Und ich habe nie etwas davon erfahren, niemals. Es gibt nichts Schlimmeres als diese Ahnungslosigkeit.«

Er schüttelt den Kopf, lässt ihn auf die Brust sinken. Sie sieht zu, wie er in sich zusammensackt, und stößt einen wütenden Schrei aus.

»Das werde ich dir niemals verzeihen! Niemals!«

Er richtet sich wieder auf, zieht einen Umschlag aus seinem Jackett und hält ihn ihr hin.

»Diesen Brief hat er mir für dich gegeben.«

Zitternd nimmt sie ihn entgegen. Liest die Worte »Für Dich, Léonie, von Deinem Lucien«. Berührt das Papier, als handelte es sich um eine heilige Reliquie. Drückt die Lippen auf den vergilbten Umschlag. Umklammert ihn mit beiden Händen. Sie wird den Brief lesen, wenn er fort ist.

»Ich würde alles für dich tun«, fährt Edmond fort. »Wenn du hier rauskommst, wird es dir an nichts fehlen, das verspreche ich dir. Ich miete dir eine Wohnung, wo immer du willst. In Paris oder in Sens. Sogar in Valparaíso, wenn du magst.«

Er lächelt das klägliche Lächeln eines Mannes, der nicht weiß, was er noch tun soll, um seinen Fehler wiedergutzumachen.

»Weißt du, was ich wirklich will, Edmond?«, stammelt sie.

Erschauernd sieht er sie an.

»Was mich glücklicher machen würde als alles andere?«

»Sag es mir …«

»Dass sich endlich niemand mehr um mich kümmert. Dass man mich einfach in Ruhe lässt. Dass ich selbst über mein Leben bestimmen kann. Das ist es, was ich mir am meisten wünsche. Woran ich jeden Abend denke. Allein zu leben. Das habe ich nie gehabt, niemals …«

Sie drückt den Umschlag an ihr Herz. Streichelt ihn mit den Fingerspitzen.

»Hast du uns an Fernande verraten?«, fragt sie mit tonloser Stimme.

»Oh, nein!«, protestiert er. »Nein, Léonie! Das hätte ich niemals getan.«

»Durch wen hat sie dann davon erfahren?«

»Das weiß ich nicht.«

»Sie wusste alles über Lucien. Seinen Namen, sein Alter, seinen Familienstand.«

»Du weißt ganz genau, dass sich in diesen Kleinstädten alles herumspricht. Und was die Leute nicht wissen, das erfinden sie eben. Es war Wahnsinn, zu glauben, dass euch niemand sehen würde.«

An diesem Junitag 1977 war Fernande in die Nouvelles Galeries gegangen.

Es war so heiß, dass sie schweißgebadet dort ankam. Mit ihrem zusammengeknüllten Taschentuch tupfte sie sich die Schläfen, die Achseln und den Hals ab. Die Hitze ließ ihre Körpertemperatur ansteigen wie ein Schnellkochtopf. Brummend schob sie das Taschentuch zurück in ihren Jackenärmel. Sie ging nie ohne ihre Handtasche, eine pflaumenfarbene Gabardinejacke und einen Filzhut aus dem Haus. Weinrot oder schwarz, das hing von ihrer Stimmung ab. Und vom Wetter. An diesem Tag trug sie den weinroten Filzhut.

Das Gehen machte ihr immer mehr Mühe, und ihre Beine waren schwer wie Blei.

Keuchend lehnte sie sich an die gläserne Eingangstür und ließ ein paar Minuten verstreichen, ehe sie weiterging. Sie hatte schon wieder vergessen, ihre Medikamente zu nehmen!

Sie vergisst sie ständig! Sie will sich nicht eingestehen, dass sie krank ist. Ray braucht sie, ohne ihr gutes Essen und ihre ständige Fürsorge könnte er nicht leben. Sie kauft seine Unterhosen, seine Socken, seine Hemden. Niemand sonst darf sich um ihn kümmern. Sie kennt seine Maße, sie weiß, welche Farben ihm stehen, welcher Stoff schön weich ist, welches Rasiergel seine Haut nicht reizt. Wenn Ray zu Hause ist, besteht er darauf, dass sie die Anweisungen des Arztes genau befolgt, aber er ist nicht da, er ist in Spanien, um der dortigen Feuerwehr zu helfen. Sogar bis ins Umland von Valencia brauchen sie ihren Sohn!

Sie betrat das Geschäft und warf einen Blick auf ihre Einkaufsliste. Hörte das Lied eines jungen, damals sehr populären Sängers, *»Allô maman bobo, maman comment tu m'as fait, suis pas beau«**, und dachte nein, ich habe einen hübschen Jungen zustande gebracht! Einen wunderbaren Sohn! Alle Frauen wollen ihn, alle liegen sie ihm zu Füßen! Er hat es sogar geschafft, sich die kleine Bourrachard zu angeln. Ein toller Fang war das. Rache ist süß. Die soll büßen, die Kleine, und ich bin noch lange nicht fertig mit ihr. Dreimal am Tag schicke ich sie zu Carrefour und lasse sie kiloweise Sachen einkaufen, die sie genauso schnell wieder zurückbringen darf! Das schlägt ihr aufs Hirn, und die schweren Taschen schneiden ihr in die Hände und renken ihr die Schultern aus. Gut so!

Nur in den Nouvelles Galeries kauft sie immer selbst ein. Sie liebt dieses Kaufhaus. Die Beleuchtung ist schmeichelhaft, die Ware von guter Qualität, und die Verkäuferinnen sind freundlich und grüßen sie, wenn sie an ihr vorbeikommen.

Sie ging in die Unterwäscheabteilung. Suchte nach Unterhosen. Große Baumwollschlüpfer für sich selbst und Léonie. Für sie beide die gleiche Größe, damit Léonie nicht zu kokett wurde. Sie und ihr Sohn lachen darüber. Er beschwert sich nicht. Erst vor ein paar Wochen hatte er beim Frühstück gesagt: »Ich fick die ja doch nur wie ein Schlachter, da ist das auch egal.«

Und er hatte zwei Croissants und ein Schokoladenbrötchen verschlungen.

Sie schaute sich gerade die Unterhosen an, als sie zwei Frauen hörte, die sich auf der anderen Seite des Regals unterhielten. Sie spitzte die Ohren. An solch öffentlichen Orten gab es immer etwas aufzuschnappen. Eine schlüpfrige Geschichte, ein Gerücht, ein Geheimnis.

»Ich fand den Film neulich ja nicht so toll«, sagte die eine.

»Welchen Film?«

* Hallo, Maman Bobo, wie hast du mich nur gemacht, ich bin nicht schön.

»Ach, du weißt schon, der, den wir in Auxerre gesehen haben. Die Geschichte von dem Mann, den Frauen und so weiter.«

»Das ist ja eine sehr hilfreiche Beschreibung!«

»Doch, natürlich … die Geschichte von dem Kerl, der die ganze Zeit nur Frauen anglotzt!«

Die andere Frau schien nachzudenken. Einen Moment lang herrschte Stille.

»Ach ja!«, rief sie schließlich. »*Der Mann, der die Frauen liebte!* Also mir hat er gefallen.«

»Ja, aber nicht wegen des Films, sondern wegen der Leute im Saal. Du hast ja mindestens genauso geglotzt wie der Typ. So wie du ständig den Kopf verdreht hast, kamst du mir glatt vor wie eine Wetterfahne!«

»Stimmt! Aber da fahren ja auch die ganzen heimlichen Pärchen hin. Weil sie glauben, da würde sie niemand erwischen. So was von bescheuert. Weißt du nicht mehr? Léonie … vor zwei Wochen. So haben wir das mit ihr ja rausgekriegt. Die Frau ist aber auch so dämlich, das ist kaum zu fassen!«

»Das hätte ich niemals von ihr erwartet! Wenn Ray das wüsste! Wie findest du das Modell hier? Vielleicht nicht genug Spitze dran, was meinst du?«

Fernande hatte aufgehört, die Kleiderbügel hin und her zu schieben, damit das Klirren sie nicht verriet.

»Willst du Henri auf Touren bringen?«

»Ach, ich weiß gar nicht, was ich anstellen müsste, um den auf Touren zu bringen! Der klettert auf mich drauf und rutscht genauso schnell wieder runter! Von einem Orgasmus kann ich nur träumen, ich hab nicht mal richtig losgelegt, da packt der schon wieder alles ein!«

»Ich mag DIM. Wegen der Werbung. Tadidadidadidada! Ihre Models sind wahnsinnig hübsch!«

»Die Wäsche auch.«

»Trotzdem … ich hätte nie damit gerechnet, Léonie da zu sehen.«

»Und dann auch noch in Herrenbegleitung!«

»Das hätte ich mir im Leben nicht vorstellen können.«

»Was?«

»Dass jemand Ray betrügen könnte. Er ist so wahnsinnig sexy!«

»Also wenn einer sexy ist, dann er. Der Mann trieft nur so vor Sex. Den würde ich garantiert nicht von der Bettkante stoßen!«

»Du bist doof!«

Und sie hatten losgeprustet.

»Und dann dieser Kerl, mit dem sie da war … Der kann Ray doch nicht das Wasser reichen.«

»Und so alt. Der muss ja mindestens vierzig gewesen sein. Aber ein schönes Lächeln hatte er und schöne Augen …«

»Sie hat ihn Lucien genannt, hast du das gehört? Als sie reingekommen sind, ist er auf die Toilette gegangen, und sie hat sich schon auf ihren Platz gesetzt. Und als er wieder zurückkam, da hat sie gerufen: ›Hier bin ich, Lucien, hier‹, und ihm wie wild zugewinkt. Meine Güte, ist die blöd!«

»Ich kenne ihn nicht. Er ist nicht von hier.«

»Nein. Er kommt aus Paris. Ich habe Henri gefragt, ich wollte natürlich wissen, was Sache ist. Ray betrügen, also ich bitte dich! Die Frau ist wirklich dreist!«

»Und was hat Henri gesagt?«

»Dass es der Pariser sei, der auf der neuen Baustelle in Sens arbeitet. Du weißt schon, das Gebäude für die SAVICAM in der Avenue Jean Jaurès.«

»Stimmt! Von der Baustelle hat sie gesprochen. Sie hat gesagt, sie wünschte, sie würden ihr Leben lang weiterbauen. Sie wollte sich sogar an die Kräne ketten. Wir saßen direkt hinter ihr, und sie hat uns nicht mal bemerkt!«

»Und dann hat Henri noch gesagt, dass der Typ verheiratet ist und Kinder hat. Zwei Töchter.«

»Verflixt aber auch! Woher weiß er das alles?«

»Der Pariser isst jeden Mittag im Coq d'or. Und Henri auch. Also sind sie ins Gespräch gekommen. Und Henri hat ihn ausgefragt. Aber unauffällig natürlich … Henri ist ein methodischer Typ. Der weiß, wie man so was macht. Und der andere hat ihm alles erzählt. Lucien Plissonnier heißt er. Komischer Kerl und komischer Name!«

»Ich hoffe bloß, Ray erfährt nichts davon. Das würde ihm das Herz brechen.«

»Ich nehme diesen Slip zusammen mit dem BH, das sieht so schön frisch aus, was meinst du?«

»Ja … Oder du versuchst es mit einem tieferen Ausschnitt, das würde deinen Henri heißmachen!«

»Damit das Ganze noch schneller vorbei ist! Kommt überhaupt nicht infrage!«

Fernande tat, als studiere sie aufmerksam die Etiketten, sortierte die Wäsche nach Größe und Farbe und wartete, bis die beiden Frauen verschwunden waren, ehe sie zu den Kassen ging.

In einer alten gepflasterten Straße von Sens, gegenüber einem Geigenbauer und nicht weit von der Markthalle entfernt, liegt ein Laden, der abends so hell erleuchtet und bunt geschmückt ist wie ein Weihnachtsbaum. Das ist das Patchworkatelier, wo dienstag- und donnerstagabends, wenn die Kinder nach dem Essen im Bett sind und die Väter oder Großmütter auf sie aufpassen, Patchworkkurse stattfinden.

An diesen Abenden kann man Frauen in kleinen Gruppen die Straße entlangkommen sehen. Eng aneinandergedrängt tauschen sie Tipps und Ideen aus, ziehen im Gehen ein Stück Quilt oder eine Stickerei aus der Tasche und vergleichen ihre Arbeiten. Man spürt, dass sie es kaum erwarten können, sich ans Werk zu machen.

Im Schaufenster sind auf Holzbrettern verschiedene Patchworkerzeugnisse ausgestellt. Selbstgenähte Marionetten, Clowns und Kobolde tollen zwischen Stoffballen umher, bunte Ketten sind über Schalen mit Glasdekoration drapiert. Gleich dahinter sind weitere Stoffballen zu sehen, wie Kunstbücher auf

Regalbrettern aufgereiht, dazu Schachteln, große Gläser voller Perlen und Pailletten, buntes Kartonpapier, aufgerollte Bänder, Knöpfe und Garnschachteln. Noch weiter hinten Nähmaschinen, Schneideunterlagen und Lineale. Jeden Donnerstagabend treffen sich Julie und Stella hier zum Patchworkkurs.

Stella arbeitet immer noch an der Geschichte ihres Lebens. Sie will Valérie, der Besitzerin des Ladens, ihre Fortschritte zeigen. Donnerstags ist der Kurs gratis. Sie kauft nichts bei Valérie, das ist ihr zu teuer, stattdessen nimmt sie alles mit, was sie im Laden der Emmausgemeinschaft oder bei Garagenflohmärkten finden kann. Für ein paar Cent ersteht sie ein Pailletten-T-Shirt, ein mit Perlen besetztes Kleid oder einen abgetragenen Mantel mit Pelzkragen. Und zerschneidet sie. Oder Ketten zu zwanzig Cent und alte Pullover, von denen sie die Knöpfe abschneidet. Sie plündert die Perlmutt- und Strassregale in Ein-Euro-Shops. Zerschneidet Georges' alte Cordsamthosen, Suzons zerschlissene Vorhänge oder die geblümten Blusen, die sie nicht mehr anzieht.

Sie liebt diese Donnerstagabende, an denen sie mit den anderen jungen Frauen auf der Ladentheke schneidet und näht. Sie redet nicht, sondern hört zu. Arbeitet. Lange Stoffstreifen erzählen die Geschichte ihres Lebens. Jede Figur hat ihre eigene Farbe. Blau für Léonie, Rot für Adrian, Sonnengelb für Tom, Grün für sie selbst, Violett für Georges, Weiß für Suzon und Schwarz für Ray Valenti. Ray Valenti ganz kantig, mit Spitzen, Klauen und bedrohlichen Zähnen. Sie näht Hände, Finger, schreiende Münder, zu Berge stehende Haare, die von den Händen ausgerissen werden. Oder rote und goldene Kugeln in Adrians Armen. Toms langer, gelber, verwuschelter Haarschopf.

Beim Nähen zieht sie die Bilanz ihres Lebens.

Sie hört, wie die anderen über Ray und Violette reden. Man sieht sie überall zusammen, sie verstecken sich nicht.

Eine Frau erzählt von den Abenden beim Präfekten, beim Bürgermeister, beim Feuerwehrkommandanten. Ray hält Violette am Arm. Der Bürgermeister wird ganz zappelig, wenn er sie sieht. Der Präfekt hat große Pläne mit ihr. Die wird es noch weit bringen, sagt sie, stolz darauf, dass sie so gut informiert ist.

»Die Midlifecrisis«, brummt eine andere und lässt die Nadel los, um einen Faden abzuschneiden.

»Über die Mitte ist der doch längst hinaus!«, korrigiert sie eine dritte, die gerade bunte Knöpfe für die Halskrause eines Clowns zusammennäht. »Der hat die sechzig hinter sich.«

»Er ist Wachs in ihren Händen«, ergänzt eine vierte. »Bei jungem Fleisch werden alle Männer schwach.«

»Ich würde dieser Violette was erzählen, wenn sie sich an meinen Mann ranmachen würde!«

Sie haben keine Hemmungen, in Stellas Gegenwart zu tratschen.

So, als existierte Maman überhaupt nicht, denkt Stella. Sie zählt einfach nicht.

Sie beißt einen Faden ab und fädelt ihn wieder ein.

Eine junge Frau fegt in den Laden und lässt sich neben Julie und Stella auf einen Stuhl fallen. Sie trägt eine kleine Brille und hat ihr Haar zu einem straffen Pferdeschwanz oben auf dem Kopf zusammengebunden. Ihre Handtasche geht auf und fällt um, sie bückt sich, um sie wieder aufzuheben.

»Alles klar?«, fragt sie hektisch. »Bin ich viel zu spät? Ich bin gerannt wie eine Irre.«

»Nein. Wir sind auch gerade erst gekommen.«

Marie Delmonte. Eine der vier *muchachas* von Monsieur Toledo. Sie ist Redaktionssekretärin bei der Zeitung *La République libre* und verantwortlich für das Layout der Titelseite.

»Hast du es geschafft, dich freizumachen?«, fragt Julie.

»Ich habe heute Abend keinen Dienst.«

»Meine Güte, du arbeitest ja wirklich ständig!«, wundert sich Stella. »Wir sehen dich hier ja kaum noch.«

»Was soll ich machen, es ist eben ein komischer Rhythmus: sechs Nächte hintereinander in der Redaktion und anschließend drei Tage frei.«

»Und das gefällt dir?«

»Es ist aufregend! Die Agenturmeldungen im Blick halten, fernsehen, falls ein interessantes Thema aufkommt, France Info hören … Sogar hier beobachte ich die Leute, um zu sehen, ob nicht vielleicht etwas vor sich geht.«

»Du bist ja komplett infiziert!«, sagt Julie. »So wie ich beim Schrotthandel.«

»Kommt mich doch mal in der Redaktion besuchen, dann werdet ihr das verstehen!«

»Jederzeit gern!«, antwortet Stella, die sich gerade darauf konzentriert, einen Faden zu verknoten.

Cliquen und Freundschaften bilden sich und lösen sich wieder auf, der einen entschlüpft ein Satz, der die andere verletzt. Ab und zu herrscht auch Schweigen. Doch keine von ihnen würde diese Donnerstagstreffen unter Valéries wachsamem Auge verpassen wollen.

Julie zeigt Stella eine Applikation, die sie gerade auf ein Stück Stoff genäht hat.

»Wie findest du das?«

»Wunderschön«, antwortet Stella, und Julie näht glücklich weiter.

Wir brauchen immer einen Blick von außen, um voranzukommen, denkt Stella. Das motiviert uns und bringt uns einen großen Schritt vorwärts.

Sie macht sich auf die Suche nach einem Stück gesteppptem rotem Stoff, um ihren Mann noch größer, noch stärker darzustellen. Wenn sie sich nicht zusammenreißen würde, wäre ihr ganzer Teppich über und über rot.

»Du hast mir immer noch nicht mein Buch zurückgegeben«, murrt Julie, ohne von ihrer Arbeit aufzublicken.

»Ups! Das habe ich schon wieder vergessen.«

»Das war mein erstes Geschenk von Jérôme, verstehst du? Und …«

»Willst du ein Museum einrichten?«

»Lach nicht.«

»Aber nur unter einer Bedingung …«

»…«

»Du musst es lesen. Sonst verpetze ich dich!«

Sie reißen beide eine Hand vor den Mund und prusten los.

»Hast du meinen Pullover gesehen?«

Julie zeigt ihr das mit »*I am a candy girl*« bestickte Sweatshirt.

»Ich habe ihn absichtlich angezogen, weil ich so glücklich bin. Ich habe mit einer Diät angefangen.«

»Wozu denn? Er liebt dich so, wie du bist.«

»Ich möchte aber schön für ihn sein.«

»Oh la la!«, entgegnet Stella. »Nicht mehr lange, und die Liebe raubt dir komplett den Verstand!«

Julie beugt sich vor.

»Nicht so laut!«, warnt sie. »Valentine Laignel hört mit. Und die tratscht alles weiter.«

Valentine steht an der Ladentheke und schneidet Filz.

»Ihr Mann ist Gendarm«, fügt Julie flüsternd hinzu. »Ein Kumpel von Ray. Die beiden stecken unter einer Decke. Guck sie dir nur mal an, die schwimmt im Geld. Sie hat nur Markenklamotten im Schrank und spielt sich auf wie sonst was. Über die zwei solltest du mal recherchieren«, wispert sie Marie zu, »da ist garantiert etwas faul. Ich bin mir sicher, dass dabei ein Artikel rausspringen würde.«

»Jetzt übertreib mal nicht. Es ist nicht jeder verdächtig«, entgegnet Marie und breitet ihre Stoffe aus.

Stella wirft Valentine einen Seitenblick zu. Armreifen bis hoch zum Ellbogen, Diamantohrringe, die neueste Vuitton-Handtasche und eine riesige Rolex am Handgelenk.

»Man könnte meinen, da steht Violette«, flüstert sie Julie zu. »Wahrscheinlich geben Ray und Laignel Sammelbestellungen auf und bekommen Rabatt auf das Zeug.«

»Ich sage dir doch, Ray verdient an allem mit, was hier passiert.«

»Wir werden es nie schaffen«, sagt Stella seufzend.

»Doch, natürlich. Sag so was nicht. Manchmal braucht man nur an einem Faden zu ziehen, und das ganze Knäuel löst sich auf… Siehst du?«

Julie zupft am Ende eines Wollknäuels und lässt es auf den Boden fallen.

Das Knäuel rollt davon und wickelt sich ab.

»So einfach ist das!«, ruft Julie.

Valentine Laignel beobachtet sie neugierig.

Vom Polizeirevier aus war Bernard Duré nach Hause gefahren und hatte ein Beruhigungsmittel genommen. Dann hatte er sich vor den Fernseher gesetzt, hatte eine Dokumentation über den Löwen, den König der Tiere, eingeschaltet und sich dann auf dem Sofa zusammengerollt, um ein Nickerchen zu machen.

Er brauchte eine kurze Atempause nach der Entscheidung, die er in der Ausnüchterungszelle getroffen hatte.

Um es kurz zu sagen, er hatte Bammel.

Ray Valenti würde reden. Ganz Saint-Chaland würde erfahren, dass er Alkoholiker war und den Tod mehrerer Patienten verschuldet und zahlreiche Operationen vermasselt hatte. Es würde Klagen geben, Gerichtsprozesse, Schadenersatzforderungen. Vielleicht würde er sogar seine Zulassung verlieren.

Würde er mutig genug sein, das durchzuziehen?

Er war allein zu Haus. Seine Frau und seine Töchter waren noch in Paris.

Sein Wohnzimmer erschien ihm mit einem Mal sehr groß, die Decke sehr hoch, die Sofas sehr weiß, der Fernseher riesig. Und er selbst fühlte sich ganz klein.

Er betrachtete die Bilder an den Wänden und wunderte sich, dass sie ihm noch nie aufgefallen waren. Das Telefon klingelte, und der Anrufbeantworter sprang an. Die Stimme seiner Frau ertönte: »Ich bin im Moment nicht zu Hause…«

Er schenkte sich ein großes Glas Whisky ein, kratzte an seinem Dreitagebart und fragte sich, wie er seinem Vater die Nachricht von seinem tiefen Fall beibringen würde. Seit seiner Kindheit hatten ihn die Kenntnisse, die hohen Ansprüche und die herausragenden Leistungen von Paul Duré erdrückt und zutiefst eingeschüchtert.

Wenn er mit ihm redete, verspürte er immer den Drang, sich auf die Zehenspitzen zu stellen. Er sprach mit einer betont männlichen, tiefen und ernsten Stimme und gab sich den Anschein eines selbstsicheren Mannes, doch gleichzeitig wich er dem Blick seines Vaters aus, weil er Angst hatte, dieser könnte ihn durchschauen.

Er würde sich ihm stellen müssen.

Würde er das durchstehen?

Er brauchte sich nichts vorzumachen, er wankte schon jetzt.

Er blieb lange unter der Dusche. Rasierte sich. Zog sich an. Betrachtete sich im Spiegel, um sich zu vergewissern, dass er das tatsächlich war.

Er hatte es gewagt, sich Ray Valenti entgegenzustellen. Er konnte es immer noch nicht glauben. Das war das wichtigste Ereignis in seinem Leben. Aber er ahnte auch, dass sein Mut schwinden und er sich furchtsam unter dem Teppich verkriechen würde, wenn er zu lange wartete.

Mut ist ein flüchtiger Zustand, sagte er sich, während er sich mit dem Kamm durch das Haar fuhr. Ein Windstoß, und er verweht. Der Rausch ist schnell vorüber.

Er durfte nicht zögern.

Er griff nach dem Autoschlüssel. Suchte seine Brille. Warf einen letzten Blick auf seine Sammlung von Feuersteinen, polierten Äxten und Granit. Waffen und Werkzeuge, die er während seiner Studienzeit bei Ausgrabungen in der Normandie, in der Bretagne oder in den Pyrenäen zutage gefördert hatte. Jeden Sommer hatte er drei Monate lang archäologische Praktika gemacht. Das war seine wahre Leidenschaft. Er legte sich auf ein Brett, nahm seinen Schaber, seinen Handfeger, seine kleine Kehrschaufel und seinen Eimer, säuberte die ihm zugewiesenen Flächen, kratzte Millimeter für Millimeter frei und nahm die einzelnen Schichten weg, um den ursprünglichen Boden wieder freizulegen und weitere Überreste zu entdecken.

Es war der Himmel auf Erden.

Jedes Mal, wenn er etwas fand, zeichnete er es, notierte den Fund in einem Heft und brachte alles dem Grabungsleiter für die Laboranalysen.

Er schwamm auf einer Woge des Glücks. Er wusste, dass er hervorragende Arbeit leistete, das brauchte ihm niemand zu sagen.

Er verbrachte seine gesamten Ferien mit Graben. Er schlief auf dem nackten Boden, aß Büchsensardinen auf Brot, schlief mit Blick auf den Mond und die Wolken ein, rasierte sich mit kaltem Wasser und war morgens immer der Erste an der Grabungsstelle.

Bis zu seinem Abschluss hatte er das Medizinstudium und die Ausgrabungen parallel betrieben. Doch nach sieben Jahren hatte er sich entscheiden müssen.

Die Brauen seines Vaters hatten sich zu einem perfekten Bogen zusammengezogen, ein Ausdruck von Erstaunen und Verbot. Ich hoffe, du machst Witze, hatte er gesagt. Du zweifelst nicht ernsthaft?

Nein, nein, hatte er gestammelt, natürlich nicht, das war bloß ein Scherz.

Hatte in Gedanken seinen Schaber, seinen Handfeger und die kleine Kehrschaufel weggeräumt.

Ich wusste es, hatte sein Vater gesagt. Du bist mein Sohn. Die Herkunft lässt sich doch nicht verleugnen! Dann hatte er ihm das goldene Namensschild und das gerahmte Gedicht von Kipling geschenkt.

Er hatte seinem Vater gedankt.

Paul Duré hatte wieder zu seiner Zeitung gegriffen und kein Wort mehr mit ihm gesprochen.

An diesem Abend hatte sich Bernard Duré zum ersten Mal heillos betrunken.

Er machte einen Abstecher zum Krankenhaus. Vielleicht wurde er gebraucht.

Auf seinem Schreibtisch entdeckte er einen gefalteten Zettel. »Halten Sie durch. Stella.« Er senkte den Kopf, zerknüllte das Papier und steckte es in die Tasche.

Er würde zu seinem Vater fahren.

Und anschließend würde er Léonie Valenti besuchen.

»Léonie, ich möchte mit Ihnen reden, aber, bitte, tun Sie mir einen Gefallen und unterbrechen Sie mich nicht.«

Léonie nickt und faltet die Hände.

»Léonie, Sie werden meine letzte Patientin sein. Wenn Sie wieder so weit hergestellt sind, dass Sie das Krankenhaus verlassen können, was nicht mehr lange dauern wird, werde ich Ihre Akte unterschreiben, kündigen und von hier fortgehen. Ich habe mich schon viel zu lange selbst aus den Augen verloren.«

»Sie haben mich sehr gut behandelt, Doktor. Ich kann schon wieder laufen.«

Sie möchte mit ihm über ihre Sorgen reden, ihn fragen, ob Folgeschäden zurückbleiben werden, aber sie traut sich nicht. Sie glaubt zwar, ihm vertrauen zu können, aber ganz sicher ist sie sich nicht.

»Ich habe mir Ihre letzten Röntgenaufnahmen angesehen, es ist alles so weit in Ordnung. Sie haben hervorragend auf alle Therapien angesprochen. Mein Vater hätte von Ihrer Widerstandskraft gesprochen und Ihnen eine sehr gute Note gegeben.«

»Ich kann mich noch an ihn erinnern. Er hat mich am Blinddarm operiert. Während der Visite zitierte er Prosa und Gedichte …«

»Er hat sich nicht verändert«, sagt Bernard Duré. »Er liebt Worte. Er verehrt sie geradezu.«

»Er hat mich damals sehr beeindruckt.«

»Er gab uns Lebertran zur Stärkung unseres Körpers …«

»Das war damals modern!«, wirft Léonie lächelnd ein.

»… und ließ uns Gedichte auswendig lernen zur Stärkung unseres Geistes! Ich erinnere mich noch an die Definition der Seele, die er meine Schwester und mich immer aufsagen ließ: ›Die Seele ist das, was dem Körper Widerstand leistet. Was sich zu fliehen weigert, wenn der Körper zittert, was sich zu schlagen weigert, wenn der Körper in Rage gerät, was sich zu trinken weigert, wenn den Körper dürstet, was sich zu nehmen weigert, wenn der Körper begehrt, was sich aufzugeben weigert, wenn den Körper Entsetzen durchfährt.‹* Nicht schlecht, was?«

»Ja.«

»Also trainierte ich. Ich weigerte mich zu trinken oder zu essen. Aber ich hatte immer das Gefühl, eine Rolle zu spielen. Die Rolle des perfekten Sohns. Ich wollte so sehr, dass er stolz auf mich war!«

»Er hatte auch allen Grund, stolz auf Sie zu sein!«

»Das glauben Sie …« Er nimmt Léonies Hand und tätschelt sie sacht. »Aber es war genau umgekehrt, Léonie. Je größer mein Vater wurde, desto kleiner wurde ich. Ich wurde sehr klein. So klein, dass ich mich von Ray Valenti manipulieren ließ.«

Sein Blick gleitet zur Seite, und er betrachtet Léonies Zimmer, als hätte er noch nie zuvor ein Krankenhauszimmer gesehen.

»Ich hatte meine Seele verloren.« Für einen Moment verschwimmt sein Blick, dann schüttelt er sich und spricht weiter: »Aber ich bin fest entschlossen, sie mir zurückzuholen! Es ist noch lange nicht geschafft, das weiß ich selbst, aber ich bin auf dem richtigen Weg. Ich habe Nein gesagt, als Ray von mir verlangt hat, Sie zu entlassen, damit Sie zu ihm zurückgehen können.«

»Ich weiß … ich weiß, dass er Sie bedroht hat. Die Leute reden auf dem Flur darüber.«

Sie lächelt flüchtig, wie um sich dafür zu entschuldigen, dass sie etwas weiß, was er lieber geheim gehalten hätte. Er schaut ihr in die Augen.

* Alain (Émile Chartier), *Définitions.*

»Ich stehe dazu, dass ich ein Alkoholproblem habe, ich werde eine Therapie machen. Ich war bei meinem Vater, und ich kann Ihnen versichern, mir war angst und bange zumute. Ich habe ihn gebeten, mir zu verzeihen. Man wird mich zweifellos verklagen, und sein guter Ruf wird in Mitleidenschaft gezogen werden. Mein Vater hat mir die Hand gereicht, und ich habe sie gedrückt. Wie ein Offizier hat er das Kinn gehoben und mich angelächelt. Es war eine kurze, sehr männliche Aussprache.«

Léonie betrachtet ihn gerührt. Er trägt keinen Kittel und sieht aus wie einer der ganz normalen Besucher, denen man in den Krankenhausfluren begegnet.

»Sie waren sehr mutig, Léonie. Bald werden Sie von hier fortgehen. Passen Sie gut auf sich auf. Und … ich wollte Ihnen noch sagen … Was Sie in all den Jahren durchgemacht haben … ich meine, das … ich hätte …« Er beendet den Satz nicht. »Ich war genau wie alle anderen in Saint-Chaland. Feige. Und schlimmer noch. Mitschuldig.« Er fährt sich mit der Zunge über die Lippen und schluckt. »Ich werde dafür sorgen, dass Rays Herrschaft endet. Ich weiß noch nicht, wie ich es anstellen werde, aber … Er hat zu viele Menschen leiden lassen. Ich werde nicht schweigen, das verspreche ich Ihnen.«

Léonie schüttelt niedergeschlagen den Kopf.

»Das dürfen Sie nicht tun … Ray wird Ihnen das nie verzeihen.«

»Das Risiko gehe ich ein.«

»Er wird Sie zum Schweigen bringen. Er hat einflussreiche Freunde.«

»Machen Sie sich keine Sorgen. Ich habe auch Beziehungen.«

»Es wird Krieg geben.«

»Ich werde lernen zu kämpfen. Und außerdem habe ich nichts mehr zu verlieren, Léonie. Ich werde endlich frei atmen können.«

»Auch wenn er Sie ins Gefängnis bringt?«

»Auch wenn er mich ins Gefängnis bringt.«

Was für eine merkwürdige Frau, denkt Calypso jedes Mal, wenn sie Emily am Küchentisch sitzen sieht. Denn Emily kommt immer wieder. Es scheint, als erwarte sie etwas von Mister G., etwas, was dieser ihr nicht geben will. Und wenn sie mich sieht, dann starrt sie mich unverwandt an, als wäre ich eine Erscheinung.

Als Mister G. eines Tages im Flur mit einem Nachbarn debattierte, der behauptete, Mister G. habe schon wieder seine Wohnung unter Wasser gesetzt und so könne das nicht weitergehen, war Calypso in die Küche gegangen. Emily hatte in ihrer Handtasche herumgekramt, ein Puderdöschen mit einem eleganten goldenen Deckel herausgeholt und sich mit der Quaste die Nase betupft.

»Soll ich dich auch schminken?«, hatte sie Calypso anschließend kokett gefragt.

Draußen vor der Wohnungstür geriet Mister G. allmählich in Rage, und der Ton wurde hitziger.

Emily hatte ein kleines Täschchen voller Puderdöschen und Stifte geöffnet.

Calypso hatte eingewilligt und die Augen geschlossen, während Emily sie schminkte. Als sie sie wieder geöffnet hatte, war sie wie bezaubert gewesen. Sie hatte immer noch ein etwas fliehendes Kinn, aber alles andere sah viel besser aus. Ihre Augen funkelten, ihre Augenbrauen spannten sich wie zwei kleine Regenschirme, ihre Wangen waren rosig, ihre Lippen glänzten, und ihr Haar… oh, ihr Haar! Es fiel ihr anmutig über die Schultern.

Sie hatte vor Freude einen Satz gemacht und in die Hände geklatscht.

»Machen wir das noch mal? Machen wir das noch mal?«

Sie war aufgestanden und hatte Emily umarmt. Und da war ihr Emilys Parfüm in die Nase gestiegen. Der zarte Duft dieses Parfüms. Sie hatte ihre Nase am Kragen ihres Kleids gerieben, hatte gerieben und gerieben, um den Geruch im Gedächtnis zu bewahren und ihn später wiederzuerkennen. Denn sie kannte diesen Duft, da war sie sich ganz sicher. Und dann hatte sie gefragt: »Kennen Sie Mister G. schon lange?«

Mister G. behauptete, Emily sei in ihn verliebt.

»Sie verfolgt mich seit Jahren! Das hat angefangen, als ich noch mit Ulises in den Nachtclubs von Miami spielte. Schon damals hing sie an uns wie eine Klette. Sie war noch ein junges Ding. Konnte kaum älter sein als achtzehn. Ich bin mir sicher, dass sie nicht einmal dort sein durfte! Wir hingen nach unseren Auftritten herum, tranken, spuckten große Töne, und sie wich uns nicht von der Seite.«

Es fiel Calypso schwer, das zu glauben.

Mister G. hatte viele gute Eigenschaften, aber er weckte keine romantischen Gefühle. Er war zu steif, zu grob. Wenn er zu einer zärtlichen Geste ansetzte, streckte er brüsk einen Arm oder eine Hand aus, hielt unmittelbar vor der Berührung inne und brummte: Schon gut, du hast es kapiert, los, fort mit dir!

Emily hatte keine Gelegenheit mehr gehabt, ihr zu antworten. Mister G. kam in die Küche. Die beiden Frauen erstarrten. Taten so, als beachteten sie einander gar nicht, aber er fuhr trotzdem aus der Haut.

»Was machst du denn hier?«, brüllte er.

Schimpfend ließ er seine Mantelschöße wehen, die Asche seiner billigen Zigarre flog durch die Gegend, und Calypso antwortete: »Ich habe mich mit meinem Stundenplan vertan, ich hatte heute Nachmittag gar keinen Unterricht.«

»IN DEIN ZIMMER!«

Verrückt, wie nervös ihn diese Frau machte.

Ulises reagiert ausweichend, wenn Calypso ihm von Emily erzählt.

»Warum bist du so brummig, wenn ich sie erwähne?«, hat sie ihn irgendwann gefragt.

»Bin ich doch gar nicht«, knurrte er.

Sie ließ sich nicht beirren.

»Doch, bist du wohl…« Und dann fügte sie hinzu: »Was weißt du, was ich nicht wissen soll, *abuelo*?«

Er antwortete nicht.

»*Abuelo*… Emily benutzt das gleiche Parfüm wie das auf dem perlenbestickten blauen Kleid.«

»Na und?«

»Das ist doch komisch.«

»Wie kommst du darauf? Das ist ein sehr bekanntes, sehr teures französisches Parfüm. ›Ivoire de Balmain‹ heißt es. Das findest du in allen Läden und Drugstores.«

»Aber es ist doch trotzdem merkwürdig…«

Doch als sie merkte, dass er aus der Haut zu fahren drohte, wechselte sie rasch das Thema.

Und überhaupt ist das nicht ihr Problem.

Sie liebt. Sie ist Luft und Gischt, sanfte Brise und leiser Windstoß. Sie wirbelt mit Bäumen und Autos durch den Himmel. Sie pustet das Duftveilchen an und erweckt es zu neuem Leben, sie hebt die Hand, und die Ampel wird grün, sie zieht die Nase kraus, und der Bus hält neben ihr, sie lässt den Bogen über die Saiten gleiten, und alle anderen folgen im Gänsemarsch. Niemand lacht mehr hinter ihrem Rücken über sie, in der Cafeteria wird sie nicht mehr angerempelt.

Kein Wunder, sagt sie sich, ich bin verliebt in Gary Ward. Getragen von einer unsichtbaren Kraft.

Und dieser Zustand hält an.

Dabei ist das Glück doch dafür bekannt, dass es gelegentlich endet, dass es Gipfel und Täler kennt, Luftlöcher gräbt, in die man stolpert, und dann stellt man sich Fragen, man beginnt zu zweifeln, man leidet, man wird von Angst zerfressen, man bekommt keine Luft mehr, hat ein Loch im Herzen, einen Leistenbruch, Sodbrennen. Aber sie nicht. Sie steigt über die Löcher,

Abwasserkanäle und Erdspalten hinweg, springt über Abgründe und kampiert an der Böschung.

Mit Gary Ward.

Immer.

Das Schuljahr geht zu Ende. Sie veranstalten Picknicks im Park. Frühstücken im Grünen. Manchmal schließt sich Rico ihnen an. Jeder bringt ein Stück Tarte, kaltes Hähnchen, geraspelte Möhren oder salziges Karamelleis mit. Sie schlagen eine Partitur auf, reden über eine Nocturne von Fauré, über diese Melodie, die so rein, so wehmütig ist, dass es klingt, als träte man in der Nacht ein Herz mit Füßen. Sie markieren die Takte.

»Wie wollen wir es machen?«, fragt Rico. »Soll die Begleitung Vorrang haben, oder soll die Melodie stärker hervortreten und sich davon abheben?«

»Die Melodie natürlich. Man muss die rechte Hand so stark betonen, dass sie jeden Akkord der Begleitung überstrahlt«, verkündet Calypso. »Wenn du die Melodielinie nicht betonst, bekommst du etwas Verwässertes, Schlaffes, beinahe Unsichtbares, und das wird eine Qual.«

»Aber wenn du von Anfang an langsam spielst«, sagt Gary, »dann verleihst du dem Ganzen einen sehr vertikalen, düsteren Klang, und das ist auch eine Qual.«

Sie ereifern sich, sie singen vor sich hin, sie skandieren, sie schlagen den Takt, sie nagen die letzten Hähnchenknochen ab, wischen ihre fettigen Hände am Gras sauber und eilen zurück in den Probenraum, um einzustudieren, was sie sich gerade ausgedacht haben.

Sie wollte nirgendwo anders sein.

Und auch das ist Glück. Wenn alles am rechten Ort ist und man selbst dazugehört. Das Leben ist überall. Es entspringt der Musik, einem Bild, einem Geruch, einer alltäglichen Szene.

Sie brauchen nicht miteinander zu reden. Höchstens in sehr kurzen Worten, die zwischen ihnen hin und her fliegen. Blicke, die sie einander über das Netz hinweg zuwerfen.

Gestern Abend, als er sie nach Hause begleitet hat …

Da kam ihnen ein Mädchen entgegen. Sie wiegte sich in den Hüften, ihr ganzer Körper schwang hin und her. Sie hätte schön sein können, aber ihr Gang war so übertrieben, dass die ganze Wirkung verpuffte. Sie haben beide gleichzeitig »Gummifrau« gesagt.

Gummifrau.

Ist das nicht Glück?

Sie hat noch viele solcher Beispiele.

Sie spielt Geige im Park, Gary liegt im Gras und hört ihr zu. Mit einem strahlenden Lächeln im Gesicht. Sein Kopf ruht auf einem Ellbogen, den anderen Arm hat er nach den Eichhörnchen ausgestreckt.

Der seltsame Mann im langen Regenmantel kommt vorbei. Er nickt ihnen zu. Dann macht er eine entschuldigende Geste, er will nicht stören, und geht weiter.

Gary lacht schallend auf.

»Der sieht ja aus, als sei er einem Roman von Neunzehnhundert entsprungen. Man könnte meinen, er wäre aus Papier. Hast du gesehen, wie er angezogen ist?«

»Mach dich nicht über meinen Verehrer lustig!«

»Ich bin dein Verehrer«, entgegnet er bestimmt und greift nach ihrem Knöchel.

Sie errötet so heftig, dass sie ihm den Rücken zuwenden muss.

Und wieder kribbeln Millionen von Ameisen in ihrer Nase. Dicht gedrängte Kolonnen, sie verursachen einen Stau, zerdrücktes Blech, Hupkonzerte, Abgase. Sie ist kurz davor zu explodieren.

Eines Tages spricht Gary den Mann schließlich an.

»Meine Freundin und ich fragen uns, warum Sie uns folgen.«

»Das verstehe ich«, antwortet der Mann, der trotz des beginnenden Sommers einen Schal trägt. »Darf ich mich zu Ihnen setzen?«

Er lässt sich mit der eleganten Bewegung eines geübten Turners ins Gras sinken. Streckt ein Bein aus, zieht das andere an. Zupft einen Grashalm ab und steckt ihn sich in den Mund.

Er erklärt ihnen, dass er früher einmal ein berühmter Geiger gewesen sei, in der Concert Hall in Philadelphia gebe es eine Plakette mit seinem Namen, und dann … dann hatte er einen Motorradunfall, seine linke Hand wurde zerschmettert, und seitdem hat er nie wieder gespielt.

Mit wehmütigem Blick zieht er eine verkrüppelte Hand aus der Tasche. Sie steckt in einem weißen, fingerlosen Handschuh und sieht aus wie eine alte, mit Mull umwickelte vertrocknete Eidechse. Calypso weicht entsetzt zurück. Sie steckt die Hände in die Taschen ihres leichten Sommerkleids, birgt sie schützend in dem khakifarbenen Leinen.

Der Mann hat ihre Geste gesehen und lächelt traurig.

Calypso beißt sich auf die Lippen. Der Mann wirft ihr einen zärtlichen, nachsichtigen Blick zu.

»Ich folge Ihnen, weil ich meine alte Geige höre, wenn Sie spielen. Das ist eine Guarneri, nicht wahr? Ich hatte auch eine. Sie spielen so gut …«

Er lädt sie ins Café Sabarsky ein.

Gary legt einen Arm um Calypsos Schultern, und sein leichter Druck sagt ihr: Ich bin da, du hast nichts zu befürchten, wenn die Eidechse wiederkommt, drehe ich ihr den Hals um.

Es fühlt sich wundervoll an.

Im Café Sabarsky bestellen sie zwei Tassen Tee, eine heiße Schokolade, Kuchen, Sahne und kandierte Kirschen.

Der Mann sagt, er möchte Calypso gerne helfen. Finanziell, versteht sich. Er weiß, dass eine junge Geigerin am Beginn ihrer Karriere nicht viel verdient. Er besitzt ein großes Vermögen und hat keine Kinder.

Er wendet sich an Gary und fügt hinzu, dass er ihm keine Hilfe zu benötigen scheine. Die finanzielle Unabhängigkeit stehe ihm ins Gesicht geschrieben. Oder täusche er sich?

Gary schüttelt den Kopf.

Der Mann hat recht. Er braucht kein Geld.

Aber er täuscht sich trotzdem.

Hilfe könnte er verdammt gut gebrauchen.

Seine Tage verbringt er mit Calypso, ihrer Geige, seinem Klavier. Isst im Schneidersitz auf den Rasenflächen des Parks, redet mit den Eichhörnchen, beobachtet die weißen Wolken am Himmel. Schließt die Augen. Schwört, dass er noch nie in seinem Leben so glücklich war.

Er begleitet sie nach Hause in die 110th Street, küsst sie, an die rote Backsteinmauer gelehnt, flüstert stumme Worte, drückt ihre mit den seinen verschränkten Finger, hört, wie die Bläschen in ihrer Stimme zerplatzen, lauert auf das Funkeln in ihren Augen, sagt, es ist Viertel nach fünf, es ist fünfundzwanzig nach fünf, schließt sie in die Arme, lauscht dem Klopfen ihres Herzens und überschreitet doch nie die Schwelle des Gebäudes.

Dann geht er fort. Dreht sich um und winkt ihr zu.

Geht die Madison hinab. Kommt an der Garage vorbei, in der die Autos übereinander geparkt werden, und fragt sich jedes Mal, was die Leute machen, die dringend wieder wegmüssen.

Er durchquert den Park in westlicher Richtung. Sieht zu, wie die Sonne hinter dem Dakota Building verschwindet. Verlässt den Park. Geht weiter durch die 66th Street. Fauré war noch nicht alt, als er diese Nocturne komponierte. Kaum dreißig Jahre. Ich habe keine Minute zu verlieren. Oh, diese klare, reine Melodie …

Er öffnet die Wohnungstür.

Hortense stößt einen Freudenschrei aus. Schlingt die Arme um seinen Nacken. Er klopft ihr auf den Hintern, nennt sie »mein Häschen«, sie lacht schallend auf und küsst ihn herzhaft auf den Mund.

Legt den Kopf auf die Seite, nimmt ihn bei der Hand und ruft: »Komm und sieh dir das an!«

In ihrem Haar stecken Stifte. Sie hat Tinte an den Fingern. Rot und Blau auf der Nasenspitze. Dadurch schielt sie ein bisschen. »Wie findest du das?«, schmettert sie. »Ich habe so viele Ideen, ich muss sie unbedingt sortieren!«

Sie zeigt ihm ihre Skizzen, packt ihn beim Nacken, küsst ihn erneut.

»Ich bin ja so glücklich! Es passiert gerade so unglaublich viel! Das Leben ist wahnsinnig schön! Ich will dich! Du bist groß, du bist schön, du bist stark, du bist mein Held!«

Reglos steht er in ihrem großen Wohnzimmer und sieht sie an, sieht sie mehr als drei Minuten lang an, und er sagt sich, wie schön sie ist, wie strahlend, ihre Augen, ihre Taille, ihre Haut, ihr Haar … oh, wie sehr sie mich mit Schönheit erfüllt! Sie ist die zweite Hälfte meiner Haut, die zweite Hälfte meines Lebens! Wie lange atme ich schon mit ihr im Gleichklang? Allein beim Gedanken daran, sie … oh, nein! Ihm stockt der Atem! Er zieht sie an sich, zieht sie zum Bett. Er hat Angst, sie zu verlieren.

Und Hortense lässt sich fügsam, bezaubert mitziehen, sie schmiegt sich an ihn, sinnlich, aufreizend, sieht ihm tief in die Augen, knabbert an seiner Oberlippe. »Weiter, weiter«, sagt sie so klar und deutlich, als stoße sie ihm eine brennende Banderilla in den Leib.

Und auf der Stelle vergisst er Fauré, den Probenraum, Rico, Calypso, den Park, die 110th Street und die Guarneri, die gegen ihre Beine schlägt.

Hingerissen sieht er sie an: Du bist so schön!

Er hatte sie vergessen. Hortense Cortès. Hortense Cortès. Wie konnte ich es wagen, dich zu vergessen? Welch treuloser, unbeständiger Mann! Die Windböen vergessen, die Zyklone, die heftigen Stürme … Deine gierige Hand, deine wiegenden Hüften, deinen vorwitzigen Fuß und …

Unter leidenschaftlichen Küssen lassen sie sich auf das Bett fallen. Packen einander, verschlingen ihre Körper ineinander. Ziehen einander aus. Sie windet sich um ihn, doch er hält inne.

Schüttelt den Kopf, zischt nein, nein. Das wäre zu einfach, meine Liebe. Für wen hältst du dich? Glaubst du etwa, so leicht kriegt man mich rum? Sie bäumt sich auf, und er weicht zurück.

Um sich wieder in den Griff zu bekommen, um nicht die Beherrschung zu verlieren, nicht auf der Stelle mitgerissen zu werden. Um die sonst so banale, so fatale Umarmung mit Ungewissheit und Grausamkeit zu würzen. Um sie warten zu lassen, sie zu zwingen, sich infrage zu stellen, von ihrem hohen Sockel herabzusteigen, dem Sockel des Mädchens, das ihm Befehle erteilt, des Mädchens, das so schön ist, dass ihm davon die Augen schmerzen. Tss, tss, zischt er wieder, du wirst leiden, meine Schöne, du wirst leiden. Und sie weiß es, sie weiß es, aber sie vergisst es, und sie fleht, fleht ihn an, und ihr Liebesspiel beginnt aufs Neue, als hätten sie es niemals unterbrochen, sie lächelt gerissen, sie gleitet, und er dirigiert sie, wobei er sich bemüht, kühl und ungerührt zu bleiben, bis er schließlich den Verstand verliert und sich mit ihr in diesen sinnlichen Taumel stürzt, in den Rausch und das große Feuerwerk zum Abschluss. Und bald darauf liegen sie sich satt und erschöpft in den Armen. Und um ihn glauben zu machen, sie sei eine brave kleine Frau, die den ganzen Tag am Kamin auf ihn gewartet habe, fragt sie listig und mit angehaltenem Atem: »Wie war dein Tag?«

Sein Tag ist ihr so was von egal! Sie will seinen Blick, seine Hände, sein Gewicht, seinen Mund, seine Schreie, sie will ihn verschlingen, ihm die Kleider vom Leib reißen. Bei ihm läuft ihr das Wasser im Mund zusammen. Aber sie hat gelernt, dass sie sich seinen Wünschen fügen muss, seinen Launen, seiner Musik, Fauré, Chopin, Mozart, Beethoven und wie sie alle heißen.

»Ich habe die *Nocturne Nr. 1* von Fauré einstudiert«, antwortet er und spielt dabei mit ihrem langen, honigfarbenen Haar. »Die klingt so …«

Er singt ihr die Melodie vor und schlägt mit einer Hand den Takt dazu.

»Ich weiß noch nicht, wie ich sie spielen soll, ich frage mich …«

»Linke Hand oder rechte Hand?«, erkundigt sie sich, weil sie noch ein wenig Geduld für ihn übrig hat.

»Das ist es ja gerade, was ich mich frage, und …«

In Gedanken geht er noch einmal die Argumente von Rico und Calypso durch, aber sie bleiben bloß Argumente. Die Farbe, das Gefühl, ja selbst der Klang, der vorhin im Park aufstieg, sind verflogen.

Hortense hat das alles ausgelöscht, mit ihren Armen um seinen Nacken, ihren Küssen und dem Tanz ihrer Hüften.

Und da drängt er sich, immer noch schwer atmend, an sie, schließt sie in die Arme und fragt: »Und du? Was hast du gemacht?«

Sie weiß nicht, wo sie anfangen soll, erzählt von Ludwig XIV., Antoinette, Elena und Junior, von einem Foto für ihren Blog, dem Angebot einer Zeitung, eine ganze Seite, die nur ihr gewidmet sein soll, doch, doch, im Ernst!, einem Buch mit Illustrationen, das sie im Corner Bookstore an der Madison, Ecke 93rd Street entdeckt hat, du kennst doch diesen wunderschönen Buchladen, ich war mit Astrid dort, sie suchte ein Buch über Diana Vreeland …

Er wird blass.

Madison, Ecke 93rd Street.

Beinahe hätte sie sein anderes Reich betreten.

Das Reich, in dem Calypso Königin ist.

Er fürchtet ein Aufeinandertreffen der beiden Königinnen.

Er will keine von beiden verlieren.

»Wer zum Schwert greift, wird durch das Schwert umkommen!«, ruft Hortense gerade.

Er zuckt zusammen.

»Wieso sagst du das?«, fragt er. Er muss einen Teil verpasst haben.

»Den Ersten, der mich angreift, mich kopiert, mich über den Tisch zieht, bringe ich um!«

Und sie erklärt ihm, dass dieses Mädchen, diese Mandy Marriotta, versucht hat, ihren Blog zu kopieren.

»Aber ich bin zum Gegenangriff übergegangen! Ich bin zu ihr hingefahren und habe ihr gedroht, ihr einen tödlichen Virus zu verpassen. Ich habe Mark mitgenommen, und er hat den Computerfreak gespielt, der tödliche Viren programmiert. Er hatte sich ein falsches Tattoo ins Gesicht gemalt. Einen gelben Drachen mit grünen Skorpionscheren. Sie war halb tot vor Angst! Die macht mir garantiert keinen Ärger mehr.«

Sie runzelt die Stirn und schaut ihn grimmig an. Am liebsten würde er sich gleich wieder auf sie stürzen.

Er liebt zwei Frauen und ist von beiden gleichermaßen hingerissen.

Ist das möglich?

Manche würden behaupten: Nein. Er kann mit Gewissheit sagen: Ja.

Bald fliegt er nach Europa.

Vielleicht kommt ja alles wieder in Ordnung, wenn er weit weg ist vom Park, von der Juilliard School und von der roten Backsteinmauer in der 110th Street.

Oder auch nicht.

Aber dann ist immer noch Zeit, sich darüber Gedanken zu machen.

Man weiß erst dann wirklich, was man verliert, wenn man es verloren hat.

Emily klopft beharrlich weiter an Mister G.s Tür. Sie lauert ihm auf der Straße auf, wartet im Regen auf ihn, hängt sich an seinen Arm, sobald sie ihn entdeckt. Er stößt sie weg, sie klammert sich fest, er geht die Treppe hoch und schleift sie hinter sich her.

»Du musst mir deinen Segen geben. Sonst glaubt sie noch, ich sei verrückt! Und würde Unsinn reden!«

»Und genau das werde ich ihr auch sagen! Verlass dich drauf.«

»Dazu hast du kein Recht!«

»Hör endlich auf damit. Ich lasse dich nicht in ihre Nähe.«

»Dann rede ich eben mit Ulises. Ich werde ihn schon finden, und dann soll er entscheiden.«

»Das kommt nicht infrage!«

»Und warum nicht?«

»Hast du eine Ahnung, in welcher Verfassung Ulises gerade ist?«

Er schlägt mit der Faust auf den Küchentisch, und seine Brille rutscht ihm auf die Nasenspitze vor.

»Er geht auf Krücken, und Rosita muss ihn waschen. Dabei geht es ihm schon viel besser, mittlerweile kann er wieder reden. Es ist noch gar nicht lange her, da brachte er kein Wort heraus.«

»Was ist passiert?«

»Das war auch wieder deine Schuld! Alles ist deine Schuld! Du hast diese ganze Familie ins Chaos gestürzt!«

»Du kannst mir doch nicht an allem die Schuld geben! Damit machst du es dir zu einfach. Ich habe Ulises Muñez seit fünfundzwanzig Jahren nicht mehr gesehen, und soweit ich weiß, habe ich ihn auch nicht vergewaltigt!«

Mister G.s Augen schleudern Blitze. Er hebt den Arm, tut, als verpasse er jemandem einen Schlag ins Gesicht, und lässt sich schließlich auf einen Stuhl fallen.

»Okay«, schnauft er. »Du willst es nicht verstehen, also erkläre ich es dir. Und ich werde mich bemühen, ruhig zu bleiben ...«

Eine Art Knurren entringt sich seiner Kehle, aber er reißt sich zusammen.

Er legt die Hände flach auf den Tisch und schlägt einmal zu, wie um den Beginn des ersten Aktes verkünden.

»Regelmäßig beschwert sich Oscar bei seinem Vater darüber, dass Calypso die Guarneri bekommen hat und nicht er. Dass ihm das ganze Geld durch die Lappen geht, macht ihn rasend. Warum Calypso? Warum? Ich hätte diese Geige bekommen sollen! Vor ein paar Wochen hatte Ulises endgültig die Nase voll und hat ihn vor die Tür gesetzt. Schon wieder ein Streit. Einer von vielen zwischen den beiden! Oscar hat sich in seine Stammkneipe geflüchtet. Und als er da immer noch weiterjammerte, hat ein Typ an der Theke gesagt: Was regst du dich eigentlich so auf, *chico*? Oscar hat sich den Typen, der ihn da ansprach, genauer angesehen und erkannte Ignacio Ochoa. Aus der berühmten Ochoa-Familie.«

»Müsste ich die kennen?«, fragt Emily mit großen Augen.

»Ulises hat dir doch sicher von den Ochoas erzählt!«, entgegnet Mister G. empört.

»Nein. Nie.«

»Die Muñez und die Ochoas sind auf Kuba das, was die Montagues und die Capulets in Verona waren. Sie sind seit Jahrhunderten miteinander verfeindet! Die Feindschaft wird vom Vater auf den Sohn vererbt, könnte man sagen. 1978, als sie noch auf Kuba lebten, haben sich Oscar und Ignacio geprügelt wie die Hunde. Es ging um heimlich ins Land geschmuggelte Dollars von kubanischen Auswanderern in Miami. Ignacio hatte sich Oscars Anteil unter den Nagel gerissen. Geld, von dem die Familie Muñez lebte. Sie sind beide im Gefängnis gelandet. Als Fidel 1980 den Kubanern erlaubte, nach Miami zu gehen, hat er die Gelegenheit genutzt, auch gleichzeitig seine Gefängnisse zu leeren, und mir nichts, dir nichts saß Ignacio mit den anderen *marielitos* in einem Boot in Richtung Key West. Während Oscar sich zusammen mit Rosita und seinen Geschwistern auf die Reise gemacht hat. Sie haben sich alle in Hialeah niedergelassen. Oscar und Ignacio liefen sich zwar ab und zu über den Weg, mieden aber jeden Kontakt. Ich weiß auch nicht, wieso, aber als Ignacio Ochoa Oscar an diesem Tag zur Tür hereinkommen sah, flammte die alte Fehde zwischen den Familien wieder auf, und er konnte es sich nicht verkneifen, Oscar unter die Nase zu reiben, was alle wussten, auch wenn aus Rücksicht auf die Familie nicht darüber gesprochen wurde. Denn bei den Kubanern ist die Familie mehr als heilig. Sie ist das Allerheiligste Sakrament, das kleine Jesuskind im Taufkleidchen. Worüber beschwerst du dich, *asshole*?, hat Ignacio also gesagt. Ulises ist Calypsos Vater, nicht du. Und wenn er ihr seine Geige geben will, dann ist das ganz allein seine Sache.

Sie ist ebenso sehr seine Tochter wie du sein Sohn. Das knallt er ihm mitten ins Gesicht! So, dass es jeder hören konnte!«

»Das hat er gesagt?«, fragt Emily verblüfft.

Ihr Handy klingelt, aber sie geht nicht ran.

Mister G. nickt und klopft mit den Fingerspitzen auf den Tisch. Zweiter Akt.

»Da hat Oscar rotgesehen. Sein schlimmster Feind verkündet ihm offiziell, was er immer schon wusste und was ihn die ganzen Jahre über verrückt gemacht hat: Er ist nicht Calypsos Vater. Er ist überhaupt nichts. Und was noch viel schlimmer ist, er hat sich von seinem eigenen Vater reinlegen lassen.«

»Dann wusste er es also?«

»Er ist ein Idiot, aber er ist nicht dumm! Er ahnte, dass er benutzt worden war. Und er ist ein stolzer Macho! Einer von der schlimmsten Sorte! Er hatte kapiert, dass er für dich nur eine Schachfigur gewesen war, und das ließ ihm keine Ruhe. Er hatte sich schon einmal an Calypso vergriffen und sie übel zugerichtet. Aber das in der Kneipe, das war fürchterlich. Er war in aller Öffentlichkeit gedemütigt worden. Vor allem, weil der Typ nicht lockerließ und ihn immer weiter durch den Dreck zog. Wie hatte Oscar nur eine Minute glauben können, dass er eine schöne, blonde Amerikanerin rumkriegen könnte, die so scharf war, dass einem die Haare in der Unterhose strammstanden? Kurzum, er verspottete ihn gnadenlos, und Oscar musste sich an der Theke festklammern, um sich auf den Beinen zu halten.«

»Erstaunlich, dass das Geheimnis überhaupt so lange gewahrt wurde.«

»Sogar Rosita wusste Bescheid. Aber sie hielt den Mund. Sie wollte nicht, dass ihre Familie zerbricht.«

Ein weiterer Hieb auf den Tisch leitet den dritten Akt ein.

»Das war ein bitterer Schlag für Oscar. Schon vorher konnte ihn im Viertel niemand leiden, aber jetzt machten sich die Leute über ihn lustig. Die Männer hielten zwei gekrümmte Finger hoch, wenn er eine Kneipe betrat, man nannte ihn nur noch den

Gehörnten. *El cornudo!* Und da hat er beschlossen, seinem Vater eine Lektion zu erteilen.«

»Ulises? Das hat er gewagt?«

»Ja. Er ist zu einem seiner Kumpel bei Radio Mambi gegangen, einem der kubanischen Radiosender in Miami. Dieser Mann, der sich Nino nennen lässt, gehört zum Grupo 04-17.«

»Was ist das?«

»Eine diffuse Gruppierung aus der Anti-Castro-Bewegung in Miami. Eine undurchsichtige, geheime Splittergruppe. Ihr Name bezieht sich auf die Invasion in der Schweinebucht am 17. April 1961.«

»Meine Güte, das ist doch schon ewig her!«

»Mag sein, aber die Kubaner in Miami haben es noch nicht vergessen. Also … die Sache ist einfach … Oscar nimmt Kontakt zu Nino auf, sie treffen sich im McDonald's in der Calle Ocho, an der Ecke zur 14th Avenue. Und als würde er ihm ein Staatsgeheimnis verraten, vertraut Oscar ihm an, dass Ulises, sein Vater, ein Spion in Castros Diensten sei.«

»Das ist doch lächerlich!«

»Du hast recht, aber ich sage dir, diese Kerle sind gefährliche Hitzköpfe. Sie pflegen eine Hassliebe zu Kuba, und sie stehen genauso schnell in Flammen wie die Fackeln des Ku-Klux-Klan. Oscar liefert ihm also jede Menge erfundener Beweise und schwört, dass Ulises bestraft werden müsse. Sie sollen ihn nicht umbringen, auf keinen Fall, ihn nur ein bisschen härter anfassen, um ihn wieder auf den rechten Weg zu bringen. Daraufhin ruft Nino zwei seiner Helfershelfer an, zwei stockbesoffene Kolumbianer, und befiehlt ihnen, Ulises in die Mangel zu nehmen.«

Seine Finger klopfen auf die Tischplatte, zum Zeichen, dass ein weiterer Akt beginnt.

»Die beiden Kolumbianer verabreden sich mit Ulises unter, ich weiß nicht mehr, welchem Vorwand im Restaurant Morro Castle in Hialeah. Ulises willigt ein, er kommt als Erster, bestellt einen *café con leche*. Dann tauchen die Kolumbianer auf, und Ulises folgt ihnen zum Parkplatz hinter dem Restaurant.«

»Und …?«

»Sie stoßen ihn in ihren Lieferwagen und brausen los. Eine halbe Stunde später halten sie neben den Landebahnen des Flughafens, holen Ulises raus, übermitteln ihm Ninos Botschaft – nimm dich in Acht, sonst schicken wir dich mit den Füßen voraus zurück nach Kuba – und schlagen ihn dann nach allen Regeln der Kunst zusammen.«

»Oh! My god …«

»Gut, ja, das war furchtbar, aber … das Schlimmste kommt erst noch …«

Und er schlägt ein letztes Mal auf den Tisch, um das Ende der Tragödie anzukündigen.

»Ulises ist schon übel zugerichtet, als er rückwärts auf eines der niedrigen Betonmäuerchen fällt, auf denen der Drahtzaun rings um den Flughafen verankert ist. Er schlägt mit dem Kopf auf, bekommt einen Krampfanfall, und die beiden Kolumbianer geraten in Panik und machen sich aus dem Staub. Ein Flughafenmitarbeiter hat ihn am nächsten Morgen gefunden, er war in einem schrecklichen Zustand!«

»Das ist doch nicht möglich!«, stöhnt Emily und hält sich eine Hand vor den Mund.

»Die Diagnose lautete: gebrochenes Rückgrat und halbseitige Lähmung … Und seitdem schleppt er sich auf Krücken durch die Gegend!«

»Und niemand hat Oscar zur Rechenschaft gezogen?«

»Wieder mal die heilige Familie! Ulises weiß, was Oscar getan hat. Aber er hält die Klappe. Rosita weiß es ebenfalls. Und sie schweigt.«

»Noch ein Geheimnis!«, flüstert Emily.

»Jetzt geht es Ulises allmählich wieder besser, aber nur, weil Calypso ihn jeden Tag anruft und am Telefon für ihn Geige spielt. Sie hält ihn nicht nur am Leben, nein, sie gibt ihm seine

Sprache wieder, und bald wird er dank ihr auch wieder laufen können. Er kämpft wie ein Irrer, um wieder auf die Beine zu kommen.«

»Sie ist fantastisch ...«

»Weißt du, was eine Familie ist, Emily?«

»Nein. Dass meine Mutter mich bekommen hat, war ein Versehen. Sie hat sich nach meiner Geburt operieren lassen, damit so etwas nie wieder passiert!«

»Eine Familie, das bedeutet Lügen, Heimlichkeiten, Verrat, und all das wird mit einer weiteren Lüge überdeckt, der wichtigsten Lüge von allen: dem Bild der glücklichen Familie. Der Clan muss um jeden Preis zusammenstehen. Die Muñez haben es geschafft, ihre Familie zusammenzuhalten, jetzt komm du nicht und jag mit deinen Enthüllungen alles in die Luft!«

»Aber es wäre doch nur gerecht ...«

»Alle werden sich gegen dich verbünden. Ich werde sagen, dass du lügst, Ulises wird sagen, dass du lügst. Dass du verrückt bist. Du wirst als schamlose amerikanische Schlampe dastehen, die sich verzweifelt ein Kind wünscht, zufällig eines im Fernsehen sieht und es fünfundzwanzig Jahre später aus dem Fundbüro holen will.«

»Calypso ist meine Tochter, das ist die Wahrheit!«

»Die Wahrheit ist doch scheißegal! *Fuck the truth!* Und ich will dir noch etwas sagen ... Wenn du Calypso alles erzählst, wird sich Oscar verpflichtet fühlen, die Ehre seiner Mutter wiederherzustellen. Und dann kommt er womöglich her und bringt dich und Calypso um. Also halt gefälligst die Klappe.«

»Ich kann es nicht fassen, dass ich nicht ...«

»Was nicht zu fassen ist, Emily, ist das, was du vor fünfundzwanzig Jahren getan hast. Ganz einfach. Da hat alles angefangen. Im Zimmer des Jackson Memorial Hospital. Und nirgendwo sonst.« Er schlägt mit der flachen Hand auf die Tischplatte. »So, Ende der Diskussion. Die Sache ist erledigt. Willst du einen Kaffee?«

Robert Sisteron läuft in Elenas großem rot-goldenem Salon auf und ab und auf und ab. Er klickt mit der Kappe seines Kulis, hebt ihn an den Mund, knabbert darauf herum, hält inne, reibt sich die Stirn, macht kehrt, läuft quer durch das Zimmer und breitet schließlich theatralisch die Arme aus.

»Wir sollten nicht auf dieses Mädchen setzen, Elena«, erklärt er. »Ich habe ein ungutes Gefühl bei ihr. Sie hat keinen sehr positiven Eindruck auf mich gemacht. Zu instabil, zu selbstsicher, zu unberechenbar …«

Elenas Hand steckt in ihrer Lokumschachtel, an ihren Lippen klebt Puderzucker. Sie klopft sich die Mundwinkel ab und neigt den Kopf in seine Richtung.

»Sie ist nicht unberechenbar«, sagt sie, »sie hat ihren eigenen Kopf. Das ist etwas anderes.«

»Ich wiederhole: Es ist riskant.«

Elenas Blick folgt dem Sonnenstrahl, der sich über den Teppich zieht, den sie und der Graf im großen Bazar von Istanbul gekauft haben. Sie streckt eine Hand aus und streichelt ihn. Es war ein herrlicher Tag, der Graf war glücklich, und das wollte er alle Welt wissen lassen. Also gab er Geld aus, viel Geld, und überhäufte sie mit Geschenken.

Sie wendet sich von dem Sonnenstrahl ab, richtet ihre Gedanken wieder auf ihr Gespräch und nimmt noch ein rosa Lokum aus der Schachtel. Damals in Istanbul hatte sie Lokum lieben gelernt.

»Sie wissen ganz genau, warum ich das tun will, Robert, und das sollte Ihnen genügen. Hören Sie auf, mit mir herumzudiskutieren! Wir werden sie einen Knebelvertrag unterschreiben lassen und damit basta!«

Das Lokum zittert in dem Sonnenstrahl und wird beinahe durchsichtig. Elena reißt den Mund auf und stopft es hinein. Robert verzieht missbilligend das Gesicht.

»Finden Sie mich abstoßend?«, fragt sie belustigt.

»Nein. Überhaupt nicht.«

»Sie sind ein schlechter Lügner!«

Am liebsten würde sie diesen Mann, der vor dem Schatten eines jungen Mädchens zurückschreckt, packen und schütteln.

»Ein Vertrag wird nicht reichen!«, wiederholt er störrisch.

Sie beherrscht sich mühsam und schenkt ihm ein mondänes, geheucheltes Lächeln.

»Es wird alles gutgehen, Robert! Und wir werden viel Spaß dabei haben!«

»Sie ist zu jung. Sie sollten nicht …«

Da reißt Elena der Geduldsfaden. Ihre angespannten Nerven geben nach, und sie explodiert.

»Wir haben schon hundertmal darüber gesprochen, Robert! Sie sind ermüdend! Sie wiederholen immer wieder die gleichen Argumente, wie ein alter Mann! Aber das Leben muss man leben, solange es noch andauert. Sind Sie es nicht langsam leid, eine Mumie zu sein?«

Gekränkt bleibt Robert Sisteron stehen.

»Vielen Dank für die Mumie!«

Elena seufzt.

»Was soll ich denn noch sagen, um Sie zu überzeugen? Schauen Sie sich an, was die großen Konzerne gerade machen! LVMH, Kering. Sie setzen auf junge Leute. Nicholas Kirkwood, J. W. Anderson, Joseph Altuzarra, Christopher Kane. Jung, jung, jung. Und auf wen setzten sie Anfang 2000? Stella McCartney und Alexander McQueen. Die hatten gerade ihr Studium beendet. An der gleichen Schule, die auch Hortense besucht hat, nebenbei bemerkt!«

»Sie wird sich bald unserer Kontrolle entziehen …«

»Wir werden sie schon bändigen. Dieses Mädchen verfügt über Ausdauer und eine ausgeprägte Persönlichkeit. Sie arbeitet zwanzig Stunden am Tag! Eine Marke aufzubauen erfordert Charakter, Ehrgeiz, Mut und Hartnäckigkeit. Und all das hat sie, Robert!«

»Und was, wenn wir uns irren?«

»Dann haben wir eben einen oder zwei Zutrillos verschwendet. Davon geht die Welt nicht unter. Oh, Sie gehen mir auf die Nerven mit Ihrer ewigen Zauderei!«

Elena wirft sich in ihrem Sessel zurück. Horcht auf das Blut, das in ihren Fingerspitzen brodelt. Sie verspürt den Drang, etwas zu zerreißen. Eine Vase zu zerschmettern. Eine Tür zuzuschlagen. Aufzuschreien. Die Feuerwehr zu rufen. Action! Er begreift also nicht, dass ich nicht sterben will! Ich bin siebzehn Jahre alt! Die Armut lässt meinen Körper verkrampfen, ich trage einen Arbeitskittel und schwarze Strümpfe. Ich bin wie eine Wespe, die sich in brauner Melasse verfangen hat. Von meinem Fenster aus halte ich Ausschau nach dem Grafen, er wird kommen und meine Eltern um meine Hand bitten, das hat er mir gestern Abend durch seinen blonden Schnurrbart hindurch zugeflüstert, und ich habe ihm einen Kuss gewährt, ich bete, dass mein Vater zustimmt, ich habe schon all meine Sachen gepackt, ich kann es kaum erwarten, ein neues Leben zu beginnen! Weit weg von meinen Eltern, dem Elend, der möblierten Wohnung an der Porte de Clichy! Es ist mir egal, dass er in Wahrheit Jean-Claude Pingouin heißt und mit Taschenspielertricks sein Geld verdient. Es ist mir egal, dass er älter ist und nicht immer sehr elegant. Wenn er ein reicher russischer Graf sein will, dann soll es mir recht sein! Er hat blitzende Augen, volle, rote Lippen und lange blonde Koteletten, die nach Pfefferkuchen duften. Seine Blicke kriechen unter meine Bluse, streicheln meine Brüste, von mir aus! Von mir aus! Aber vor allem ist er gierig. Er will die Welt beherrschen. Mit Goldmünzen, Champagner und Trüffeln um sich werfen, Bälle veranstalten, Orchester engagieren, Schlösser kaufen, Springbrunnen, Fabriken, Schiffe, Autos, sich Züge, Blaskapellen und Flugzeuggeschwader unter den Nagel reißen. Ich will ALLES!, brüllt er und spielt mit seiner goldenen Uhrkette. Ich will ALLES, und ich will DICH. Meine kleine Katze, meine Leopardin, meine Frau, mein Ein und Alles. Ja! Ja! Ich werde seine Frau! Und ich sauge das Leben aus bis ins Mark.

Und genau das hatte sie auch getan. Mit unbändiger Lust.

Und wenn der Graf über die Stränge schlug, wenn er sich dazu hinreißen ließ, eine kleine Näherin zu vernaschen, dann rächte sie sich. Sie floh aus Paris, weit weg vom Grafen. Und er folgte ihr in die Heilbäder, auf Bahnhöfe, an Strände, auf Almen. Überallhin. Sie brach Herzen, spießte sie auf ihre Lanze. Warf einen Blick zurück, um zu sehen, ob er ihr folgte. Fang mich doch, wenn du kannst! Aber es wird dich teuer zu stehen kommen! Er fing sie ein und schlang wie von Sinnen die Arme um sie. Sie musterte ihn verächtlich, ignorierte ihn. Er genoss ihren Zorn wie einen erlesenen Wein. Schob ein Diamantcollier, ein Rubindiadem über den Tisch. Sie gab sie dem Kellner als Trinkgeld. Da stürzte er sich überwältigt und trunken vor Liebe auf sie, packte sie bei den Ellbogen, warf sie nach hinten.

»Aber ich liebe doch nur dich!«, knurrte er. »Warum ereiferst du dich so, meine Königin?«

»Und was, wenn es mir gefiele, einfach auszubrechen und mir ein paar Liebhaber zu nehmen?«

Er hob eine Hand an sein Herz und erbleichte.

»Ein paar …«

»Ja. Natürlich. Was du mir antust, gebe ich dir hundertfach zurück. Das ist doch normal, oder?«

Und da sank er hinab auf ein Knie und küsste zärtlich ihre Fußspitzen, packte ihre Knöchel, küsste sie ebenfalls, legte seine Stirn auf den Boden und erklärte: »Nimm alles, was ich besitze, ohne dich sterbe ich!«

Jean-Claude Pingouin war ein Russe geworden.

Arm in Arm gingen sie davon und fochten in ihrem Schlafzimmer einen letzten Kampf aus, bevor sie in den Wonnen des Bettes versanken.

Sie liebte diese eheliche Partitur. Sie endete immer mit Diamanten, Goldmünzen, einem Besuch in der Spielbank, dem Kauf eines Gestüts, eines Dreimasters oder eines Taubenschlags in der Normandie.

Bis zu dem Tag, als ihr ein schamloses Weib ein Messer in den Rücken rammte! Sie demütigte, so furchtbar demütigte! Und Jean-Claude Pingouin, der nur noch ein Schatten seiner selbst war, sie gewähren ließ.

Bei der Erinnerung daran schüttelt Elena den Kopf und brummt unwillig. Aber sofort reißt sie sich wieder zusammen, die Rache ist zum Greifen nahe! Und dieser übervorsichtige Mensch versteht das einfach nicht! Erzählt mir etwas von Risiken und Ersparnissen! So ein Trottel!

»Während ich mich abrackere, um Ihr Vermögen gewissenhaft zu verwalten …«

Ein alter Mann! Ein Greis! Elena presst unwillig die Hände auf die Sessellehnen. Am liebsten würde sie ihn anschreien: Seien Sie endlich still!, aber sie beherrscht sich. Sie braucht diesen akribischen Zahlenkünstler.

»Und dafür bin ich Ihnen auch dankbar, Robert«, antwortet sie mit sanfterer Stimme. »Sehr dankbar. Aber lassen Sie mich leben, Schlachten schlagen! Dieses Mädchen kann mir all das geben. Ich langweile mich zu Tode in diesem großen Haus, wo ich nur rumsitze und Lokum esse. Ich bin es leid, leid, leid!«

Er schüttelt missbilligend den Kopf. Hebt langsam die Gardine vor dem Fenster an. Schaut hinaus auf die Straße. Dieser ununterbrochene Strom von Leuten, diese hektische Betriebsamkeit. Es war so ein beschauliches Leben in Paris, wo er seine Überweisungen tätigte, Abrechnungen erstellte, seine Medikamente nahm und abends im Fernsehen die Nachrichten schaute.

»Wie Sie wünschen, Elena«, antwortet er, als er sich wieder umdreht.

In seinen erschlaffenden Zügen erkennt sie die Resignation.

»Ich will meine Rache, und ich werde sie bekommen. Ich habe beschlossen, nicht zu sterben, bevor ich mich gerächt habe. Und Sie wissen ganz genau, dass ich immer das letzte Wort habe!«

Und wie er das weiß!

Mit dem Blick des Geschlagenen betrachtet er die Frau, die sich ihm so beharrlich widersetzt. Sie erscheint ihm kleiner als früher, zierlicher, aber in ihren Augen brennt immer noch das gleiche Feuer. Das Feuer einer Frau, die für ihre Vorstellungen kämpfte, die sich weigerte, traurig zu sein, arm zu sein, dick zu sein, hässlich zu sein, die jeden Morgen vor Vergnügen knurrte, wenn sie prüfend zum Himmel aufsah, die sich die Ohren zuhielt, um keine schlechten Neuigkeiten zu hören, und die sich weigerte, alt oder krank zu werden.

Gestern war sie beim Friseur und hat sich die Haare feuerrot färben lassen. Blutrot, Revolutionsrot, ein Rot, das laut und deutlich verkündet: In mir tobt das Leben, und ich stecke alles in Brand!

Er hatte vergessen, dass sie sich durch nichts und niemanden von ihrer Meinung abbringen ließ.

Antoinette steht aufrecht da, die Arme angewinkelt, den Hintern zurückgeschoben, den Oberkörper angespannt. Ihr Helm aus glattem Haar verleiht ihr ein martialisches Aussehen.

»Ich hoffe, ich inspiriere dich wenigstens …«, sagt sie und lässt ihre Handgelenke kreisen.

Hortense antwortet nicht und drapiert ein Stück Stoff um sie.

»Achtung! Zehn Sekunden Langeweile! Gleich hole ich meine Sanduhr raus!«

»Ich arbeite, Antoinette!«

»Wo waren wir stehen geblieben? Ach, ja … Als die Chinesen den französischen Handel angreifen und Ludwigs und Colberts Kassen zu leeren drohen …«

»Eine Sekunde noch!«, stammelt Hortense, den Mund voller Nadeln. »Lass mich nachdenken … Was, wenn ich hier eine Falte reinnehme?«

»Ich lasse schon seit zwei Stunden Stoffe an mir feststecken! Los, rede mit mir! Ich will Neues über den allmächtigen aufgeklärten König erfahren!«

»Wenn ich dir etwas erzähle, lässt du mich dann in Ruhe arbeiten?«

»Ja, ja.«

Antoinette ist zu einer glühenden Verehrerin von Ludwig XIV. und Colbert geworden. Sie findet die beiden Männer großartig. Tatkraft, Intelligenz und gesunder Menschenverstand. Weißt du, was ich an Männern mag? Wenn sie genauso klug sind wie Frauen.

Sie will alles über ihr langjähriges Bündnis erfahren.

»Die Frauen in Versailles kleideten sich nur in sehr kostspielige Stoffe«, beginnt Hortense, während sie einen Saum verlängert. »Ihre zarte Aristokratenhaut vertrug keine kratzigen Gewebe. Außerdem hatten sie begriffen, dass luxuriöse Kleidung ein Zeichen für die soziale Stellung und Macht derjenigen war, die sie trugen, und so war ihnen nichts zu kostbar. Das war der Beginn eines Grundprinzips: Je teurer, desto besser.«

»Wie teuer?«, hakt Antoinette nach.

»Der einfachste Goldlamé kostete ungefähr fünftausend Euro pro Meter ...«

»Was macht das in Dollar?«

»Siebentausend Dollar!«

»Pro Meter!« Antoinette bleibt fast die Luft weg. »Und gab es auch weniger teure Stoffe?«

»Natürlich. Samt oder Seidendamast. Tausend Dollar pro Meter.«

»Während das Volk verhungerte! So eine Schande!«

»Aber für die adligen Damen am Hof war nichts zu schön. Alles diente dazu, ihren Rang und ihren Reichtum zu betonen.«

»Und Colberts Kassen zu füllen!«

»Du hast deine Lektion gelernt. Also, eines Tages ...«

Antoinette rührt sich nicht mehr, atmet nicht mehr, man könnte sie für eine Wachspuppe halten. Hortense nutzt die Gelegenheit, um den Stoff an ihren Hüften enger zu stecken.

»Eines Tages, das war im Jahr 1683, informierte der Leiter der

Pariser Polizei den König darüber, dass die Arbeiterinnen in den Pariser Vororten ihre Kleider aus Stoffen nähten, die aus China importiert wurden und sehr viel billiger waren als die französischen Gewebe. Das könnte sich zu einer empfindlichen Bedrohung für den französischen Handel entwickeln. Und so verboten der König und Colbert umgehend jegliche Importe aus dem Fernen Osten. Und damit die Arbeiterinnen nicht in Versuchung gerieten, sich Schmuggelware zu besorgen, veröffentlichten sie einen Erlass, in dem sie die einheimischen Textilfabrikanten anwiesen, die ausländischen Stoffe zu kopieren, sodass alle Erlöse der Haute Couture in den französischen Kassen blieben. Imitieren, um zu neutralisieren. Raffiniert, was?«

»Bist du sicher, dass das stimmt?«

»Es steht in dem Buch, das Elena mir geliehen hat. Ich denke mir das nicht aus.«

Kaum hat sie Elenas Namen ausgesprochen, als diese mit ihrer Lokumschachtel in der Hand zur Tür hereinkommt.

Sie begrüßt Antoinette und umarmt Hortense.

»Störe ich?«, fragt sie der Form halber.

Sie strahlt wie ein schalkhaftes junges Mädchen. Dabei ist heute gar nicht Mittwoch, Grandsires Tag, denkt Hortense.

»Wie findest du meine neue Farbe?«, fragt Elena und schüttelt ihr Haar.

»Steht Ihnen sehr gut«, antwortet Hortense. »Ich dachte mir doch, dass irgendetwas anders war…«

»Meine Haare langweilten mich!«

Sie verzieht unwillig das Gesicht und schielt auf das Ende einer roten Strähne.

»Und Robert langweilt mich auch. Er ist zu alt. Er wiederholt sich ständig. Er hat nur Zahlen im Kopf. Er ist ein wandelnder Taschenrechner!«

»Jedem seine Aufgabe«, entgegnet Hortense, während sie drei Schritte zurücktritt und ihre Drapierung begutachtet.

»Perfekt«, flüstert sie.

»Willst du gar nicht wissen, wie er dich fand?«

»Nein. Seine Meinung interessiert mich nicht. Ich weiß, was ich wert bin. Wenn er mich nicht zu würdigen weiß, ist das sein Problem, nicht meins.«

»Kann ich jetzt gehen?«, fragt Antoinette, des Posierens müde. »Bei diesem Gespräch bin ich von keinerlei Nutzen. Ich verschwende meine Zeit.«

»Ja. Danke. Ich rufe dich morgen an.«

Hortense nimmt ihr den Stoff ab, und Antoinette steht splitternackt vor Elena, die sie prüfend mustert. Ihr scheint zu gefallen, was sie sieht.

»Sie sind verflixt attraktiv, Mademoiselle! Kurven da, wo sie hingehören, goldbraun, wohlgeformt, lang und glatt, einfach perfekt! Meinen Glückwunsch.«

»Sie müssen früher aber auch nicht übel gewesen sein. Trotz Ihrer Falten und Dellen sehen Sie beinahe sexy aus. Ich wette, die Männer stehen immer noch auf Sie …«

Elenas Wangen verfärben sich.

»Da könnten Sie recht haben!«, sagt sie mit wiegendem Kopf. »Und Sie sind so schlank«, fügt sie hinzu. »Halten Sie eine bestimmte Diät?«

»Sind Sie wahnsinnig? Ich habe Wichtigeres im Kopf, als auf mein Gewicht zu achten.«

Sie zuckt mit den Schultern, verdreht die Augen und schlüpft mit ihren langen Beinen in eine eng anliegende Jeans.

»So viele Mädchen ruinieren ihre Gesundheit mit dummen Diäten«, bemerkt Elena.

»Ich nicht! Ich weigere mich, fünfundneunzig Prozent meiner Zeit damit zu verbringen, fünf Kilo abzunehmen! *Ciao, ciao*, meine Schöne«, verabschiedet sie sich von Hortense. »Und Sie, Alte, bleiben Sie so, wie Sie sind. Das ist super!«

Sie geht hinaus, und Elena sieht ihr verblüfft nach.

»Wo hast du die denn aufgetrieben? Die ist ja eine Nummer.«

»Das ist die Schwester einer Freundin. Sie wird meine Muse sein.«

»Unsere Muse, Hortense!«

Hortenses Augenbrauen ziehen sich zusammen, ihre Nase runzelt sich, diese erzwungene Gleichberechtigung gefällt ihr nicht. Elena erkennt das zornige Widerstreben in ihren Zügen.

»Oh, ja … Daran wirst du dich gewöhnen müssen, meine liebe Kleine!«

»So hatte ich mir das aber nicht vorgestellt …«

»Du bist für die Entwürfe zuständig und ich für das Finanzielle. *Fifty-fifty*. Darüber waren wir uns einig. Wenn du deine Meinung geändert hast, sag es lieber gleich.«

»Aber das Modehaus wird doch meinen Namen tragen? Das haben Sie mir versprochen.«

»Ja, aber wir stehen gemeinsam am Ruder. Vergiss das nie!«

»Das vergesse ich schon nicht«, entgegnet Hortense schwach.

»Vereint im Triumph … und ich allein in der Niederlage. Dann geht nämlich mein Geld den Bach runter. Und zwar eine Menge Geld!«

Elena greift nach einem Lokum, steckt es sich in den Mund und lässt einen Moment verstreichen.

»*Falls* wir scheitern sollten, aber ich versichere dir, davon gehe ich nicht aus. Ich bin sogar felsenfest vom Gegenteil überzeugt.«

Hortense sieht Elena in die Augen.

»Aber ich werde doch allein auf der Bühne stehen, nicht wahr?«, beharrt sie störrisch. »Es sind meine Entwürfe, meine Ideen, meine Arbeit. Sie geben nur das Geld dazu …«

»Geld ist das A und O eines Feldzugs. Ohne mein Geld wärst du aufgeschmissen. Also lächle. Wir werden uns nicht wegen einer solchen Belanglosigkeit zerstreiten.«

Hortense deutet ein schwaches Lächeln an, und Elena neigt dankend den Kopf.

»Ich überlasse dir den Platz im Rampenlicht und auf den Fotos. Aber jeder soll wissen, dass ich die Frau im Hintergrund bin. Mit meiner ganzen Schlagkraft. Wir werden nicht die Ersten sein, die ein Tandem aus Geld und Talent bilden. Also vergiss deine Träume von Größe und Ruhm, hör auf, herumzujammern wie ein kleines Mädchen, lerne zu teilen und arbeite weiter.«

»Das brauchen Sie mir nicht zu sagen, ich tue doch schon den ganzen Tag nichts anderes!«, murrt Hortense.

»Das ist sehr gut. Ich will wissen, worin ich mein Geld investiere ... Was machst du gerade?«

»Ich warte auf einen Anruf von Junior.«

»Wer ist das?«

»Mein Pariser Kontakt. Ein hochintelligenter Junge, der ein Unternehmen aus der Einrichtungsbranche leitet. Eine Art Ikea. Er weiß über die neuesten Entwicklungen Bescheid, kennt die Hersteller, die Produkte und die Märkte. Er wollte mich anrufen, um mir zu bestätigen, dass er jemanden gefunden hat, der den Korsettstoff nachbilden kann.«

»Verfolgt er eine konkrete Spur?«

»Ja. Bald können wir mit der Produktion loslegen. Ich habe genug Entwürfe für mindestens zwei komplette Kollektionen.«

»Hast du ihm ein Stück von meinem Korsett geschickt?«

»Ja. Das hatten Sie mir erlaubt.«

»Daran kann ich mich gar nicht erinnern.«

»Dann denken Sie gefälligst nach! Wenn wir Partner sein sollen, brauchen Sie ein gutes Gedächtnis!«

»Hortense, mäßige deinen Ton!«

»Es gefällt mir nicht, wie Sie mit mir reden. Pfeifen Sie gefälligst nicht nach mir wie nach einem Hund! Okay?«

»Ich erwarte lediglich, dass du weißt, wo dein Platz ist.«

»Und Sie, wo der Ihre ist!«

»Hortense!«

»Ja?«, antwortet Hortense in gespielt unterwürfigem Ton.

»Ich will, dass du mit Jean-Jacques Picart redest, bevor du loslegst. Seine Meinung ist entscheidend. Seine Meinung und die

Türen, die er dir öffnen kann. Ohne ihn wirst du nichts Rechtes zustande bringen.«

»Das habe ich verstanden. Ich warte noch auf Juniors Anruf, und dann kaufe ich mein Flugticket nach Paris.«

»Abgemacht. Ich habe ihm gesagt, dass du ihn anrufen wirst. Vereinbare einen Termin mit ihm. Aber sag mal … wie alt ist eigentlich dieser Junge, den du Junior nennst?«

Hortense gibt vor, sich ganz auf die Länge ihres Saums zu konzentrieren, beugt sich über den Stoff, misst nach und redet mit Junior. Ruf mich an, Junior, bitte, schnell! Sonst muss ich sie über dein Alter belügen! Stell dir nur mal ihr Gesicht vor, wenn ich ihr sage, dass du erst sechs bist? Die erstickt an ihrem Lokum. Beeil dich!

»Hortense!«, wiederholt Elena mit einem Räuspern. »Ich habe dich etwas gefragt …«

»Ich überlege gerade, ob ich den Saum kürzen oder ihn lieber etwas länger lassen soll … Was meinen Sie?«

Elena beugt sich über den Stoff, drückt ihn an die hölzerne Schneiderpuppe, berechnet die Länge. Ihre Hände flattern glücklich durch die Luft. Wie von selbst kehren die alten Gesten wieder. Sie sucht die Taille, ihre faltigen Hände mit den rot lackierten Nägeln betasten das Gewebe, und die goldenen Armreifen rutschen über ihre Unterarme. Ihr Blick wird scharf, erfüllt von einer alten Frage. Das ist keine verrückte Greisin mehr, die ununterbrochen Lokum in sich hineinstopft und es mittwochs mit ihrem Masseur treibt, sondern eine geschickte, kreative Frau, die einst einen Beruf ausgeübt hat und ihn nun unter ihren kundigen Fingern wiederaufleben lässt.

Hortense beobachtet sie erstaunt. Sie hat Geheimnisse vor mir. Sie kann zuschneiden, drapieren und zeichnen. Das war mehr als nur ein Zeitvertreib. Sie haben mir nicht alles erzählt, verehrte Gräfin! Das erkenne ich an Ihren Fingern, an dem scharfsinnigen Funkeln in Ihren Augen, am liebsten würden Sie die Schere nehmen und diesen einen Zentimeter abschneiden, den ich übersehen habe. Und Sie haben recht. Das sähe viel besser aus. Aber … Sie greifen zur Schere! Wie können Sie es wagen? Nein … Das erlaube ich Ihnen nicht! Das ist mein Kleid! Finger weg!

Sie will Elena die Schere aus der Hand nehmen, doch diese reißt sich von ihr los und wirft ihr einen mörderischen Blick zu.

»Lass mich!«, schreit sie.

In ihrem Blick lodert der unbedingte Wille zu herrschen. Und zwar allein. Das grausame Verlangen, jene aus dem Weg zu räumen, die ihren Platz einnehmen will.

Die beiden Frauen starren einander an. Die ältere scheint aus einem glücklichen Traum zu erwachen, die jüngere hat einen Albtraum vor sich aufscheinen sehen.

»Tun Sie das nie wieder!«, sagt Hortense und packt Elenas Handgelenk. »Nie wieder!«

Sie nimmt ihr die Schere aus der Hand und legt sie zurück auf den Tisch.

Diesen Moment wählt Junior, um einzuschreiten. Hortenses Handy klingelt, und sie verlässt den Raum, um das Gespräch entgegenzunehmen.

»*Hello*, mein schönes Reh!«, hört sie.

»Wie gut, dass du anrufst!«

»Ich weiß, ich weiß.«

»Eine Minute später, und ich …«

»Ich weiß alles, mein zorniges Reh. Lass mich dir eine großartige Neuigkeit verkünden! Ich habe unseren Hersteller gefunden. Ich habe bei Scheherazade angesetzt und eine ganze Kette von Webern, Handwerkern und erfahrenen Fachleuten zurückverfolgt. So viel Talent in unserem gequälten Land!« Er seufzt traurig. »Doch grämen wir uns nicht! Bleiben wir vergnüglich gestimmt. Ich habe eine seltene Perle ausfindig gemacht, mein hübsches Reh. Eine Manufaktur, in der Stoffe von höchster Qualität, Schönheit und Funktionalität hergestellt werden, Stoffe, die nicht nur das Auge erfreuen, sondern leuchten, wärmen, formen, absorbieren. Ich habe einen Ballen weißen Pikee bestellt, wie du es mir gesagt hattest, um zu sehen, wie diese Leute arbeiten. Sie werden das Korsettmotiv auf Haute-Couture-Niveau nachbilden. Der Anfang ist gemacht … Aber jetzt brauchen wir Geld.«

»Natürlich!«, entgegnet Hortense. »Aber sag, kluger Mann, hast du unser heutiges Gespräch mitbekommen?«

»Ja. Ich hatte mich schon auf deine Frequenz eingestellt, bevor ich angerufen habe. Ich wollte wissen, in welche Situation ich hineingerate. Nicht gerade umgänglich, die alte Dame. Gib sie mir, ich werde sie für dich milde stimmen!«

»Oh, Junior! Ich wusste gar nicht, dass du mir so fehlst! Ich komme bald zurück, dann werden wir gemeinsam schlemmen und schwatzen.«

Warum rede ich plötzlich so wie er?, fragt sich Hortense, überrascht davon, diese altmodischen Wörter aus ihrem Mund zu hören.

»Oh, mein schönes Reh! Ich liebe dich, ich liebe dich so sehr! Gib mir die Alte. Wir müssen sie unverzüglich außer Gefecht setzen. Ich werde sie dir so weich kochen wie ihr eigenes Lokum.«

»Guten Tag, junger Mann«, ruft Elena mit lauter Stimme, greift nach einem herumliegenden Stück Stoff, nutzt es als Fächer, lässt sich in einen Sessel gleiten, wird weich, fließend, lässt nachgiebig die schweren Lider sinken. Dann setzt sie zu einer langen Reihe rhythmischer Ja, Jas an, ihre Hände flattern durch die Luft, ihr Kinn nickt zustimmend, und ihr Fuß klopft auf das Parkett, glücklich darüber, mit ihrem Gegenüber einer Meinung zu sein.

Ein letztes Auf und Ab des Kinns, dann legt sie hingerissen auf.

»Das scheint ja ein großartiger Junge zu sein. Scharfsinnig, kurz und bündig, mit Visionen. Er verfügt über großen Weitblick! Bei ihm sind unsere Interessen in guten Händen. Ich werde gleich morgen das Geld für den weißen Pikee überweisen. Er schickt mir die Bankdaten dieser Manufaktur. Ich kann es kaum erwarten, ihre Arbeit zu sehen!«

Sie schaut zu Hortense auf, die nun wieder hoffnungsvoller in die Zukunft blickt. Ein erster Scheck! Beinahe ein Vertrag! Wie aufregend! Sie wird große, wunderbare Dinge vollbringen können. Sie wird sich den Bauch mit Mode vollschlagen.

»Junior ist fantastisch.«

»Ach, ich habe ganz vergessen, ihn nach seinem Alter zu fragen«, fällt Elena plötzlich wieder ein.

»Junior hat kein Alter«, ruft Gary, der in diesem Moment in der Tür auftaucht. »Junior ist Junior. Sobald Sie ihn kennenlernen, werden Sie von ihm bezaubert sein. Alle lieben und schätzen ihn. Er ist absolut einzigartig!«

Er hat einen leichten Sonnenbrand auf der Nase. Seine Augen wirken schwärzer als sonst, und sein Lächeln hat etwas Freibeuterhaftes. Gras klebt an seinem Hals und an seinen Schuhsohlen.

»Wo hast du dich denn herumgetrieben?«, fragt Elena.

»Im Park.«

»Allein?«

»Nein, wir waren eine ganze Bande.«

»Eine ganze Bande? Mein Gott! Dabei bist du doch sonst eher ein Einzelgänger!«

»Es ging nicht anders! Wir haben ein Stück einstudiert.«

»Im Park? Wie merkwürdig!«

Gary zuckt mit den Schultern und versucht, das Thema zu wechseln.

»Das Wetter war so schön, da sind wir rausgegangen und haben uns ins Gras gesetzt. Wir hatten unsere Partituren dabei. Das ist alles! Das Wetter ist heute aber auch wirklich toll … einfach herrlich!«

Elena mustert ihn. Seine Begeisterung wirkt eine Spur übertrieben. Eine falsche Note, ein falscher Überschwang, der ihre Neugier weckt. Und so fährt sie fort: »Warum machst du mit deiner Bande nicht eine Spritztour in meinem schönen Auto? Es muss hin und wieder bewegt werden, sonst geht es kaputt, und du bist schon so lange nicht mehr damit gefahren.«

»Weil ich nicht gerne herumparadiere. Sie wissen ganz genau, dass das nicht meine Art ist. Ich mache das nur, um Ihnen einen Gefallen zu tun…«

»Und außerdem seid ihr so viele, dass ihr wahrscheinlich gar nicht alle reinpassen würdet, habe ich recht, Gary?«

Gary errötet unter seiner gebräunten Haut. Sein Blick sucht den von Elena.

Vielleicht könnte er mit ihr reden?

Vielleicht hat sie ja schon einmal zwei Menschen gleichzeitig geliebt?

Er sieht sie schon vor sich auf den Plakaten. Blond, hübsch und mit einem strahlenden Lächeln, dazu der Slogan »Friseursalon Superschnitt: Qualität zum kleinen Preis! Einmal Haareschneiden für fünfzehn Euro«. In ganz Saint-Chaland wird sie hängen. In den Straßen, an den Kreuzungen, sogar an Bussen. Alle Kerle werden geil werden bei dem Anblick, und er wird sich sagen können: Ich bin der Typ, der sie vögelt! Ich bin der Riesenglückspilz, der meinen Schwanz in sie reinschiebt!

Gestern Abend erst hat sie sich um ihn geschlungen und seinen Schwanz eingesogen. Der helle Wahnsinn! Er hat sie angefleht, damit aufzuhören, damit es länger dauert. Aber er hat nicht lange durchgehalten. Einfach abgespritzt. So eine Schlampe! So eine göttliche Schlampe!

Trotzdem…

Auf den Plakaten wird sie aussehen wie ein Unschuldsengel. Blond, rein, schön. Miss Superschnitt. Das Gesicht des Friseursalons.

Sie werden nicht kleckern, sondern klotzen. Das Rathaus wird ihn mit einem kleinen Zuschuss unterstützen. Es geht ja schließlich um Gewerbeförderung, oder? Plakatkampagne und… die

Titelseite des *Superschnitt-Magazins*, das jeden Monat in einer Auflage von tausend Stück erscheint und gratis in der Stadt verteilt wird.

Superschnitt ist der einzige Friseursalon in Saint-Chaland und den umliegenden Gemeinden. Madame Robert, die Besitzerin, war früher eine seiner Geliebten. Aber sie zahlt ihre Abgabe wie alle anderen auch! Keine Günstlingswirtschaft. Sie hat drei sehr appetitliche Angestellte, die er auch alle besprungen hat. Er brauchte nicht mal darauf zu drängen, die jungen Dinger haben sich ihm von ganz allein an den Hals geworfen! Die hast du gut erzogen, hat er zu Madame Robert gesagt und sie beim Kinn gepackt. Auch mit sechzig ist sie noch immer sexy. Sie hat hohe Wangenknochen, einen flachen Bauch und feste Oberschenkel. Bei jedem Besuch schiebt er ihr eine Hand zwischen die Beine und prüft nach. Nicht schlecht! Sie wird rot. Ab und zu besucht er sie noch und schiebt mit ihr ein Nümmerchen. Ein guter Fick erhält die Freundschaft, stimmt's?

»Du nimmst Violette als Werbegesicht, und ich erlasse dir im Gegenzug deine Abgabe für, sagen wir, sechs Monate.«

Sie hatte eingewilligt.

Und so klingelt er an diesem Abend voller Vorfreude an Violettes Tür.

Sie öffnet ihm mit einer Zigarette im Mund.

»Wie oft hab ich dir schon gesagt, dass du nicht rauchen sollst, Kätzchen«, ruft er verärgert.

Frustriert, weil er immer wieder das Gleiche predigen muss, lässt er die Arme fallen.

»Kümmer dich um deinen eigenen Kram«, versetzt sie. »Los, schieb deinen Hintern rein, es zieht!«

Er tritt einen Schritt vor, zieht seine Lederjacke aus, hängt sie vorsichtig über die Rückenlehne eines Sessels, legt den Gürtel ab und zieht die Schuhe aus. Er hat es gern bequem. Dann packt er sie beim Handgelenk, zieht sie zu sich her und presst sie an sich.

Sie verzieht das Gesicht, macht sich von ihm los und massiert sich den Nacken.

»Hey, immer mit der Ruhe, ich bin ja nicht aus Gummi!«

»Ach, Kätzchen! Sei doch nicht so renitent!«

Das Wort hat sie ihm gestern beigebracht. Sie sollte sich freuen, dass er es behalten hat und auch verwendet. Aber sie bemerkt es gar nicht.

»Ich habe eine Überraschung für dich«, fährt er fort. »Du wirst begeistert sein! Du wirst mir um den Hals fallen ... und in den Hosenstall«, setzt er lüstern hinzu.

Violette zieht an ihrer Zigarette und mustert ihn ungerührt. Sie versauert schon so lange in diesem gottverlassenen Loch, da kann auch allmählich mal was passieren. Bis jetzt gab's nicht mehr als leere Versprechungen. Sie wartet immer noch auf den großen Film, die große Rolle, den großen Regisseur.

Ray macht es sich in einem Sessel gemütlich, zieht sie auf seinen Schoß, schiebt eine Hand unter ihre Bluse und verkündet mit triumphierender Stimme seine fantastische Neuigkeit: Sie wird das neue Gesicht der Werbekampagne des Friseursalons Superschnitt. Ihr Bild wird an allen Gebäuden von Saint-Chaland und Umgebung hängen. Und sie kommt auf das Titelblatt der Salonzeitschrift.

»Und als Slogan: ›Superschnitt, Qualität zum kleinen Preis!‹ Ich habe mich um alles gekümmert. Die haben hier ja überhaupt keine Ahnung von so was. Ist dir klar, was das bedeutet, Kätzchen? Du wirst ein Star! Ich habe mich mit Fabrice getroffen, dem Chefredakteur von *La République libre*, er ist bereit, ein Interview mit dir zu machen. Und er hat mir versichert, dass der Artikel überall aufgegriffen wird. Lokalradio, das ganze Programm! Du wirst berühmt, Kätzchen!«

»Und was ist mit dem Film?«, fragt sie mit eisiger Stimme. Ein Schwall Rauch schlägt ihm ins Gesicht.

Er blinzelt und schneidet eine angewiderte Grimasse.

»Welcher Film?«

»Der Film. Die Region. Der Präfekt. Meine Rolle. Hast du das vergessen?«

»Das kommt schon noch. Reg dich nicht auf. Superschnitt ist nur der Anfang, und danach legen wir richtig los.«

Sie springt auf und läuft, erregt mit den Armen fuchtelnd, durchs Zimmer.

»Aber daraus wird nie was, wenn ich jeden Blödsinn mache! Ich bin eine Künstlerin, nicht das dämliche Werbegesicht eines Friseursalons.«

»Das ist ein Sprungbrett, Kätzchen!«

»Ein Sprungbrett?«, explodiert Violette. »Ja, aber ein verrottetes! Das wird ein Bauchklatscher, Mann! Werbung für die Fünfzehn-Euro-Frisur von Superschnitt, klar, das ist eine Riesenchance! Gebt mir doch gleich den Oscar! Wieso bin ich da nicht selbst drauf gekommen? Wie bescheuert! Da nehme ich jahrelang Schauspielunterricht, renne von einem Casting zum nächsten, lerne Rollen, beknie meinen Agenten, dafür zu sorgen, dass mein Name auf dem Plakat erscheint, und denke nicht ein einziges Mal an Miss Superschnitt! Ja, bin ich denn bescheuert?«

Sie schlägt sich mit der Hand gegen die Stirn und funkelt ihn wütend an.

»Viele fangen mit Werbung an, das ist doch keine Schande!«, entgegnet er kläglich.

»Die sind auch noch unbekannt und zwanzig Jahre alt! Und die Werbung wird landesweit geschaltet! Das verzeiht man ihnen!«

»Die Leute werden über dich reden …«

»In einer Gratiszeitschrift und an den gottverdammten Mauern in diesem gottverdammten Loch! Angelina Jolie macht vor Angst kein Auge mehr zu, seit sie davon gehört hat!«

»Du übertreibst, Kätzchen!«

»Und hör endlich auf, mich Kätzchen zu nennen! Machst du das absichtlich, oder was? Ich bin fünfunddreißig, ich habe keine Zeit mehr zu verlieren! Schon gar nicht bei solchen Bauerntrampeln! Und dann auch noch mit dem größten Bauerntrampel von allen! Raymond Valenti. So nennt dich deine Mami doch, nicht wahr? Raymond. Hübscher Name. Hat echt Klasse. Aber sie hat ja recht, mehr bist du nämlich nicht. Bloß ein Raymond.«

Rays Miene verfinstert sich. Verletzt sackt er in seinem Sessel zusammen.

Violette ist nicht mehr zu halten.

»Und weißt du, warum, Mister Hohlbirne?«

Ray zuckt zusammen. Hat er gerade richtig gehört? Sie hat ihn Hohlbirne genannt.

»Weil ich eine Künstlerin bin. Eine Künst-le-rin.«

Verdammte Scheiße! Sie hat ihn Hohlbirne genannt.

Er reibt sich die Wange, um sich zu vergewissern, dass er tatsächlich hier sitzt und diese Beleidigung einfach so geschluckt hat. Ein Blitz zuckt durch seinen Kopf. Er sieht rot. Er verspürt den Drang, sie zu schlagen. Er verspürt oft den Drang, sie zu schlagen. Nur der Gedanke an die Boa hält ihn jedes Mal zurück. Hohlbirne! Er ist zu nett zu ihr, lässt ihr alles durchgehen. Aber damit ist jetzt Schluss. In Zukunft wird sie vor ihm kriechen wie all die anderen. Hohlbirne! Ein boshaftes Funkeln glimmt in seinen Augen auf. Er wird sie vernichten, ihr die Fresse polieren, sie wird vor ihm auf dem Boden liegen, ihn um Verzeihung anflehen, und er wird ihr ein paar ordentliche Tritte verpassen, dass ihr Hören und Sehen vergeht. So muss man die Weiber behandeln. Und wenn der Druck in seiner Hose zu groß wird, dann verschafft er sich eben bei einer anderen Luft, Anwärterinnen gibt es schließlich genug. Er will schon die Hand heben, als ihm etwas einfällt … Keine außer ihr kann die Boa.

Er hält in der Bewegung inne und beißt sich auf die Fingerknöchel, bis sie bluten.

»Du eine Künstlerin … Das glaubst auch nur du!«, brüllt er gehässig.

Er wird sie nicht schlagen, aber diese Behandlung lässt er sich auch nicht bieten. Es wird Zeit, hier mal einiges klarzustellen.

»Was war das? Sag das noch mal!«, faucht sie ihn an.

»Ist doch wahr. Du bist die Einzige, die dich für eine Künstlerin hält. Wo steht das denn geschrieben? Nicht in der Zeitung und erst recht nicht im Kino! Ich habe noch nie einen Film mit dir gesehen. Nie auch nur ein Wort über dich gehört. Und da bin ich nicht allein. Sogar der Präfekt hat Zweifel, ob er dich empfehlen soll. Er sagt, dich kennt doch keiner. Also Künstlerin, das scheint mir doch ein bisschen zu hoch gegriffen für ein unbekanntes Blondchen.«

»Weil du noch nie im Leben aus deinem Drecksnest rausgekommen bist! Du bist ein dämlicher Hinterwäldler, Raymond!«

Wieder zuckt er zusammen. Sie hört nicht auf, ihn zu beleidigen. Und er scheuert ihr keine. Was ist denn mit ihm los? Ihm ist schwindelig. Er wird alt. Sein Blut gerät nicht mehr in Wallung, sein Arm hebt sich nicht mehr, er ist ganz schlaff. Die Boa hat ihn mit Haut und Haaren verschlungen.

Noch einmal bäumt sich sein Stolz auf.

»Soll ich dir was sagen?«, schreit er wütend. »Das einzige Mal, als ich dich im Fernsehen gesehen habe, das war in den Regionalnachrichten. Bei der Eröffnung eines Sofitel-Hotels in Mâcon. Ich habe keine Ahnung, was du da zu suchen hattest. Warst ja auch kaum zu sehen hinter einer Topfpflanze. Am Arm von einem fetten alten Sack mit jeder Menge Orden! Sah aus wie ein Kriegsveteran. Hast du dem den Schwanz gelutscht, oder was?«

»Leck mich, Raymond!«, kreischt Violette. »Ich will dich nie wiedersehen! Hast du gehört? Nie wieder!«

Sie hebt den Arm, um ihn zu ohrfeigen, und er fängt ihn verblüfft ab.

»Verschwinde, du alter Provinzbauer! Los, raus hier!«

»Sag das nicht noch mal, Violette! Ich nehme dich beim Wort!«

»Mach doch! Nur keine Hemmungen. Meine Güte, bin ich froh, wenn ich dich endlich los bin! Ich halte das nicht mehr aus! Du bist alt, du schnarchst, du stinkst, und du hast einen kleinen

Schwanz, einen winzig kleinen Schwanz! Hat dir das noch nie jemand gesagt? Tja, dann weißt du's jetzt. Egal, wie aufgeblasen du rumstolzierst, dein Schwanz ist so winzig klein, das ist einfach nur lächerlich!«

Sie bricht in schallendes Gelächter aus. Und demonstriert ihm seinen winzig kleinen, lächerlichen Schwanz, indem sie die erhobenen Finger zwei Zentimeter auseinanderhält.

Er schluckt. Schluckt seinen Stolz hinunter. Die Vagina constrictor gleitet davon. Ihm kommen jetzt schon die Tränen. Er will sie um Verzeihung anflehen.

»Das war doch nur ein Scherz, Kätzchen. Darf ich jetzt nicht mal mehr einen Witz machen?«

»Ach ja? Aber ich meine es ernst. Los, mach, dass du rauskommst! Verschwinde!«

»Aber Kätzchen …«

Sie schnappt sich seine Jacke, seinen Gürtel, seine Schuhe, wirft sie ihm ins Gesicht und stößt ihn Richtung Tür.

Sie wartet, bis er die Treppenstufen hinuntergestolpert ist, dann reißt sie das Fenster auf und brüllt hinaus auf die Straße: »Hohlsack! Hohlsack! Hohlsack hat einen klitzekleinen Schwanz!«

Am nächsten Morgen ruft Violette Stella an.

Sie hat die ganze Nacht vor Wut geschäumt. Hat sich in ihrem Bett herumgewälzt. Licht an, Licht aus, Licht an, Licht aus. Ein Glas Wasser, ein Glas Milch, Milch mit Honig, Milch ohne Honig. Bauchmuskeltraining, Maniküre, Augenbrauenzupfen. Dann ist sie zu Schlaftabletten und Whisky übergegangen.

»Stella? Wir müssen uns treffen«, erklärt sie mit schleppender Stimme. »Es ist dringend.«

»Ach«, entgegnet Stella. »Soll ich vielleicht mit Ray Tee trinken?«

»Nein«, stößt Violette hervor, »ich will ihn fertigmachen, ihn vernichten, ihn zu Kakerlakenbrei zerstampfen. Das wird er mir büßen. Und zwar nicht zu knapp!«

Vor Überraschung klappt Stella der Kiefer herunter. Sie kann nicht glauben, was sie da hört. Sie streckt den Arm nach Julic aus und flüstert: »Kneif mich.« Julie kneift sie vorsichtig, und Stella sagt: »Nein, ich träume nicht!«

»Bist du noch dran?«, fragt Violette.

»Ja. Ich verstehe nur nicht so ganz.« Tatsächlich fragt sie sich, ob sie sich das, was sie da hört, nicht bloß einbildet. »Du meinst, zwischen dir und Ray ist es aus?«

»Ja. Ich habe ihn gestern rausgeworfen. Und zwar hochkant! Du hattest recht, er ist ein Idiot! Ein Arschloch. Das absolute Oberarschloch.«

Stella reckt einen Daumen und zwinkert Julie zu, die ihr gegenübersitzt. *YES! YES! YES!*, flüstert sie leise.

»Und wo sollen wir uns treffen?«, fragt sie.

»Bei Lancenny.«

»Kommt nicht infrage! In den Laden setze ich keinen Fuß.«

»Ich sagte, bei Lancenny. Und nirgendwo sonst. Wir treffen uns zum Mittagessen. Sieh zu, dass du es schaffst. Ich biete dir das nicht noch zehnmal an. Du wirst es nicht bereuen, glaub mir, du …« Sie beendet den Satz nicht, und Stella horcht auf. »Ich verspreche dir, ich komme nicht mit leeren Händen, den mache ich so was von fertig! Dieser Dreckskerl! Dieser verdammte Dreckskerl!«

Und sie legt abrupt auf.

Stella kratzt nachdenklich an einer kleinen Wunde an ihrem Daumen. Lancenny, also ehrlich, ausgerechnet bei diesem Mistkerl! Sie verschränkt die Arme auf Julies Schreibtisch. Lässt den Kopf daraufsinken.

Julie beobachtet sie wortlos. Es muss eine heftige Auseinandersetzung gewesen sein. Stella lässt den Kopf über ihre Arme rollen, dann richtet sie sich wieder auf und verkündet: »Julie, mein kleiner Brummkreisel, ich glaube, wir haben den ganz großen Fisch am Haken!«

»Nein! Das ist nicht möglich!«

»Violette probt den Aufstand und will den Kerl verpfeifen.«

»Glaubst du, er hat sie geschlagen?«

»Möglich … Jedenfalls scheint sie stocksauer zu sein. Und ich glaube, sie ist bereit, ihn hochgehen zu lassen.«

Stella öffnet die Tür des Restaurants und atmet tief durch. Strafft die Schultern, damit ihr Kreuz so breit wird wie das eines Holzfällers. Hebt das Kinn. Schiebt die Hände tief in ihre Taschen und geht zu dem Tisch, an dem Violette sitzt. Mitten im Raum. Vor einer Karaffe Rotwein.

Finster blickt Violette Maupuis durch die noch vom Mascara des Vortags verklebten Wimpern zu ihr auf und schluckt wie eine halb Ertrunkene, bei der man gerade eine Mund-zu-Mund-Beatmung durchgeführt hat

»Du bist gekommen …«, sagt sie.

»…«

»Das war die richtige Entscheidung. Ich verspreche dir, du wirst auf deine Kosten kommen!«

Sie lacht auf und schenkt sich Rotwein nach.

Sie hat zu viel getrunken, denkt Stella. Ihre Augen sind verquollen und von geplatzten Äderchen durchzogen, ihre Wangen sind so rot, als hätte sie sie mit Schmirgelpapier bearbeitet, und ihr Haar ist fettig und ungewaschen. Sie sieht übernächtigt und mitgenommen aus.

»Wehe, das, was du mir zu erzählen hast, ist nicht interessant, denn mein Sohn muss deswegen in der Schulkantine essen, und das hasst er.«

»Sie können uns bald verlassen, Madame Valenti«, sagt Amina. »Sie sind wieder gesund. Alles wieder wie neu.«

»Kann ich nicht noch ein bisschen bleiben?«, fragt Léonie, und ihr kleinlauter Tonfall verrät, was sie eigentlich sagen will: Wo soll ich denn jetzt hin?

»Doktor Duré wird Sie nicht einfach so wegschicken … Er

wird das mit Stella besprechen. Und bis dahin behalten wir Sie hier.«

»Das ist lieb … so lieb von Ihnen …«

Und in diesem Stocken zwischen den beiden Satzteilen erkennt sie die Angst wieder, die Angst, die sie jedes Mal ergreift, wenn sie an die Zeit nach dem Krankenhaus denkt.

Léonie umklammert das Laken, als wollte sie ganz tief in ihrem Bett versinken und nie wieder daraus hervorkommen.

Wo soll ich denn hin? Wo soll ich denn bloß hin?

Sie wartet, bis Amina das Zimmer verlassen hat, bis sie das Frühstückstablett weggeräumt, noch eine Bemerkung über das Wetter gemacht und ihr ein letztes Mal von der Tür aus zugelächelt hat, ehe sie sich wieder aufrichtet. Dann schiebt sie eine Hand unter ihr Kissen und zieht einen etwas vergilbten Umschlag hervor, auf den eine Männerhand geschrieben hat: »Für Dich, Léonie, von Deinem Lucien«.

Jeden Morgen betastet sie den Umschlag mit den Fingerspitzen, streichelt ihn, dreht ihn um, riecht daran, doch sie öffnet ihn nicht. Sie weiß auch nicht, wieso. Vielleicht weil in diesen schlichten Worten allein schon so viel Glück enthalten ist. Und in der Unterschrift: »Dein Lucien«.

An diesem Morgen greift sie nach dem Umschlag und streicht über das Papier. Es ist ein wenig gekörnt, hat eine leichte Struktur. Der Umschlag trägt den Schriftzug »Hôtel des Grands Hommes«, und sie lächelt gerührt. Ihr Finger fährt über die Tinte, zeichnet die hohen Buchstaben, die Auf- und Abstriche nach. Er hat diese Worte geschrieben.

Er hatte sie nicht vergessen.

Er hatte sie nicht über Bord geworfen, kaum dass er Saint-Chaland hinter sich gelassen hatte.

Sie sieht ihn wieder vor sich in der Bäckerei, bei ihrer ersten Begegnung. Der sorgfältig ausrasierte Nacken über dem Hemdkragen. Und die Plattfüße! Sie hört sein Lachen, wenn sie sich im

Auto küssten und Nugat und salziges Karamell aßen. Er erzählte ihr von seinem Alltag im Büro, von seinen vielen Reisen, die aber kaum etwas hermachten, ich komme nie aus Frankreich heraus, ich mache nur Dienstreisen im eigenen Land.

Ein leises, glückliches Lächeln umspielte seine Mundwinkel. Weißt du, was eine *midinette* ist?, fragte er. Das Wort stammt vom Ende des neunzehnten Jahrhunderts und bezeichnet eine Frau, die sich zu Mittag, *midi*, mit einem kleinen Puppenimbiss, einer *dînette*, begnügt. So nannte man damals die Näherinnen, die keine Zeit für ein richtiges Mittagessen hatten.

Und dann küsste er sie, küsste sie minutenlang, so lange, dass sie in seinen Händen dahinschmolz. So was kann man nicht erklären, das ist unerklärlich, einfach so dahinzuschmelzen!

Sie küsst den Umschlag ein letztes Mal und nimmt einen Bleistift aus der Nachttischschublade. Reißt behutsam den Umschlag auf. Zieht ein zweimal gefaltetes Blatt Papier heraus. Faltet es auf. Die Tinte ist verblasst, aber die Worte sind immer noch lesbar.

»Meine Liebste,

ich bin so froh, dass dieser Mann zu mir gekommen ist! Er sagt, er kennt Dich. Er sagt, Du seist in großer Gefahr, falls ich versuchen sollte, Kontakt zu Dir aufzunehmen. Und er hat angeboten, uns als Mittelsmann zu dienen.

Meine Liebste, ich werde nachdenken, und wir werden eine Lösung finden. Das müssen wir unbedingt, denn ich liebe Dich so sehr, dass mein Herz zu rasen beginnt, wenn ich Dir schreibe.

Du weißt, dass ich nicht frei bin. Täusche Dich nicht. Ich bin frei, mich von meiner Frau zu trennen. Aber nicht, meine kleine Joséphine im Stich zu lassen. Sie braucht mich. Ich muss bleiben, um auf sie aufzupassen und sie zu beschützen.

Ich kann einfach nicht mein Glück wählen und das meiner Tochter opfern. Sie ist so wundervoll, so sensibel, davon würde sie sich nicht erholen. Und Du würdest doch auch nicht wollen, dass ich das täte, nicht wahr, meine Liebste? Ich weiß das, ich habe es in Deinem Blick gelesen. Es liegt so viel Güte und Liebe darin.

Aber ich verspreche Dir, dass wir uns bald wiedersehen werden, und dann werden wir frei, glücklich und zusammen sein.

Ich muss meine Gedanken sortieren, denn heute Abend wirbeln sie in meinem Kopf herum. Ich bekomme sie einfach nicht zu fassen.

Ich küsse und liebe Dich,
Dein Lucien

PS: Pass gut auf Kirschtupfer auf!
PPS: Ich lege meinen Lieblingstext zu diesem Brief. Er ist von Rilke. Lies ihn, lies ihn immer wieder aufs Neue, er wird Dir sagen, wie sehr ich Dich liebe. Er wird Dir Kraft und Hoffnung schenken.

Lucien Rilke.«

Aus dem Umschlag fällt eine karierte Karteikarte. Darauf ein maschinegeschriebener Text. Runde Buchstaben, die Tinte der *o* und der *u* ein bisschen verlaufen.

Die Drachen verwandeln – Rainer Maria Rilke

»Und wenn wir nun unser Leben nach jenem Grundsatz einrichten, der uns rät, dass wir uns immer an das Schwere halten müssen, so wird das, welches uns jetzt noch als das Fremdeste erscheint, unser Vertrautestes und Treuestes werden. Wie sollten wir jener alten Mythen vergessen können, die am Anfange aller Völker stehen, der Mythen von den Drachen, die sich im äußersten Augenblick in Prinzessinnen verwandeln; vielleicht sind alle Drachen unseres Lebens Prinzessinnen, die nur darauf warten, uns einmal schön und mutig zu sehen. Vielleicht ist alles Schreckliche im tiefsten Grunde das Hilflose, das von uns Hilfe will.

Da dürften Sie … nicht erschrecken, wenn eine Traurigkeit vor Ihnen sich aufhebt, so groß, wie Sie noch keine gesehen haben; wenn eine Unruhe, wie Licht und Wolkenschatten, über Ihre Hände geht und über all Ihr Tun. Sie müssen denken, dass etwas an Ihnen geschieht, dass das Leben Sie nicht vergessen hat, dass es Sie in der Hand hält; es wird Sie nicht fallen lassen. Warum wollen Sie irgendeine Beunruhigung, irgendein Weh, irgendeine Schwermut von Ihrem Leben ausschließen, da Sie doch nicht wissen, was diese Zustände an Ihnen arbeiten?«

Darunter hatte er mit der Hand noch geschrieben: »Das Leben, das Leben, das Leben. Man muss ihm vertrauen, meine Schöne, meine Liebste, und die Drachen küssen.«

Verdammt! Seit acht Tagen hat er sie jetzt nicht mehr gesehen! Er ist so was von geil! Er wichst wie ein Irrer, aber das reicht nicht. Er zieht es nicht mal bis zum Ende durch, sondern packt den ganzen Kram vorher wieder ein.

Acht Tage, seit sie ihn mit all seinen Sachen vor die Tür gesetzt hat. Seit sie ihn beleidigt hat! Und das nicht zu knapp! Es hatte nicht lange gedauert, schon am nächsten Morgen warfen ihm die Leute schiefe Blicke zu. Fettige, klebrige Blicke. Flüsterten hinter seinem Rücken Hohlsack, Hohlsack. Er hörte sie. Oder glaubte sie zu hören. Jedenfalls ging es wieder von vorn los. Immer wieder das gleiche Lied! Sind die es nicht langsam mal leid? Und diesmal sogar mit erweitertem Refrain: Kleiner Schwanz, kleiner Schwanz! Diese Schlampe! Ich hätte sie windelweich prügeln sollen. Wie die anderen. Aber … aber verdammt, sie ist so gut!

Ich bin ja selbst schuld, sagt er sich, wenn er aufhört, sich einen runterzuholen und seinen Hosenstall wieder zuzieht. Die Sache mit Miss Superschnitt war wirklich nicht besonders clever, wenn man von Hollywood träumt. Ist ja doch ein himmelweiter Unterschied.

Es ist ein heilloser Schlamassel.

Er verlässt die Wohnung nicht mehr. Höchstens um eine Runde in seinem Maserati zu drehen, vor ihrem Haus vorbeizufahren, zu sehen, ob sie vielleicht auf dem Balkon steht und raucht, ob sie ein kurzes, weit ausgeschnittenes Kleid trägt, mit schmalen Trägern, die ihr von den Schultern rutschen, eine Brust sehen lassen …

Oh, verdammt, ihre Brüste!

Wenn bei ihr Licht brennt, verlangsamt er die Fahrt. Soll ich klingeln? Soll ich nicht?

Er hängt zu Hause rum. Sieht fern. Alles, was kommt, Teleshopping, Wetterbericht, das Mittagsquiz auf TF1, Nachrichten, *Schatten der Leidenschaft*, *Familien-Duell*, *CSI*, *The Mentalist*, *Une famille formidable*. Wenn er nicht vor der Glotze hängt, zählt er sein Geld. Er hat viel davon. Einen hübschen kleinen Berg. Seine Mutter hat es gut verwaltet.

Und trotzdem …

Das reicht nicht. Ihm fehlt der Saft, er vermisst die gesenkten Köpfe, das unterwürfige Lächeln, die Mädchen, die sich ihm an den Hals werfen, die Geldbündel, die er einkassiert und in Strichlisten vermerkt. Verrückt, wie man sich daran gewöhnen kann, denkt er.

Er setzt seine Runde fort. Geht zu Gérard. Wie in den guten alten Zeiten. Als seine Geschäfte noch brummten.

Dieses Mädchen hat ihm Unglück gebracht.

Gerson hatte recht.

Er setzt sich an die Theke. Kratzt mit seinen Sohlen über die Stange. Schaut sich im Raum um. Nicht viel los. Bald wird es Zeit für den Aperitif, dann füllt sich der Laden. Er bestellt einen Whisky.

»Mit Eis. Aber ohne Perrier!«, erklärt er und mustert Martine Lancenny scharf.

Sie hat zugenommen. Wie kann Gégé die nur bespringen? Der ekelt sich auch vor gar nichts! Aber er rutscht schon so lange über die rüber, da hat er sich wohl daran gewöhnt.

Martine Lancenny stellt einen Whisky und eine Schale mit Eiswürfeln vor ihn hin.

»Ist Gégé nicht da?«, fragt er und beugt sich über den Tresen, um nach den Erdnüssen zu greifen.

»Nein. Er hatte etwas zu erledigen.«

»Und wann kommt er zurück?«

»Keine Ahnung. Geschäfte.«

»Mann, du bist ja nicht gerade gesprächig!«

»Keine Zeit. Ich muss ja schließlich arbeiten.«

»Soll das heißen, ich arbeite nicht, oder was?«

»Das habe ich nicht gesagt.«

»Red gefälligst nicht in dem Ton mit mir, kapiert?«

Sie öffnet den Geschirrspüler und nimmt die dampfenden Gläser heraus. Tritt einen Schritt zurück. Stemmt die Hände in die Hüften.

»Hat er nicht gesagt, ob er zum Essen wieder da ist?«

»Nein.«

Sie sieht ihn mit einem merkwürdigen Ausdruck im Gesicht an. Schlimmer noch, da ist so etwas Finsteres in ihrem Blick. Sie hebt den Arm. Als wollte sie sich am liebsten das Gesicht abwischen, weil seine Anwesenheit sie beschmutzt.

Und sie wischt sich das Gesicht ab!

Träume ich etwa? Die hat sich vor meinen Augen mit einem Spültuch abgewischt. Als wäre ich ein Stück Dreck, das ihr die Sicht versperrt! Nein, also … Das ist ja ein starkes Stück! Mach das noch mal, du Schlampe, mach das noch einmal, und du kannst was erleben!

Er bleibt am Tresen sitzen und beobachtet sie. Sie serviert *Picon-bière*, Perrier mit Zitronenscheibe, Weißwein, Kir und schreibt die Tagesgerichte auf eine große Kreidetafel an der Wand.

Er lässt sie nicht aus den Augen. Sie scheint etwas zu wissen.

Und dieser Scheißkerl kommt einfach nicht! Wo treibt der sich schon wieder rum? Arbeitet der womöglich auf eigene Rechnung? Erhöht die Abgaben und steckt das Geld in die eigene Tasche? Das würde mich nicht wundern! Gerson hat ihn mit seinen Flausen angesteckt. Wird Zeit, dass ich denen wieder klarmache, wer hier das Sagen hat…

Und wie Martine durch den Laden läuft! Putzmunter. Beschwingt. Scherzt mit dem einen, lacht mit dem anderen. Reden die womöglich über mich?

Sie scheint überhaupt keine Angst zu haben.

Normalerweise senkt sie den Blick, wenn er hereinkommt, und verkriecht sich in einer Ecke. Das gefällt ihm. Weckt ein Kribbeln in seinen Lenden.

Aber heute… fast könnte man meinen, sie wolle ihn herausfordern.

Sie ist hinter die Theke zurückgekehrt und stolziert da herum. Und macht immer noch ein Gesicht, als wüsste sie etwas. Was weißt du denn, du Miststück? Was weißt du?

Da! Sie hat sich schon wieder über den Augenwinkel gewischt! Und ihn dabei direkt angesehen. Unverhohlen.

Jetzt reicht's!

Er geht hinter die Theke. Drängt Martine Lancenny gegen den Kaffeeautomaten.

»Was guckst du so? Hab ich Scheiße an der Stirn kleben, oder was?«

»Aber nein…«

»Aber doch. Du glotzt mich die ganze Zeit an. Gibt es ein Problem?«

Er schiebt ein Knie zwischen ihre Beine. Sie versucht sich zu befreien, aber er packt eine ihrer Brüste und verdreht sie.

»Hör auf, Ray! Du tust mir weh«, sagt sie und versetzt ihm einen Stoß mit der Schulter.

»Weißt du etwas, was ich nicht weiß?«

»Ach, Quatsch… Wie kommst du denn darauf?«

»War das Gégé? Hat er dir etwas gesagt? Hat er sich beschwert? Was will Gégé?«

»Was weiß denn ich? Das sind eure Geschäfte! Und außerdem hab ich dich nicht angeguckt! Geht's dir nicht gut, oder was?«

»Warum ist er denn nicht da? Hast du die Uhrzeit gesehen? Isst er mittlerweile außer Haus?«

Sie stößt ihn brüsk von sich.

»Keine Ahnung! Wenn du glaubst, er würde mir erzählen, wo er hingeht, bist du schiefgewickelt!«

»Hey, so redest du nicht mit mir, kapiert?«

Sie zuckt mit den Schultern und knöpft ihre Bluse zu. Greift erneut zu ihrem Spültuch und wischt die Theke ab.

»Setz dich wieder hin, Ray. Die Leute gucken schon.«

Er dreht sich um und betrachtet den Raum.

Vier Männer sitzen an einem Tisch und spielen Karten. Sie schauen zu ihm herüber.

»Wollt ihr ein Foto?«, brüllt er.

Die vier Männer beugen ihre Köpfe wieder über die Karten.

Er geht zurück auf die andere Seite der Theke.

»Du kannst von Glück reden, dass du so glimpflich davonkommst. Ich bin heute Abend nicht in Form. Aber warte nur bis morgen, das wird kein Spaß, sag ich dir!«

Sie lächelt ungeniert und legt ihm die Rechnung hin.

Die Rechnung! Soll er jetzt auch noch bezahlen?

Irgendwas ist hier definitiv faul.

Nichts läuft mehr so wie früher.

Es ist ein heilloser Schlamassel.

Erst die Sache mit Turquet. Die Bullen haben nichts rausgekriegt. Sie haben die ganze Umgebung seines Hauses auf den Kopf gestellt und Proben genommen. Nicht der geringste Hinweis auf diesen ominösen Angreifer. Sollte er sich wirklich selbst in die Knie geschossen haben? Um aus der Clique rauszukommen? Vielleicht weil er Angst bekommen hatte? Was, wenn es ihm in den Sinn käme, sie zu verpfeifen? Warum behaupten die Leute, er sei ein Verräter? Wen hat er verraten? Na, Ray Valenti, verdammt! Und zu allem Überfluss hat er im Krankenhaus auch noch ständig mit Duré zu tun. Wer weiß, vielleicht hat der Mistkerl ihn auf seine Seite gezogen! Jetzt, wo der sich als der neue Held aufspielt, kann er sich vor Verbündeten sicher bald nicht mehr retten! Und die Anzeige hat auch nichts gebracht. Die Ärztekammer hat die Akte geschlossen. Eine Krähe hackt der anderen kein Auge aus.

Das war ein Schlag ins Wasser.

Und Gerson zeigt ihm seit ihrer Auseinandersetzung neulich auch die kalte Schulter. Wenn Ray etwas von ihm will, ist er immer gerade beschäftigt. Hat etwas anderes zu tun. Arbeit, behauptet er. Was für Arbeit denn? Ich bin sein wichtigster Arbeitgeber. Mit seiner popeligen kleinen Werkstatt, seinem Dieselzapfen und den Ölwechseln hat er seine Hütte in Saint-Chaland und das Ferienhaus in Les Arcs ja wohl nicht finanziert! Und was ist mit seinem Mercedes? Hat er den vielleicht in einer Wundertüte bekommen? Die beiden vergessen das ganz gerne mal! Dabei müssten sie jetzt erst recht ranklotzen, wo Turquet außer Gefecht gesetzt ist. Aber man kann nicht gerade behaupten, dass sie sich ein Bein ausreißen.

Sie sind »phlegmatisch« geworden.

Noch so ein Wort, das sie ihm beigebracht hat …

Verdammt, er vermisst sie! Diese Frau war der Knaller! Seit sie ihn rausgeworfen hat, traut er sich nicht mehr zu den Abendessen beim Präfekten oder beim Bürgermeister. Die Schande ist ihm ins Gesicht geschrieben. Ray Valenti, wie ein Vollidiot in die Wüste geschickt. RAUSGEWORFEN! Prügel und Ohrfeigen, das hätte er ihr verpassen sollen! Er war zu gut zu ihr. Und jetzt sitzt er zu Hause und wischt seiner Mutter den Hintern ab. Beschissene Aussichten, im wahrsten Sinne des Wortes!

Seine Mutter hat einen scharfen Blick. Die braucht keine Extraerklärung. Neulich, als er sie gebadet hat, da hat sie gesagt: »Wir haben gut daran getan, die ganze Sache groß aufzuziehen und dafür zu sorgen, dass reichlich Geld hereinkommt, falls die Leute irgendwann nicht mehr zahlen wollen!« Das hat ihn fast umgehauen! Woher weiß sie davon? Sie kommt nie aus der Wohnung, und er hält schön die Klappe, damit sie sich keine Sorgen macht. Beim Einschlafen lächelt sie wie ein Baby in einem Sarg. Er schaut sie an, und das beruhigt ihn.

Das ist das Einzige, was ihm ein wenig Trost schenkt.

Und Léonie schläft sich in ihrem Krankenhausbett gemütlich aus und lässt sich von Duré und dem restlichen Personal verwöhnen. Wie im Hotel! Monatelang liegt die da rum, und das wegen eines kleinen Wehwehchens! Er traut sich nicht mal, einfach hinzufahren und sie zurückzuholen. Er hat Angst, dass sie ihn wie den letzten Dreck vor die Tür setzen. Duré hat ihn sicher nicht ins Herz geschlossen, das ist klar.

Er bezahlt seinen Whisky und geht hinaus.

Steigt in seinen Maserati.

Fährt ein letztes Mal an Violettes Wohnung vorbei.

Wählt ihre Nummer. Sie geht ran.

»Ich bin's«, sagt er.

»Verpiss dich!«

So ein heilloser Schlamassel.

Martine Lancenny sieht zu, wie die Tür hinter Ray ins Schloss fällt. Den ist sie los! Er hat ihr die Brust verdreht, dieser Typ ist ja total verrückt! Sie faltet die Servietten für den abendlichen Ansturm. Hasenohren. Das ist ihre Lieblingsform. Denkt nach. Ich glaube, jetzt dreht er endgültig durch. Er wirkte unruhig. Aber er hat ja auch allen Grund, sich Sorgen zu machen. Violette wirft mit Dreck um sich. Und zwar so schwungvoll, dass jeder etwas abbekommt.

Neulich hat sie Violette Maupuis bedient.

Das war am Freitag.

Und dieses Mittagessen wird sie so schnell nicht vergessen.

Sie hatte gerade die Lieferung des Fleischers reingeholt. Sie hatte die Rechnung des alten Germain abgezeichnet und war dabei, die Würste, Pasteten und Schinken zu zählen und wegzuräumen, als Violette Maupuis hereingekommen war.

Aber Achtung, Violette Maupuis gehört nicht zu den Frauen, die einfach so hereinkommen. Violette fegt in einen Raum. Jede Bewegung ist einstudiert. Die Arme, die Beine, die Füße. Die herausgestreckte Brust. Alles läuft synchron. Wie in einem Meerjungfrauenballett von Walt Disney.

»Ich möchte einen Tisch. Für zwei. Zum Mittagessen.«

»Wollen Sie in der Ecke sitzen, da sind Sie ungestört?«

»Nein. Im Gegenteil. Ich will einen Platz mitten im Raum.«

»Ich meinte ja nur. Ray legt Wert auf seine Privatsphäre.«

»Und wer hat behauptet, dass ich mit Ray zu Mittag essen würde?«

»Das habe ich ja gar nicht gesagt.«

»Du bist also einfach davon ausgegangen. Tja, da hast du dich getäuscht. Ich treffe mich mit einer Freundin.«

Sie duzte sie. Behandelte sie von oben herab. Genau wie Ray.

Sie suchte sich einen Tisch aus.

Setzte sich hin und schlug die Beine übereinander. Sie trug einen schwarzen Lederrock, ein Oberteil im Leopardenlook, aus dem ihre Brüste fast herausplatzten, einen breiten Gürtel, der ihre Taille zusammenschnürte, mindestens zehn Zentimeter hohe Absätze und schwarze Netzstrümpfe. Ausstaffiert wie eine Nutte!

Sie holte ihr Handy heraus. Ein nagelneues Samsung. Legte es gut sichtbar auf den Tisch. Die Shopping Bag war von Vuitton. Ebenfalls neu. Und eine Ray-Ban-Brille. Vom Erbe ihrer Eltern hatte sie sich das nicht leisten können! Die alten Maupuis waren anständige Leute gewesen. Sie Grundschullehrerin, er Postbeamter. Sie bekamen nur eine kleine Rente, und wenn sie ins Restaurant kamen, war das für sie ein Fest. Sie machten sich immer besonders schick. Und sie spendierte ihnen jedes Mal den Digestif, an dem sie vorsichtig nippten. Das brennt ein bisschen, flüsterten sie einander zu, aber es schmeckt gut. Sie sprachen nie über ihre Tochter. Wahrscheinlich konnten sie es gar nicht fassen, so eine Granate gezeugt zu haben.

So saß sie eine ganze Weile da, schlug immer wieder die Beine übereinander, sah ständig auf die Uhr und seufzte.

Und dann kam Stella rein.

Wie immer in ihrer Latzhose! Und diese Schuhe! Grobe, dreckverschmierte Treter! Und dieser blonde Schopf! Ist das vielleicht eine Frisur? Wir sind doch hier nicht bei den Indianern! Und nicht mal geschminkt. Aber mit ihren blauen Augen und ihrer Babyhaut hat sie das auch gar nicht nötig. Verdammt! Und sie sieht trotzdem gut aus. Wenn ich mich so ausstaffieren würde, könnte man mich auf den Acker stellen, um die Krähen zu verscheuchen!

Stella setzte sich hin. Nahm ihren Hut ab, legte ihn auf ihren Schoß. Nicht ein freundliches Wort. Gerade genug, um nicht unhöflich zu sein. Sie wollte nicht dort sein, das sah man deutlich.

Sie krempelte ihre Ärmel hoch und legte die Ellbogen auf den Tisch.

Und da bin ich näher rangegangen.

Ich habe die Bestellung am Nebentisch aufgenommen. Ich wandte ihnen den Rücken zu, aber meine Ohren waren gespitzt. Und ich habe alles mit angehört. Ich ließ die Gäste in aller Ruhe aussuchen. Es waren Holländer auf einer Rundreise durch das Burgund, und sie wollten die örtlichen Spezialitäten probieren.

Ich habe sie ihnen der Reihe nach aufgezählt. Ich hatte keine Eile.

Violette sparte sich die Einleitung.

»Warum hast du mir nie erzählt, dass Ray gar nicht dein Vater ist?«, fragte sie so laut, dass es auch ja alle mitbekamen.

Also da hätte ich ja fast meinen Block und den Stift fallen lassen.

Stella Valenti antwortete nicht.

Mit so einem Einstieg hatte sie wohl nicht gerechnet.

»Er kann gar nicht dein Vater sein, weil er zeugungsunfähig ist!«

Stella sagte immer noch kein Wort. Wahrscheinlich fragte sie sich, was das sollte. Sie hatte gelernt, misstrauisch zu sein. Ich konnte sie nicht sehen, aber von ihr kam definitiv kein Ton.

»Und woher ich das weiß?«, fuhr Violette fort. Sie machte eine Kunstpause und schlug auf den Tisch. »Er hat es mir selbst gesagt! Ist das zu fassen? Direkt ins Gesicht!«

Ich hörte ein Geräusch auf Stellas Stuhl, eine Art Knacken. Touché, dachte ich. Aber sie sagte immer noch nichts. Und Violette wurde immer lauter.

»Jawohl, meine Liebe, Ray Valenti ist zeugungsunfähig. Zeugungsunfähig. Also kann er gar nicht dein Vater sein. Aber vielleicht wusstest du das noch gar nicht?«

Ich machte mich so klein wie möglich. Die Holländer schwankten zwischen Bœuf Bourguignon, Froschschenkelfrikassee in Sahnesoße und Coq au vin. Lassen Sie sich Zeit, habe ich zu ihnen gesagt, ich kann warten.

»Ray Valenti ist ein Hohlsack. Ein Hohlsack!«

Und sie begleitete diese Worte mit weiteren Schlägen auf den Tisch.

Ich schaute von meinem Block auf und sah mich um. Die Stammgäste saßen mit langen Hälsen über ihrem Essen wie Schildkröten, die den Kopf aus dem Panzer stecken. Hohlsack, das kam ihnen bekannt vor. Das versetzte sie um Jahre zurück in die Vergangenheit. Sie fühlten sich plötzlich so aufgekratzt.

»Er hat es mir selbst gesagt … du brauchst es also gar nicht abzustreiten! Wir waren gerade voll bei der Sache, er war nicht mehr Herr seiner Sinne, ich hatte seinen Schwanz in der Hand, drückte ihn, ließ wieder los, das ist meine Geheimwaffe …«

Auch das erzählte sie mit lauter Stimme. Sie schämte sich kein bisschen.

Die Alten waren knallrot angelaufen. Die Zunge hing ihnen

aus dem Hals, sie sabberten, wischten sich übers Kinn. Sie sahen sich mit einem geilen Funkeln in den Augen an und wurden zusehends jünger.

»Ich hatte ihm gesagt, er soll ein Kondom nehmen, ich nehme nämlich nicht die Pille, und die Spirale finde ich furchtbar! Und weißt du, was er da geantwortet hat? Nicht nötig, hat er gesagt, ich bin unfruchtbar. Ich bin unfruchtbar, hast du das gehört, Stella?«

Aber Stella zuckte immer noch nicht mit der Wimper.

»Und das ist nicht auf taube Ohren gestoßen«, fuhr Violette fort. »Also? Was sagst du dazu?«

Stella Valenti fragte sich garantiert, in welche Falle sie da geraten war. Sie drehte den Kopf. Rings um ihren Tisch waren die Ohren gespitzt.

»Warum hast du nie etwas davon gesagt?«, wiederholte Violette.

Die Holländer hatten sich entschieden, und ich musste wohl oder übel weg von ihrem Tisch.

Ich ging zurück zum Tresen und gab die Bestellung weiter. Nachdem ich ganz laut einmal »Coq au vin, einmal Bœuf Bourguignon und zweimal die Schnecken als Vorspeise« gerufen hatte, packte mich Michael, der Ire, beim Ellbogen.

»Hast du gehört, was ich gerade gehört habe?«

»Nein«, sagte ich. »Ich war mit meinen Gästen beschäftigt.«

»Unmöglich! Die hat doch durch den ganzen Raum gebrüllt!«

»Wenn ich es dir doch sage!«

»Tja, dann hast du was verpasst. Die Wahrheit kommt aus dem Mund schöner Frauen! Ray ist zeugungsunfähig. Dann stimmt die alte Geschichte also doch! Meine Fresse! Aber wer ist dann Stellas Vater?«

»Dieses Gerücht ist uralt, und jeder weiß, dass es nicht stimmt!«, widersprach ich.

Ich wollte nicht, dass jemand Gégé erzählte, ich wäre Ray in den Rücken gefallen. Ich wollte ja gern über ihn herziehen, aber nur im Chor, wenn alle mitgeiferten. So war das zu riskant. Ich würde nicht groß den Schnabel aufreißen und mich damit in die Nesseln setzen! Bei Gégé weiß man nie. Heute kann er Ray nicht riechen, aber morgen sieht das womöglich wieder ganz anders aus, und bei den beiden herrscht Friede, Freude, Eierkuchen. Und dann komme ich in Teufels Küche!

»Ich habe noch nie etwas Falsches gehört, das so richtig klingt! Das Mädel kennt ihn schließlich gut genug, um zu wissen, wovon es spricht«, konterte der Ire.

»Ja«, ergänzte ein anderer an der Theke lachend. »Sie lag direkt darunter! Noch besser kennen geht nicht!«

Ich verzog mich in die Küche.

Ich habe auch Angst vor Ray.

Wenn er da ist, behandelt Gérard mich wie sein Dienstmädchen.

Aber ich war nicht traurig darüber, dass ich das gehört hatte, fast hätte ich Violette sogar ein Glas ausgegeben.

Vor allem, weil sie überhaupt nicht mehr aufhörte. Immer weiter ging es mit Hohlsack, zeugungsunfähig, null Spermien … Immer noch eine Schippe drauf.

»Wolltest du dich deshalb mit mir treffen?«, brummte Stella schließlich, die bis dahin noch kein Wort gesagt hatte.

»Das ist doch eine pikante Neuigkeit, oder etwa nicht? Darüber kann man doch mal mit einer alten Freundin plaudern. Dem Helden der Stadt ist das Sperma ausgegangen. Und außerdem kann ich dir verraten, dass er einen total kleinen Schwanz hat. Um den zu erwischen, braucht man schon eine Pinzette.«

Und ich sah genau, dass es alle gehört hatten, weil sie in ihren Ellbogen oder ihre Gläser prusteten. Total kleiner Schwanz! Hohlsack! Heute bekam Ray Valenti sein Fett weg.

Stella sagte etwas, aber so leise, dass ich es nicht hören konnte.

»Mach dir keine Gedanken!«, antwortete Violette. »Ich habe vorgesorgt. Für wie blöd hältst du mich?«

Stella hat wieder etwas gesagt oder, besser gesagt, geflüstert.

Und dann ist sie aufgestanden und gegangen.

Violette hat einen Zwanzig-Euro-Schein auf den Tisch gelegt und ist ihr gefolgt.

Was sie danach besprochen haben, weiß ich nicht.

Ich habe die Gardine angehoben und raus auf die Straße geschaut. Sie sind nebeneinander hergegangen, und irgendwann habe ich sie aus den Augen verloren.

Sie müssen anderswo weitergeredet haben.

Da habe ich die Gardine wieder fallen lassen. Habe meine Frisur etwas aufgebauscht. Meinen Lippenstift rausgeholt. Und mir ein Lächeln ins Gesicht gemalt. Ich war auf einmal so fröhlich. Beinahe hätte ich eine Lokalrunde spendiert!

Ich bin es leid, dass mein Mann sich von diesem Großmaul Ray wie einen Fußabtreter behandeln lässt. Auch wenn uns das Geld einbringt, und zwar nicht zu knapp … Aber man hat doch auch noch seinen Stolz!

Nach diesem Mittagessen mit Violette kann Stella nicht schlafen. Sie macht Tom abends etwas zu essen, kontrolliert seine Hausaufgaben, bringt ihn ins Bett und setzt sich dann auf das Fenstersims in ihrem Schlafzimmer.

Sie lässt die Beine nach draußen ins Freie baumeln, schwingt sie ein wenig hin und her, um den Luftzug zu spüren. Die Nacht ist mild, fast schon warm, es geht kein Windhauch, die Zweige der Bäume bewegen sich nicht. Sie lehnt den Nacken gegen die Mauer, spürt, wie sich ein Stück Putz löst, und reibt daran, bis es als Staub auf ihre Schultern und Oberschenkel rieselt. Sie horcht auf die Geräusche der Nacht, auf die verwilderten Hühner, die Enten, die Pfauen.

Violette hat ihr alles erzählt.

ALLES.

Ich halte eine Bombe in den Händen.

Selbst in meinen kühnsten Träumen hätte ich nicht gedacht, dass eine gedemütigte Frau zu solcher Rachsucht fähig wäre!

Nachdem sie Lancennys Café verlassen hatten, waren sie zu Violette gegangen.

Es war lange her, seit Stella zum letzten Mal bei den Maupuis' gewesen war. Als Kind hatte sie dort hin und wieder einen Nachmittagsimbiss bekommen. Madame Maupuis gab ihnen ein Butterbrot, auf das sie dicke Riegel dunkler Meunier-Schokolade gerieben hatte. Ihr Blick hinter den Brillengläsern war sanft, ihr eingerolltes Haar wurde von zwei Kämmen gehalten, und sie trug stets einen weißen Rundkragen. Sonntags hing Weihrauchduft in ihren Kleidern. Stella fragte sich, ob sie auch Sex hatte. Hat sie Sex wie Maman? Wird sie geschlagen, weint sie, beißt ihr Mann sie in den Nacken?

Sie hatte den Flur wiedererkannt, von dem aus man in den ersten Stock gelangte, zu den Schlafzimmern, dem Wohnzimmer, der Küche. Im Erdgeschoss lag die Werkstatt von Monsieur Maupuis, er besaß drei Rennräder, die er sorgsam hegte und pflegte.

All diese Erinnerungen waren mit einem Schlag wieder hochgekommen.

Wachgerufen vom Geruch der Tapete im Treppenhaus.

Ein Geruch nach Mandel und grünem Apfel. Monsieur Maupuis benutzte zum Tapezieren einen besonderen Kleister mit pflanzlichen Lösungsmitteln. »Darum riecht es hier wie in einem Obstgarten!«, sagte er immer und tat, als atmete er in tiefen Zügen die frische Landluft ein. Er war witzig und respektvoll. Er biss Madame Maupuis bestimmt nicht in den Nacken.

Sie waren an Violettes Zimmer vorbeigegangen. Stella hatte das ungemachte Bett gesehen, die zerknüllten Laken, die am Boden liegenden Kissen, einen auf das Bett geworfenen lavendelblauen Morgenmantel und ein Frühstückstablett.

Sie hatten sich ins Wohnzimmer gesetzt. Violette hatte einen Aktenordner geholt. Hatte ihn auf den Tisch fallen lassen und dabei eine Staubwolke aufgewirbelt.

»So, da ist es!«, hatte sie zufrieden verkündet. »Der Mann ist erledigt!«

Sie hatte ihr alles ausgehändigt. Alles erklärt. Mit Beweisen untermauert.

Stella, die mit zurückgeschobenem Hut auf der Stuhlkante saß, traute ihren Augen nicht.

Violette zeigte ihr ihren Vertrag mit dem Bürgermeister. Dreieinhalbtausend Euro im Monat für die Beratung von Monsieur und noch einmal zweitausend für Madame. Fünftausendfünfhundert Euro für ein paar Stunden Geschwätz.

»Na, wenn das keine Scheintätigkeit ist! Warte, ich gebe dir eine Kopie der Verträge mit, dann hast du einen Beweis.«

Sie schob die Unterlagen in einen großen braunen Umschlag. Stella erkannte die Umschläge wieder, die Ray benutzte, um seine Einkünfte aufzuteilen, sie hatte sie als Kind oft auf dem Küchentisch liegen sehen.

»Und das ist noch nicht alles!«, fügte Violette mit funkelnden Augen hinzu. »Die Zähne des Bürgermeisters, seine neuen Anzüge, seine Hemden, seine Krawatten, seine Socken? Alles von den Bürgern finanziert. Durch einen Trick bei den städtischen Kassen. Der Mann zahlt nicht einen Euro selbst. Das ist für ihn eine Sache des Prinzips.«

»Er findet es ganz normal, ausgehalten zu werden.«

»Und es geht noch weiter!«, fuhr Violette fort und klopfte mit den Fingern auf eine kartonierte Mappe. »In dieser Akte steht alles über die gemeinsamen Gaunereien von Ray und dem Bürgermeister. Die getürkten Versicherungsverträge, die Gefälligkeitsbescheinigungen, die Liste der erpressten Händler, die Konten, und von den Sexpartys ganz zu schweigen. Alkohol und Büffet werden über das Rathaus bestellt. Durch und durch korrupt, die Bande! Willst du noch ein Beispiel? Madame Robert vom Friseursalon Superschnitt. Kennst du die?«

Stella nickte. Sie kannte sie, auch wenn sie nie einen Fuß in ihren Salon setzte.

»Sie bezahlt jeden Monat eine Steuer, die geradewegs in Rays Taschen wandert. Über die Sozialkasse der Feuerwehr. Der Bürgermeister kassiert einen Anteil davon und drückt im Gegenzug beide Augen zu. Ray ist unantastbar und breitet sein Netz jeden Tag weiter aus. Und er führt über alles Buch, um säumige Zahler zu erwischen. Da stehen alle Namen und alle Beträge drin. Die Verspätungen, die Zinsen, die Strafzahlungen …«

»Wie bist du denn da rangekommen?«

»Er wollte mich beeindrucken. Er hat hier bei mir gearbeitet, weil er sich wichtigmachen wollte.«

»Das nannte er ›arbeiten‹?«

»Ja. Und er ist total stolz auf seine Tricks. Er hat mir erklärt, wie raffiniert und gut organisiert er sei. Dämlich, dieser Kerl! Einfach nur dämlich! Du kannst dir vorstellen, dass ich den ganzen Kram so schnell wie möglich kopiert habe! Das reinste Dynamit! Ich dachte, das könnte mir bestimmt irgendwann von Nutzen sein …«

Stella konnte es nicht fassen. Sie riss die Augen auf und wagte nicht mehr zu atmen.

»Ist Ray denn nie misstrauisch geworden? Er hat sich dir doch mit Haut und Haaren ausgeliefert!«

»Sagen wir, er hatte das Bedürfnis, mir zu beweisen, was für ein toller Kerl er sei. Ein richtiger Gangsterboss. Er wollte mich beeindrucken. Und ich habe mich abgesichert, falls es ihm je in den Sinn kommen sollte, mich abzuservieren … Dann wollte ich nicht mit leeren Händen dastehen.«

»Du hättest ihn erpresst?«

»Warum nicht? Ich weiß genug, um ihn in den Knast zu schicken.«

»Glaubst du, er hätte bezahlt?«

»Und wie der bezahlt hätte«, entgegnet Violette kichernd. »Mit Freuden sogar! Ist dir klar, was hier drinsteckt? Das ist enorm! Echt enorm! Und es geht noch weiter!«

Und sie erklärte ihr die Masche mit den falschen Strafzetteln. Ray hatte sich den Betrug ausgedacht, und Laignel, der Gendarm, führte ihn aus.

»Ray macht sich nie selbst die Hände schmutzig. Er lässt andere die Kastanien aus dem Feuer holen. Keinen Mumm in den Knochen, der Kerl. Aber in der Sache steckt er mit drin. Zusammen mit Laignel …«

»Laignel, der Mann von Valentine?«

»Genau. Warte, ich erklär's dir … Laignel stellte sich in Uniform an die Autobahn und hielt Wagen an, die zu schnell gefahren waren. Er verlangte von den Fahrern eine sogenannte ›Barhinterlegung‹. Eine Maßnahme, die anscheinend nur Ausländer betrifft, die weder einen Wohnsitz noch einen Arbeitsplatz in Frankreich nachweisen können. Dann fälschte er den Durchschlag des Strafzettels und erhöhte die Strafe von zweiunddreißig auf sechshundert, achthundert oder sogar tausend Euro. Schließlich gab er den Leuten zu verstehen, dass sie ihr Auto behalten dürften, falls sie sofort und in bar bezahlten, ansonsten sei er gezwungen, es stillzulegen. Er suchte sich vorzugsweise BMW- oder Mercedesfahrer aus. Nicht dumm! Dann steckte er das Geld ein und teilte mit Ray. Er überwies seinen Anteil direkt auf sein Konto. Und das war sein Fehler! In der grünen Aktenmappe da habe ich alles aufgeschrieben!«

»Aber warum erzählst du mir das? Warum hast du ihn jetzt plötzlich rausgeschmissen? Es ist noch gar nicht so lange her, da hast du behauptet, er sei ein total netter Kerl! Und du wolltest, dass wir uns wieder versöhnen!«

Violette kniff die Lippen zusammen und verschränkte die Arme vor der Brust.

»Er hat mich gedemütigt«, entgegnete sie knapp.

»Hat er dich geschlagen?«, fragte Stella verblüfft.

»Schlimmer! Viel schlimmer!«

Violette sprang auf, als ertrüge sie es nicht mehr, sitzen zu bleiben.

»Viel schlimmer?«, rief Stella, die sich nicht vorstellen konnte, was schlimmer sein mochte, als morgens und abends Prügel einzustecken.

»Er hat die Künstlerin in mir beleidigt«, versetzte Violette würdevoll.

Stella blieb ein paar Sekunden lang stumm.

»Das verstehe ich nicht, Violette. Er ist verrückt nach dir. Er überhäuft dich mit Geschenken. Hast du eine Ahnung, wie viel der Mercedes gekostet hat?«

Violette wischte das Argument mit einer Handbewegung beiseite.

»Ich erklär's dir: Erstens wurde er langsam lästig. Er machte sich hier bei mir breit, kontrollierte mich, wollte meine Karriere in die Hand nehmen …« Sie hob den Zeigefinger, um deutlich zu machen, dass es sich hierbei nur um einen ersten Vorwurf handelte.

»Er liebt dich eben!«

Sie zuckte mit den Schultern. Das war kein Argument.

»Zweitens …«

Sie reckte den Mittelfinger, der nächste Vorwurf, und ihre Züge wurden starr vor Zorn.

»… verspricht er ständig Dinge, die er nicht hält. Der Film, die Rolle, der Präfekt, pffft! Vergessen! Und drittens …«

Dritter Vorwurf und der dritte wütend in die Höhe gereckte Finger.

»… und das war die eigentliche Beleidigung, die Demütigung: Er hat nicht erkannt, dass ich eine Schauspielerin bin. Er hat sich über mich und meine Karriere lustig gemacht. Du hättest mal hören sollen, wie er mit mir geredet hat! Ich erklär's dir …«

Und sie schilderte ihr die Szene.

»Ich hasse ihn!«, schloss sie mit einem wütenden Knurren.

Da begriff Stella. Ray Valenti hatte das Kostbarste angetastet, was Violette besaß: ihre Illusionen. Und hatte sie mit einem schallenden Lachen zerstört.

Violette hatte der Realität ins Auge blicken müssen. Vorbei die Hauptrolle in einem Film. Hollywood ging unter wie die Titanic, und Ray konnte nicht Geige spielen.

Stella war sofort klar, welchen Nutzen sie aus dem Zerwürfnis der beiden Liebenden ziehen konnte.

»Was für ein Idiot!«, schimpfte sie empört. »So ein Idiot!«

»Ah, siehst du … Du findest das auch unmöglich!«

»Natürlich bist du eine Schauspielerin. Eine große Schauspielerin. Jeder Blinde erkennt dein Talent. Du kannst Schmerz ausdrücken, Lachen, Tränen, Hingabe, Größe … Dich nur gehen zu sehen ist schon wie ein 3-D-Film auf einer Kinoleinwand!«

»Ja, dir ist das klar!«

»Aber immer schon … Du hast das Kino im Blut. Du brauchst nur eine Chance, dann wirst du sie alle umhauen. Du wirst Furore machen!«

»Aber er hat das nicht gesehen! Nichts davon!«

Sie kämpfte mit den Tränen. Biss sich auf die Unterlippe und starrte wütend auf den Boden.

»Weißt du, was er wollte? Ach, ich schäme mich so, es dir zu erzählen … Es ist furchtbar, einfach furchtbar!«

»Sag es mir, Violette«, flüsterte Stella. »Sag es mir, du weißt doch, dass du mir alles erzählen kannst, ich bin deine Freundin.«

»Allein schon beim Gedanken daran wird mir schlecht! Oh, ich bin so unglücklich …«

»Rede … Du wirst sehen, danach geht es dir besser.«

Violette atmete tief ein.

»Er wollte, dass ich Miss Superschnitt werde, das Werbegesicht des Schönheitssalons von Madame Robert«, stieß sie in einem Zug hervor.

»Nein! Das ist doch nicht möglich!«, rief Stella mit gespielter Empörung.

»Doch! Und dann tat er auch noch so, als müsste ich ihm dafür dankbar sein! Er hielt sich für Superman! Er würde mich groß rausbringen, der Oscar wäre nur noch eine Frage der Zeit!«

»Also so was …«, schnaubte Stella. »Ich kann es einfach nicht glauben. Erzähl das ja nicht deinem Agenten. Er darf auf keinen Fall etwas davon erfahren. Sonst sinkt dein Kurs …«

»Oh, mein Gott, nein! Daran hatte ich noch gar nicht gedacht. Du hast recht. Das wäre grauenvoll!«

»Ja, ganz schrecklich.«

»Ich habe mich so sehr in ihm getäuscht. Ich dachte, er würde mir helfen. Ich habe ihm seine Gefühle geglaubt, sein ganzes großspuriges Gerede. Ich erklär's dir …«

Aber Stella hörte schon nicht mehr zu.

Sie hatte die Unterlagen genommen und sich mit einem Kuss von Violette verabschiedet. Sie hatte ihr geraten, früh ins Bett zu gehen und Lindenblütenkompressen auf ihre Augen zu legen. Sie musste am nächsten Morgen wieder gut aussehen.

»Sonst wird er wissen, dass er dich verletzt hat und du geschwächt bist. Dann hat er keine Angst mehr vor dir und kommt her und vermöbelt dich. So ist er nämlich. Sieh dich vor, die Situation könnte jederzeit umschlagen.«

Ray durfte nichts ahnen. Sie brauchte Zeit, um ihre Strategie auszuarbeiten. Er durfte nicht merken, wie sich die Schlinge um seinen Hals zuzog, stattdessen sollten seine Gedanken allein darum kreisen, wie er Violette zurückerobern könnte.

Violette hatte sie erschreckt angesehen.

»Glaubst du wirklich?«

»Ja, vertrau mir. Ich weiß, wovon ich rede. Der Mann ist ein wildes Tier. Er ist zu allem fähig.« Nach einer kurzen Pause hatte sie gefragt: »Warum bringst du diese belastenden Unterlagen nicht selbst zur Polizei, zu einem Richter oder einem Journalisten? Erinnerst du dich an das Mädchen, das mit uns zur Schule gegangen ist? Marie Delmonte?«

»Nein. Sagt mir nichts.«

»Doch, du kennst sie. Sie hat während der Pausen immer ihr kleines Radio gehört. Ganz allein in ihrer Ecke. Klingelt da nichts?«

»Nein.«

»Egal. Sie arbeitet bei der *République libre*. Du könntest ihr alles erzählen. Sie würde weiterrecherchieren und dafür sorgen, dass sie die ganze Geschichte als großen Scoop rausbringen. Das wäre doch wirkungsvoller. Warum kommst du damit zu mir?«

Violette senkte den Blick.

»Weil du glaubwürdig bist und ich nicht. Weil die Leute dich respektieren und mich nicht. Weil du mutig bist und ich nicht.«

»Danke, dass du so ehrlich bist. Wenn ich noch Zweifel an deiner Aufrichtigkeit gehabt hätte, hast du sie damit beseitigt.«

Du steigst in meiner Achtung, hätte sie beinahe noch hinzugefügt, aber sie hatte sich zurückgehalten. Man musste ja schließlich nicht übertreiben!

Sie ging die Treppe hinunter. Kam an der Werkstatt vorbei, sah die drei Rennräder, die kopfüber auf dem Sattel standen, trat hinaus auf die Straße und atmete tief ein. Zum ersten Mal verspürte sie den Wunsch, durch Saint-Chaland zu schlendern. Sich Zeit zu lassen, den Passanten ins Gesicht zu sehen, vor den Schaufenstern stehen zu bleiben. Sie hörte, wie Violette die Haustür verriegelte. Jetzt war sie an der Reihe, Angst zu haben!

Streuner und Sky kommen ins Zimmer gelaufen. Sie legen die Pfoten auf das Fensterbrett und schnuppern die frische Nachtluft. Manchmal geht sie mit den Hunden in den Wald, wenn der Vollmond am Himmel steht und sie nicht schlafen kann. Sie drängen mit der Schnauze gegen ihre Hüfte und wedeln mit dem Schwanz, sie wollen hinaus.

Nein, nein, murmelt sie und streichelt die beiden, dafür bin ich jetzt nicht in der Stimmung, ich muss nachdenken, mich konzentrieren. Ich darf keine falsche Entscheidung treffen. Ich halte eine Bombe in den Händen. Aber ich muss mir überlegen, wo ich sie am besten platzen lasse. Ray, Lancenny, Gerson, Turquet, der Bürgermeister, der Präfekt, keiner von denen wird ungeschoren davonkommen. Sie müssen bezahlen.

Sie schaut zum Himmel auf, und der Mond lächelt ihr zu. Die Hunde laufen ächzend durch das Zimmer.

»Psst!«, befiehlt sie. »Ihr stört mich beim Denken!«

Sie bleibt auf dem Fenstersims sitzen und lässt die Stunden verstreichen. Die Nacht funkelt, bebt, hebt sich, füllt sich mit Tintenschwarz und Weiß. Die Bäume knacken, sie sprechen zu ihr. Sie versteht ihre Sprache, sie hat sie so oft angefleht, wenn sie in ihren Ästen Zuflucht suchte. Und jedes Mal haben sie ihr geantwortet, sie raschelten, knackten, imitierten den Klang geflüsterter Worte. Sie musste die Ohren spitzen und ihre Atmung dem Wind anpassen, um sich von den Worten der Bäume davontragen zu lassen.

Sie kneift die Augen zusammen, isoliert einen Bereich graublauer, von Mondstrahlen durchzogener Dunkelheit und schließt einen Pakt mit der Nacht, sag mir, wohin ich gehen, an wen ich mich wenden, wem ich die kostbaren Unterlagen anvertrauen soll. Ganz allein kann ich nichts ausrichten. Sie werden mich fesseln und knebeln. Ich brauche einen einflussreichen Unterstützer, um die Beweise für ihre Verbrechen auf dem Schreibtisch eines Richters auszubreiten. So ist das Leben nun mal, daran kann ich nichts ändern.

Edmond Courtois? Doktor Duré? Marie Delmonte?

Als der frühe Morgen den Garten allmählich in ein warmes, von roten und violetten Streifen durchzogenes Licht taucht, kratzt sie am Putz und seufzt beruhigt auf.

Sie hat eine Lösung gefunden.

Sie wird die Unterlagen, die Violette ihr gegeben hat, kopieren. Und diese Kopien bringt sie zu Doktor Duré. Sie werden ihm als Munition dienen in seinem Kampf gegen Ray. Der Arzt kennt angesehene Leute und wirkt aufrichtig. Er stammt aus einer alten Honoratiorenfamilie, er hat Beziehungen.

Er wird den Laden ausräuchern. Sie alle davonjagen.

Und sie wird in ihrer Auseinandersetzung mit Ray Valenti das letzte Wort haben.

Sie hat sich nicht unterkriegen lassen.

»Warum hast du deinen Kragen hochgeschlagen? Es ist doch nicht kalt«, fragt Tom.

Adrian antwortet nicht, er tut so, als konzentriere er sich auf die Straße.

»Ist es auf der linken oder auf der rechten Seite?«

»Ganz hinten, am Ende der Straße, hinter der Kreuzung rechts«, antwortet Tom.

Mit dem Fingernagel kratzt er über das Metall der Mundharmonika. Sein Vater hat dort »Für meinen Sohn Tom« eingraviert.

»Und warum trägst du eine Sonnenbrille?«

»Damit du mir Fragen stellst. Ich hatte Angst, wir würden nicht wissen, worüber wir reden sollen …«

Ein spöttisches Lächeln huscht über Adrians Gesicht.

»Hast du Angst, sie könnten dich erwischen?«, fragt Tom mit scharfem Blick.

Adrian hört Toms Sorge aus seinen Worten heraus und beschließt, nicht darauf einzugehen.

»Ich spiele gerne Detektiv. Ich stelle mir vor, dass ich einem Autohehler auf der Spur bin oder einen Dealer verfolge.«

»Und dann verhaftest du sie?«

»Ja. Jedes Mal. Ich bin ein sehr guter Detektiv.«

Tom lächelt entwaffnet, nimmt die Mundharmonika zwischen die Lippen und entlockt ihr zwei Akkorde.

»Heute zum Beispiel«, fährt Adrian fort, »stelle ich mir vor, dass wir deine Oma entführen und mit ihr im Wald ein Picknick am Fluss machen.«

»Das ist doch kein Spiel, das ist die Wahrheit.«

»Jetzt warte doch erst einmal ab … Wir entführen sie, wir biegen von der Hauptstraße ab, wir fahren in den Wald, um zum

Fluss zu gelangen, und da versteckt sich ein gefährlicher Verbrecher, der gerade aus dem Gefängnis ausgebrochen ist. Alle Polizisten von ganz Frankreich sind hinter ihm her, und wir laufen ihm über den Weg. Ganz zufällig … Anfangs ist er noch sehr freundlich, stellt uns Fragen, versucht herauszufinden, ob wir wissen, wer er ist … Er testet uns.«

»Und wissen wir es, oder wissen wir es nicht?«, fragt Tom neugierig.

Adrian parkt nicht weit vom Krankenhauseingang entfernt.

»Den Rest erzähle ich dir später. Hol deine Großmutter, ich warte hier auf euch.«

»Kommst du nicht mit?«

»Nein. Ich stehe hier nicht so gut, da bleibe ich lieber im Auto.«

»Deine Geschichte gefällt mir. Sie ist gruselig … Aber sie geht doch gut aus, oder?«

»Los, geh jetzt!«

Adrian lehnt sich mit dem Rücken an die Scheibe und wartet.

Endlich wird er Léonie kennenlernen. Stella hat Doktor Duré angerufen und ihn gefragt, ob ihre Mutter das Krankenhaus für ein paar Stunden verlassen dürfe. Ja, natürlich, hat er gesagt, das kann ihr nur guttun, solange Sie nicht Autoscooter mit ihr fahren!

»Endlich begegne ich meiner Schwiegermutter«, hat er mit seinem schmalen Lächeln zu Stella gesagt. »Und vielleicht erlaubst du mir ja eines Tages auch, Ray Valenti die Fresse zu polieren.«

Stella hatte ihn überrascht gemustert.

»Ray Valenti die Fresse zu polieren?«

»Ja. Du hast mich schon richtig verstanden.«

»Das ist meine Aufgabe.«

»Aber ich bin dein Mann. Ich muss dich beschützen.«

Sie hatte nicht geantwortet, und sie hatten nicht mehr darüber geredet.

Sie brauchen keine Worte, um einander zu verstehen.

Er hat begriffen, dass Stella selbst mit Ray Valenti abrechnen will. Er hat begriffen, dass Ray Valenti nicht ihr Vater ist. Er weiß, dass er sie missbraucht hat, er hat die Spuren alter Verbrennungen an ihrem Kreuz und auf der Innenseite ihrer Schenkel gesehen. Blasse rosettenförmige Narben. Tote Blüten. In Aramil verbrannten die Jungen ihre Freundinnen mit dem glühenden Ende ihrer Zigarette, wenn sie sich langweilten. Die Mädchen schrien und wehrten sich, und die Jungen schlugen lachend auf sie ein. Es war ein Wettbewerb, wer schaffte die meisten Narben? »Sträuße binden« nannten sie das. Damit vertrieben sie sich die Zeit. Er ging dazwischen, prügelte sich, um die Qualen der Mädchen zu beenden, und landete im Graben. Oder wurde als Schwuchtel beschimpft. Und die Mädchen lachten höhnisch!

Alles, was Adrian über Stella weiß, erfährt er, wenn sie schläft. Er beugt sich über sie und studiert ihren Körper. Er lässt seinen Blick darüberwandern, betrachtet ihn eingehend, haucht Fragen und Küsse auf ihre Haut, streichelt die rosa Narben, die wulstigen Ränder. Sieht die Zigarette in der Dunkelheit, hört die Schreie der Mädchen von Aramil. Presst die Zähne so fest aufeinander, dass ihm beinahe die Kiefer brechen. Zieht Stella an sich, wiegt sie, tröstet sie. Sie wehrt sich. Nein! Nein! Papa, nein! Sie schlägt mit den Fäusten um sich, trifft ihn, im Schlaf entwischen ihr Bruchstücke von Bekenntnissen.

Nachts gesteht sie Dinge, die sie tagsüber erröten ließen.

Eines Tages war er nach Feierabend in sein Auto gestiegen und von Paris nach Saint-Chaland gefahren. Er wollte Ray Valenti zusammenschlagen, ihn so richtig zusammenschlagen und ihm Drohungen ins Ohr flüstern: Das war die erste Warnung. In Zukunft hältst du dich von ihr fern, sonst bist du geliefert! So etwas in der Art. Houcine hatte ihm erzählt, dass Ray freitagabends immer zu seinem Freund Turquet fuhr. Um die krummen Geschäfte zu besprechen, die sie hinter dem Rücken von Lancenny und Gerson drehten.

Er hatte sein Handy in Paris gelassen, damit man ihn nicht

orten konnte, hatte sich Plastiktüten um die Schuhe gebunden, eine schwarze Sturmhaube und Handschuhe angezogen. Er weiß, wie man unbemerkt bleibt. Er hatte sich hinter einem Baum versteckt, hatte gesehen, wie Turquet nach Hause gekommen war, hatte auf Ray gewartet und …

Da war Stella gekommen. Als Astronaut verkleidet. Er hatte ihr Gespräch gehört, die Schüsse. Stella hatte nicht gezittert. Turquet war zusammengebrochen und zurück zu seinem Haus gekrochen.

An diesem Abend hatte er begriffen, dass er sich nicht einmischen durfte. Er war in dieser Geschichte überflüssig.

Er sieht, wie Tom aus dem Krankenhaus kommt. Er führt eine große Frau mit glattem, weißem Haar am Arm. Sie ist dünn, sehr dünn, hält beim Gehen das Gesicht in die Sonne und lächelt.

»Mach die Augen auf, Großmutter! Guck, wo du hinläufst! Sonst fällst du noch hin!«

Er hat sie Großmutter genannt.

Die große Frau öffnet die Augen, und Adrian zuckt zusammen. Stella! Der gleiche blaue Blick, die gleichen blonden, bis zu den Schläfen reichenden Augenbrauen, die gleiche durchscheinende Haut, der schön gezeichnete, immer noch volle Mund, die Wangenknochen, die wie zwei Kiesel auf dem Deich ihres Gesichts liegen … Sie ist eine schöne Frau, beinahe durchsichtig, der Rücken ein wenig gebeugt. Sie scheint das Gehen zu genießen und zieht jeden Schritt in die Länge, als wollte sie die Erde in Besitz nehmen. Sie drückt die Fersen fest gegen den Boden, schließt die Augen, öffnet sie wieder, und Tom fängt sie auf, indem er sie mit seinem Arm festklemmt.

Fast wie zwei Schlittschuhläufer.

Adrian steigt aus dem Auto und geht auf sie zu. Es ist ihm egal, ob ihn jemand sieht. Er hat das Gefühl, dass er ihr entgegengehen müsse. Sie begrüßen, sich vor ihr verneigen.

»Papa, das ist Léonie«, sagt Tom feierlich. »Léonie, das ist Adrian, mein Vater.«

Adrian bleibt gerührt stehen, und Léonie lächelt.

Sie reicht ihm eine zitternde Hand und überlässt sie seinem Griff.

»Ich freue mich sehr, Sie kennenzulernen, Monsieur.«

»Nenn ihn doch nicht Monsieur«, sagt Tom lachend.

Sie trägt eine weiße Bluse, einen langen rosafarbenen Baumwollrock und einen dazu passenden Pullover. Ihr Körper gleicht einem abgeschnittenen Blumenstängel, und mit ihren mageren Fingern streicht sie sich das weiße Haar hinter die Ohren.

»Entschuldigen Sie meinen Aufzug. Ich war schon lange nicht mehr beim Friseur.«

»Aber das ist uns doch egal, Großmutter! Wir nehmen dich mit zu einem Picknick am Fluss. Steig vorn ein, dann kannst du die Landschaft sehen.«

Léonie schweigt und starrt auf die Straße.

Als sie an einer roten Ampel halten, krümmt sie sich auf ihrem Sitz zusammen.

»Hab keine Angst«, sagt Tom und legt ihr eine Hand auf die Schulter.

»Es ist so lange her, seit ich zum letzten Mal draußen war.«

»Da, wo wir hinfahren, ist niemand. Nur wir.«

»Bist du sicher?«

»Das ist unser geheimer Ort, den kennen nur ich und Papa. Nicht wahr, Papa?«

Adrian nickt lächelnd.

»Dahin gehen wir beide zum Angeln. Ich zeige dir meinen Felsen. Da stehe ich dann immer mit meiner Angel …«

»Und das macht er fantastisch!«, ergänzt Adrian.

»Das ist gut«, sagt sie, als sei sie eigentlich ganz woanders, als sitze sie gar nicht auf dem Beifahrersitz.

Vater und Sohn schweigen.

Sie ist so angespannt, dass sie nicht wissen, was sie sagen sollen.

Toms Hand verstärkt ihren Druck auf Léonies Schulter. Sie greift danach und drückt sie.

»Du brauchst keine Angst zu haben«, sagt Tom. »Wir sind bei dir.«

Léonie schließt die Augen und seufzt.

»Dieses Picknick war Toms Idee, wissen Sie«, erklärt Adrian. »Er spricht schon lange davon. Wir haben nur auf einen passenden Tag gewartet …«

»Er ist so lieb. Ich habe wirklich Glück.«

Beim Sprechen gleitet ihr Blick zur Seite. Das ist eine Angewohnheit von ihr. Sie hat Angst, eine Ohrfeige zu bekommen, wenn sie jemandem ins Gesicht sieht. Das wird schon klappen, möchte Adrian ihr zuflüstern, machen Sie sich keine Sorgen, wir sind ja da, Sie haben nichts zu befürchten.

Er streckt den Arm aus, will ihn ihr um die Schultern legen, um sie zu beruhigen, doch sie zuckt verängstigt zusammen. Jetzt sieht sie ihn doch an, und in ihrem Blick liest er das schmerzliche Warten auf den Schlag. Und Unterwerfung. Instinktiv hat sie den Kopf zwischen die Schultern gezogen. Es ist ihr in Fleisch und Blut übergegangen.

»Das dürfen Sie nicht denken!«, ruft er, beinahe wütend. »Ich werde ihnen niemals wehtun! Niemals!«

Er zittert. Umklammert das Steuer. Er hört die Schreie der Mädchen von Aramil: Lass uns in Ruhe! Verzieh dich! Los, hau ab! Und er ging davon, wütend, nutzlos. Warf sich gegen einen Lattenzaun, hielt nach einem Ball Ausschau, den er durch die Gegend treten könnte.

Léonie reibt sich den Unterarm.

»Es tut mir leid«, murmelt sie. Ihre Augen blicken ihn schuldbewusst an.

»Mach dir keine Sorgen, Großmutter, dir passiert nichts. Und wir haben ein tolles Mittagessen für dich vorbereitet …«

»Hast du das gemacht?«

»Nein, Suzon. Extra für dich.«

»Suzon, Suzon …«, wiederholt Léonie.

»Ein richtiges Picknick mit einer großen weißen Decke, warmen Würstchen in Brioche, Hähnchen mit Morcheln und Erdbeersalat. Cola und eine gute Flasche Wein. Und ich habe Blumen gepflückt, um sie auf die Decke zu stellen.«

Léonie schließt die Augen. Dieses allzu plötzliche Glück überwältigt sie und lässt Freudentränen über ihre Wangen rinnen.

Léonie sitzt gegen einen Baum gelehnt, sie hat die Beine ausgestreckt und betrachtet die Wiese, den Fluss, die Bäume am Waldrand. Dieses Feld hat früher ihrem Vater gehört. Sie kam immer her, um am Fluss zu spielen. Sie baute Staudämme am Ufer, da, wo das Wasser sich ausbreitet und nur träge fließt. Sie sammelte Steine, sortierte sie, stapelte sie aufeinander, baute eine Mauer und Türmchen und erzählte Suzon, dass sie ein Schwimmbecken besitze.

Die weiße Decke ist mit den Überresten des Picknicks übersät. Die Weinflasche ist fast leer. Tom spielt Mundharmonika. Adrian hat den Schmortopf umgedreht und trommelt auf dem Boden die Begleitung. Sie singen ein englisches Lied.

»Sprichst du Englisch, Tom?«, fragt Léonie verwundert.

Die Sonne wärmt ihre Wangen, wärmt ihre Beine. Der Duft von Gras, Blumen und Pflanzen legt sich auf ihre Brust und macht sie benommen. Fast so, als wäre sie betrunken!

»Ja. Das lerne ich durch die Lieder. Papa bringt es mir bei. *Searching for a heart of gold* … weißt du, was das bedeutet?«

Lächelnd schüttelt sie den Kopf. Sie möchte gern lernen. Sie hat noch genug Platz in ihrem Kopf. Und wenn nicht, dann schafft sie eben welchen.

Sie betrachtet den Fluss. Am liebsten würde sie ihren Rock hochraffen, über das Gras ans Ufer gehen, ihre Füße in das klare, kalte Wasser tauchen, mit den Zehen wackeln, lächelnd sehen, wie sie sich bleich zusammenkrümmen. Sie möchte die spitzen Kiesel unter ihren Füßen spüren, die runden Kiesel, sie herumrollen, vielleicht das Gleichgewicht verlieren, sich gerade noch abfangen, indem sie die Arme ausstreckt wie die Balancierstange eines Seiltänzers. Früher konnte sie das gut, sich abfangen.

Früher.

Adrian bemerkt das kurze Aufleuchten der verbotenen Freude in ihrem Blick. Er erkennt ihren Wunsch, zu fliehen, zum Fluss zu rennen, allein zu sein mit dem Wasser, das sanft ihre Knöchel umspielt.

Und so streckt er ihr die Hand entgegen und fragt: »Wollen Sie mit den Füßen ins Wasser gehen?«

»Glauben Sie denn, ich darf das?«

»Sie dürfen nicht nur, das wird von Ärzten sogar empfohlen!«

Er hilft ihr auf, und sie gehen zum Flussufer. Rasch gesellt sich Tom zu ihnen.

»Ich kann sogar Fische mit der Hand fangen«, brüstet er sich. »Soll ich es dir zeigen?«

Er zieht Schuhe und Jeans aus und läuft mit so großen Schritten ins Wasser, dass es zur Seite spritzt.

Léonie hat ihren Rock angehoben und betastet vorsichtig das Wasser. Sie wirft Adrian einen fragenden Blick zu, und er lächelt aufmunternd. Da streckt sie ein Bein aus und taucht einen Fuß in den Fluss. Stellt den zweiten daneben. Spürt, wie das Wasser ihre Beine umschließt. Zieht ihren Rock höher. Es ist kühl, es ist sanft, fast wie eine Liebkosung. Ihre Zehen entspannen sich, legen sich flach auf einen glatten Stein. Adrian führt sie behutsam zu Toms Felsbrocken.

»Es ist sein Felsen, aber ich glaube, er hat nichts dagegen, ihn Ihnen zu leihen …«

Ein amüsiertes Funkeln blitzt in ihren Augen auf, und sie dankt ihm mit einer Verneigung.

»Setzen Sie sich«, sagt Adrian, »machen Sie es sich bequem …«

»Sie sprechen gut Französisch«, sagt sie verwundert. »Haben Sie das bei sich zu Hause in der Schule gelernt?«

Adrian lacht spöttisch auf.

»In der Schule in Aramil? Sie machen wohl Witze! Der Lehrer war fantastisch, aber die Jungs verbrachten ihre Zeit damit, sich zu prügeln, die Mädchen an den Haaren zu ziehen und einander die Sachen zu klauen! Es ging ziemlich wild zu … Wer lesen und schreiben lernte, konnte sich glücklich schätzen!«

Belustigt schüttelt er den Kopf.

»Alles, was ich weiß, habe ich in Frankreich gelernt. Von Boubou und Houcine auf dem Schrottplatz. Und von Stella natürlich.«

»Haben Sie sich auf dem Schrottplatz kennengelernt?«

»Ja.«

Mehr sagt er nicht. Er kann nicht aus seiner Haut.

Léonies blauer Blick erlischt.

»Machen Sie sich keine Sorgen, es läuft alles sehr gut. Ich bin sehr glücklich mit Stella.«

»Es muss furchtbar sein, wenn man gezwungen ist, seine Heimat zu verlassen.«

»Und was ist, wenn Ihre Heimat Sie verlässt? Wenn Sie sie nicht mehr wiedererkennen?«

Sie werden von Tom unterbrochen. Er hält einen Fisch in den Händen und reckt ihn stolz in die Höhe.

»Papa! Papa! Schau her!«

Adrian klatscht Beifall.

»Wo soll ich ihn hintun?«

Adrian lässt Léonie auf dem Felsen zurück und holt den leeren Schmortopf. Tom kommt aus dem Wasser gerannt und legt den Fisch hinein.

»Ich bin gut, was? Ich habe mich vorgebeugt und mich nicht mehr bewegt, ich habe gewartet, gewartet, und dann habe ich ihn gesehen, aber ich habe mich immer noch nicht bewegt, er ist im Kreis geschwommen, immer im Kreis, und zack! Habe ich ihn geschnappt! Den gibt es heute zum Abendessen, ja?«

Léonie sitzt auf dem Felsbrocken und massiert sich die Beine, die Knie, die Arme. Wie weiß ihre Haut ist, und wie tot sie wirkt! Fast wie Karton. Sie schöpft mit einer Hand etwas Wasser und tupft sich damit die Schläfen und den Nacken ab. Kleine Tröpfchen laufen kitzelnd über ihre Haut. Sie unterdrückt ein leises Lachen und schließt die Augen. Sieht wieder das Schloss vor sich, die Wälder, die Landschaft, die sie als Kind durchstreifte. Sie legte ihre Stirn an einen Baum. Umarmte den Stamm. Vertraute ihm flüsternd ihre Geheimnisse und Hoffnungen an. Ich wünsche mir, dass Ray mein Mann wird, er ist so schön, so stark, so zärtlich, er sagt, ich sei schön und er könne nicht mehr ohne mich leben. Er sagt, ich hätte sämtliche Vorzüge und keinen einzigen Makel! Keinen einzigen! Und dann besinnt er sich und sagt, doch, einen großen Makel hast du … und mit dröhnender Stimme fügt er hinzu: Du bist die Schwester deines Bruders, aber dafür kannst du ja nichts, oder? Trotzdem ist es ein Makel … ein schwerer Makel! Und ich beginne zu zittern, ich habe Angst, ich schäme mich … Aber er nimmt mich in die Arme und sagt: Du kleines verrücktes Ding, was hast du denn gedacht? Dass ich über dich herfalle? Und ich sage: Nein, oh, nein, ganz bestimmt nicht! Und er küsst mich.

Wie fern und unwirklich ihr das alles nun erscheint!

Die Welt ihrer Kindheit ist verschwunden, und mit ihr auch sie.

Der Park und das Schloss beherbergen mittlerweile ein Ferienheim. Für kleine deutsche Kinder. Das hatte Ray so entschieden. Es war seine Rache an den Bourrachards.

Ihr kommen die Tränen, als sie an den Verkauf des Schlosses zurückdenkt. Manchmal tut es gut zu weinen, das wäscht die Erinnerungen weg.

Tom schiebt seine Hand in die ihre.

»Du musst dich nicht verstecken, wenn du weinst«, sagt er.

»Dieser Ausflug weckt sehr viele Gefühle in mir. Verstehst du das, Tom? Ich fühle mich ein bisschen verloren. Ich habe keine Orientierungspunkte mehr.«

»Willst du damit sagen, dass das keine gute Idee war?«

»Doch, es war eine wunderbare Idee. Aber ... Was ist dein Lieblingsessen?«

»Makkaroni mit ganz viel Tomatensoße und geriebenem Käse. Das kann ich selbst kochen, weißt du!«

»Nun ... Dann ist es so, als würdest du einem Mann, der gerade aus der Wüste kommt und seit mindestens zwanzig Jahren nichts mehr gegessen hat, einen großen Teller Makkaroni mit Tomatensoße und ganz viel geriebenem Käse vorsetzen! Was glaubst du, wie er reagieren würde?«

»Er wäre total durcheinander ... Vielleicht würde er sie einzeln essen. Es würde so lecker schmecken, dass er Angst hätte, daran zu ersticken.«

»Siehst du, und genauso ist es auch bei mir. Ich bin total durcheinander. Es ist sehr viel Licht, sehr viel Grün, sehr viel Platz auf einmal.«

»Aber du wirst doch irgendwann wieder ganz gesund, oder?«

»Ja, mein Kleiner.«

»Ich glaube, das würde Maman freuen ...« Er denkt einen Moment nach und fügt, wie an sich selbst gewandt, hinzu: »Und mich auch. Es wird Zeit, dass dieses ganze Unglück endlich aufhört.«

Neulich hat er seinen Vierfarbenkuli auf seinem Pult liegen lassen. Stella hatte ihn gewarnt, damals vor dem Regal mit dem Schulbedarf im Carrefour. »Na gut, ich kaufe ihn dir, aber wenn du ihn verlierst, bekommst du keinen neuen. Du bist für deinen Kuli verantwortlich.«

Also ist er zurück zu seiner Klasse gegangen, um ihn zu holen. Die Tür stand ein Stück offen, und er blieb davor stehen.

Seine Lehrerin unterhielt sich mit einer Kollegin. Meine Güte, sagte sie, das riecht nach Revolte in Saint-Chaland, hast du gehört, was die Leute sich erzählen? Ich bin noch neu hier, antwortete die andere, aber damit hätte ich nie gerechnet. Die

Stadt wirkt so friedlich, und dann gehen hier solche Dinge vor sich! Ja, hatte seine Lehrerin gesagt, und jetzt bleibt Ray Valenti bis an sein Lebensende Hohlsack. Verrückt, wie hartnäckig sich solches Gerede hält. Hohlsack, was für ein Beiname! So etwas kann einem Mann das Genick brechen!

Er klopfte an die Tür, und sie verstummten. Er holte seinen Vierfarbenkuli.

Später schlug er das Wort »Beiname« im Wörterbuch nach.

Beiname: zusätzlicher [inoffizieller] Name, mit dem jemand aufgrund bestimmter Eigentümlichkeiten von seiner Umgebung benannt wird.

Und als Beispielsatz: Als er erfuhr, welch spöttischen Beinamen seine Mitbürger ihm gegeben hatten, bekam er einen Herzinfarkt und starb.

Ein Beiname konnte also töten.

Und da hatte er eine Idee.

Sie haben die Becher, das Besteck und die Teller eingesammelt, haben die Decke zusammengefaltet und sind wieder ins Auto gestiegen.

Beim Krankenhaus angekommen, hat Tom Léonie zurück in ihr Zimmer gebracht. Sie hat sich auf das Bett gelegt und kein Wort mehr gesagt. Sie ist nicht besonders gut darin, ihre Gefühle zu zeigen, hat er gedacht.

Jetzt ist er an der Reihe, deprimiert zu sein.

Er weiß auch nicht, wieso.

Er geht zurück zum Auto, sieht seinen Vater mit hochgeschlagenem Kragen und der Sonnenbrille vor den Augen.

Es tut ihm im Herzen weh, dass er sich immer versteckt. Er steigt ein und schnallt sich an.

»Sie wird das nie schaffen!«, sagt er. »Niemals!«

»Doch, natürlich! Wie kommst du denn darauf?«

»Ich weiß es nicht. Ich habe so ein komisches Gefühl.«

»Soll ich dir erzählen, wie meine Geschichte weitergeht? Du

weißt schon, der gefährliche Verbrecher, der aus dem Gefängnis ausgebrochen ist …«

Toms Sorgenfalten verschwinden, und er lächelt.

»O ja. Ich grusele mich gerne …«

Das Gerücht verbreitete sich in der ganzen Stadt und wurde lauter und lauter: Hohlsack ist ein Betrüger, Hohlsack ist ein Betrüger, Hohlsack ist ein Betrüger.

Es breitete sich aus, schwoll an, schwemmte die alten Ängste, die Verbitterung, die erlittenen Demütigungen mit sich, und alles verschmolz zu einem dumpfen Grollen: Dann ist er also gar nicht der Vater? Aber wer ist es dann? Wissen Sie das? Und außerdem – den Lästerzungen blieb vor Erregung beinahe die Luft weg – scheint er ja auch nicht ganz lupenrein zu sein. Er hat wohl eine Menge Leichen im Keller! Jawohl! Mein Schwager ist Gendarm, und der hat mir erst gestern erzählt …

Es wurde in den Kneipen getuschelt, beim Metzger, bei Madame Robert, bei der Bäckersfrau, an den Kassen im Carrefour. Hast du schon das Neueste gehört? Ray Valenti … Also ich habe ja schon immer gesagt, der Typ ist nicht ganz koscher … Wovon der wohl seinen Maserati bezahlt hat?

Mit seinem Namen begannen alle Gespräche, er tauchte in allen Sätzen auf. Man kolportierte, tratschte, genoss, rächte sich dafür, dass man so lange vor ihm gebuckelt hatte.

Monsieur Settin, der Apotheker, beteuerte, dass er sich das nicht länger gefallen lassen würde. Wenn Gerson oder Lancenny noch einmal bei ihm auftauchen sollten, um seinen Beitrag für die Sozialkasse der Feuerwehr einzufordern, würde er sie in hohem Bogen rauswerfen! Und das ist noch freundlich ausgedrückt, sagte er mit vor der Brust verschränkten Armen.

Kaum zu glauben, wie mutig alle wurden, seit der Gegner angezählt war!

Und Violette am Steuer ihres Mercedes goss unablässig neues Öl ins Feuer. Sie erzählte von ihrem Job beim Bürgermeister, von ihrem Gehalt, ist das nicht eine Schande, aber Ray hat mich dazu gezwungen! Er hat mir gedroht, falls ich mich weigern sollte! Sie nannte Einzelheiten, die die Leute überprüfen konnten. Meine Güte, stimmt ja, die Frau des Bürgermeisters hat sich tatsächlich die Haare aufhellen lassen. Platinblond ist sie jetzt! Und sie hat abgenommen. Und der Bürgermeister hat weiße Zähne und trägt neuerdings schicke Dreiteiler und eine Designerbrille. Und wer hat das bezahlt? Wir natürlich! Wenn das keine Schande ist! Und er geht jeden Morgen joggen und lässt sich dabei von einem Bodyguard begleiten! Diese Leute glauben, sie könnten sich alles erlauben! Sie stünden über dem Gesetz! Aber wenn er meint, er könnte uns damit einlullen, dann hat er sich geschnitten, und zwar gewaltig!

Und Vincent Laignel! Hast du das schon gehört? Er hat sich an Strafzetteln bereichert. Noch so eine Gaunerei von Ray! Ein Kollege hat ihn verraten. Der Mann der Putzfrau von den Durés … Er hat alles ausgeplaudert. Es hat ihn angewidert, er hat sich gefragt, wieso er selbst eigentlich noch ehrlich bleibt! Angeblich soll Laignel über neunzigtausend Euro abgezweigt haben! Er und seine Frau haben es sich gut gehen lassen. Und sie haben nicht mal einen Hehl daraus gemacht. Die sind alle so, sage ich dir. Die Gesetze gelten nur für andere. Machen sich ein schönes Leben, und uns ziehen sie das Fell über die Ohren. Aber es wurde eine Untersuchung eingeleitet, und es sieht übel für ihn aus, richtig übel … Die Bullen haben Laignels Bankkonto überprüft und sind auf verdächtige Bareinzahlungen gestoßen. Und sie haben Überweisungen auf das Konto von Ray Valenti gefunden. Keine Kleckerbeträge, sondern richtig große Summen. Jetzt hat Laignel ein Problem! Und Ray Valenti auch! Glaub mir, in deren Haut möchte ich nicht stecken! Vor allem, weil das ja immer noch nicht alles ist!

Violette spann ihr Netz, während sie Brot kaufte, ihr Auto parkte, bei der Post in der Schlange stand, etwas aus der Reinigung holte, einen Kaffee trinken ging. Ja, natürlich standen wir uns nahe, erklärte sie, aber jeder kann sich doch mal irren. Und fuhr dann umso lebhafter fort, doch, doch, frivole Ausschweifungen, doch, doch, Sexpartys, doch, doch, Privatjets, um Putin zu besuchen!

Die Leute fühlten sich wie befreit, seit sie keine Angst mehr hatten. Sie zählten Rays Schandtaten auf, schmückten sie aus, wetzten die Messer. Das Wild war verletzt. Bald würden sie ihm den Gnadenstoß versetzen können.

Trotzdem ist es schade, dass er auf die schiefe Bahn geraten ist, sagten manche. Früher war er anders, da war er mutig, sehr mutig. Aber was soll man machen, Geld zerstört einen Menschen genauso sicher wie der Alkohol. Ray ist da keine Ausnahme. Und wenn ein Junge ohne Vater aufwächst, merkt man das natürlich. Vater und Mutter, das ist doch das Beste, um ein Kind großzuziehen, da werden Sie mir nicht widersprechen. Man sieht ihn ja kaum noch in letzter Zeit. Er kommt sich sicher vor, als hätte er die Krätze, und verkriecht sich. Jetzt ist Schluss mit seinem stolzen Gehabe.

Ray setzt keinen Fuß mehr vor die Tür.

Er traut sich kaum noch, nach der Post zu sehen.

Seine Hand zittert, wenn er den Briefkasten öffnet. Anonyme Briefe, »Hohlsack ist ein Betrüger, Hohlsack ist ein Betrüger«. Die Buchstaben aus der Zeitung ausgeschnitten. Aufgereiht wie Wäsche an der Leine. Sind es mehrere Absender oder nur ein einziger? Er weiß es nicht.

Seine Nerven sind angegriffen. Manchmal könnte er einfach nur weinen.

Er steht morgens auf und zieht die Rollläden hoch, um nach dem Wetter zu schauen. Vollkommen unnötig! Er geht ja doch nicht raus.

Schon komisch, wie leer die Wohnung wirkt, seit Léonie nicht mehr da ist, sagt er sich auf dem Weg vom Schlafzimmer in die Küche.

Er löffelt Instantkaffee in die Tasse, gießt Wasser darüber, schneidet Brot ab, bestreicht die Scheiben mit Butter und bringt seiner Mutter das Frühstück. Sie hat einen gesunden Appetit. Verlangt mehr Brot.

Es ist immer wieder der gleiche Dialog.

Wenn er Fernandes Zimmer betritt, ist sie bereits beim Training. Sie stemmt Hanteln, um ihre Armmuskeln zu stärken. Sie atmet schwer, sie schwitzt, an ihren Schläfen treten die Adern hervor. Sobald sie seinen Blick auffängt, beginnt sie mit ihrer Anklage.

»Du bist selbst schuld daran! Du hast sie zu sehr verwöhnt. Sie sind satt, sie brauchen kein Geld mehr. Du hättest ihnen nicht so viel geben dürfen! Man darf die Leute nie verwöhnen.«

Ray hört ihr zu und kratzt sich. Er hat Ausschlag an den Beinen, im Nacken und an den Armen. Er schmiert Zinksalbe darauf, ein Hausmittel, das seine Mutter ihm empfohlen hat. Er wagt nicht, zur Apotheke von Monsieur und Madame Settin zu gehen, um sich beraten zu lassen.

»Hast du gesehen, gestern bin ich ganz allein auf die Toilette gegangen! Ich bin auf den Händen gelaufen! Du bist stolz auf mich, was? Bald turne ich in der Wohnung am Trapez!«

Er schüttelt gerührt den Kopf. Sie ist einfach unglaublich.

»Oh, Maman …«, entfährt es ihm.

»Du wirst schon sehen, mein Junge! Solange man nicht in der Kiste liegt, geht es immer weiter.«

Sie befühlt ihre Armmuskeln, die mittlerweile doppelt so groß sind wie zuvor, und schlägt sich gegen den Bauch. Gehärteter Stahl!

Während er isst und immer mehr zunimmt. Er greift mit vollen Händen in die Fettwülste an seinem Bauch. Die könnte er glatt auf den Tisch legen!

Er sieht fern. Schaut sich die alten Aufzeichnungen aus der Zeit an, als er noch ein Held war. Durchlebt noch einmal seine Triumphe. Dreht den Applaus so laut, wie es nur geht. Tränen steigen ihm in die Augen, er drängt sie zurück, du bist ein Mann, Ray, ein Mann. Als müsste er sich selbst davon überzeugen. Hör auf, Bonbons in dich reinzustopfen, und geh joggen! Aber nein … es ist stärker als er. Er sieht die Bilder und fragt sich, wie das alles nur so schiefgehen konnte, er versteht es nicht. Was genau ist in die Hose gegangen? Es lief doch alles super, und dann …

Alles hat mit Turquets Unfall angefangen. Da ist zum ersten Mal einer aus ihrer Bande ins Visier geraten. Und wie! Denn so schnell kommt Turquet nicht wieder auf die Beine.

Und dann …

Dann sind die Bullen ins Spiel gekommen. Sie haben den Müll durchwühlt. Die Zungen haben sich gelockert, die Leute haben Angst bekommen. Die Polizei! Die Polizei! Sie haben angefangen zu reden, nicht gut, gar nicht gut.

Und dann hat Gerson gemeutert …

Und dann Violette …

Und dann Duré …

Woher wusste er das von Laignel? So lange ging das schon gut … Niemand ahnte etwas davon. Duré hat die Sache ans Licht gebracht. Er hat dem Staatsanwalt eine Akte geschickt. Kopierte Unterlagen! Kopien von meinen Kontoauszügen! Und er hat den Mann seiner Putzfrau als Zeugen angeschleppt. Cleverer Schachzug! Der sprichwörtliche kleine Mann, das hatte was von David gegen Goliath, und der Staatsanwalt konnte die Angelegenheit nicht unter den Teppich kehren. Damit hätte er sich selbst verdächtig gemacht. Jedem seine Karriere, seine Interessen.

Er klappt seinen Laptop auf und kontrolliert sein Online-Bankkonto. Rechnet. Rechnet noch einmal nach. Traut seinen Augen nicht.

Fernande schleppt sich keuchend herein. Ihre Hände stecken in Filzpantoffeln, sie ist schweißgebadet, das Haar klebt ihr in der Stirn, und sie trägt ein fliederfarbenes ärmelloses T-Shirt. Miss Nikita sah garantiert heißer aus!

»Siehst du!«, sagt sie. »Ich habe mich gut um dein Geld gekümmert. Wir sind jetzt reich. Uns wird es nie wieder an etwas fehlen. Ich habe gute Investments getätigt, Betongold, nichts als Betongold! Und alles auf deinen Namen. Lass die Leute nur reden, die haben nichts Besseres zu tun! Das geht auch wieder vorbei, selbst die schlimmsten Gewitter ziehen irgendwann weiter. Der Blitz ist es früher oder später leid.«

»Ich hatte recht«, erklärt Gerson eines Abends, an Lancennys Theke gelehnt. »Er hätte die Finger von diesem Weib lassen sollen. Die hat uns den ganzen Ärger eingebrockt. Ich garantiere dir, die steckt hinter der ganzen Sache, die und sonst keiner. Hast du gehört, was sie überall rumerzählt?«

Lancenny wischt nachdenklich die Theke ab. Das Sauerkraut und das Bier vom Mittagessen liegen ihm auf dem Magen. Er muss ständig aufstoßen und schmeckt Wurst. Martine hat garantiert nicht auf das Verfallsdatum geachtet und verdorbene Würste verscherbelt … Oder das Sauerkraut gärt.

»Hast du das Ray gesagt?«, fragt er nach einem Rülpser.

»Das bringt doch nichts. Ich wette, wenn die sich heute vor ihn hinstellt und mit dem Arsch wackelt, würde er sie wieder zurücknehmen. In der Geschichte kannst du nur verlieren! Ich halt lieber still! Ich habe genug Schotter auf die Seite gelegt, ich werde ganz bestimmt nicht den Teufel in Versuchung führen und den Gendarmen zu dicht auf die Pelle rücken. Schon gar nicht bei dem, was ich gehört habe, Mann!«

»Aha …«, sagt Lancenny, lässt den Schwamm los und schnuppert an seinen Fingern. Sie riechen nach Javelwasser.

»Ray und Turquet haben ihr eigenes Süppchen gekocht. Die beiden haben hinter unserem Rücken noch andere Geschäfte gemacht!«

»Ist nicht wahr!«

»Und wie! Turquet hat es der kleinen Margot erzählt. Sie arbeitet als Putzfrau im Krankenhaus. Er brauchte jemanden zum Reden. Kommt ihn ja kein Mensch besuchen. Also hat er ihr sein

Herz ausgeschüttet. Das kotzt mich an, Gégé, ich hab so einen Hals!«

»Scheiße! Das hätte ich nie von ihnen gedacht! Wir waren doch Kumpels, wir teilten alles. Das war schön! Wir waren Freunde, Mann!«

»Tja … du warst eben bescheuert. Genau wie ich! Also glaub nur, dass ich ganz bestimmt nicht seinetwegen den Hals riskieren werde … Das habe ich noch nicht verdaut.«

»Du hast recht. Lass uns abwarten, wie sich der Wind dreht, aber es wäre schon gut, wenn der Sturm an uns vorbeizieht.«

Lancenny reibt sich mit seinen Javelfingern die Nase. Die Zeit vergeht so langsam, seit sie sich nicht mehr um ihre Geschäfte kümmern. In seinem Lokal fällt ihm die Decke auf den Kopf. Er hört, wie der Lieferwagen des Klempners im Hof des Nachbarn hält, hört den zu voller Lautstärke aufgedrehten Fernseher, die Nachrichten von Jean-Pierre Pernaut, und besorgt den Haushalt. Martine ist selbstbewusster geworden. Sie fährt zum Einkaufen und lässt ihm eine Liste mit Aufgaben da, die er zu erledigen hat. Er hat seine Autorität verloren. Er ist zum Hausdiener geworden. Er rostet ein, er langweilt sich. Wenn das so weitergeht, wird sein Wanst noch dicker, keine Frage.

»Wäre besser, wenn sie Ray nicht zu fassen kriegen«, sagt Gerson. »Der ist imstande und verpfeift uns …«

»Du übertreibst! Den kocht so schnell keiner weich.«

»Das scheint nur so.«

»Ach was!«

»Weißt du noch, wie er uns immer verboten hat, Edmond und seiner Tochter ein Haar zu krümmen? Er hatte Angst vor ihm. Letzten Endes ist Edmond der Einzige, der nie vor ihm eingeknickt ist.«

»Wir werden ja sehen. Ich gehe jedenfalls lieber auf Abstand. Ich lasse das Handy klingeln, wenn er anruft, und zu Hause geht meine Frau ans Telefon …«

»Na, wie hat dir der Ausflug mit Tom und Adrian gefallen?«

Stella räumt das Zimmer ihrer Mutter auf. Sie sortiert die CDs aus, die sie in die Mediathek zurückbringen muss, schiebt die Medikamentenschachteln zusammen, legt die Partituren auf einen Stapel, spült ein Glas aus, trocknet es ab, zieht das Bettlaken straff und steckt es unter der Matratze fest. Am liebsten würde sie gehen, die Tür hinter sich zuschlagen, aber sie bleibt, sie weiß auch nicht, wieso. Es ist noch nicht vorbei, etwas hängt in der Luft, etwas, was sie plagt, was ihre Hände quält, auf ihren Schultern lastet, ihren Kopf umklammert. Sie muss herumlaufen, sich bewegen, sich beschäftigen, muss ihren Mund knebeln, der am liebsten schreien würde.

»Ja«, sagt Léonie. »Das hat mir sehr gutgetan. Ich hatte das Gefühl, wieder zwanzig Jahre alt zu sein …«

»Komisch, Maman, du machst gar nicht mehr dieses merkwürdige Geräusch, dieses Rasseln, als hättest du kleine Knöchelchen in der Kehle …«

»Ach«, sagt Léonie. »Das war mir gar nicht aufgefallen. Das habe ich schon als Kind gemacht. Suzon hat sich deswegen immer Sorgen gemacht. War das wieder da?«

»Als wäre irgendwas kaputt, als würden kleine Knochen gegeneinanderrollen. Ich dachte, das läge vielleicht daran, dass du Angst hast …«

»Ich habe keine Angst mehr«, sagt Léonie zögernd.

Sie denkt nach. Schließt die Augen, öffnet sie wieder.

»Doch, ich habe noch Angst. Ein bisschen …«

»Die wird auch nicht so einfach verschwinden! Du brauchst Zeit, um dich zu erholen.«

»Als Tom und Adrian mich neulich zu diesem Picknick mitgenommen haben, da habe ich das Leben wiederentdeckt, und das tut gut, Stella!«

»Kann ich die wieder zurückbringen?«, fragt Stella und hält ihr eine CD hin. »Die kennst du doch mittlerweile auswendig.«

Ein unwilliges Zucken huscht über Léonies Gesicht.

»Maman! Du kannst sie nicht alle behalten! Du musst dich für ein paar entscheiden. Das ist echt unglaublich, du willst nichts loslassen!«

»Mach dich nicht lustig über mich, Liebes.«

»Ich mache mich nicht lustig über dich, aber es stimmt doch, dass …«

Was ist denn nur los?, fragt sich Stella. Ich ärgere mich über sie. Und das nicht zum ersten Mal. Ein alter Zorn raubt ihr den Atem.

Sie holt tief Luft. Lässt sich auf das Bett sinken und faltet ein Nachthemd zusammen.

»Bald kommst du hier raus. Der Doktor sagt, es sei nur noch eine Sache von Tagen. Du musst dich darauf vorbereiten.«

»Ich gehe nicht zu ihnen zurück«, sagt Léonie mit flehender Stimme.

»Nein. Natürlich nicht. Du könntest zu Georges und Suzon ziehen. Da würdest du dich wohlfühlen. Und du wärst in Sicherheit.«

»Ich komme mir vor wie ein Paket, das hierhin und dorthin geschafft wird …«, sagt Léonie achselzuckend. Sie seufzt. »Man wirft mich nach links, man wirft mich nach rechts … Aber niemand fragt mich, was ich eigentlich will.«

»Hast du denn eine andere Lösung?«

Sie muss zu schnell geantwortet haben, ihr Ton muss zu scharf geklungen haben. Die Miene ihrer Mutter verdüstert sich, ihr Kinn beginnt zu zittern. Sie verbirgt das Gesicht in ihren Händen.

»Oh, ich bitte dich, Maman! Es ist doch keine Strafe, zu Georges und Suzon zu ziehen!«

»Du bist genau wie Edmond. Er wollte mir auch eine Wohnung suchen. Mich irgendwo unterbringen und danach nichts mehr von mir hören! Ich will nicht mehr, dass andere für mich entscheiden, ich will selbst für mich sorgen!«

»Edmond war hier bei dir? Warum hast du mir nichts davon

gesagt? Hat er mit dir gesprochen? Hat er dir von seinem Treffen in der Bar erzählt und dir den Brief gegeben?«

»Was? Du wusstest von dem Brief?«

»Ja. Ich habe darauf gewartet, dass du es von dir aus ansprichst …«

Léonie wendet den Kopf zur Seite und beißt sich auf die Lippen. Es ist so lange her, seit sie zum letzten Mal etwas für sich hatte. Nur für sich allein.

»Aber er gehört doch dir, Maman. Ich verlange ja nicht, dass du ihn mir vorliest! Ich wollte nur, dass du mir sagst, wie es mit Edmond gelaufen ist.«

»Er hat mir Luciens Brief gegeben und …«

Sie greift unter die Matratze, findet den Brief und hält ihn Stella hin, doch diese schiebt ihn zurück.

»Nein, Maman!«

Aber Léonie besteht darauf.

»Doch, lies ihn, er ist so schön!«

»Das möchte ich lieber nicht, es ist zu intim. Er war immerhin dein Liebhaber …«

»Und dein Vater!«

»Ich brauche keinen Vater. Ich bin froh, zu wissen, dass ich nichts mit Ray zu schaffen habe, aber ich werde bestimmt nicht Blumen auf das Grab eines Unbekannten legen. Ich habe mir das reiflich überlegt …«

»Ich würde so gern seine Tochter kennenlernen. Joséphine Cortès. Ich wünschte, du würdest sie herholen, damit sie mir von ihm erzählen kann.«

»Ich weiß nicht, ob ich das möchte«, entgegnet Stella.

Léonie starrt sie verblüfft an.

»Nein«, fährt Stella fort, »ich glaube nicht, dass ich sie kennenlernen möchte. Ich fahre zu ihr, wenn du das willst. Jetzt haben wir ja einen Beweis … Aber das mache ich nur, um dir einen Gefallen zu tun.«

»Aber sie ist deine Schwester!«

Léonies Lippen zittern, ihre Wangen werden blass, sie versteht nicht und schüttelt hilflos den Kopf.

Stella starrt sie an, ohne sie zu sehen, und sagt mit tonloser Stimme, der Stimme einer Frau, die nicht länger träumen, nicht länger hoffen will, die nicht will, dass ihr noch irgendjemand hübsche Märchen erzählt: »Ich weiß nicht, ob ich eine Schwester haben möchte, ich weiß nicht, ob ich Teil einer neuen Familie werden will, nein, im Grunde bin ich mir ziemlich sicher, dass ich das nicht will. Familien sind Mist!«

Sie hat leise gesprochen, ohne Emotionen, bloß eine Feststellung geäußert, so ist das eben.

»Du bist gemein, Stella! Wieso sagst du das?«

Stella erstarrt. Nein, ich bin nicht gemein, denkt sie verletzt. NEIN! ICH BIN NICHT GEMEIN! Ich ertrage nur dieses ganze verlogene Geschwätz nicht mehr. So hübsch klingende Worte, dein Papa hat dich lieb, deine Mama hat dich lieb, dein so gut aussehender Papa liebt deine so schöne Mama, Worte, die einem die Haut blutig ritzen, statt Kraft zu schenken. Ein Vater, der verschwindet, ein anderer, der mich vergewaltigt und meine Mutter windelweich prügelt, eine Großmutter, die das alles geschehen lässt und das Karussell noch mit Stockhieben antreibt! Und eins und zwei und drei und vier! Und da soll ich Familie gut finden? Das ist doch wohl ein Witz! Die Schreie in der Nacht, das Blut auf den Bettlaken, hast du das vergessen? Hast du das vergessen? ICH WILL, DASS MAN MIR GERECHTIGKEIT WIDERFAHREN LÄSST. ICH WILL, DASS MAN SICH BEI MIR ENTSCHULDIGT. Ich will, dass man das kleine Mädchen, das vor Angst zitternd in seinem Bett lag, um Verzeihung bittet. Ich will, dass du den Blick vor mir senkst und genau das sagst: Stella, ich habe versagt, ich war feige. Stella, kannst du mir verzeihen? Und dann werde ich Ja sagen, oh, ja, und ich werde es aus ganzem Herzen sagen, mit all meiner Liebe, all meiner Kraft. Danke, Maman, werde ich rufen, ich liebe dich, ich liebe dich so sehr! Und ich werde lachen wollen, tanzen, rennen, davonfliegen, die Arme zum Himmel heben! Aber du musst es sagen, verstehst du? Danach werde ich dir verzeihen, danach werden wir uns über alles lieben, wir werden die Weltmeisterinnen im Lieben sein, aber zuerst musst du mir sagen … Musst du mir sagen, warum du nichts unternommen hast, warum du nachts nie aufgestanden bist, warum du nie dazwischengegangen bist. Warum du dir Augen und Ohren zugehalten hast. Ich will es wissen. Und an dem Tag, an dem ich das weiß, werde ich das Blut wieder durch meine Adern fließen spüren, das warme Blut, das Leben schenkt, ich werde deine Arme um meinen Nacken spüren, deine Lippen auf meiner Wange, ich werde zulassen, dass deine Haut über die meine streicht, und ich werde Maman sagen, liebste Maman, meine Maman! Ich werde wieder Salz und Zucker schmecken, meine Beine werden über alle Hürden springen, ich werde die Augen öffnen, und der Himmel wird blau sein. Die Farben einer Frau werden zu mir zurückkehren, die Zartheit einer Frau, die Rundungen einer lebendigen Frau. BITTE MICH UM VERZEIHUNG. Weil ich noch klein war, weil ich wehrlos war, weil ich noch nie den Penis einen Mannes gesehen hatte, noch nie den Penis eines Mannes angefasst hatte, weil man mich noch nie gezwungen hatte, den … Siehst du, ich kann es nicht einmal aussprechen, siehst du, ich habe die gleichen Ängste wie du, und darum, bitte, SPRICH ES AUS, MAMAN, SPRICH ES AUS.

Die Worte klingen wie lautes Glockenläuten und machen sie benommen, sie schließt die Augen, hält sich die Ohren zu, verzerrt ihren Mund zu einer fürchterlichen Grimasse.

»Was ist denn los, mein Liebes?«, fragt Léonie besorgt.

Stella antwortet nicht. Sie möchte, dass die Glocken in ihrem Kopf aufhören zu schlagen. Aber sie läuten weiter, immer lauter, immer schriller dröhnen sie VERZEIH MIR! VERZEIH MIR!

»Wieso ballst du die Fäuste? Bist du wütend?«

»Nein, nicht wütend, Maman …«, entgegnet sie erschöpft und legt die Hände um ihren Kopf.

»Willst du mir nicht sagen, was los ist, Liebes?«

»Es tut weh, es tut weh!«

»Stella, treib keine Spielchen mit mir!«

Stella lacht höhnisch auf. Stella, treib keine Spielchen mit mir, wiederholt sie geziert. Und das Dröhnen in ihrem Kopf wird noch lauter.

»Ich habe niemals gespielt!«, explodiert sie. »Niemals!«

»Wovon redest du?«

»Ich kann nicht spielen. Dafür fehlt mir die Leichtigkeit. Die Anmut, der Humor. Ist dir nie aufgefallen, dass ich überhaupt keinen Humor habe? Dass ich immer alles ernst nehme? Ich lache nicht gern. Ich trickse nicht gern. Ich täusche nicht gerne etwas vor. Ich kann nicht spielen! Er wollte mit mir spielen. Aber ich nicht! Nie!«

Die beiden Frauen sehen sich verblüfft an.

Sie können nicht länger so tun, als sei es nicht geschehen.

Sie können nicht länger schweigen.

Stellas Worte haben das Schweigen zerspringen lassen.

Léonie senkt den Kopf.

»Ich wusste es«, murmelt sie vor sich hin, »ich wusste es. Vor diesem Moment habe ich mich immer gefürchtet.«

Stella hört sie nicht. Sie mustert sie lauernd.

»Jetzt sind wir auf Augenhöhe, Maman. Du musst reden, du musst den Mut haben, mit mir zu reden. Du bist jetzt keine misshandelte Frau mehr, du bist eine Frau, die geliebt wurde, und du hast eine Tochter …«

Léonie starrt auf den Boden. Sie kann Stella nicht in die Augen sehen. Sie versucht, ihren Atem unter Kontrolle zu bringen.

»Und solange du nicht redest, solange du sie nicht um Verzeihung bittest, solange du ihr nicht sagst, wieso du diese Abscheulichkeiten zugelassen hast, wieso du dir Augen und Ohren zugehalten hast, solange wird diese Tochter immer fünfzehn Jahre alt bleiben, solange wird ihr Bauch schmerzen, ihre Haut schmerzen, ihre Seele schmerzen. Sie kann nicht wachsen. Sie ist eine Gefangene. Du musst sie befreien …«

»Nicht …«, stammelt Léonie mit gesenktem Blick.

Stella schlingt die Arme um ihren Oberkörper und wiegt das kleine wartende Mädchen in ihrem Inneren.

»Nicht schreien«, sagt Léonie leise.

»Ich schreie nicht!«

»Doch.«

»Ich habe das Recht zu schreien. Ich habe das Recht dazu! Aber wozu sollte ich denn schreien? Du hörst mich ja doch nicht! Du hast mich nie gehört, wenn ich geschrien habe!«

»Oh, doch … oh, doch …«, flüstert Léonie, ringt die Hände, reibt sie gegeneinander.

Und ein alter Schmerz gräbt eine Falte neben ihre Mundwinkel, ruft kaum erträgliches Leid wieder wach.

»Aber du hast dich nicht gerührt, du hast nichts gemacht, du hast dich ganz tief in dein Bett verkrochen, um nichts zu hören. Warum? Verstehst du nicht, dass ich deswegen nicht leben kann? Dass ich immer nur danebenstehe?«

Léonie atmet stockend, gibt leise Geräusche von sich, wie ein weinendes Kind.

»Verstehst du nicht, dass deswegen immer alles abbricht? Dass alle Gefühle, alle Emotionen, alles Lachen von mir abfallen wie tote Hautfetzen?«

»Er war stärker als ich, Stella.«

»Das ist doch kein Grund!«

»Die ganze Stadt war auf seiner Seite. Und ich war Madame Plemplem.«

»Niemand ist stärker als die Liebe einer Mutter zu ihrem Kind! Niemand!«

»Ich hatte Angst … Ich hatte nicht die Kraft, ihn …«

»Und ich? Glaubst du denn, ich war stark? Ich war überhaupt nichts. Ich war tot. Tot. Ich ließ alles wie leblos mit mir geschehen. Ich litt ebenso sehr unter deinem Schweigen wie unter seinen Schlägen. Ich weiß nicht einmal, welcher Schmerz schlimmer war! Ich verstand es nicht, ich dachte, sie ist meine Mutter, sie wird die Tür aufreißen, sie wird ihn an den Haaren zerren, ihm die Fingernägel in den Rücken krallen, aber du kamst nicht, du kamst einfach nicht! Und wenn ich morgens aufstand, wenn ich die kalte Luft auf meiner nackten Haut spürte, da sagte ich mir immer: Ach was, ich bin ja noch am Leben … wenn ich auf meinen Bauch hinuntersah, wunderte ich mich, dass ich dort keine Spuren des Messers sah, ich ging in die Küche, und du liefst um den Tisch herum und wagtest nicht einmal, mich anzusehen, als wärst du nur der Geist einer Mutter … Oh, ich fühlte mich so allein, ich fühlte mich so verlassen. Aber niemals, hörst du, niemals habe ich mich schuldig gefühlt! Ohnmächtig ja, aber nicht schuldig.«

»Du erinnerst dich an alles!«

»Wie könnte ich das vergessen?«

»Mein kleines Mädchen!«

Léonie macht ein flehendes Gesicht und streckt die Hand nach Stella aus.

»Lass mich! Fass mich nicht an!«, schreit Stella auf.

»Mein kleines Mädchen …«

»Oh, wie habe ich es gehasst, ein Mädchen zu sein!«

»Du bist so schön!«

»Wie habe ich es gehasst, dass er mich ansah und mich wollte!«

»Du hasst mich!«

»Du weißt genau, dass das nicht stimmt … Ich habe dir jedes Mal wieder verziehen! Und das machte mich noch verrückter, noch wütender, noch einsamer!«

»Aber …?«

»Einmal, Maman, sag es! Ich flehe dich an! Nur ein einziges Mal …«

Léonie beißt sich in die Hand, um ihr Schluchzen zu unterdrücken.

Sie hebt den Kopf und schaut ihre Tochter an.

»Verzeih mir, mein kleiner Liebling«, sagt sie stockend. »Bitte, verzeih mir.«

Stella lässt sich auf das Bett fallen. Ihr Kopf fliegt nach hinten, als hätte man sie geschlagen. Sie zittert, sie glüht. Alles wird wieder warm und lebendig, das Blut fließt wieder durch ihren Körper, ihr vom Zorn reingewaschenes Gesicht bekommt wieder Farbe, ihre Lippen werden voller, ihre Wimpern flattern, sie hört das Lachen einer Krankenschwester, das Weinen eines Babys im Zimmer nebenan.

Sie nimmt die Hand ihrer Mutter, schließt die Augen und lächelt.

Die Glocken in ihrem Kopf haben aufgehört zu dröhnen.

»Danke, Maman.«

»Ich würde ja gern an das Leben und mich selbst glauben, aber ich muss gestehen, es fällt mir schwer«, sagt Solange Courtois seufzend und nimmt eine Kelle voll Schneeeier und drei Keksröllchen. »Ich kann es kaum erwarten, dass dieses Jahr endlich rum ist! Und die Sterne sind mir auch keine Hilfe. Für Waagen sind die Aussichten gar nicht rosig!«

»Ach, Sie glauben an Astrologie?«, erkundigt sich eine Frau, die Edmond Courtois zu erkennen glaubt. Ihr Mann hat vor sechs Monaten die Zahnarztpraxis an der Ecke Rue des Prés und Rue du Grand-Pavé übernommen. Es heißt, er habe Mühe, Patienten zu finden. Er soll wohl etwas grob zu Werke gehen.

»Ach, bloß zum Zeitvertreib«, antwortet Solange Courtois mit einem erneuten Seufzen. »Ich finde es interessant, und manchmal stimmt es auch wirklich … Wenn Gott schon nicht mehr existiert, muss man sich ja etwas anderes suchen, das dem Leben einen Sinn gibt. Also warum nicht die Sterne? Ab und zu treffen die Voraussagen ein, wissen Sie …«

»Etwa jedes zehnte Mal. Ein Zufall! Wie beim russischen Roulette, nur nicht so gefährlich!«, spottet Raoul Petit, der Notar.

Es heißt, er habe Prostatakrebs und lasse sich in Paris behandeln, damit es sich in Saint-Chaland nicht herumspricht. Ein kranker Notar wirkt nicht vertrauenerweckend, und das größte Kapital eines Notars ist nun mal Vertrauen. Hinter vorgehaltener Hand wird auch gemunkelt, er besuche Sexpartys, sei verrückt nach Damenunterwäsche und lasse sich gerne schlagen und fesseln. Welchem Gerücht soll man glauben?, denkt Edmond Courtois, während er die Schneeeier ablehnt, die ihm die Haushälterin reicht.

Solange Courtois zuckt mit den Schultern und erwidert, eine zehnprozentige Übereinstimmung sei doch gar nicht so schlecht. Mit manchen Menschen habe man jeden Tag zu tun und sei mit ihnen nie einer Meinung. Man passe einfach nicht zusammen. *Ab amicis honesta petamus!**

»Ach, und Humanistin sind Sie natürlich auch!«, kommentiert Raoul Petit ironisch. »Sie lieben die alten Sprachen …«

»Ich habe mein nächstes Solarhoroskop erstellen lassen, und das kommende Jahr wird besser. Man hat mir eine Erneuerung, den Beginn eines neuen Zyklus in Aussicht gestellt. Mein Leben wird sich ändern! Allerdings unter der Voraussetzung, dass ich an meinem Geburtstag auch in Saint-Chaland bin!«

»Und was machst du mit dieser ganzen neuen Energie, Solange?«, ruft Duré dazwischen. »An deiner Stelle würde ich mir Sorgen machen, Edmond!«

Edmond Courtois lächelt. Ich habe eine dumme Gans geheiratet, hatte er gerade gedacht. Wie konnte ich bloß fünfunddreißig Jahre meines Lebens mit einer dummen Gans verbringen? Weil sie hübsch war und es mir schmeichelte, sie in mein Bett zu kriegen? Oder habe ich sie idealisiert, weil ich Léonie so schnell wie möglich vergessen wollte? Wir haben nie miteinander geredet. Wir radebrechten in zwei unterschiedlichen Sprachen. Ich weiß noch, wie ich sie einmal gefragt habe: Glaubst du, wir haben einen Fehler gemacht …? Ich sprach von den Wohnzimmersofas, davon, dass wir uns für weiße entschieden hatten. Statt einer

* Lasst uns von Freunden nur Ehrenhaftes verlangen.

Antwort begann sie krampfhaft zu schluchzen und rannte hinaus. Sie schloss sich in unserem Schlafzimmer ein und warf sich aufs Bett. Ich hörte ihre Schuhe auf den Boden fallen, die Matratzenfedern quietschen. Später am Esstisch erklärte ich kleinlaut: Ich meinte doch nur die Sofas. Und sie antwortete: Ich will nicht mehr darüber reden! Sie reichte mir den Chicorée-Salat und erklärte, Human Rights Watch leiste fantastische Arbeit.

Élise Duré steht vom Tisch auf. Die übrigen Gäste folgen ihrem Beispiel. Der neue Zahnarzt hat graue Zähne, und die Frau des Notars fragt ihn, wie oft am Tag man sich die Zähne putzen solle.

Die Männer sammeln sich in einer Ecke des Wohnzimmers, während die Frauen sich auf den Sofas niederlassen, Kaffee einschenken oder ihren Kräutertee auswählen.

»Edmond«, sagt Bernard Duré, während er auf ihn zutritt. »Ich habe einen alten Marc de Bourgogne, wundervolle Bernsteinfarbe, im Eichenfass gereift, volles Aroma und ein angenehmes Brennen. Möchtest du ihn probieren?«

Mit freudig funkelndem Blick hält er ihm ein Glas hin.

»Du wirkst wie neu geboren, Bernard.«

»Es geht aufwärts, es geht aufwärts …«

Edmond nippt an dem alten Schnaps.

Bernard Duré wartet gespannt auf sein Urteil.

Edmond schließt die Augen.

»Fantastisch«, brummt er, »fantastisch!«

»Es ist so weit!«, erklärt Bernard Duré daraufhin unvermittelt. »Ich lege los! Und zwar mit Vollgas! Stella war neulich Abend bei mir. Sie hat mir eine ungeheuer kompromittierende Akte gegeben. Lauter belastendes Material gegen Ray Valenti. Jetzt mache ich ihn fertig! Ich habe über den Mann meiner Putzfrau schon die ersten Informationen durchsickern lassen, das hat voll ins Schwarze getroffen … Und ich habe noch mehr Munition!«

Edmond Courtois lächelt gezwungen.

»Meinen Segen hast du und meine Unterstützung auch.«

»Es war gut, dass du mich neulich im Krankenhaus aufgerüttelt hast.«

»Du wirst Verbündete brauchen. Wenn ich dir helfen kann …«

»Ich weiß, dass ich mich auf dich verlassen kann.«

»Ich habe vielleicht einen Kontakt zur Presse. Eine Freundin meiner Tochter Julie arbeitet bei der *République libre*. Marie Delmonte. Ich kann dir ihre Nummer geben.«

»Gerne!«

Edmond Courtois tut so, als konzentriere er sich auf seinen Schnaps, während er die Augen zusammenkneift, um seine Enttäuschung zu verbergen. Stella hat es vorgezogen, sich an Duré zu wenden. Vertraut sie mir immer noch nicht? Findet sie Duré eleganter? Riecht der feine Doktor besser als der Schrotthändler? Er kommt nicht dagegen an. Die alten Minderwertigkeitskomplexe des schlecht gekleideten, pummeligen, von seiner Mutter, seiner Tante und seiner Großmutter verhätschelten Jungen holen ihn wieder ein. Wie ein altes Krokodil öffnet er die Augen einen Spalt und beobachtet Duré, der wie berauscht von seinem neuen Wagemut erschauert. Wird er nicht bei der ersten Bedrohung wieder kalte Füße bekommen? Man wird nicht von einem Tag auf den anderen mutig, das erfordert Übung. Es reicht nicht, über Waffen zu verfügen, man muss auch mit ihnen umgehen können.

V.E.R.Z.E.I.H. M.I.R.

Das werden die prunkvollsten Buchstaben auf dem letzten Stück ihres Patchworkfreskos.

»Verzeih mir« in feurigen Lettern.

Um Verzeihung bitten bedeutet, dem anderen seinen Platz zurückzugeben. Ihm ein Existenzrecht zuzugestehen.

Ray muss um Verzeihung bitten. Sonst bringt sie ihn um.

V.E.R.Z.E.I.H. M.I.R.

Sie wird es in mehreren Bildern darstellen.

Die kleine verfolgte Stella in ihrem Zimmer.

Der Küchentisch, an dem ihre Mutter den Kopf senkt.

Die erwachsene Stella mit dem Finger am Abzug.

Venga, muchacha, venga! Eres la mejor! Eres fantástica!

Den Mann, der nachts Messer in den Bauch kleiner Mädchen rammt, wird man bäuchlings auf dem Boden liegen sehen. Enthauptet. Seinen Kopf auf einem Tablett wie der von Johannes dem Täufer auf dem Gemälde von Caravaggio. Als Kind betrachtete sie gerne dieses Gemälde in ihrem großen bebilderten Lexikon. Sie küsste das auf Glanzpapier gedruckte Foto. Leckte daran, um das Blut zu schmecken.

V.E.R.Z.E.I.H. M.I.R.

Das war schön, das war strahlend, das war eindrucksvoll. Was für ein Programm! Das ließ das Feuer wiederauflodern.

Und ihre neue Schwester?

Die tauchte nicht in ihrem Fresko auf.

Sie brauchte weder eine Schwester noch eine Familie.

Aber sie würde zu ihr fahren, um ihr die Beweise vorzulegen. Sie hatte Dokumente, die ihre Aufrichtigkeit belegten. Eine Unterschrift unter einem Zitat, das eigentlich ziemlich gut war. Lucien Rilke. Und sie würde auch Kirschtupfer mitnehmen.

Zusammen würden sie im Lkw nach Paris fahren, Kirschtupfer, Lucien Rilke und sie. Sie würden sich den Eiffelturm anschauen.

Und Joséphine Cortès.

Sie würde ihr nicht ihren Vater stehlen.

Sie brauchte keinen Vater. Brauchte kein Bild, das sie mit Heftzwecken an ihre Schlafzimmerwand pinnen könnte. Sie glaubte nicht an Bilder. An außergewöhnliche Väter. An Tote, die man zu Helden erklärt. Und mit einem Heiligenschein umgibt.

Den Heiligenschein würde sie sich selbst verpassen.

Sich damit krönen.

Und zwar eigenhändig.

Am Donnerstagabend zeigt Stella im Patchworkkurs Marie Delmonte ihre Geschichte. Marie rückt ihre Brille zurecht und beugt sich über die aneinandergenähten Vierecke. Der Pferdeschwanz fällt ihr über die Wange. Beeindruckt richtet sie sich wieder auf.

»Arbeitest du schon lange daran?«

»Oh, das ist eine lange Geschichte«, antwortet Stella geheimnisvoll.

Marie senkt den Blick auf ihre Tagesdecke, mit der sie kaum vorankommt, und seufzt.

»Die Zeit rinnt mir zwischen den Fingern davon. Die Zeitung! Die ist wie ein riesiger Menschenfresser, der mich mit Haut und Haaren verschlingt!« Dann wendet sie sich an Julie. »Dein Vater war bei mir in der Redaktion. Mit Duré zusammen. Sie haben mir eine Akte über Ray Valenti gegeben …« An Stella gewandt, fährt sie fort: »Anscheinend ist er nicht mehr dein Vater! Das erzählt man sich jedenfalls in der Stadt.«

»Das ist er nie gewesen!«

»Und er soll einige Leichen im Keller haben.«

»Einen ganzen Friedhof sogar! Könnt ihr etwas mit den Unterlagen anfangen?«

»Ich habe sie dem Chefredakteur gegeben. Er ist nicht unbedingt der Mutigste, aber ich glaube, Duré und Courtois haben ihm ordentlich Feuer unter dem Hintern gemacht. Sie haben gesagt, wenn er die Sache nicht bringt, würden sie zu einer anderen Zeitung gehen. Einer größeren Zeitung. In Paris. Und dort würde das einen ganz schönen Wirbel verursachen …«

»Also wird er sich dazu durchringen …«

»Ich hoffe es.«

»Hältst du uns auf dem Laufenden?«, bittet Julie.

»Klar!«

»Ich würde gerne einmal bei dir vorbeikommen und sehen, wie du arbeitest. Das klingt interessant«, sagt Stella.

»Ich rufe dich an, wenn es mal etwas ruhiger ist, und dann kannst du kommen, okay?«

Joséphine und Stella haben sich am Fuß des Eiffelturms verabredet. Am nördlichen Pfeiler. Wieso auch immer! Vielleicht, weil Stella noch nie zuvor in Paris gewesen ist.

Oder doch …

Zweimal, mit der Schule.

Einmal haben sie die Cité de la musique besichtigt.

Sterbenslangweilig. Und beim zweiten Mal die weihnachtlich geschmückten Schaufenster der großen Kaufhäuser bewundert. Auch sterbenslangweilig. Zu viele Leute, zu viel Lärm, zu viele Weihnachtsmänner. Alle zehn Meter wieder einer. Mit schmutzigem Bart und geflicktem Mantel. Kerle, die ihr an den Hintern fassten und ihr auf die Füße traten. Die Leute rochen nach Schweiß und billigem Parfüm.

Aber der Eiffelturm hatte nicht auf dem Programm gestanden. Das hatte ihr die beiden Ausflüge verleidet. Beim dritten Mal hatte sie sich nicht mehr angemeldet. Ray hatte sich geweigert, ihr das Geld dafür zu geben, weil sie ihn angeblich gebissen hatte. Ein Stück Ohr soll sie ihm abgerissen haben. Bei diesem Ausflug war natürlich der Eiffelturm an der Reihe gewesen.

In Paris sieht man den Eiffelturm schon von Weitem, man braucht keinen Stadtplan, um ihn zu finden. Es genügt, mit den Händen in den Taschen und erhobenem Kopf durch die Stadt zu schlendern.

Sie ist an diesem Morgen schon früh angekommen und hat ihren Lkw in der Avenue de Suffren abgestellt. Vor einem italienischen Restaurant. Hat eine Pizza Quattro Stagioni bestellt, hat zwanzig Euro dafür bezahlt und war empört. Der Kellner hat sie von oben herab behandelt. Was wollen Sie, junge Frau, Sie zahlen für die Lage, die Sonne und den Eiffelturm! Wenn Sie sparen wollen, sind Sie hier im falschen Viertel. Dazu müssen Sie nach Barbès. Wo ist das?, hat sie gefragt, um ihm einen Dämpfer zu verpassen. Denn bei den Preisen hier fahre ich da sofort hin! Am anderen

Ende der Stadt. Da haben Sie noch ein gutes Stück vor sich! Aber als Erstes, hat sie erwidert, hätte ich gern mein Wechselgeld.

Auf ein Trinkgeld konnte er lange warten!

»Wer den Cent nicht ehrt ...«, hatte er lachend gesagt und die Münzen klimpern lassen.

»Zu Hause lebe ich drei Tage von dem, was Ihre Pizza kostet. Und füttere davon noch meine Hunde, meine Esel, meine Hühner, meine Enten ...«

Er lachte frei heraus.

»... meinen Sohn, mein Schwein und meinen Papagei!«

»Sind Sie zum ersten Mal in Paris? Haben Sie sich schon Montmartre angesehen? Und Sacré-Cœur? Das lohnt sich.«

»Nein. Kenne ich nicht, und so schnell werde ich das auch nicht kennenlernen. Es sei denn, ich bringe beim nächsten Mal Brote und eine Thermoskanne mit und übernachte in meinem Laster.«

»Sie sind ja echt zum Schießen!« Er klopfte sich auf die Schenkel und schüttelte den Kopf. »Kommen Sie, ich spendiere Ihnen einen Kaffee!«

»Wirklich?«, fragte sie misstrauisch.

»Gratis.«

»Na dann ... danke. Wie viel kostet der denn sonst?«

»Vier Euro zwanzig ...«

Sie schrie auf, als wollte ihr jemand die Kehle durchschneiden, und er ging davon. Unbezahlbar, lachte er vor sich hin. Die ist einfach unbezahlbar!

»Hallo?«, hatte Joséphine Cortès gefragt, als sie ans Handy gegangen war. »Wer ist da? Hallo? Hallo?«

Stella hatte kein Wort herausgebracht.

Ihre Kehle war wie zugeschnürt. Sie hörte die sanfte, helle Stimme von Joséphine Cortès, ließ ein paar Sekunden verstreichen und flüsterte schließlich mit belegter Stimme: »Ich bin's, hier ist ...«

Sie brauchte nicht mehr zu sagen.

»Ich bin froh, dass Sie anrufen«, entgegnete Joséphine Cortès sofort. »Ich hatte Ihre Nummer verloren.«

»Sie meinen, Sie haben sie gelöscht?«, versetzte Stella.

Joséphine hüstelte verlegen.

»Ich glaube, an Ihrer Stelle hätte ich das Gleiche getan«, sagte Stella.

»Nun ja, die Neuigkeit war schon ziemlich brutal … Ich war auf so etwas nicht vorbereitet. Ich habe etwas Zeit gebraucht.«

»Das verstehe ich, ich war ja auch ziemlich direkt.«

Sie lachten leise, und das entspannte die Atmosphäre.

»Wissen Sie«, fuhr Stella fort, »ich habe die Beweise, die Sie wollten …«

»Oh, ich hätte nicht …«

»Doch, Sie hatten recht. Sonst könnte das ja jeder behaupten …«

»Schon. Aber …«

»Sie hatten recht.«

Sie einigten sich auf einen Tag, eine Uhrzeit, den Eiffelturm und den nördlichen Pfeiler. Sie waren schon kurz davor aufzulegen, als Joséphine plötzlich rief: »Aber wie sollen wir uns denn erkennen?«

Stella lachte.

»Ich war in Ihren Vorlesungen, wissen Sie nicht mehr? Und außerdem ist Ihr Bild auf dem Rücken Ihres Buchs abgedruckt!«

»Ach ja, stimmt …«

»Und mich erkennen Sie ganz leicht. Groß, blond, mit Irokesenfrisur, Arbeitsschuhen und orangefarbener Latzhose.«

Sie geht auf den Nordpfeiler zu. Entdeckt neben einem Händler, der neonfarbene Plastik-Eiffeltürme verkauft, die Frau, die im großen Hörsaal der Universität von Lyon Vorlesungen hält. Die Frau, die über die doppelte Verneinung redet, über den Buchdruck und den Griffel. Sie beobachtet sie, studiert ihr Gesicht, die Nase, den schön gezeichneten Mund, das rotbraune Haar, den glatten Pony. Schlanke, lange Beine. Die Ausstrahlung ernsthaft und unbeschwert zugleich. Sie geht zu ihr hinüber.

»Sie sind das, nicht wahr?«

Joséphine Cortès reißt überrascht die Augen auf.

»Sie haben mich sofort erkannt! Sie haben nicht eine Sekunde gezögert!«

»Das lag an Ihrer Nase. Wir haben beide die gleiche. Schauen Sie mal. Ganz gerade, ganz klein, ganz schlicht, nicht überheblich und mit sehr bescheidenen Nasenflügeln. Und einem winzig kleinen Komma am linken Nasenloch. Wie ein Grübchen. Von Weitem sieht sie aus wie alle Nasen, aber aus der Nähe betrachtet, ist sie einzigartig.«

»Wollen wir ein Stück gehen? Hier sind so viele Leute.«

»So hatte ich mir den Eiffelturm nicht vorgestellt!«, ruft Stella.

»Wie denn?«

»Kleiner, niedriger. Er ist beeindruckend!«

»Wir können das Champ de Mars entlanggehen, wenn Sie mögen … Wie sind Sie hergekommen?«

»Mit meinem Laster. Das ist mein Arbeitsgerät. Ich arbeite auf einem Schrottplatz …«

»Aha …«

In diesem »Aha« schwang eine leise Frage mit, ein Hauch von Neugier, als wollte sie sagen, erzählen Sie mir davon, das interessiert mich.

»Das gefällt mir. Es ist körperliche Arbeit, man ist draußen an der frischen Luft. Man trifft immer neue Leute. Ich könnte nicht in einem Büro arbeiten. Ich ertrage es nicht, eingesperrt zu sein.«

Joséphine legt die Hände aneinander.

»Ich mag Bücher, Bibliotheken, die Ruhe dort«, sagt sie. »Man hört das Umblättern der Seiten.« Dann verstummt sie, errötet und fügt leise hinzu: »Hat Ihre Mutter Ihnen von meinem Vater erzählt?«

»Ja. Ein bisschen. Ihr Buch war der Auslöser …«

»Ach …«

»Die Danksagung am Ende. Da schreiben Sie über ihn, über den Tag seines Todes. Ich glaube nicht, dass sie mir sonst davon erzählt hätte …«

»Es ist ja auch nicht leicht, so etwas einzugestehen … Schon gar nicht der eigenen Tochter!«

Eine Gruppe Chinesen kommt ihnen entgegen. Sie folgen einer Frau, die einen roten Schirm hochhält und mit schriller Stimme das übliche Geschwätz für Touristen absondert.

»Er hat sie sehr glücklich gemacht. Ich glaube sogar, die Zeit mit ihm waren die einzigen glücklichen Momente in ihrem ganzen Leben. Zwei Monate Glück, das ist nicht viel.«

»Sie müssen mir das nicht erzählen …«

»Na ja, es kommt mir komisch vor, über den Geliebten meiner Mutter zu reden …«

»Und ich über die Geliebte meines Vaters!«

Sie schauen einander verlegen an und kichern leise los. Das lockert ein wenig die Anspannung. Stella dreht sich beim Sprechen immer wieder um, damit sie den Eiffelturm sehen kann.

»Sollen wir uns hinsetzen?«, schlägt Joséphine vor. »Dann können Sie sich mit mir unterhalten und ihn gleichzeitig weiter ansehen …«

»Wenn es Ihnen nichts ausmacht.«

»Nein, überhaupt nicht!«

Stella lässt sich ins Gras fallen, zieht ihre langen Beine in den Schneidersitz und drückt den Rücken durch. Joséphine setzt sich neben sie und streckt die Beine zur Seite.

»Schließlich waren sie erwachsen!«, sagt Stella. »Sie wussten, was sie tun.«

»Mein Vater war vierzig Jahre alt …«

»Meine Mutter siebenundzwanzig. Aber sie hatte bis dahin kaum gelebt … Ich meine, sie war nicht sehr erfahren.«

Sie nimmt Kirschtupfer, den Brief von Lucien Plissonnier und den mit »Lucien Rilke« unterschriebenen Text aus ihrer großen Tasche. Reicht alles Joséphine.

»Den Brief wollte ich nicht lesen … Anscheinend ist darin von Ihnen die Rede.«

»Er war ein liebevoller Vater«, murmelt Joséphine schniefend. »Sehen Sie … mir kommen jetzt schon die Tränen!«

»Ich werde ein Stück zurückgehen und mir den Eiffelturm noch einmal aus der Nähe ansehen, während Sie ihn lesen …«

Joséphine hat Kirschtupfer in beide Hände genommen und betrachtet ihn.

»Meiner hieß Seine Knoblaucht!«

Stella steht auf, entfernt sich ein Stück, bemerkt einen Zehn-Euro-Schein auf dem Boden und hebt ihn auf. Sie streicht ihn glatt und steckt ihn ein. Fragt sich, ob das eine Entschädigung für die Pizza Quattro Stagioni sein soll oder doch ein Wink des Himmels, der ihre Begegnung mit Joséphine segnet. Eine friedvolle Vertrautheit verbindet sie. Als träfen sie einander nach einer Trennung wieder. Zwischen ihnen gibt es keine Förmlichkeit. Sie fühlen sich nicht verpflichtet, zu reden und das Schweigen auszufüllen. Schweigen ängstigt nur Menschen, die nichts zu sagen haben. Und außerdem haben sie die gleiche Nase. Und … ihr gefällt, wie sie lacht. Sie prustet los, mit zusammengekniffenen Augen, den Mund hinter einer Hand versteckt. Ihr Hals ruckt dabei ein wenig nach vorn, als wollte sie sagen, mag sein, dass es sich nicht schickt, aber ich komme nicht dagegen an.

Ja, sie mag diese Frau.

Ihre halbe Schwester.

Es ist noch zu früh, um zu entscheiden, ob es von Dauer sein wird. Wenn es um Gefühle geht, hat sie immer Verspätung. Wenn alle weinen, fragt sie sich, ob sie die Esel in den Stall gebracht oder Merlin, das Schwein, gefüttert hat. Der Kummer erreicht sie erst später. Und auch das Glück. Sie hält Emotionen und Gefühle auf Abstand, hat sie im Verdacht, schlechte Ratgeber zu sein. Oder Lügner.

Stella legt sich ins Gras und beobachtet die Leute. Sie reden laut, haben weiße Beine, graue Socken, rote Nasen. Eine Mutter verreibt Sonnencreme auf den Schultern ihrer kleinen Tochter. Das Mädchen trägt einen rosafarbenen Rüschenbikini, dessen Oberteil ihr völlig nutzlos um den Bauchnabel hängt, sodass es aussieht wie ein Südseeröckchen.

Ich könnte niemals in Paris leben, sagt sie sich. Und bilde ich mir das nur ein, oder riecht die Luft hier unangenehm? Das muss ich unbedingt Adrian erzählen. Falls er jemals auf die Idee käme, nach Paris zu ziehen.

Mit einem Mal erstarrt sie.

Sie weiß mit absoluter Sicherheit, dass Adrian in Paris ist.

Sie zieht ihr Handy aus der Tasche und ruft ihn an.

Er geht ran. Im Hintergrund hört sie ein Radio.

»Ich bin's«, sagt sie und versucht zu hören, was im Radio gesprochen wird.

»Wo bist du?«, fragt er. »Arbeitest du nicht?«

»Heute ist Samstag.«

»Ach ja … habe ich vergessen.«

»Und du? Wo bist du?«

»Ich vertreibe mir die Zeit. Heute habe ich frei.«

»Adrian, ich weiß, dass du in Paris bist. Lüg mich nicht an.«

Am anderen Ende der Leitung herrscht lange Schweigen. Die Männerstimme im Radio kündigt den Wetterbericht an.

»Adrian …«

»Prinzessin …«

»Ich weiß, dass du in Paris bist.«

»Ich bin nicht in Paris.«

»Doch. Lüg nicht.«

»Ich bin nicht in Paris.«

»Adrian! Ich habe Antennen, ich spüre dich. Du bist ganz in meiner Nähe. Wenn ich die Augen schließe und blind loslaufe, komme ich irgendwann bei dir an.«

»Stella! Wo bist du?

Er schreit in sein Handy.

»In Paris. Unter dem Eiffelturm.«

Da nimmt seine Stimme plötzlich wieder diesen dumpfen Klang an und zittert an ihrem Ohr.

»Ich komme heute Abend nach Saint-Chaland …«

»Versprochen?«

»Versprochen.«

Dann legt er auf.

Aber nicht schnell genug …

Der Mann im Radio hat den Wetterbericht vorgelesen: »Und heute dürfen sich die Hauptstädter auf einen schönen Abend freuen, fünfundzwanzig Grad und ein leichter Wind in Paris …«

Sie wusste es, er lebt in Paris.

Sie geht zurück zu Joséphine und setzt sich neben sie.

»Und?«, fragt sie, während sie die feuchten Augen ihrer Halbschwester betrachtet.

»Das ist ein schöner Brief!«

»Offenbar, ja.«

»Er hat sie sehr geliebt …«

»Werden Sie sie besuchen? Das würde ihr sehr viel bedeuten.«

»Versprochen.«

»Vielleicht könnten Sie sie vorher anrufen. Dann wäre es für sie nicht so einschüchternd …«

»Das ist eine gute Idee.«

»Sie behalten sie noch ein paar Tage im Krankenhaus, um sie aufzupäppeln. Sie ist so dünn!«

Stella weiß nicht mehr, was sie noch sagen soll. Sie hat es eilig, von hier fortzukommen.

Er ist in Paris. Und er lügt.

Sie weiß es. So einfach ist das.

»Haben Sie Kinder?«, fragt Joséphine.

»Ja. Einen kleinen Jungen, Tom.«

Stella nimmt den Zehn-Euro-Schein aus der Tasche.

»Den habe ich vorhin beim Herumlaufen auf dem Boden gefunden …«

»Das ist ein gutes Omen.«

»Sind Sie sicher?«

»Ja.«

Stella reißt den Schein in zwei Hälften und reicht eine davon Joséphine.

»Dann teilen wir, einverstanden?«

Als Philippe abends anruft, erzählt Joséphine ihm von ihrer Begegnung.

»Ich habe mich mit meiner Halbschwester getroffen. Unter dem Eiffelturm.«

»Und wie ist sie?«

»Sehr nett. Sehr groß, sehr blond, mit einer Art Hahnenkamm auf dem Kopf… Sie sieht absolut unverwechselbar aus. Und sie scheint wirklich in Ordnung zu sein. Sie hatte einen Zehn-Euro-Schein auf dem Boden gefunden, und dann hat sie ihn zerrissen und mir die Hälfte davon gegeben. Dabei hat sie bestimmt nicht viel Geld.«

»Dann hatte dein Vater also tatsächlich eine Geliebte!«

»Nein, es gab eine Frau, die mein Vater über alles geliebt hat.«

»Wie du ihn verteidigst!«

Mittlerweile ist es dunkel geworden. Es ist spät. Die kürzeste Nacht des Jahres. Joséphine kauert sich in einer Ecke des Balkons zusammen und schaut zum Himmel auf. Zoé und Gaëtan haben sich in ihrem Zimmer eingeschlossen. Während des Abendessens haben sie kein Wort gesprochen. Sie streiten stumm, mit gesenktem Blick und hängenden Schultern. Das ist anstrengend. Sie hat Satzanfänge in die Runde geworfen, doch sie haben sie ignoriert. Sie hat ihre Bemühungen verstärkt: Und wisst ihr schon, was ihr in den Ferien machen wollt? Bleibt ihr in Paris oder …? Es kam keine Antwort.

Sie betrachtet den weißen Lichtschein, der sich wie ein Schleier über den Himmel breitet. Es ist mild. Zwei Taxis halten unten vor dem Haus. Sie hört fröhliche Rufe, jemand fragt: Wer hat den Code? Wer hat den Code? Sie zupft einen Grashalm von ihrer Bluse. Der muss vom Champ de Mars stammen.

Papa und Léonie. Ich habe den Brief in Händen gehalten, den er ein paar Stunden vor seinem Tod geschrieben hat. Wie aufwühlend! Er hat sie geliebt. Er war glücklich mit ihr. Er pfiff vor sich hin, wenn er von seiner Baustelle in Sens zurückkam. Er war in einem Hotel in Saint-Chaland abgestiegen, er sagte, das sei ein hübsches Städtchen, acht Kilometer von Sens entfernt. Er nannte es nicht Saint-Chaland, sondern Saint-Charmant!

Er hätte mit dieser Frau fortgehen können. Aber er hatte an sie, Joséphine, gedacht, statt Hals über Kopf sein eigenes Glück zu wählen.

Sie hebt den Kopf zum Himmel, betrachtet den kleinen Stern am Ende des Großen Wagens. Sie mag die Vorstellung, dass er zu ihr spricht, dass er nur für sie funkelt.

»Papa, was mache ich mit Léonie und Stella?«

Der kleine Stern blitzt auf, verlischt, blitzt wieder auf, und sie hört eine leise Stimme in ihrem Kopf: »Das ist doch ganz einfach, Jo. Du wirst sie lieben, so wie ich sie geliebt hätte. Die ganze Liebe, die du in dir trägst, diese ganze Liebe …«

»Es ist so heiß, man könnte ein Ei auf dem Fußboden braten!«, ruft Hortense und wischt sich über die Stirn, während sie das Wohnzimmer durchquert.

Sie kommt gerade aus dem Schlafzimmer, wo sie ihren Koffer packt, und sucht ein bedrucktes T-Shirt, das sie ganz sicher auf dem Sofa liegen gelassen hat. »Das ist mein Lieblings-T-Shirt«, schimpft sie und lässt die Kissen durch die Luft wirbeln. Gary und sie fliegen übermorgen. Sie werden den Sommer in Paris verbringen, in London und überall sonst, wohin es sie zieht. »Die Welt ist wunderschön, und sie gehört uns«, das ist Hortenses neues Motto. Anschließend wird Gary nach New York zurückkommen und sein letztes Jahr an der Juilliard School absolvieren, während Hortense in Frankreich bleibt und ihr Modehaus gründet.

»Hach, was für ein Abenteuer!«, ruft sie und wirft die Kissen durch die Gegend. »Gebt mir das Leben, ich will es verschlingen! Menschen ohne Gier und Hunger tun mir leid!« Sie knautscht ein Kissen zusammen, denkt kurz nach und fügt dann hinzu: »Womöglich fahren wir auch nirgendwohin, Gary. Vielleicht muss ich mich sofort an die Arbeit machen. Alles hängt von Jean-Jacques Picart ab. Denn ich stehe in den Startlöchern, Jungs, bald geht es los!« Das gebührend geknetete Kissen fällt neben ihre Füße. »Aber das hilft mir auch nicht dabei, mein T-Shirt zu finden!«

Gary zieht belustigt eine Augenbraue hoch. Er versteht nicht alles von Hortenses turbulentem Wortschwall. Ein paar Satzfetzen genügen ihm.

Sie werden getrennt leben müssen, aber statt sie zu bekümmern, facht diese Aussicht ihre Leidenschaft nur noch weiter an. Sie streiten sich erbittert. Sie starren einander an, küssen sich, bedrohen einander und ziehen erhitzt wieder von dannen.

Mark beobachtet den Tanz der beiden Liebenden und verleibt sich gierig jeden Krümel ein, der von ihrer stürmischen Tafel fällt.

Gary reist mit leichtem Gepäck, doch Hortense stopft ihre Koffer so voll, dass die Schlösser zu platzen drohen.

»Und die Klimaanlage ist kaputt! Guck mich nicht an, Gary, ich sehe sicher grauenvoll aus! Verbinde dir die Augen!«

»Und was ist mit mir, darf ich dich angucken?«, fragt Mark, der neben Gary auf dem Sofa lümmelt.

Sie haben Kopfhörer auf, hören Timber Timbre, ihre neueste Leidenschaft, und schütteln dabei so schwungvoll den Kopf, als sei er vom restlichen Körper losgelöst.

»This is too damn good!«

»This is so good!«

»Sweet fucking song, man!«

»Du darfst … das ist nicht schlimm!«, erklärt Hortense, während sie hektisch hin und her läuft. »Du findest mich ja auch umwerfend, wenn ich hässlich aussehe! Und genau das mag ich an dir. Du schätzt mich. Am liebsten würde ich dich überallhin mitnehmen, als meinen Tritthocker.«

»Danke«, sagt Mark, »ich weiß nicht, wie ich diese Liebeserklärung auffassen soll, aber ich danke dir dafür, dass du überhaupt das Wort an mich richtest!«

Er beobachtet Gary, und er beobachtet Hortense, diese beiden Menschen faszinieren ihn. Ist das die alte französische Liebeskunst oder etwas Einzigartiges, was nur diesen beiden zu eigen ist? Zu sehen, wie sie leben, einander lieben, sich streiten und sich wieder versöhnen, elektrisiert ihn und mehrt sein Wissen über die Liebe. Hortense verfügt über so viel Charme und Sexappeal, dass es für mehrere Männer gleichzeitig reicht.

Fröhlich und unbeschwert eilt sie hin und her und strahlt dabei das kühne Selbstbewusstsein einer Frau aus, die über alle Widerstände triumphiert. Die Nacht muss umwerfend gewesen sein, sagt sich Mark, und seine Erregung wächst beim Gedanken an ein Vergnügen, das er selbst vielleicht niemals erleben wird. Denn in dieser Hinsicht hat sich Hortense sehr kategorisch geäußert: Diese vollkommene Leidenschaft, die sie mit Gary erlebt, ist nur sehr wenigen, ausgesuchten Liebenden vorbehalten. Mit anderen Worten: Gary Ward und Hortense Cortès.

Mark hört »Lay Down in the Tall Grass« und wiegt matt den Kopf dazu. Ach, was soll's, scheint er zu denken, wenn ich schon nicht selbst zum Zug komme, stelle ich es mir eben vor.

Doch gerade als er in herrlich sinnlichen Träumereien versinkt, springt Gary plötzlich auf.

»Ich muss los!«

»Wohin?«, fragt Mark und nimmt den Kopfhörer ab.

»Zur Juilliard. Ich habe eine Probe.«

»Soll ich mitkommen?«

»Wie du willst!«

Mark denkt eine Weile nach und entscheidet schließlich so ernst, als sei dies eine Frage von Leben und Tod: »Dann begleite ich dich!«

Als Hortense sieht, dass sie die Wohnung verlassen wollen, stoppt sie ihr eiliges Hin und Her, hält Gary auf, umarmt ihn und küsst ihn mitten auf den Mund. Mark wird rot und wendet den Kopf ab.

Er hört nur noch das Stöhnen der Liebenden, die einander schwören, sich heute Abend um acht in einem fantastischen Restaurant zu treffen.

»Aber drei Sterne, bitte!«, verlangt Hortense.

Dann dreht sie sich zu Mark um.

»Weißt du, woran man einen echten Mann erkennt, du bebrillter Regenwurm?«

»Nein«, stottert Mark, und seine dicken Brillengläser beschlagen.

»Daran, dass er keine Angst davor hat, seine Frau wie eine Königin zu behandeln … Er weiß, dass das seine Männlichkeit nicht schmälert, sondern steigert. Kapiert?«

Mark nickt kleinlaut.

»Du kannst jetzt gehen!«

Und sie tanzt auf den Zehenspitzen davon, während Mark dem echten Mann nach draußen folgt.

Vor dem Haus wendet Gary sich nach links.

»Gehen wir nicht zur Juilliard?«, fragt Mark.

»Nein. Ich bin im Park verabredet.«

»Aha!«, ruft Mark, glücklich über diese Gelegenheit zur Revanche. »Die Sache wird kompliziert!«

»Lach nur«, sagt Gary lächelnd. »Die Sonne scheint, und ich bin glücklich!«

»Glücklich schon … aber du steckst in einer Zwickmühle!«, sagt Mark.

Gary lächelt. Zieht bejahend eine Schulter hoch.

»Stimmt.«

»Ich habe dich durchschaut.«

»Du bist wirklich gut.«

»Das ist gar nicht so schwer. Man braucht dich nur zu beobachten.«

»Na, dann los …«

»Dein Körper schmachtet nach Hortense und deine Seele nach Calypso. Was wird den Sieg davontragen, animalische Leidenschaft oder engelsgleiche Keuschheit?«

Er tut, als schlage er zwei Becken zum Tusch gegeneinander.

»Gar nicht schlecht!«, antwortet Gary mit schallendem Lachen. »Wie viel nimmst du pro Sitzung?«

»Ich wiederhole meine Frage: Wer wird den Sieg davontragen, das Tier oder der Engel?«

»Weißt du es?«

»Ich habe eine Vermutung, aber die verrate ich dir nicht, es könnte dich beeinflussen!«

Gary knufft ihn in die Seite. Mark knufft zurück. Und sie hüpfen wie zwei Boxer im Kampf auf der Stelle. Eine Runde, zwei Runden, drei Runden, keuchend hören sie wieder auf.

»Weißt du, was mein chinesischer Großvater immer zu mir gesagt hat?«, fragt Mark, während er sich gegen das Mäuerchen sinken lässt, um wieder zu Atem zu kommen.

»Der von der Mafia?«

»Ja. Bloß dass er nie bei der Mafia war …«

»Das weiß ich, du Depp! Los, spuck's aus!«

»Er sagte, wenn du dich zwischen zwei Frauen, zwei Freunden, zwei köstlichen Gerichten nicht entscheiden kannst, dann stell dir vor, du würdest sie in ein großes Feuer werfen, und frage dich, wen oder was du als Erstes retten würdest …«

Gary denkt einen Moment nach.

»Wenn du Hortense und Calypso ins Feuer wirfst, welche von beiden wirst du als Erste retten? Weißt du das?«

»Ja«, antwortet Gary, ohne zu zögern.

»Und …?«, fragt Mark begierig.

»Und ich werde es dir nicht verraten. Das geht dich nichts an.«

»Dann verschwinde ich jetzt und überlasse dich deinen Irrungen und Wirrungen.«

»Bis morgen! Und denk dran, Pinkerton erwartet uns zum Harmonielehreseminar.«

»Das habe ich nicht vergessen. Wofür hältst du mich?«

Calypso erwartet ihn schon. In der Nähe des Hotdog-Stands an der 72nd Street. Beim Eingang zu Strawberry Fields. Beim Näherkommen sieht Gary ihren braunen geflochtenen Zopf und die feinen Härchen, die im von Wärme erfüllten Licht zittern. Ihre Geschichte ist wie der Flügelschlag eines Schmetterlings. Man darf nicht versuchen, sie zu packen. Wenn er die Finger zu fest zusammendrückt, reißen die Flügel ab, und der Schmetterling wird wieder zur Seidenraupe.

Sie bemerkt ihn und lächelt.

Er legt die Hände um ihren Nacken, beugt sich zu ihr hinab, nähert seine Lippen den ihren und küsst sie so behutsam, dass er sich nicht sicher ist, ob es wirklich geschieht.

Sie schließt die Augen, trinkt seinen Kuss.

Taucht so tief darin ein, dass sie wankt. Er muss sie auffangen.

Es ist immer das gleiche Zeremoniell. Er verschränkt seine Finger mit den ihren, ihre Hüften berühren sich. Er zieht sie an sich. Sie lässt es geschehen. Für immer, sagt ihre stumme Hingabe.

Seit ihrem ersten Kuss trägt sie keine Uhr mehr. Sie braucht sie nicht mehr. Sie ist an ihrem Ziel angelangt.

Sie will nicht wissen, dass er mit einem anderen Mädchen zusammenlebt. Und auch nicht, dass dieses Mädchen so schön ist, dass es den Jungen den Schlaf raubt. Sie weigert sich zu hören, dass er bald nach Paris fliegt.

Dass sie von dort aus nach London oder Sevilla weiterreisen, wohin auch immer es sie treibt.

Sie ist glücklich. Das genügt.

Das andere Mädchen ist schön.

Na und?

Die andere heißt Hortense und sie Calypso.

Das hat nichts zu bedeuten.

Sie hat Hortense neulich gesehen, als sie gerade die Madison Avenue auf Höhe der 93rd Street überquerte. Hortense kam aus dem Corner Bookstore, dieser schönen Buchhandlung. Sie hat sie sofort wiedererkannt. Sie holt Gary manchmal von der Juilliard School ab. Dann wartet sie ungeduldig in der Eingangshalle auf ihn.

In der Nacht, nachdem sie ihr begegnet war, ist sie aufgewacht und hat die Augen aufgerissen. Gary liebt zwei Frauen, hat sie gedacht, eine hübsche und eine hässliche.

Wie von einer Wespe gestochen, richtete sie sich auf.

Wie kannst du so etwas sagen, Calypso Muñez? Du bist nicht hässlich, du bist anders. Manche Mädchen tragen ihre Schönheit offen zur Schau, und du versteckst sie unter einer dünnen Staubschicht.

Sie ohrfeigte sich, wieder und wieder. Eine ganze Flut von Ohrfeigen, um sich dafür zu bestrafen, dass sie sich selbst kleingemacht hatte. Ich verbiete dir, so etwas zu denken, sagte sie sich, während sie sich ohrfeigte. Du bist Calypso Muñez. Du bist unverwechselbar. Du bist schön! Willst du einen Beweis dafür? Er küsst dich, er lässt seine Lippen auf den deinen liegen, als wollte er, dass der Kuss niemals endet.

Er kann zwei Frauen gleichzeitig lieben. Das stört mich nicht. Ganz und gar nicht.

Weil er einen Platz für mich frei hält. Einen schönen, sauberen, gut sichtbaren Platz. Niemals schubst er mich hastig um die

Straßenecke. Niemals verschwindet er hinter einem Baum, um nicht mit mir gesehen zu werden. Er geht aufrecht und stolz neben mir her, und ich habe das Gefühl, überall willkommen zu sein. Sie hörte auf, sich zu ohrfeigen, und schwor sich, so etwas nie wieder zu denken.

Sie weckte das Duftveilchen, das sich doch gerade erst wieder erholte und noch viel Schlaf brauchte. Und bestürmte es mit Fragen.

Warum sollte man nur einen Menschen lieben, wo es doch so viele Frauen und Männer auf der Welt gibt? Warum sollte man ein ganz kleines, ganz enges Herz haben? Ulises, zum Beispiel, hat diese Emily geliebt. Ich höre, wie ihm die Luft wegbleibt, wenn ich ihren Namen ausspreche. Dabei liebt er Rosita, seine Ehefrau. Was sagst du dazu, Duftveilchen?

Sie hat Ulises' Geheimnis erraten. Das war keine Hexerei, sie brauchte keine Kräuter zu verbrennen und Kolbenflaschen dampfen zu lassen. Zunächst ist da sein Schweigen am Telefon, jedes Mal, wenn sie Emilys Namen erwähnt, und dann … Mister G.s finsterer Blick, seine Wutanfälle, seine Tritte gegen den Fußboden, er schützt seinen Freund, da ist sie sich sicher. Er will ihn von der Frau fernhalten, die ihn einst verhext hat. Und schließlich Emilys Parfüm, das gleiche wie an dem blauen, mit weißen Perlen bestickten Kleid. Das ist kein Zufall, wie Ulises ihr einreden möchte.

So bekannt ist dieses französische Parfüm gar nicht.

Es war bekannt … Damals, als Ulises sich über Emily beugte und sie mit Küssen bedeckte.

Aber heute … Ist es völlig in Vergessenheit geraten. Sie war bei Bloomingdale's, im Erdgeschoss, wo Düfte aus der ganzen Welt verkauft werden. Und dieser spezielle Duft nimmt nur ganz wenig Platz ein, steht in einem ganz kleinen Regal hinter der Rolltreppe, dicht bei den Toiletten. Nicht gerade ein toller Platz. Kurzum, ein Parfüm, das seine besten Zeiten lange hinter sich hat.

Ulises Muñez hat Emily Coolidge geliebt. Dabei liebte er auch Rosita. Aber das hat Emily nicht abgeschreckt.

Das Duftveilchen schien im Licht des Mondes aufzuleben. Es erschauerte, ließ den silbrigen Rand seiner gelben und violetten Blütenblätter erbeben.

Kein Zweifel, es stimmte ihr zu.

Behaupte nie wieder, du seist unscheinbar und hässlich, sagte es. Damit versündigst du dich gegen dich selbst. Und das ist die schlimmste Sünde überhaupt. Lerne, dich zu lieben, dann werden auch die anderen dich lieben und feiern.

Das alles sagte ihr das Duftveilchen im hellen Licht des weißen Mondes.

Sie schlendern durch den Park. Calypso erzählt Gary von einer Geigerin namens Hilary Hahn. Sie besitzt eine französische Geige, eine Jean-Baptiste Vuillaume von 1864. Sie geht bald auf Europatournee, wo sie das nur selten aufgeführte Violinkonzert von Samuel Barber spielen wird.

Gary dreht sich zu ihr um.

»Calypso …«, sagt er, »irgendwann wirst du mit deiner Guarneri auch auf Europatournee gehen. Du weißt es noch nicht, aber du musst dir vertrauen.«

Sie schließt diese Worte in ihrem Kopf ein, um später darüber nachzudenken.

Morgen fliegt er weg.

Morgen fliege ich weg, denkt Gary.

Weg, weg. Vergessen, wer ich bin, kaum noch denken, die Hand ausstrecken, die wärmende Sonne genießen, den wechselhaften Himmel, den beißenden Mund, das gute französische Brot, den schwarzen Kaffee auf den Terrassen der Pariser Bistros, das Glas Rotwein, das Glas Weißwein, das frische Croissant, Hortense, die die Geschäfte abklappert, die ungeduldig wird, die alles wissen, alles lernen will, die mit den Füßen aufstampft, und der Eurostar, den wir gerade noch erwischen, Großmutters Corgies, die Hampstead Ponds, schwarzer Tee in großen dunklen Dosen, die schottischen Mauern, das schrille Kreischen der Dudelsäcke, die Männer, die in Pubs herumhängen. Weg, weg, vergessen, wer ich bin, die Hand ausstrecken, die wärmende Sonne genießen …

JFK. Montagabend. Check-in für den Flug nach Paris-Charles-de-Gaulle. In der Halle drängen sich die Reisenden mit Koffern, Kindern, Umhängetaschen, Laptops und Fotoapparaten vor dem Bauch. Es ist sechzehn Uhr fünfundvierzig. Ihr Flieger geht um neunzehn Uhr. Hortense und Gary stehen am Schalter an. Sie bewegen sich in der langen, gewundenen Warteschlange vorwärts, schieben mit dem Fuß ihre Taschen und Koffer vor, keuchen, schwitzen. Es herrscht allgemeines Gedränge. Das Make-up der Bodenstewardessen zerläuft. Hortense findet dieses Warten unerträglich.

»Siehst du, deshalb hasse ich es, arm zu sein! Wenn wir reich wären, würden wir First Class fliegen. Dann hätten wir einen Durchgang für uns allein, zuvorkommende Zollbeamte, eine Lounge, wo wir uns ausruhen könnten, Tee, Kaffee, eine Scheibe Lachs, jede Menge Zeitungen …«

»Hör auf zu träumen und geh weiter«, flüstert Gary ihr zu.

Ein kleines Mädchen läuft an ihnen vorbei und tritt Hortense auf die nackten, in Hermès-Sandalen steckenden Zehen. Hortense schreit auf und wirft dem Kind einen bitterbösen Blick zu.

Hortense ist keine Frau, der man im Gedränge auf die Füße tritt. Sie verlangt anderthalb Minuten Zeit zum Nachdenken. Atmet tief durch, saugt ihre Wangen ein, schließt die Augen, konzentriert sich. Fast wie ein Schneemann im Sommer, denkt Gary. Sie hat ihre liebsten Kleidungsstücke übereinander gezogen, ihre »Totems«, wie sie sie nennt. Denn sie hat sich geweigert, sie in die Koffer zu packen. »Weißt du, wie viel Prozent des

Gepäcks diese Fluggesellschaften verlieren? Ich habe mich informiert, da läuft es einem eiskalt den Rücken runter! Und wenn ich bei diesem Flug sterben sollte, dann trage ich wenigstens meine schönsten Kleider! Und brauche mich nicht zu schämen, wenn sie meine Leiche identifizieren.«

All diese Kleidungsstücke haben sie auf Ideen gebracht, haben ihr Denkanstöße zu eigenen Entwürfen geliefert, das sind nicht einfach nur Klamotten, sie hasst dieses Wort, das ist ihr Quell der Inspiration.

Da öffnet der Schneemann plötzlich die Augen.

»Sag mir, dass ich eine Zauberin bin!«

»Du bist eine Zauberin, Hortense Cortès«, sagt Gary, während er darauf achtet, nicht seinen Platz in der Schlange zu verlieren.

»Willst du wissen, wie gut ich zaubern kann?«

»Ja.«

»Dann bleib hier, ich werde dich überraschen!«

Sie schert aus der Reihe der Wartenden aus und verschwindet in Richtung Toiletten.

Gary schiebt ihre Taschen und Koffer vor und beobachtet die Leute um ihn herum. Manche lassen sich schieben und rücken nur wiederwillig vor, andere sehen aus, als wollten sie eine Tür einrennen. Es gibt die Weichen und die Harten. Die Resignierten und die Kämpfer. Unnötig, Hortense in eine dieser Kategorien einordnen zu wollen. Hortense ist einzigartig. Er lächelt gerührt und ertappt sich dabei, wie er gespannt auf den Zaubertrick wartet, den sie ihm versprochen hat.

Und er wird nicht enttäuscht.

Es sind nicht mehr als fünfzehn Minuten vergangen, als Hortense von den Toiletten zurückkommt. Strahlend.

Und schwanger. Kurz vor der Niederkunft. Sie hat all ihre überzähligen Kleidungsstücke zu einer Kugel zusammengerollt und sie sich vor den Bauch geklemmt. Sich mit beiden Händen das Kreuz haltend, geht sie vor zum Air-France- Schalter, wo sie auf ihren Bauch deutet und verhandelt. Sie hält sieben Finger in die Höhe, sie ist also im siebten Monat. Raffiniert!, denkt Gary. Ab dem achten Monat dürfte sie nicht mehr fliegen. Ein rascher Blick hin zu ihm zeigt den Stewardessen, dass sie nicht allein reist und es sich bei dem abscheulichen Kerl, der für ihren Zustand verantwortlich ist, um den großen dunkelhaarigen Jungen da hinten handelt, der auf ihr Gepäck aufpasst.

Er senkt beinahe schamvoll den Blick.

Und wartet.

Hortense kommt zurück, gefolgt von einer Stewardess, die sich unablässig entschuldigt.

»Sie hätten uns gleich sagen sollen, dass Sie in anderen Umständen sind, Madame Cortès. Dann hätten wir Sie bei der Abfertigung vorgezogen.«

Die Stewardess bedeutet ihnen, ihr zu folgen. Ungehindert passieren sie den Check-in-Schalter und die Zollkontrolle, biegen in den für die Passagiere der ersten Klasse reservierten Gang ein, bekommen einen Ausweis, mit dem sie bis zum Boarding in der Air-France-Lounge warten dürfen, und …

»Ich werde versuchen, Sie upzugraden. In Ihrem Zustand … Warten Sie hier in der Lounge, ich werde sehen, was ich für Sie tun kann …«

Hortense dankt ihr huldvoll wie eine Königin, der endlich die ihrem Rang gebührende Aufmerksamkeit zuteilwird. Die Stewardess verbeugt sich kurz und eilt davon, um dieses heikle Problem zu lösen.

Und so finden sie sich unversehens in der Air-France-Lounge wieder, wo sie Kaffee trinken und Lachshäppchen, Cupcakes und Camembert naschen.

»Ist das Leben nicht schön?«, fragt Hortense.

Gary nickt, während ihm die Bläschen eines namhaften Champagners in die Nase steigen.

»Und bin ich nicht einfach umwerfend?«

»Ich bete dich an, Hortense Cortès«, entgegnet er mit einem Lächeln.

»Nein. Du betest mich nicht an. Du liebst mich. Sag mir, dass du mich liebst, und küsse meine Augenlider.«

»Und wieso sollte ich deine Augenlider küssen?«

»Weil ich schon sehr bald tief und fest schlafen und bis zu unserer Landung in Paris kein einziges Wort mehr von mir geben werde.«

»Und was, wenn ich mich unter der Decke an dich heranmache?«

»Kommt nicht infrage. Und weißt du auch, wieso?«

»Nein.«

»Weil ich morgen nach unserer Ankunft um Punkt elf Uhr einen Termin bei Jean-Jacques Picart habe. Da brauche ich einen frischen Teint und einen klaren Kopf.«

In ihrem New Yorker Wohnzimmer stellt Elena ihr kleines Glas Wodka ab, schaut auf die Uhr und beschließt, dass es Zeit ist, ihre alte Freundin Elisabeth anzurufen. Zwei Uhr morgens in New York, acht Uhr in London. Sie kann nicht schlafen, seit zehn Tagen ist sie unruhig wie ein Sack Flöhe bei dem Gedanken, dass sie bald wieder das tun wird, was sie über alles liebt: zuschneiden, drapieren, Kleider entwerfen. Silhouetten erfinden. Einen Stil kreieren. Sie verspürt das drängende Bedürfnis, mit ihrer Freundin zu reden. Sie muss jedes Mal lächeln, wenn sie Königin Elisabeth II. von England als ihre »Freundin« bezeichnet, aber es entspricht der Wahrheit. Die beiden Frauen kennen einander seit über sechzig Jahren. Elena weigert sich, genau auszurechnen, wie lange schon, eine verflixte Ewigkeit, sagt sie oft. Elisabeth lacht, wenn sie das hört. Dank ihrer Gouvernante Miss Crawford, Crawfie für enge Freunde, die ausschließlich Französisch mit ihr gesprochen hat, beherrscht Elisabeth die Sprache perfekt.

Elena wählt die Nummer von Elisabeths Handy. Nur wenige Menschen kennen diese Nummer: Prinz Philip natürlich, der Privatsekretär der Königin, die Trainer ihrer Vollblüter, einige

Pferdezüchter und… Elena Karkhova. Es ist ein Privileg, das Elena niemals ausnutzt. Elisabeth hasst Vertraulichkeiten.

Sie macht es sich in ihrem Sessel gemütlich, hört das Freizeichen, stellt sich Elisabeths großes Zimmer im Buckingham Palace vor, die schweren Vorhänge mit den gelben Troddeln, die Teppiche, die Goldverzierungen, den großen, eiskalten Kamin, aus dem es so zieht. Elisabeth verabscheut diesen Palast. Zu groß – es gibt siebenhundert Räume –, zu kalt, zu feucht, zu dunkel. Morgens um neun Uhr spielt ein Mitglied der königlichen Garde draußen vor ihrem Fenster Dudelsack, während sie beim Frühstück sitzt und die *Racing Post* liest, die Zeitung für Liebhaber von Pferderennen. Von acht Uhr bis elf Uhr morgens ist Elisabeth allein. Manchmal frühstückt sie mit Philip zusammen. Dann wird Tuppergeschirr mit den Lieblingsgerichten des Prinzen und der Königin aufgetragen: Kräuteromelette, gegrillte Hähnchenbrust und weiße Bohnen in Tomatensoße. Elisabeth mag ihr Tuppergeschirr viel lieber als das von einem Heer von Dienstboten sorgfältig polierte Silber. Um elf Uhr geht sie zu ihrem Privatsekretär und ihren zwölf Hofdamen. Im Palast darf nur die königliche Familie die Mitte der Teppiche betreten, das Personal muss am Rand entlanggehen, um das zentrale Motiv nicht abzunutzen. Wenn Elena eine Bemerkung über solche Eigentümlichkeiten der königlichen Etikette macht, reagiert Elisabeth verwundert: Was ist denn daran merkwürdig? Nichts, antwortet Elena kichernd. Nichts!

Endlich geht Elisabeth an ihr Handy, und erfreut hört Elena ihre Stimme.

»Elisabeth, ich bin es, Elena!«

»Ah! Elena… Wie geht es Ihnen? Ist es bei Ihnen nicht gerade mitten in der Nacht?«

»Doch, aber ich kann nicht schlafen…«

»Ich habe schon so lange nichts mehr von Ihnen gehört, dass ich allmählich begann, mir Sorgen zu machen.«

»Ich weiß, aber… Das Leben fliegt nur so dahin. Haben Sie nicht auch den Eindruck, dass sich alles furchtbar beschleunigt?«

»Doch! Zum Glück habe ich meine Hunde und meine Pferde, die mich trösten, sonst würde ich denken, die Welt sei verrückt geworden.«

Als sie einander kennenlernten, waren sie noch jung und schön. Elisabeth war noch nicht Königin, aber bereits verheiratet, Mutter von zwei Kindern und sehr verliebt in Philip. Es war 1951 auf Malta, in dem kleinen Dörfchen Gwardamangia. Elena war mit Jean-Claude Pingouin auf die Insel gekommen, der dort »Geschäfte machte«, und Elisabeth begleitete Philip, der als Offizier der Royal Navy auf Malta stationiert war. Ihre beiden Kinder hatte sie in England gelassen.

Sie hatten sich auf eine sehr ungewöhnliche Weise kennengelernt. Eine Horde Kinder aus dem Dorf hatte einen großen weißen Schwan verfolgt und mit Steinen nach ihm geworfen. Das Tier versuchte zu fliehen, wurde jedoch durch einen verletzten Flügel und einen lädierten Fuß gehemmt. Elisabeth, die zufällig vorbeikam, ging dazwischen.

»Findet ihr es etwa gut, ein wehrloses Tier zu jagen?«, fragte sie die kleinen Taugenichtse, ihre Handtasche fest unter den Arm geklemmt.

Verblüfft über den gemessenen, beinahe schulmeisterlichen Ton dieser Frau im grellfarbenen Kostüm, hatten die Kinder sich aus dem Staub gemacht.

In dem Moment kam Elena mit dem verletzten Schwan auf dem Arm heran. Die beiden Frauen beugten sich über das Tier, tasteten es ab und streichelten es. Elena nahm den Schwan mit in das prunkvolle Haus, das Jean-Claude Pingouin gemietet hatte. Sie gab ihm zu fressen und pflegte ihn gesund. Elisabeth kam jeden Tag vorbei, um sich nach ihm zu erkundigen, und blieb zu einer *nice cup of tea*.

So waren die beiden Freundinnen geworden.

Elena hatte niemals Elisabeths erste Bemerkung nach dem Angriff der Kinder vergessen: »In England wären sie im Gefängnis gelandet! Alle Schwäne Englands stehen unter dem Schutz der Krone, sie anzugreifen bedeutet, die Krone anzugreifen. Das ist ein altes Gesetz, das mir sehr gut gefällt.«

Sie redeten viel. Über Belanglosigkeiten und manchmal auch über ernstere Themen. Elena drängte sie nie zu Vertraulichkeiten. Sie hörte zu, aber sie stellte keine Fragen.

1953 bestieg Elisabeth den Thron. Elena dachte, sie werde sie nie wiedersehen. Doch zu ihrer großen Überraschung bekam sie zu Weihnachten eine Karte, unterzeichnet von *Her Royal Highness*. Sie gewöhnten es sich an, einander zu schreiben, und trafen sich jedes Mal, wenn Elena nach London reiste. Elisabeth lud sie in den Buckingham Palace ein, nach Balmoral oder auch nach Windsor. Sie unternahmen ausgedehnte Spaziergänge auf dem Land.

»Wie geht es Gary?«, fragt Elisabeth.

Elena hört das Rascheln von Zeitungspapier. Elisabeth hat ihr Käseblatt beiseitegelegt, um sich nach ihrem Enkel zu erkundigen.

»Es ist so weit! Sie sind heute abgeflogen. Richtung Paris.«

»*Well* …«

»Dort werden sie eine Zeit lang bleiben, und dann kommt Gary nach London. Er ist ein wunderbarer Junge, Elisabeth.«

»Ja. Er ist ein guter Junge. Ich würde nicht wollen, dass er sein Leben vergeudet.«

»Sein Konzert war ein großer Erfolg. Ich durfte eine private Probe genießen. Bemerkenswert! Shirley ist eigens aus London hergekommen, um dabei zu sein. Hat sie Ihnen nichts davon erzählt?«

»Doch, doch, ihr hat es auch sehr gut gefallen.«

Elisabeth macht eine kleine Pause.

»Sagen Sie, er ahnt doch hoffentlich nichts?«, fragt sie leise.

»Nein. Weder er noch seine Freundin. Sie haben die Geschichte geschluckt, die ich ihnen erzählt habe. Dass ich die Wohnung im Austausch gegen Musik untervermiete.«

»Sie dürfen auf keinen Fall etwas davon erfahren!«

»Nein, natürlich nicht.«

»Und die kleine Hortense? Wie ist sie? Shirley mag sie sehr.«

»Sie ist nicht gerade umgänglich, hat ihren eigenen Kopf. Aber ich glaube, sie ist in Ordnung. Außerdem sind wir beide seit Neuestem Geschäftspartner ...«

»Wie meinen Sie das, ›Geschäftspartner‹?«

»Ich werde mein Glück noch einmal in der Mode versuchen.«

»*What? Nonsense!*«

Elisabeth hat für einen Moment ihre legendäre Selbstbeherrschung verloren. Doch nach einem kurzen Hüsteln hat sie sich sofort wieder in der Gewalt.

»Halten Sie das wirklich für eine gute Idee? Nach dem, was damals passiert ist ...«

»Für eine verdammt gute Idee!«, entgegnet Elena. »Erstens weil man nach einer Niederlage immer wieder aufstehen soll. Und zweitens weil ich dann in Zukunft öfter nach Europa kommen und Sie besuchen werde!«

»Sie wollen Revanche, habe ich recht?«

»Ja, ich werde mich rächen, und das wird fürchterlich. Für ›die andere‹.«

Den verfluchten Namen nimmt sie niemals in den Mund. Sie sagt »die andere«, und die Menschen, die ihr nahestehen, wissen, wer gemeint ist.

»Elena ... halten Sie das für klug?«

»Niemand wird mich davon abbringen. Ich habe einen Weg gefunden, mich zu rächen ... Und die Versuchung ist zu groß.«

Elisabeth stößt einen lang gezogenen Seufzer aus. Ihre Hunde spitzen verwundert die Ohren und schauen sie wachsam an.

Es war 1972.

Elena präsentierte ihre erste Kollektion. Der treue Robert Sisteron war ihr dabei eine große Hilfe gewesen. Der Sekretär ihres Mannes diente ihr als Assistent, als Buchhalter, als Berater, als Cheforganisator ... und als Liebhaber.

Er war jung, und sie hatte Appetit auf frisches Fleisch. Der Graf hatte eine Liaison mit einer dreißig Jahre jüngeren Frau. Diese war sexy, ehrgeizig und hatte beschlossen, Elena aus dem Weg zu räumen.

Robert hatte sie gewarnt. »Diese Frau wird alles tun, um Sie zu Fall zu bringen, nichts wird sie dabei aufhalten. Sie will den Grafen. Aber wenn Ihre Modenschau ein Triumph wird, kann er Sie nie mehr verlassen. Er wird stolz auf Sie sein und an Ihrer Seite glänzen wollen, das weiß sie genau. Nehmen Sie sich in Acht, Elena.«

Sie hatte ihn wieder einmal abgekanzelt.

»Sie sehen überall Hindernisse, Robert, aber ich lege endlich los. Ich will schon so lange mein eigenes Modehaus gründen, jetzt habe ich alles Nötige gelernt, ich kenne mich aus, ich fühle mich stark. Und was noch viel besser ist, ich habe genug Geld, um meine verrücktesten Träume wahr werden zu lassen!«

»Sie wird alles tun, um das zu verhindern, selbst wenn das bedeutet, Sie körperlich anzugreifen oder jemanden dafür zu bezahlen, dass er es an ihrer Stelle tut. Ich werde Ihnen nicht von der Seite weichen. Es wäre vernünftiger von Ihnen, auf mich zu hören.«

Doch Elena hatte ihn ignoriert.

Tagelang hatte sie gezeichnet, zugeschnitten, angepasst. Ein Atelier mit fünf Angestellten finanziert. Ungefähr fünfzig Modelle entworfen. Die Salons des Hôtel Meurice, des elegantesten und teuersten Hotels von Paris, gemietet, rund zwanzig Mannequins engagiert und die nationale und internationale Presse eingeladen.

Endlich war der große Tag gekommen.

Robert hatte Dutzende üppiger weißer Blumensträuße liefern lassen, die den Großen Salon des Hotels mit ihrem Duft erfüllten. Die fünfzig Kleider sollten um sechs Uhr morgens geliefert werden. Die Modenschau begann um Punkt elf Uhr dreißig.

Um sechs Uhr stand sie im Salon Quatre Saisons des Hôtel

Meurice. Ein Frühstück wurde serviert, Kaffee, Tee, Kakao, Feingebäck, Spiegeleier, Rührei, Toast, Obstsäfte.

Die Atmosphäre knisterte vor Spannung. Die Leute, die die ganze Nacht Seite an Seite mit ihr gearbeitet hatten, drängten sich um das Büffet, schnappten sich Croissants, Lachs, Schinken, forderten, verlangten und beschwerten sich darüber, dass niemand sie höre.

Die einen brüllten, die anderen rauchten eine Zigarette nach der anderen, traten ungeduldig auf der Stelle, rannten hin und her. Damals sprach man noch nicht von *Fashion Week*, sondern von der *semaine des collections*, der »Woche der Kollektionen«. Man erwartete fünfhundert Gäste und nicht eintausendzweihundert wie heute, die Fotografen und Kameraleute blieben brav in ihrem abgetrennten Bereich, und es waren auch nicht so viele. Es war verboten, einfach Filme oder Fotos zu verbreiten, die Medien mussten eine bestimmte Frist wahren, ehe auch nur die geringste Aufnahme von der Modenschau veröffentlicht werden durfte. Die Stars der damaligen Zeit hießen Yves Saint Laurent, Chanel und Dior, beim Prêt-à-porter waren es Dorothée Bis, Agnès Becca, Daniel Hechter, Emmanuelle Khanh und Kenzo. Und dann gab es noch die anderen, den sogenannten »Zirkus«. Sie durften ihre Kollektionen nicht im Rahmen der Haute-Couture-Schauen zeigen, sondern präsentierten ihre Arbeit in einem riesigen Zelt, das auf einem Parkplatz oder einer Brachfläche aufgebaut wurde. Die Muglers, Berettas, Montanas, Castelbajacs.

Elena war es gelungen, in den Verband der Haute-Couture-Designer aufgenommen zu werden, und man hatte ihr einen Tag und eine Uhrzeit zugewiesen.

Die Modenschau sollte fünfundzwanzig Minuten dauern. Fünfzig Modelle würden präsentiert werden. Und ob sie ein Erfolg war, würde man am nächsten Morgen erfahren, wenn man den *Figaro* kaufte oder die erste Seite von *Women's Wear* las.

Allmählich füllte sich der Saal. Journalisten, Kolumnisten, Freunde und Bekannte. Alles, was in Paris Rang und Namen hatte, war gekommen und wartete gespannt auf den Triumph des Lieblings der Medien, Elena Karkhova.

Sie stand hinter einem improvisierten Vorhang und spähte ins Publikum.

In der ersten Reihe saß der Graf mit seinem Gehstock und seinem Astrachan-Kragen. Und für die Pariser Gesellschaft bedeutete das eine Menge.

Elena hatte ihn angefleht zu kommen. Lassen Sie mich nicht im Stich, ich habe Sie noch nie um etwas gebeten, aber, bitte, tun Sie mir diesen Gefallen.

Er hatte schließlich eingewilligt. Auch wenn »die andere« vor Wut außer sich gewesen war. Sie hatte Vasen zerschmettert, ihm Diamantohrringe zurückgeschickt, gedroht, ihn zu verlassen. Doch der Graf hatte standgehalten.

Hinter den Kulissen war alles bereit. Die fertig geschminkten und frisierten Mannequins warteten in Höschen und BH darauf, dass die Kleider eintrafen. Die Proben waren ohne Zwischenfall verlaufen. Musik, Licht, die Abfolge auf dem Laufsteg, alles schien perfekt.

Es fehlten nur noch die Kleider.

Flüstern erfüllte den Saal. So, so, die Gräfin Karkhova versuchte also ihr Glück in der Modebranche. Sie war nicht bloß ein hübsches Geschöpf, das in Magazinen abgebildet war und festliche Diners veranstaltete, das erst mittags aufstand und in Zeitschriften blätterte. Nein, sie arbeitete, sie hatte Ideen, sie kreierte. Die Spannung war groß. Die Hälse reckten sich. Die Münder machten sich bereit, sie zu verspotten oder mit Lob zu überhäufen.

Elena wartete hinter den Kulissen angespannt auf das Eintreffen des Lkw. Sie schaute jede Minute auf die Uhr und beschimpfte Robert, der hektisch umherrannte, telefonierte und Kundschafter zum Lager schickte.

»Der Lkw ist um halb sechs losgefahren, er sollte längst hier sein«, wiederholte er, vor Nervosität schwitzend. »Wo bleibt er denn nur?«

Doch die Kleider kamen nicht.

Elena war einer Ohnmacht nahe und biss die Zähne zusammen, um sich nichts anmerken zu lassen. Simone, die Leiterin ihres Ateliers, schluchzte und jammerte, wir werden niemals laufen können, wir haben jetzt schon Verspätung, sie werden alle wieder gehen, und sie rang die Hände und begann zu beten.

Robert Sisteron trocknete sich wieder und wieder die Stirn ab, und sein Schielen wurde immer störender. Elena spürte eisige Rinnsale auf ihrem Dekolleté.

Ihre Angestellten schwiegen wie erstarrt, der Polizeipräfekt war alarmiert worden. Was war zwischen der Rue de Crimée und dem Grand Hotel in der Rue de Rivoli vorgefallen?

Der Lkw traf niemals ein.

Die Gäste warteten eine Stunde lang im Großen Salon des Hôtel Meurice, bis Robert Sisteron schließlich auf den Laufsteg trat und eine Ankündigung machte.

Die Modenschau wurde abgesagt. Die Kleider waren auf dem Weg vom Lager zum Hôtel Meurice gestohlen worden.

Überraschte und enttäuschte Aufschreie wurden laut. Unmöglich, unvorstellbar. So etwas hatte man noch nie erlebt! Das ist doch bloß ein Vorwand. Sie ist nicht fertig geworden und will uns glauben machen … Ein Werbecoup! Aber der ist misslungen.

Hinter den Kulissen bat Elena um einen Stuhl und ließ sich darauf sinken.

Dafür war »die andere« verantwortlich. Sie war sich ganz sicher.

Aber sie hatte keine Beweise.

Als der Graf in der ersten Reihe aufstand und hinausging, folgte ihm das gesamte Publikum.

Elena schickte alle fort. Bis auf den treuen Robert, der ihr einen Kamillentee und zwei Aspirin holte.

»Ich kann nicht weinen, in mir sind zu viele Tränen«, sagte sie leise, als sie die Tabletten schluckte. »Ich glaube, ich werde sterben.«

Sie saßen allein im verlassenen Salon Quatre Saisons, als ein Laufbursche mit einem weißen Umschlag hereinkam, den er Elena reichte.

»Madame Karkhova?«

Elena nickte.

»Das ist für Sie. Können Sie mir meinen Beleg abzeichnen?«

Elena bedeutete Robert, in ihrem Namen zu unterschreiben.

Sie öffnete den Brief.

Es war ein großes weißes Blatt Papier, auf dem »Tut mir leid …« stand. Darunter der verhasste Vorname.

Acht Tage später erfuhr sie durch eine Indiskretion, dass ihre Rivalin den Fahrer bestochen hatte, damit er die Kollektion nicht ablieferte. »Sie« hatte ihn zu einer Mülldeponie fahren lassen und alles in Brand gesteckt.

Das war das Ende von Elenas Traum.

Sie ging nach Hause.

Ging acht Tage nicht mehr vor die Tür, aß Lokum und trank Champagner.

Vergoss keine einzige Träne.

Weigerte sich, dem Grafen zu öffnen, der gegen die Tür hämmerte.

Sie sollte ihn nie wiedersehen.

Der Einzige, den sie hereinließ, war Robert Sisteron. Sie wies ihn an, ihre Flucht vorzubereiten. Sie würde Paris verlassen.

»Wo wollen Sie denn hin?«, fragte er.

»Nach New York. Dort kennt mich niemand. Ich werde ein neues Leben beginnen.«

»Aber wie wollen Sie das finanzieren? Ihr ganzes Geld stammt vom Grafen.«

Verärgert zog sie eine Augenbraue hoch.

»Ich kann auch ohne den Grafen leben.«

»Aber nicht ohne Geld. Sie haben schlechte Gewohnheiten angenommen.«

»Lieber lebe ich allein, als mich demütigen zu lassen. Sie will den Grafen, sie kann ihn haben.« Nach einer kurzen Pause fügte sie hinzu: »Ich bitte Sie nicht, mich zu begleiten.«

Er blieb stumm.

»Denn ich weiß, dass Sie beim Grafen bleiben werden. Bei seinem Geld. Sie sind ein hinreißender Liebhaber, aber mutig sind Sie nicht.«

»Die andere wird sich sein Vermögen unter den Nagel reißen«, sagte Robert Sisteron.

»Aber ich habe zumindest noch meine Ehre. Und die ist unbezahlbar. Ich gehe erhobenen Hauptes.«

»Ein erhobenes Haupt hat noch niemanden ernährt.«

»Aber anders kann ich nicht leben. Das ist die Luft, die ich zum Atmen brauche.«

Drei Monate später starb Jean-Claude Pingouin bei einem Autounfall. Man fand seine Leiche um einen Baum gewunden an der Straße von Enghien nach Paris. Er war in der Spielbank gewesen und hatte zu viel getrunken.

Er war nicht mehr dazu gekommen, ein neues Testament aufzusetzen.

Sein gesamtes Vermögen ging an seine Frau, Elena Pingouin, Gräfin Karkhova.

Elena erfuhr in New York davon. In dem kleinen Hotelzimmer an der 14th Street, das sie bei ihrer Ankunft gemietet hatte. Sie wärmte Dosensuppen auf einem alten Gaskocher auf und hatte ein Stück Karton vor ein Fenster geklebt, damit es nicht so zog.

Robert Sisteron informierte sie.

Und an diesem Tag strömten all die Tränen, die sie zuvor nicht hatte weinen können.

Sie hatte Jean-Claude Pingouin geliebt.

Als der Airbus in Roissy landete, war Hortense bereits wieder aufgewacht. Frisch und munter saß sie auf ihrem Sitz in der First Class. Sie streckte sich und schaute aus dem Fenster.

»Und nun zu uns beiden, Paris!«

Nur schnell das Gepäck geholt, in ein Taxi gesprungen, bei ihrer Mutter vorbeigefahren, um die Koffer abzustellen, und schon war sie wieder fort, in die Rue Saint-Honoré, um sich mit Jean-Jacques Picart zu treffen.

»*Wish me good luck!*«*, rief sie, bevor sie die Tür hinter sich zuknallte.

»*Good luck!*«, antwortete Joséphine.

»*Break a leg!*«**, fügte Gary hinzu und machte sich über ein frisches Baguette und die gute Butter her, die Joséphine schon eine Stunde vorher für ihn aus dem Kühlschrank geholt hatte, damit sie nicht zu hart war.

Sie hörten die Tür zufallen, und Stille senkte sich auf die Küche herab.

»Ach, Jo! Es tut so gut, hier zu sein!«, sagte Gary seufzend und biss in das Baguette.

»Wo will Hortense denn hin?«

»Sie hat eine Verabredung mit Jean-Jacques Picart, dem Mann, der die neuen Stars der Pariser Luxusbranche lanciert.«

»Ach ... So kurz nach eurer Ankunft?«

»Jo! Tu nicht so, als würdest du deine Tochter nicht kennen!«

Vor dem Haus in der Rue Saint-Honoré 217 hebt Hortense den Kopf und öffnet eine schwere hölzerne Tür. Betritt einen gepflasterten Innenhof. Erinnert sich an die Anweisungen, die sie am Telefon erhalten hat: Erdgeschoss rechts, erste Tür hinter der Concierge.

Sie atmet tief ein. Schließt die Augen. Konzentriert sich. Hinter dieser Tür wird sich ihr Schicksal entscheiden.

Gleich wird sie dem Mann gegenüberstehen, der Thierry Mugler, Ungaro, Helmut Lang und Jil Sander berät und das

* Wünscht mir Glück!

** Hals- und Beinbruch!

Modehaus Christian Lacroix lanciert hat. Das ist nicht irgendjemand. Sie schluckt, ein wenig beeindruckt. Der Lebenslauf dieses Mannes ist so lang wie die Champs-Élysées.

Entweder schafft sie es, sein Interesse zu wecken, dann nimmt er sie unter seine Fittiche.

Oder sie langweilt ihn, dann wird er sich bedanken und sie aus seinem Adressbuch streichen.

Jean-Jacques Picart ist ein freundlicher, höflicher Mensch von schlichtem Auftreten, aber der Blick hinter seiner runden Brille verrät einen lauernden, schnellen, stets regen Verstand. Er trägt ein schwarzes Poloshirt und eine graue Hose. Sein Haar glänzt.

Er führt sie in sein Büro. Einen großen Raum in Beige- und Brauntönen. Mit einem großen schwarzen Tisch.

Sie stellt sich vor: Hortense Cortès.

»Elena hat mir von Ihnen erzählt«, entgegnet er lediglich.

Sie hält die Mappe mit ihren Entwürfen in den Händen, und er bedeutet ihr, Platz zu nehmen.

Er mustert sie eingehend, bevor er zu sprechen beginnt.

»Sind Sie sich darüber im Klaren, was für ein unerhörtes Glück Sie haben, dass Elena Sie finanziert? Das ist der unerreichbare Traum vieler junger Designer.«

»Ja«, antwortet Hortense. »Aber sie hat auch das unerhörte Glück, mir begegnet zu sein. Wir sind ein Team. Ohne mich wäre sie nicht Teil dieses Abenteuers.«

Er lächelt, und der Blick hinter seinen Brillengläsern leuchtet auf.

»Elena verfügt über einen sehr sicheren Geschmack. Das ist der Grund, warum ich Ihnen einen Termin gegeben habe.«

»Empfangen Sie viele Leute wie mich?«

»Ich würde sagen, etwa zweihundert pro Jahr.«

»Und mit wie vielen davon arbeiten Sie zusammen?«

»Mit einem oder zwei. Nicht mehr.«

Hortense zuckt nicht mit der Wimper.

»Dann werde ich also die Erste oder die Zweite sein.«

Sein Lächeln wird breiter.

»Haben Sie Ihre Entwürfe mitgebracht?«, fragt er.

Hortense nickt, beugt sich vor, greift nach ihrer Zeichenmappe und reicht sie ihm.

In seinem Büro ist es so düster, dass sie sich fragt, ob draußen überhaupt noch Sommer herrscht. Sie sitzt erst seit drei Minuten hier und hat bereits das Gefühl, eine lange Reise zurückgelegt zu haben und in eine andere Welt gelangt zu sein. Die Atmosphäre ist ruhig, gediegen, elegant. Man hört keinen Laut.

Er greift nach ihrer Mappe. Lässt sie vor sich auf die Schreibtischplatte sinken. Legt beide Hände auf die kartonierte Hülle.

»Wie alt sind Sie?«

»Dreiundzwanzig, fast vierundzwanzig.«

»Erzählen Sie mir, wie Ihr Leben bisher ausgesehen hat. Aus welchem Umfeld stammen Sie?«

»Ich bin in Paris geboren. Aufgewachsen bin ich in Courbevoie, ich hatte keine andere Wahl. Mein Vater war ein sehr eleganter Mann, er arbeitete für eine amerikanische Firma, und später hat er in Kenia ein eigenes Unternehmen gegründet. Dort ist er auch gestorben. Meine Mutter ist Akademikerin, eine Spezialistin für das zwölfte Jahrhundert. Sie ist weder elegant, noch hat sie Stil. Und sie hat einen großen Nachteil: Sie macht mich wahnsinnig. Unser Verhältnis ist kompliziert, ich liebe sie, und ich hasse sie, aber das ist fürchterlich banal, deshalb gehe ich nicht weiter darauf ein. Ich bin also in Courbevoie aufgewachsen und habe aus der Ferne die Lichter von Paris bewundert. Mit vierzehn klaute ich *Elle* und die *Vogue* und beschäftigte mich mit allem, was auch nur im Entferntesten mit der Welt der Mode zu tun hatte. Ich kleidete unsere Nachbarinnen ein, zeichnete Kleider und Mäntel. Ich hatte keine Freundinnen, die Mädchen in meinem Alter langweilten mich. Nach dem Abitur bin ich nach London gezogen und habe am Saint Martins College studiert, diese vier Jahre waren für mich das Paradies auf Erden!«

»Was war Ihr allererster Auslöser? Bei welcher Gelegenheit war Mode für Sie zum ersten Mal mit Emotionen verbunden?«

»Da war ich zehn Jahre alt, mein Vater hatte mich in eine Ausstellung über Modefotografie mitgenommen. Ich dachte, ich würde sterben vor Glück. Ich war den ganzen Tag lang brav wie ein Engel. Und in den Tagen danach ein wahrer Teufel! Ich wollte unbedingt wieder dorthin zurück, und jemand musste mich begleiten. Ich muss ungefähr zehnmal in dieser Ausstellung gewesen sein. Und es wurde mir nie zu viel. Ich ließ mir zwei Kataloge schenken. Einen, um ihn anzuschauen, und den anderen, um ihn zu zerschneiden. Ich wohnte in einer Art Sozialsiedlung, und die Leute dort hielten mich für einen Zombie. Aber das war mir egal.«

Er verschränkt die Arme über seinem schwarzen Polohemd und wirkt interessiert.

»Ihre drei Lieblingsdesigner? Und die drei, die Sie verabscheuen …«

»Chanel, Chanel, Chanel!«

Er lacht leise auf.

»Ist Ihnen bewusst, dass es auch noch andere Mode gibt außer Chanel?«

»Ja, aber die interessiert mich nicht. Chanel hat alles erfunden.«

»Und die, die Sie verabscheuen?«

»Ich vergeude keine Zeit damit, etwas zu verabscheuen. Das kostet nur unnötig Energie.«

Wieder lächelt er, öffnet die Mappe und nimmt eine erste Zeichnung in die Hand.

»Ich habe Ihnen nur die neuesten mitgebracht. Die anderen sind nicht von Belang«, erklärt sie, um irgendetwas zu sagen.

Ihr Herz rast. Sie spielt nervös mit dem Saum ihres Rocks, zieht daran, rollt ihn auf, dehnt ihn, lässt locker. Sie versucht, von seinem Gesicht, seinen Gesten abzulesen, was er denkt. Er scheint sich nicht zu langweilen. Langsam blättert er die Seiten um, blättert zurück, studiert einen Entwurf, blättert wieder vor.

Runzelt die Stirn, hüstelt, reibt sich die Wange, stützt sich auf einem Ellbogen ab, dann auf dem anderen. Betrachtet ein Detail genauer, lächelt, das ist doch ein gutes Zeichen, oder?

Sie wartet einen Moment, dann räuspert sie sich.

»Das sieht aus, als studierten Sie ein Ultraschallbild und sähen einen Fötus!«

Er lacht und schaut sie belustigt an.

»Genauso ist es! Mich interessiert nicht so sehr das, was Sie mir zeigen, sondern das, was Ihre Entwürfe mir über Ihr Talent verraten und was Ihnen selbst noch gar nicht bewusst ist.«

»Ich würde mich nicht drauf verlassen, dass ich mir dessen nicht bewusst bin. Ich bin sehr selbstsicher.«

»Das ist mir nicht entgangen.«

»Danke. Das nehme ich als ein Kompliment. Ich hasse Menschen, die sich ständig für ihr Talent entschuldigen.«

Ohne mit der Wimper zu zucken, wendet er sich wieder ihren Zeichnungen zu.

Sie greift erneut zu ihrem Saum, drückt ihn zusammen, streicht ihn glatt, quetscht ihn, reibt ihn zwischen den Fingern, spielt daran herum. Wie langsam die Zeit vergeht! Und wie grausam dieses Warten ist! Die Vorstellung, ein Urteil abwarten zu müssen, gefällt ihr nicht.

Als sie es nicht mehr aushält, beugt sie sich zu ihm vor.

»Werde ich im September so weit sein, eine Kollektion zu präsentieren?«

Er hält den Blick auf den Entwurf eines Mantels gerichtet, der kurz über dem Knie endet. Er hat recht, das ist ihr Lieblingsmodell! Er streckt den Arm aus, um es aus größerem Abstand zu betrachten.

»Nicht im September, nein«, entgegnet er. »Aber wir könnten es für März versuchen. Unter der Bedingung, dass Sie Tag und Nacht arbeiten.«

Sie lässt ihren Saum los und muss sich zusammenreißen, um kein Freudengeheul auszustoßen.

»Kein Problem«, erklärt sie in möglichst gleichgültigem Ton.

»Dass Sie mich als Ihren Coach akzeptieren.«

»Kein Problem.«

»Dass ich Sie kritisiere.«

»Kein Problem.«

»Dass ich Sie manchmal schüttele.«

»Kein Problem.«

»Sie werden wütend werden. Sie werden protestieren, mein Urteil anzweifeln, Sie werden sagen: Verdammt, der alte Sack geht mir auf die Nerven! Wie kommt er zu diesem guten Ruf? Er hat doch überhaupt keine Ahnung! Das ist immer so. Ich bin es gewohnt. Nach einer Weile werden Sie sich wieder beruhigen …«

»Solange Sie mir dabei helfen, Fortschritte zu machen, bin ich gerne bereit, Sie zu hassen …«

»Ich werde Ihr Trainer sein. Ich werde am Beckenrand auf und ab gehen, während Sie Länge um Länge schwimmen. Ich werde Ihnen so lange zusetzen, bis Sie entdecken, was in Ihnen steckt. Wenn Sie vor Erschöpfung weinen, werde ich Sie trösten, wenn Sie vor Freude tanzen wollen, werde ich Sie zurück ins Becken schubsen! Vergessen Sie nicht, dass dabei auch mein Name und mein Ruf auf dem Spiel stehen!«

»Das passt mir sehr gut.«

»Und wenn ich dann schließlich sehe, dass Sie Fortschritte machen, werde ich zwei, drei Journalisten anrufen, und sie werden sich Ihre ersten Modelle ansehen. Sie werden kommen, weil ich über eine gewisse Reputation verfüge. Wenn ich einer Mitarbeiterin der *Vogue* oder vom *Figaro* sage: Hör zu, sie ist noch nicht ganz bereit, das dauert noch zwei Monate, aber ich möchte, dass du kommst und sie dir ansiehst, dann wird sie kommen. Weil sie sich daran erinnert, dass ich sie auf diesen oder jenen Designer aufmerksam gemacht habe, bevor die anderen ihn zu Gesicht bekommen haben. Und deswegen bin ich so hart. Das Ganze ist auch für mich ein Risiko.«

»Das ist mir klar. Und ich bin voll und ganz damit einverstanden.«

»Das werden wir sehen.«

»Wie werden wir arbeiten? Kommen Sie in regelmäßigen Abständen zu mir und schauen sich meine Arbeit an?«

»Nein. Wir werden per Mail kommunizieren. Und zwar ständig. Sie dürfen an nichts anderes mehr denken. Wenn Sie zum Beispiel eine Nacht durchgearbeitet haben, schicken Sie mir Ihre Entwürfe. Und ich werde Ihnen sagen, was ich davon halte. Sie werden mir auch Zeichnungen und Fotos schicken, die Sie inspirieren, Silhouetten, Farben, Gemälde, die Sie in einem Museum gesehen haben. Eine Szene aus einem Film. Alles, was Sie auf Ideen bringt. Sie müssen alles in sich aufsaugen. Sie werden Freude und Zweifel erleben. Machen Sie sich keine Sorgen, das ist ganz normal.«

»Ich brenne darauf zu lernen, ich will mir den Bauch mit Mode vollschlagen. Ich werde lernen. Ich bin hungrig, verstehen Sie, ich bin hungrig!«

»Wenn ich die Journalisten zum ersten Mal kommen lasse, werden Sie nicht dabei sein, damit sie mir ehrlich sagen, was sie davon halten. Ich werde Ihnen anschließend Bericht erstatten.«

»Und Sie werden filtern! Die Gemeinheiten werden Sie weglassen.«

Er lacht.

»Diese Kritiken können sehr hart sein. Das würden Sie nicht ertragen.«

»Doch, natürlich! Ich kann zwischen Gehässigkeit und konstruktiver Kritik unterscheiden.«

»Irgendwann werden Sie mir einen perfekten Entwurf schicken. Und dann werde ich Ihnen sagen: Machen Sie weiter so, Sie sind auf dem richtigen Weg.«

»Bin ich das nicht jetzt schon?«

»Sie sind nicht weit davon entfernt. Aber Sie müssen noch daran feilen. Sie müssen ganz in Ihre Welt eintauchen, sie sich vollkommen zu eigen machen. Das ist die Aufgabe, die nun vor Ihnen liegt.«

Sie steht auf und packt ihre Skizzen zusammen.

»Ich werde im März bereit sein. Ich werde nichts anderes mehr tun.«

»Etwa im November ziehen wir ein letztes Mal Bilanz. Dann muss ich der festen Überzeugung sein, dass Sie so weit sind. Danach brauche ich acht Wochen, um alles in die Wege zu leiten … Und dann beginnt der Countdown. Das wird die aufregendste Phase.«

»Wie viele Modelle werde ich präsentieren?«

»Achtzehn. Achtzehn Modelle, achtzehn Models. Achtzehn unterschiedliche Mädchen. Wir werden versuchen, die beste Uhrzeit und den besten Tag zu wählen. Ich werde mit dem Modeverband telefonieren. Aber das ist mein Job, nicht der Ihre.«

»Und was sonst noch?«

»Ich werde den Boden bereiten.«

»Wie?«

»Als Erstes werde ich Mundpropaganda betreiben. Jedes Mal, wenn ich jemanden treffe, werde ich von Ihnen erzählen. Und wenn schließlich die Einladung kommt, werden sie sagen, ach ja, das schaue ich mir doch einmal an … Beim ersten Mal kommen nie die wichtigen Leute, nur die Assistenten. Sie selbst werden in der Zwischenzeit ein paar Praktikanten engagieren, die all das erledigen, wozu Sie keine Zeit mehr haben, und Sie werden in der ständigen Angst leben, nicht rechtzeitig fertig zu werden … Aber so weit sind wir noch nicht! Gehen Sie erst einmal nach Hause und arbeiten Sie.«

»Gut.«

»Sie haben einen Trumpf in der Hand: Ihr famoser Stoff wird das Interesse an Ihnen befeuern …«

»Elena hat Ihnen davon erzählt?«

»Ja.«

»Hat sie Ihnen gesagt, dass er Fett einfach verschwinden lässt?«

»Das ist der springende Punkt: Wir kombinieren eine technische Neuerung mit neuartigen Entwürfen. Das wird die Leute aufhorchen lassen. Sie werden es sehen wollen.«

»Und wo soll die Modenschau stattfinden?«

»Darüber werden wir gemeinsam nachdenken … an einem Ort, an dem Sie sich wohlfühlen. Jedenfalls werden wir uns sehr bald wiedersehen. Und nun gehen Sie nach Hause und machen sich an die Arbeit!«

»Ich kann es kaum erwarten. Sagen Sie … Wie lange wird die Modenschau dauern?«

»Zwölf Minuten. Mehr nicht!«

»Diese zwölf Minuten sollen über mein Leben entscheiden?«

»Ganz genau. Sie werden Muskelkrämpfe haben, Ausschlag, Ihnen wird übel sein, Sie werden schreien, weinen, genau wie all die anderen, die das bereits durchgemacht haben.«

»Und am Ende stehen die Leute auf und applaudieren, und ich stehe am nächsten Tag in allen Zeitungen!«

»Wo werden Sie bis zu diesem großen Triumph wohnen?«, fragt er mit einem amüsierten Funkeln in den Augen.

»Bei meiner Mutter. Mir bleibt nichts anderes übrig. Ich werde bei ihr wohnen und arbeiten.«

»Weiß sie Bescheid?«

»Vage.«

»Sie sollten sie lieber vorwarnen, es wird auch für sie eine anstrengende Zeit. Sie brauchen eine oder zwei Nähmaschinen, einen großen Tisch, überall Stoffe, Sie brauchen Platz. Viel Platz.«

»Den wird sie für mich frei räumen. Sie wird sehr froh darüber sein, mir einen Gefallen tun zu können.«

»Das ist perfekt, viele Designer wohnen anfangs noch bei ihren Eltern … Sie werden nicht die Erste sein.«

Hortense fallen keine Fragen mehr ein. Sie spürt Euphorie in sich aufsteigen, am liebsten würde sie gleich zu einer Schere greifen, nähen, drapieren, sie wünschte, es wäre schon der Tag vor ihrer ersten Modenschau.

Sie klappt ihre Mappe zu. Bindet die Schnüre zusammen. Steht auf. Beißt sich auf die Lippen.

»Wie viel verlangen Sie dafür, dass Sie mich betreuen?«, fragt sie.

»Am Anfang noch nichts. Erst nach der ersten Modenschau werde ich einen Vertrag mit Ihnen abschließen. Einen gestaffelten Vertrag, basierend auf Ihren Umsatzzahlen.«

»Das heißt, Sie investieren gewissermaßen in mich.«

»Das kann man so sagen ... Ich hoffe nur, Sie erweisen sich als gute Investition.«

»Ich werde Sie nicht enttäuschen.«

Jean-Jacques Picart begleitet Hortense zur Tür seines Büros, dann greift er zum Telefon.

Es klingelt einmal, zweimal, dreimal ...

Er zieht sein Poloshirt gerade. Er mag nicht, wenn es Falten wirft.

Endlich geht jemand ran.

»Elena? Ich hoffe, ich habe Sie nicht geweckt?«

»Nein. Ich schlafe in letzter Zeit nicht mehr. Ich bin so aufgeregt!«

»Sie hatten mich gebeten, Sie anzurufen, sobald sie fort ist ...«

»Und?«

»Sie ist begabt. Sehr begabt. Sie hatten recht. Wir dürfen uns diese Gelegenheit nicht entgehen lassen ...«

»Ich hatte es Ihnen ja gesagt ...«

»Aber Vorsicht! Sie ist eigensinnig. Sie wird sich nicht manipulieren lassen.«

»Das weiß ich selbst. Sie macht mir keine Angst.«

»Ich wollte es Ihnen nur sagen. Ich habe selten ein derart zielstrebiges Mädchen gesehen. Sie hat keinerlei Selbstzweifel und ist bereit, für den Erfolg alles zu geben. Sie hat nicht ein einziges Mal nach Ihnen gefragt. Hat nicht versucht, herauszufinden, warum Sie dieses Wagnis eingehen.«

»Weil sie von ihrem Talent und ihrem Erfolg überzeugt ist. Zweifel kennt sie nicht.«

»Umso besser. Sowohl für Hortense als auch für Sie! Und ansonsten? Geht es Ihnen gut, meine Liebe?«

Als Hortense nach ihrem Termin auf die Straße tritt, würde sie am liebsten die Ampeln umarmen, die Einbahnstraßenschilder, die Straßenschilder, die auf ihren Besen gelehnte Concierge, den Boten, der gerade auf sein Motorrad steigt, und sogar diese Kaugummi kauende hochnäsige Ziege, die mit den Fingern flattert wie eine Marquise, die Gebäck probieren will und sich nicht zwischen zwei verschiedenen Sahnetörtchen entscheiden kann.

Die Sonne scheint, und ihr Blick streicht liebevoll über die Gebäude von Paris, die Dächer von Paris, die Schaufenster von Paris, die Tauben, die gierig auf dem Boden herumpicken, die kichernden Mädchen, die Jungen mit ihrem wiegenden Gang, Pariser und Pariserinnen, Paris, Paris, Paris, seufzt sie, überwältigt von zu viel Glück.

Doch plötzlich kommt ihr ein Gedanke, ein riesiges Fragezeichen, und sie bleibt wie angewurzelt stehen.

Es genügt nicht, Kleidung zu entwerfen, von einer reichen alten Schachtel finanziert zu werden und einen einflussreichen Förderer zu gewinnen, nein, man braucht auch eine Berühmtheit, eine prominente Pariserin oder einen internationalen Star, der seine Kleider trägt, sonst …

Sonst wird sie in der Gosse der Anonymität versauern.

Sie kennt keine wichtigen Persönlichkeiten in Paris.

In New York hätte sie vielleicht jemanden gefunden. In London auch, aber in Paris …

Mit einem Schlag ernüchtert, geht sie die Rue Saint-Honoré entlang.

Entwerfen allein genügt nicht, ihre Mode muss auch in der Öffentlichkeit gesehen werden.

Lady Gaga, Rihanna, Sofia Coppola, Jessica Alba, wo seid ihr?

Erscheint vor mir! Wir trinken zusammen einen Kaffee, ich zeige euch meine Entwürfe, und ihr werdet sagen: Ja, ja, ja! Ich kann alles schaffen, wisst ihr! Junior hat es mir versichert, man muss nur tief einatmen, sich ganz fest konzentrieren, die Zähne zusammenbeißen, und schon zeichnet sich die Lösung vor einem ab. Junior hat oft recht. Er vertraut auf sein Gehirn, er sagt, wir benutzen nur einen winzigen Teil davon, selbst schuld. Also … Ich wünsche mir eine bekannte Persönlichkeit, die meine Kleider, meine Mäntel und meine Boleros trägt. *Hola*, hört ihr mich?

Sie prallt gegen einen Hotelangestellten, der gerade ein Taxi heranwinkt, lächelt ihn an, der Mann entschuldigt sich, tritt zurück, verbeugt sich tief und öffnet ihr die Tür des Hotel Costes, als müsse sie unbedingt dort hinein.

Das Costes! *The place to be in Paris!* Sie dankt ihm und wendet sich dem Korridor zu, durch den man zum Restaurant gelangt.

Sie erkennt alles wieder. Hier war sie oft mit ihrer Tante Iris zum Mittagessen. Iris brachte ihr bei, Messer und Gabel richtig zu halten, und zeigte ihr die schönen Frauen, die mit geradem Rücken gegen die Stuhllehne saßen. Siehst du, wie sie nur von ihrem Essen kosten, sie schlagen sich niemals den Bauch voll, nimm dir ein Beispiel an ihnen! Und sprich leise, nur Hühner gackern! Hortense hätte alles darum gegeben, ihre linkische Mutter gegen diese so elegante, so schöne, so pariserische Tante einzutauschen.

»Haben Sie reserviert?«, fragt das junge Mädchen am Eingang, das die Gäste zu ihren Tischen führt.

Sie muss einen Meter neunzig groß sein. Minus zehn Zentimeter Louboutins. Wespentaille und ein kühn vorgewölbter Busen.

Das Mädchen mustert sie abschätzend. Prüfend. Erwägt im Bruchteil einer Sekunde, ob sie das Recht hat einzutreten. Hortense verflucht sie.

»Nein, reserviert nicht, aber …«

»Dann ist es leider nicht möglich«, fällt ihr das Mädchen ins

Wort und wendet ihr Lächeln bereits dem Mann hinter Hortense zu.

»Ich bin mit einer Freundin verabredet…«

Hortense winkt in Richtung einer Frau, die halb hinter einer Palme verborgen sitzt. Die Frau sieht sie, winkt vage zurück, weil sie eine Bekannte zu erkennen glaubt, und das Mädchen am Eingang entscheidet, ja, dann dürfe sie hinein.

»Sie brauchen mich nicht zu begleiten, ich finde den Weg schon allein!«, erklärt Hortense und dankt dem Himmel für die Zerstreutheit der Frau hinter der Palme.

Das Mädchen lässt sie durch.

Hortense setzt sich an einen Tisch. Schaut in die Speisekarte. Sieht die Preise. Bestellt eine Hähnchenbrust. Eine Karaffe Wasser. Brot und Butter. Dafür wird ihr letztes Geld draufgehen, aber sie braucht den Luxus, um über ihr Gespräch mit Jean-Jacques Picart nachzudenken.

Um sich jedes Wort, jeden Satz in Erinnerung zu rufen.

Und jetzt muss ich nur noch arbeiten, bis ich umfalle.

Von einem Nebentisch dringen Stimmen in ihr Bewusstsein. Dort sitzen einige Mädchen zusammen, lästern, sondern Gemeinheiten ab und fuchteln mit ihren von Ringen blitzenden Händen. Sie ziehen über eine gewisse Léa her, ereifern sich immer mehr und verspritzen ihr Gift. Wütend rollen sie mit ihren schönen Augen, ihre Münder zischen. Hortense beobachtet sie lächelnd. Ihr armen Dinger! Ihr müsst sehr unglücklich sein! Im Gegensatz zu euch beneide ich niemanden. Ich weiß, dass ich Erfolg haben werde. Und ich habe einen umwerfenden Freund. Also wozu Zeit damit vergeuden, schlecht über andere zu reden? Aus Langeweile, Mangel an Beschäftigung? Oder aus dem simplen Bedürfnis heraus zu reden, weil man nichts Besseres zu tun hat?

Wozu sich mit anderen vergleichen, wenn man einzigartig ist?

Sie wendet ihre Aufmerksamkeit einem anderen Tisch zu. Ein Typ in orangefarbener Hose lacht sich halb tot, weil Anna Wintour bei der *Fashion Week* gelächelt hat. Sie hat gelächelt und einen Kaffee getrunken. Und bei der Givenchy-Show hat sie sich umgedreht und einen Freund umarmt, der gleich hinter ihr saß. Was ist bloß los mit ihr, sie wird ja regelrecht menschlich? Sie ist entweder krank oder verliebt. Vielleicht beides, entgegnet der andere und trinkt von seinem Karottensaft.

Die Hähnchenbrust auf ihrem Teller ist verschwunden, und auch die drei Blättchen Salat, unter denen sie versteckt war, hat sie gegessen. Sie bestreicht ein Stück Baguette mit Butter und kaut langsam und genießerisch.

Dreht den Kopf nach rechts, nach links, betrachtet die Wände, die Decke, hält nach einem Muster, einer Farbe Ausschau, die sie in einen Strudel von Ideen stürzen könnten, ich muss mir angewöhnen, Picart per Mail über jedes Detail zu informieren, das ich sehe, das wird nicht leicht, abgesehen von Gary rede ich mit niemandem über das, was ich mache …

In diesem Moment entdeckt sie an einem Tisch draußen auf der Terrasse Inès de la Fressange. Sie hat gerade mit einer Frau zu Mittag gegessen, die herrisch mit einer Zigarettenspitze wedelt. Inès de la Fressange. Groß, schlank, göttlich. Eine Pariserin.

Die Pariserin!

Eine Zeitschrift hat sie kürzlich umbenannt in »Inès de France, der Inbegriff der Eleganz«.

Sie ist im Begriff, das Restaurant zu verlassen. Eines ihrer Beine bewegt sich nach vorn, das andere zurück, aufgehalten von der zweiten Frau, die redet, redet, redet. Inès de la Fressange lächelt nachdenklich, freundlich, versucht, das Gespräch zu beenden, aber die andere hört einfach nicht auf zu reden.

Hortense bittet um die Rechnung. Bezahlt. Rennt hinaus auf die Straße. Sieht einen Blumenladen. Stürmt hinein. Wählt fünfundzwanzig Rosen. Ihre letzten Dollar. Sie wird blass, doch sie reißt sich zusammen. Jedes Unternehmen erfordert Risiken und Investitionen. Sie bittet um einen Kuli, eine kleine Karte und schreibt: »Ich heiße Hortense Cortès. Ich werde mein eigenes

Modehaus gründen. Mein Traum? Sie einzukleiden.« Sie unterschreibt und fügt ihre Handynummer hinzu.

Sie läuft zurück zum Costes, schubst den Hotelangestellten zur Seite, der sich erneut entschuldigt. Hastet ins Innere. Wartet darauf, dass Inès de la Fressange erscheint. Wartet, wartet, tut, als suche sie etwas in ihrer Handtasche, als telefoniere sie. Erblickt sie endlich, eilt auf sie zu und reicht ihr den Strauß.

»Bitte sehr, als Zeichen meiner Verehrung! Ich bin eine junge Designerin, und ich möchte Sie gerne einkleiden.«

»Kennen wir uns?«, fragt Inès mit einem derart liebenswürdigen Lächeln, dass Hortense die Sinne schwinden.

»Nein, aber bald werden Sie überall meinen Namen hören. Jean-Jacques Picart hat eingewilligt, mich zu fördern. Und er irrt sich nie!«

»Sie kennen Jean-Jacques Picart?«

»Ich komme gerade aus seinem Büro. Rue Saint-Honoré 217, Erdgeschoss, rechts, ich hatte einen Termin um elf Uhr.«

Sie nennt all diese Details für den Fall, dass Inès sie für eine notorische Lügnerin halten sollte.

»Wir arbeiten jetzt zusammen.«

»Dann freue ich mich darauf, von Ihnen zu hören«, antwortet Inès und nimmt die fünfundzwanzig Rosen entgegen.

»Danke. Sagen Sie … könnte ich vielleicht eine Telefonnummer oder eine E-Mail-Adresse von Ihnen bekommen? Damit ich Ihnen Bescheid sagen kann, wenn Ihr Kleid fertig ist.«

Inès zögert, mustert sie prüfend und gibt ihr schließlich ihre E-Mail-Adresse.

»Merken Sie sich meinen Namen«, fügt Hortense hinzu. »Hortense Cortès. C.O.R.T.È.S. Wie der Konquistador!«

»Ich hoffe, Ihr Weg ist nicht mit genauso vielen Leichen gepflastert!«

Inès lächelt und geht mit einem dezenten Winken davon. Draußen wartet ein Taxi auf sie. Anmutig steigt sie ein, das Handy an ihr Ohr gedrückt.

»Oh, mein Gott!«, ruft Hortense und bringt mühsam ihre Atmung unter Kontrolle. In ihrer Brust ist zu viel Luft. Sie wird explodieren. Ich muss Junior anrufen.

»Junior! Ich bin's, Hortense! Dein Trick funktioniert! Ich habe mich konzentriert wie eine Irre, und alles hat geklappt wie am Schnürchen. Ich habe mit Picart gesprochen, er nimmt mich, ich habe Inès de la Fressange getroffen, und sie wird meine Kleider tragen. Erfolg auf der ganzen Linie. Ich bin die Königin von Paris! Ich liebe dich! Ich liebe die ganze Welt! Ich liebe das Leben, ich liebe die Stühle, ich liebe die Kothaufen der Pariser Pudel!«

»Ja, ich weiß«, antwortet Junior, »ich habe mitgehört. Und ich habe alles gesehen. Mutter hatte mir gesagt, dass du heute Morgen in Roissy landen würdest, und seitdem war ich die ganze Zeit bei dir. Komm schnell her, meine Schöne, ich habe fantastische Neuigkeiten! Wir haben eine Menge Arbeit vor uns!«

Von: GaryWard@juilliardschool.com
An: CalypsoMunez@juilliardschool.com

»Meine Liebe, meine Liebste, meine Allerliebste,

als Erstes möchte ich Dir für die Aufnahme danken, die Du mir geschickt hast. Ich habe die Stücke, die Du eingespielt hast, mit Begeisterung und Bewunderung angehört und gratuliere Dir von ganzem Herzen. Es scheint, als hätten sich Deine Kräfte verzehnfacht, seit ich weg bin. Ich habe in Deinem Spiel eine Klarheit, eine Unnachgiebigkeit und einen Klang gehört, die ich als vollkommen bezeichnen könnte. Dieses Glück, Calypso, habe ich so oft gespürt, wenn ich mit Dir zusammen gespielt habe.

Calypso, meine kleine zauberkundige Fee … ohne Dich ist das Leben so glanzlos.

Seit zehn Tagen bin ich nun in Paris, und ich frage mich bereits, wieso ich überhaupt hergekommen bin! Ich habe das eigenartige Gefühl, in zwei Hälften zerschnitten zu sein.

Ich vermisse mein Klavier, und meine Finger suchen verzweifelt nach imaginären Tasten. Untätig und nutzlos schlendere ich durch Paris. Ich besuche so viele Konzerte wie möglich, aber im Sommer finden nur wenige statt, und oft gibt es keine Karten mehr. Ich lasse die Schönheit der Steine auf mich wirken, die Schönheit der Straßen, die Klarheit des Himmels, die Spottlust der Pariser, ich sitze in Straßencafés, aber das genügt nicht. Eine gewaltige Leere verschlingt mich, und ich ertrinke in diesem Nichts. In dieser Leere.

Ich versuche zu komponieren, versuche, große Achsen und Akkorde zu finden, aber der Stift fällt mir aus der Hand, und ich verliere die Hoffnung.

Wer bin ich? Was mache ich hier? Wo ist mein Himmel?

Die Kraft, die mich erfüllt, wenn ich in New York bin, wo ich jede Stunde, jede Minute Musik mache oder höre, diese unbeugsame, unteilbare Kraft ist verflogen, und ich sitze bloß noch ohnmächtig herum und jammere. Fast schon lächerlich, würde ich sagen.

Ich erkenne mich nicht wieder. Ich erkenne überhaupt nichts wieder.

Oh, Calypso, ich sollte Dir das alles vielleicht nicht schreiben, aber wozu mich belügen oder Dich belügen, und ist das nicht ohnehin das Gleiche?

Mir wird bewusst, dass die Jahre an der Juilliard mich von Grund auf verändert haben. Ich bin nicht mehr der unbeschwerte, fröhliche junge Mann, als der ich in New York angekommen bin. Der die Musik liebte, natürlich, aber auch noch so viele andere Dinge.

Inzwischen ist die Musik meine einzige wahre Passion, und hier suche ich sie überall vergeblich.

Daher weiß ich nicht mehr, was ich mit meiner Zeit anfangen soll…

Und wenn ich Deine Mails lese, wenn ich Dich spielen höre, dann werde ich verrückt und würde am liebsten laut schreien:

Gebt mir meine Musik zurück! Gebt mir meine Noten zurück! Gebt mir den Park zurück, wo ich improvisiere, die Tische im Café Sabarsky, wo ich vor mich hin kritzele, gebt mir den Engel zurück, der über mich wacht und mich inspiriert.

Gerade jetzt wäre der Moment, etwas zu wagen, meinen Weg zu finden, zu arbeiten, aber ich kann nichts von alldem tun. Ich bin gefangen in einem Strudel aus lauten Stimmen, Familie, allen möglichen Forderungen, und ich muss gute Miene zum bösen Spiel machen, denn ich bin hier nicht zu Hause. Es scheint, als spielte ich eine Rolle, und ich bin ein jämmerlicher Schauspieler.

Jetzt weißt Du, wie ich mich fühle, jetzt kennst Du meine Verzweiflung.

Ich klinge wie ein verstimmtes Klavier.

Verzeih mir meine Traurigkeit und Melancholie.

Vielleicht werde ich einen Weg finden zu überleben? Vielleicht liegt es nur an dem plötzlichen Ortswechsel? Vielleicht muss ich diese Prüfung bestehen, und sie macht aus mir einen anderen Mann, einen entschlosseneren, um tausend Widersprüche bereicherten Mann?

Bis dahin, meine kleine Fee, sende ich Dir meine ganze Bewunderung, meine Zärtlichkeit, meine Küsse. Schreib mir bald, wie es Dir geht, und schicke mir neue Stücke, die meinen Kopf und mein Herz ausfüllen und meinen Hunger stillen.

Dein ausgehungerter
Gary Ward«

Gary liegt zusammengerollt auf dem Wohnzimmersofa zwischen Hortenses langem Tisch – sie hat in der ganzen Wohnung Tischplatten aufgebockt – und dem Fernseher. Er drückt auf »Senden« und schilt sich im gleichen Moment einen Feigling und Jammerlappen.

Statt dich selbst zu bemitleiden, solltest du dich lieber zusammenreißen. Ein bisschen Energie, ein bisschen Zorn, ein bisschen

Entschlossenheit und Mut! Lass dich nicht von einer kleinen, verführerischen Dämonin versklaven, die die ganze Welt unterworfen hat und sie zwingt, in ihrem Chaos zu leben. Los, wehr dich!

Und wie um ihm zu zeigen, dass die Zeit des Aufbegehrens gekommen ist, betritt Hortense, in ein Baguette mit Wurst und sauren Gürkchen beißend, das Wohnzimmer.

»Gary!«, schreit sie auf. »Du liegst auf meinem Stoff! Das ist ein neues Modell, und du ruinierst es einfach! Such dir gefälligst einen anderen Platz! Oder geh raus, spazieren!«

Gary mustert sie fassungslos.

Zu viel ist zu viel!

Sie schlafen auf einer Matratze auf dem Boden von Hortenses Zimmer, unter einem mit Stoffen bedeckten Tisch. Darauf hat Hortense ihre Nähmaschine, ihre Scheren, ihre Nadeln und ihre Skizzen ausgebreitet. Er darf nichts anfassen, nichts verrücken, *work in progress*! Der gesamte verfügbare Raum gehört ihr. Denn ein Tisch und eine Nähmaschine genügen ihr nicht. Sie fordert allen Platz für sich! Es gibt keinen Quadratzentimeter mehr, den sie nicht für sich beansprucht. Und sie wacht streng darüber, dass sich niemand auf ihr Terrain vorwagt. Nachts wird sie wach, schaltet das Licht ein, um eine neue Linie, einen neuen Schnitt auszuprobieren, zeichnet eine Gestalt, die sie draußen auf der Straße gesehen hat, tippt eine fiebrige E-Mail und schiebt beim Einschlafen die Hand weg, die er auf ihren Körper zu legen wagt. Schon die flüchtigste Berührung an der Hüfte ist ihr unangenehm, und sie knurrt, das sei jetzt nicht der passende Moment, sie habe keinen Kopf für so was.

Keinen Kopf für ihn, so viel steht fest!

Beim Duschen achtet er darauf, nicht eine dritte Nähmaschine nass zu spritzen, mit der sie Knopflöcher und Säume näht.

Wenn er morgens seine Kaffeetasse und sein Brot irgendwo abstellen will, muss er erst Garnrollen und Stoffe beiseiteschieben.

Verschluckt aus Versehen eine Nadel. Erstickt beinahe daran.

Beobachtet die übrigen Bewohner der Wohnung, die den Sturm Hortense schweigend über sich ergehen lassen.

»Ich schlage vor, dass wir den nächsten Wirbelsturm nach dir benennen, Hurricane Hortense, das wäre doch nicht schlecht, was?«, hat er neulich Abend lächelnd gesagt, als sie sich alle um eine Ecke des Küchentischs drängten und Pasta aßen.

Ein Versuch, ein kleines Lachen auf die bekümmerten Mienen zu locken.

Doch es hat niemand gelacht. Und das Schweigen, das auf seine Worte folgte, war vielsagend.

Zoé wartet auf die Ergebnisse ihrer Abiturprüfungen und verfolgt stumm diese Invasion in ihr Reich. Joséphine flüchtet in die Bibliothek, und Gaëtan …

Gaëtan stellt sich Hortense entgegen.

Mit gezückter Waffe.

Zwischen den beiden herrscht offener Krieg.

Sie kommunizieren nur noch schreiend.

Das ist keine Familie mehr, sondern ein Schlachtfeld.

Als Hortense vor ein paar Tagen eine Schublade ausgeleert hat, weil sie Platz für ihr Nähmaterial brauchte, hat sie zwischen Gaëtans Sachen kleine, weiße Papiertütchen gefunden, die ein weißes Pulver enthielten. Sie ist ins Bad gerannt und hat sie ins Klo geworfen.

Gaëtan ist ausgeflippt. Diese Tütchen waren mindestens zweihundert Euro wert. Das war sein Business! Und wie sollte er das jetzt zurückzahlen? Na? Hatte sie vielleicht auch mal daran gedacht? Er hatte sie im Flur gegen die Wand gedrängt und gebrüllt: »Ich habe keine Angst vor dir, Hortense!«

»Ich will keinen Junkie in meinem Haus!«

»Ich wohne hier, falls du das vergessen hast. Und Zoé auch! Und Zoé ist meine Frau, und sie liebt mich. Kennst du dieses Wort überhaupt? Liebe?«

»Eben! Um Zoés Wohl geht es mir ja. Was glaubst du, was Maman sagen würde, wenn sie rausbekäme, dass du Drogen nimmst und Zoé die Klappe hält, um dich nicht zu verlieren?«

»Das ist nicht dein Problem, Miss Perfect! Hör auf, ständig alle rumzukommandieren! Es ging uns viel besser, als du noch nicht da warst! Lass uns einfach in Ruhe!«

Er biss sich in die Fäuste, um sie nicht zu schlagen.

»Wenn es hier einen gibt, der verschwinden sollte, dann bist du das! Dann könnte Zoé endlich wieder frei atmen! Siehst du nicht, dass sie fix und fertig ist? Dass sie deinetwegen zugrunde geht? Sie macht sich furchtbare Sorgen, sie kaut an ihren Fingernägeln, sie ist verzweifelt, sie hat kaum noch Appetit, sie weint leise vor sich hin, und du merkst das nicht mal!«

»Sie wäre am Boden zerstört, wenn ich gehen würde. Ist es das, was du willst?«

»Andere Mütter haben auch schöne Söhne. Ich werde sie trösten. Sie wird eine Zeit lang weinen, aber das geht schnell vorbei! Sie ist nicht dazu erzogen, ihr Leben mit einem Kerl wie dir zu verbringen.«

»Sie liebt mich, und ich liebe sie, stell dir das mal vor!«

»Das glaubst du. Sie traut sich nicht, was zu sagen, aber sie erträgt diese Situation nicht länger. Meine Schwester ist ein anständiges Mädchen.«

»Warte nur, bis ich meine Abinoten habe, dann bin ich hier weg!«

»Du glaubst im Ernst, du hättest bestanden? Im Leben nicht. Und jetzt halt endlich die Klappe, bei dem Lärm, den du hier veranstaltest, kann ich nicht arbeiten!«

Gaëtan war gegangen und hatte die Tür hinter sich zugeknallt. Zoé hatte geseufzt. Sie spricht kein Wort mehr und verfolgt ohnmächtig die Auseinandersetzungen zwischen ihrer Schwester und ihrem Freund.

Gary würde am liebsten eine weiße Fahne schwenken, doch dann fragt er sich, wozu. Die Feindseligkeiten werden weitergehen.

Und das Schlimmste ist, dass er nicht mehr weiß, wem er recht geben soll.

Er möchte einfach nur weiter von Noten und Harmonie träumen.

Er verlässt die Wohnung und macht sich auf zu einem Spaziergang durch Paris.

Shirley setzt sich auf die Kirchenstufen und wischt sich die Hände an ihrer Schürze ab. Sie und Clare haben gerade einen Kurs gegeben mit dem Titel »Wie ernähre ich mich und meine Familie mit wenig Geld«.

Vor einer Woche war sie noch auf ihrer Insel Mustique. Lächelnd denkt sie an den Pool zurück, in dem sie morgens vor dem Frühstück geschwommen ist. An die weißen Handtücher, die Nina jeden Morgen wechselte. An die gleißende Sonne. Die goldbraunen Brötchen. Den frisch gepressten Orangensaft. Eine Mango, zwei Spiegeleier auf Baconscheiben, die so dick waren, dass sie sie kaum schneiden konnte. Der Kaffee, das türkisfarbene Meer, der weiße Sand, die bunten Fischschwärme …

Eines Morgens hatte sie ihr Glas Orangensaft abgestellt und sich gesagt, okay, jetzt ist es genug, ich fliege zurück nach London! Ich werde nie verstehen, wie mein Kopf tickt.

Clares Kurs war ihre, Shirley Wards, Idee gewesen. Sie ist gern zu etwas nütze.

Das hat auch Clare heute nach dem Kurs zu ihr gesagt.

»Sag nie wieder, du wärst zu nix nütze, sonst polier ich dir die Fresse!«

Clare ist zweiunddreißig. Sie lebt mit ihrer siebenjährigen Tochter Micky in East London. Als sie vor einem Jahr zum ersten Mal an den Murray Grove kam, putzte sie stundenweise in einem Bed and Breakfast für Touristen in der Baker Street. Für einen wahren Hungerlohn. Und dann war da noch das Bier. Sie schwankte immer zwischen einer Dose *Baked Beans* für Micky und einem Bier. Also kaufte sie die *Baked Beans* und stahl das Bier.

Was habe ich denn schon für eine Zukunft?, fragte sie und seufzte dabei. Ich habe die Wahl zwischen Stehlen, Betteln und Prostitution. Womit soll ich anfangen? Und Shirley protestierte, dass keines von den dreien wirklich eine Option sei.

Clares Mutter Molly hatte dreißig Jahre als Köchin in einem Pub in Vauxhall gearbeitet. Sie war immer stolz darauf gewesen, dass sie aus einer Porreestange, einer Zwiebel, einer Möhre, Reis, Nudeln oder einer Kartoffel die köstlichsten Gerichte zaubern konnte. Sie hatte ihrer Tochter alles beigebracht, was diese brauchte, um niemals Hunger zu leiden. Dank ihr hatten Clare und Micky nie vor der *Food Bank* anstehen müssen. Diese demütigende Parade von Müttern mit Kinderwagen, die sich vor den Türen der *Community Centers* drängen, während die Nachbarn sie von den Fenstern der Hochhäuser aus abfällig mustern. Nachdem Clare die Rechnungen bezahlt, Mickys Kleider im *Charity Shop* gekauft und alle anderen unvermeidlichen Ausgaben getätigt hatte, blieben ihr nur noch fünfzehn Pfund pro Woche für das Essen. Und jeden Tag dankte sie Molly und ihren Rezepten für die klamme Köchin.

Warum machst du aus deinen ganzen Rezepten nicht ein Buch?, hatte Shirley ihr eines Tages vorgeschlagen. Wir könnten es drucken und in Obdachloseneinrichtungen wie der unseren verteilen. Das wäre vielen Leuten eine große Hilfe. Und vielleicht wird sogar ein Verleger darauf aufmerksam? Vielleicht würde es sich verkaufen? Vielleicht würde es dir ja Geld einbringen? Clare hatte den Kopf gehoben. Erzähl doch keinen Quatsch, Shirley! Es ist gefährlich, die Leute zum Träumen zu bringen, wenn es schiefgeht, sind sie sauer auf dich. So was passiert doch nur im Märchen! Tja, dann sag dir doch einfach, dass dein Märchen Wirklichkeit werden wird. Was hast du denn schon zu verlieren? Nichts.

Und so hatte Clare ihr Buch mit Rezepten geschrieben, die weniger als fünfzig Pence pro Portion kosten. Vegetarische Hamburger mit Kidneybohnen, Karotten und Gewürzen: 25 Pence. Nudeln mit Tomate und Estragon: 28 Pence. Gemüsetarte: 34 Pence.

Clare kennt die Preise aller Lebensmittel. Eine frische Zwiebel kostet sechs Pence, Tomatenkonserven sind günstiger als frische und so weiter. Wenn Aldi den Preis für Tiefkühlerbsen erhöht, geht sie zu Iceland oder Lidl.

Shirley hatte sie begleitet.

Samstags gingen sie mit Micky auf den Markt von Dalston Kingsland und kauften Obst und Gemüse. Die Marktfrauen kannten Clare und gaben ihr Rabatt.

Mit jedem Tag wuchs das Buch um ein weiteres Rezept, und Clare freute sich. Wenn sie in einer Woche gut gewirtschaftet hatte, kaufte sie ein halbes Kilo Pistazien in dem kleinen asiatischen Laden an der Ecke ihrer Straße und knabberte sie abends mit Micky, während sie *EastEnders* schauten. Die Krümel fielen ihr in den BH, sie kratzte sich, und sie lachten beide darüber. Micky war stolz auf Clares Arbeit. Meine Mama schreibt ein Buch, erzählte sie ihren Freundinnen in der Schule.

Die erste Auflage erschien. Mit einem beige-blauen Einband. Shirley hatte sie drucken lassen und allen Frauen in der Einrichtung ein Exemplar geschenkt. Danach verteilte Clare ihr Buch überall. Und die Leute waren begeistert! Alle wollten es haben! Ein Verleger nahm Kontakt mit ihr auf. Er war bereit, es als günstige Taschenbuchausgabe herauszubringen. Clare unterschrieb einen Vertrag. Sie verdiente Geld.

Das war vor einem Jahr.

Inzwischen hat Clare den Job gewechselt. Sie arbeitet als Köchin in einem Restaurant. Wie ihre Mutter! Einmal im Monat kommt sie zurück an den Murray Grove, um den Frauen beizubringen, sich richtig zu ernähren.

Und jedes Mal ist dies Anlass zu Neckereien zwischen ihr und Shirley.

»Wehe, du behauptest noch einmal, es gebe keine Märchen!«, sagt Shirley.

»Und du, dass du zu nix nütze wärst!«

Clare hat recht: Es macht Shirley glücklich, zu etwas nütze zu sein.

Die Sache mit Philippe war komplett unnütz.

Vor ihrem ersten Wiedersehen hatte sie sich gefragt, ob alles in ihr zusammenbrechen würde, all die Mauern, Zugbrücken und Pechnasen.

Sie hatte den Atem angehalten, auf das erste Zucken gelauert, und …

Und es war nichts passiert. Alles blieb aufrecht stehen. Sie fühlte nichts. Nichts außer bleierner Erschöpfung.

Und seitdem …

Will sie nie wieder jemanden lieben. Ich habe kein Talent dafür, denkt sie, während sie ihre Schürze losbindet.

Becca hat sie auf den Stufen gesehen und steckt den Kopf aus dem Fenster.

»Hey! Zurück an die Arbeit!«, ruft sie. »Der Tag ist noch nicht rum.«

Shirley entgegnet seufzend, sie sei erschöpft.

»Erschöpft! Von deinem bequemen Millionärsleben!«, knurrt Becca.

»Ich selbst zu sein erschöpft mich«, murmelt Shirley und legt die Schürze zusammen.

»Dann denk einfach ein bisschen weniger an dich und ein bisschen mehr an die anderen!«

Shirley zuckt mit den Schultern.

»Manchmal bist du echt nervig, Becca«, brummt sie, ohne sich umzudrehen.

Sie will einfach nur sitzen bleiben, die rote Ziegelmauer und das sich im Wind wiegende Laub betrachten und die Buggys zählen, die hinein- oder herausgeschoben werden.

Bubble lässt sich neben sie auf die Stufen fallen.

»Hast du gehört, was sie zu mir gesagt hat?«

»Mhmm …«

»Sie geht mir auf die Nerven mit ihren Moralpredigten! Wer so alt ist wie sie, hat leicht reden!«

»Bist du wirklich erschöpft?«

»Ja. Gefühle können einen auch erschöpfen. Becca kapiert gar nichts.«

»Doch«, entgegnet Bubble, »sie kapiert andere Sachen.«

»Willst du damit sagen, dass ich unrecht habe?«

»Nein, dass ihr beide recht habt.«

»Du willst es dir hier wohl mit keinem verderben, was?«

»Das sollte ich auch nicht, wenn ich bleiben will.«

Er lächelt. Seine Augen funkeln spöttisch. Sein schmales Gesicht leuchtet auf und wird lebendig, und zwischen zwei blassen Narben erscheint ein Grübchen.

Shirley blinzelt in die Sonne.

»Dann bist du also geheilt?«, fragt Bubble.

»Geheilt?«

»Ja ... von der wunderbaren Krankheit.«

»Der Liebeskrankheit?«

»Wir haben uns neulich darüber unterhalten, weißt du noch? Also, bist du geheilt?«

»Sie war genauso plötzlich verschwunden, wie sie gekommen war.«

»Ach, tatsächlich?«, fragt er verwundert.

»Beim Konzert meines Sohnes in New York. Als ich an dem Abend den Saal betrat, war ich verliebt. Krank, gequält, verliebt eben! Mein Sohn hat gespielt und ... *I fell out of love**. Frag mich nicht, wieso.«

»Oh, das lässt ja hoffen«, sagt er in desillusioniertem Ton.

»Glaubst du mir nicht?«

»Weiß nicht.«

»Bei mir hat es funktioniert. Das heißt nicht, dass es bei jedem funktioniert.«

* Ich habe mich entliebt.

»Wir sind verschieden …«

»Auf jeden Fall.«

»Aber etwas haben wir gemeinsam!«

»Was denn?«

»Wir beide lieben Männer!«

Shirley lacht schallend auf, hakt sich bei ihm ein und lässt sich gegen ihn sinken. Sie befindet sich auf dem Weg der Besserung, aber sie ist immer noch geschwächt von dieser Liebe, die einfach verflogen ist und eine große Leere zurückgelassen hat.

»Was ich an der Liebe nicht mag, ist diese Inbrunst …«, sagt sie und fährt sich mit einem Finger über die Stirn.

»Diese was?«

»Du weißt schon, wenn ein Mann dich zu sehr liebt … wenn er dir alles schenkt, wenn es nur noch dich gibt auf der Welt … Dann möchte ich am liebsten so schnell wie möglich weglaufen. Es erstickt mich, es widert mich an.«

»So schlimm?«

»Ich mag nicht, wenn mich jemand liebt.«

»Vielleicht weil du selbst dich nicht liebst …«, sagt Bubble, der zu begreifen versucht.

»Ich glaube, ich liebe niemanden.«

»Blödsinn!«

»Doch, doch. Bei mir hat sich bei der Geburt etwas verklemmt. Und ist dann nicht mitgewachsen.«

»Aber du bist ein so großzügiger Mensch. Du gibst anderen so viel.«

»Nein. Ich gebe nicht. Ich mache mir selbst eine Freude.«

»Ach … So habe ich das noch nie gesehen.«

Shirley sieht ihn erstaunt an.

»Warum erzähle ich dir das eigentlich alles, Bubble?«

»Weil ich ein völlig Fremder bin. Du kannst mir dein Herz ausschütten und danach so tun, als hättest du nie etwas gesagt. Ich existiere gar nicht.«

Kurz darauf hat Bubble sich wieder gefangen.

»Ach«, sagt er, »fast hätte ich es vergessen! Ich soll dir etwas ausrichten …«

»Du meinst, du bist nicht rausgekommen, um mit mir in der Sonne zu sitzen und zu philosophieren?«

Er lächelt, und wieder erscheint das Grübchen in seinem Gesicht.

»Oh, Bubble! Du bist so süß, wenn du lächelst! Zu schade, dass du nicht auf Frauen stehst … Wir wären glücklich zusammen!«

»Zwei verkrüppelte Seelen. Wir würden jedenfalls keinen Marathon zusammen laufen, das steht fest!«

»Laufen ist auch nicht wirklich sinnvoll, weißt du. Man kann sehr glücklich sein, ohne sich zu bewegen.«

Er nickt wehmütig. Zögert. Legt einen Arm um Shirley und zieht sie an sich.

Shirley macht es sich an seiner Schulter bequem. Schließt die Augen. Dann erinnert sie sich.

»Hey! Was wolltest du mir eigentlich ausrichten?«

»Ach, ja!«

Er zieht seinen Arm zurück und fällt wieder in die Haltung des Boten, der seine Nachricht überbringt.

»Dein Sohn hat im Büro angerufen. Du bist nicht an dein Handy gegangen.«

»Ich habe es in der Küche gelassen.«

»Er ist in London und will sich mit dir in der Bar des Claridge's treffen. Heute Abend um Punkt neunzehn Uhr.«

»Mein Sohn ist in London! Hurra!«, schreit Shirley und springt auf.

Übersprudelnde Freude durchströmt sie, und sie hüpft vor Glück auf der Stelle.

»Siehst du … Jetzt bist du überhaupt nicht mehr erschöpft! Da ist doch etwas faul. Es bedeutet, dass du gar nicht wirklich erschöpft bist, sondern nur unglücklich. Du bist traurig, weil du niemanden zum Lieben hast ... Du bist eine Romantikerin, Shirley. Du tust zwar immer so kämpferisch, aber in Wahrheit ...«

»Hör auf, Bubble, hör auf!«, sagt Shirley lachend. »Du solltest mal dein Gesicht sehen, wenn du so was sagst! Du siehst aus wie ein trauriger weiser Mann.«

»Ich bin ein trauriger weiser Mann, und ich spreche weise Worte.«

Um Punkt neunzehn Uhr betritt Shirley die Bar des Claridge's.

Aus Respekt vor ihrem Sohn und dem eleganten Rahmen hat sie sich schick gemacht. Hat ein Kleid und hochhackige Schuhe angezogen. Etwas Parfüm auf Halsansatz und Handgelenke gesprüht. Und Halsketten angelegt, unter deren Gewicht sie beinahe zusammenbricht. Das Claridge's betritt man nicht wie einen U-Bahn-Waggon. Ein wenig Haltung, bitte!

Sie hält nach Gary Ausschau und entdeckt ihn nirgends. Eine lebhaft plaudernde amerikanische Familie bespricht ihr Programm für den kommenden Tag. Die Eltern bedeuten den Kindern, etwas leiser zu reden. Und die Jungen fingern an der Krawatte herum, die man sie zu tragen gezwungen hat. Sie mussten sich den Regeln des Hotels beugen: *No shorts, no ripped jeans, no baseball cap, no flip-flops.**

Sie setzt sich auf einen roten Hocker an der Bar, um Gary nicht zu verpassen, wenn er kommt. Mustert jede hochgewachsene Gestalt, die sich in der Tür abzeichnet. Welche Ironie, denkt sie bei sich, dass er sich genau da mit mir verabredet, wo ich ihn als Kind immer zurückgelassen habe!

Gary kommt herein, und auf den ersten Blick bemerkt sie seine traurigen Augen. Er wirkt verstört, und ihr wird schwer ums Herz.

»Was für eine schöne Idee, deine Mutter zu besuchen!«, sagt sie mit etwas gezwungener Fröhlichkeit.

* Keine Shorts, keine zerrissenen Jeans, keine Baseballkappen, keine Flipflops.

»Ich hatte plötzlich Lust, nach London zu kommen. Etwas Besseres als den englischen Sommer gibt es einfach nicht!«

»Und außerdem hattest du langsam genug von den Franzosen!«

»So kann man das auch sagen«, antwortet er mit einem bekümmerten Lächeln.

Sie bestellen zwei Dry Martini, um ein bisschen beschwipst zu werden, und suchen sich einen etwas abseits stehenden Tisch beim Kamin.

»Eine tolle Sache, so ein Kamin im Juli!«, ruft Gary.

»Darum stellen sie ja auch Blumen rein. Damit wir statt der Wärme den Duft genießen können!«

Wenn sie jetzt anfangen, über das Wetter und die Jahreszeiten zu reden, werden sie ungerührt Banalitäten aneinanderreihen. An der Haltung ihres Sohnes erkennt Shirley, wie verzweifelt er ist. Er hängt mehr, als dass er aufrecht sitzt. Immer wieder aufs Neue schlägt er die Beine übereinander, als wollte er etwas sagen und schrecke dann doch davor zurück.

Sie genießt die Pause, die er in ihr Gespräch einbringt, und wartet darauf, dass er zu reden beginnt. Nippt an dem bittersüßen Martini.

»Ich glaube, ich fahre nach Schottland ...«, beginnt Gary zurückhaltend.

»Auf dein Schloss?«, fragt Shirley vorsichtig.

Sie spürt eine vage Unsicherheit, versteht aber nicht, was das mit Schottland zu tun hat.

Gary streckt ein endlos langes Bein aus, dreht sich auf seinem Sitz und fährt fort: »Großmutter hat sich viel Mühe gegeben, es zu restaurieren. Sie hat sogar ein wunderschönes, funkelnagelneues Klavier hinbringen lassen. Dafür hat sie ein Vermögen bezahlt.«

»Aus ihrer Privatschatulle?«

»Ja.«

»Deine Großmutter ist eine tolle Frau!«, ruft Shirley.

»Ja.«
»Und dieses Schloss ist ein Geschenk deines Vaters …«
»Ja. Ein Geschenk meines Vaters«, wiederholt Gary.
»Alle Jungen brauchen einen Vater.«
»Ja.«
»Auch wenn er nicht mehr da ist …«
»Ja.«
Kannst du noch etwas anderes sagen außer Ja?, möchte sie ihn fragen. Aber sie spürt, dass Gary angespannt und besorgt ist. Also schweigt sie. Betrachtet die schiefergrauen Augen, in denen ein Gewitter tobt, das sie nicht ergründen kann.
»Aber eine Mutter ist auch nicht schlecht«, sagt Gary und lächelt sie an.
Shirley wird rot. Sie erinnert sich an das Konzert. Erinnert sich daran, wie sie sich für das geschämt hat, was sie Gary als Kind angetan hat. Wie sie sich gesagt hat, sie sei keine gute Mutter.
Da lässt sie alle Vorsicht fahren und platzt mit der Frage heraus wie eine Liebende, die um jeden Preis die Wahrheit wissen will.
»Findest du, ich war eine gute Mutter?«
»Ja. Eine sehr gute. Wieso fragst du?«
»Weil ich mir die Frage neulich in New York gestellt habe. Bei deinem Konzert. Und ich bin zu dem Schluss gekommen, dass ich eine schlechte Mutter gewesen bin.« Um die Atmosphäre ein wenig aufzulockern, fügt sie hinzu: »Keine Rabenmutter, aber auch nicht weit davon entfernt!«
»Du täuschst dich. Es gibt verschiedene Arten, eine gute Mutter zu sein, und ich habe sehr großes Glück, dich zu haben!«
»Oh!«, sagt Shirley gerührt. »Meinst du das ernst?«
Und mit einem Mal ist sie so glücklich, dass sie beinahe platzt. Sie erschauert und fühlt sich von einer sanften, hohen Welle getragen.
»Hundertprozentig. Jungen, die von ihrer Mutter großgezogen wurden, haben etwas Besonderes. Sie sehen das Leben auf andere Weise. Sie sehen es aus der Sicht des Mannes und gleich-

zeitig auch aus der der Frau. Weil du zwangsläufig auf mich abgefärbt hast!«

»Ich habe mich während dieses Konzerts so elend gefühlt…«, sagt Shirley seufzend. Eine schwere Last ist von ihr abgefallen.

Am liebsten würde sie ihn umarmen und küssen. Ihn an sich drücken wie damals, als er noch klein war und ein Kuss genügte, damit alles wieder gut war. Aber sie beherrscht sich.

»Hortense sollte mich eigentlich nach Schottland begleiten«, fährt Gary nachdenklich fort, »aber dann hat sie es sich anders überlegt. Sie muss arbeiten. Sie hat keine freie Minute mehr.«

Shirley trinkt einen Schluck Martini. Lässt ihm Zeit. Nimmt sich zurück. Will nicht um jeden Preis das Schweigen ausfüllen.

»Wenn sie sich zwischen ihrer Arbeit und mir entscheiden soll, wählt sie die Arbeit.«

»Das ist Hortense«, sagt Shirley.

»Das ist Hortense«, sagt Gary.

Wieder Schweigen. Aber dieses Schweigen ist reicher, großzügiger. Es öffnet eine Tür.

»Dann fährst du also nach Schottland…«

»Ja.«

Er blickt seiner Mutter in die Augen. Es ist so schwierig, darüber zu reden! Er möchte ihr sagen… Er möchte ihr sagen… Dass er sich vorstellen könnte, mit Calypso in Schottland zu sein. Sie würden auf den Schlossmauern spazieren gehen. Dem Klavier und der Geige einen Platz in dem großen Raum mit den Ahnenporträts über ihren Köpfen geben. Dort würden sie Brahms spielen, Mozart, Beethoven. Im Kerzenschein.

»Wo bist du gerade, Gary?«

»Wenn du wüsstest…«

Sie wartet weiter.

Sie spielt mit der grünen Olive in ihrem Glas, knabbert einen fettigen Chip, wischt sich die Finger an der Papierserviette ab, zwingt sich, keine Fragen zu stellen, und trotzdem hört er die Fragen im Kopf seiner Mutter.

Da reißt er sich zusammen und erzählt.

Er erzählt ihr von Calypso, der Musik, ihren langen Spaziergängen durch die Straßen von New York bis hoch zur 110th Street, von dem Haus mit den verrosteten Treppen, von ihren glänzend schwarzen Augen, er erzählt ihr von Calypsos Mails. Von dem unbändigen Wunsch, mit ihr nach Schottland zu fliehen, weit weg von allem.

»Was würdest du an meiner Stelle tun?«, fragt er seine Mutter.

»Ich würde ihr ein Flugticket schicken und sie bitten zu kommen.«

»Wirklich? Das würdest du tun?«

»Das Leben ist zu kurz für Reue.«

»Das sagst gerade du?«

»Ja. Und deshalb darfst du auch auf keinen Fall darauf hören. Ich bin ein sehr schlechtes Vorbild. Ich treffe immer die falschen Entscheidungen.«

»Aber das wird doch jetzt anders ...«, sagt er lächelnd, erleichtert, weil sie begriffen hat und er nicht mehr zu reden braucht.

»Ja. Vielleicht ...«

»Also war das in New York nicht bloß die Zeitverschiebung?«

»Nein.«

Unsicher lächelt sie ihren Sohn an.

Er hebt die Hand, um zwei weitere Martini zu bestellen.

Prostet seiner Mutter zu.

Dankt ihr.

Sie haben sich verändert. Sie sind gewachsen. Aus eigener Kraft. Er urteilt nie. Er stellt keine Fragen. Aber er weiß es.

Und er weiß, dass sie das weiß.

Als Ray Valenti eines Abends den Müll runterbringt, entdeckt er im Eingang des Hauses Zettel an der Wand, auf denen in großen Druckbuchstaben geschrieben steht: VALENTI HOHLSACK BETRÜGER.

Sie hängen überall. Mit Tesafilm festgeklebt. Und mit dickem rotem Filzstift geschrieben.

Niemand hat sich die Mühe gemacht, sie von der Wand zu nehmen.

Er reißt sie alle ab, knüllt sie zu einer dicken Papierkugel zusammen und steckt sie in Brand. Tritt die brennende Kugel mit dem Fuß weg.

Er weiß, dass es wieder losgehen wird.

Er traut sich nicht mehr nach draußen.

Er parkt seinen Wagen hinter dem Gebäude. Fährt zum Einkaufen nach Auxerre, um keinem Bekannten über den Weg zu laufen. Kommt zur Nachrichtenzeit zurück, wenn alle vor dem Fernseher sitzen.

Er geht nicht mehr in die Kneipe.

Er sammelt seine Umschläge nicht mehr ein.

Weiß nicht, ob Lancenny oder Gerson sie bei den Leuten abholen.

Er hat nichts mehr von den beiden gehört. Wenn er sie anruft, gehen ihre Frauen ans Telefon und sagen, sie würden es ausrichten. Oder der Anrufbeantworter springt an. Er hinterlässt keine Nachricht.

Schlimmer noch: Er traut sich nicht mehr anzurufen.

Er bleibt in seiner Wohnung. Sitzt vor der Glotze und trinkt Bier. Er kennt alle Programme auswendig. Am liebsten sieht er Tierdokus. Das beruhigt ihn. Der Löwe mit seiner Mähne, seinem gleichgültigen Blick, seinem lasziven, gemessenen Gang, dem Gähnen des Herrn und Meisters …

Er zieht die Schuhe aus, bevor er zur Tür rausgeht, schleicht die Treppe hinunter, vergewissert sich, dass der Weg frei ist, dass er den Müll rausbringen oder zum Einkaufen fahren kann. Sie brauchen ja schließlich etwas zu essen. Er muss seine Mutter pflegen. Die Windeln und die Medikamente kaufen. Die Wäsche waschen. Er darf nicht vergessen, Aspirin mitzubringen. Er ist ein echtes Hausmütterchen geworden, und das kotzt ihn an.

Und dann ist da noch dieser Rotzlöffel, der sich ständig bei den Briefkästen herumtreibt. Einmal hat er gesehen, wie er Umschläge eingeworfen hat. Er hat auf seinen Briefkasten gespuckt und ist weggerannt.

Es ist immer derselbe.

Garantiert Stellas Sohn! Er hat den gleichen blonden Hahnenkamm auf dem Kopf. Dass ihn jetzt schon die Kinder verabscheuen!

Neulich hätte er ihn fast erwischt.

Er wartete auf einen Brief von seiner Bank. Lautlos war er nach unten geschlichen, und da hatte er den Jungen gesehen, der gerade einen Umschlag eingeworfen hatte. Er wollte ihm hinterher, aber bis er seine Schuhe wieder angezogen hatte, war ihm der Rotzbengel schon ein gutes Stück voraus. Er rannte wie ein Hase.

Ray lief hinter ihm her, bis ihm die Seiten schmerzten.

Der Junge mit der Irokesenfrisur drehte sich um und zeigte ihm den Mittelfinger.

»Hohlsack, du Betrüger, wir machen dich fertig!«, rief er.

Er schien nicht einmal Angst zu haben.

Dann rannte er weiter in Richtung Wäldchen. Ray beschleunigte noch einmal und war kurz davor, ihn mit beiden Armen zu packen.

Da machte der Junge einen Satz zur Seite.

»Hey, Valenti, weißt du was? Du bist erledigt! Sie haben Ermittlungen gegen dich eingeleitet. Es steht bald alles in der Zeitung. Du kommst auf die Titelseite! Das gibt richtig Wirbel! Einen Mordswirbel!«

Der Bengel ging rückwärts und sah ihm dabei direkt in die Augen.

Keuchend hielt Ray sich die Seite.

»Du kleiner Scheißkerl!«, brüllte er außer Atem. »Dich krieg ich noch!«

»Du bist am Arsch, Valenti. Aber so was von!«

Dann wandte er ihm den Rücken zu. Vor dir hab ich doch keine Angst, sagte dieser Rücken. Mit den Händen in den Taschen ging er davon und sang vor sich hin: »Hohlsack ist am Arsch, Hohlsack ist erledigt…«

Früher war er ein Held. Früher baten ihn die Kinder um Fotos. Man hat eine Schule nach ihm benannt. Auf den Titelseiten der Zeitungen wurde über ihn berichtet.

Das ist doch noch gar nicht so lange her.

Er greift sich verständnislos an den Kopf. Das ist nicht möglich! Einfach nicht möglich!

Er kann seinen Ruf nicht einmal mehr durch neue Heldentaten aufpolieren. Man hält ihn für zu alt. Zu eingerostet, um noch auf die Drehleiter zu steigen. Gebt mir ein ordentliches Feuer, dann zeige ich euch, wozu ich noch fähig bin!, brüllt er und zerdrückt die Bierdose zwischen seinen Fingern. Da steckt noch Kraft drin! Und er schlägt sich gegen die Brust. Er betrachtet sich im Spiegel. Redet erbittert auf sein Gegenüber ein. Was glauben die denn? Dass ich plötzlich Angst vor dem Feuer hätte? Angst davor, zum Strahlrohr zu greifen? Angst davor, Türen einzutreten, Mauern einzureißen, Angst davor, mich in die Flammen zu stürzen?

Er hat das Gefühl zu ersticken. Er braucht Luft. Aber er kann nicht raus. Also läuft er ruhelos durch die Wohnung.

Legt sich zu Fernande. Sie nimmt ihn in die Arme und wiegt ihn zärtlich.

Eng an sie gekuschelt, sieht er fern.

»Wir beide haben es doch gut zusammen, nicht?«, sagt Fernande seufzend und streicht ihm übers Haar.

Er antwortet nicht.

»Hat dir jemand etwas getan, mein Kleiner?«

Er schüttelt den Kopf.

»Schon recht, dass dieses dahergelaufene Flittchen nicht zurückgekommen ist! Wir kommen sehr gut ohne sie klar, stimmt's?«

Er weiß nicht, ob Léonie aus dem Krankenhaus entlassen wurde. Oder ob sie sich immer noch verwöhnen lässt. Er müsste sich danach erkundigen.

»Stimmt's, mein Kleiner?«

»Ja, Maman. Du hast recht. Du hast immer recht.«

Sie denkt einen Moment nach.

»Jeder muss mit seinen Geistern leben«, sagt sie dann.

Abrupt hebt Ray den Kopf.

»Wieso sagst du das?«

Es ist Donnerstagabend, und im Patchworkatelier liegt Ferienstimmung in der Luft. Ein großspuriger Vogel trällert draußen im Hof, ein zweiter antwortet ihm etwas leiser, die Frauen haben Champagner, Rotwein, Weißwein, Grenadine, Macarons, Mousse au Chocolat und Kastenkuchen mitgebracht. Sie essen, vergleichen, tauschen Rezepte aus und lecken sich die klebrigen Finger ab, bevor sie sich wieder ans Werk machen. Im August bleibt das Atelier geschlossen. Valérie fährt nach England, um dort Workshops zu besuchen, Material zu kaufen und neue Techniken zu erlernen.

Voller Vorfreude auf all das Wissen, das sie auf der anderen Seite des Ärmelkanals erwartet, geht sie von einer Frau zur anderen.

»Hast du gesehen? Valentine Laignel ist nicht da«, bemerkt Stella.

»Bei der Geschichte mit ihrem Mann ist das ja auch kein Wunder!«, antwortet Julie. »Sie traut sich nicht mehr hierher.«

»Was sagt denn dein Vater dazu? Ich meine, Gerüchte sind ja gut und schön, aber es wäre doch besser, wenn das Ganze endlich offiziell würde. Die Leute reden und reden, aber sonst … Kommen die Ermittlungen voran? Ich habe nichts mehr gehört. Weder von ihm noch von Duré.«

»Duré hat ihn angerufen. Er kann deine Mutter nicht länger im Krankenhaus behalten. Er muss ihr Zimmer freigeben.«

»Es ist doch gar kein richtiges Zimmer. Es entspricht nicht den vorgeschriebenen Normen. Vorher haben sie da auch niemanden untergebracht. Und wieso hat er mir nichts davon gesagt?«, empört sich Stella. Ihre Augen funkeln zornig, und sie streckt die Schere nach vorn, als wäre sie ein Messer.

»Wahrscheinlich ruft er dich noch an …«, antwortet Julie und tritt einen Schritt zurück.

»Das will ich ihm auch geraten haben. Das Ganze ist ja schließlich meine Sache und nicht die deines Vaters.«

Die kleine Furche zwischen Stellas Mund und Nase verhärtet sich, sie presst die Lippen aufeinander, und ihre Augenbrauen ziehen sich zusammen. Wie ein Stier, der rotsieht.

»Hör auf, Stella!«

»Ich sagte doch, ich habe nichts mehr von ihnen gehört. Kein einziges Wort über den Verlauf der Ermittlungen. Ich habe Duré alle Unterlagen gegeben, und was kommt? Nichts! Worauf warten die denn noch? Dass Ray sich wieder aufrappelt, seine Kumpane zusammenruft und noch einmal zum Sturm bläst? Er wird sich nicht für den Rest seines Lebens geschlagen geben!«

»Es kommt schon alles an die Öffentlichkeit, mach dir keine Sorgen!«

»Da wäre ich mir gar nicht so sicher … Denk doch mal nach. Warum sollten dein Vater und Duré für uns kämpfen? Was hätten sie davon? Nur Ärger! An ihrer Stelle würde ich auch stillhalten. Ich würde reden, reden, aber das wär's dann auch. Ich würde schön gemütlich in meinem großen Haus sitzen bleiben.«

»Oh, Stella! Bitte! Manchmal bist du echt anstrengend.«

»Ich bin nicht anstrengend, meine Nerven liegen blank. Wo soll ich meine Mutter denn unterbringen? Ich muss das alles erst organisieren!«

»Bei Georges und Suzon …«

»Das geht doch auch nicht so von jetzt auf gleich! Wie stellen die sich das vor?«

Julie senkt den Kopf über das Stück Stoff, das sie gerade bestickt, und beschließt, das Gewitter einfach vorbeiziehen zu lassen.

»Ah! Siehst du! Keine Antwort ist auch eine Antwort! Du siehst also ein, dass ich recht habe!«

»Nein. Ich habe gerade an Jérôme gedacht.«

Stella zuckt zusammen.

»Was hat Jérôme denn damit zu tun?«

Sie sieht Julie misstrauisch an.

»Wir treffen uns fast jeden Abend, und es ist total schön!«

»Na und? Ich sehe den Zusammenhang nicht.«

»Für mich ist das wichtig.«

»Willst du damit sagen, dass es nicht nur mich im Leben gibt? Verstehe ich das richtig? Du hast die Nase voll von meinen Problemen?«

»Nein. Ich will damit nur sagen, dass es für alle Platz gibt, mehr nicht. Außerdem ist Sommer. Und … im Sommer verliebt zu sein, mit den langen Abenden, dem herrlichen Geruch in der Luft, den Sonnenblumen, dem piekenden Weizen, den Kletten, die an meinen Röcken hängen bleiben, und Jérôme, der sie vorsichtig abzupft, das kannte ich bis jetzt alles nicht, und es macht mich so … so …«

Ihre Stimme ist immer leiser geworden, sanfter, beinahe ein Flüstern. Sie sucht nach dem einen Wort, das ihr neues Glück zusammenfassen könnte, doch es fällt ihr nicht ein. Also wiederholt sie »so …, so …«, steckt die Nadel durch den Stoff und versinkt in glücklichen Träumereien.

Stella hält in ihrem Ausbruch inne und betrachtet ihre Freundin. Julie hat dieses Glück so sehr verdient. Die vertrauensvolle, sanfte, ehrliche, fleißige Julie. Julie, die die Männer Chefin nennen, Julie mit ihrem stämmigen Körper und den zu engen Pullovern. Julie, die vom Leben nicht verletzt worden ist, lediglich beiseitegeschoben und ignoriert, Julie, die sich zum ersten Mal fallen lässt …

Julie ist verliebt. Sie ist vierunddreißig Jahre alt, sie küsst einen Mann, er lädt sie zum Essen ein und hält ihr die Autotür auf. Na und? Das musst du respektieren, Stella. Das ist es doch wert, deinen Zorn eine Stufe runterzuschalten, oder nicht?

Stella reißt sich zusammen.

»Tut mir leid«, murmelt sie. »Ich habe wohl ein bisschen überreagiert. Aber das liegt daran, dass ich dachte, wir wären so kurz vor dem Ziel! So kurz vor dem Ziel …«

»Ich weiß«, sagt Julie leise. »Aber du darfst die Hoffnung nicht aufgeben!«

»So, und jetzt erzähl. Wo geht er denn abends mit dir hin? Ins Restaurant? Ins Kino? Küsst er dich im Dunkeln?«

Julie wird rot und zieht die Schultern hoch, als wollte sie im Kragen ihrer Bluse verschwinden.

»Mach dich nicht über mich lustig!«

»Ich mache mich nicht lustig, ich frage nur!«

Julie will gerade antworten, da klingelt ihr Handy.

»Das ist Marie!«, sagt sie und schaut zu Stella auf.

»Was will sie denn?«

Julie geht ran. Nickt.

»Warte kurz, ich frage Stella. Das ist Marie, sie konnte heute Abend nicht kommen, weil sie Dienst hat, und sie fragt, ob wir sie in der Redaktion besuchen wollen, sie ist allein, die anderen sind alle zu Recherchen außer Haus.«

Stella nickt eifrig. Heute Abend steht ihr der Sinn nicht nach Kreuzstichen.

»Und sie sagt, dass wir Champagner mitbringen sollen, wenn noch welcher übrig ist«, fügt Julie lächelnd hinzu.

»Sag ihr, wir sind gleich da!«

Stellas Miene ist wie verwandelt. Sie legt ihren Bildteppich zusammen. Packt Stoffe, Scheren und Nadeln ein und fegt mit einer raschen Geste die Knöpfe, Schnüre und Bänder in ihre Tasche. Los, auf! Wir gehen! Bald weiß ich endlich, woran ich bin, ich werde aus erster Hand erfahren, ob die Reporter mit ihren Recherchen begonnen haben oder ob die Akte in der Schublade des Chefredakteurs versauert.

In der Redaktion angekommen, legen die beiden ihre Sachen auf Maries Schreibtisch und öffnen eine Flasche lauwarmen Weißwein.

»Tut mir leid«, entschuldigt sich Julie. »Das war das Einzige, was noch übrig war. Aber wir haben den Rest Kuchen stibitzt. Dann haben wir wenigstens einen kleinen Imbiss.«

Auf dem Schreibtisch sitzend, stoßen die drei miteinander an. Dann beschließt Marie, sie durch die Redaktion zu führen. Sie besteht aus einem einzigen großen Raum, der die gesamte Etage einnimmt und in dem sich die Schreibtische aneinanderreihen.

»Das ist ein sogenanntes Großraumbüro«, erklärt sie in belehrendem Ton.

»Also bitte … davon haben wir auch schon mal was gehört!«, protestiert Stella scharf. »Wir sind ja schließlich keine Hinterwäldler!«

Julie wirft ihr einen raschen Seitenblick zu. Beruhige dich, sagt dieser Blick, sie hat dir nichts getan! Stella lächelt entschuldigend.

»Nur die Chefs haben ein eigenes Büro«, fährt Marie fort. »Wir nennen sie die Aquarien.«

Dann zeigt sie ihnen an einer Wand den Inhalt der Zeitung des nächsten Tages. Die Artikel, die Fotos, die Reihenfolge der Seiten.

»Das ist der sogenannte Seitenspiegel«, erklärt sie. »Wir hängen ihn immer an die Wand, weil es schon vorgekommen ist, dass Artikel doppelt abgedruckt wurden, und das ist ja blöd! Aber jeder hat ihn auch noch einmal auf seinem Computer …«

Sie plustert sich auf, fühlt ihre Bedeutung wachsen, hier ist sie auf ihrem Terrain.

»Und was machst du hier eigentlich genau?«, will Julie wissen.

»Ich bin verantwortlich für die Gestaltung der Titelseite.«

»Und kannst du uns zeigen, wie du das machst?«, fragt Julie.

»Wenn ihr wollt«, antwortet Marie überrumpelt.

»Amina hat mir erzählt, dass du ihr zu ihrem dreißigsten Geburtstag eine ganz persönliche Titelseite geschenkt hast«, sagt Stella. »Stimmt das?«

»Ja. Als Überraschung.«

»Es hat ihr super gefallen! Würdest du mir auch eine machen?«, bittet Stella. »Nur für mich?«

»Wenn du magst…«

»Dann würden wir sehen, wie das geht, und könnten es uns besser vorstellen.«

»Was hättest du denn gern als Schlagzeile?«, fragt Marie und schlüpft wieder zurück in die Rolle der Chefin.

»Keine Ahnung… Vielleicht so etwas wie…«

Stella tut, als müsse sie erst überlegen, damit sie nicht zu forsch erscheint und Marie sich nicht manipuliert fühlt.

»Etwas, was dir wirklich Freude machen würde…«, fährt Marie fort. »Auf der Titelseite steht ja schließlich nicht irgendwas!«

»Warte, ich denke nach…«

Julie tritt näher an den Seitenspiegel heran und liest die Schlagzeilen des folgenden Tages.

»Der Teil ist die Lokalausgabe von Saint-Chaland«, erklärt Marie.

»Oh, sieh mal, Stella! Da wird über den Schrottplatz berichtet. Über den Vertrag, den Papa in Indien abgeschlossen hat. Eine halbe Seite! Da wird er stolz sein.«

»Na, ist dir etwas eingefallen?«, will Marie von Stella wissen.

»Und ich darf dich um alles bitten, selbst um meinen geheimsten Wunsch?«, fragt Stella gespielt schüchtern.

»Na los, immer raus damit! Ich kann alles reinschreiben, was du willst.«

Stella grübelt und kneift die Augen zusammen. Sie zögert die Antwort noch ein wenig hinaus, um ihre Bitte harmlos erscheinen zu lassen.

»Jetzt hab ich's! Das würde mir wirklich Freude machen! Es ist vielleicht ein bisschen dreist, aber das ist das Einzige, was…«

»Na, sag schon!«

Stella vergräbt die Hände in den Taschen ihrer Latzhose und rückt mit der Sprache heraus.

»›Ray Valenti: Sturz eines Helden‹. Das klingt doch nicht schlecht, oder?«

»Meinst du das ernst?«, entgegnet Marie.

»Ja, ja … und als Untertitel: ›Der Mann, den die ganze Stadt bejubelte, war ein Betrüger. Immer mehr Affären kommen ans Licht und enthüllen das wahre Gesicht eines skrupellosen Menschen.‹ Und darunter druckst du ein Bild von ihm als Held.«

»Ist das nicht ein bisschen heftig?«, fragt Marie besorgt.

»Du hast doch selbst gesagt, du könntest alles schreiben! Und außerdem ist es ja nur ein Spaß!«

»Ja, schon, aber …«

»Ich finde das sogar noch ziemlich dezent. Wovor hast du Angst? Es ist doch nur für mich … Ich hänge die Seite in meinem Zimmer auf und schaue sie mir an. Das wird mir guttun. Denn eure Recherchen kommen ja nicht so recht vom Fleck, finde ich.«

»So ist es nicht«, protestiert Marie, »aber der Chefredakteur sagt, wir brauchen handfeste Fakten, ehe wir uns an diese Sache ranwagen. Das ist ja nun nicht gerade eine Kleinigkeit …«

»Und er hat immer noch nicht genug Fakten?«, schimpft Stella gereizt. »Bei allem, was ich Duré gegeben habe?«

»Ja, ich weiß. Duré war hier bei ihm. Sie haben sich im Aquarium eingeschlossen und lange geredet, aber …«

»Aber es geht nichts voran, stimmt's?«

»Na ja, sagen wir, er lässt sich Zeit. Wenn wir die Story bringen, werden eine Menge Leute mit hineingezogen. Das reicht in allerhöchste Kreise, verstehst du?«

»Das brauchst du mir nicht zu erklären!«

»Also überlegt er noch …«

»Sag es doch, wie es ist: Er hat Schiss!«

»Da ist er nicht der Einzige. Sogar dein Vater, Julie, sagt, dass man da vorsichtig sein muss.«

»Papa? Das hat er gesagt? Ehrlich, das würde mich wundern ... Er ist nicht der Typ, der auf einmal kalte Füße bekommt!«

»Und wir sind auf das Geld dieser Leute angewiesen. Alle Zeitungen haben im Moment Probleme. Nicht nur wir ...«

»Und deshalb kuschen sie vor den reichen Bonzen!«, ruft Stella und verzieht das Gesicht. »So ist es doch, oder? Wie heißt deine Zeitung noch mal? Steht da nicht das Wort ›*libre*‹ im Titel? Frei? Unabhängig? Pah!«

Julie stößt Stella diskret mit dem Ellbogen an und bedeutet ihr, sich zu beruhigen.

Stella seufzt wütend.

»Tut mir leid«, sagt sie dann. »Du kannst ja nichts dafür ...«

»Du hast mich gefragt, wie die Dinge stehen, und ich habe dir die Wahrheit gesagt ...«

»Versetz dich doch mal in meine Lage!«

Warum sage ich das überhaupt?, korrigiert sie sich sofort. Niemand versetzt sich je in die Lage eines anderen. Das sollte ich doch mittlerweile wissen ...

»Na, komm. Machst du mir meine Titelseite?«, bittet sie stattdessen in flehendem Ton. »Dann bekomme ich wenigstens den Trostpreis ...«

Marie zögert und wirft Julie einen fragenden Blick zu. Diese nickt zustimmend.

»Mach ihr ihre Seite. Es ist doch nur ein Spaß, niemand wird etwas davon erfahren. Das wird uns an die guten alten Zeiten der *muchachas* erinnern ...«

»Monsieur Toledo?«, fragt Marie lächelnd.

»Ja. Monsieur Toledo ... Er wäre stolz auf uns«, versichert Julie. »Wir haben es weit gebracht.«

»Auf jeden Fall!«

Endlich gibt Marie nach und übernimmt wieder die Leitung.

»Okay ... einverstanden. Ich setze die Schlagzeile über drei Spalten, ein großes Foto von Valenti aus glorreichen Zeiten, deine Bildunterschrift und oben einen Kasten mit einer Meldung zu den Weinen aus dem Burgund. Rechts daneben einen Artikel über die Restaurierung eines Schlosses in der Nähe, etwas zum Wetter und unten auf der Seite noch einen Artikel zur Verkehrssicherheit. Das macht das Ganze glaubwürdig. Gefällt es dir so?«

Marie macht sich an ihrem Computer zu schaffen, lässt Artikel und Fotos erscheinen, verschiebt, korrigiert, vergrößert.

»Aber das ist nur für dich, okay? Das musst du mir schwören!«

»Ja, klar«, versichert Stella.

»Und du verrätst es niemandem?«

»Versprochen.«

»Und ich halte dich auf dem Laufenden, was die Recherchen angeht. Ich meine, wenn sich irgendwann mal etwas tut …«

Und so verließ Stella an diesem Abend die Redaktionsräume der *République libre* mit einer zusammengerollten Titelseite unter dem Arm, auf der eine dreispaltige fettgedruckte Schlagzeile inmitten von Lokalnachrichten der Sturz von Ray Valenti verkündete.

»Wie schön, Madame Valenti!«, ruft Amina fröhlich, als sie Léonies Zimmer betritt. »Sie werden ja heute entlassen. Doktor Duré hat es mir gerade gesagt. Ich gebe Ihnen gleich noch die Akte mit Ihren Untersuchungsergebnissen und Röntgenaufnahmen, die müssen Sie sorgfältig aufheben und dürfen sie nicht verlieren.«

»Meine Tochter holt mich nachher ab. Ich werde bei ihr auf dem Hof wohnen. Oder besser gesagt, gleich nebenan, bei Georges und Suzon. Suzon hat mich aufgezogen, wissen Sie. Und Georges … na ja, Georges ist eben Georges! Er hat mir das Fahrradfahren beigebracht und mir gezeigt, wie man Kürbisse pflanzt und die Hühnereier findet …« Sie lächelt glücklich. »Ich werde mich wieder fühlen wie ein Kind … Und das ist sehr angenehm!«

»Dann sind Sie bei Ihrer Tochter und ihrem Enkel …«

»Tom? Er hat mir heute Morgen schon wieder eine Rosinenschnecke vorbeigebracht. Er hat offenbar Angst, dass ich verhungere.«

Léonies Koffer liegt auf dem Bett. Neben dem Stapel Partituren und dem Metronom.

»Dann können Sie ja auch wieder Klavier spielen, Madame Valenti …«

Léonie hört sie nicht. Sie geht zwischen dem offenen Schrank, dem Nachttisch und dem Bad hin und her und legt ihre Kleider sorgfältig zusammen, um sie nicht zu zerknittern.

»Ich muss sorgsam mit meinen Sachen umgehen, ich habe nicht so viel. Das meiste ist noch …«

Fast hätte sie »noch zu Hause« gesagt. Aber es ist nicht mehr ihr Zuhause, das ist es nie gewesen. Sie setzt sich auf das Bett.

»Ich muss mich erst noch daran gewöhnen …«, murmelt sie nachdenklich.

»Sie beginnen ein neues Leben. Das ist doch aufregend, finden Sie nicht?«

Léonie schaut zu ihr auf wie eine Ertrinkende.

»Aufregend?« Sie lacht verwundert und hebt rasch eine Hand vor den Mund. »Dieses Wort passt nicht zu einer Frau meines Alters, Amina!«

»Aber Sie sind doch noch nicht alt, Madame Valenti! Sie sind sechzig. In Ihrem Alter kann man noch mal ganz von vorn anfangen.«

»Ich habe in meinem Leben genug durchgemacht, Amina. Ab jetzt werde ich mich nur noch ausruhen.«

»Sie werden sich wundern, wie schnell Sie wieder ganz die Alte sind.«

»Sie übertreiben. Sie wollen mir eine Freude machen, mich beruhigen. Aber ich bin noch lange nicht wieder bei Kräften …«

»Doch, natürlich! Keine Angst! Ich hole nur schnell Ihre Akte, und dann helfe ich Ihnen, Ihren Koffer fertig zu packen. Kontrollieren Sie noch einmal, ob Sie auch nichts vergessen haben.«

»Sie sind sehr nett«, sagt Léonie lächelnd.

Ihr Blick wandert zum Fenster, das Amina offen gelassen hat. Sie schaut hinaus in das Grün der Zweige, die sich sacht vor dem blauen Himmel wiegen. Der Duft des Laubs weht zu ihr herein und vertreibt die scharfen Krankenhausgerüche. Eine sanfte Brise bauscht die Gardinen, hinter denen der Parkplatz verborgen ist, sie sieht die Autos, die wie bunte Bonbons dicht nebeneinander parken. Ein verrückter Gedanke durchfährt sie. Vielleicht könnte sie ja ein eigenes Auto haben? Dann wäre sie unabhängig.

Doch dann zuckt sie mit den Schultern. Träum nicht, Léonie, lass dir Zeit und mach einen Schritt nach dem anderen. Schling keine Gedanken hinunter, die dein Körper nicht schlucken kann. Zum Glück hat sich ihr Körper wieder erholt. Sie steht ganz gerade unter der Dusche und stolpert auch nicht beim Herauskommen, wenn sie, die Augen noch voll von warmem Wasser, nach dem Handtuch greift. Sie hat ihr Haar gebürstet, etwas rosafarbenes Rouge aufgelegt und ihre Wimpern schwarz getuscht. Stella hat ihr das alles mitgebracht. Du bist hübsch, Maman, das hast du nur vergessen. Léonie hat sich im Spiegel betrachtet und Stellas Worte wiederholt: Du bist hübsch, Maman.

Früher war mein Körper biegsam und geschmeidig, ich kletterte auf Bäume, ich hielt mich an den Ästen fest, ich stieg hinauf in die Spitze, und dort setzte ich mich hin, ich streckte die Beine aus und betrachtete die Wipfel der Bäume, die Wiesen, die Felder, den Fluss in der Ferne, die Weizenähren. Das beruhigte mich. Bäume haben mich immer beruhigt. Sie machten mir Mut. Ich könnte wieder auf Bäume klettern. Sie faltet die Hände vor ihrer Brust. Es gibt so vieles, was sie bald tun kann. Sie ist frei. Und sie hat keine Angst mehr. Oder wenigstens nicht mehr so viel Angst wie früher.

Ein leises Klopfen an der Tür reißt sie aus ihren Träumereien.

»Ja?«, sagt sie lächelnd und dreht sich um.

Und da steht er.

Ray Valenti. Breitbeinig. Die Daumen in den Taschen seiner Jeans verhakt. Die Oberschenkel nach vorn geschoben. Der Blick seiner schwarzen Augen bohrt sich in die ihren.

Sie keucht vor Überraschung und bekommt keine Luft mehr. Ihre Hände werden feucht, sie reibt sie gegeneinander. Sie krümmt sich, zieht die Schultern nach vorn, sackt in sich zusammen. Sie kann keinen Schritt mehr gehen. Er hat sie in ein Häufchen Steine verwandelt.

Sein Blick fällt auf den Koffer.

»Du gehst?«, fragt er. »Setzen die dich vor die Tür? Dann hatte mein Kumpel also recht, du kommst heute raus. Und wo wolltest du hin? Mein Freund arbeitet nämlich in Durés Abteilung, weißt du, und er hat mir Bescheid gesagt, hey, Valenti, deine Frau kommt heute raus, holst du sie nicht ab? Und wie ich sie abhole, hab ich gesagt. Und bin gleich hergerast. Weil du meine Frau bist. Du musst wieder zu mir zurückkommen, zu uns, meine ich …«

Sie möchte etwas erwidern, hebt den Arm, um sich zu schützen, flüchtet ans Fenster. Ihre Kehle ist trocken, sie schluckt, um ein bisschen Speichel zu sammeln.

»Léonie, hab keine Angst … Ich habe mich geändert, weißt du. Komm her, wir müssen reden.«

Er geht auf sie zu.

»Hab keine Angst, mein Liebling. Ich tue dir nicht weh. Du fehlst mir so! Ich kann ohne dich nicht leben. Ich kann einfach nicht … Du musst zurück nach Hause kommen.«

Wie gelähmt starrt sie ihn an.

»Léonie, mein Schatz.«

Seine Arme hängen schlaff an seinem Körper herunter, als käme er unbewaffnet, als bitte er um Frieden.

»Ich habe mich falsch verhalten. Das habe ich verstanden, weißt du, ich habe das verstanden. Die ganzen Monate ohne dich …«

Er ist am Fußende des Bettes stehen geblieben und sieht sie zärtlich an.

»Lass mich nicht allein, Léonie, lass mich nicht allein …«

Seine Stimme bricht, wird zu der eines jammernden kleinen Jungen.

»Alle wenden sich von mir ab … Wenn du wüsstest, was sie mir antun! Ich bin ganz allein. Ich habe keine Freunde mehr. Sie sind alle weg. Ich hänge nur rum und tue den ganzen Tag nichts, ich drehe mich im Kreis, das ist nicht gut, überhaupt nicht gut …«

Er streckt die Hände nach ihr aus, geht einen Schritt auf sie zu, dann noch einen, zieht sie an sich.

»Hab keine Angst«, flüstert er ihr ins Ohr. »Entspann dich … So … Ja …«

Er tätschelt ihr Haar, streichelt ihren Nacken.

»Wir haben uns doch mal geliebt, Léonie. Denk nur an den Anfang … als wir zusammen ins Kino gingen. Wir bestellten ein Eis mit zwei Kugeln und aßen es zusammen, wie küssten uns, wir waren glücklich … Was ist seitdem passiert, mein Liebes? Ich weiß es, ich habe lange darüber nachgedacht, ich muss verrückt gewesen sein. Verzeih mir. Ich werde das nie wieder tun. Ich bitte dich um Verzeihung. Verzeih mir, Léonie.«

»Ray! Nein!«, presst sie mit letzter Kraft hervor, eng an ihn gedrückt, die Arme starr in dem Versuch, sich von ihm zu lösen.

Sie weiß nicht, wie sie es geschafft hat, diese beiden Wörter herauszubringen. Stocksteif und mit verkrampften Fäusten steht sie da. Sie hat Blei im Bauch, Blei in den Beinen, Blei auf der Zunge. Sie hat keine Kraft mehr. Wenn er sie loslässt, wird sie fallen.

Er zieht sie fester an sich. Zwingt sie, ihn anzuschauen.

»Du musst mir glauben. Wir können wieder ganz von vorn anfangen … Und du wirst es ihnen sagen, ja? Du sagst ihnen, dass ich mich geändert habe, dass ich dich um Verzeihung gebeten habe. Du musst wieder zurückkommen.«

Sie schüttelt den Kopf. Er glaubt, sie wolle sich hinsetzen. Er führt sie zum Bett, klemmt ein Kissen hinter ihren Rücken, damit sie aufrecht sitzt, und lässt sich neben sie sinken.

»Bist du noch müde? Du wirst schon sehen, ich kümmere mich um dich. Du musst keine Angst mehr haben. Ich werde dir nie wieder wehtun, nie wieder! Ich war verrückt! Was ist bloß in mich gefahren?«

Er senkt den Kopf, streicht sich mit den Fingern durch das Haar und verzieht das Gesicht.

»Ich habe nachgedacht, weißt du. Ich hatte viel Zeit zum Nachdenken. Du hast mich so lange allein gelassen … Es ist doch nicht vernünftig, seinen Mann so lange allein zu lassen, nicht wahr? Mein kleiner Liebling …«

Er lacht nervös, reibt sich das Kinn. Setzt eine zerknirschte Miene auf.

»Ich weiß, es ist meine Schuld. Aber ich wollte das nicht, das schwöre ich dir! Ich wollte das nicht …«

Er versucht, nach ihrer Hand zu greifen, doch wie erstarrt zieht sie sie zurück.

»Léonie … mein Liebstes … Ohne dich geht das einfach nicht. Klar, Maman ist noch da, aber die ist in keiner guten Verfassung. Sie will auch, dass du zurückkommst. Wir haben uns beide verändert, weißt du! Seit du weg bist, sitzen wir da wie zwei Tiere. Wir wissen nicht, was wir mit uns anfangen sollen. Das ist doch bescheuert, oder? Wenn du nicht zurückkommst, bin ich imstande und mache eine Dummheit, eine richtige Dummheit.«

Er nimmt Léonies Kinn in beide Hände.

»Hör mir gut zu, ich sage das nicht einfach so dahin … Ich kann so nicht mehr leben. Lieber bringe ich mich um! Ja, ich sage es dir, wie es ist. Ich würde alles dafür geben, wiedergutzumachen, was ich getan habe. Ich wünsche mir so, du würdest vergessen, was passiert ist, und wieder zu mir zurückkommen …«

Er bemerkt die Partituren und das Metronom auf der Bettdecke.

»Ach! Hast du die wiedergefunden? Wer hat sie dir gebracht? Los, sag schon! Wer hat sie dir gebracht? Ich hatte sie zusammen mit dem Klavier verkauft, das ist doch verrückt! Die hat doch garantiert ein Kerl für dich zurückgekauft. Wer war das? Los, sag es mir!«

Seine Stimme wird schmeichelnd, er schmollt, er fleht.

»Sag es mir, Léonie … Ich werde ihm auch nichts tun, versprochen.«

Doch Léonie kann nicht antworten. Sie starrt zur Tür. Stella muss kommen. Oder Amina. Sie müssen kommen, denn sonst nimmt er sie mit, das weiß sie. Sie wird sich ihm nicht widersetzen können. Er wird sie unter den Arm klemmen und sie einfach raustragen wie ein Paket.

»Das ist nicht schlimm. Ja, wenn du willst, kaufe ich dir ein neues Klavier. Ich hätte es ohnehin nie verkaufen sollen. Ich habe dir immer sehr gerne zugehört, ich habe dir das nie gesagt, aber ich fand es sehr schön, wenn du gespielt hast, erinnerst du dich an den Mozart-Walzer, das war immer so hübsch, wie du den gespielt hast …«

Die *Ländlerischen Tänze*. Léonie schließt die Augen. *G, F, G, H, G, D, H, C, A.* Sie würde gern wieder Klavier spielen, ein eigenes Auto haben, auf Bäume klettern und jeden Morgen eine Rosinenschnecke essen.

»Du kannst so viel spielen, wie du willst. Komm, ich lege sie in deinen Koffer, und dann gehen wir, einverstanden? Wir gehen Arm in Arm hier raus, wie ein normales Ehepaar, denn du bist meine Frau, Léonie, du bist meine Frau, und daran kann niemand etwas ändern. So ist nun mal das Gesetz. Die anderen können nichts dagegen tun. Die glauben, man könnte das so einfach auflösen wie einen Knoten im Schnürsenkel, aber die haben nichts kapiert! Ich sage dir, Heiraten, das ist was fürs Leben. Für die guten und die schlechten Zeiten. Da braucht keiner das Gegenteil zu behaupten …«

Er packt die Partituren und das Metronom in den Koffer. Sieht sich im Zimmer um. Bemerkt den Bademantel, der neben der Dusche am Haken hängt.

»Den Bademantel nehmen wir auch mit, ja? Und deine Zahnbürste, steht die auf dem Becken? Du wirst schon sehen, es wird dir an nichts fehlen. Ach, das wird sich ändern, das wird sich alles ändern … Du wirst leben wie eine kleine Königin. Danke, Ray, wirst du sagen, und dann werden wir lachen und uns fragen, was bloß in den ganzen Jahren mit uns passiert ist … Und wo solltest du überhaupt sonst hin, Léonie? Du hast kein Geld. Du bist von mir abhängig, vergiss das nicht. Also ist es doch am besten, wir beide bekommen das wieder miteinander hin, meinst du nicht?«

Er steht auf, nimmt den Bademantel vom Haken, rollt ihn zu einer Kugel zusammen und wirft ihn in den Koffer.

Léonie hebt protestierend die Hand, nein, nicht zusammenrollen, doch Ray versteht sie falsch.

»Sollen wir ihn lieber hierlassen? Findest du ihn nicht schön? Du hast recht. Ich kaufe dir einen neuen. Einen mit Stickereien, die zu deinen Augen passen.«

Er holt die Zahnbürste, die Zahnpasta, das Rouge und die Wimperntusche. Lacht leise auf.

»Was bist du doch eitel geworden! Ich erkenne meine kleine Frau ja gar nicht wieder. Aber wenn es dir Freude macht, ist mir das auch recht! Kein Wunder, ich bin mit allem einverstanden. So einfach ist das.«

Er wirft die Sachen achtlos in den Koffer. Léonie zuckt zusammen. Steht auf, um alles ordentlich einzupacken.

»Na, komm, Liebes, wir gehen! Wir gehen, ohne uns noch einmal umzusehen. Und wir vergessen alles, was hinter uns liegt. Das wird alle, die sich jetzt hinter meinem Rücken das Maul zerreißen, zum Schweigen bringen.«

Er nimmt sie in die Arme, lehnt sie gegen die Wand und kehrt zum Bett zurück, um den Koffer zu schließen.

»Meine Akte?«, sagt sie. »Ich muss meine Akte mitnehmen.«

»Wozu denn das?«, erwidert er gereizt. »Die Akte brauchst du nicht. Das sind nur böse Erinnerungen! Du bist wieder gesund. Siehst du, du kannst ohne Hilfe stehen. Los, komm!«

Er nimmt den Koffer und schiebt Léonie sanft in Richtung Tür.

»Aber … ich muss ihnen doch Bescheid sagen, dass ich gehe.«

»Unsinn!«

»Ich muss mich von Amina verabschieden. Von Doktor Duré. Es gehört sich nicht, einfach so zu gehen. Sie haben sich so gut um mich gekümmert.«

»Was haben wir denn mit den Leuten zu schaffen? Wir haben gesagt, wir vergessen das alles, und jetzt wird vergessen, Schluss!«

»Ich muss ihnen aber sagen …«

»Siehst du, du fängst schon wieder an, dummes Zeug zu reden. Hast du nicht kapiert, was ich dir gesagt habe? Soll ich es noch einmal wiederholen? Geht es deinem dummen Köpfchen noch immer nicht besser?«

»Doch, aber …«

»Du versuchst ja schon wieder, mich auf die Palme zu bringen!«

»Nein, Ray, aber ich sollte trotzdem …«

»Nichts solltest du! Wir gehen jetzt, Schluss.«

»Das ist nicht richtig, Ray.«

»Jetzt stell dich nicht so an! Sonst muss ich grob werden, und das wäre doch schade, oder? Wir hatten gesagt, dass wir uns wieder versöhnen und noch einmal von vorn anfangen, da willst du mich doch nicht gleich wieder ärgern!«

»Nein, Ray, nein!«

»Léonie! Es reicht!«, schreit er und richtet sich zu seiner vollen Größe auf.

Sie weicht zurück, ihre Hand gleitet Halt suchend an der Wand entlang.

»Ray, du hattest gesagt …«, flüstert sie kaum hörbar.

»Aber das ist doch deine Schuld!«, brüllt er. »Du provozierst mich! Soll ich dir mal was sagen? Es war immer deine Schuld! Du machst alles falsch, du tust alles, um mich zu reizen, da ist es ja kein Wunder …«

Die Tür geht auf, und Amina kommt mit Léonies Akte in der Hand herein.

»Madame Valenti!«, ruft sie, als sie Ray erblickt.

»Madame Valenti ist wieder gesund. Monsieur Valenti ist hier, um seine Frau abzuholen, und sie gehen jetzt zusammen nach Hause. So ist das und nicht anders!«, donnert Ray.

»Sie kann noch nicht gehen! Der Doktor muss sie sich erst noch einmal ansehen«, protestiert Amina.

»Sehen Sie nicht, dass sie wieder gesund ist? Verdammt! Und so was will Krankenschwester sein! Sie sollten sich einen anderen Job suchen! Sie hat gerade ihren Koffer gepackt, als ich gekommen bin. Das heißt doch, dass sie jetzt geht, oder etwa nicht? Was reden Sie da für einen Blödsinn?«

»Sie wird das Krankenhaus nicht verlassen, bevor Doktor Duré sie ein letztes Mal gesehen hat. So ist das.«

»Dann kommen wir eben noch mal her und unterschreiben Ihnen Ihre Akte!«

Léonie verfolgt stumm den Dialog zwischen Amina und Ray, als ginge es gar nicht um sie.

»Nein! Das kann ich nicht zulassen«, erklärt Amina. »Und wenn Sie nicht hierbleiben, rufe ich Doktor Duré. Sie haben kein Recht, sie mitzunehmen.«

»Dann nehme ich mir eben das Recht! Ich bin ihr Mann. Sie gehört mir!«

Er packt Léonie beim Arm und zerrt sie mit sich.

Sie folgt ihm wie eine Schlafwandlerin. Amina sieht ihren leeren Blick, während Léonie sich widerspruchslos mitziehen lässt.

»Madame Valenti! Sie können nicht einfach …«

»Und wie sie kann! Verschwinde und lass uns durch!«

Amina versucht ihn aufzuhalten, aber Ray drängt sie zur Seite und zieht Léonie hinter sich her aus dem Zimmer.

Verzweifelt hält Amina nach jemandem Ausschau, der ihr zu Hilfe kommen könnte. Im Flur entdeckt sie einen Krankenpfleger.

»Alex!«, schreit sie. »Alex! Halt sie auf! Doktor Duré will sie sehen!«

Der Krankenpfleger dreht sich um.

»Such dir jemand anders! Die Patientin auf 143 hatte einen Herzstillstand, ich muss mich um sie kümmern, sonst schafft sie es nicht!«

»Alex!«, brüllt Amina und wirft sich auf Ray, um ihn zurückzuhalten.

Ray stößt sie von sich und schlägt ihr ins Gesicht. Amina fliegt gegen die Wand, prallt davon ab und geht zu Boden.

Léonie schreit auf und sackt weinend zusammen.

»Oh, nein! Oh, nein! Nicht das! Stella! Stella! Komm mich holen! Stella!«

»Es war nicht deine Tochter, die dich abholen sollte, sondern ich!«, fährt Ray aus der Haut. »Hast du das vergessen? Hast du schon wieder alles durcheinandergebracht?«

»Stella!«, schreit Léonie, während er sie wie eine Stoffpuppe hinter sich her schleift.

Ihre Akte ist heruntergefallen und die Unterlagen und Röntgenbilder haben sich über den Boden verteilt. Léonie wehrt sich, hebt schützend den Ellbogen. Wütend beugt Ray sich zu ihr hinunter und will sie packen, als ihn ein heftiger Schlag am Kinn trifft, sodass er das Gleichgewicht verliert und hinfällt.

»Verdammte Scheiße!«, brüllt er und reibt sich das Gesicht. »Welches Arschloch …«

»Das war ich«, sagt Stella ruhig. »Dürfte ich fragen, was du hier machst?«

Sie mustert den vor ihr Liegenden verächtlich. Versetzt ihm einen weiteren wohlgezielten Schlag. Und noch einen. Schubst ihn mit dem Schuh an. Bringt ihn jedes Mal, wenn er aufzustehen versucht, aus dem Gleichgewicht. Jedes Mal fällt er wieder hin. Und jedes Mal schlägt sie fester zu.

»Gar nicht so leicht, wenn man am Boden liegt, was? Wie fühlt es sich an, der Schwächere zu sein? Sich nicht wehren zu können, wenn man geschlagen wird? Kanntest du das bis jetzt nicht? Tja … siehst du, es ist nie zu spät, um dazuzulernen.«

Sie tritt ihn mit dem schweren Schuh. Fester, immer fester. Tritt ihn in den Bauch, gegen die Beine, zwischen die Beine. Sie kann nicht mehr aufhören. Er stöhnt und krümmt sich fluchend zusammen.

»Schlampe!«, schimpft er. »Du Schlampe!«

»Sprich gefälligst höflich mit mir! Wir sind hier in der Öffentlichkeit, und es gibt Zeugen. Pass auf, was du sagst!«

»Ich bin hier, um deine Mutter abzuholen«, keucht er. »Sie ist meine Frau. Und sie kommt mit mir nach Hause.«

»Falsch! Sie kommt mit mir«, entgegnet Stella und stellt eine dicke Schuhsohle auf Ray Valentis Gesicht. »Bald ist sie auch nicht mehr deine Frau, und du bist erledigt, Ray Valenti. Das dauert höchstens noch ein paar Tage. Hast du noch nichts davon gehört? Haben deine Freunde dir nichts gesteckt? Gegen dich wird ermittelt. Deine Freundin Violette hat dich verpfiffen, sie hat alles weitergegeben. Die Unterlagen über deine krummen Geschäfte! Sie hatte das ganze Zeug kopiert. Wusstest du das nicht? Jetzt ist die Zeitung an der Sache dran. Erst kommst du auf die Titelseite der *République libre*. Und dann in den Knast, Ray. In den Knast.«

Amina hat Verstärkung geholt und kommt mit Doktor Duré und zwei jungen Assistenzärzten zurück. Sie sehen zu, wie Ray Valenti spuckt, flucht und die Hände schützend zwischen seine Beine presst.

»Du verdammte Schlampe! Dir werd ich's zeigen, wart's nur ab! Und das wird nicht lustig, das garantiere ich dir!«

Die beiden Assistenzärzte machen Anstalten einzuschreiten, aber Duré hält sie zurück. Er will Stella die Möglichkeit geben, mit Ray abzurechnen.

»Die schmutzigen kleinen Tricks, mit denen du die Leute geschröpft und dir selbst die Taschen vollgestopft hast … das landet alles bei der Staatsanwaltschaft. Du bist am Arsch, Ray Valenti! Jetzt kommt alles raus. Alles. Du bist erledigt. Schreib dir das hinter die Ohren. Also stehst du jetzt auf, entschuldigst dich bei meiner Mutter und lässt sie in aller Ruhe gehen. Mit mir. Und wenn du ihr auch nur ein Haar krümmst, wird es dafür Zeugen geben.«

»Du verdammtes Miststück!«, spuckt Ray aus. »Dazu hast du kein Recht. Dazu hast du kein Recht.«

»Sag das den Bullen. Mich interessiert das nicht. Ich kümmere mich um meine Mutter. Den Rest überlasse ich der Justiz. Also steh jetzt gefälligst auf, halt die Klappe und sieh zu, wie wir gehen! HALT ENDLICH DIE KLAPPE, RAY VALENTI!«

Diese letzten Worte brüllt Stella. Sie brüllt, um den ganzen Hass hinauszulassen, der sie überkommt, wenn sie ihre Mutter am Boden sieht.

»VERSCHWINDE! LOS, VERSCHWINDE! Oder ich kann für nichts mehr garantieren!«

Von ihren Schreien alarmiert, ist das Klinikpersonal herbeigeeilt und bildet einen Kreis um Stella, Léonie und Ray. Verdutzt sehen sie den großen Ray Valenti am Boden liegen.

Er hebt sein verquollenes Gesicht. Stützt sich auf einem Ellbogen ab. Streckt ein Bein aus, dann das zweite. Steht auf. Wirft Duré einen hasserfüllten Blick zu.

»Und du tust nichts? Du sagst nichts?«

»Es reicht jetzt, Ray. Léonie steht unter meinem Schutz. Und sie wird mit Stella gehen.«

»So leicht kommt ihr mir nicht davon!«

Er wischt sich das Gesicht ab, fährt sich mit einer Hand durch das Haar, steckt sein Hemd zurück in die Jeans, rückt seine Jacke zurecht. Ignoriert Léonie. Und geht wortlos davon.

Am Ende des Flurs stößt er die Tür mit der Schulter auf und dreht sich noch einmal um.

»Sie gehört mir«, schreit er, »und ich hole sie mir zurück, ihr verdammten Arschlöcher, alle miteinander!«

Dann ist er verschwunden.

»Maman!«, sagt Stella und beugt sich über ihre Mutter. »Ist alles in Ordnung?«

Die beiden Assistenzärzte springen vor und helfen Léonie beim Aufstehen.

Sie lehnt sich gegen die Wand. Ihre Augen öffnen sich, schließen sich, sie kommt allmählich wieder zu sich.

»Er wollte dich wieder einwickeln, stimmt's?«, fragt Stella, streichelt ihrer Mutter übers Gesicht und glättet ihr Haar.

»Es war wie in einem bösen Traum …«

»Es ist vorbei«, sagt Stella. »Hast du deinen Koffer?«

Léonie deutet mit einem Blick darauf.

Stella nimmt ihn und reicht ihrer Mutter den Arm.

»Na, komm. Wir gehen … Wir können doch gehen, Doktor, oder?«, fügt sie, an Doktor Duré gewandt, hinzu.

Duré nickt. Die Assistenzärzte sammeln den verstreuten Inhalt von Léonies Akte auf und reichen sie Stella.

»Ihr müsst Tag und Nacht auf sie aufpassen«, sagt Duré. »Er ist imstande und versucht es noch einmal. Und weder Georges noch Suzon werden ihn aufhalten können …«

»Ich weiß«, sagt Stella düster.

»Es ist noch nicht vorbei, Stella. Er wird sich rächen wollen. Und dann bist du womöglich allein …«

Stella schaut ihn an.

»Als ob ich das nicht wüsste!«, sagt sie seufzend.

»Ich sehe nur eine Lösung«, hatte Georges eines Abends verkündet, »Stella und ich müssen abwechselnd Wache halten. Wir können uns auf niemanden sonst verlassen. Ich übernehme den Tag und Stella die Nacht.«

»Und wann soll ich schlafen?«, hatte Stella ironisch gefragt und ein Stück Camembert abgeschnitten.

»Bitte Julie um deinen Sommerurlaub. Nimm ihn jetzt. Wir haben Mitte Juli. Das reicht bis Mitte August.«

»Und danach?«

»Danach sehen wir weiter … Wir werden von Tag zu Tag entscheiden, etwas anderes bleibt uns nicht übrig.«

»Einverstanden«, hatte Stella zugestimmt. »Willst du Camembert, Tom?«

»Ich kann auch eine Schicht übernehmen«, hatte Tom protestiert. »Ich habe schon mal mit Georges im Wald schießen geübt. Und ich habe getroffen!«

Stella hatte ihm übers Haar gestrichen.

»Das mag sein«, hatte sie gesagt, »aber was, wenn er dich erwischt? Er ist viel stärker als du, und ich will dich nicht in Gefahr bringen. Möchtest du jetzt ein Stück Camembert oder nicht?«

Er hatte zugeben müssen, dass sie recht hatte. Seine Mutter hatte auch auf alles eine Antwort. Das nervte ihn.

»Dann lege ich mich eben auf die Lauer. Wenn er auftaucht, habe ich noch genug Zeit, euch zu alarmieren. Ich werde ganz laut schreien, dann wacht ihr auf und holt das Gewehr.«

»Und wo willst du dich auf die Lauer legen?«, hatte Stella gefragt, während sie sein Stück Camembert auf dem Messer balancierte.

»In meinem Zimmer!«

»Und wann schläfst du?«

»Ich muss nicht zur Schule, wir haben Ferien.«

»Wir werden sehen«, hatte sie gesagt.

Und sie hatte das Stück Camembert auf Toms Teller gelegt.

Das war kein Nein, und damit konnte er gut leben.

Er musste zugeben, dass das alles viel aufregender war, als mit Jimmy Gun zu reden. Er hatte Jimmy in letzter Zeit völlig vergessen. Er hielt ihn nicht einmal mehr über die Entwicklungen auf dem Laufenden.

»Und manchmal ist Papa ja auch da«, hatte er gesagt. »Dann haben wir Ferien. Papa ist nämlich ein richtig harter Kerl, der übernimmt alle Schichten allein.«

Stella hatte gelächelt, und Tom hätte alles dafür gegeben, dieses Lächeln häufiger zu sehen.

Die Belagerung hatte begonnen.

Georges, Tom, Stella und Adrian, wenn er da war. Er hatte seinen Chef um Urlaub gebeten, eine Familienangelegenheit, hatte er erklärt, meinetwegen, hatte der Chef gesagt, das kriegen wir schon hin, aber sieh zu, dass es nicht zu lange dauert. Und was ist mit meinen Papieren? Deine Papiere? Darum kümmert sich jetzt Courtois, ich habe alles Nötige in die Wege geleitet. Frag ihn danach.

Tom, Stella und Adrian waren mit Léonie zu Georges und Suzon gezogen. Um schlagkräftig zu sein, sollten wir zusammenbleiben, hatte Georges erklärt, und Stella hatte eingesehen, dass er recht hatte. Sie schaute jeden Tag in die Zeitung, aber natürlich erschien nichts. Es ist Sommer, erklärte Marie, viele Kollegen sind im Urlaub, die Leute haben anderes im Kopf, das ist jetzt nicht der passende Moment, um etwas zu unternehmen, es wäre ein Schlag ins Wasser.

Mit dem Sommer kann man sich schön rausreden, schimpfte Stella und schob die Zeitung von sich.

»Das ist alles meine Schuld«, sagte Léonie ständig. »Ich gehe weg.«

»Wo willst du denn hin?«, entgegnete Stella. »Lass uns nur machen, Maman. Ruh dich aus und sorg dafür, dass du ein bisschen zunimmst, wir schaffen das. Wir haben schon Schlimmeres überstanden!«

»Nein«, wiederholte Léonie, »dafür gibt es keinen Grund.«

»Doch«, entgegnete Stella. »Es gibt einen einzigen, sehr guten Grund: Niemand hat das Recht, andere zu terrorisieren.«

Georges schwieg, Suzon seufzte, und Léonie schrumpfte auf ihrem Stuhl zusammen und zupfte an der Kante der Wachstuchdecke.

Es war jeden Abend das Gleiche.

Die gleichen fruchtlosen Diskussionen, das gleiche dumpfe Schweigen. Diesmal nimmt er uns endgültig den Hof weg, das steht fest, grübelte Georges, Suzon sah die Sorge in den Augen ihres Bruders, Stella wurde durch das Warten immer gereizter. Sie schliefen schlecht, sie waren müde, rempelten einander unbeabsichtigt an und entschuldigten sich immer seltener.

Und mit jedem immer gleichen Tag wurde die Situation belastender. Es gab nichts mehr zu reden. Sie konnten nur warten.

Violette hatte sie besucht.

Sie hatten zusammen in der Sonne auf der Steinbank gesessen und Kaffee getrunken. Die Hunde lagen hechelnd zu ihren Füßen. Hector, der Papagei, weigerte sich, seinen Käfig zu verlassen, nicht einmal die Frau aus dem Wetterbericht konnte ihn noch hervorlocken. *Hot! Hot!*, kreischte er.

Es war heiß, schwül, beinahe klebrig. Tom hielt an seinem Zimmerfenster Wache. Georges las Zeitung, das Jagdgewehr in Reichweite, und Léonie und Suzon putzten in der Küche grüne Bohnen.

»Na? Wie ist der Stand der Dinge?«, fragte Violette. »Bis jetzt hat sich ja noch nicht viel bewegt.«

Stella zuckte mit den Schultern.

»Marie kann nichts dafür, sie entscheidet nicht, welche Themen sie bringen. Das macht der Chefredakteur. Oder die Journalisten. Und die haben alle Muffensausen. Was soll ich allein da ausrichten?«

»Du hast ihnen die ganzen Unterlagen gegeben, und die machen nichts daraus? Das glaube ich nicht!«

»So ist es aber … Duré wartet ab. Und Courtois treibt sich schon wieder irgendwo in der Weltgeschichte herum. Mag sein, dass sie nicht aufgegeben haben, aber genau weiß ich es nicht. Jedenfalls sind sie komplett von der Bildfläche verschwunden. Ich sage dir doch, ich bin auf mich allein gestellt.«

»Wow … Das macht ja Hoffnung!«

»Einen Trumpf habe ich noch. Die Titelseite der Zeitung … Wenn ich sie ihm unter die Nase halte, wäre er imstande, sich umzubringen, glaubst du nicht auch?«

»Möglich. Er ist nicht der Typ, der sich einem Skandal stellen würde.«

Violette hob mit beiden Händen ihr Haar an.

»Es ist einfach zu heiß«, sagte sie seufzend, »das vernebelt einem ja das ganze Hirn … Wie auch immer«, fügte sie hinzu, »ich bin raus aus der Sache. Ich habe das Haus meiner Eltern zum Verkauf angeboten und verschwinde.«

»Und wo willst du hin?«

»Zurück nach Paris. In diesem Loch hier gibt's doch nichts zu tun.«

Paris, dachte Stella. Paris …

Sie hatte nichts mehr von Joséphine Cortès gehört.

Aber das war im Moment auch nicht das Wichtigste.

Und sie hatte schon wieder vergessen, Julie ihr Buch zurückzugeben!

Auch von Julie hatte sie nichts mehr gehört.

Julie war verliebt.

Sie hatte ihr den Urlaub anstandslos genehmigt. Stella hätte sie um den Mond bitten können, und sie hätte ihn ihr gegeben. Und die Sonne gleich noch dazu.

»Ich finde es trotzdem komisch, mir das Bad mit Léonie zu teilen«, grummelte Georges abends beim Zubettgehen.

Er schlief bei Suzon. Stella, Adrian und Tom waren in sein Zimmer gezogen und Léonie in das von Tom.

»Wir leben in einer merkwürdigen Zeit«, schimpfte er, »nichts ist mehr an seinem Platz! Ich finde mich nicht mehr zurecht. Was soll ich denn machen, wenn sie vor der Tür wartet, um sich die Zähne zu putzen? Soll ich mich entschuldigen?«

»Du tust so, als wäre das alles ganz normal. Du wäschst dich in Ruhe fertig und überlässt ihr dann den Platz«, antwortete Suzon. »Und vergiss nicht, kurz durchzuwischen, ehe du rausgehst, damit alles schön sauber ist. Lass ja nicht deine Nasenhaare rumliegen …«

»Oh, du gehst mir auf die Nerven mit meinen Nasenhaaren!«

Er schlug das Laken zurück und ließ sich ins Bett fallen, dass die Matratzenfedern quietschten.

»Trotzdem ist das nicht normal. So gehört sich das doch nicht. Das kannst du mir nicht einreden!«

»Dann stell dir einfach vor, es wäre Krieg. Da bleibt dir ja auch nichts anderes übrig, als deine Gewohnheiten zu ändern …«

»Aber es ist Krieg, Suzon, das ist Krieg! Er wird uns nicht einfach so davonkommen lassen! Was glaubst du denn?«

»Du wirst sie doch nicht diesem Wilden ausliefern!«

»Nein«, brummte Georges, »natürlich nicht. Aber diese Geschichte wird noch ein böses Ende nehmen! Wie lange sollen wir denn so leben? Weißt du das, Madame Oberschlau?«

»Wir werden einfach von Tag zu Tag weitersehen. Das hast du selbst gesagt.«

»An dem Abend hätte ich mal besser meine Klappe gehalten!«

Er drehte sich hin und her. Es gab keinen Platz für ihn in Suzons Bett. Sie hatte ihre eigene Kuhle, aber er rollte immer wieder gegen sie, und das verdross ihn nur noch mehr.

»Jetzt schlaf endlich! Bald musst du die Wache übernehmen. Nutze wenigstens die paar Stunden Schlaf.«

»Ach, glaubst du etwa, ich könnte schlafen? Ich kann nicht schlafen, ich zermartere mir das Hirn, und außerdem ist dieses Bett nicht groß genug für uns beide!«

»Schlaf, sag ich! Wenn schon nicht deinetwegen, dann tu's für mich. Ich brauche meinen Schlaf, sonst halte ich mich nicht mehr lange auf den Beinen.«

»Jetzt versuch nicht noch, mir ein schlechtes Gewissen einzureden! Das hat mir gerade noch gefehlt! Typisch Frau, so was!«

Er schimpfte und schimpfte und schlief irgendwann ein.

»Dann stimmt es also, du wohnst in Paris?«, flüsterte Stella Adrian zu, der neben ihr lag.

Er lächelte sein schmales Lächeln und antwortete: »Ja, schon.«

»Und warum hast du mir das nie gesagt?«

»Um dich zu schützen, falls er dich ausfragen sollte.«

»Aber du weißt doch, dass ich alles über dich weiß …«

Er umarmte sie fester, hauchte einen Kuss auf ihr Haar und seufzte.

»Ich wusste, dass du mich irgendwann erwischen würdest. Du bist einfach zu gut!«

Tom stand am Fenster und starrte hinaus in die Dunkelheit. Er hörte, wie sich seine Eltern flüsternd in Georges' großem Bett unterhielten, und dachte bei sich, dass er noch nie in seinem Leben so glücklich gewesen war. Sie alle drei im selben Zimmer, in derselben Dunkelheit, sie alle drei vereint im Angesicht der Gefahr, und er, der Wache hielt, während sie sich ausruhten.

Er hätte seinen Platz gegen nichts in der Welt eingetauscht.

Das war der schönste Sommer seines Lebens.

Léonie konnte nicht einschlafen.

Mit weit offenen Augen lag sie in Toms kleinem Bett zwischen der »Tom und Jerry«-Bettwäsche und machte sich Vorwürfe, weil sie das Leben der Menschen auf den Kopf stellte, die sie liebte. Ich sollte weggehen, aber wohin? Ich habe kein Zuhause mehr. Das Schloss meiner Kindheit ist jetzt ein Ferienheim für Fremde. Ich bin nie wieder dorthin zurückgekehrt. Es heißt, sie hätten überall Waschräume eingerichtet, in den Fluren lange Reihen mit Kleiderhaken angebracht und Wände eingerissen, um Schlafsäle zu schaffen. Anscheinend wollen sie diesen Sommer auch die Stromleitungen erneuern, weil es immer wieder Kurzschlüsse gegeben hat, einmal soll sogar schon ein Feuer ausgebrochen sein. Und was ist mit dem Park? Klettern die Kinder auf meine Bäume? Ich würde so gern noch einmal die Bäume sehen, bevor ich …

Bevor ich was?

Sie wusste es nicht. Und das quälte sie.

Und dann eines Abends …

Es war der 10. August.

Adrian war wieder weg, sie hatten zu Abend gegessen und redeten darüber, wer die erste Wache übernehmen sollte.

An diesem Abend legte Stella beide Hände flach auf den Tisch, stand auf, hob ein Bein über die Bank und sagte: »Jetzt reicht's, so kann das nicht weitergehen, wir werden ja noch verrückt, es muss etwas passieren … Georges, du bleibst hier und passt auf Maman und Suzon auf. Tom, du hältst Wache und warnst Georges, sobald du etwas Verdächtiges hörst oder siehst, und ich gehe.«

»Wohin gehst du?«, fragte Georges und ließ seine *Rustica* sinken.

»Ich gehe.«

Aber zunächst ging sie nach Hause, in ihr Schlafzimmer.

Die anderen warteten schweigend, schauten einander an und fragten sich, was sie wohl vorhatte.

Als sie zurückkam, trug sie ihren Parka, dabei war es nicht kalt. Im Gegenteil, es herrschten drückende Temperaturen, selbst die Nächte brachten keine Kühlung. Wie eine dicke, ölige Schicht lag die Hitze auf ihren Schultern. Suzon versuchte zwar, ein wenig Durchzug zu schaffen, doch das brachte kaum Abhilfe. Sie bewegten sich so wenig wie möglich und reckten den Hals, um jeden Luftzug auszunutzen.

Den Hut auf dem Hinterkopf, schaute sie sie an. Und dann ging sie wortlos hinaus.

»Will sie zum Nordpol, oder was?«, fragte Georges, um etwas zu sagen.

Niemand antwortete.

Sie hörten, wie der Motor des Lasters ansprang und sie in den ersten Gang schaltete.

»Das ist mal wieder typisch Stella«, sagte Georges seufzend. »Uns Befehle erteilen und dann einfach gehen, ohne ein Wort zu sagen …«

»Lass sie«, entgegnete Suzon, »sie weiß, was sie tut.«

»Suzon hat recht, wir müssen Maman vertrauen«, erklärte Tom.

Léonie blieb stumm.

Und dann sagte sie: »Ich weiß, wieso sie den Parka angezogen hat, sie zieht sich an wie ein Mann, das macht ihr Mut, das war schon immer so.«

Er liegt in Unterhose auf dem Sofa, vor sich der Ventilator.

So ein Ventilator ist was Feines. Er hat einen für sich selbst gekauft und einen zweiten für seine Mutter. Er war beim Carrefour in Saint-Chaland. Die Kassiererin hat ihn angelächelt und gefragt: Wie geht's, Monsieur Valenti?

Er lässt Eiswürfel über seinen Oberkörper gleiten. Nimmt einen und saugt daran. Ich könnte Eiswürfel aus Pastis machen, das wäre erfrischend. Seine Mutter schläft im Nebenzimmer. Er hat ihr schließlich eine Schlaftablette gegeben, denn bei dieser Hitze macht sie ihm das Leben zur Hölle. Sie sucht überall nach ihren Beinen, hat Wahnvorstellungen und beschuldigt ihn, sie weggenommen und unters Bett geräumt zu haben. Gib mir meine Beine zurück, schreit sie, gib mir meine Beine zurück! Aber ich habe sie nicht, Maman, ehrlich, ich schwöre es! Was sollte ich damit? Wo sind sie denn? Wer hat sie genommen, wenn du es nicht warst? Und dann streckt sie eine Hand aus, tastet und sagt, aber da sind sie ja, da sind sie, ich spüre sie! Aber ich sehe sie nicht, Ray! Ich sehe sie nicht! Ich bin blind geworden, Ray! Ich bin blind! Er fragt sich, wie lange die Tablette wohl wirkt. Drei Stunden Ruhe sollten drin sein.

Und danach geht der Zirkus wieder von vorn los.

Verdammte Scheiße!, sagt er sich. Verdammte Scheiße! Muss diese verfluchte Hitze denn jetzt sein! Wo es gerade wieder anfing, besser zu laufen, die Lage hatte sich beruhigt, es gab keine Zettel mehr im Flur und auch keine Rachebotschaften mehr im Briefkasten, die Leute hatten aufgehört, ihn hinter seinem

Rücken Hohlsack zu nennen, und die Ersten lächelten ihm sogar wieder zu. Sie sagten sich sicher, dass es besser wäre, sich gut mit ihm zu stellen, falls sich alles wieder einrenken sollte.

Und es renkte sich wieder ein. Das spürte er genau.

Alles geht vorbei, nicht wahr? Die Leute haben ein schlechtes Gedächtnis. Sie vergessen schnell. Nicht mehr lange, und du kannst deine Geschäfte wiederaufnehmen. Ein kurzer Anstoß, und alles geht von selbst wieder los, ohne dass du auch nur einen Finger krumm machen musst. Komm schon, Alter! Einen Eiswürfel in den Nacken, kurz mit dem Ventilator drüber und dazu einen kleinen Pastis! Ja, seit Neuestem führt er Selbstgespräche. Bleibt ihm ja nichts anderes übrig. Er ist sein bester Freund geworden. Aber wenn alles gut läuft, hat er bald auch wieder Freunde.

Jetzt muss erst mal diese verdammte Hitze abklingen!

Denn diese Temperaturen spielen ihm nicht gerade in die Hände. Kein Mensch geht mehr vor die Tür, er hört nichts mehr, hat keine Ahnung, was los ist, ob sich die Lage wirklich beruhigt oder nicht, ob die Bullen die Ermittlungen eingestellt haben. Vielleicht schnüffeln sie ja auch gerade überall herum? Vielleicht kommt alles mit einem Donnerschlag ans Licht? Das würde er nicht ertragen. Dann würde er keine Sekunde zögern und sich umbringen. Er weiß nicht, wie, aber einen Skandal würde er nicht überleben. Er, der Gangsterboss von Saint-Chaland, auf der Anklagebank! Was für eine Schande!

Das macht ihm zu schaffen.

Aber er ist guter Hoffnung. Es ist schon eine ganze Weile her, seit ihm diese durchgeknallte Irre mit dem Schlimmsten gedroht hat, und passiert ist nichts. Nicht der leiseste Hauch einer Ermittlung, keiner war da, um ihn zu befragen. Dieses Miststück hat wieder mal seine Träume mit der Realität verwechselt.

Er kratzt sich an den Eiern, steht auf, in der Glotze läuft nichts Vernünftiges, er kann sich in aller Ruhe einen kleinen Pastis machen. Ach, wenn das alles vorbei ist, dann fängt er mit Golfspielen an. Golf, das macht was her. Und außerdem beruhigt es. Das wird seinen Nerven guttun. Er geht zur Küche, wirft auf dem Weg einen Blick in das Zimmer seiner Mutter, sie ist unruhig, aber sie scheint zu schlafen, er schaut auf die Uhr, er hat noch ein bisschen Ruhe, er betritt Küche, öffnet den Kühlschrank, nimmt den Eiswürfelbehälter raus, als …

Es an der Tür klingelt.

Wer kann das sein?, fragt er sich und schließt bedauernd den Kühlschrank. Aus dem Inneren zog es kalt heraus, das war verdammt angenehm. Einer seiner Kumpel? Lancenny oder Gerson, die wieder angekrochen kommen? Die zwei wird er an die Kandare nehmen müssen. Die sollen ja nicht glauben, sie kämen ihm einfach so davon.

Er schlurft über das Linoleum. Es ist zu heiß, um die Füße zu heben. Zu heiß, um sein Auge an den Spion zu drücken, ach komm, ich wette, es ist Lancenny, das ist der größere Feigling von beiden, er spürt, dass sich der Wind dreht, und will zu Kreuze kriechen.

Wieder klingelt es. Der Typ wird ungeduldig. Tja, dann wartest du eben noch ein bisschen, Alter! Bin ja schließlich nicht dein Lakai.

»Ja! Ich komm ja schon«, brüllt er.

Er wirft einen Blick in den Flurspiegel und zieht den Bauch ein. Er sieht gut aus in Unterhose. Durch die Hitze hat er abgenommen. Kein Appetit. Und außerdem ist ja keiner mehr da, der ihm was zu essen macht …

Er zieht die oberen Riegel zurück, zieht die unteren Riegel zurück, nimmt die Kette weg, er vertraut niemandem mehr, er verbarrikadiert sich, falls sie ihm doch Ärger machen sollten, wie das verrückte Weibsbild behauptet hat! Noch so ein Blödsinn, den sie ihm erzählt hat, um sich wichtigzumachen.

Er öffnet die Tür mit der weit ausholenden Geste eines Mannes, der vergibt, der bereit ist zu verzeihen, streckt Lancenny die Hand entgegen und …

»Scheiße!«, schreit er auf. »Was willst du denn hier?«

Er hat sie nicht sofort erkannt.

Sie ist angezogen wie im tiefsten Winter.

Mit ihrem Parka und ihren Arbeitsschuhen.

»Bist du verrückt geworden?«, fragt er höhnisch. »Machst du einen auf Schneemann, oder was? Wenn du hier bist, um mir einen zu blasen, hast du die falschen Klamotten an!«

Sie versetzt der Tür einen Tritt und kommt herein.

Schlägt die Tür hinter sich zu.

»Sag mal, geht's noch? Das ist meine Wohnung, verdammt! Hier spazierst du nicht einfach so rein!«

»Halt die Klappe, Ray! Setz dich hin, du hast jetzt Sendepause!«

Sie schubst ihn ins Wohnzimmer und zum Sofa. Entgeistert starrt er sie an und lässt es mit sich geschehen. Hier anzutanzen und ihn in seiner Wohnung herauszufordern! In seiner eigenen Wohnung! Die ist dreist! Und er sieht garantiert aus wie der letzte Trottel in seiner Unterhose!

Sie stößt ihn fester, sodass er hintenüberfällt.

Er sackt auf das Sofa, und sie bleibt direkt vor ihm stehen.

»Und wehe, du rührst dich vom Fleck! Ich habe eine Waffe unter dem Parka. Darum hab ich mich als Schneemann verkleidet, wie du sagst. Eine tödliche Waffe.«

Sie mustert ihn verächtlich. Verdammt! Sie ist ziemlich groß!

»Schick siehst du aus in deinem Slip!«, spottet sie. »Sehr schick, der Liebling der Damen!«

»Mir doch egal! Was willst du hier?«

»Ich wollte dir einen kleinen Höflichkeitsbesuch abstatten.«

Das gefällt ihm nicht. Es riecht nach Ärger. Sie wirkt völlig ruhig unter ihrem blöden Hut. Und sie hat etwas unter den rechten Arm geklemmt. Eine Waffe? Die Frau ist doch irre!

Er versucht aufzustehen, aber mit einem Stoß gegen seine Schulter drückt sie ihn wieder zurück.

»Nicht bewegen!«, befiehlt sie. »Du hörst mir zu! Und sperr

die Ohren schön weit auf. Besser, du bleibst sitzen, sonst könnte dich der Schock umhauen.«

»Scheiße, Mann!«, brüllt er. »Lass mich in Ruhe! Du hast kein Recht, hier zu sein! Das ist meine Wohnung! Privatbesitz!«

»Keine Angst. Ich bleibe nicht lange.«

»Tja dann ... spuck aus, was du zu sagen hast, und verpiss dich.«

»Lass dir deswegen keine grauen Haare wachsen. Ich genieße es nur ein bisschen. Ich störe doch hoffentlich nicht? Halte ich dich vom Fernsehen ab? Was guckst du denn gerade?«

»Keine Ahnung. Interessiert mich nicht.«

»Ach! Das läuft nur, um dir Gesellschaft zu leisten. Recht hast du, viele Freunde gibt's ja wohl nicht mehr.«

Stella schluckt mühsam. Schweiß rinnt über ihren Rücken, unter ihren Achseln, über ihren Bauch. Ihr ist schwindelig. Sie hat so lange auf diesen Moment gewartet. Ihn vor sich zu haben, ihm die Nase in seine Scheiße zu stoßen. Ihn zum Äußersten zu treiben. Sodass er nur noch einen Gedanken kennt: sich umzubringen. Sie spielt mit hohem Einsatz, vielleicht klappt es, vielleicht aber auch nicht. Bei solchen Kerlen weiß man nie. Man braucht Courage dazu, und Ray Valenti ist alles andere als mutig.

Ich lasse mich nicht unterkriegen, sagt sie sich, ich habe mich von ihm nie unterkriegen lassen. Jetzt darf nur nichts schiefgehen. Ich habe ihn in der Hand, aber Vorsicht, ich darf keinen Fehler machen. Ich muss clever sein. Und vor allem ruhig bleiben. Wut würde alles ruinieren.

Sie atmet tief durch.

Er rutscht unruhig auf dem Sofa herum.

»Ich frage mich, ob es im Gefängnis Fernsehen gibt. Ich meine, ob die Typen in ihrer Zelle gucken dürfen.«

»Keine Ahnung, und es ist mir auch scheißegal.«

»Hm ... Du solltest dich lieber mal informieren.«

»Und warum?«

»Das ist es ja gerade … Ich frage mich, ob ich es dir gleich sagen soll oder lieber noch ein bisschen warte. Ich will das genießen, verstehst du. Ich freue mich schon so lange auf diesen Moment.«

»Worauf wartest du? Dass Mäuse Katzen fressen? Das kannst du vergessen, Miststück!«

»Dass du immer gleich so ausfallend werden musst … Ist das vielleicht ein Zeichen für deine Schwäche?«

»Ach, leck mich doch!«

»Da, siehst du, schon wieder! Im Grunde kriegst du ja nicht viel auf die Reihe, außer andere Leute zu beleidigen, zu verprügeln und sie in Angst und Schrecken zu versetzen.«

»Blablabla! Red du nur! Wenn's dir Spaß macht!«

»O ja, das tut es … Und deshalb lasse ich mir ja auch Zeit. Ich habe mich zum Beispiel immer gefragt, warum du Leute gerettet hast, Ray. Ich meine, wenn es gebrannt hat … was brachte dich dazu, so großherzig zu sein und dein Leben aufs Spiel zu setzen? Das ist es, was ich an dir nicht verstehe. Der Rest ist einfach. Es ist einfach, Frauen zu terrorisieren, sie zu schlagen und zu vergewaltigen, aber Kinder zu retten, Menschenleben, das hat mir imponiert. Ich verstand es nicht. Darum hatte ich manchmal Zweifel. Ich sah, wie du den Helden spieltest, und legte darüber das Bild des Mannes, der meine Mutter verprügelte, der nachts in mein Zimmer kam, und ich sagte mir, da stimmt doch was nicht … Das hat mich lange verwirrt.«

»Stell dir vor, das freut mich! Und was die Brände betrifft, wenn die mich nicht in den Zwangsruhestand geschickt hätten, wäre ich immer noch dabei. Ich war nie so glücklich wie auf der Drehleiter. Niemals!«

Ein wehmütiger Ausdruck huscht über seine Züge, und er lächelt.

»Du kannst das nicht verstehen, du bist eine Frau. Aber wenn ich da oben stand, umgeben von den Flammen, da war ich stärker als alles andere. Stärker als das Feuer, stärker als der Luftzug, stärker als die herumfliegenden Holz- und Eisenstücke! Ich war Ray der Held, und das fühlte sich gut an. Verdammt, fühlte sich das gut an! Ich hörte die Leute unten schreien, ich wusste, dass sie den Atem anhielten, dass sie mich nicht aus den Augen ließen, sie hingen an der Spitze meines Strahlrohrs, und bei dem Gedanken bekam ich einen Steifen, Mann, war ich geil…«

»Ach, das war es also… Eine Schwanzgeschichte!«

»Nenn es, wie du willst, aber ich hatte einen Ständer wie ein Deckhengst.«

»So schlimm?«

»Ja. So schlimm. Aber so was kapierst du nicht, du bist bloß eine Frau. Ein Loch, das gevögelt wird. Und hey, ich vögelte dich gern, es hat mir Spaß gemacht, dich dazu zu zwingen, dich schreien zu hören, davon wurde ich auch so verflucht geil!«

Er sieht ihr in die Augen und reibt sich das Geschlecht.

Nicht aufregen, nicht schreien, nicht die Fassung verlieren, indem ich ihm einen Schlag verpasse, ruhig bleiben. Ruhig. Atme, Stella, atme. Er will dich provozieren. Geh ihm nicht in die Falle.

Ihr Herz beginnt auf eine merkwürdige Weise zu schlagen. Es rast, es hämmert in ihrer Brust, ihr ist schwindelig, beinahe übel, sie verspürt den Drang, sich zu übergeben.

»Aber was haben die Frauen dir getan, dass du sie so behandelst, Ray?«

»Keine Ahnung, das habe ich mich nie gefragt. Aber wenn ich sie verprügelt oder einfach nur mal schnell gefickt habe, dann war das fast wie bei den Bränden. Okay, nicht ganz so intensiv, aber fast. Ich fühlte mich unverwundbar. Und wenn ich die Angst in ihren Augen sah, das gefiel mir… Es inspirierte mich.«

»Meine Güte, du hast dir ja richtig Gedanken gemacht!«

»Ich hatte in den letzten Wochen ja auch genug Zeit dazu.«
»Stimmt…«
»Aber das wird sich ändern! Das wird sich alles ändern!«
»Vielleicht nicht so, wie du dir das vorstellst.«
»Ach was… Gibt's Neuigkeiten?«
»Viel besser!«

Da hören sie plötzlich Fernande, die aus ihrem Zimmer herüberschreit.

»Raymond! Ist da jemand? Ich höre Stimmen!«

»Schlaf weiter, Maman, das ist nur ein Kumpel, der kurz vorbeigekommen ist!«

»Ein Kumpel? Wer denn?«

»Kennst du nicht…«

»Und warum schreit ihr?«

»Wir haben eine Meinungsverschiedenheit! Aber keine Sorge, der beruhigt sich schon wieder.«

»Na gut… Aber du erzählst mir nachher alles, ja?«

»Ja. Schlaf weiter.«

»Ich bin nicht mehr müde, Raymond. Ich habe Durst.«

»Warte einen Moment. Ich komme gleich. Du kannst ja Radio hören. Ich habe es unter dein Kopfkissen gelegt.«

Er dreht sich zu Stella um.

»Sie hat ein kleines Radio, das hilft ihr beim Einschlafen«, erklärt er in entspanntem, liebenswürdigem Ton. »Ja, so ist das mit den alten Leuten. Sie können nicht schlafen, also hören sie Radio und dämmern dabei weg. Ich habe ihr das neueste Modell gekauft. Mit einem Timer. Dann geht das Radio nach einer Stunde automatisch aus und weckt sie nicht wieder auf. Außerdem schont das die Batterien.«

»Ja, ja, spare in der Zeit…«, sagt Stella und nickt.

Sie hören Fernande nicht mehr, nur noch den fernen Klang des Radios, das sie eingeschaltet hat.

»Geht es so, Maman?«, brüllt Ray.

»Ja, mein Kleiner. Du erzählst mir dann alles, ja?«

»Ja. Los, schlaf jetzt!«

»Bis morgen, mein Kleiner!«

»Bis morgen, Maman.«

Er lächelt, wie um zu sagen, ja, ja, so ist sie eben, aber sie ist meine Mutter, und ich liebe sie.

»Können wir uns jetzt in Ruhe unterhalten?«, fragt Stella. »Ohne dass die Alte uns noch mal stört?«

Fernandes Stimme hat Erinnerungen geweckt. Angstschauer laufen von ihrem Bauch aus durch den ganzen Körper. Ihre Knie beginnen zu zittern. Ihre Finger werden eiskalt. Ihre Schläfen fühlen sich an, als würden sie gleich platzen.

»Die hält sich jetzt das Radio ans Ohr und schläft gleich wieder ein.«

»Ah ... das ist gut. Denn ich muss dir etwas zeigen, weißt du. Ich bin nicht hergekommen, um mit dir zu plaudern. Es gibt einen Grund, Ray.«

Neugierig sieht er sie an.

»Du hast 'ne Knarre, ist es das?«

»Ich hab was viel Besseres.«

Er rutscht unruhig hin und her, richtet sich unvermittelt auf. Will aufstehen. Doch Stella stößt ihn grob zurück.

»Du sollst dich nicht bewegen, habe ich gesagt!«

»Sag mal, das warst nicht zufällig du, die auf Turquet geschossen hat?«

»Ich? Was sollte ich denn gegen Turquet haben?«

»Ihr beide wart nicht gerade die besten Freunde ...«

»Ach! Du meinst, weil er meine Mutter krankenhausreif geprügelt und meinen Hund umgebracht hat? Machst du Witze? Da habe ich mit dir Schlimmeres erlebt. Viel Schlimmeres!«

Er schweigt. Schiebt eine Hand in seine Unterhose und lässt den Gummibund schnappen.

»Und trotzdem sagt mir irgendwas, dass du das warst.«

»Nein, tut mir leid. Ich wäre nicht das Risiko eingegangen,

wegen Turquet eingebuchtet zu werden. Das hätte sich nicht gelohnt. Ich hab was Größeres im Visier. Was viel Größeres.«

»Ach ja?«

»Dich.«

Er bricht in schallendes Gelächter aus. Tastet in der Schale nach einem Eiswürfel und findet nur noch kaltes Wasser, das er mit einem wohligen Seufzen auf seinen Oberkörper tropfen lässt.

»Tja, das hat wohl nicht geklappt, was?«

»Glaubst du?«

»Siehst du doch … Nach deinen Drohungen im Krankenhaus ist nichts passiert. Absolut nichts.«

»Glaubst du wirklich?«

»Ja, klar. Ich habe darauf gewartet. Ich habe die Zeitung gelesen. Ich dachte, vielleicht hättest du ja recht, vielleicht hätte Violette mich wirklich verpfiffen, und alles würde ans Licht kommen! Aber da kam nichts! *Nada!* Im Gegenteil, stell dir vor, die Leute sind auf einmal viel … wie soll ich dir das erklären? Sie sind wieder nett zu mir. Nicht so wie vorher, klar. Aber sie sind auf einem guten Weg. Also war alles, was du mir erzählt hast, nur leeres Geschwätz, fürchte ich!«

»Das würde ich nicht so sehen.«

»Du glaubst mir einfach nie, wenn ich was sage! Niemals! Das ist dein Problem, Stella. Du vertraust den Leuten nicht.«

»Weißt du was, Ray? Bleib einfach mal ruhig sitzen und sperr die Augen auf. Denn was du gleich sehen wirst, ist ganz bestimmt kein leeres Geschwätz.«

Er lächelt belustigt, taucht seine Finger erneut in das eiskalte Wasser und besprenkelt seinen Bauch damit.

»Ich lach mich tot. Ich hab mich schon immer totgelacht über dein bescheuertes Racheengel-Getue. Ständig dieses lange Gesicht, ständig musstest du mich provozieren. Glaubst du im Ernst, du machst mir Angst? Da täuschst du dich gewaltig. Ich könnte dich mit dem kleinen Finger k.o. schlagen, aber ich lasse dich gewähren. Gönne dir eine kleine letzte Freude.«

»Okay, dann schau mal her, Ray, schau ganz genau her, aber du darfst es nicht anfassen, denn das hier werde ich mir einrahmen und an die Wand hängen.«

»Nur zu … Ich sterbe vor Angst! Du dämliches Miststück!«

Er lacht hämisch. Verschränkt die Hände im Nacken und räkelt sich, als ließe er sich in seinem Liegestuhl die Sonne auf den Pelz brennen.

»Komm schon, zeig her!«

Stella öffnet ihren Parka und holt die Titelseite der *République libre* heraus. Sie faltet sie auf und hält sie Ray vor die Nase.

»Kannst du lesen, oder soll ich es dir vorlesen?«

Ray liest die Schlagzeile und richtet sich wie von der Tarantel gestochen auf. Er wird bleich und lässt sich nach hinten fallen.

»Was ist das denn?«

»Das ist die Titelseite der Zeitung von morgen.«

»Das ist nicht wahr«, brüllt er.

»Wie, das ist nicht wahr? Meine Freundin Marie hat sie mir gegeben. Bereit zum Druck. Die Recherchen, von denen ich dir erzählt habe, sind endlich abgeschlossen, und du bist erledigt, Ray. Erledigt. Darum bin ich heute Abend hergekommen … Ich habe es nur ein bisschen hinausgezögert. Es war so schön, dein selbstsicheres Grinsen zu sehen, wie du es dir da in deiner Unterhose gemütlich machst. Fast schon rührend.«

»Das ist nicht möglich!«, schimpft er und boxt wütend ins Sofa.

»Doch, so ist es. Die Leute sind in letzter Zeit wieder nett zu dir, weil sie genau wissen, dass du erledigt bist. Schau nur her, diese Titelseite habe ich mir nicht ausgedacht. Ich wusste, dass sie in der Sache recherchierten, das war kein Bluff damals im Krankenhaus. Ich wusste nur nicht, dass es so lange dauern würde. Sie mussten Leute befragen, Spuren verfolgen, Lancenny und Gerson auf die Pelle rücken. Und mit Violette reden. Sie war die Erste, die dich verraten hat.«

»Die Schlampe!«

»Sie hat mir die Sache mit Miss Superschnitt erzählt. Das hat alles ausgelöst. Denn eines solltest du dir merken, Ray, man darf die Leute nie, niemals demütigen. Das ist noch schlimmer, als ihnen die Frau oder ihr Geld wegzunehmen.«

»Diese Schlampe!«

»Gut, ich gebe zu, ich habe ihr ein bisschen unter die Arme gegriffen. Ich habe ihr den Kontakt zu Duré und Courtois vermittelt. Die hast du auch gedemütigt. Und meine Freundin Marie hat uns geholfen. Sie arbeitet bei der Zeitung und hat die Recherchen vorangetrieben. Das wird eine tolle Story!«

Stella beobachtet ihn aus dem Augenwinkel und reißt sich zusammen, um nicht zu jubilieren. Sie muss sich an die Tatsachen halten.

Er hat den Kopf gesenkt und ballt die Fäuste.

»Dieses Miststück«, wiederholt er immer wieder, »dieses verdammte Miststück hat mich reingelegt!«

»›Sturz eines Helden‹. Das ist nur der Aufmacher, im Innenteil kommt dann ein ausführlicher Bericht über die Ergebnisse ihrer Recherchen und die ganzen alten Fotos von dir. Mit Chirac, dem Bürgermeister, dem Präfekten, Patrick Poivre d'Arvor! Sie drucken sogar das Cover deines Buchs ab. In den nächsten Tagen bist du wieder mal Stadtgespräch. Das ist die gute Nachricht. Die schlechte ist, dass du morgen im Knast übernachten wirst …«

Kaum hat sie geendet, da hören sie erneut Fernandes krächzende Stimme.

»Raymond, komm her und hör dir das an!«

Ray rührt sich nicht. Apathisch schüttelt er den Kopf.

»Bring sie zum Schweigen!«, knurrt Stella. »Ich bin noch nicht fertig!«

»Raymond!«, schreit Fernande. »Komm her, habe ich gesagt!«

»Was ist denn los?«, fragt Ray, ohne sich zu bewegen.

Stella hält Abstand zu ihm. Sie fürchtet eine List.

»Es brennt im Schloss der Bourrachards! Sie haben es gerade im Radio gemeldet, auf dem Lokalsender.«

»Es brennt im Schloss?«, fährt Ray auf.

»Ja! Dutzende Kinder sind in ihren Zimmern eingeschlossen. Komm her und hör dir das an, Raymond!«

Stella wird blass. Das Schloss ihrer Mutter. Léonie zeigte es ihr von Weitem, wenn sie sie zum Schwimmbad brachte oder sie zum Einkaufen zum Carrefour fuhren.

Sie rollt die Titelseite zusammen. Verstaut sie in der Innentasche ihres Parkas. Klemmt sie unter ihren Arm. Da ist sie sicher vor ihm.

Sie hört Fernande keifen und sich unruhig in ihrem Bett bewegen.

Ray sitzt immer noch reglos da. In sich zusammengesunken.

Stella betrachtet ihn zufrieden. Die Herrschaft von Ray Valenti ist zu Ende. Sie hatte gehofft, dass er nur einen Gedanken kennen würde, nachdem er die Titelseite gesehen hatte: sich eine Kugel in den Kopf zu jagen, Schlaftabletten zu nehmen, sich aufzuhängen oder sich in den Fluss zu stürzen. Vielleicht auch, sich die Pulsadern aufzuschneiden. Die Wahl überließ sie ihm. Es war natürlich ein Bluff, aber sie kannte Ray Valenti. Sie würde alles darauf wetten, dass er sich weder der Schande der öffentlichen Demaskierung noch einem langwierigen Prozess und dem gewaltigen Skandal stellen würde. Dazu fehlte ihm der Mut. Aber dieses Feuer … das war ja noch besser!

»Zu blöd, was«, flüstert sie sanft. »Jetzt hättest du wieder deinen Steifen kriegen können. Du hättest noch einmal den Helden spielen können. Und sie hätten dir alles verziehen. Bloß dass du diesmal nicht auf der Drehleiter stehen wirst. Zu schade! Siehst du, du bist erledigt, niemand war da, um dich zu holen. Niemand! Die sind jetzt sicher alle beim Schloss, und du sitzt hier wie ein Trottel in der Unterhose auf dem Sofa. Du bist alt! Du bist eine Null! Und das Schlimmste ist, morgen werden sie dich verhaften. Ist sicher ein komisches Gefühl, oder?«

Ray sieht mit mörderischem Blick zu ihr auf.

»Verschwinde! Verschwinde, oder ich polier dir die Fresse!«, brüllt er.

Sie weicht zurück. Lässt ihn nicht aus den Augen. Geht langsam Richtung Flur. Hört Fernandes Stimme.

»Sie brauchen dich, mein Kleiner. Es gibt keinen Besseren, um ein Feuer zu bezwingen. Fahr hin und zeig ihnen, dass du es noch draufhast! Zeig es ihnen!«

Immer noch rückwärts gehend, öffnet Stella die Wohnungstür. Sie sieht den Haken der Kleiderbürste an der Wand. Als Kind hatte sie immer zu ihm hochgestarrt und sich gesagt, wenn ich ihn erreicht habe, dann bin ich groß, dann kann ich mich wehren, und dann …

Sie sieht, wie Ray ins Zimmer seiner Mutter stürmt. Hört, wie Fernande ihren Sohn antreibt, los, Ray, los, fahr hin und zeig es ihnen! Stopf ihnen das Maul! Los, mein Sohn, los!

»Aber Maman …«, stammelt er.

»Das ist der einzige Weg, Raymond. Der einzige Weg.«

»Aber es ist so lange her, seit …«

»Ich habe deine Uniform, deinen Helm und deine Handschuhe weggeräumt. Sie sind im Schrank in deinem Zimmer, in einer Schutzhülle auf dem Regalbrett. Los, Raymond!«

»Glaubst du wirklich?«

»Ich glaube nicht, ich bin mir sicher! Du bist der Beste! Sie haben vergessen, wer du bist, sie haben es einfach nur vergessen!«

Ray senkt den Kopf.

»Ja, Maman«, murmelt er, »du hast recht.«

Stella schließt die Tür.

»*Yes!*«, zischt sie mit zusammengebissenen Zähnen und geht zu ihrem Lkw.

Ray geht in sein Zimmer. Öffnet den Kleiderschrank. Streckt die Hand nach seinem Helm aus. Fernande hat ihn so gründlich blank gerieben, dass er funkelt wie neu. Er legt eine Hand darauf und seufzt. Wie hat sie das bloß geschafft? Jemand muss ihr geholfen haben, das ist doch nicht möglich! Mit einem Mal schämt er sich dafür, so ein Schlappschwanz zu sein.

»Hast du die Sachen gefunden, Raymond?«, ruft Fernande.

»Ja, Maman.«

»Die Jacke spannt sicher ein bisschen, aber du musst sie ja nicht ganz zumachen!«

Auch die Jackenknöpfe blitzen.

Und die Handschuhe sehen aus, als wären sie brandneu.

Er hat Mühe, sich in seine Uniform hineinzuzwängen. Er hat zugenommen. Die obersten Knöpfe lässt er offen.

Von ihrem Zimmer aus macht Fernande ihm Mut.

»Denk an die Devise: ›Retten oder Tod!‹ Komm her und zeig dich, wenn du fertig bist.«

Er schnallt den breiten Gürtel um und zieht Handschuhe und Stiefel an.

Präsentiert sich seiner Mutter.

»Du bist schön, mein Sohn, so schön. Du wirst sie retten und wieder ein Held sein! Gib mir einen Kuss, bevor du gehst.«

Er umarmt seine Mutter und drückt sie an sich.

»Ich liebe dich, Maman, ich liebe dich.«

»Komm schnell wieder zurück und erzähl mir alles! Ich werde Radio hören. Vielleicht berichten sie ja über deine Heldentaten, meinst du nicht?«

Ihre Augen funkeln, ein Speichelfaden zieht sich über ihr Kinn.

Er holt ihr eine Flasche Wasser, winkt ihr noch einmal zu und verlässt das Zimmer.

Stella hat ihren Parka ausgezogen und ihn unter dem Sitz verstaut. Von der Fahrerkabine aus beobachtet sie, ob Ray Valenti das Haus verlässt. Hoffentlich kriegt er keine kalten Füße!, betet sie mit gefalteten Händen. Lieber Gott, mach, dass er sich nicht drückt! Lass ihn im Feuer brennen!

Da sieht sie, wie Ray in seiner zu engen Uniform aus dem Gebäude kommt. Er setzt sich in seinen Maserati und fährt los.

Richtung Schloss Bourrachard. Sie folgt ihm, den Blick unverwandt auf seine Rücklichter geheftet.

Was, wenn er auf die Idee käme umzukehren?

Beim Schloss herrscht ein reges Gedränge. Männer rennen laut rufend durcheinander. Die Straße ist von schräg zur Fahrbahn parkenden Autos verstopft. Die Leute gehen zu Fuß, da geht es lang! Da geht es lang! Sie hört ein immer lauter anschwellendes Grollen wie von brechenden Wellen. Die Gendarmen haben einen Sicherheitsbereich um das Schloss abgesperrt und halten die herbeidrängenden Menschen auf. Zurückbleiben! Zurückbleiben!, rufen sie, doch niemand hört auf sie. Eltern tragen ihre Kinder auf dem Arm oder haben sie sich auf die Schultern gesetzt. Frauen werden ohnmächtig. Männer verziehen das Gesicht. Verdammt, sagen sie, verdammt, was für ein Feuer! Sie hört Schreie, Kommentare, es sind noch jede Menge Kinder da drin, sie sind im obersten Stock eingeschlossen! Anscheinend die Kleinen, in einem Schlafsaal unter dem Dach, das war doch garantiert ein Kurzschluss! Anfang des Sommers hat sich schon mal was entzündet, aber das hatten sie gleich wieder unter Kontrolle …

Bemerkungen fliegen hin und her.

Stella setzt die Ellbogen ein, um sich so weit wie möglich vorzuarbeiten. Die Menschen stehen dicht an dicht. Es herrscht ein wildes Durcheinander von Krankenwagen, Feuerwehrwagen und Autos. Glühend heiße Staubwolken rauben ihr den Atem. Sie sieht Menschen auf dem Boden liegen, Körper die sich bewegen, sich krümmen, nach Wasser verlangen. Ärzte eilen von einem zum anderen, bücken sich, rufen Anweisungen, rennen weiter.

Sie sucht einen Platz, von dem aus sie das Vorrücken der Feuerwehrleute beobachten kann. Erklimmt eine kleine Anhöhe. Stellt sich zwischen zwei Männer und entdeckt das ganze Ausmaß des Brandes. Es ist die reinste Hölle. Ein heftiger Wind facht die Flammen immer wieder an, Fensterscheiben zerspringen in der Hitze, die Bitumenpappe auf dem Dach hat sich entzündet und zerläuft zu schwarzen, öligen Schlieren, die an den Mauern herabfließen.

Sie hört entsetzliche Schreie, Frauen taumeln, gegeneinander stolpernd, aus dem Gebäude, Männer schleppen sich kriechend, hustend, um Hilfe rufend, ins Freie. Die Feuerwehrleute sammeln die Erschöpften ein, die den Flammen entkommen sind, bringen sie zu den Helfern, wissen nicht mehr, welche Befehle sie befolgen sollen. Sie haben die Kontrolle über das Feuer verloren.

Dichter, schwarzer Rauch steigt von den brennenden Trümmern auf und verdunkelt den Himmel.

Das Wasser aus den Strahlrohren prasselt gegen die Fassade, und die Feuerwehrmänner werden durch den Druck zurückgedrängt. Die Drehleiter ist ausgefahren. Stella bemerkt eine Bewegung in der Menge, Stimmen werden laut: Da ist Ray Valenti, da ist Ray Valenti! Was macht der denn hier? Er ist verrückt! Er ist zu alt!

»Das ist doch kein Wunder!«, sagt ein großer, dürrer Kerl neben Stella, der ein Fernglas mitgebracht hat. »Er kann es einfach nicht lassen. Ein Feuerwehrmann bleibt immer ein Feuerwehrmann, das hat er im Blut.«

»Mit Sicherheit! Der hatte noch nie Angst vor den Flammen!«, antwortet ein kleiner Alter. »Nicht wie die Jungen von heute.«

»Meckern ist immer leicht«, versetzt der große Dünne, »ich möchte Sie mal sehen! Die waren zu spät hier. Das Feuer hatte genug Zeit, sich auszubreiten. Sehen Sie, da links bricht die Mauer zusammen! Und der ganze Rest wird auch noch folgen. Die Kleinen werden es nie da raus schaffen.«

Ray nähert sich dem Schloss. Langsam. Wie in Zeitlupe. Er taxiert den Feind, sucht eine günstige Position, überlegt, wo er zuschlagen wird. Er wirkt wie ein Matador, der die Arena betritt.

Die Menge weicht vor ihm zur Seite. Er nimmt seinen Helm ab und wirft ihn mit hochmütiger Geste von sich. Ein paar Leute stürzen vor, um ihn aufzuheben.

Ein Raunen durchläuft die Reihen. Alle halten den Atem an.

Er geht auf ein paar junge Kollegen zu, die versuchen, ihn aufzuhalten. Debattiert. Setzt sich durch.

Stella hört das Wort »Zange«. »Das Feuer in die Zange nehmen« oder so etwas in der Art. Sie wendet den Blick nicht von Ray.

Ein Vorgesetzter tritt auf ihn zu und versucht, ihn zum Umkehren zu bewegen. Ray weigert sich. Diskutiert weiter.

Und …

Dann geht alles sehr schnell.

Unvermittelt rennt er los und stürmt genau in dem Moment ins Schloss, als eine Decke einstürzt. Man sieht seinen unbedeckten Kopf und seine Jacke, deren Knöpfe vom Flammenhauch abgerissen wurden. Seine Kleidung wird von heißer Luft aufgebläht, traurige Fetzen hängen davon herunter.

Er verschwindet.

»Er wurde umgeblasen!«, ruft eine Frau.

»Nein! Da kommt er wieder raus! Seht nur!«, ruft eine andere.

Die Menschen schreien auf. Sie haben nur Augen für Ray Valenti.

Er rennt zurück in das Flammenmeer. Er hat sich ein Tuch vor den Mund gebunden und läuft gebückt.

Er ist verrückt, wiederholen die Menschen, er ist verrückt! Der Luftzug wird ihn einsaugen! Aber da kommt er mit einem Kind in den Armen wieder heraus. Er reicht es einem Feuerwehrmann und macht erneut kehrt.

Die Menge applaudiert, überwältigt von seinem Mut.

Und so rennt er unentwegt in das Gebäude hinein und wieder heraus. Jedes Mal bringt er ein Kind mit und reicht es den Rettern, die sich um ihn drängen.

Er ist zum Zentrum der Aufmerksamkeit geworden, zum Mittelpunkt der lodernden Flammen.

Er hat seine Jacke ausgezogen. Trägt nur noch sein Hemd. Sein Haar ist zerzaust, sein Gesicht geschwärzt.

»Die Mauern in der Eingangshalle sind eingestürzt«, brüllt er, »wir müssen über die Seite rein.« Und die Feuerwehrleute schwenken zur Seite ab. Er hat das Kommando über den Einsatz übernommen, und alle folgen seinen Anweisungen.

Eine furchterregende Explosion. Die Leute halten sich die Ohren zu.

»Da muss eine Gasleitung explodiert sein«, kommentiert der große Dürre. »Das ist ein altes Gemäuer, überall alte Leitungen. Nichts entspricht den Vorschriften. Sie hätten das schon längst erneuern lassen sollen!«

Die Feuerwehrleute weichen vor der Wucht der Detonation zurück. Einige werden zu Boden geschleudert. Die Drehleiter ragt inmitten der Flammen auf. Die Männer schrecken davor zurück, sie zu erklimmen.

Ray stürmt los.

Wieder versucht einer der Vorgesetzten, ihn aufzuhalten. Ray stößt ihn beiseite und klettert zum obersten Stockwerk hinauf. Er blickt zurück, um zu sehen, ob die anderen ihm folgen, stellt fest, dass er allein ist, und fordert die unten zurückgebliebenen Feuerwehrleute wortreich auf, ihm zu helfen.

Die Menge hält den Atem an. Das ist doch Wahnsinn!, hört man. Der sichere Tod! Der Mann kennt keine Angst! Jederzeit kann es zu einem weiteren Einsturz kommen, aber Ray weicht nicht zurück. Er stürzt sich in das brennende Dachgeschoss, man sieht nur ihn, sein zerrissenes weißes Hemd, sein graues Haar, seinen in den Flammen glänzenden Brustkorb.

»Er sieht so gut aus«, schwärmt eine Frau neben Stella hingerissen. »Mein Gott, sieht er gut aus!«

Er fliegt über die Leiter, rückt vor, weicht, von den lodernden Flammen getrieben, zurück, klettert wieder hinauf.

Komisch, denkt Stella, er sieht aus wie Tom, wenn er auf die höchsten Bäume klettert und Maman, schau her! ruft. Schau her! Und ich stehe zitternd da und sehe zu, wie er von Ast zu Ast springt. Ray springt über die Flammen hinweg, zieht einen kleinen Körper daraus hervor. Spielend überwindet er das Feuer, reicht das leblose Kind einem Feuerwehrmann, der es gewagt hat, ihm zu folgen. Angesteckt von Rays Mut, stürmt ein zweiter los, dann ein dritter, ein vierter. Und so bildet sich eine Kette aus Männern mit Helmen und Handschuhen. Männern, die keine Angst mehr haben. Und unter dem Beifall der Schaulustigen werden die Kinder eines nach dem anderen aus den brennenden Fensterrahmen gehoben.

Bei jedem geretteten Kind schreien die Menschen auf. Ah! Oh! Ah! Ray scheint nicht mehr aufhören zu können, lautstark spornt er seine Kollegen an. Manchmal bleibt er stehen, blickt forschend ins Innere des Gebäudes, hält kurz inne, dann beugt er sich vor und läuft wieder los.

Man erteilt ihm den Befehl, sich zurückzuziehen, doch er wagt sich immer weiter vor.

Ein weiteres Wandstück bricht ein. Es herrscht ein unbeschreibliches Chaos. Das Dach des Schlosses gleicht einem gewaltigen Krater, der Balken und Eisenstangen spuckt. Fensterscheiben zerspringen. Die Fassade ist nur noch ein klebriger Wall, an dem schmierige, stinkende Substanzen hinabfließen. Es sieht aus wie flüssiges Pech. Mit schützend erhobenen Armen arbeitet Ray sich weiter vor.

»Dem müssen die Flammen direkt ins Gesicht schlagen!«, sagt der kleine Alte.

»Ich muss schon sagen, der Mann ist ein Held!«

»Und das ist nicht das erste Mal! Ich habe ihn noch viel gefährlichere Dinge tun sehen! Dafür ist er bekannt.«

»O ja …«, sagt der große Dürre, das Fernglas an die Augen gedrückt. »Jedenfalls ist es ihm gelungen, die anderen zu motivieren!«

Unten am Boden umarmen sich die Leute, stürzen sich verzweifelt auf bewusstlose Körper, Schmerzensschreie sind zu hören.

Die Verletzten werden in Krankenwagen fortgebracht.

Die Presse ist eingetroffen. Verschiedene Radiostationen und der örtliche Fernsehsender. Mit dem Rücken zum Feuer kommentieren sie das Geschehen. Befragen Gerettete, eine Putzfrau, Betreuer der Ferienkolonie.

Bald jedoch konzentriert sich ihre gesamte Aufmerksamkeit auf einen einzigen Mann: Ray Valenti.

Sie sind dabei, eine neue Legende zu schreiben.

Die Scheinwerfer sind auf ihn gerichtet.

Ray bemerkt sie, hebt die Arme und spreizt die Finger zum Siegeszeichen.

Die Menge johlt und applaudiert.

Er wirft sich in Positur, streicht sich eine Haarsträhne aus der Stirn, wischt sich über das Gesicht.

Kameras und Handys filmen diesen unvergesslichen Augenblick.

»Ich habe ihn drauf! Ich habe ihn drauf! Das ist fantastisch!«, ruft ein Mann mit in die Höhe gerecktem Handy.

Ray dreht sich um und brüllt einen Befehl, den niemand versteht.

Schnell, schnell, gestikuliert er, und man wirft ihm einen Helm zu.

Er stößt ihn zurück, schreit wieder etwas. Immer noch genauso unhörbar.

Da reicht ihm einer der Feuerwehrleute auf der Drehleiter ein Strahlrohr. Ray versucht es zu greifen, aber der Schlauch rutscht ihm durch die mit öligen Substanzen verschmierten Hände, und das Strahlrohr fällt herunter. Er schwankt, verliert das Gleichgewicht und stürzt in die lodernden Flammen.

Entsetzte Schreie erklingen.

»Er ist gestürzt!«

»Nein!«

»Er ist tot!«

»Das ist unglaublich!«

Der große Dürre und der kleine Alte sind schockiert.

»Was ist denn bloß in ihn gefahren? Bis jetzt hat doch alles so gut geklappt!«

»Die Journalisten haben ihn abgelenkt, das ist ihre Schuld!«

Schweigen senkt sich auf die Menge herab, während das Feuer den Dachstuhl und die Fassade zerstört.

In einer gewaltigen Explosion stürzt alles in sich zusammen. Menschen werden zu Boden geworfen.

Stella wartet ab. Sie will ganz sicher sein, dass Ray nicht wieder aufsteht.

Bald kann sie nichts mehr sehen. Der Rauch, der in ihre Richtung geweht wird, raubt ihr den Atem.

Sie tritt den Rückzug an, und als sie Gaston Blandier, einen von Rays früheren Kollegen, erkennt, geht sie auf ihn zu.

»Das ist ein Tod, wie er ihn sich erträumt hätte«, sagt der Mann. »Ein heldenhaftes Ende. Er war ein Held, das haben wir immer gewusst.«

»Ist er tot?«, fragt Stella. »Sind Sie sicher?«

»Mausetot, völlig verkohlt.«

»Vielen Dank«, antwortet sie und geht davon.

Gaston Blandier schaut ihr verblüfft nach.

Als Stella die Tür ihres Lasters öffnet, hört sie, wie jemand ihren Namen ruft.

Sie dreht sich um und sieht Violette am Steuer ihres Mercedes.

Violette lässt die Scheibe herunter.

»Und?«, ruft sie.

»Er ist tot.«

»Na so was…«, lautet Violettes ganze Grabrede. »Dann wäre das ja erledigt!«

Und sie fährt weiter.

Armer böser Mensch, denkt Stella.

Einmal hat sie auf der Rückfahrt aus Lyon im Radio einen Philosophen gehört. Luc Ferry war sein Name, glaubt sie sich zu erinnern, und er hat folgenden Satz zitiert: »Dieser arme böse Mensch, erfüllt von der Gier nach Macht.« Der Mann, der das geschrieben hatte, hieß Albert Cohen, und er bezog sich auf Pierre Laval. Sie hat sich gedacht, dass dieser Satz eine perfekte Inschrift für Rays Grabstein abgeben würde.

Auf dem Hof sitzen die anderen um den Küchentisch versammelt und warten auf sie.

»Habt ihr gesehen, wie spät es ist?«, ruft Stella. »Ein Uhr in der Früh! Wieso seid ihr noch nicht im Bett?«

»Wir haben im Radio die Berichte über den Brand gehört«, sagt Georges. »Suzon hat es als Erste mitbekommen.«

»Dann wisst ihr es also schon?«

»Was?«

»Ray ist tot.«

»Hast du ihn umgebracht?«, fragt Tom.

Léonie zuckt zusammen.

»Nein. Er hat sich selbst umgebracht. Er ist von der Drehleiter gefallen.«

»Mitten ins Feuer?«, fragt Tom.

»Ja.«

»Super!«

Léonie hört die Worte, aber sie versteht sie nicht. Sie starrt Stella an, als warte sie auf eine Erklärung.

Stella nimmt sie in die Arme.

»Ist alles in Ordnung, Maman?«

Léonie antwortet nicht. Sie zittert am ganzen Leib.

»Ist er …?«

»Tot. Ja, Maman.«

»Er ist tot …«

Sie beginnt zu schluchzen.

Stella drückt sie an sich und bedeutet Suzon, ihr ein Glas Wasser zu geben.

Sie lässt Léonie davon trinken, doch diese wiegt den Kopf hin und her. Das Wasser läuft über ihren Hals und ihr Kleid.

»Ich bringe sie ins Bett«, sagt Stella, »sie steht unter Schock.«

In Paris ist es sechs Uhr morgens, und Hortense hört Radio. Die Nacht war lang. Sie hat ohne Unterbrechung gezeichnet. Jean-Jacques Picart hatte recht. Manchmal verflucht sie ihn. Er treibt sie immer weiter, lässt sie dieselbe Zeichnung zehnmal wieder überarbeiten. Aber sie macht sich widerspruchslos ans Werk. Irgendwann wird sie ihn so weit haben. Sie weiß, dass er irgendwann sagen wird: Das ist es! Sie sind so weit! Wir können loslegen! Was hatte er beim letzten Mal noch gesagt? »Sie glauben, Sie hätten Ihren Stil gefunden? Mag sein … Aber Sie haben ihn noch nicht verinnerlicht. Erst wenn er in Ihnen drinsteckt, wenn er ohne Ihr Zutun wie selbstverständlich aus Ihnen herausfließt, dann werden Sie so weit sein.«

Und auf diesen Tag wartet sie.

In den Radionachrichten ist von nichts anderem die Rede als von dem Feuer in Saint-Chaland bei Sens, wo deutsche Kinder ihre Rettung aus dem lichterloh brennenden Ferienheim im Schloss Bourrachard dem Mut eines einzigen Mannes verdanken.

»Ein Mann, der sich geopfert, der sein Leben hingegeben hat. Ein Held. Einer jener tapferen Männer, über die man nur selten spricht. Ein respektvoller, aufopferungsvoller, ehrlicher und aufrechter Mann. Der sich rückhaltlos in den Dienst der anderen stellt. Sein Name ist Ray Valenti. Er hatte sich bereits vor einigen Jahren durch seine Tapferkeit hervorgetan und war von Präsident Chirac mit einem Orden ausgezeichnet worden …«

Der Nachruf auf diesen Valenti nimmt kein Ende, und Hortense hebt den Kopf von ihrer Zeichnung.

Valenti? Valenti? Heißt so nicht die Frau, von der ihre Mutter erzählt hat? Léonie Valenti. Und Saint-Chaland, da wohnt sie doch, oder nicht? Zusammen mit ihrer Tochter Stella. Dieser wie aus dem Nichts aufgetauchten Halbschwester. Ihre Mutter ist so aufgewühlt von der Neuigkeit, dass sie eine Schwester hat, dass sie ihnen seitdem ständig damit in den Ohren liegt. Bei jeder Mahlzeit aufs Neue. Hortense hört schon gar nicht mehr hin, aber Zoé will immer weitere Details hören.

»Dann hatte Lucien also eine Geliebte?«, fragte Zoé.

»Na und«, entgegnete Hortense. »Das kommt in den besten Familien vor.«

»Und du hast eine Schwester?«, sagte Zoé, an ihre Mutter gewandt.

»Ja«, antwortete Joséphine. »Sie heißt Stella. Mit ihr habe ich mich getroffen.«

»Und sie ist unsere Tante«, ergänzte Zoé.

»Das hat uns gerade noch gefehlt!«, brummte Hortense.

»Aber sie ist sehr nett!«, widersprach Joséphine. »Ich fand sie sehr …«

Sie suchte nach den passenden Worten.

»Und was ist mit Léonie … willst du sie besuchen?«, fuhr Zoé fort.

»Ja. Ich glaube schon. Aber ich werde sie zuerst anrufen … Ich meine, ich muss mich ja schließlich darauf vorbereiten. Und sie sich auch.«

»Klar«, sagte Zoé. »Das muss komisch sein … Eine Schwester nach so langer Zeit!«

Alle drei dachten an Iris, und das stimmte sie traurig. Sie wagten nicht, ihren Namen auszusprechen.

Dieses Schweigen ärgerte Hortense, und sie brach es unumwunden: »Sieht deine neue Schwester aus wie Iris?«

»Nein, das kann man nicht sagen«, antwortete Joséphine leise.

»Wie sieht sie denn aus?«, fragte Zoé, um die Erinnerung an Iris zu verscheuchen.

»Kennst du Tilda Swinton? Die Schauspielerin?«, sagte Joséphine.

»Ja. Die ist nicht übel!«

»Sie ist ihr wie aus dem Gesicht geschnitten.«

»Und was arbeitet sie?«

»Sie ist Schrotthändlerin… Ich meine, sie arbeitet auf einem Schrottplatz.«

»Auf einem Schrottplatz!«, rief Hortense. »Dann sieht sie ja bestimmt aus wie ein Kerl.«

»Anfangs habe ich sie auch für einen Mann gehalten. Wisst ihr noch, der Unbekannte, der immer zu meinen Vorlesungen kam und kurz vor dem Ende wieder ging? Das war Stella.«

»Das war eine Frau!«

»Ja. Sie kleidet sich ziemlich merkwürdig, aus der Ferne kann man sie tatsächlich für einen Mann halten, aber von Nahem betrachtet ist sie sehr hübsch. Sie ist sehr groß, sehr schlank, sie trägt eine weite Latzhose und schwere Arbeitsschuhe, und trotzdem wirkt sie sehr feminin. Sie strahlt eine seltsame Mischung aus Stärke und Verletzlichkeit aus.«

»Und wie alt ist sie?«

»Vierunddreißig, fünfunddreißig, ich weiß es nicht mehr genau.«

»Und sie ist hübsch, sagst du?«, hakte Hortense nach, als könnte sie es nicht fassen.

»Ja. Sehr hübsch. Sehr beeindruckend…«

»Und lernen wir sie auch mal kennen?«, wollte Zoé wissen.

»Wenn ihr mögt…«

»Ich auf jeden Fall«, bejahte Zoé.

»Mich interessiert sie nicht«, versetzte Hortense. »Familie ist echt nicht mein Ding!«

»Danke schön!«, erwiderte Zoé gekränkt.

»Ich meine doch nicht euch beide, ich meine im Allgemeinen. Zwei reichen mir völlig. Das restliche Trara kann mir gestohlen bleiben!«

»Aber eine Familie ist doch auch gut«, entgegnete Zoé. »Ich finde unsere Familie ein bisschen klein.«

»Eine Schrotthändlerin … Das könnte ein interessanter Look sein!«, überlegte Hortense laut.

»Sie hat einen kleinen Sohn. Er heißt Tom und ist zehn Jahre alt.«

»Dann haben wir ja einen neuen Cousin!«, rief Zoé begeistert. »Super! Wir haben einen neuen Cousin, Hortense!«

Hortense warf ihr einen finsteren Blick zu.

»Als ob wir so was bräuchten! Und iss nicht so viel. Vergiss nicht, dass du meine Schneiderpuppe bist. Du darfst nicht dicker werden als Größe achtunddreißig.«

»Ich habe Hunger!«

»Hör auf zu essen! Sonst wirst du fett wie eine Tonne und taugst nicht mehr für meine Anproben!«

Und unter wütendem Gebrummel, dass ihr hier wirklich niemand eine Hilfe sei, stand sie auf.

»Ich mache mich wieder an die Arbeit.«

»Du arbeitest ja nur noch! Das ist total langweilig«, beschwerte sich Zoé.

»Daran kann ich auch nichts ändern!«

Es war immer der gleiche Dialog, sie drehten sich im Kreis.

Ihre Mutter sollte sich endlich mal aufraffen und Léonie anrufen. Aber Joséphine ließ sich Zeit. Sie hasste überstürzte Entscheidungen.

»Unsere Mutter ist so schrecklich langsam!«, schimpfte Hortense, wenn sie mit Zoé allein war.

»Sie ist nicht langsam, sie denkt nach. Das ist doch wichtig … Denkst du nicht nach, wenn du arbeitest?«

»Doch«, räumte Hortense ein. »Ständig.«

»Dann mach dich auch nicht über Maman lustig!«

»Ich mache mich nicht lustig, ich stelle nur fest. Sie hat keine große Eile, mehr über diese Frau zu erfahren, das ist alles!«

»Ach, und ich stelle fest, dass du auch nicht gerade viel darüber erfährst, was Gary so treibt!«

»Woher weißt du das? Spionierst du mir nach? Liest du meine Mails? Guckst du in mein Handy?«

»Nein, ich schlussfolgere. Du erwähnst ihn kaum noch.«

»Tja … dann schlussfolgerst du eben falsch. Du solltest dich lieber um deine Angelegenheiten kümmern! Gary ist in Schottland und möbelt sein Schloss auf, Punkt. Und ich bin hier in Paris und arbeite an meiner Karriere. Aber dass wir gerade nicht zusammen sind, ist doch noch keine Katastrophe. So ist das Leben. Das solltest du doch am besten wissen, Zoé.«

Zoé ließ den Kopf hängen und antwortete nicht.

Es stimmt, dass sie nur selten von Gary hört.

Er ist in Schottland in seinem Schloss. Und er scheint glücklich zu sein.

»Es geht mir gut, ich genieße mein Schloss und spiele Klavier. Ein paar Freunde sind aus New York hergekommen, wir proben und improvisieren zusammen. Dudamel gibt einen Meisterkurs in Edinburgh, und wir nehmen daran teil. Wir sind alle sehr aufgeregt. Kennst Du Dudamel? Nein, bestimmt nicht. Er ist ein fantastischer Dirigent. Und wie geht es Ihnen, Hortense Cortès?«

Wenn er sie Hortense Cortès nennt, bedeutet das, dass er sie vermisst, und das ist gut. Das ist das Wichtigste.

Diese Calypso ist bei ihm. Und ein gewisser Rico. Sie machen zusammen Musik. Sie spazieren über die Schlossmauern oder durch die Umgebung. Abends fahren sie nach Edinburgh. Essen gefüllten Schafsmagen.

Er scheint glücklich zu sein.

Sie wird ihn besuchen, wenn sie Zeit hat.

Im Moment bittet er sie sowieso nicht darum.

Und das ist auch gut so.

Sie hätte keine Zeit für ihn. Sie würden sich streiten, und das würde sie nur Energie kosten. Sie muss sich damit abfinden: Sie ist nicht verfügbar.

Wäre Coco Chanel ein Mann wichtiger gewesen als ihr Kleines Schwarzes?

Nein.

Sie führt lange Gespräche mit Junior. Sie reden über die Herstellung von Stoffen. Intelligenten Stoffen, die sich dank Millionen integrierter Nanoringe beim Kontakt mit Schweiß aktivieren, die Fett schmelzen lassen, über Körpertemperatur und Herzrhythmus informieren und die Daten an ein Handy oder einen Computer schicken. Mehr noch: Kleidung, die die Luft reinigt, befindet sich bereits im Stadium von Prototypen. Entwickelt von einem Chemiker und einer Designerin wie ihr. Einer anderen jungen Frau … Einer Rivalin! Sie muss sich beeilen, den beiden zuvorkommen und ein Patent anmelden. Stoffe durchleben gerade eine technische Revolution. Sie weiß nicht mehr, wo ihr der Kopf steht.

Also kommt es ihr sehr gelegen, dass Gary mit seinen Freunden auf schottischen Schlossmauern herumspaziert …

»Ich wollte dir nicht wehtun, Zoé«, sagt sie mit leisem Bedauern, weil sie so schroff reagiert hat. »Aber du hättest mich nicht provozieren sollen!«

»Ich wollte dir auch nicht wehtun. Ich weiß nicht, wieso ich das gesagt habe …«

»Gut. Dann sind wir uns ja einig. Ich gehe jetzt arbeiten. Wenn du mir etwas zu sagen hast, schreib mir eine Mail oder schick eine SMS.«

Denn sie kommunizieren nur noch auf diese Weise.

Hortense will unter keinen Umständen gestört werden. Ich konzentriere mich, bitte nicht ansprechen! Sie verfolgt eine Idee, durchdenkt sie, dreht und wendet sie, macht sich ans Werk, setzt sie um und verwirft sie wieder. Wer kreativ sein will, darf keine Angst davor haben, sich auch mal zu irren!, ist ihr Credo.

Der Boden ist übersät mit Zeitschriften, Fotos, Büchern, Zeichnungen, Schokoladenpapier, alten Werbebeilagen, Teebeuteln, Nescafé-Deckeln, Bändern, Stickereien. Eine Keramik aus Vallauris thront mitten im Raum. Ihre Farben inspirieren sie. Alte Pullover, die sie auf dem Flohmarkt von Vanves gefunden hat, liegen zusammengeknüllt zwischen Stoffmustern und Klamotten aus Secondhandboutiquen, Militärshops und Vintageläden. An den Wänden hängen Reproduktionen von Gemälden von Matisse, Manet und Cézanne, ihren Lieblingsmalern.

Sie saugt unendlich viele Details in sich auf. Sitzt lange da, ohne sich zu rühren, bevor sie ihren Laptop aufklappt und zu zeichnen beginnt.

Sie druckt den Entwurf aus und korrigiert ihn. Kramt ihre Filzstifte und Buntstifte hervor, zeichnet, verwischt, radiert. Wirft alles in den Papierkorb. Regt sich auf und fängt wieder von vorn an.

»Das sieht aus, als würdest du noch mal fürs Abitur lernen«, sagt Zoé, als sie die Tür öffnet.

»Komm her, ich will etwas ausprobieren.«

»Ich habe auch noch was anderes zu tun! Du übertreibst!«

»Willst du, dass ich den Durchbruch schaffe?«

Zoé nickt schmollend.

»Dann komm gefälligst her und sei still.«

Zoé zieht den Bauch ein und bewegt sich nicht mehr. Hortense drapiert eine Stoffbahn um ihre Schwester und steckt sie fest. Zoé hält die Luft an, aus Angst, gestochen zu werden.

»Du musst unbedingt aufhören zu essen! So bringt mir das doch gar nichts mehr!«

»Ich esse doch schon nichts mehr!«, jammert Zoé. »Ich habe drei Kilo abgenommen, seit du da bist!«

»Aber das reicht nicht. Hungere gefälligst!«

Hortense dreht die Musik auf volle Lautstärke, runzelt die

Stirn, schiebt ihre Zungenspitze zwischen die Lippen, knabbert an einem Fingernagel und tritt zurück, um die Wirkung des Stoffs an Zoé zu überprüfen.

»Du hast doch deine Schneiderpuppe! Kannst du nicht an der rumprobieren?«

»Ein lebendes Modell ist durch nichts zu ersetzen. An dir bewegt sich der Stoff, an der Schneiderpuppe bleibt er tot.«

»Muss die Musik so laut sein?«

»Ja.«

»Und was machst du, wenn der Entwurf endlich okay ist?«

»Dann lasse ich ihn in meinem Atelier umsetzen.«

»Du hast ein Atelier?«

»Ja«, knurrt Hortense, von den Fragen ihrer Schwester genervt. »Finanziert von Elena, wenn du es genau wissen willst.«

Hortense verschiebt den Stoff. Sie frohlockt. Nicht mehr lange, dann kann sie Picart anrufen und ihm sagen: Es ist so weit, Sie können herkommen und es sich ansehen!

Ihre erste Kreation. Ein kurzes, vorn und hinten ausgeschnittenes Kleid mit schräg geschnittenem Rock. Ein sehr schwierig umzusetzender Entwurf. Sie will ihn beeindrucken.

Sie nimmt eine Nadel aus ihrem Nadelkissen und steckt den Rock schräg ab. Das macht den Unterschied aus. Ein gerader Rock hätte gewöhnlich, ja vulgär gewirkt, doch mit einem schräg geschnittenen Rock ist es nahezu perfekt.

»Kann ich jetzt gehen?«, fragt Zoé.

»Ja. Ich muss allein sein und mir alles noch mal durch den Kopf gehen lassen.«

»Vielen Dank! Ich werde nie wieder deine Zimmertür öffnen!«

Nur wenn Hortense ihre Arbeit unterbricht, dürfen sie mit ihr reden. Beim Frühstück, manchmal auch beim Abendessen.

Ihre Arbeitszeiten sind seltsam. Tag und Nacht existieren nicht mehr. Die ganze Wohnung ist vollgestopft mit Nähmaschinen, Stoffballen, Scheren, Nadeln, Einlagestoffen und langen Linealen. Sie hat Du Guesclin rosa Pantoffel genäht, um die Festigkeit einer neuen Druckknopfmarke zu testen. Jetzt läuft er wie ein Zirkushund mit hochgezogenen Pfoten durch die Wohnung und lässt peinlich berührt den Kopf hängen.

Beim Frühstück hat sie Zeit für die anderen. Da macht sie eine Pause, bevor sie sich ein wenig hinlegt und sich danach wieder ans Werk macht.

Es ist schon komisch, mit meiner Schwester unter einem Dach zu leben und trotzdem per Mail mit ihr zu kommunizieren, findet Zoé.

Aber eigentlich auch nicht so schlecht. Fast wie in einem Roman. Wie bei der Marquise und ihrer Tochter. Sie wohnten nicht zusammen, aber sie schilderten einander ihren Alltag in langen Briefen.

Und außerdem schreibe ich ja gern, sagt sich Zoé.

Das mit Gaëtan hat Hortense auch durch eine Mail erfahren. Sie hätte nicht die Geduld aufgebracht, sich die ganze Geschichte anzuhören. Mach schon, Zoé, hätte sie geseufzt, komm auf den Punkt! Ich habe zu tun!

Gaëtan.

Er hat das Abitur bestanden. Gerade so.

Zoé hat ihr Abitur mit »Sehr gut« bestanden.

Das hat ihm nicht gefallen.

Anfangs war das noch kein Problem. Es war ein Detail, das sie manchmal erwähnte, manchmal auch nicht.

Erst mit der Zeit wurde es unangenehm.

Ihre Freunde fragten: Na, habt ihr bestanden? Gaëtan sagte Ja, Zoé sagte Ja, alle johlten vor Freude, gratulierten einander, sprangen in die Luft, klatschten einander ab, das volle Programm.

Und danach, erst danach kam die Frage nach der Note.

Gaëtan sagte nichts, Zoé murmelte so leise, dass man sie kaum verstand.

»Was sagst du? Welche Note?«, forderten sie gespannt.

»Sehr gut.«

Sie schämte sich beinahe, es einzugestehen.

Während er mit den Schultern zuckte, sich abwandte und die Lippen um den Strohhalm in seiner Cola presste. Verschlossen und verriegelt. Er sprach kein Wort mehr mit ihr. Ging, ohne sich zu verabschieden.

Anfangs war ihr das peinlich. Sie versuchte, ihre Note zu verheimlichen. Nicht auf die Frage zu antworten.

Sie hatte Hortense eine Mail geschrieben. Hatte ihr die Situation erklärt. Und Hortenses Antwort war unmissverständlich gewesen: »Hör auf, dich zu entschuldigen. Sehr gut ist super. Du MUSST stolz darauf sein. Lass ihn ruhig wütend sein. Das geht auch wieder vorbei.«

Aber es ging nicht vorbei.

Im Gegenteil, er wurde geradezu lächerlich, ganz klein. Sie wagte es nicht laut auszusprechen, aber er sah aus wie ein gerupfter Hahn. Nackt und ohne Federn stand er da und schlug krähend mit seinen winzigen Flügeln.

Sie tat, als …

Als würde schon irgendwann alles wieder gut.

Aber es wurde nicht wieder gut.

Und dann, eines Tages …

Eines Tages war es passiert. Das Unfassbare, was sie sich niemals hätte vorstellen können. Das Aufwühlendste, Unerklärlichste, Erstaunlichste, Verblüffendste, Überraschendste …

Sie hatte Hortense eine lange Mail geschrieben.

»Hortense, Hortense, Du musst das jetzt ganz aufmerksam lesen.

Es ist etwas Unglaubliches passiert.

Ich weiß nicht, was ich davon halten soll.

Du musst mir sagen, wie Du darüber denkst!

Also, neulich Abend …

Wir waren in unserem Zimmer. Kurz vor dem Einschlafen.

Ich las, und Gaëtan tippte auf seinem Handy herum. Ich weiß nicht, mit wem er sich schrieb, es war mir auch egal. Ich war in die Briefe der Marquise vertieft und achtete nicht auf ihn.

Und dann, irgendwann, legte er eine Hand auf meinen Oberschenkel, und ich wollte, dass er sie da wegnimmt. Und zwar nicht einfach nur so, das ging viel tiefer: Er störte mich.

Das kam von einem Moment auf den anderen, ohne Vorwarnung.

Ich sah ihn an, und in mir war nur Leere.

Ich fand ihn nicht hässlich oder dumm, nein, aber ich hatte keine Lust mehr.

Schluss.

Ich sah die Inliner, die Maman mir zum bestandenen Abitur geschenkt hatte. Sie standen neben dem Bett. Die Schnürsenkel waren offen, und am liebsten hätte ich sie angezogen und wäre weggefahren, ganz weit weg, weg von ihm. Ich habe sie angestarrt, während er meinen Oberschenkel streichelte und mich das vollkommen kalt ließ!

Hortense! Es ließ mich vollkommen kalt!

Ist das möglich? So plötzlich?

Ich wollte weg, raus in die Straßen von Paris, ich wollte andere Jungs auf Inlinern treffen und mit ihnen dahingleiten. Ein Inlinerballett mit ihnen tanzen. Mit ihm, dachte ich, trete ich doch nur auf der Stelle, es gibt nichts mehr zu entdecken, ich kenne alles auswendig.

Die Sache mit der Abiturnote nagt an mir.

Ich bin deswegen sauer auf ihn.

Ich glaube, ich liebe ihn nicht mehr. Ich will kein spießiges, geordnetes Leben mehr, bei dem ich abends mit meinem Freund zu Hause sitze. Ich begreife nicht, was in mich gefahren ist, dass ich so etwas jemals wollte. Ein spießiges, vorgezeichnetes Leben, ein Leben wie ein langer, flacher Deich.

Ich finde nichts Aufregendes mehr daran, mit jemandem zusammenzuleben. Weißt Du noch? Ich hatte solche Angst, er könne weggehen, und jetzt fühle ich mich wie befreit. Ich will gleiten, einfach nur dahingleiten. Ich will schwungvolle Kurven fahren, ich will feiern, andere Jungs anbaggern, jede Menge neue Leute kennenlernen. Gaëtan und ich, das ist nicht mehr größer als ich allein.

Es ist ganz klein.

Gestern erst haben wir über unseren Sommerurlaub gesprochen, weißt Du, wir wollten per Anhalter in die Bretagne, und ich sagte ihm, dass ich für die Zeit danach so viele Pläne hätte, vielleicht könnte ich ja Französisch studieren und irgendwann auch an der Uni arbeiten wie Maman, ich müsste mich einfach nur entscheiden, und da hat er mich angesehen und gefragt: ›Ja, glaubst du denn, du könntest das schaffen?‹ Und dabei hat er die Lippen geöffnet und gelächelt. So ein leicht spöttisches Lächeln, das ich an ihm bisher nicht kannte.

Ein Lächeln, das mich herabsetzte …

Und ich sagte: ›Ja, klar.‹

Da hat er nichts mehr gesagt und weiter so spöttisch gelächelt.

Ich fühlte mich, als würde ich zu einem Eisberg, ich wollte weglaufen, ihn schütteln, ihm sagen, er solle sich verziehen, eine Weltreise machen, mit mir oder ohne mich, völlig egal, er solle sich ein Boot kaufen oder auf weißen Haien surfen. Aber er sollte gefälligst irgendetwas tun!

Ich wollte, dass er sich an die Liste mit Träumen erinnerte, die wir zusammen aufgestellt hatten.

Ich habe nichts gesagt, aber als er neulich Abend die Hand auf meinen Oberschenkel legte, da wusste ich, dass es aus ist.

Ich bin absolut nicht mehr bereit, aus Liebe zu ihm Kompromisse einzugehen. Ich glaube, wir beide haben einfach die Kurve nicht gekriegt. Ich habe keine Lust mehr. Wenn ich an uns denke, wird alles so sumpfig in meinem Gehirn, ich könnte in meinem eigenen Schlamm ertrinken.

Sag, Hortense, bin ich normal, oder ist mit mir irgendwas nicht in Ordnung?«

Hortenses Antwort war wie immer gewesen: kurz und bündig.

»Das ist normal, so ist das Leben. So ist das mit der Liebe. Wenn sie kommt, weißt du nicht, wieso, und wenn sie wieder geht, weißt du es auch nicht!«

Gaëtan war allein in die Bretagne gefahren.

Sie hatte ihm nichts zu erklären brauchen. Er hatte verstanden. Sie fragte sich sogar, ob er nicht auch erleichtert war, weil es jetzt vorbei war. Sie hatte einen Stich im Herzen verspürt, als sie feststellte, dass er nicht protestierte, sondern mit einem Lächeln auf den Lippen aufbrach. Hast du meinen Jogginganzug gesehen?, war das Einzige, was er gefragt hatte. Unter dem Bett, hatte sie geantwortet, und ihre Miene hatte sich verfinstert. Dachte er vielleicht: Endlich raus hier? Hatte sie sich komplett in ihm getäuscht? In ihnen getäuscht?

Sie hatte ein großes Loch in ihrem Bauch gespürt. Was, wenn das die größte Dummheit meines Lebens war?

Hortense hatte ihre Sorgen verscheucht. Papperlapapp, du findest tausend andere! Papperlapapp, ab jetzt kostest du das Leben in vollen Zügen aus! Komm mit, ich fahre nach Versailles, lasse die ganze Schönheit auf mich wirken und komme auf tausend neue Ideen.

Unter Tausendern macht Hortense es nicht.

Sie gehen im Park spazieren.

Hortense fotografiert. Stiehlt Farben, Perspektiven.

»Woran denkst du?«, fragt sie Zoé, während sie die Adern eines Blattes näher heranzoomt.

»An die Liebe… Warum man an einem Tag liebt und am nächsten nicht mehr.«

»Die Liebe, die Liebe«, wiederholt Hortense, als versuche sie, ein Rätsel zu lösen.

Sie ist sich nicht mehr sicher.

Ihre Liebe richtet sich auf ihren Tisch, ihre Skizzen, ihre Anproben.

Ihr vor Nadeln starrender Mund wird nicht mehr geküsst.

Schon, aber… ihr Mund sehnt sich auch nicht mehr nach Küssen.

Sie liebt Gary, aber es würde sie stören, wenn er Tag und Nacht bei ihr wäre.

Ihr Kopf ist ausgefüllt mit Zeichnungen, Ideen, Stoffen, die sich entrollen, aufrollen, die umschmeicheln, Formen ersinnen. Sie wird allmächtig. Königin in ihrem Reich. Sie braucht weder Ritter noch Vasall.

Und was, wenn Gary sich von ihr entfernt?

Sie schiebt die Vorstellung von sich. Darüber mache ich mir später Gedanken, sagt sie sich, nach meiner ersten Modenschau.

Aber… was macht er in Schottland?

Sind sie ein Trio, er, diese Calypso und dieser Rico, über die er in seinen immer nüchterneren, immer knapperen Mails schreibt? Oder nähert er sich diesem Mädchen mit dem merkwürdigen Gesicht an?

Denn sie ist nicht hässlich, denkt Hortense. Das behaupten nur Dummköpfe, nur gedankenlose, gehetzte Betrachter. Dieses Mädchen strahlt eine andere Art von Schönheit aus.

Könnte es sein, dass diese Schönheit Gary ins Herz getroffen hat?

Ihr Blick fällt auf ein Ensemble aus kugelförmigen Buchsbäumen und spitzen Eiben, die sich malerisch um ein Parterre gruppieren. Sie bleibt stehen. Ihre Lippen beben. Das ist doch ein Motiv für einen Stoffdruck! Und schon erwacht ihr Appetit aufs Neue! Sie holt ihren Skizzenblock heraus, tausend Ideen schießen ihr durch den Kopf.

Das Wasser läuft ihr wieder im Mund zusammen.

Gary verschwindet in den von einem genialen Gärtner ersonnenen Biegungen und Senken.

Darüber mache ich mir später Gedanken, sagt sie sich.
Darüber mache ich mir später Gedanken.

Beim Frühstück erzählt Hortense Joséphine und Zoé, was sie im Radio gehört hat.

Saint-Chaland. Feuer. Ray Valenti. Léonie Valenti.

Joséphine lässt den Toast fallen, in den sie gerade herzhaft gebissen hat, und wischt sich den Mund ab.

»Ja, natürlich!«, sagt sie. »Das ist sie! Ich muss sie anrufen!«

Die dreispaltige Schlagzeile der *République libre* ist schlicht: »Saint-Chaland verliert seinen Helden.« Im Innenteil folgt ein langer Artikel, der die beispielhafte Laufbahn dieses Feuerwehrmannes Revue passieren lässt, dieses tapferen Bürgers, an den alle mit einer Träne im Auge zurückdenken werden.

Ray Valenti, der Saint-Chaland so oft zu landesweitem Ansehen verholfen hat… Er war einer von ihnen.

Ray Valenti, den habe ich gut gekannt. Wir waren Freunde.

Ray Valenti, alle Frauen waren verrückt nach ihm. Er strahlte eine unglaubliche Faszination aus!

Ray Valenti, ein Mann, wie es sie heute nicht mehr gibt. Er hatte eine schwere Kindheit. Seine Mutter war Dienstmädchen, sein Vater hatte sie verlassen, das prägt einen Jungen natürlich!

Alle haben etwas zu sagen. In den Zeitungen, im Fernsehen, im Radio. Sie erinnern sich mit einem Schluchzen in der Stimme. Lancenny, Gerson, ihre Frauen, der Apotheker Settin, Madame Robert, der Präfekt, der Bürgermeister, sie alle stimmen dieselbe Leier an, loben Ray Valentis Mut, seine Rechtschaffenheit und sein vorbildliches Verhalten. Turquet ist in seinem Rollstuhl zusammengebrochen, als er davon erfahren hat. Sein Hemd war nass von Tränen, er war mein Freund, mein Freund, und Freundschaft ist wie Liebe, bloß dass sie niemals stirbt!

Der deutsche Botschafter in Frankreich hat Léonie angerufen.

Er hat ihr zum Mut ihres Mannes gratuliert und ihr im Namen der Eltern der Kinder, die Ray gerettet hat, gedankt. Er hat ihr verkündet, dass ihm posthum das Bundesverdienstkreuz verliehen werde.

Léonie nimmt die Ehrbezeugungen entgegen, öffnet die Kondolenzschreiben. Er ist tot, sagt sie sich, ohne es wirklich zu glauben, er ist tot.

»Sag, Stella, ist er wirklich tot, bist du sicher?«

Sie wagt nicht, nach draußen in den Hof zu gehen. Weigert sich, allein zu bleiben. Weicht Suzon oder Stella nicht von der Seite. Greift nach Toms Hand, um nach oben in ihr Zimmer zu gehen, und schließt die Tür von innen ab.

Stella beobachtet sie hilflos. Sie weiß nicht, was sie tun oder sagen soll.

Er ist tot, der arme böse Mensch, dieser arme böse Mensch.

Die Beerdigung wird nächsten Donnerstag stattfinden.

Sie sind alle gekommen.

Léonie, von Kopf bis Fuß schwarz gekleidet. Georges und Suzon in ihre dunklen Kleider gezwängt. Tom hält die Hand seiner Großmutter und sieht Stella achselzuckend an. Er war doch trotzdem ein Scheißkerl, Maman! Warum also die ganze Ehre? Er trägt eine Sonnenbrille, damit man das Lachen in seinen Augen nicht sieht.

»Wir haben gewonnen!«, flüstert er. »Sie wissen nicht, dass wir gewonnen haben, aber wir wissen es.«

Der Präfekt, der Bürgermeister und seine Frau. Sämtliche Einwohner von Saint-Chaland haben sich versammelt. Andächtig. Würdevoll. Schweigend.

Julie und Jérôme halten einander bei der Hand.

»Uff, den sind wir los!«, flüstert Julie, als sie Stella umarmt.

Stella drückt sie an sich.

»Danke! Ich halte das nicht mehr aus, ich platze gleich!«

»Wir sind deinetwegen gekommen. Nicht seinetwegen. Fast

hätte ich einen Kranz mit der Aufschrift ›Im Gedenken an einen Scheißkerl‹ bestellt!«

Stella unterdrückt ein nervöses Lachen.

»Und du hast mir immer noch nicht mein Buch zurückgegeben!«

Duré und Courtois haben sich entschuldigt. Sie haben weder Blumen noch eine Beileidskarte geschickt.

Turquet sitzt schluchzend in seinem Rollstuhl. Seine Jeans hat Löcher, seine dicken, knotigen Hände sehen genauso hart aus wie sein Gesicht. Seine Falten sind tiefe, von Tränen gegrabene Furchen. Mit der rechten Hand umklammert er ein Foto von Ray.

Als der Sarg in die Erde hinabgelassen wird, beugt er sich in seinem Rollstuhl vor und brüllt: »Sie war das! Sie hat ihn umgebracht! Das ist alles ihre Schuld!«

Die Leute sehen ihn mitleidig an, man bedeutet ihm, still zu sein. Doch er schreit nur umso lauter weiter.

»Und sie hat auch auf mich geschossen! Sie war das!«

Ein Raunen geht durch die Menge. Kann er nicht endlich den Mund halten? So was gehört sich doch nicht! Wütend dreht er seinen Rollstuhl um hundertachtzig Grad und wendet dem Grab den Rücken zu.

Stella wäre beinahe nicht gekommen, doch dann hat sie es sich anders überlegt. Das hätte bedeutet, ihre Mutter im Stich zu lassen. Unmöglich.

Sie ist von Kopf bis Fuß weiß gekleidet.

Adrian steht neben ihr. Auch er trägt eine Sonnenbrille.

Als die Zeremonie beendet ist, ziehen die Trauergäste in einer langen Reihe an der Witwe und der verwaisten Tochter vorbei, um ihnen ihre Anteilnahme zu bekunden.

Stella schüttelt die Hände. Hoch aufgerichtet, abwesend. Schweigend.

Sie bedankt sich nicht.

Adrian schaut in eine andere Richtung. Die Sonne scheint, doch es ist nicht mehr so heiß. Eine leichte, kühle Brise hebt die schwarzen Röcke an. Auf dem Grab stapeln sich die Kränze, der Friedhof ist voller Leute, die sich flüsternd unterhalten. Er hört, wie eine Frau sagt: »Wir werden nie die Wahrheit erfahren, aber mutig war er, das kann keiner bestreiten!«

Auch ihm drücken die Menschen die Hand. Er gehört jetzt zur Familie. Das ist fast wie eine Hochzeit, denkt er. Eine Hochzeit, bei der die Leute schniefen und Schwarz tragen.

Er wird nie wieder durch den unterirdischen Gang laufen. Tags zuvor hat Edmond Courtois ihm seine Papiere gebracht. Du bist frei, Adrian, wenn du möchtest, kannst du wieder auf dem Schrottplatz arbeiten, du bist uns jederzeit willkommen.

Stella hat sich bei ihm bedankt. Edmond hat den Blick gesenkt.

»Wir hätten es schon noch geschafft«, versuchte er zu erklären, »das schwöre ich dir. Ich hätte nicht einfach aufgegeben. Julie hat mir alles erzählt. Du warst sehr stark. Ich bin stolz auf dich.«

Stella hat nicht geantwortet.

Fernande ist nicht gekommen. Sie weigert sich zu glauben, dass ihr Sohn tot ist. Das ist ein Trick! Er kommt wieder zurück! Er wird uns alle umhauen! Ihr Radio ist in tausend Stücke zersprungen, als sie es auf den Boden geschleudert hat. Lügen!, schreit sie, an ihr Bett gefesselt. Alles Lügen! Die Leute sind neidisch. Sie wünschen sich, er wäre tot, weil er sie alle überragt, aber mein Sohn kann nicht sterben! Er wird zurückkommen, ich weiß das, ich bin schließlich seine Mutter!

Man hat sie in ein Pflegeheim gebracht, wo sie den Rest ihrer Tage verbringen soll.

Als alle fort sind, die Totengräber ihr Trinkgeld bekommen haben und der Friedhof verlassen daliegt, geht Stella zu Amina und Julie hinüber.

Die drei Frauen nehmen einander bei der Hand.

»Es ist vorbei«, sagt Julie, »der Albtraum ist endlich vorbei.«

Am Tag nach der Beerdigung ruft Joséphine Stella an und bittet darum, Léonie sprechen zu dürfen.

Stella reicht ihrer Mutter das Handy und bedeutet Suzon, sie nach draußen in den Hof zu begleiten, um Léonie nicht zu stören.

»Wer war das jetzt wieder?«, fragt Suzon flüsternd. »Jemand aus Saint-Chaland? Ich finde mich überhaupt nicht mehr zurecht bei all den Leuten, die hier anrufen!«

»Komm mit, ich erkläre es dir. Wir holen einen Salat, wenn die Schnecken sie nicht alle aufgefressen haben.«

Als Stella und Suzon zurück in die Küche kommen, steht Léonie am Becken und spült das Geschirr vom Frühstück.

»Lass doch, Maman! Das machen Suzon und ich gleich!«

»Aber ich bin doch nicht aus Zucker, Liebes«, sagt Léonie und dreht sich um.

Sie lächelt, und diesmal ist es ein richtiges Lächeln. Kein abwesendes, aufgesetztes Lächeln, um den Schein zu wahren …

»Ich habe mich nett mit Joséphine Cortès unterhalten. Wir haben über Lucien gesprochen. Und über den Brief. Sie sagt, dass er mich geliebt hat …«

»Und?«, fragt Stella gespannt.

»Wir werden uns treffen. Das steht fest. Entweder kommt sie hierher, oder ich fahre nach Paris. Ich würde sehr gerne nach Paris fahren. Aber dann müsste ich mir ein Kleid kaufen und Schuhe. Und einen kurzen Mantel … Ich möchte hübsch aussehen für sie!« Ein Schatten fliegt über ihre Augen, und sie seufzt. »Aber ich habe kein Geld! Wie soll ich das machen? Sie soll sich doch nicht für mich schämen.«

»Keine Sorge, das kriegen wir schon irgendwie hin. Du wirst hübsch aussehen. Du wirst die Schönste von allen sein, wenn du unter dem Eiffelturm stehst!«

Es dauerte nicht lange, bis Léonie erfuhr, dass sie sich ein Kleid und Schuhe leisten konnte.

Denn sie erbte.

Ray Valentis Geld.

Beim Notar war sie so überrascht, dass ihr der Mund aufklappte.

»Ist das für mich? Für mich?«, fragte sie immer wieder.

»Ja, Madame Valenti. Es geht alles an Sie. Und Ihr Mann hat sehr viel Geld hinterlassen!«

Als sie endlich begriff, stand sie auf, dankte dem Notar, griff nach Stellas Arm und sagte: »Dann lass uns jetzt mein Kleid für Paris kaufen! Ich weiß ganz genau, was ich anziehen will.«

Verdutzt erhob sich der Notar, begleitete sie zur Tür seiner Kanzlei, kehrte hinter seinen Schreibtisch zurück und seufzte. Die Frauen hatten sich eindeutig verändert, nicht einmal die Witwen waren mehr so wie früher.

Keine Pietät, brummte er. Sie hat nicht einmal versucht, den Schein zu wahren! Frauen! Welch seltsame Kreaturen. Man weiß nie, was sie im Sinn haben. Und da behaupten die Leute, das sei das schwache Geschlecht … Dummes Geschwätz! Eitle Geschöpfe sind sie! Für ein Kleid würden sie ihr Herz verkaufen! Ach, die Menschheit ekelt mich immer mehr …

Anmerkung der Autorin

Als Erstes möchte ich mich vor Elisabeth II., der Königin von England, verneigen und mich aufrichtig bei ihr dafür entschuldigen, dass ich sie, ohne zu fragen, zu einer Figur meines Romans gemacht habe.

Aber schließlich ist sie eine *Muchacha* allerersten Ranges. Seit fünfzig Jahren haben die Männer der königlichen Familie bei ihr nicht viel zu melden.

Und noch einmal Dank all jenen, die mich beim Schreiben begleitet haben:

Nadine, die mich auf ihrem Bauernhof aufgenommen hat.
Gloria, die mir die Tore ihres Schrottplatzes geöffnet hat.
Jérôme mit seinen klugen medizinischen Ratschlägen.
Gilbert, mein normannischer Leser.
Patricia, meine Leserin in Amerika.
Cyrille für das Holzhacken.
Michel für den Schießunterricht.
Martine und Carole, meine musikalischen Beraterinnen.
Didier Rolland, der Feuerwehrmann.

Danke auch:
Octavie Dirheimer.

Charlotte de Champfleury.
Sophie Montgermont.
Thierry Perret.
Coco-Schatz.
Sarah Maeght.
Alain Castoriano live aus Miami.
Sophie Legrand in England.

Ich danke Jean-Jacques Picart und Inès de la Fressange für ihre Ratschläge in Bezug auf Hortense und dafür, dass sie eingewilligt haben, als Figuren in diesem Roman aufzutreten.

Danke:

Bruno Monsaingeon, *Mademoiselle* (über Nadia Boulanger), Paris 1980.

Georges Duby, Michelle Perrot, *Geschichte der Frauen*, Bd. 2: *Mittelalter*, aus dem Französischen von Eva Moldenhauer, aus dem Italienischen von Gesa Schröder, Frankfurt/Main 1993.

Marc Hillman für seine *Mots en mêlée*, Ixelles Éditions, 2011.

Außerdem möchte ich all jenen danken, deren Worte mich inspiriert haben und die mich mit Details, den »göttlichen Details«, gefüttert haben.

Und einen grenzenlosen Dank auch an Charlotte und Clément, meine beiden wundervollen Kinder.

Für Romain. Für Jean-Marie. Danke, dass ihr immer da seid.